John Forster
Mein Freund Charles Dickens
(Charles Dickens' Leben)

Erster Band

EVERUS Verlag

Forster, John: Mein Freund Charles Dickens (Charles Dickens' Leben). Erster Band. 2014
Orthographie und Interpunktion wurden behutsam modernisiert, grammatikalische Eigenheiten bleiben gewahrt.
ISBN: 978-3-86347-695-3

Umschlaggestaltung: SEVERUS Verlag

Bibliografische Information der Deutschen Nationalbibliothek: Die Deutsche Nationalbibliothek verzeichnet diese Publikation in der Deutschen Nationalbibliografie; detaillierte bibliografische Daten sind im Internet über https://dnb.de abrufbar.

Der SEVERUS Verlag ist ein Imprint der Bedey & Thoms Media GmbH, Hermannstal 119k, 22119 Hamburg

SEVERUS Verlag, 2014
http://www.severus-verlag.de
Gedruckt in Deutschland
Der SEVERUS Verlag übernimmt keine juristische Verantwortung oder irgendeine Haftung für evtl. fehlerhafte Angaben und deren Folgen.

John Forster

Mein Freund Charles Dickens

(Charles Dickens' Leben)

Ins Deutsche übertragen von
Friedrich Althaus

Erster Band

1812–1842

Den Töchtern Charles Dickens'
Meiner Patin Mary
und
Ihrer Schwester Kate
Ist dieses Buch gewidmet von ihrem Freunde
Und ihres Vaters Freund und Testamentsvollstrecker

John Forster

Erstes Kapitel

Kindheit
1812–1822

Charles Dickens, der volkstümlichste Novellist unseres Jahrhunderts und einer der größten Humoristen, die England hervorgebracht hat, wurde Freitag den 7. Februar 1812 in Landport auf Portsea[1] geboren.

Sein Vater, John Dickens, war damals, als Beamter in dem Zahlamt der Marine, in dem Dockyard von Portsmouth angestellt. Er war mit der Dame, welche später seine Frau wurde, Elisabeth Barrow, durch deren älteren Bruder, Thomas Barrow, der ebenfalls eine Anstellung in der Marineverwaltung hatte, bekannt geworden und hatte von ihr im Ganzen eine Familie von acht Kindern, von denen zwei in jugendlichem Alter starben. Auf das älteste, Fanny (geb. 1810), folgte Charles (in dem Taufregister von Portsea als Charles John Huffham einge-tragen, obgleich er, in den sehr seltenen Fällen, in welchen er sich mit diesem Namen zeichnete, denselben Huffam schrieb); dann ein anderer Sohn, namens Alfred, der jung starb; Letitia, geb. 1816; eine andere Tochter, Harriet, die ebenfalls jung starb; Frederick, geb. 1820; Alfred Lamert, geb. 1822, und Augustus, geb. 1827, von denen Allen jetzt nur noch die zweite Tochter am Leben ist.

Walter Scott erzählt in dem Fragment seiner Selbstbiographie, wo er von den gegen seine Lahmheit angewandten seltsamen Heilmitteln spricht, daß er sich erinnere, als noch nicht ganz dreijähriger Junge auf dem Fußboden des Wohnzimmers in dem Pachthause seines Großvaters gelegen zu haben, eingewickelt in ein Schafsfell, das noch warm von dem Leibe des Schafes kam. David Copperfield's Gedächtnis reicht noch weiter hinauf. Wir hören von ihm, daß er weit genug in die Ferne seiner Kindheit zurückschaut, um darin seine Mutter und deren Dienstmagd unterscheiden zu können, und zwar in verkleinerter Gestalt für sein Auge, weil sie sich auf den Boden niederbeugen oder knien, während er selbst mit schwankendem Schritt von der Einen zur andern geht. Er gibt zu, daß dies Einbildung sein möge, obgleich er der Ansicht ist, daß viele sehr junge Kinder eine ganz staunenswert scharfe und genaue Beobachtungsgabe besitzen und meint, daß die

---

[1] Portsea ist die Insel am Eingang des Hafens von Portsmouth, auf der die gleichnamige Stadt (Portsea) sowie Portsmouth und dessen Vorstädte liegen. – D.Übers.

Erinnerung der meisten Menschen viel weiter in solche Zeiten zurückgehen könne, als manche glauben. Was er jedoch hinzufügt, ist sicherlich keine Einbildung. „Sollte es aus dem, was ich in dieser Erzählung niederlegen werde, hervorgehen, daß ich als Kind scharf beobachtete, oder daß ich als Mann eine lebendige Erinnerung an meine Kindheit habe, so mache ich unzweifelhaft auf diese beiden Charaktereigentümlichkeiten Anspruch." So anwendbar dies auf David Copperfield sein mochte, so einfach und ungekünstelt wahr war es von Charles Dickens.

Er erzählte mir oft, er erinnere sich des kleinen Gartens vor dem Hause in Portsea, das er verließ, als er zwei Jahre alt war und wo er, von dem Kindermädchen durch ein niedriges mit der Gartenfläche fast auf demselben Niveau liegendes Küchenfenster beobachtet, mit etwas zu essen in der Hand, in Begleitung seiner älteren Schwester umherlief. Eines Tages trug man ihn aus dem Garten hinaus, um ihm zu zeigen, wie die Soldaten exerzierten und ich entsinne mich, daß er, als wir zu der Zeit da er „Nickleby" schrieb, zusammen in Portsmouth waren, die Gestalt des Paradeplatzes genau wieder erkannte, den er ein Vierteljahrhundert vorher an derselben Stelle als Kind gesehen hatte.

Als sein Vater durch seine Amtspflichten wieder von Portsmouth nach London geführt wurde, bezog die Familie eine Mietwohnung in Norfolk-Street, bei dem Middlesex-Hospital und auch das lebte in des Kindes Gedächtnis fort, daß sie Portsea im Schnee verlassen hatten. Nicht lange nachher änderten sie von Neuem ihren Wohnort, da der ältere Dickens in dem Dockyard in Chatham angestellt wurde. Das Haus, das er in Chatham bewohnte, ein gewöhnlich aussehendes Gebäude mit geweißter Front und einem kleinen Vorder- und Hintergarten, lag in St. Mary's Place, sonst auch der Brook genannt, und stieß an einen Betsaal der Baptisten, Providence-Chapel geheißen, in der ein gleich zu erwähnender Mr. Giles Pfarrer war. Charles war damals vier bis fünf Jahre alt[2] und er blieb hier bis zu seinem neunten Jahre. Hier empfing er die dauerndsten Eindrücke seiner Jugend und die Umgebung, in welcher er starb, war dieselbe, die ihn zu Anfang seines Lebens am stärksten beeinflußt hatte.

---

[2] ‚Ich muß diesen Brief abbrechen, denn man spielt im Drawing-Room Masaniello und mir ist ungefähr zu Mute, wie damals, als ich einige Meilen von hier als kleines Kind lebte und jemand (ich möchte wissen, wer und welchen Weg sie ging, als sie starb) mir den Abendchoral vorsummte und ich auf meinem Kopfkissen weinte – entweder in dem reuigen Bewußtsein, einem Andern etwas zu Leide getan zu haben, oder weil irgendein Andrer im Laufe des Tages meine Gefühle verletzt hatte.' Brief von Dickens an Forster, aus Gadshill, 24.Sept. 1857.

Das Gadshill-Place genannte Haus steht auf dem höchsten Punkte der Landstraße zwischen Rochester und Gravesend. Oft waren wir zusammen daran vorbeigereist, viele Jahre ehe es seine Heimat wurde und nie ohne eine Anspielung auf das, was er mir sagte, als ich es zuerst in seiner Gesellschaft sah: daß es nämlich in seinen Kindheitserinnerungen immer eine hervorragende Stelle eingenommen. Denn als er, mit seinem Vater von Chatham kommend, es zuerst gesehen und mit Bewunderung daran emporgeblickt, habe man ihm versprochen, er könne selbst in diesem oder einem ähnlichen Hause wohnen, wenn er ein Mann werde und nur fleißig genug arbeiten wolle. Und eine lange Zeit war dies sein Ehrgeiz. Es ist dies eine gefällige Anekdote, die in authentischer Weise bestätigt wird durch den Anfang eines seiner Essays über das Reisen im Auslande, wo auf der Straße nach Canterbury eine Vision seines früheren Selbst seinen Weg kreuzt.

„So eben war die alte Landstraße und so frisch waren die Pferde und so schnell fuhr ich, daß wir die Mitte des Weges zwischen Gravesend und Rochester erreicht hatten und der breiter werdende Fluß die Schiffe mit weißen oder rauchschwarzen Segeln der See entgegenführte, als ich seitab am Wege einen sehr sonderbaren kleinen Jungen bemerkte.

„Holla!" sagte ich zu dem sehr sonderbaren kleinen Jungen, „wo wohnst Du?"

„In Chatham", sagt er.

„Was machst Du da?" sage ich.

„Ich gehe in die Schule", sagt er.

„Ich nahm ihn flugs zu mir in den Wagen und wir fuhren weiter. Hierauf sagt der sehr sonderbare kleine Junge: „Das ist Gads-Hill, wo wir jetzt hinkommen, wo Falstaff hinauszog, um die Reisenden auszuplündern und davon lief."

„So weißt du etwas von Falstaff?" sagte ich.

„Alles", sagte der sehr kleine sonderbare Junge. „Ich bin alt (neun Jahre) und lese alle möglichen Bücher. Aber bitte, lassen Sie uns oben auf dem Hügel still halten und das Haus dort ansehen!"

„Du bewunderst das Haus?" sagte ich.

„Bewundern!" sagte der sehr kleine sonderbare Junge; „schon als ich nicht mehr als halb so alt war wie jetzt, war es ein Vergnügen für mich, wenn ich hingenommen wurde und das Haus ansehen durfte. Und nun ich neun bin, gehe ich allein hin, um es anzusehen. Und so lange ich mich erinnern kann, hat mein Vater, der sah, wie gern ich es mochte, oft zu mir gesagt: *Wenn Du sehr große Ausdauer hast und sehr fleißig arbeitest, kannst Du vielleicht eines Tages darin wohnen.*

Aber das ist unmöglich!" sagte der sehr sonderbare kleine Junge, indem er tief Atem holte und nun aus dem Fenster hinaus das Haus mit aller Macht anstarrte.

„Es überraschte mich nicht wenig, dies von dem sehr sonderbaren kleinen Jungen zu hören; denn zufälligerweise war dies Haus mein Haus und ich habe Ursache zu glauben, daß das, was er sagte, wahr ist."

Der sonderbare kleine Junge war in der Tat er selbst. Er war ein sehr kleiner und sehr kränklicher Knabe. Er war heftigen Krampfanfällen unterworfen, die ihn zu jeder körperlichen Anstrengung unfähig machten. Er war nie ein guter kleiner Cricketspieler. Er zeichnete sich nie aus beim Knipfern, Kreiselwerfen oder Schwarzen Mann. Aber es machte ihm viel Vergnügen, den andern Jungen, meist Offizierssöhnen, bei diesen Spielen zuzusehen, während er selbst las, und er war immer überzeugt, daß jene frühe Kränklichkeit in einer Beziehung von unschätzbarem Nutzen für ihn gewesen sei, weil seine schwache Gesundheit ihm eine starke Neigung zum Lesen eingeflößt habe. Aus dem weitern Verlauf meiner Erzählung wird sich nicht ergeben, daß er seinen Eltern viel verdankte, oder daß er mehr war, als wie er sich in seinem ersten Briefe an Washington Irving beschreibt, „ein sehr kleiner und nicht eben zu freundlich behandelter Junge;" aber man hat ihn oft sagen hören, daß sein erstes Verlangen nach Erkenntnis und seine erste Leidenschaft für Bücher durch seine Mutter in ihm erweckt wurden, die ihm nicht nur die Anfangsgründe des Englischen, sondern etwas später auch die des Lateinischen lehrte. Sie unterrichtete ihn eine lange Zeit regelmäßig jeden Tag und sie unterrichtete ihn seiner Meinung nach vortrefflich. Ich stellte in Bezug hierauf einmal eine Frage an ihn, die er in fast denselben Worten erwiderte, welche er fünf Jahre später David Copperfield in den Mund legte. „Ich erinnere mich dunkel, daß sie mir das Alphabet lehrte und wenn ich die fetten schwarzen Buchstaben in dem Lesebuch sehe, macht die verwirrende Neuheit ihrer Gestalt und die bequeme Gutmütigkeit des O und S mir immer noch denselben Eindruck wie ehemals."

Dann folgte die Kinderschule, eine Schule für Knaben und Mädchen, die er mit seiner Schwester Fanny besuchte und die sich in einer Rome-Lane genannten Straße befand. Als er im Mannesalter wieder nach Chatham kam und sich nach dieser Straße umsah, fand er, daß man sie vor „undenklichen Zeiten" niedergerissen habe, um Raum für eine neue Straße zu schaffen; aber aus der Ferne der Zeiten stieg nichtsdestoweniger eine dunkle Vorstellung empor, daß die Schule über einem Färberladen gewesen sei, daß er eine Treppe dazu hinaufging, daß er sich dabei oft gegen die Knie gestoßen und daß er, indem er den Schmutz von einem sehr unsichern kleinen Schuh abzukratzen suchte, gewöhnlich mit seinem Bein über das Schabeisen kam.[3] Andre ähnliche Kindheitserinnerungen sind ihm gelegentlich in seinen kleineren Schriften entschlüpft, deren Leser sich erinnern mögen, wie lebendig er Teile seiner Knabenzeit in seiner Phantasie über den Weihnachtsbaum neu belebt hat und kaum vergessen haben werden, was er in seiner gedankenvollen kleinen Abhandlung über „Ammenmärchen" von den zweifelhaften Orten und Leuten sagt, mit denen Kinder bekannt werden, ehe sie sechs Jahre alt sind und zu denen sie allnächtlich von Dienstboten, unter deren Aufsicht sie stehen, gegen ihren Willen gezwungen werden, zurückzukehren. Und hat er nicht auch verständnisvoll erzählt, daß die Kindheit das was sie sieht übertreibt? Wie er meinte, die Hochstraße von Rochester müsse mindestens so breit sein als die Regent Street in London, und nachher fand, daß sie wenig mehr als eine Gasse war; wie die öffentliche Uhr darin, die er für die schönste Uhr in der Welt hielt, sich später als eine Uhr mit einem so kläglichen Mondgesicht herausstellte, als Menschenaugen je sahen, und wie er in dem Rathause, das ihm vormals als ein so herrliches Gebäude erschien, daß er sich darin das Modell vorstellte, wonach der Genius der Lampe den Palast für Aladdin gebaut, mit Schmerzen nichts als einen elenden kleinen Haufen von Ziegelsteinen, einer toll gewordenen kleinen Kapelle ähnlich, erkennen mußte. Allein doch nicht mit so großen Schmerzen, wenn die weisen Nachgedanken sich einstellten. „Ach, welches Recht hatte ich, mit der Stadt zu grollen, daß sie mir verändert schien, da ich selbst so verändert zu ihr zurückkehrte. Meine ganze frühe Lektüre, alle meine frühen Phantasien schlossen sich an diesen Platz an und ich nahm sie so voll unschuldiger Deutung und arglosem Glauben mit mir fort und brachte sie so entstellt und abgenutzt zurück, so viel weiser und so viel schlechter!"

---

[3] „Die Vorsteherin der Anstalt hat keinen Platz in unserm Gedächtnis, aber auf einer ewigen Türmatte, in einem ewigen langen und engen Gang, sitzt ein feister Mops, mit persönlicher Gereiztheit gegen uns, der über die Zeit triumphiert. Das Bellen dieses unheilvollen Mopses, eine Art strahlenförmige Manier, die er hatte, nach unsern unverteidigten Beinen zu schnappen, das gespenstische Grinsen seiner feuchten schwarzen Schnauze und weißen Zähne und die Unverschämtheit seines feisten, wie ein Hirtenstab gekrümmten Schwanzes, leben und blühen alle. Aus einer sonst unerklärlichen Ideenverbindung dieses Hundes mit einer Fiedel schließen wir, daß er von französischer Abkunft und sein Name Fidèle war. Er gehörte einem Frauenzimmer, das vorzugsweise eine Hinterstube im Parterre bewohnte und deren Leben uns unter Schnüffeln und dem Tragen eines blauen Castorhuts dahingegangen zu sein scheint." (Reprinted Pieces.)

Und hier will ich sogleich ausdrücklich bemerken, was schon angedeutet wurde, daß, gerade wie Fielding sich und seine Verhältnisse im *Capitän Booth* und *Amalia* beschrieb und immer beteuerte, daß er in seinen Büchern weiter nichts geschrieben, als was er im Leben gesehen, so dasselbe von Dickens mit ganz besonderer Beziehung auf *David Copperfield* gesagt werden kann. Man hat seit seinem Tode mancherlei Vermutungen angestellt über den Zusammenhang der Lebensgeschichte David Copperfield's mit seiner eigenen, und sich bemüht, die häufig wiederkehrende Darstellung des Gefängnislebens, das er, mit seinem Humor und seinem Pathos, mit so wunderbarer Lebenstreue geschildert hat, aus wirklichen Erfahrungen zu erklären und aus dem, was David in der Schule an Steerforth über die Geschichten erzählt, die er in seiner Kindheit gelesen, nachzuweisen, was sein eignes Genie besonders beeinflußt habe. In allen diesen Dingen ist nicht nur Wahrheit, sondern die Identität ging, wie sich gleich herausstellen wird, tiefer als irgendjemand gedacht hatte und umfaßte Erfahrungen, die in der Wirklichkeit nicht weniger außerordentlich waren, als sie in der Dichtung zu sein schienen.

Was für „Lektüre" und „Phantasien" er von Chatham mit fortnahm, kann diese Autorität uns sagen. Es ist eine der vielen Stellen in *Copperfield*, die wörtlich wahr sind und hier ist der Ort sie einzuschalten. „Mein Vater hatte eine kleine Büchersammlung in einem kleinen Zimmer im obern Stock gelassen, zu dem ich Zutritt hatte (denn es stieß an mein eigenes) und um das niemand sonst im Hause sich je bekümmerte. Aus diesem gesegneten kleinen Zimmer kamen Roderich Random, Peregrine Pickle, Humphrey Clinker, Tom Jones, der Vicar von Wakefield, Don Quichotte, Gil Blas und Robinson Crusoe hervor, eine glorreiche Schar, um mir Gesellschaft zu leisten. Sie hielten meine Phantasie lebendig und meine Hoffnung auf etwas jenseits jenes Ortes und jener Zeit – sie und die *Arabischen Nächte* und die „Erzählungen der Genien" – und fügten mir kein Übel zu; denn was etwa Übles in ihnen war, war nicht für mich da; ich wußte nichts davon. Ich wundere mich jetzt, wie ich inmitten meines verworrenen Brütens über wichtigern Gegenständen Zeit fand, diese Bücher so zu lesen wie ich sie las. Es ist mir sonderbar, wie ich mich je in meinen kleinen Leiden (die für mich große Leiden waren) damit trösten konnte, daß ich meine Lieblings-Charaktere in denselben personifizierte ... Ich bin eine ganze Woche lang Tom Jones (ein kindlicher Tom Jones, ein harmloses Geschöpf) gewesen. Ich habe, wie ich wahrhaftig glaube, meine eigne Vorstellung von Roderich Random einen ganzen Monat lang in einem Zuge durchgeführt. Ich verschlang mit gierigem

Behagen einige Bände Reisebeschreibungen – ich vergesse jetzt, welche – die in jenen Bücherbrettern waren; und ich erinnere mich, daß ich viele Tage lang in meiner Region unsres Hauses umherwanderte, bewaffnet mit dem Mittelstück aus einem alten Stiefelblock, als vollkommene Personifikation eines Capitäns der britischen Marine, der Gefahr läuft, von Wilden überfallen zu werden, und entschlossen ist, sein Leben so teuer als möglich zu verkaufen ... Wenn ich daran denke, so steigt vor meiner Seele immer das Bild eines Sommerabends auf; die Jungen spielen auf dem Kirchhof und ich sitze auf meinem Bette, wie auf Leben und Tod lesend. Jede Scheune in der Nachbarschaft, jeder Stein in der Kirche und jeder Fußbreit des Kirchhofs stand in meinem Geiste in einer gewissen Beziehung zu diesen Büchern und stellte einen in denselben berühmt gewordenen Ort dar. Ich habe Tom Pipes den Kirchturm hinauf klettern sehen; ich habe Strap belauscht, wie er mit seinem Ranzen auf dem Rücken an dem Gartentor ausruht, und ich *weiß*, daß Kommodor Trunnion seinen Club mit Mr. Pickle in der Gaststube unsrer kleinen Dorfkneipe hatte." Jedes Wort dieser persönlichen Erinnerung war als Tatsache niedergeschrieben, mehrere Jahre, ehe es seine Stelle in *David Copperfield* fand; die einzige Abänderung in der Dichtung bestand in der Auslassung des namens einer um jene Zeit veröffentlichten billigen Ausgabe der Novellendichter, mittelst deren sein Vater glücklicherweise der Besitzer eines so großen Haufens literarischer Schätze in seiner kleinen Büchersammlung geworden war.

Das gewöhnliche Resultat erfolgte. Das Kind fing selbst zu schreiben an und erwarb in seinem kindischen Kreise Ruhm durch eine Tragödie namens *Misnar*, Sultan von Indien, die sich auf eine der „Erzählungen der Genien" (ohne Zweifel in sehr wörtlicher Weise) gründete. Doch war dies nicht seine einzige Auszeichnung. Er besaß ein solches Geschick im Erzählen von Geschichten aus dem Stegreif und trug kleine komische Lieder so vortrefflich vor, daß man ihn zu Hause und anderswo, der wirksameren Entfaltung seiner Talente willen, auf Stühle und Tische zu heben pflegte, und als er mir dies während einer der Dreikönigstags-Gesellschaften an dem Geburtstage seines ältesten Sohnes zuerst erzählte, sagte er, er erinnere sich nie daran, ohne daß seine schrille kleine Kinderstimme ihm wieder in den Ohren klinge und erröte zu denken, wie unausstehlich er für viele harmlose erwachsene Leute gewesen sein müsse, die aufgefordert wurden, ihn zu bewundern.

Sein Hauptbeförderer in diesen Dingen war ein junger Mann von Talent, namens James Lamert, viel älter als er selbst, Stiefsohn seiner

Tante und daher eine Art Vetter und der große Gönner und Freund seiner Kindertage. Mary, die älteste Tochter Charles Barrow's, der selbst ein Lieutenant in der Kriegsflotte war, war in erster Ehe mit einem Kommodor der Kriegsflotte, namens Allen, verheiratet gewesen; nachdem dieser bei Rio Janeiro ertrunken war, hatte sie sich zu ihrer Schwester, der Frau des Beamten im Zahlamt der Marine, nach Chatham begeben, wo sie sich später in zweiter Ehe mit Dr. Lamert, einem Militärarzt, verheiratete, dessen Sohn James, auch nachdem er in das Kadettenhaus nach Sandhurst geschickt war, Chatham noch von Zeit zu Zeit besuchte. Er hatte eine Neigung für theatralische Aufführungen, und da der zweite Mann seiner Stiefmutter sein Quartier in dem Artilleriehospital in Chatham, einem weitläufigen, sonst damals fast unbewohnten Gebäude hatte, fehlte es nicht an Räumlichkeiten, wo er seine Darstellungen veranstalten konnte. Der Stabsarzt selbst nahm daran Teil und man wird sein Porträt im *Pickwick* wiederfinden.

Von Lamert wurde Dickens, wie ich ihn oft habe sagen hören, in sehr zartem Alter in's Theater genommen. Er konnte indes kaum jünger gewesen sein, als Charles Lamb, der sich erinnerte, mit sechs Jahren den *Artaxerxes* gesehen zu haben, und ganz gewiß nicht jünger als Sir Walter Scott, der erst vier Jahre alt war, als er Shakespeare's *Wie ihr wollt* in dem Theater in Bath aufführen sah und sich erinnerte, laut ausgerufen zu haben: *Sind sie nicht Brüder?* als der Anfang des Kampfes zwischen Orlando und Oliver ihm ein Ärgernis gab. Aber jedenfalls war er alt genug, um sich zu entsinnen, wie sein Herz vor Schrecken klopfte, als der böse König Richard, gegen den tugendhaften Richmond auf Leben und Tod kämpfend, sich an die Loge, in der er saß, zurückzog und dagegen stieß; und spätere Besuche in demselben Heiligtum enthüllten ihm, wie er uns erzählt, viele wundersame Geheimnisse, „worunter nicht die am wenigsten furchtbaren waren, daß die Hexen im *Macbeth* eine schreckenerregende Ähnlichkeit hatten mit den Thanen und andern eigentlichen Bewohnern Schottlands und daß der gute König Duncan nicht in seinem Grabe ruhen konnte, sondern beständig daraus hervorkam und unter einem andern Namen wieder erschien."

Während der beiden letzten Jahre von Dickens Aufenthalt in Chatham wurde er in eine Schule geschickt, welcher der bereits genannte junge Baptistenprediger, Mr. William Giles, vorstand. Sein Bild aus dieser Zeit steht klar vor meiner Seele, als das eines gefühlvollen, nachdenklichen, schwächlichen kleinen Jungen, mit ungewöhnlicher Kenntnis und Phantasie für ein solches Kind und mit einer gefährlichen Art von umherschweifendem Verstand, den ein Lehrer zum Guten oder Bösen, zu Glück oder Elend wenden konnte, je nachdem er ihn leitete. Übrigens scheint der Einfluß von Mr. Giles, so weit er eben ging, ein vorteilhafter gewesen zu sein. Charles selbst empfand es in spätern Jahren nicht ohne Dankbarkeit, daß dieser erste seiner Lehrer in seiner ziemlich liebeleeren Kindheit ihn für einen Knaben von Talent erklärt hatte, und als sein alter Lehrer ihm um die Zeit, als ungefähr die Hälfte der *Pickwickier* veröffentlicht war, eine silberne Schnupftabaksdose schickte, mit der bewundernden Inschrift „An den unvergleichlichen Boz", erinnerte ihn dies an das viel köstlichere Lob, das er bei seinem ersten Jahresexamen in Mr. Giles' Schule davon getragen, als seine Deklamation eines Stückes aus dem Humourist's Miscellany, über Doktor Bolus, ihm, falls seine jugendliche Eitelkeit ihn nicht täuschte, ein doppeltes Dacapo errungen. Eine Gewohnheit (die einzige schlechte, die Mr. Giles ihm beibrachte), eine Zeit lang in äußerst mäßigen Dosen den „Irish Blackguard" genannten Schnupftabak zu gebrauchen, war das Resultat dieses Geschenks seines alten Lehrers; aber er gab sie nach einigen Jahren auf und kehrte seitdem nie wieder dazu zurück.

Es war auf dem die Schule umgebenden Spielplatz, wo er, einer seiner jugendlichen Erinnerungen zufolge, zur Zeit der Heuernte, durch seine Landsleute, die siegreichen Briten (einem Jungen aus dem anstoßenden Hause und seinen beiden Vettern), aus dem Kerker von Seringapatam, einem ungeheuern Gebäude (von Heuhaufen) befreit und mit Entzücken von seiner Braut (Miss Green) erkannt wurde, die den ganzen Weg von England (aus dem zweiten Hause in der Reihe) herübergekommen war, um ihn loszukaufen und zu heiraten. Es war, wie er selbst berichtet hat, ebenfalls auf diesem Spielplatz, wo er zuerst im Vertrauen von Einem, dessen Vater „im Staatsdienst stand" und in hohen Kreisen angesehen war, von dem Dasein einer schrecklichen Räuberbande hörte, genannt *die Radikalen*, deren Grundsätze waren: daß der Prinz-Regent ein Corset trage, daß niemand einen Anspruch auf Besoldung habe und daß man die Armee und die Flotte beseitigen müsse – Gräuel, vor denen er in seinem Bett zitterte, nachdem er darum gebetet, daß die Radikalen schleunig gefangen genommen und gehängt werden möchten. Auch war es nicht die geringste unter den Enttäuschungen eines Besuchs, den er später dem Schauplatz seines Knabenalters abstattete, daß er seinen Spielplatz durch eine Eisenbahnstation verschlungen fand. Derselbe war, samt seinen zwei schönen Hagedornbäumen, dahin und wo die Hecke, der Rasen und alle die Butterblumen und Maßlieben geblüht hatten, war nichts als die steinigste aller rüttelnden Straßen.

Dickens war nicht viel mehr als neun Jahre alt, als sein Vater von Chatham nach London zurückberufen wurde und er seinen guten Lehrer und den alten Ort, der ihm durch Erinnerungen, woran er sein ganzes späteres Leben hindurch hing, lieb geworden war, verlassen mußte. Hier war es, wo er nicht nur die berühmten Bücher kennen gelernt hatte, die David Copperfield ausdrücklich nennt: *Roderich Random, Peregrine Pickle, Humphrey Clinker, Tom Jones, den Vicar von Wakefield, Don Quichotte, Gil Blas, Robinson Crusoe, Tausend und Eine Nacht* und die Erzählungen der Genien, sondern auch die Zeitschriften *Spectator, Idler, Tatler, Citizen of the World* und Mrs. Juchbald's Sammlung von Possen. Auch diese letzteren waren in der kleinen Bibliothek gewesen, zu der er Zutritt hatte, und seine früheste Erinnerung hinsichtlich derselben war, nicht daß er sie zum ersten, zweiten oder drittenmal, sondern daß er sie in Chatham immer wieder und wieder gelesen habe. Sie waren eine Schar von Freunden für ihn, als er keinen einzigen Freund hatte, und ich hörte ihn oft sagen, als er den Ort verlassen, sei ihm gewesen, als verlasse er diese Freunde und alles, was seinem kränkelnden kleinen Leben Gestalt und Sonnenschein verliehen, auch. Dort lag die Geburtsstätte seiner Phantasie und er wußte kaum, wie viel das geschäftig wechselnde Leben des Ortes ihm Wert war, ehe er die niedersinkende Wolke erblickte, die seine Bilder auf immer vor ihm verbergen sollte. Das Ein- und Ausziehen der schmucken glänzenden Regimenter, das beständige Exerzieren und Feuern, die Aufeinanderfolge von Schein-Belagerungen und Schein-Verteidigungen, die von seinem Vetter im Hospital veranstalteten Schauspiele, die Yacht des Marinezahlamts, in der er mit seinem Vater nach Sheerneß gesegelt war und die aus dem Medway ausfahrenden Schiffe mit ihren fernen Visionen vom Meere – alles das sollte er verlieren. Nie mehr sollte er den Spielen der Knaben zusehen, oder sehen, wie sie die Schein-Belagerungen und Schein-Verteidigungen noch einmal wieder durchkämpften. Er sollte in der Stage-Coach *Kommodor* nach London fahren und die Kentischen Wälder und Felder, der Park und der Landsitz von Cobham, die Kathedrale und das Schloß von Rochester, das ganze wunderbare Märchen, mit Einschluß des rotwangigen kleinen Kindes, für das er eine leidenschaftliche Liebe empfunden, sollte wie ein Traum verschwinden. „Am Vorabend „unsrer Abreise," erzählte er mir, „kam mein guter Lehrer zwischen den Kisten und Kasten hereingehuscht, um mir Goldsmith's *Biene* zum Andenken mitzugeben; – die ich auch, um seinet- und um ihretwillen lange behielt." Noch später besann er sich auf die Fahrt in der Stage-Coach und bemerkte in einer seiner veröffentlichten Schriften, er habe nie, in allen dazwischen liegenden Jahren, den Geruch des feuchten Strohes vergessen, in das er eingepackt gewesen und wie Wild franko befördert worden sei. „Es war kein Passagier außer mir in der Kutsche und ich verzehrte meine Butterbröte in Einsamkeit und Trübsinn und der Regen strömte die ganze Zeit nieder und das Leben kam mir schmutziger vor als ich erwartet hatte."

Die frühsten Eindrücke, die er in London empfing und behielt, bezogen sich auf die Geldverlegenheiten seines Vaters, und damals hörte er zuerst von der „Urkunde" reden, welche in Wahrheit die Krise in den Verhältnissen seines Vaters bezeichnete, die in der Dichtung denjenigen Mr. Micawber's zugeschrieben wird. Später erfuhr er, daß es ein Vergleich mit Gläubigern gewesen war, obgleich er sich bewußt war, es in dieser frühern Zeit mit Pergamenten von weit dämonischerer Art verwechselt zu haben. Eine Folge des furchtbaren Dokuments zeigte sich bald in notgedrungenen Einschränkungen. Die Familie mußte ihren Wohnsitz in einem Hause in Bayham Street, in Camden Town, aufschlagen.

Bayham Street war damals so ziemlich der ärmste Teil der Londoner Vorstädte und das Haus war eine elende kleine Wohnung, mit einem kläglichen kleinen Hintergarten, der an einen schmutzigen Hof stieß. Das war kein Ort, neue Bekanntschaften zu machen: es gab keine Knaben in der Nähe, mit denen er hoffen konnte, irgendwie befreundet zu werden. Eine Waschfrau wohnte in dem anstoßenden Hause und ein Polizist auf der gegenüberliegenden Seite der Straße. Wieder und wieder hat er hiervon mit mir gesprochen und wie er sofort in einen von allen andern Knaben seines Alters geschiedenen Zustand der Einsamkeit zu verfallen und zu Hause in eine verwahrloste Lage zu versinken schien, die ihm immer ganz unerklärlich gewesen war. „Wenn ich," sagte er bei einer Veranlassung sehr bitter, „in der kleinen Hinter-Dachkammer an alles dachte was ich verloren, indem ich Chatham verlor – was würde ich nicht gegeben haben (hätte ich etwas zu geben gehabt), in irgendeine andre Schule geschickt und irgendwo in irgendetwas unterrichtet zu werden!" Er war schon in einer andern Schule, ohne es zu wissen. Die ihm aufgezwungene Selbsterziehung lehrte ihn, vorläufig noch unbewußt, eben das, was ihm für die Zukunft, die ihm bevorstand, am wichtigsten war, zu wissen.

Daß er, von den frühesten Anfängen dieses Lebens in Bayham Street an, seine ersten Eindrücke jener kämpfenden Armut empfing, die nirgends lebendiger hervortritt, als in den geringeren Straßen einer gewöhnlichen Londoner Vorstadt und die seine frühesten Schriften mit einem originellen Humor und einem ungesuchten Pathos bereicherten, denen dieselben viel von ihrer raschen Popularität verdankten, kann nicht bezweifelt werden. „Ich verstand sie damals", hat er oft zu mir gesagt, „sicherlich ebenso gut als jetzt." Aber er war sich noch nicht bewußt, daß er sie so verstand, oder was für einen Einfluß dies Verständnis schon damals auf sein Leben ausübte. Es scheint fast zuviel, von einem neun- oder zehnjährigen Kinde zu behaupten, daß seine Beobachtung so scharf und richtig gewesen, oder daß er ebenso viel intuitive Einsicht in den Charakter und die Schwächen der erwachsenen Leute seiner Umgebung besessen habe, als zu der Zeit, da dieselbe durchdringende und wunderbare Fähigkeit ihn unter den Menschen berühmt machte. Aber so wie ich ihn kannte, konnte ich nicht umhin, der von ihm unveränderlich wiederholten Behauptung: er habe nie Ursache gehabt, etwas in dem, was während seiner Knabenzeit sein geheimer Eindruck über irgendeine Person gewesen, zu ändern oder zu bessern, wenn er als erwachsener Mann in spätern Jahren Gelegenheit zur Prüfung gehabt habe, vollkommenen Glauben beizumessen.

Wie es kam, daß ein Kind von solcher Anlage in das Elend und die Verwahrlosung der Zeit, von der ich jetzt reden werde, versank, war ein Problem, worüber wir oft unsre Gedanken austauschten, und bei einer Gelegenheit entwarf er mir ein Charakterbild seines Vaters, das, da ich es hier ganz in den von ihm gebrauchten Worten wiedergeben kann, die beste Vorrede zu Mitteilungen sein wird, hinsichtlich deren mir keine Wahl bleibt. „Ich weiß, daß mein Vater ein so warmherziger und edler Mensch ist, als irgendeiner, der je in der Welt lebte. Sein ganzes Benehmen gegen seine Frau, seine Kinder und seine Freunde, soweit ich mich desselben erinnere, ist über alles Lob erhaben. Bei mir hat er, wenn ich als Kind krank war, Nacht und Tag, unermüdet und geduldig, viele Tage und Nächte gewacht. Er unternahm nie ein Geschäft, einen Auftrag oder eine Verantwortlichkeit, ohne sie eifrig, gewissenhaft, pünktlich, ehrenhaft zu erfüllen. Er war immer unermüdlich fleißig. Er war in seiner Weise stolz auf mich und bewunderte meinen komischen Gesang sehr. Aber bei der Leichtigkeit seines Temperaments und dem Mangel an Geldmitteln schien er um diese Zeit jeden Gedanken an meine Erziehung völlig verloren und sich der Vorstellung, daß ich irgendwelche Ansprüche an ihn habe, völlig entschlagen zu haben. So sank ich dazu herab, daß ich morgens seine und meine Stiefel putzte und mich bei den Geschäften des kleinen Hauses nützlich machte und nach meinen jüngern Brüdern und Schwestern sah (es waren unser jetzt im ganzen sechs) und die kläglichen Bestellungen ausrichtete, die bei unsrer kläglichen Lebensweise auszurichten waren."

Der schon erwähnte Vetter, James Lamert, der vor kurzem seine Erziehung in Sandhurst beendet hatte und auf sein Offizierspatent wartete, wohnte damals bei der Familie in Bayham Street und hatte weder seinen Geschmack für die Bühne, noch seinen dahin schlagenden Erfindungsgeist verloren. Von Mitleid für den einsamen Knaben erfüllt, verfertigte und malte er ein kleines Theater für ihn. Es war die einzige poetische Wirklichkeit seines damaligen Lebens; aber es konnte ihm nicht ersetzen, was er am schmerzlichsten entbehrte, den Verkehr mit Knaben von seinem eigenen Alter, mit denen er an den Vorteilen einer Schule hätte teilnehmen und um die Preise derselben kämpfen können. Seine Schwester Fanny wurde um diese Zeit als Schülerin in die königliche Musik-Akademie aufgenommen und er erzählte mir, welch' ein Stoß durch's Herz es für ihn war, als er, im Gedanken an seine eigene verwahrloste Lage, sie unter den tränenvollen guten Wünschen sämtlicher Hausbewohner fortgehen sah, um ihre Erziehung anzufangen.

Doch indem die Zeit vorrückte, rückte nichtsdestoweniger unbewußt auch seine Erziehung, unter dem strengsten und mächtigsten aller Lehrer, vor und vernachlässigt und elend wie er war, gelang es ihm allmählich, alle Träumereien, das ganze träumerische Wesen und die ganze Romantik, womit er Chatham bekleidet hatte, auf London zu übertragen. Am obern Ende von Bayham Street standen damals (und standen noch, als ich vor fast siebenundzwanzig Jahren die Straße wieder mit ihm besuchte) einige Armenhäuser, und dorthin zu gehen und von dieser Stelle aus über die Erdhaufen und Felder die Kuppel der Paulskirche durch den Rauch aufdämmern zu sehen, war, wie er mir erzählte, ein Vergnügen für ihn, das ihm für Stunden unbestimmten Nachdenkens Nahrung bot. Ein Spaziergang in die wirkliche Stadt, besonders in die Nähe von Covent Garden und des Strand, erfüllte ihn mit wahrhaftem Entzücken. Aber die mächtigste Anziehungskraft übte der abstoßende Distrikt von St. Giles auf ihn aus. Wenn er nur die Personen, die mit ihm spazieren gingen, bewegen konnte, ihn durch Seven-Dials[4] zu führen, war er außer sich vor Freude. „Großer Gott!" rief er oft aus, „was für wilde Visionen von Ausgeburten der Schlechtigkeit, des Mangels und des Bettlertums stiegen aus diesem Ort in meinem Geiste empor!" Er war, was der Leser nicht vergessen darf, diese ganze Zeit über noch beständigen Krankheitsan-

---

4 Den Mittelpunkt des Distrikts von St. Giles.

fällen unterworfen und aus diesem Grunde selbst für sein Alter ein sehr kleiner Knabe.

Wir nähern uns jetzt einem Teil seines Knabenalters, den er, als die Tage des Ruhms und des Glücks für ihn kamen, wie eine schmerzliche Last in seinem Gedächtnis fühlte, bis er sie lindern konnte, indem er sie mit einem Freunde teilte, und ein Zufall, den ich sogleich erwähnen werde, führte diese Enthüllung herbei. Vorher muß ich aber noch eine Zwischenzeit von einigen Monaten beschreiben, über die ich nach Unterredungen und Briefen, welche in Folge jener Enthüllung zwischen uns gewechselt wurden und die bereits für diese Blätter von Nutzen gewesen sind, einige allgemeine und flüchtige Notizen mitteilen kann. Ich bin es mir selbst schuldig zu bemerken, daß der Gebrauch, den ich jetzt davon mache, damals beabsichtigt wurde; denn obschon ich lange vor seinem Tode aufgehört hatte, es für wahrscheinlich zu halten, daß ich ihn überleben würde, um über ihn zu schreiben, so hatte er doch den zu jener Zeit entschieden ausgedrückten Wunsch nie widerrufen, noch mir das Vertrauen entzogen, welches er mir nicht bloß damals, sondern bis an seinen Tod schenkte und wodurch ich in den Stand gesetzt werden sollte, jenen Wunsch zu erfüllen.[5] Er hatte selbst in der Tat die Erfüllung erleichtert, indem er in „David Copperfield" den Schleier teilweise lüftete.

---

[5] Der Leser wird mir verzeihen, wenn ich eine Stelle aus einem Briefe vom 22. April 1848 anführe. „Ich verlange nichts Besseres für meinen Ruhm, wenn meine persönliche Staubigkeit sich dem Einfluß meiner Ordnungsliebe entzogen haben wird, als einen solchen Biographen und einen solchen Kritiker." „Du kennst mich besser," schrieb er, denselben Gegenstand wieder aufnehmend, am 6. Juli 1862, „als irgendein anderer Mensch mich kennt, oder je kennen wird." In einer Stelle meines Tagebuchs finde ich, während des Zwischenraums zwischen diesen Jahren, einige Worte, die nicht allein die Zeit bezeichnen, als ich das autobiographische Fragment, welches den Hauptinhalt des zweiten Kapitels bilden wird, zuerst in zusammenhängender Form sah, sondern auch seine eignen Empfindungen darüber ausdrücken, nachdem er es geschrieben. „20. Januar 1849. Die Schilderung mag keinen solchen Eindruck auf andere hervorbringen, als die Wirklichkeit auf ihn hervorbrachte. Sehr wahrscheinlich mag sie nie das Licht erblicken. Kein Wunsch. Bleibt John Forster oder andern überlassen." Das erste Heft von „David Copperfield" erschien fünf Jahre nach diesem Datum, aber obgleich ich, schon ehe er sein autobiographisches Fragment in das elfte Kapitel jenes Romans verwob, wußte, daß er die Absicht, dasselbe unter seinem eignen Namen zu vollenden, aufgegeben habe, so wurde doch das „kein Wunsch" und das mir überlassene Dafürhalten später in keiner Weise modifiziert. Was an derselben Stelle folgt, bezieht sich auf das Manuskript des Fragments. „Kein Ausstreichen, wie beim Schreiben von Romanen, sondern grade vorwärts, wie beim Schreiben von gewöhnlichen Briefen."

Die Besuche, die er von Bayham Street aus machte, galten besonders zwei Verwandten und Freunden der Familie, dem ältern Bruder seiner Mutter und seinem Taufvater. Der letztere, ein Takelmeister und Mast-, Ruder- und Blockverfertiger, wohnte in der Nähe der Themse, in wohlhabenden Verhältnissen, und erwies sich freundlich gegen sein Patenkind. Es war immer ein großes Vergnügen für ihn, dorthin zu gehen, und das Bild Londons bei Nacht auf seinem Rückwege erweckte ihm stets Freude und Staunen. Dort kam auch sein Talent für das Singen komischer Lieder so sehr zur Anerkennung, daß einer der Gäste seines Taufvaters, ein ehrlicher Schiffsbauer, den Knaben für ein „kleines Wunder" erklärte. Die Besuche bei seinem unverheirateten Onkel, der wie sein Vater bei der Marineverwaltung angestellt war, führten ihn nicht so weit von Hause. Mr. Thomas Barrow, das älteste Mitglied der Familie seiner Mutter, hatte sich das Bein durch einen Fall gebrochen und bewohnte, während er auf dem Krankenbette lag, den obern Teil des Hauses eines würdigen alten Herrn, der eben damals gestorben war, eines Buchhändlers, namens Manson, Vater des Teilhabers in der berühmten Firma Christie und Manson, dessen Witwe um diese Zeit das Geschäft weiterführte. Durch die Erscheinung des Knaben angezogen, liehen diese guten Leute ihm Bücher zu seiner Unterhaltung, unter andern Miss Porter's Scottish Chiefs, Holbein's Totentanz und George Colman's Broad Brins (Grimaçen). Dies letztere gefiel ihm sehr und eine Beschreibung des Covent-Garden-Markts in dem „der Ältere Bruder" betitelten Abschnitt brachte einen so lebhaften Eindruck auf ihn hervor, daß er sich auf eigne Hand nach dem Covent-Garden-Markt schlich, um ihn mit dem Buche zu vergleichen. Er erinnerte sich, als er mir dies erzählte, daß er den Geruch der welken Kohlblätter eingesogen habe, als wäre derselbe der Lebensatem der komischen Dichtung. Und in der Tat hatte er nicht ganz Unrecht, wie die komische Dichtung damals und einige Zeit nachher war. Es war ihm selbst vorbehalten, ihr ein reineres und frischeres Leben einzuhauchen. Vorher sollten noch manche Jahre vergehen, aber er fing bereits an, den Versuch zu machen.

Sein Onkel ließ sich von einem äußerst seltsamen alten Barbier aus der Nachbarschaft rasieren, der nie müde wurde, die Ereignisse des letzten großen Krieges zu besprechen und besonders Napoleon's Missgriffe zu enthüllen und dessen ganzes Leben nach einem von ihm selbst entworfenen Plane umzugestalten. Der Knabe entwarf eine Beschreibung dieses alten Barbiers, hatte aber nie den Mut, sie jemandem zu zeigen. Ungefähr um dieselbe Zeit entwarf er, nach dem Muster der Haushälterin des Kanonikus in Gil Blas, eine Skizze einer tauben alten Frau, die ihnen in Bayham Street aufwartete und mit Wallnußbrühe schmackhafte Ragouts bereitete. Auch diese Skizze ließ er niemanden sehen, obgleich er sie selbst für äußerst geistreich hielt.

Inzwischen gingen die Dinge in Bayham Street schlecht; die Besuche des armen Knaben bei seinem Onkel, während der letztere noch durch seinen Unfall an's Haus gefesselt war, wurden durch einen neuen Fieberanfall unterbrochen und nach seiner Genesung hatte die geheimnisvolle „Urkunde" wieder die Oberhand gewonnen. Seines Vaters Geldmittel waren so gering und alle seine Auskunftsmittel so vollständig erschöpft, daß ein Versuch gemacht werden sollte, ob seine Mutter nicht helfen könne. Die Zeit sei für sie gekommen, sich zu bemühen, sagte sie, und „sie müsse etwas tun". Es hieß, der Taufvater an der Themse habe Verbindungen mit Indien. Die Leute in Indien schickten ihre Kinder immer nach England, um dort erzogen zu werden. Sie wollte eine Schule einrichten. Dadurch würden sie alle reich werden. Und dann, dachte der kranke Knabe, „könnte vielleicht sogar ich selbst zur Schule gehen".

Ein Haus wurde bald in Nr. 4 Gower Street gefunden; ein großes Messingschild an der Tür kündigte „Mrs. Dickens' Institut" an und den Erfolg kann ich in den eignen Worten des damaligen kleinen Schauspielers in der Komödie mitteilen, dessen Hoffnungen so hoch dadurch gespannt worden waren: „Ich gab an sehr vielen andern Türen sehr viele Zirkulare ab, die auf die Verdienste des Instituts hinwiesen. Doch niemand kam je in die Schule, noch erinnere ich mich, daß jemand sich bereit erklärte zu kommen, oder daß die geringsten Vorbereitungen gemacht wurden, jemanden zu empfangen. Aber ich weiß, daß wir uns sehr schlecht mit dem Fleischer und dem Bäcker verstanden, daß wir sehr oft nicht zu viel zum Mittagsessen hatten, und daß endlich mein Vater verhaftet wurde." Die Zwischenzeit zwischen dem Verhaftslokal und dem Gefängnis brachte der traurige Knabe damit hin, Bestellungen und Botschaften für den Gefangenen auszurichten, die mit geschwollenen, tränenfeuchten Augen überbracht wurden, und die letzten Worte, welche sein Vater zu ihm sagte, als er schließlich in das Schuldgefängnis nach Marshalsea abgeführt wurde, lauteten dahin, daß die Sonne auf immer über ihm untergegangen sei. „Ich glaubte damals wirklich", sagte Dickens zu mir, „sie würden mein Herz brechen." Er nahm später reichliche Rache für diesen falschen Alarm, indem er die ganze Welt in *David Copperfield* darüber lachen ließ.

Die Leser von Mr. Micawber's Geschichte, die sich des ersten Besuchs David's in dem Marshalsea-Gefängnis erinnern, und wie der Anblick des Schließers ihm den Schließer in der baumwollnen Decke in „Roderich Random" in's Gedächtnis rief, werden mit gespanntem Interesse lesen was folgt und was als tatsächliches persönliches Erlebnis zwei oder drei Jahre, ehe Dickens sich mit der Dichtung auch nur in Gedanken beschäftigte, niedergeschrieben war.

„Mein Vater erwartete mich in der Wohnung des Türhüters und wir gingen in sein Zimmer hinauf (in dem zweitobersten Stockwerk) und weinten laut. Und er riet mir, wie ich mich entsinne, mir die Warnung zu Herzen zu nehmen und zu bedenken, daß, wenn jemand zwanzig Pfund jährliches Einkommen habe und neunzehn Pfund neunzehn Schillinge und sechs Pence davon ausgebe, es ihm gut gehen werde, wenn er aber einen Schilling mehr ausgebe, so werde er ins Elend geraten. Ich sehe das Feuer, vor dem wir saßen, noch jetzt; es waren zwei Ziegelsteine in dem rostigen Kamingitter angebracht, einer auf jeder Seite, um zu verhüten, daß zu viele Kohlen verbrannt wurden. Ein anderer Schuldgefangener, der später hereinkam, teilte das Zimmer mit ihm und da das Mittagessen auf gemeinsame Kosten hergestellt wurde, schickte man mich hinauf zu Capitän Porter, in das Zimmer über dem unsern, mit Mr. Dickens Empfehlung und ich wäre sein Sohn und ob er, Capitän P., mir ein Messer und eine Gabel leihen könne.

„Capitän Porter lieh mir das Messer und die Gabel und schickte seine Empfehlungen. In seinem Zimmer befanden sich eine sehr schmutzige kleine Dame und zwei abgezehrte Mädchen, seine Töchter, mit dickem buschigen Haar. Ich dachte, ich hätte Capitän Porter's Kamm nicht gerne leihen mögen. Der Capitän selbst befand sich in dem letzten Stadium der Schäbigkeit, und könnte ich zeichnen, so würde ich ein treues Bild entwerfen von dem uralten braunen Überrock, den er, ohne einen andern Rock darunter, trug. Er hatte einen großen Bart. Ich sah sein Bett in einer Ecke aufgerollt und die in seinem Besitz befindlichen Teller und Schüsseln und Töpfe auf einem Brett und ich wußte (Gott weiß wie), daß die beiden Mädchen mit dem dicken buschigen Haar Capitän Porter's natürliche Kinder waren, und daß die schmutzige Dame nicht mit Capitän P. verheiratet war. Mein scheuer erstaunter Standpunkt auf seiner Schwelle wurde nicht mehr als ein paar Minuten inne gehalten, aber ich kam wieder in das untere Zimmer hinunter mit all' diesen Dingen ebenso gewiß in meinem Bewußtsein, als mit Messer und Gabel in meiner Hand."

Wie das Mittagsessen am Ende doch etwas Angenehmes und Zigeunerhaftes hatte und wie er früh Nachmittags dem Capitän Messer und Gabel zurückbrachte, und wie er nach Hause ging, um seine Mutter mit dem Bericht über seinen Besuch zu trösten, hat David Copperfield ebenfalls genau erzählt. Zu Hause folgten dann viele elende tägliche Kämpfe, die eine unendliche Zeit zu dauern schienen, vielleicht aber nicht viele Wochen dauerten. Fast alles wurde allmälig verkauft oder verpfändet und der kleine Charles war bei diesen traurigen Vorgängen der Hauptvermittler. Die Bücher, die von Chatham mitgenommen waren, *Peregrine Pickle*, *Roderich Random*, *Tom Jones*, *Humphrey Clinker* und alle übrigen, gingen zuerst. Sie wurden von dem kleinen Chiffonier, den sein Vater die Bibliothek nannte, zu einem Buchhändler in Hampstead-Road getragen, demselben, den David Copperfield als in City-Road wohnend beschreibt, und der Bericht über den Verkauf, wie er wirklich stattfand, und mir lange ehe David das Licht der Welt erblickte, mitgeteilt wurde, erschien Wort für Wort wieder in der Erzählung des Romans. „Der Besitzer dieses Buchladens bewohnte ein kleines, hinter demselben gelegenes Haus, und pflegte sich jede Nacht zu betrinken und jeden Morgen von seiner Frau heftig gescholten zu werden. Mehr als einmal, wenn ich früh zu ihm ging, gab er mir Audienz in einem zurückgeschlagenen Bette, mit einer Wunde in der Stirn oder einem schwarzen Auge, den Zeichen seiner nächtlichen Ausschweifungen (denn wie mir schien, war er streitsüchtig, wenn er betrunken war), und mit zitternder Hand bemühte er sich dann, die nötigen Schillinge in einer oder der andern Tasche seiner auf dem Fußboden liegenden Kleidungsstücke zu finden, während seine Frau, mit einem Säugling in den Armen und niedergetretenen Schuhen, keinen Augenblick abließ, ihm Vorwürfe zu machen. Mitunter hatte er sein Geld verloren und dann bat er mich, wieder zu kommen; aber seine Frau hatte immer etwas (hatte vermutlich seins genommen, während er betrunken war), und schloß insgeheim den Vergleich auf der Treppe ab, indem wir hinunter gingen."

Auch mit dem Trödelladen, der David so wohl bekannt war, wurde Charles nicht weniger vertraut und der Pfandverleiher oder dessen Hauptgehülfe hinter dem Ladentisch bewiesen ihm bei diesen Gelegenheiten viele Aufmerksamkeit; besonders hörte es der Letztere gern, wenn der Knabe, während er das Duplikat ausfertigte, ihm ein lateinisches Zeitwort vorkonjugierte und sein musa und dominus deklinierte oder übersetzte. Unter dieser Begleitung ging allmählich alles hin, bis endlich selbst von den Möbeln in No. 4 Gower Street nichts übrig blieb, als ein paar Stühle, ein Küchentisch und einige Betten. Sie schlugen dann in den beiden Wohnzimmern des ausgeleerten Hauses gleichsam ihr Lager auf und wohnten dort Tag und Nacht.

Dies alles ist nur das Vorspiel zu dem, was jetzt erzählt werden soll.

Zweites Kapitel

Harte Erfahrungen im Knabenalter
1822–1824

Die nachstehenden Begebenheiten, wie die Ereignisse seiner Kindheit und Jugend überhaupt, würden mir vermutlich nie bekannt geworden sein, ohne eine Frage, die ich im März oder April 1847 zufällig an ihn richtete.

Ich fragte ihn, ob er sich entsinne, in seiner Kindheit je unseren Freund, den ältern Dilke[6], gesehen zu haben, einen Bekannten und Altersgenossen seines Vaters, der in demselben Büro der Marineverwaltung angestellt war wie Mr. John Dickens. Ja, sagte er, er erinnere sich, ihn in einem Hause in Gerard Street gesehen zu haben, wo sein Onkel Barrow sich während einer Krankheit aufgehalten und Mr. Dilke ihn besucht habe; – nie zu irgendeiner andern Zeit. Ich sagte hierauf, daß in der gegen mich gemachten Bemerkung von jemand sonst die Rede gewesen sei, denn es habe nicht nur das darin gelegen, daß eine zufällige Begegnung stattgefunden, sondern daß er (Dickens) eine jugendliche Beschäftigung in einem Warenhause in der Nähe des Strand gehabt, wo Dilke ihn in Begleitung des ältern Dickens eines Tages gesehen und zum Dank für ein Geschenk von einer halben Krone eine sehr tiefe Verbeugung empfangen habe. Er schwieg einige Minuten; ich fühlte, daß ich gegen meine Absicht eine schmerzliche Stelle in seinem Gedächtnis berührt hatte und mit Dilke sprach ich von dieser Angelegenheit nie wieder. Aber erst einige Wochen nachher machte Dickens eine weitere Andeutung gegen mich, daß ich so unbewußt auf eine Zeit gestoßen, deren Erinnerung ihm nie entschwinden könne, so lange er sich überhaupt an etwas erinnerte, und deren Andenken ihn von Zeit zu Zeit immer wieder verfolgte und bis auf jene Stunde elend machte.

Sehr bald darauf erfuhr ich, in allen ihren Einzelheiten, die Ereignisse, welche so schmerzlich für ihn gewesen waren und was mir damals mündlich darüber mitgeteilt oder geschrieben wurde, enthüllte die Geschichte seines Knabenalters. Der Plan zu *David Copperfield*, der die ganze Welt zu seiner Vertrauten machen sollte, war damals

---

[6] Bekannt als Herausgeber des ‚Athenaeum' und Mitbegründer der ‚Daily News', Großvater des gegenwärtigen Sir Charles Dilke. – D. Übers.

noch nicht in ihm aufgestiegen; was für mich aber eine so aufregende Enthüllung gewesen war, wurde seinen Lesern grade mit so vielen Abänderungen und Zusätzen erzählt, daß er sich für den Augenblick hinreichend unter der Hülle seines Helden verbarg. Denn der arme kleine Junge, mit guten Fähigkeiten und einer gefühlvollen Natur, der im Alter von zehn Jahren in einen „arbeitenden Knecht" im Dienste von Murdstone und Grinby verwandelt wurde und dem es schon sehr seltsam vorkam, wie man sich seiner in einem solchen Lebensalter so leicht hatte entledigen können, war in der Tat er selbst. Er durchlebte die geheime Seelenqual, der „Genosse von Mick Walker und Mealy Potatoes" geworden zu sein, und seine Tränen mischten sich mit dem Wasser, womit er und sie die Flaschen ausspülten und wuschen. Es war alles als Tatsache niedergeschrieben, ehe er daran dachte, einen andern Gebrauch davon zu machen, und erst mehrere Monate später, als der Gedanke zu *David Copperfield*, der ihm selbst durch das nahe gelegt wurde, was er über seine Jugendleiden aufgezeichnet, in seinem Geiste Gestalt zu gewinnen anfing, entsagte er seiner ersten Absicht, sein eignes Leben zu schreiben. Jene Erfahrungen im Warenhause schlossen sich dann dem von ihm gewählten Gegenstande so bequem an, daß er der Versuchung, sie sofort zu gebrauchen, nicht widerstehen konnte; und seine Aufzeichnungen darüber, die nur den ersten Teil dessen ausmachten, was er hatte schreiben wollen, wurden der Hauptsache nach in das elfte und die früheren Kapitel seines Romans aufgenommen. Was mir jedoch schon übersandt war, sowie interlinierte Korrekturbögen des Romans setzen mich jetzt in den Stand, die Tatsachen von der Dichtung zu trennen und der Kindheitsgeschichte des Schriftstellers diejenigen in dem Buche ausgelassenen Stellen hinzuzufügen, welche, abgesehen davon daß sie die Entwicklung seines Charakters aufhellen, uns ein Bild tragischer Leiden und einer ebenso zarten als humoristischen Phantasie darbieten, das selbst von den Wundern seiner veröffentlichten Schriften nicht übertroffen wird.

Die Person, welche indirekt für die nachstehend beschriebenen Vorgänge verantwortlich war, war sein schon öfter erwähnter junger Verwandter James Lamert, derselbe, der die theatralischen Aufführungen in Chatham einrichtete und der nach Beendigung seiner Studien in Sandhurst bei der Dickensschen Familie in Bayham Street gewohnt hatte, in der Hoffnung, bald sein Offizierspatent zu erhalten. Er erhielt dasselbe erst viel später, als Zeichen der Anerkennung der Verdienste seines Vaters, und gab es dann zu Gunsten eines jüngeren Bruders aus; er hatte aber inzwischen, schon ehe die Familie Bayham Street verließ, nicht mehr bei ihr gewohnt. Der Mann einer seiner

Schwestern, ein Vetter von ihm, namens George Lamert, ein Mann von Vermögen, hatte sich kurz vorher auf eine seltsame kommerzielle Spekulation eingelassen und ihn zur Hülfe in sein Büro und sein Haus aufgenommen. Ich teile nun das Fragment von Dickens' Selbstbiographie mit.

Diese Spekulation war eine Konkurrenz mit *Warrens' Schuhwichse, Nr. 30, Strand* – die damals sehr berühmt war. Ein gewisser Jonathan Warren (der berühmte hieß Robert), wohnhaft Nr. 30, Hungerfordstairs, oder Hungerfordmarket, Strand (denn ich vergesse, wie es damals hieß), machte den Anspruch, der ursprüngliche Erfinder oder Eigentümer des Schuhwichse-Rezepts gewesen und von seinem berühmten Verwandten abgesetzt und schlecht behandelt worden zu sein. Endlich machte er Anstalten, sein Rezept und seinen Namen und sein Nr. 30, Hungerfordstairs, Strand (Nr. 30 Strand sehr groß und die dazwischen liegende Adresse sehr klein geschrieben), für eine Leibrente zu verkaufen und ließ durch seine Agenten bekannt machen, daß etwas Kapital ein großes Geschäft daraus machen werde. Der Mann mit etwas Vermögen fand sich in George Lamert, dem Vetter und Schwager von James. Er kaufte das Recht und den Anspruch und begab sich in das Schuhwichsegeschäft und das Schuhwichsehaus.

„In einer bösen Stunde für mich, wie ich oft mit Bitterkeit dachte. Der Hauptgeschäftsführer, James Lamert, der Verwandte, der in Bayham Street bei uns gewohnt hatte und wußte, was meine tägliche Beschäftigung und unsre häuslichen Verhältnisse damals waren, schlug vor, ich solle in das Schuhwichselager eintreten und mich dort so nützlich machen als ich könne, für einen Lohn von, wie ich glaube, sechs Schillingen die Woche. Ich weiß nicht genau, ob es sechs oder sieben waren. Bei meiner Ungewißheit über diesen Punkt neige ich zu der Annahme, daß es zuerst sechs und später sieben waren. Jedenfalls wurde der Vorschlag von meinem Vater und meiner Mutter sehr bereitwillig angenommen und eines Montagmorgens begab ich mich in das Schuhwichselager, um mein Geschäftsleben zu beginnen."

„Es ist mir wunderbar, wie man mich in einem solchen Alter so leicht in die Welt hinausstoßen konnte. Es ist mir wunderbar, daß selbst nach meinem Herabsinken zu der Stellung des armen kleinen Sklaven, der ich seit unsrer Ankunft in London gewesen war, niemand Mitleid genug hatte mit mir – einem Kinde von hervorstechenden Fähigkeiten, aufgeweckt, lernlustig, zart und körperlich wie geistig leicht verletzt – um vorzuschlagen, daß man, wie ganz gewiß möglich gewesen wäre, etwas erübrigen könne, mich in eine gewöhnliche Schule zu schicken. Unsre Freunde hatten wahrscheinlich die Geduld verloren. Niemand gab ein Lebenszeichen von sich. Mein Vater und meine Mutter waren ganz zufrieden. Sie hätten es kaum mehr sein können, wäre ich zwanzig Jahre alt gewesen und, nachdem ich mich auf dem Gymnasium ausgezeichnet, nach Cambridge auf die Universität gegangen."

„Das Schuhwichselager war das letzte Haus an der linken Seite der Straße, bei den alten Hungerfordstairs. Es war ein sonderbares, wackliges altes Gebäude, das, wie sich von selbst versteht, an den Fluß stieß und wörtlich von Ratten wimmelte. Seine holzbekleideten Zimmer und seine verrotteten Fußböden und Treppen und die alten grauen Ratten, die unten im Keller umherschwärmten und der Klang ihres Gequieks und Gezänks, der zu allen Zeiten die Treppe hinaufscholl, und der Schmutz und Verfall des Hauses, steigen sichtbar vor mir auf, als ob ich wieder dort wäre. Das Comtoir war im ersten Stockwerk, von wo man die Kohlenschiffe und den Fluß überschaute. Es befand sich eine Nische darin, in der ich sitzen und arbeiten sollte. Meine Arbeit bestand darin, daß ich die Schuhwichse-Töpfe bedeckte, zunächst mit einem Stück Ölpapier und dann mit einem Stück blauem Papier, einen Faden darum band und dann das Papier ringsum genau und nett abschnitt, bis es so schmuck aussah wie ein Salbetopf aus einem Apothekerladen. Wenn eine gewisse Anzahl Gros von Töpfen diesen Gipfel der Vollkommenheit erreicht hatte, mußte ich auf jeden eine gedruckte Etikette kleben und dann wieder mit neuen Töpfen anfangen. Zwei oder drei andre Jungen taten dieselbe Arbeit um ähnlichen Lohn unten im Hause. Einer von ihnen kam an dem ersten Montagmorgen, in zerlumpter Schürze und einer Mütze von Papier, herauf, um mir den Kunstgriff beim Gebrauche des Fadens und dem Knüpfen des Knotens zu zeigen. Er hieß Bob Fagin und ich nahm mir die Freiheit, von seinem Namen lange nachher in *Oliver Twist* Gebrauch zu machen."

„Unser Verwandter hatte es freundlich übernommen, mir während der zum Mittagsessen bestimmten Stunde einigen Unterricht zu geben; ich glaube von zwölf bis ein Uhr täglich. Aber eine Anordnung, die sich so schlecht mit dem Comtoirgeschäft vertrug, geriet bald in Verfall, ohne seine oder meine Schuld und aus demselben Grunde verschwanden mein kleiner Arbeitstisch und meine Gros Töpfe, meine Papiere, Bindfaden, Scheren, Kleistertopf und Etiketten, eins nach dem andern aus der Nische im Comtoir und leisteten den andern kleinen Arbeitstischen, Gros Töpfen, Papieren, Bindfaden, Scheren und Kleistertöpfen unten im Hause Gesellschaft. Es dauerte nicht lange, so arbeiteten Bob Fagin und ich und ein andrer Junge, der Paul Green hieß, von dem man aber allgemein glaubte, er sei Poll getauft worden (ein Glaube, den ich lange nachher auf Mr. Sweedlepipe in *Martin Chuzzlewit* übertrug) gewöhnlich zusammen. Bob Fagin war eine Waise und wohnte im Hause seines Schwagers, eines Bootführers. Poll Green's Vater besaß die erhöhte Auszeichnung, ein Spritzenmann zu sein und war im Drury-Lane Theater angestellt, wo eine andre Verwandte Poll's, ich glaube seine kleine Schwester, in den Pantomimen Kobolde darstellte."

„Keine Worte können die geheime Seelenqual ausdrücken, die ich erduldete, als ich zu dieser Kameradschaft herabsank, diese alltäglichen Gefährten mit denen meiner glücklicheren Kindheit verglich und meine frühen Hoffnungen, ein gelehrter und berühmter Mann zu werden, in meiner Brust zusammenstürzen fühlte. Der tiefe Schmerz, den ich bei dem Gedanken empfand, völlig verwahrlost und hoffnungslos zu sein, die Scham über meine Lage, das Elend meines jungen Herzens bei dem Gedanken, daß Tag auf Tag alles, was ich gedacht und gelernt, und woran ich Freude gehabt und meine Phantasie und meine Nacheiferung begeistert hatte, mir entschwand, um nie wiederzukehren, läßt sich nicht beschreiben. Mein ganzes Wesen war so von dem Schmerz und der Demütigung dieser Gedanken durchdrungen, daß ich selbst jetzt, berühmt, geliebt und glücklich wie ich bin, in meinen Träumen oft vergesse, daß ich ein liebes Weib und Kinder habe – selbst jetzt, da ich ein Mann bin – und trostlos in jene Zeit meines Lebens zurückwandre."

„Meine Mutter und meine Brüder und Schwestern (mit Ausnahme Fanny's in der königlichen Musikakademie) lagerten noch, mit einem kleinen Dienstmädchen aus dem Armenhause in Chatham, in den beiden Wohnstuben in dem ausgeleerten Hause in Gower Street. Der Weg war zu weit, um ihn in der für das Mittagsessen bestimmten Stunde hin und her zu gehen und ich nahm mein Mittagsbrot gewöhnlich entweder von Hause mit, oder kaufte es mir in einem benachbarten Laden. In dem letztern Falle bestand es gewöhnlich aus einer gekochten Wurst und einem Pennybrot, zuweilen aus einem in einem Fleischladen gekauften Gericht Rindfleisch für vier Pence, zuweilen aus einem Gericht Brot und Käse und einem Glas Bier, aus einem kläglichen alten Bierhaus, auf der gegenüberliegenden Seite der Straße, dem *Schwan*, wenn ich mich recht besinne, oder dem Schwan und sonst noch etwas, was ich vergessen habe. Einmal nahm ich, wie ich mich erinnere, mein eignes Brot, das ich mir von Hause mitgebracht, in ein Stück Papier gewickelt wie ein Buch, unter den Arm und ging in das beste Esszimmer in Johnson's àla mode Beef-Haus in Clare-

Court, Drury-Lane, und bestellte mir zu dem Brote großartig einen Teller à la mode Beef. Was der Kellner dachte, als eine so seltsame kleine Erscheinung allein hereintrat, weiß ich nicht, aber ich sehe ihn noch jetzt, wie er mich anstarrte, während ich mein Fleisch aß und daß er einen andern Kellner auf mich aufmerksam machte. Ich gab ihm einen halben Penny Trinkgeld und wünsche jetzt, ich hätte es nicht getan."

Hier findet sich in dem Fragment direkter Erzählung eine kleine Lücke, aber ich erinnere mich sehr wohl, daß er Sonnabends Abend als sein großes Fest zu beschreiben pflegte. Es war ein erhabenes Gefühl, mit sechs Schillingen in der Tasche nach Hause zu gehen und in die Ladenfenster zu blicken und zu überlegen, was man damit kaufen könne. Hunt's geröstetes Korn, als ein britisches und patriotisches Surrogat für Kaffee, war eben damals sehr im Schwunge und der kleine Mann pflegte es zu kaufen und am Sonntag zu rösten. Dann gab es eine billige Zeitschrift mit ausgewählten Lesestücken, das *Portfolio*, die er auch sehr gern mit nach Hause brachte. Die neue in Vorschlag gebrachte „Urkunde" hatte inzwischen die Gläubiger seines Vaters nicht zufriedengestellt, alle Hoffnung auf einen Vergleich schwand und das Ende vom Liede war, daß seine Mutter ihr Lager in Gowerstreet abbrach und das Schuldgefängnis Marshalsea bezog. In diesem Zeitpunkt bin ich im Stande, seine eigne Erzählung wieder aufzunehmen.

„Der Schlüssel des Hauses wurde an den Hausherrn zurückgeschickt, der sich sehr freute, ihn zu bekommen und ich (als der kleine Cain, der ich war, obgleich ich nie jemandem etwas zu Leide getan) wurde als Mietwohner einer verarmten alten Dame überwiesen, die unsrer Familie lange bekannt gewesen war und in College Street, Camden Town, Kinder aufnahm und beköstigte, was sie schon früher in Brighton getan und die, mit einigen Abänderungen und Ausschmückungen, ohne es zu wissen, für Mrs. Pipchin in *Dombey und Sohn* zu sitzen anfing."

„Damals standen ein kleiner Junge und dessen Schwester, die natürlichen Kinder von irgendjemand, für die sehr unregelmäßig bezahlt wurde, und der kleine Sohn einer Witwe unter ihrer Aufsicht. Die beiden Jungen und ich schliefen in demselben Zimmer. Mein eignes ausschließliches Frühstück, bestehend aus einem Pennybrot und Milch für einen Penny, besorgte ich selbst für mich. Ein andres kleines Brot und ein Viertelpfund Käse hatte ich auf einem besondern Bord in einem besondern Schranke und machte mein Abendessen davon, wenn ich abends nach Hause kam. Ich weiß gut genug, daß sie ein Loch machten in die sechs oder sieben Schillinge und ich war den ganzen Tag in dem Schuhwichselager und mußte von dem Gelde die ganze Woche leben. Die Miete für die Wohnung wurde, glaube ich, von meinem Vater bezahlt, wenigstens bezahlte ich selbst sie nicht, und ebenso gewiß hatte ich keine andre Hülfe (die Verfertigung meiner Kleidungsstücke ausgenommen) von Montagmorgen bis Sonnabend Abend. Kein Rat, keine Ermutigung, kein Trost, keine Unterstützung von irgendjemandem, dessen ich mich erinnere, so wahr mir Gott helfe."

„Die Sonntage brachten Fanny und ich in dem Gefängnis zu. Ich holte sie neun Uhr Morgens von der Akademie in Tenterden Street, Hanover Square, ab und abends gingen wir zusammen dorthin zurück."

„Ich war so jung und kindisch und so wenig fähig – wie hätte es anders sein können? – die ganze Sorge für meine Existenz zu übernehmen, daß ich, wenn ich morgens nach Hungerfordstairs ging, dem in Tottenham-Court-Road, in den Conditorläden auf Präsentiertellern zu halbem Preise ausgestellten abgestandenen Gebäck nicht widerstehen konnte und oft dafür das Geld ausgab, was ich für mein Mittagsessen hätte behalten sollen. Dann aß ich zu Mittag nichts, oder kaufte mir eine Rolle Brot oder ein Stück Pudding. Es waren zwei Puddingläden da, zwischen denen ich je nach dem Stande meiner Finanzen wählte. Der eine befand sich in einem Hof in der Nähe der St. Martinskirche (hinter der Kirche), der jetzt vollständig verschwunden ist. Der Pudding in diesem Laden wurde mit Korinthen gemacht und war eine besondre Art von Pudding, aber teuer, denn für zwei Pennies bekam man nicht mehr als für einen Penny von dem gewöhnlichen Pudding. Ein guter Laden für diesen letzteren befand sich im Strand, nicht weit von der Stelle, wo jetzt die Lowther-Arkade ist. Es war ein kräftiger, gesunder Pudding, schwer und weich, mit großen Rosinen, die in großen Entfernungen voneinander darin steckten. Er kam alle Tage um Mittag heiß in den Laden und manchen, manchen Tag habe ich mein Mittagsessen davon gemacht."

„Wir hatten, glaube ich, eine freie halbe Stunde zum Tee. Wenn ich Geld genug hatte, ging ich in einen Kaffeeladen und kaufte mir ein halbes Nößel Kaffee und eine Scheibe Butterbrot. Wenn ich kein Geld hatte, machte ich einen Gang durch den Covent-Garden-Markt und starrte die Ananas an. Von den Kaffeeläden, die ich am meisten besuchte, war einer in Maiden-Lane, einer in einem jetzt verschwundenen Hofe in der Nähe des Hungerford-Markts und einer in St. Martins-Lane, von dem ich mich nur entsinne, daß er bei der Kirche war und daß sich in der Türe eine ovale Glasplatte befand, mit den darauf gemalten, der Straße zugekehrten Worten: *Kaffee-Stube*. Wenn ich mich jetzt in einer ganz andern Art von Kaffeestube befinde, wo eine solche Inschrift auf Glas steht und dieselbe auf der umgekehrten Seite rückwärts lese: EBUTS – EEFFAK (wie ich damals in trüben Träumereien oft tat), schießt es wie ein elektrischer Schlag durch mein Blut."

„Ich weiß, daß ich nicht unbewußt und unabsichtlich die Kargheit meiner Mittel und die Schwierigkeiten meines Lebens übertreibe. Ich weiß, daß ich, wenn jemand mir einen Schilling oder so gab, denselben für Mittagessen oder Tee verausgabte. Ich weiß, daß ich von morgens bis abends mit gemeinen Männern und Jungen arbeitete – ein schäbiges Kind. Ich weiß, daß ich versuchte, aber ohne Erfolg, mein Geld nicht im Voraus zu verausgaben, und die ganze Woche damit auszukommen, indem ich es, in sechs kleine Packete gewickelt, deren jedes dieselbe Summe enthielt und die Aufschrift eines verschiedenen Tages trug, in einer Schieblade, die ich in dem Comtoir hatte, beiseite legte. Ich weiß, daß ich ungenügend und unbefriedigend genährt durch die Straßen hinschlenderte. Ich weiß, daß ich, was die Teilnahme anging, die mir bewiesen wurde, ohne Gottes Gnade leicht ein kleiner Dieb oder ein kleiner Vagabund hätte werden können."

„Aber ich nahm auch in dem Schuhwichselager eine Stellung ein. Abgesehen davon, daß mein Verwandter in dem Comtoir tat, was ein Mann, der sich mit einer so anomalen Beschäftigung befaßte, tun konnte, um mich anders zu behandeln als die Übrigen, sagte ich nie einem Mann oder Jungen, wie es kam, daß ich dort sei, oder machte die geringste Andeutung, daß es mir leid tue. Daß ich insgeheim litt und aufs tiefste litt, wußte nie jemand, außer mir selbst. Wie viel ich litt, fühle ich mich, wie ich bereits bemerkte, völlig unfähig zu sagen. Keines Menschen Einbildungskraft kann die Wirklichkeit überschreiten. Aber ich nahm mich zusammen und verrichtete meine Arbeit. Ich wußte von Anfang an, daß, wenn ich meine Arbeit nicht so gut machen könne, wie einer der andern, es mir unmöglich sein werde, einer geringschätzigen Behandlung zu entgehen. Ich wurde bald mindestens ebenso flink und geschickt mit meinen Händen, wie die beiden andern Jungen. Obgleich ich mich ganz freundschaftlich zu ihnen stellte, waren mein Benehmen und meine Manieren doch von den ihrigen verschieden genug, um eine Scheidewand zwischen uns zu erhalten. Sie und die Männer sprachen von mir immer als von dem „jungen Herrn". Ein Mann (ein ehemaliger Soldat) namens Thomas, der Vormann war, und ein andrer namens Harry, der Fuhrmann war und eine rote Jacke trug, nannten mich mitunter Charles, wenn sie mit mir sprachen; aber dies war meist, wenn wir sehr vertraut miteinander waren und wenn ich mich bemüht hatte; sie bei der Arbeit mit Erinnerungen an meine frühere Lektüre zu unterhalten, die meinem Gedächtnis schon rasch zu entschwinden begann. Poll Green lehnte sich einmal gegen den „Jungen Herrn"-Gebrauch auf; aber Bob Fagin brachte ihn rasch zum Schweigen."

„Den Gedanken an meine Befreiung aus diesem Leben gab ich als völlig hoffnungslos auf; obgleich ich fest überzeugt bin, daß ich nie, auch nur eine Stunde lang, damit ausgesöhnt war und mich anders als elend, unglücklich fühlte. Ich empfand es aber tief, daß ich so von meinen Eltern und meinen Geschwistern getrennt war und daß ich, wenn mein Tagewerk vorüber war, in eine solche traurige Leere heimging und *dies* wenigstens, so schien mir, ließ sich ändern. Eines Sonntagabends sprach ich mich hierüber gegen meinen Vater so pathetisch und mit so vielen Tränen aus, daß seine gutmütige Natur nachgab. Er fing an zu denken, daß es nicht ganz recht wäre. Er hatte dies, glaube ich, nie vorher gedacht, oder überhaupt daran gedacht. Es war die erste Beschwerde, die ich je über mein Los vorgebracht hatte und vielleicht enthüllte sie etwas mehr, als in meiner Absicht gelegen. Eine hinten hinausliegende Dachkammer wurde für mich in dem Hause eines Agenten des Gerichtshofes für Zahlungsunfähige gefunden, der in Lant-Street am südlichen Themseufer wohnte, wo viele Jahre später Bob Sawyer[7] logierte. Bettzeug wurde für mich hinübergeschickt und auf dem Fußboden zu meinem Lager bereitet. Das kleine Fenster hatte eine angenehme Aussicht auf einen Holzhof und als ich von meinem neuen Aufenthaltsorte Besitz nahm, dachte ich, es sei ein Paradies."

Hier ist wieder eine Lücke, die sich jedoch unschwer durch Briefe und meine eignen Erinnerungen ergänzen läßt. Was ihm seine Wohnung zu einem Paradies machte, war natürlich der Umstand, daß sie ihn, allerdings in hinreichend trauriger Weise, wieder in den Kreis einer Heimat zurückführte. Von nun an frühstückte er gewöhnlich „zu Hause", oder in andern Worten in dem Marshalsea-Gefängnis, wohin er sich begab, sobald die Tore geöffnet wurden und meistens noch früher. Es fehlte dort nicht an äußeren Bequemlichkeiten. Seines Vaters Einkommen, das noch fortging, reichte dafür vollkommen aus und ich habe ihn sagen hören, daß die Familie, abgesehen von Freiheit der Bewegung, in dem Gefängnis in jeder Hinsicht behaglicher lebte, als seit langer Zeit außerhalb desselben. Das Mädchen für Alles aus Bayham Street, die Waise aus dem Armenhause in Chatham, wartete

---

[7] Einer der Charaktere der Pickwick Papers. – D. Übers.

ihnen noch auf und von ihrer verständigen kleinen weltlichen und zugleich freundlichen Art und Weise empfing er den ersten Eindruck der „Marquise" in dem „Raritätenladen". Auch sie wohnte, damit sie frühe auf dem Schauplatz ihrer Pflichten erscheinen könne, in der Nähe zur Miete und wenn Charles, wie gelegentlich der Fall war, ihr auf seinem Spaziergang an der Londoner Brücke begegnete, brachte er die Zeit, ehe die Tore sich öffneten, damit hin, ihr ganz erstaunliche Geschichten über die Werften und den Tower zu erzählen. „Aber ich hoffe, ich glaubte sie selbst", pflegte er zu sagen. Außer dem Frühstück hatte er auch sein Abendbrot im Gefängnis und kam gewöhnlich um neun Uhr in seiner Stube an. Die Tore wurden immer um zehn geschlossen.

Ich muß noch erwähnen, was er mir von dem Hausherrn dieses kleinen Logis erzählte. Derselbe war ein fetter, gutmütiger, freundlicher alter Herr. Er war lahm und hatte eine phlegmatische alte Frau und einen äußerst unschuldigen erwachsenen Sohn, der ebenfalls lahm war. Sie waren alle gegen den Knaben sehr freundlich. Eines Nachts hatte er einen seiner alten Krampfanfälle und alle drei blieben bis zum Morgen an seinem Bette. Sie waren alle tot, als er mir dies erzählte, aber in einer andren Gestalt leben sie noch auf sehr angenehme Art als die Familie Garland in dem „Raritätenladen" fort.

Einen ähnlichen Krankheitsanfall, den er eines Tages in dem Warenlager hatte, kann ich in seinen eigenen Worten beschreiben. „Bob Fagin war bei einem schlimmen Anfall meines alten Leidens sehr gut gegen mich. Ich hatte diesmal so martervolle Schmerzen, daß sie mir in meiner alten Nische in dem Comtoir ein zeitweiliges Bett von Stroh machten und ich wälzte mich auf dem Boden umher und Bob füllte leere Wichseflaschen mit heißem Wasser und legte dieselben von Zeit zu Zeit frisch gewärmt gegen meine Seite, den halben Tag lang. Ich wurde besser und fühlte mich gegen Abend ganz wohl, aber Bob (der viel größer und älter als ich war) konnte sich nicht mit dem Gedanken aussöhnen, daß ich allein nach Hause ginge und nahm mich unter seinen Schutz. Ich war zu stolz, um ihn von dem Gefängnis wissen zu lassen und nach mehreren Bemühungen ihn los zu werden, gegen die Bob Fagin in seiner Gutmütigkeit taub war, verabschiedete ich mich von ihm auf der Treppe eines Hauses bei Southwarkbridge, auf der Surreyseite der Themse, indem ich ihn glauben machte, ich wohne dort. Um die Täuschung zu vollenden, für den Fall daß er sich umsähe, klopfte ich, wie ich mich entsinne, an die Tür und fragte, als eine Frau sie öffnete, ob dies ‚Mr. Robert Fagin's Haus sei.' "

Die Sonnabend Abende blieben ihm, wie vorher, besonders lieb. „Mein gewöhnlicher Weg nach Hause führte über die Blackfriarsbrücke und jene Biegung in Blackfriarsroad nieder, wo Roland Hill's Kapelle auf einer Seite steht und das Bild eines goldnen Hundes, der einen goldenen Topf über einer Ladentür leckt, auf der andern. Es waren ziemlich viele kleine niedrige Läden von einer kläglichen Sorte in dieser Straße und manche davon sind noch jetzt unverändert. Ich ging vor einigen Wochen in einen hinein, wo ich an Sonnabend Abenden Schuhlitze zu kaufen pflegte, und sah die Ecke, wo ich mich einmal auf einen Schemel setzte, um ein paar fertige Halbstiefel anzuprobieren. Mehr als einmal ließ ich mich an Sonnabend Abenden in dieser Straße verleiten, in eine Schaubude an der Ecke zu treten und ging in sehr bunter Gesellschaft hinein, um das „Fette Schwein", den „Wilden Indier" und die „Kleine Dame" zu sehen. Es waren damals (und sind, wie ich glaube, noch jetzt) einige Hutfabriken dort und zu den Dingen, die mir an allen Orten und unter allen Umständen jene Zeit ins Gedächtnis rufen, ist der Geruch des Hutmachens."

Nachdem seines Vaters Bemühungen, eine gerichtliche Einigung mit seinen Gläubigern zu erzielen, fehlgeschlagen waren, mußte man sich sämtlichen Zeremonien unterziehen, die nötig waren, um der Vorteile der Parlamentsakte für zahlungsunfähige Schuldner teilhaftig zu werden, und bei einer von diesen Zeremonien hatte auch der kleine Charles seine Rolle zu spielen. Eine Bedingung der Akte war, daß die zurückbehaltenen Kleidungsstücke und persönlichen Effekten den Wert von zwanzig Pfund Sterling nicht überschreiten sollten. „Es war als Sache der Form notwendig, daß der amtliche Taxator die Kleidungsstücke sah, die ich trug. Ich bekam einen halben Tag frei, um ihm zu der ihm passendsten Zeit in seinem Hause meine Aufwartung machen zu können. Ich erinnere mich, daß er mit vollem Munde und einem starken Biergeruch herauskam und gutmütig sagte: „Das sei hinreichend" und „es sei alles in der Ordnung". Sicherlich würde der härteste Gläubiger nicht geneigt gewesen sein (auch wenn er gesetzlich dazu berechtigt gewesen wäre), sich meines armen weißen Hutes, meiner Jacke oder meiner Hosen von Barchent zu bedienen. Aber ich hatte eine fette alte silberne Uhr in meiner Tasche, ein Geschenk meiner Großmutter vor jenen Schuhwichsetagen, und ich hegte meine Zweifel, indem ich hinging, ob dieser wertvolle Besitz mich nicht über die zwanzig Pfund hinausbringen möchte. So fühlte ich mich denn sehr erleichtert und machte eine dankbare Verbeugung, indem ich hinausging."

Was ihm jedoch am meisten fehlte, war der Verkehr mit gleichaltrigen Gefährten. Er hatte keine solchen Bekanntschaften. Mitunter hatte er, wie er sich erinnerte, um die Essenszeit mit Poll Green und Bob Fagin auf den Kohlenschiffen gespielt, aber dies waren seltene Ausnahmen. Gewöhnlich streifte er allein in den Hinterstraßen des Strand umher, oder erforschte die nach dem Flusse führenden dunkeln Bogengänge. Eine seiner Lieblingsstellen war ein kleines Bierhaus an der Themse, zu dem ein „Fuchs unter dem Hügel" genannter unterirdischer Gang führte, wonach wir uns einst vergebens umsahen; und er hatte eine in „Copperfield" erwähnte Vision, in der er sich eines schönen Abends draußen auf der Bank sitzen und essen sah und einigen Kohlenträgern zuschaute, die vor dem Hause tanzten. „Ich möchte wissen, was sie von mir dachten", sagt David. Dasselbe hatte er schon selbst in dem Bruchstücke seiner Autobiographie gesagt.

Einen andern charakteristischen kleinen Zwischenfall nahm er später unter David's Erfahrungen auf, aber ich kann denselben hier ohne die Veränderungen mitteilen, welche ihn der Dichtung anpassen. „Ich war solch ein kleines Kerlchen, mit meinem armen weißen Hut, kleiner Jacke und Barchenthosen, daß oft, wenn ich an die Barre eines Bierhauses kam, um die Wurst und das Brot, die ich in der Straße gegessen, mit einem Glase Ale oder Porter herunter zu spülen, die Leute es mir nicht geben wollten. Ich entsinne mich eines Abends (ich war für meinen Vater irgendwohin gewesen und ging über die Westmünsterbrücke nach meiner Wohnung zurück), als ich in ein Bierhaus in Parliament-Street trat, das noch dort ist, obgleich mit verändertem Äußern, an der Ecke der kurzen Straße, die nach Cannon Row führt, und zu dem hinter der Barre stehenden Wirt sagte: „Was kostet ein Glas von Ihrem besten, Ihrem allerbesten Ale?" Denn es war eine festliche Veranlassung – ich vergesse aus welchem Grunde. Es mag mein oder eines andern Geburtstag gewesen sein. „Zwei Pence", sagte er. „Dann", sage ich, „haben Sie die Güte, mir ein Glas davon zu ziehen, mit tüchtigem Schaum darauf". Der Wirt sah mich zur Antwort, mit einem seltsamen Lächeln auf seinem Gesicht, von Kopf zu Fuß über die Barre an und sah, statt das Bier zu ziehen, um die Schirmwand herum und sagte etwas zu seiner Frau, die mit ihrer Arbeit in der Hand, dahinter hervor kam, und mich ebenfalls von Kopf zu Fuß ansah. Hier stehen wir nun alle drei in meinem Studierzimmer in Devonshire Terrace[8] vor mir. Der Wirt, in Hemdsärmeln, lehnt gegen den Rahmen des Barrefensters, seine Frau blickt über die kleine Halbtür

---

[8] Die Straße in London, wo Dickens damals (1847) wohnte. – D. Übers.

herüber und ich blicke sie, in einiger Verwirrung, von meinem Standpunkt außerhalb der Barre an. Sie richteten viele Fragen an mich: wie ich hieße, wie alt ich wäre, wo ich wohnte, wie ich mich beschäftigte etc., worauf ich, um niemanden zu kompromittieren, passende Antworten erfand. Sie bedienten mich mit dem Ale, obschon ich der Meinung bin, daß es nicht das stärkste war, was sie hatten, und die Wirtin öffnete die kleine Halbtür und bückte sich zu mir nieder und gab mir einen Kuß, der halb bewundernd und halb mitleidig, aber wie ich fest glaube, ganz mütterlich und gut war."

Ein späterer und nicht minder charakteristischer Zwischenfall der wahren Geschichte dieser Zeit fand ebenfalls, drei oder vier Jahre nachdem er niedergeschrieben wurde, in seiner jetzt berühmten Dichtung einen Platz. Derselbe ereignete sich kurz vor der Entlassung des ältern Dickens aus dem Marshalsea-Gefängnis; nachdem er eine ziemlich bedeutende Erbschaft von einer Verwandten gemacht, einige hundert Pfund, wie es hieß, die während seiner Gefangenschaft bei dem Gericht eingezahlt wurden. Die Szene, welche hier beschrieben werden soll, entstand auf Veranlassung einer Petition, die er, bevor er das Gefängnis verließ, abgefaßt hatte und in der er, nicht wie David Copperfield erzählt, um die Abschaffung der Schuldgefängnisse nachsuchte, sondern um die weniger würdevolle aber erreichbarere Gnade eines Geldgeschenks an die Gefangenen, wodurch sie in den Stand gesetzt werden sollten, bei Sr. Majestät herannahendem Geburtstag Seiner Majestät Gesundheit zu trinken.

„Ich erwähne dieses Umstandes, weil er mir als Beispiel dient für mein frühes Interesse an der Beobachtung menschlicher Charaktere. Wenn ich abends nach dem Marshalsea ging, gewährte es mir immer das größte Vergnügen, von meiner Mutter zu hören, was sie über die Geschichte der verschiedenen in dem Gefängnis einquartierten Schuldner wußte, und als ich von dem Herannahen dieser Zeremonie hörte, wünschte ich so dringend, sie alle, einen nach dem andern, hereinkommen zu sehen (obgleich ich die meisten schon gesehen und mit ihnen gesprochen hatte), daß ich zu diesem Zweck Urlaub bekam und mich in einer Ecke in der Nähe der Petition aufstellte. Dieselbe war, wie ich mich entsinne, auf einem großen unter dem Fenster befindlichen Bügelbrett ausgebreitet, das nachts in einem andern Teil des Zimmers als Bettstelle benutzt wurde. Die innern Anordnungen des Zimmers, in Bezug auf Reinlichkeit und Ordnung und die Vorkehrungen einer Gaststube in einem Bierhause; wo alle, die einen sehr kleinen Beitrag zahlten, heißes Wasser und Kochmaterialien und ein gutes Feuer bereit fanden, waren durch einen aus den Schuldgefangenen gebildeten Ausschuß, in dem mein Vater damals den Vorsitz führte, vortrefflich besorgt. So viele von den Ausschußmitgliedern, als in dem kleinen Zimmer Platz fanden, ohne es zu füllen, standen um meinen Vater herum vor der Bittschrift, und mein alter Freund, Capitän Porter (der sich gewaschen hatte, um einer so feierlichen Gelegenheit Ehre zu machen) stellte sich ganz dicht davor, um sie allen vorzulesen, die mit ihrem Inhalt unbekannt waren. Die Tür wurde sodann geöffnet und die Schuldgefangenen fingen an, in einer langen Reihe hereinzukommen; mehrere warteten auf dem Vorplatz draußen, während einer jedesmal eintrat, die Petition unterschrieb und hinausging. Zu jedem Einzelnen sagte Capitän Porter: „Möchten Sie, daß ich sie Ihnen vorlese?" Wenn dann jemand schwach genug war, das geringste Verlangen danach kundzutun, gab Capitän Porter ihm in einer lauten, sonoren Stimme jedes Wort zu hören. Ich erinnere mich eines gewissen wollüstigen Klanges, den er in solche Worte legte wie „Majestät – gnädige Majestät – Ew. gnädigen Majestät unglückliche Unterthanen – Ew. Majestät wohl bekannte Munificenz" – als wären die Worte etwas Wirkliches in seinem Munde und lieblich für den Geschmack, indes mein Vater mit einem Anflug von der Eitelkeit eines Autors zuhörte und (mit nicht zu strengem Ausdruck) die Zinken auf der gegenüberliegenden Mauer betrachtete. Was komisch und was pathetisch in dieser Szene war, bemerkte ich, wie ich aufrichtig glaube, in meiner Ecke damals ebenso gut, als ich es jetzt bemerken würde, ob ich es nun zeigte oder nicht. Ich entwarf mir meinen eigenen kleinen Charakter und meine eigne Geschichte von einem jeden, der seinen Namen auf das Stück Papier setzte. Ich könnte dies jetzt vielleicht mit mehr Naturwahrheit tun, aber nicht mit mehr Ernst und mit tieferem Interesse. Ihre verschiedenen Eigentümlichkeiten in Kleidung, Gesichtsbildung, Gang, Manier, prägten sich meinem Gedächtnis unauslöschlich ein. Ich freute mich mehr, es zu sehen, als das beste Schauspiel, das je gespielt wurde; und ich dachte nachher bei den Töpfen mit Schuhwichse gar oft daran zurück. Wenn ich, während Mr. Pickwick's Gefangenschaft, mit dem Auge meines Geistes in das Fleet-Gefängnis hineinblickte, so glaube ich kaum, daß ein halbes Dutzend Leute aus jenem Haufen von Marshalsea fehlten, der bei dem Klange von Capitän Porter's Stimme noch einmal herein defilierte."

Als die Familie das Marshalsea-Gefängnis verließ, bezog sie eine Mietwohnung bei einer Dame in Little College Street, einer Mrs. Roylance, die als Mrs. Pipchin eine unverhoffte Unsterblichkeit erlangt hat; später bezog sie ein kleines Haus in Somers-Town.[9] Aber vor dieser Zeit war Charles mit einigen andern Familienmitgliedern in Tenterden Street, um zu sehen, wie seine Schwester Fanny einen der Preise empfing, welche an die Schüler der Königlichen Musik-Akademie verteilt wurden. „Ich konnte es nicht ertragen, an mich zu denken – außerhalb des Bereichs alles solchen ehrenvollen Wetteifers und Erfolges wie ich stand. Die Tränen flossen mir die Wangen hinab. Mir war, als wollte mein Herz brechen. Ich betete, als ich an jenem Abend zu Bette ging, um Erlösung aus der Demütigung und Verwahrlosung, in der ich mich befand. Ich hatte nie vorher so viel gelitten. Von Neid war dabei keine Rede." Es war kaum nötig, daß er diese Versicherung gab. Denn immer und in einem sonst bei ihm ungewöhnlichen Grade offenbarte er den höchsten Genuß bei der Ausübung ihrer Talente, den höchsten Stolz auf jeden Erfolg, den sie dadurch errang, und an ihrem Begräbnistage, den wir zusammen verlebten, empfing ich die rührendsten Beweise seines zarten und dankbaren Andenkens an sie aus dieser Kinderzeit. Noch einige Sätze, sicherlich nicht weniger rührend, als irgendwelche die vorausgegangen sind, werden die Geschichte dieser Zeit zum Abschluß bringen. Sie folgen hier genau so wie sie von ihm geschrieben wurden.

„Ich weiß nicht genau, ob es vor oder nach dieser Zeit war, als das Schuhwichselager nach Chandos Street bei Covent Garden verlegt wurde. Es kommt nichts darauf an. Zunächst dem Laden, an der Ecke von Bedford Street und Chandos Street, sind zwei aneinanderstoßende ziemlich altmodische Häuser und Läden. Sie bildeten damals ein Haus, oder wurden zu einem Hause verbunden für das Wichsegeschäft. Gegenüber war und ist ein Bierhaus, wo ich mir unter diesen neuen Umständen mein Ale holte. Die Steine in der Straße mögen geglättet sein durch meine kleinen Füße, die zur Essenszeit hinüber- und wieder zurückgingen. Das Geschäft war jetzt größer und wir hatten mehrere neue Jungen. Bob Fagin und ich hatten im Zusammenbinden der Töpfe große Geschicklichkeit erlangt. Ich vergesse, wie viele wir in fünf Minuten fertig machen konnten. Wir arbeiteten an dem zweiten Fenster, wenn man von Bedford Street kommt, weil es dort am hellsten war und wir waren so flink bei der Arbeit, daß die Leute oft stillstanden und hineinsahen. Mitunter sammelte sich ein ordentlicher kleiner Haufen dort. Ich sah meinen Vater eines Tages zur Tür hereinkommen, als wir sehr geschäftig waren und wunderte mich, wie er es ertragen konnte."

---

[9] Eine der nördlichen Vorstädte Londons. – D. Übers.

„Ich hatte jetzt mein Mittagsessen gewöhnlich in dem Warenlager. Zuweilen brachte ich es von Hause mit; es ging mir daher besser. Ich sehe mich noch, wie ich eines Morgens von Somers-Town her durch Russell Square kam und etwas kaltes Ragout in einem in mein Taschentuch gebundenen kleinen Becken mit mir führte. Ich machte dieselben Wanderungen in den Straßen und war ebenso einsam und mir selbst überlassen, wie früher; aber es wurde mir nicht mehr so schwer, bloß den nötigen Lebensbedarf zu finden. Es war jedoch nie davon die Rede, mich aus dem Geschäft zu entfernen, oder daß ich nicht vollkommen versorgt wäre."

„Endlich geriet eines Tages mein Vater mit dem so oft erwähnten Verwandten in Streit; sie stritten sich brieflich, denn ich selbst brachte ihm den Brief von meinem Vater, welcher die Explosion veranlaßte, aber sie stritten sehr heftig. Es war meinetwegen. Es mag sich teilweise auf meine Beschäftigung am Fenster bezogen haben. Alles was ich weiß, ist, daß mein Vetter (er war eine Art Vetter, durch Verschwägerung), bald nachdem ich ihm den Brief gegeben, mir sagte, man habe ihn um meinetwillen aufs äußerste insultiert und danach sei es unmöglich, mich länger zu behalten. Ich brach in Weinen aus, teils weil es so plötzlich kam und teils, weil er sich in seinem Zorn heftig über meinen Vater äußerte, obgleich er gegen mich freundlich war. Thomas, der alte Soldat, tröstete mich und sagte, er sei überzeugt, es sei so das Beste. Mit einem seltsamen Gefühl von Befreiung, das mehr wie Niedergeschlagenheit war, ging ich nach Hause."

„Meine Mutter unternahm es, den Streit zu schlichten und es gelang ihr den Tag darauf. Sie kam nach Hause mit der Bitte an mich, den nächsten Morgen wieder zu kommen und einem ausgezeichneten Zeugnis über mein Betragen, das ich sicherlich verdiente. Mein Vater sagte, ich solle nicht wieder hingehen, sondern in die Schule. Ich schreibe nicht mit Empfindlichkeit oder Zorn, denn ich weiß wie dies alles zusammenwirkte, mich zu dem zu machen, was ich geworden bin: aber ich vergaß nie nachher, werde nie vergessen, kann nie vergessen, daß meine Mutter sich mit Wärme dafür erklärte, daß ich zurückgeschickt werden solle."

„Von jener Stunde bis zu dieser, in der ich schreibe, ist kein Wort über den Teil meiner Kindheit, den ich jetzt gern zum Abschluß bringe, gegen irgendein menschliches Wesen über meine Lippen gekommen. Ich weiß nicht, wie lange er dauerte, ob ein Jahr oder viel mehr oder weniger. Von jener Stunde bis auf diese sind mein Vater und meine Mutter stumm darüber gewesen. Ich habe von keinem von beiden nie auch nur die entfernteste Anspielung darauf gehört. Ich habe nie, bevor ich es diesem Papier mitteilte, in keinem Ausbruch des Vertrauens gegen irgendjemand, selbst mein Weib nicht ausgenommen, den Schleier gelüftet, den ich damals, Gott sei Dank, fallen ließ."

„Ehe der alte Hungerford-Markt niedergerissen, ehe die alten Hungerfordstairs zerstört wurden und der gesamte Grund und Boden selbst eine andere Gestalt annahm, hatte ich nie den Mut, an die Stelle zurückzukehren, wo meine Knechtschaft begann. Ich habe sie nie wieder gesehen. Ich konnte es nicht ertragen, mich ihr zu nähern. Viele Jahre lang ging ich, wenn ich an jener Stelle des Strand vorbeikam, auf die andere Seite der Straße hinüber, um einen gewissen Geruch des Zements zu vermeiden, den man auf die Wichse-Körke tat und der mich daran erinnerte, was ich ehemals war. Es währte lange, ehe ich Chandos Street hinaufgehen mochte. Mein alter Heimweg auf der Südseite der Themse brachte mir noch die Tränen ins Auge, als mein ältestes Kind sprechen konnte. Auf meinen nächtlichen Spaziergängen bin ich seitdem oft dort gewesen und allmählich bin ich dahin gekommen, dies zu schreiben. Es ist nicht ein Zehntel von dem, was ich hätte schreiben können, oder was ich zu schreiben willens war."

Den wesentlichen Inhalt späterer erklärender Gespräche über gewisse Punkte dieser Erzählung kann ich nach gleichzeitig gemachten Aufzeichnungen in der Kürze hinzufügen. Er war wohl kaum mehr als zwölf Jahre alt, als er das Geschäft verließ, und für sein Alter noch ungewöhnlich klein, viel kleiner, obschon zwei Jahre älter, als sein eigener ältester Sohn zu der Zeit, als diese Mitteilungen gemacht wurden. Seine Mutter war sehr oft in dem Schuhwichselager gewesen, sein Vater nur ein oder zweimal. Die Konkurrenz zwischen Robert Warren und den Vertretern Jonathan Warren's, den Vettern George und James, wurde in den Annoncen zu wundersamen Extremen getrieben und sie waren alle, wie er mir erzählte, sehr stolz auf das Motto ihres Hauses: eine Katze, die den Stiefel kratzte. Der regelmäßig in dem Geschäft angestellten Poeten erinnerte er sich auch und machte nach einem derselben seine erste Studie für den Poeten von Mrs. Jarley's Wachsfiguren-Kabinett. Das ganze Unternehmen hatte jedoch das gewöhnliche Ende solcher Unternehmungen. Der jüngere Vetter wurde der Sache müde und ein Mr. Wood, der Teilhaber, der seinen Anteil übernahm und mit dem ältern Vetter in Compagnie trat, verkaufte es schließlich an Robert Warren. Dieser führte das Geschäft noch fort, als Dickens und ich zuletzt davon sprachen, und hatte einen guten Handel damit gemacht.

Drittes Kapitel

Schultage und Eintritt ins Leben
1824–1830

Wie diese seltsamen Erfahrungen seines Knabenalters ihn später beeinflußten, muß seine Lebensgeschichte zeigen: aber es waren Einflüsse, die sich auch auf seinem Wege ins Mannesalter fühlbar machten.

Was er sofort aus der Demütigung, die einen so tiefen Eindruck auf ihn hervorgebracht, freilich ohne daß er sich dessen wohl ganz bewußt war, mit herausnahm, war eine natürliche Furcht vor den Drangsalen, die ihm noch vorbehalten sein möchten, geschärft durch das, was er bereits erlebt hatte, und dieses in seinen Wirkungen vorläufig erst unvollkommen verstandene Gefühl wurde allmählich zu einem leidenschaftlichen Entschluß, auch wenn er den Umständen nachgab, *nicht das zu sein*, was die Umstände sich verschworen aus ihm zu machen. Er konnte damals noch nicht wissen, was alles in den von ihm erduldeten Leiden und Demütigungen einbegriffen war; aber später, wie wir sehen, war es klar genug und in Unterhaltungen mit mir, nachdem die Enthüllung stattgefunden, fand er oft an den entgegengesetztesten Punkten seines Lebens eine Erklärung seiner selbst in jenen frühen Prüfungen. Er verdankte ihnen viel Gutes – doch nicht ohne Beimischung. Die feste und eifrige Entschlossenheit, die rastlose und unüberwindliche Energie, durch die er in den Stand gesetzt wurde, sich vielen niedrigen Einflüssen zu entziehen, nicht indem er die Bahn der Pflicht verließ, sondern indem er sich kühn zu der innerhalb derselben erreichbaren Vortrefflichkeit oder Auszeichnung erhob, brachte neben manchen edeln Vorteilen auch manche Nachteile mit sich. Er wußte dies selbst, wenn auch nicht in vollem Umfange. Was ihn in Gesellschaft oft unbehaglich, scheu und übertrieben empfindlich machte, wußte er; aber der ganzen Gefahr, der er sich aussetzte, indem er dies Gefühl überwand und bemeisterte, war er sich nicht bewußt. Ein zu großes Selbstvertrauen, ein Gefühl, daß alles möglich sei für den Willen, der es möglich machen wolle, legte ihm mitunter selbstgewählte Lasten auf, die keiner mit Sicherheit tragen konnte. Nach dieser Richtung war zu solchen Zeiten sogar etwas Hartes und Aggressives in ihm; in seinen Entschließungen etwas, das fast wie Wildheit klang, etwas in seiner Natur, das seine Entschlüsse unüberwindlich machte, so übereilt auch die Ansichten sein mochten, unter deren Einfluß er sie gefaßt hatte. Diese Äußerungen waren jedoch so selten und übten auf einen Charakter, der zu allen Zeiten ebenso offen und edel als feurig und ungestüm war, so wenig eine nachteilige Wirkung aus, daß sie mir nur gegen das Ende der mittleren Zeit einer Freundschaft, welche ohne die Unterbrechung eines einzigen Tages dreiunddreißig Jahre lang dauerte, mehrere Male in ungünstiger Weise entgegentraten. Aber sie waren da, und wenn ich in solchen Momenten eine strenge und selbst kalte Abschließung des Selbstvertrauens mit einer fast weiblichen Empfindlichkeit und der verlangenden Sehnsucht nach Sympathie seltsam vereinigt sah, schien es mir, als wäre sein gewöhnlicher Drang nach allem Guten und Edlen augenblicklich in der plötzlichen, harten und unerbittlichen Empfindung dessen untergegangen, was das Schicksal ihm in jenen frühen Jahren bereitet. In der Tat wurde mir dies bei mehr als einer Gelegenheit bestätigt. „Ich muß dich bitten," schrieb er mir im Juni 1862, „einen Augenblick still zu stehen und zu dem zurückzukehren, was Du von den Tagen meiner Kindheit weißt, und Dich zu fragen, ob es nicht natürlich ist, daß etwas von der Sinnesweise, welche damals in mir entstand und sich unter glücklicheren Verhältnissen verlor, während der letzten fünf Jahre wieder aufgetaucht ist. Das nie zu vergessende Elend jener Tage brachte eine gewisse scheue Empfindlichkeit in einem gewissen schlecht gekleideten, schlecht genährten Kinde hervor, die mir in dem nie zu vergessenden Elend dieser späteren Zeit wieder zurückgekehrt ist."

Ein Gutes ohne Beimischung blieb ihm jedoch, das noch einfach erwähnt werden muß, ehe wir unsere Erzählung wieder aufnehmen. Die Geschichte der Leiden seiner Kindheit hat selbst hinreichend bewiesen, daß er in dem ganzen Verlaufe derselben nie die kostbare Gabe eines aufgeweckten Sinnes oder seine angeborene Fähigkeit des Humors einbüßte, und was er ertrug, gewährte ihm auch einen positiven Gewinn, der ebenfalls reich und dauernd war. Auf das, was beim Beginn jener Leiden und Prüfungen seinem Genie die entscheidende Richtung verlieh, habe ich bereits ausdrücklich hingewiesen, und in Bezug auf das was folgte, muß hier bemerkt werden, daß die Erfahrungen seiner Kindheit ihn mit den Armen und Notleidenden, aus deren Leiden und Kämpfen und den dadurch erzeugten Lastern und Tugenden ihm nicht die geringsten seiner glänzenden Erfolge erwuchsen, tatsächlich vereinigt hatten. Es waren nicht seine Schützlinge, deren Sache er mit so viel Pathos und Humor vertrat und für die er das Gelächter und die Tränen der ganzen Welt gewann, sondern es war gewissermaßen sein eigenstes Selbst. Auch war es kein geringer Teil dieses offenbaren Gewinns, daß er seine Erfahrungen als Kind und nicht als Mann durchmachte, daß nur das Gute, die Blume und die Frucht davon ihm zu Teil wurden und daß nichts von dem Übel, von der Erde, in welcher der Samen gepflanzt war, an ihm haften blieb.

Sein nächster Schritt im Leben kann ebenfalls in seinen eigenen Worten beschrieben werden. „Ein Mr. Jones, ein Waliser, hielt eine Schule in Hampstead-Road, wohin mein Vater mich schickte, um einen Prospektus mit den Preisen zu holen. Die Jungen waren gerade beim Essen und Mr. Jones war in einem Paar leinener Halbärmel mit dem Vorschneiden beschäftigt, als ich mich dieses Auftrages entledigte. Er kam heraus und gab mir was ich wünschte; und hoffte, ich würde sein Schüler werden. Ich wurde sein Schüler. Um sieben Uhr eines Morgens, sehr bald nachher, trat ich als Tagschüler in Mr. Jones' Institut, das in Mornington Place lag und dessen Schulzimmer abgerissen wurde, als man die Eisenbahn nach Birmingham durch diesen Stadtteil führte. Damals jedoch war das Schulzimmer weder durch Eisenbahn-Direktoren noch durch Ingenieure bedroht und über der Tür befand sich ein Schild, geziert mit den Worten: *Wellington House Academy.*"

In der „Akademie" in Wellington-Haus blieb er fast zwei Jahre, denn er war etwas über 14 Jahre alt als er sie verließ. Sowohl in seinen kleineren Schriften als in „David Copperfield" finden sich allgemeine Andeutungen darüber, und unter den aus den „Household Words" gesammelten Artikeln ist einer der ganz besonders den Zweck hat, sie zu beschreiben. Gegen den Bericht, den er darin über sich selbst gibt, als sei er fortgeschritten genug gewesen, um (so treu hatte sein Gedächtnis die traurigen Bruchstücke seines frühen Unterrichts bewahrt) bei seinem Eintritt in die Schule in die Klasse zu kommen, die den Virgil übersetzte; in Bezug auf die Preise, die er davon getragen und den Umstand, daß er die hervorragende Stellung des „Ersten" in der Schule errungen, hat einer seiner zwei Schulkameraden, mit denen ich die Sache erörtert habe, Einwände erhoben; aber beide geben zu, daß der allgemeine Charakter der Schule mit wunderbarer Treue zur Anschauung kommt, ganz besonders in denjenigen Beziehungen, in welchen die Schule weit bemerkenswerter gewesen zu sein scheint als hinsichtlich der Gelehrsamkeit ihrer Schüler.

In dem erwähnten Artikel beschreibt Dickens sie als bemerkenswert wegen ihrer weißen Mäuse. Er sagt, daß die Jungen sich Bluthänflinge, Flachsfinken und selbst Kanarienvögel in ihren Pulten, Schiebladen, Hutkasten und andern sonderbaren Zufluchtsörtern für Vögel hielten, daß aber weiße Mäuse die Haupttiere waren und daß die Jungen die Mäuse viel besser unterrichteten als der Lehrer die Jungen. Er erinnerte sich besonders einer weißen Maus, die in dem

Deckel eines lateinischen Wörterbuchs wohnte, Leitern hinauflief, zinnerne Wagen zog, Gewehre schulterte, Räder drehte und sich sogar auf der Bühne als „Hund von Montargis"[10] sehr gut ausnahm, die es zu noch mehr hätte bringen können, wenn sie nicht das Unglück gehabt hätte, ihren Weg in einem Triumphzuge nach dem Capitol zu verfehlen, wo sie in ein tiefes Tintenfaß fiel, schwarz gefärbt wurde und ertrank.

Nichtsdestoweniger erwähnt er, daß die Schule eine gewisse Berühmtheit in der Nachbarschaft genoss, obgleich niemand sagen konnte, weshalb; und fügt hinzu, die Jungen seien der Ansicht gewesen, daß der Principal nichts wisse und einer der Hülfslehrer alles. „Wir sind noch geneigt, die erstere Annahme für vollkommen richtig zu halten. Im vorigen Sommer sahen wir uns den Ort wieder an und fanden, daß die Eisenbahn ihn ganz in Stücke zerschnitten hatte. Ein breiter Schienenweg hatte den Schulplatz verschlungen, das Schulzimmer und die Ecke des Hauses abgeschnitten. So in seinen Verhältnissen beschränkt, mit grünangelaufenem Stuck bedeckt, stellte es sich, mit dem Profil gegen die Straße gekehrt, wie ein verlornes aufrecht stehendes Flacheisen ohne Griff dar."

Einer, der ihn in jenen frühen Tagen kannte, Mr. Owen P. Thomas, schreibt mir wie folgt (Febr. 1871): „Ich hatte die Ehre, zwei Jahre (1824–26) Dickens' Schulkamerad zu sein, in Mr. Jones' „Klassischer und Kommerzieller Akademie", wie damals an dem Hause angeschrieben stand, das an der Ecke von Granby Street und Hampstead Road lag. Wir waren beide Tagschüler dort. Eine anschauliche Beschreibung der Schule von Dickens selbst werden Sie in den Household Words vom 11. Oktober 1851 finden. Der Artikel ist betitelt: „Unsre Schule". Die Namen sind natürlich erdichtet; aber, eine leichte Färbung abgerechnet, sind die Personen und die Vorkommnisse lebensgetreu geschildert und jemandem, der die Schule damals besuchte, leicht erkennbar. Der lateinische Lehrer hieß Manville oder Mandeville und war viele Jahre in der Bibliothek des Britischen Museum wohl bekannt. Die „Akademie" wurde, nachdem die Eisenbahn sie zerstört hatte, in ein andres Haus in der Nachbarschaft verlegt, aber Mr. Jones und mindestens zwei seiner Hülfslehrer sind längst aus den Reihen der Lebenden geschieden."

Es war einer von diesen Hülfslehrern, von dem geglaubt wurde, er wisse alles und der als Schreiblehrer, mathematischer Lehrer, englischer Lehrer fungierte, sich mit dem lateinischen Lehrer in die kleine-

---

[10] Titel einer Posse. – D. Übers.

ren Jungen teilte, die Rechnungen schrieb, die Federn schnitt und immer in den Häusern der Eltern nach dem Befinden kranker Schüler fragte, weil er die Manieren eines Gentleman hatte. Dies Bild erkannte mein Korrespondent, ebenso wie das des fetten kleinen Tanzlehrers, der sie die Bockpfeife spielen lehrte, des lateinischen Lehrers, der seiner Taubheit wegen Zwiebeln in seine Ohren stopfte, des mürrischen Bedienten, der die Jungen im Scharlachfieber pflegte und des Principals selbst, der fortwährend mit einem feisten Mahagony-Lineal Rechenbücher linierte, mit demselben diabolischen Instrument unartigen Jungen die Hände schlug, oder boshaft mit einer seiner großen Hände ein Paar Hosen straff anzog und mit der andern den Träger prügelte.

„Ich erinnere", fährt Mr. Thomas fort, „Dickens in der Schule als einen gesund aussehenden, kleinen aber wohlgebauten Jungen, von mehr als gewöhnlich lebhaftem Geist, der ihn zu harmlosen Scherzen veranlaßte, selten oder nie zu schlechten Streichen, zu denen so manche Knaben in diesem Alter geneigt sind. Ich kann mich auf nichts besinnen, was damals andeutete, daß er eine literarische Berühmtheit werden würde, doch vielleicht war er dafür noch zu jung. Gewöhnlich hielt er den Kopf gerader als Jungen gewöhnlich tun und im Allgemeinen hatte er ein schmuckes Aussehen. Seine Alltagskleidung, Jacke und Hose, war, wie ich mich entsinne, von dem Stoff, den man Pfeffer und Salz nennt[11], und statt der Halskrause, welche die meisten Knaben seines Alters damals trugen, hatte er einen niedergekrämpten Kragen, was ihm ein weniger jugendliches Aussehen verlieh. Er erfand eine Sprache, die wir *lingo* nannten, und die durch Hinzufügung einiger gleichlautenden Buchstaben zu jedem Worte entstand, und es war unser Ehrgeiz, indem wir so sprechend durch die Straßen wanderten, für Ausländer gehalten zu werden. Ein andres Vergnügen war es, wie der Schreiber dieser Zeilen sich sehr gut erinnert, aus dem Stegreif Geschichten zu erzählen, wobei Dickens, Danson oder Tobin ihm zur Seite gingen. Ich schicke Ihnen die Abschrift eines Briefes, den ich von ihm empfing, als er dreizehn oder vierzehn Jahre alt war, wohl eins der frühesten Erzeugnisse seiner Feder. Das „Bein" war die Legende von irgendetwas, einem Flugblatt-Roman, den ich ihm geliehen hatte; der „Clavis" war natürlich das sogenannte Lateinische Schulbuch."

---

[11] Ein schwarz und weiß gemischtes Zeug. – D. Übers.

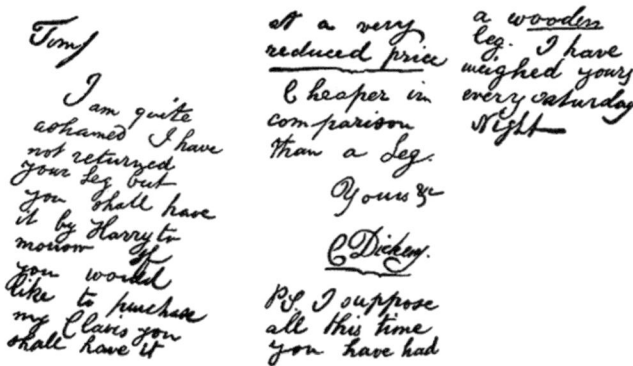

(Faksimile des untenstehenden Briefes.)

Dem „Bein" liegt irgendeine Grille oder ein Scherz zu Grunde, Anspielungen, welche Mr. Thomas übersehen zu haben scheint und für die er jedenfalls die Erklärung schuldig bleibt; aber der Brief mag für sich selbst sprechen. Er lautet wie folgt:

Tom!
Ich schäme mich förmlich, daß ich Dir Dein Bein noch nicht zurückgeschickt habe. Harry soll es Dir morgen mitbringen. Solltest Du meinen Clavis kaufen wollen, so sollst Du ihn zu *sehr herabgesetztem* Preise haben, vergleichsweise billiger als ein Bein.
Dein treuer
C. Dickens.

P. S. Ich denke mir, daß Du diese ganze Zeit über ein *hölzernes* Bein gehabt hast. Ich habe Deins jeden Sonnabend Abend gewogen.

„Nach vielen Jahren," fährt Mr. Thomas fort, „erkannte ich den berühmten Schriftsteller als dieselbe Person wieder, die ich als Knabe so gut gekannt, weil ich diesen Brief aufbewahrt hatte, und als Dickens im Dezember 1854 Reading besuchte, um dort eine seiner frühesten öffentlichen Vorlesungen zum Besten des Literarischen Instituts zu halten, dessen Präsident er nach dem Tode des Oberrichters Talfourd geworden war, benutzte ich diese Gelegenheit, ihm den Brief zu zeigen, über den er sich sehr amüsierte. Bei derselben Gelegenheit sprachen wir über unsre gegenseitigen Schulkameraden und unter andern wurde Daniel Tobin erwähnt, von dem ich wußte, daß er in jenen Schultagen (1824–26) Dickens' vertrautester Gefährte gewesen war.

Er sagte, Tobin sei entweder damals oder vorher sein Sekretär gewesen; aber hinter Tobins späteren Beziehungen zu seinem Freund und Gönner steckt ein Geheimnis, das ich nie habe verstehen können; denn wie ich erfuhr, fand bald darauf eine vollständige Trennung zwischen beiden statt und es muß ein ernstes Vergehen gewesen sein, das einer in früher Jugend entstandenen Freundschaft, die so lange und so sehr zu Tobins Vorteil gedauert hatte, ein Ende machte. Doktor Danson, der andre Schulkamerad, mit dem wir befreundet waren, ist der Meinung, daß Dickens und Tobin, nachdem sie die Schule verlassen, in das Büro desselben Advokaten eintraten und er glaubt, daß sich dies entweder in oder bei Lincolns-Inn-Fields befand."

Tobins Vergehen bestand in nichts Schlimmerem, als darin, daß er endlich selbst Dickens' Geduld und Güte erschöpft hatte. Seine Gesuche um Unterstützung wurden so ohne Unterlaß wiederholt, daß kein anderes Mittel übrig blieb, dem, was eine unerträgliche Plage geworden war, zu entrinnen, als daß er sich vollständig von ihm und von ihnen lossagte. Die Leser werden es mir danken, wenn ich dem Briefe von Mr. Thomas einen nicht weniger interessanten von Doktor Danson hinzufüge. Wir haben hier außerdem zur Heiterkeit neigenden aufgeweckten Wesen, ein wenig von der Neigung zum Unfug, von der sein andrer Schulkamerad ihn frei erklärt; aber dieser Unfug ist harmloser Art und möchte vielleicht besser nur als ein Bestandteil einer nicht zu unterdrückenden Lebhaftigkeit charakterisiert werden.

„Ich glaube, ich war fast zwei Jahre lang ein Schulkamerad von Dickens; er ging vor mir fort, als er etwa fünfzehn Jahre alt war. Mr. Jones' Schule führte den Namen „Wellington House Akademie" und galt damals für ein vortreffliches Erziehungsinstitut, in der Tat für das beste seiner Art in diesem Teile von London; aber sie wurde schmählich vernachlässigt und die Knaben machten nur wenig Fortschritte. Der Eigentümer, Mr. Jones, war ein Waliser, ein äußerst unwissender Mensch und ein bloßer Tyrann, dessen Hauptbeschäftigung darin bestand, die Schüler durchzuprügeln. Dickens hat in seinem „Unsere Schule" betitelten Artikel eine sehr lebendige Beschreibung von der Schule gegeben, aber dieselbe ist in mancher Hinsicht äußerst mythisch und ganz besonders hinsichtlich der Komplimente, die er sich selber macht. So viel ich mich erinnere, zeichnete Dickens sich in keiner Weise aus und trug keine Preise davon. Meiner Meinung nach lernte er kein Griechisch und Latein dort, und wie Sie wissen werden, findet sich in keinem seiner Werke eine klassische Anspielung. Er war ein schöner Junge, mit einem Lockenkopf, voller Leben und Bewegung und hatte wohl an sämtlichen unnützen Streichen in der Schule seinen Anteil. Ich glaube nicht, daß Mr. Jones' Neigung zum Prügeln sich auch an ihm betätigte; in der Tat war er, ebenso wie ich selbst, nur ein Tagschüler und bei diesen hatte man eine heilsame Furcht, daß sie ihren Eltern zu Hause davon erzählen möchten. Seine persönliche Erscheinung zu jener Zeit wird mir, durch ein mehrere Jahre später von Lawrence gemachtes Bild von ihm, lebhaft ins Gedächtnis gerufen. Sie können sich darauf verlassen, daß er alles sich selbst verdankte und seine wunderbare Herrschaft über die englische Sprache muß er sich durch lange und geduldige Studien erworben haben, nachdem er die Schule verlassen hatte. Sein Hauptgenosse war Tobin, mit dem er noch viele Jahre später befreundet gewesen scheint. Damals erschienen allwöchentlich die Penny- und Saturday-Magazine, die wir eifrig lasen. Wir hielten insgeheim Bienen, weiße Mäuse und andere lebendige Dinge in unsern Pulten und beschäftigten uns viel mit der Übung der mechanischen Künste, in Gestalt des Wagenbaues und der Verfertigung von Pumpen und Kähnen, die durch die weißen Mäuse in Bewegung gesetzt wurden.

Dickens fing damals an, kleine Geschichten zu schreiben und wir hatten eine Art Club, in dem sie verliehen und umhergeschickt wurden. Er zeichnete sich auch in dem Gebrauch einer Art Kauderwelsch aus, die uns andern Leuten ganz unverständlich machte. Wir waren auch sehr stark in theatralischen Aufführungen, machten uns kleine Theater zurecht und setzten den *Miller and his Men* und *Cherry and Fair Star* glänzend in Szene. Ich entsinne mich, daß der gegenwärtige Mr. Beverley, der Bühnenmaler, uns dabei half. Dickens spielte bei diesen Aufführungen, die gelegentlich mit großer Feierlichkeit vor einem Publikum von Schülern und in Anwesenheit der Hülfslehrer stattfanden, immer eine hervorragende Rolle. Bei einer Darstellung des *Miller and his Men* war das Feuerwerk in der letzten Szene, die mit der Zerstörung der Mühle endigte, so sehr wirklich, daß die Polizei sich einmischte und heftig an die Tür klopfte. Vielleicht hatte Dickens' späterer Geschmack an theatralischen Aufführungen seinen Ursprung in diesen kleinen Dingen."

„Ich erinnere mich noch sehr wohl, daß Dickens sich einmal in Drummond-Street an unsre Spitze stellte, unter dem Vorgeben, daß wir arme Kinder wären und die Vorübergehenden, besonders ältliche Damen, um Almosen ansprach und daß eine dieser Damen uns erklärte, „sie habe kein Geld für Betteljungen". Wenn die alten Damen bei diesen Unternehmungen ganz außer sich gerieten über die Unverschämtheit der an sie gestellten Forderung, brach Dickens in lautes Gelächter aus und lief davon."

„Ich traf ihn eines Sonntagmorgens, bald nachdem er die Schule verlassen, in der Kirche in Seymour-Street, wo wir sehr andächtig dem Gottesdienst beiwohnten. Ich bedaure, sagen zu müssen, daß Master Dickens dem Gottesdienst nicht die geringste Aufmerksamkeit schenkte, sondern mich zum Lachen brachte, indem er erklärte, sein Mittagessen sei fertig und die Kartoffeln würden verderben, und sich überhaupt auf eine Weise betrug, daß wir uns glücklich schätzen konnten, nicht aus der Kirche hinausgeworfen zu werden."

„Ich hörte von ihm etwas später durch Tobin, dem ich begegnete, indem er einen schäumenden Topf voll Londoner Porter durch Lincolns-Inn-Fields trug, und ich erfuhr, daß Dickens mit ihm in demselben oder einem benachbarten Büro arbeite."

„Viele Jahre vergingen, ehe das zufällige Lesen des Artikels „Unsre Schule" mich darauf aufmerksam machte, daß der glänzende und jetzt berühmt gewordene Dickens mein alter Schulkamerad sei. Ich mochte mich ihm nicht aufdrängen und erst vor drei oder vier Jahren, als er bei dem Festessen von University College in Willis Rooms den Vorsitz führte und eine höchst glänzende und wirkungsvolle Rede hielt, schickte ich ihm einen beglückwünschenden Brief, worin ich ihn an unsere frühere Kameradschaft erinnerte. Er antwortete darauf in einem freundlichen Briefe, der mir sehr Wert ist. Ich schicke Abschriften von beiden."

Von Dickens selbst hörte ich nie viel über die hier beschriebene Schule; aber ich wußte, daß sie, abgesehen davon, daß sie den Gegenstand des Artikels in Households Words bildete, einige der leichteren Charakterzüge für Salem-Haus in *David Copperfield* geliefert hatte und daß Dickens auf den Umstand, daß einer ihrer Lehrer später einen Sohn unseres gemeinsamen Freundes Macready unterrichtete, als einen Beweis für seine Lieblingstheorie über die Kleinheit der Welt hinzudeuten pflegte, und wie Dinge und Personen, von denen man am wenigsten erwarten sollte, daß sie sich begegneten, beständig gegen einander stießen. Die Beschäftigung seines Schulkameraden Tobin als Sekretär datiert aus der Zeit, als Dickens in Doktors Commons war, aber meine beiden Korrespondenten irren sich, wenn sie meinen, daß Tobin mit ihm in dem Büro desselben Advokaten gearbeitet habe. Die Wahrheit ist, daß er noch kurze Zeit, nachdem er die Wellington-Akademie verlassen, eine andere Schule bei Brunswick Square besuchte, daß hier ein gewisser Milton sein Schulkamerad war, daß er später mit diesem in New-Square, Lincolns Inn, bei einem Advokaten namens Malloy Schreiber wurde und daß, nachdem er diese Anstellung verloren, sein Vater ihm bei einem Advokaten in Gray's Inn, Mr.

Edward Blackmore, eine andre ähnliche zu verschaffen wußte. Den einzigen Aufschluß, den wir in dieser seiner Eigenschaft als Advokatenschreiber über ihn erlangen, verdanken wir dem letztgenannten Herrn, der in kurzer und unzweifelhaft authentischer Weise die Dienste beschrieben hat, welche von ihm der Jurisprudenz erwiesen wurden. Man kann nicht sagen, daß dieselben denkwürdig waren, obschon es schwer sein möchte, eine berühmtere Person zu finden, welche jenen Titel getragen hat, wenn man nicht etwa den Vater der Literatur selbst ausnimmt, den Chaucer, als belustigendes Beispiel dafür, wie die Worte ihren Sinn verändern „jenen eingebildeten Schreiber Homer" genannt hat.[12] „Ich kannte", schreibt Mr. Edward Blackmore, seine Eltern sehr gut, und da ich damals in Gray's Inn praktizierte, fragten sie mich, ob ich eine Anstellung für ihn finden könne. Er war ein aufgeweckter, klug aussehender junger Mann und ich nahm ihn als Schreiber in mein Büro. Er kam im Mai 1827 zu mir und verließ mich im November 1828 und ich habe noch jetzt ein Rechnungsbuch über kleine Büroausgaben, das er zu führen pflegte und worin er für sich selbst erst den bescheidenen Gehalt von 13 Schilling und 6 Pence und später von 15 Schilling die Woche anschrieb. Es fielen mehrere Begebenheiten in dem Büro vor, die er scharf beobachtet haben muß, da ich sie in „Pickwick" und „Nicholas Nickleby" wieder erkannte, und ich müßte mich sehr irren, wenn mehrere seiner Charaktere ihre Originale nicht in Personen hatten, deren ich mich sehr wohl erinnere. Sein Geschmack an theatralischen Aufführungen wurde sehr befördert durch einen Mitschreiber namens Potter, der jetzt tot ist und mit dem er besonders verkehrte. Ohne daß ich es wußte, benutzten sie jede Gelegenheit, in eins der kleineren Theater zu gehen, wo sie (wie ich später erfuhr) nicht selten an den Aufführungen teilnahmen. Nachdem er mich verlassen hatte, sah ich ihn mitunter in dem Gerichtshof des Lordkanzlers, wo er sich als Berichterstatter über Prozesse Notizen machte. Ich verlor ihn dann aus den Augen, bis sein „Pickwick" erschien." Dieser Brief deutet an, was für eine Stellung er bei Mr. Blackmore einnahm, und wir brauchen nur die Stelle im „Pickwick" aufzuschlagen, wo er die verschiedenen Rangordnungen der Advokatenschreiber schildert, um sie klarer zu verstehen. Er stand weit unter dem kontraktmäßig angestellten Schreiber, der eine Prämie bezahlt und selbst die Aussicht hat, einmal Advokat zu werden. Er stand nicht

---

[12] That conceited clerke Homère, im Original. Das englische clerk wurde früher von „Gelehrten" gebraucht, noch jetzt nennt man Geistliche Clerks in Holy Orders. Vorzugsweise jedoch bedeutet es „Schreiber". – Der Übers.

so hoch als der besoldete Schreiber, der fast sein ganzes Gehalt von dreißig Schilling wöchentlich für seine persönlichen Vergnügungen verausgabt. Er stand nicht einmal auf demselben Niveau mit seinem mittelaltrigen Abschreiber, der immer dürftig und ohne Ausnahme schäbig ist. So hoch seine eigne Natur ihn auch darüber erhoben haben mag, so befand er sich doch einfach unter den „Büro-Jungen in ihren ersten Überröcken, die eine angemessene Verachtung für Jungen fühlen, die in die Schule gehen, sich nachts, wenn sie nach Hause gehen, auf gemeinsame Kosten Würste und Porter kaufen und denken, daß das Leben eine herrliche Sache ist." So weit, nicht mehr und nicht weniger, war er jetzt gekommen. Er war einer von den Büro-Jungen.

Aber auch so ging der Prozeß der Erziehung, trotz allem was ihn zu unterbrechen drohte, weiter und was er aus seinem Schulleben in der Wellington-House-Akademie und später mitbrachte, kann in dem Gesamtumfang seiner damaligen Ausrüstung fürs Leben nur von geringer Bedeutung gewesen sein im Vergleich mit dem, was er bei Blackmore lernte. Doch würde es, ohne seinen eignen Beistand, eine müßige und hoffnungslose Aufgabe sein, Stellen in seinen Büchern mit seinen jugendlichen Erfahrungen in der Jurisprudenz identifizieren zu wollen. In seinen frühesten und in seinen spätesten Schriften bearbeitete er das Feld, welches einem Beobachter des Lebens und der Sitten durch ein Advokatenbüro geöffnet wird, auf erschöpfende Weise; aber wir haben es jetzt nicht mit den verschiedenen Varietäten des Genus *Schreiber* zu tun, die er zur Belustigung Andrer beschrieben hat, sondern mit dem Besitz, den er mittelst der durch solche Büros gebotenen Gelegenheiten für sich selbst ansammelte. Auch würde man keinen bessern erläuternden Kommentar über alle diese Jahre finden können, als denjenigen, welchen die Antwort seines Vaters auf die Frage eines Freundes bot, den man damals für ihn zu interessieren hoffte und die ich ihn mehr als einmal auf launenhafte, obschon gut gelaunte Weise habe nachahmen hören. „Wo hat Ihr Sohn denn seine Erziehung erhalten, Mr. Dickens?" – „Nun, Sir, man kann sagen – ha! ha! – daß er sich selbst erzogen hat." – Von den zwei Arten der Erziehung, welche nach Gibbon's Ausspruch alle Menschen empfangen, die über das gewöhnliche Niveau emporsteigen, derjenigen seiner Lehrer und der persönlicheren und wichtigern die er sich selbst gab, genoß er nur den Vorzug der letzteren. Nichtsdestoweniger reichte sie für ihn aus.

Beinahe achtzehn weitere Monate sollten nun hauptsächlich mit der praktischen Vorbereitung für die Tätigkeit hingebracht werden, für die er sich um diese Zeit schließlich entschied, eine Tätigkeit, von der bei seinen Talenten ein hübsches Einkommen zu erwarten war und der auch sein Vater während der letzten Jahre bereits obgelegen hatte, um die Mittel für den Unterhalt seiner Familie zu vermehren. Dickens hatte bis jetzt bei seinem Vater gewohnt, und ohne Zweifel unter dem Einfluß des von diesem gegebenen Beispiels faßte er den plötzlichen Entschluß, sich gründlich für das zu qualifizieren, was sein Vater geworden war: parlamentarischer Berichterstatter für Zeitungen. Er machte sich daher eifrig an das Studium der Stenographie und teils um seine allgemeinen Kenntnisse so weit zu vervollständigen, als man von einem jungen guterzogenen Manne erwarten durfte, teils der Befriedigung eines höheren Bedürfnisses wegen, wurde er ein fleißiger Besucher in dem Lesezimmer des Britischen Museums. Er wies oft auf jene Tage als auf die ihm persönlich nützlichsten hin, die er je verlebt habe, und nach den Resultaten zu urteilen, müssen sie dies gewesen sein. Niemand, der ihn in spätern Jahren kannte, und mit ihm eingehend von Büchern und Dingen sprach, würde geahnt haben, daß seine Erziehung im Knabenalter, fast völlig selbsterworben wie sie war, von so schwankender und zufälliger Art gewesen, wie ich sie hier beschrieben habe. Das Geheimnis lag darin, daß er sich stets auf die Höhe der Sache erhob, die ihn gerade beschäftigte und nie die Regeln unberücksichtigt ließ, welche den Helden seines Romans leiteten. „Was ich in meinem Leben zu tun versucht habe, habe ich mit ganzem Herzen versucht, gut zu tun. Wenn ich mich einer Aufgabe widmete, so widmete ich mich ihr ganz. Nie nur eine Hand an das zu legen, worauf ich mein ganzes Selbst wirken lassen konnte und nie meine Arbeit zu unterschätzen, was sie auch sein mochte, das waren, wie ich jetzt finde, meine goldnen Regeln."

Von der Mühe, welche seine stenographischen Studien ihm verursachten, sowie von dem, was seinen Geist zuerst denselben zuwandte, hat er ebenfalls in *Copperfield* einiges mitgeteilt. Er hatte gehört, daß manche in verschiedenen Berufskreisen ausgezeichnete Männer ihr Leben als Berichterstatter über parlamentarische Debatten angefangen, und er ließ sich nicht abschrecken durch die Warnung eines Freundes, daß es ihm mehrere Jahre kosten möge, ehe er die bloß mechanische Kunst hinreichend bemeistere, um Vortreffliches darin zu leisten: „denn eine vollkommene Herrschaft über das Geheimnis des stenographischen Schreibens und Lesens komme an Schwierigkeit der Bemeisterung von sechs Sprachen fast gleich." Unerschrocken stürzte er sich hinein, unterwies sich auch hier, wie in anderen ernsteren Dingen, selbst und arbeitete, nachdem er Gurney's Lehrbuch der Stenographie für eine halbe Guinee gekauft, sich langsam aber sicher durch die Irrgänge desselben hindurch. „Die Kunststücke mit den Punkten, die in einer gewissen Stellung Eins bedeuteten und in einer andern etwas ganz anderes; die wunderbaren Schnaken, die man mit Kreisen spielte; die unerklärlichen Folgen, die aus fliegenbeinähnlichen Zeichen entsprangen; die furchtbaren Wirkungen einer Kurve an einer falschen Stelle, beunruhigten nicht nur meine wachenden Stunden, sondern stiegen auch im Schlafe wieder vor mir auf. Wenn ich blind durch diese Schwierigkeiten hindurch getappt war und das Alphabet bemeistert hatte, erschien eine Prozession neuer Schreckbilder, willkürliche Zeichen geheißen, die despotischsten Charaktere, die mir je vorgekommen sind, die z. B. darauf bestanden, daß ein Ding wie der Anfang eines Spinngewebes *Erwartung* bedeute und daß eine mit der Feder gezeichnete Rakete für *Nachteilig* stehe. Hatte ich diese Gräuel meinem Gedächtnis eingeprägt, so fand ich, daß sie alles Andre daraus vertrieben hatten; fing ich dann von neuem an, so vergaß ich sie; sammelte ich sie wieder auf, so ließ ich die andern Bruchstücke des Systems fallen – kurz es war fast herzbrechend."

Was es für den Helden des Romans nicht ganz herzbrechend machte, wissen seine Leser, und etwas derselben Art sollte jetzt in der wirklichen Erfahrung des Verfassers eintreten. Zunächst muß ich jedoch bemerken, daß, nachdem er diesen widerspenstigen und unnachgiebigen Diener Stenographie seinem Willen in wunderbar schneller Zeit unterworfen hatte, sein größter Wunsch ihm noch versagt blieb. „Es gab nie einen solchen Stenographen", erklärte mir oft Mr. Beard, der Freund, den er sich zuerst auf diesem Gebiete erwarb, als er in die Reihe der parlamentarischen Berichterstatter eintrat, und mit dem er bis an das Ende seines Lebens den freundschaftlichsten Verkehr unterhielt. Aber noch war kein Sitz unter den parlamentarischen Berichterstattern für ihn frei. Er mußte fast zwei Jahre lang als Berichterstatter für eins der Büros in Doktors Commons fungieren und in diesen und den andern Gerichtshöfen seinem Beruf nachgehen, ehe er an den parlamentarischen Kämpfen und Siegen teilnehmen konnte; und was seinen jungen Helden in einer ähnlichen Prüfung tröstete, diente auch ihm als Stütze. Auch er hatte seine Dora, scheinbar in derselben hoffnungslosen Höhe, erstrebt als das einzige zu erreichende und noch unerreichbarere Ziel – denn weder gelang ihm sein Wunsch, noch, glücklicherweise, starb sie – aber doch, wie die andre, das eine Ideal, das ihn zur Tätigkeit antrieb und dem Anbeter, in der Wirklichkeit wie in der Dichtung, auch sonst eine höchst schwärmerische, glückliche, törichte Zeit eröffnete. Ich pflegte ihm lachend zu sagen, ich glaube an niemand als an die Dora des Romans, bis das plötzliche Wiedererscheinen der wirklichen Dora in seinem Leben, fast sechs Jahre nachdem „Copperfield" geschrieben war, mich überzeugte, daß jene Kapitel seines Buches eine tatsächlichere Grundlage hatten, als ich hatte glauben wollen. Dennoch wollte ich es nicht ganz zugeben, und daß die Sache ihn damals noch berühren könne, weigerte ich mich steif und fest zu glauben. Seine Anwort (1855) wirft einiges Licht auf diesen Teil seiner jugendlichen Laufbahn und aus diesem Grunde erlaube ich mir, sie mitzuteilen.

„Ich verstehe nicht ganz, was Du damit sagen willst: ich überschätze die Stärke der Gefühle der Zeit vor fünfundzwanzig Jahren. Wenn Du meine eigenen Gefühle meinst, und Dich nur besinnen willst, von welch verzweifelter Intensität meine Natur ist und daß dies anfing, als ich in Charley's[13] Alter war; daß ich vier Jahre lang jeden andern Gedanken aus meinem Geiste ausschloß, zu einer Lebenszeit, wo vier Jahre viermal vier Jahren gleich sind und daß ich mit einem Eifer zur Überwindung aller Schwierigkeiten daran ging, der mich wirklich in jenem Zeitungsleben emporhob und über die Köpfe von hundert Leuten hinwegtrug, – dann hast du Unrecht, weil dies nicht übertrieben werden kann. Ich bin in der Tat seitdem über mich selbst erstaunt gewesen! – und so litt ich und so arbeitete ich und so hämmerte und schmiedete ich an den tollsten Romanen, die je in eines Knaben Kopf kamen und sich darin festsetzten, daß es mir noch jetzt meine Selbstbeherrschung raubt, die Ursache von diesem Allen zu sehen. Ohne einen Augenblick aufrichtig zu glauben, daß es besser gewesen wäre, wir hätten uns nie getrennt, verstehe ich nicht, weshalb eine solche Gemütsbewegung mich ergreift. Niemand kann sich im allerentferntesten vorstellen, welchen Schmerz die Erinnerung mir in *Copperfield* verursachte. Und grade wie ich dies Buch nie so öffnen kann, wie ich irgendein andres Buch öffne, kann ich (selbst als Vierundvierziger) dies Gesicht nicht sehen oder diese Stimme hören, ohne daß ich in der wildesten Weise über die Asche jener ganzen Jugend und Hoffnung dahin schwärme." Im Lichte von Vierundvierzig immer deutlicher gesehen, entschwebte jedoch die Romantik allmählich sichtbar seinen Augen, nachdem sie ihre volle Wirkung ausgeübt und am Schlusse des Monats, welcher demjenigen folgte, in dem der vorstehende Brief geschrieben wurde und während dessen er mit seiner Frau sehr ruhig in dem Hause seiner jugendlichen Dora einen förmlichen Besuch gemacht und in der Vorhalle mit stillem Gleichmut ihren ausgestopften Liebling Jip betrachtet hatte, fing er den Roman an,[14] worin er der

---
[13] Seines ältesten Sohnes. – D. Übers.
[14] Little Dorrit. – D. Übers.

Dora seines Vorgängers eine Flora gegenübersetzte, beide nach demselben Original entworfen. Die Neigung hatte für ihn einen komischen Humor, dem er nicht zu widerstehen vermochte, aber sie war freundlich und heiter bis zuletzt und wenn das spätere Bild ihm in diesem Rückblick aus seine Jugend viel Stoff zum Lachen bot, so gab es nichts woran er sich mit mehr Wärme erinnerte als an das frühere, so lange sein Leben dauerte.

Ich entnehme andre phantasievolle Anspielungen auf die Dame zweien seiner kleinern Schriften. Die erste aus seinem „Besuch in den Kirchen der Londoner City" (geschrieben zur Zeit von „Dombey und Sohn", als er eine Kirche wählen mußte für die Trauung von Florence): „Ihr schläfriger Tonfall singt die drei alten Frauen schnell in Schlaf und der unverheiratete Krämer sitzt da und schaut zum Fenster hinaus und der verheiratete Krämer sitzt da und sieht nach dem Hute seiner Frau und die Liebenden sitzen da und sehen einander an, so überschwänglich glücklich, daß es mir in den Sinn kommt, wie ich, gerade achtzehn Jahre alt geworden, mit meiner Angelika, um einem Regenschauer zu entwischen, in eine Citykirche ging und wie ich zu Angelika sagte: „möge das beseligende Ereignis an keinem andern Altare stattfinden, o Angelika, als an diesem". Und wie meine Angelika bestimmte, es solle an keinem andern stattfinden – was allerdings auch geschah, denn es fand nirgendwo statt. Und, o Angelika, was ist aus Dir geworden, an diesem Sonntagmorgen, wo ich nicht auf die Predigt achten kann; und, eine noch schwerer zu beantwortende Frage, was ist aus mir geworden, wie ich war, als ich an Deiner Seite saß!" – Die zweite Anspielung findet sich in seinem Gemütvollen „Essay über Geburtstage": „Ich gab bei dieser Gelegenheit eine Gesellschaft. Sie war da. Es ist unnötig, sie besonders zu nennen. Sie war älter als ich und hatte seit drei oder vier Jahren alle Risse und Spalten meines Geistes durchdrungen. Ich hatte ganze Bände imaginärer Unterhaltungen mit ihrer Mutter in Bezug auf unsre Verbindung, und ich hatte an diese diskrete Frau eine größere Zahl von Briefen geschrieben als die Horace Walpole's, worin ich um die Hand ihrer Tochter bat. Ich hatte nie die entfernteste Absicht, einen dieser Briefe abzuschicken; aber sie zu schreiben und sie nach einigen Tagen zu zerreißen, war eine erhabene Beschäftigung gewesen."

Viertes Kapitel

Die Galerie der Berichterstatter und die Zeitungsliteratur 1831–1835

Dickens war neunzehn Jahre alt als er endlich in der Galerie der Berichterstatter im Parlament seinen Sitz nahm. Sein Vater, bei dem er noch wohnte, war, wie wir sahen, bereits als parlamentarischer Berichterstatter an einer der Morgenzeitungen angestellt und befand sich, in Folge der Vermehrung seiner amtlichen Pension durch den Ertrag dieser lobenswerten Arbeit, jetzt in behaglicheren Verhältnissen; aber seine eigne Anstellung an dem *Morning Chronicle* fand etwas später statt. Seine ersten parlamentarischen Dienste leistete er der *True Sun*, einem Blatte, an dessen Herausgabe damals einige liebe Freunde von mir beteiligt waren, durch die ich selbst Mitarbeiter und später, in Gemeinschaft mit allen Beteiligten, Journalisten, Berichterstattern, Druckern und Verlegern, Teilhaber an seinen Verlegenheiten wurde. Die furchtbarste dieser Verlegenheiten kam eines Tages in einer allgemeinen Arbeitseinstellung der Berichterstatter und ich erinnere mich sehr wohl, daß ich in dieser furchtbaren Zeit auf der Treppe des prächtigen Gebäudes, in dem wir wohnten, einen jungen Mann in meinem eigenen Alter bemerkte, dessen frische lebensvolle Erscheinung überall Aufmerksamkeit erregt haben würde und dessen Namen ich, als ich mich nach ihm erkundigte, damals zuerst hörte. Er wurde mit der Tatsache verknüpft, die ihm sogar damals Interesse verlieh: daß der „junge *Dickens*" der Sprecher der widerspenstigen Berichterstatter gewesen sei und ihre Sache siegreich vertreten habe. Er wurde später während zweier Sessionen bei dem *Mirror of Parliament* angestellt, den einer seiner Oheime von Mutters Seite gründete und redigierte und endlich, in seinem dreiundzwanzigsten Jahre, wurde er Berichterstatter für das *Morning Chronicle*.

Einen weit bedeutungsvolleren Schritt (obgleich er dies damals nicht wußte) hatte er kurz zuvor getan. In der Dezembernummer des *Old Monthly Magazine* von 1833 hatte sein erstes schriftstellerisches Erzeugnis das Licht der Welt erblickt. Er hat selbst beschrieben, wie er dasselbe (es war der später unter dem Titel „Mr. Minns und sein Vetter" in das Londoner Skizzenbuch aufgenommene Artikel) eines Abends im Zwielicht, mit Furcht und Zagen, verstohlen in einen dunkeln Briefkasten in einem dunkeln Postbüro in einem dunkeln Hofe bei Fleetstreet steckte und er hat seine Aufregung geschildert, als es in vollem Glanze des Drucks erschien. „Ich ging bei dieser Gelegenheit nach der Westminsterhalle und blieb eine halbe Stunde dort, denn meine Augen waren so dunkel vor Stolz und Freude, daß sie die Straße nicht ertragen und sich dort nicht sehen lassen konnten." Er hatte das Magazin in einem Laden im Strand gekauft und genau zwei Jahre später erkannte er in dem jüngern Teilhaber einer Verlagshandlung, der ihn in seiner Mietwohnung in Furnivals-Inn (die er bezogen, bald nachdem er parlamentarischer Berichterstatter geworden war) mit dem Vorschlage aufsuchte, woraus „Pickwick" entstand, dieselbe Person wieder, von der er jenes Magazin gekauft und die er weder vorher noch seitdem gesehen hatte.

Diese Zwischenzeit von zwei Jahren umfaßte mehr als den Rest seiner Laufbahn in der „Galerie" und der damit verknüpften Arbeiten; aber daß diese Beschäftigung in ihrem Einfluß auf sein Leben, für die Ausbildung seines Talents wie seines Charakters, von der höchsten Bedeutung war, kann nicht bezweifelt werden. „Aus der heilsamen Schule der harten Zeitungsarbeit, die ich als ganz junger Mann durchmachte, leite ich immer meine ersten Erfolge her," sagte er zu den Zeitungsredakteuren in New-York, als er zuletzt von ihnen Abschied nahm. Sie eröffnete ihm einen weiten und mannigfaltigen Kreis von Erfahrungen, welche seine wunderbare, ebenso genaue als humoristische Beobachtungsgabe ihm ganz zu eigen machten. Er erlebte noch die letzten Tage der alten Stagecoaches und der alten Gasthäuser, die dazu gehörten; aber es wird lange währen, ehe die Leser seiner lebendigen Werke das Lebensende beider sehen werden. „Niemand der für Zeitungen gearbeitet hat", schrieb er einmal (1845), „hat innerhalb desselben Zeitraums so viel Expreß- und Extrapost-Erfahrungen gehabt als ich. Und was für Herren waren es, denen man am alten *Morning Chronicle* diente! Groß oder klein – es kam nicht darauf an. Ich habe die Kosten für ein halbes Dutzend Umstürze binnen einer Zeit von einem halben Dutzend Mal so viel Meilen[15] zu berechnen gehabt. Ich habe Ersatz zu fordern gehabt für den Schaden, den das Herabtröpfeln des Wachses von einer lodernden Kerze meinem Überrock zufügte, wenn ich in den frühesten Morgenstunden in einem schnell dahin fliegenden Wagen schrieb. Ich habe wohl fünfzig Mal während einer einzigen Reise für alle möglichen Beschädigungen Kosten berechnen müssen – solcher Art waren die gewöhnlichen Folgen der Schnelligkeit, mit der wir uns fortbewegten. Ich habe für zer-

---

[15] Englische Meilen.

brochne Hüte, zerbrochnes Gepäck, zerbrochne Stühle, zerbrochnes Pferdegeschirr Kosten berechnet – für alles, außer für einen zerbrochenen Kopf, das einzige, wofür sie ungern bezahlt haben würden."

In ähnlicher Weise äußerte er sich zwanzig Jahre später, als er im Mai 1865 bei dem zweiten jährlichen Festessen des *Newpaper-pressfund*[16] den Vorsitz führte und in seine Rede eine kurze Darstellung seines ganzen Berichterstatterlebens verflocht. „Ich vertrete hier", sagte er, „nicht die Sache eines gewöhnlichen Klienten, von dem ich wenig oder nichts weiß. Ich vertrete hier die Sache meiner Brüder. Ich begann meine Tätigkeit als parlamentarischer Berichterstatter als achtzehnjähriger Knabe und gab sie – ich kann kaum an die unerbittliche Wahrheit glauben – vor ungefähr 30 Jahren auf. Und ich bin meinem Berufe unter Umständen nachgekommen, von denen meine hier anwesenden Brüder sich schwerlich eine hinreichende Vorstellung machen können. Oft habe ich wichtige öffentliche Reden, bei denen die größte Genauigkeit erforderlich war, und bei denen ein Versehen für einen jungen Mann äußerst kompromittierend gewesen sein würde, nach meinen stenographischen Aufzeichnungen für den Druck transskribiert in der flachen Hand, bei dem Licht einer Laterne, in einer mit vier Pferden bespannten Postkutsche, die mit der damals erstaunlichen Geschwindigkeit von fünfzehn Meilen die Stunde in tiefer Nacht durch eine wilde Gegend dahin galoppierte. Als ich das letzte Mal in Exeter war, besuchte ich den dortigen Schloßhof, um, einem Freunde zu Gefallen, die Stelle zu identifizieren, wo ich einmal während des Wahlkampfes in Devonshire eine Rede Lord John Russell's „nahm", wie wir es nannten, inmitten eines von sämtlichen Vagabunden jener Gegend unterhaltenen lebhaften Handgemenges und in einem solchen Platzregen, daß, wie ich mich entsinne, zwei gutmütige Kollegen, die grade nichts zu tun hatten, mir ein Taschentuch, nach Art eines Thronhimmels bei geistlichen Prozessionen, schützend über mein Notizbuch hielten. Ich habe mir die Knie wund geschrieben auf der alten Hinterbank der alten Galerie des alten Unterhauses und ich habe mir die Füße wund gestanden in einer abgeschmackten Pferche in dem alten Oberhause, wo man uns wie ebenso viele zusammengedrängte Schafe warten ließ, bis etwa der Wollsack einer neuen Stopfung bedürfe. Bei der Rückkehr von aufgeregten politischen Meetings auf dem Lande zu den wartenden Londoner Druckern bin ich,

---

[16] Eine 1864 gegründete Gesellschaft zum Besten Notleidender, an den Londoner Zeitungen angestellter oder angestellt gewesener Berichterstatter und Mitarbeiter. – D.Übers.

wie ich glaube, in fast allen in England bekannten Arten von Fuhrwerken umgeworfen worden. Auf kotigen Landwegen wurde ich, zu meiner Zeit, in der Nacht, vierzig bis fünfzig Meilen von London, in alten Rumpelkasten, mit erschöpften Pferden und betrunkenen Postillonen aufgehalten und kam doch vor der Ausgabe der Zeitungen an Ort und Stelle an, um von Mr. Black, dem verstorbenen Redakteur des *Morning Chronicle* in dem breitesten Schottisch, das aus dem weitesten aller Herzen kam, die ich je kannte, mit nie vergessenen Komplimenten empfangen zu werden. Ich erwähne dieser kleinen Umstände zum Beweise, daß ich den Zauber jener alten Berufstätigkeit nie vergessen habe. Das Vergnügen, das ich über die Geschwindigkeit und das Geschick in der Ausübung derselben zu empfinden pflegte, ist nie in meiner Brust erloschen. Von der Gewandtheit, die ich damals darin erwarb, ist mir noch so viel geblieben, daß ich fest überzeugt bin, ich könnte morgen wieder damit anfangen. Bis auf den heutigen Tag vertreibe ich mir, wenn ich (was mitunter vorkommt) eine langweilige Rede anhören muß, gelegentlich die Zeit damit, daß ich dem Redner in der alten, alten Weise folge und gelegentlich ertappe ich mich sogar dabei, wie meine Hand, mit imaginären Aufzeichnungen beschäftigt, auf dem Tischtuche hin- und hergeht." Das letztere habe ich ihn häufig tun sehen. Es war in der Tat eine stehende Gewohnheit bei ihm.

James Grant, ein Schriftsteller, der selbst mit Dickens in der Galerie der Berichterstatter war und erklärt, daß er unter den achtzig oder neunzig dort angestellten Berichterstattern, nicht bloß wegen seiner stenographischen Genauigkeit, sondern auch wegen seiner wunderbaren Geschwindigkeit im Transkribieren, die erste Stelle eingenommen, hat uns vor kurzem ebenfalls erzählt, Dickens sei, so lange er dort war, äußerst zurückhaltend gewesen und habe, obgleich er allen, mit denen seine Berufspflichten ihn in Verkehr brachten, die gewöhnliche Höflichkeit bewiesen, doch nur mit *einem* eine persönliche Freundschaft geschlossen, nämlich mit Thomas Beard, der damals auch als Berichterstatter bei dem *Morning Chronicle* angestellt war. Auf die freundschaftlichen und vertrauten Beziehungen, welche Dickens bis ans Ende seines Lebens mit Beard unterhielt, habe ich schon hingewiesen und zur Bestätigung der Erklärung Grant's kann ich noch hinzufügen, daß der einzige andre Genosse aus diesen frühen Berichterstattertagen, von dem ich ihn mit besonderer Teilnahme habe reden hören, der verstorbene Redakteur von *Bell's Life*[17], Vincent Dowling war, mit dem er nicht grade viel persönlichen Verkehr unterhielt, aber

---

[17] Eine bekannte Londoner Wochenzeitung für ‚Sportsmen'. – D. Übers.

von dessen Charakter und Talenten er eine hohe Meinung gefaßt hatte. Übrigens bleibt in Bezug auf diese Zeit nichts weiter zu sagen, was die Phantasie des Lesers nicht leicht ergänzen kann. Es hat sich ein Brief von ihm erhalten, den er während einer seiner „Expresstouren" schrieb, aber derselbe verdient weniger deshalb mitgeteilt zu werden weil er etwas Neues enthält, als weil er mit angenehmer Lebendigkeit bestätigt, was bereits gesagt worden ist.

Er schreibt an einem „Dienstagmorgen im Mai 1835" aus dem Busch-Inn in Bristol, und die Veranlassung, die ihn mit einer Gesellschaft von Berichterstattern nach Westen geführt hat, ist Lord John Russell's obenerwähnter Wahlkampf in Devonshire, während Beard, dem das *Morning Chronicle* für diese besondre Expresstour den Oberbefehl anvertraut hatte, sein Hauptgefährte ist. Er glaubt „den Schluß von Russell's Zweckessen" mit der Kutsche der Cooperschen Gesellschaft, die das Busch-Inn um halb sieben am folgenden Morgen verläßt, abschicken zu können und will am Donnerstagmorgen mit der ersten Ball'schen Kutsche den Bericht über das Zweckessen in Bath befördern, den er mit einem „Sogleich abzugeben und Extratrinkgeld für den Überbringer" adressieren will. Beard wird am folgenden Morgen nach Bath gehen. Er selbst wird mit der Kutsche von Marlborough zurückkommen; er bezweifelt nicht, daß es, wenn Lord John eine Rede von dem gewöhnlichen Umfang hält, bis zu der Zeit der Ankunft in Marlborough geschehen kann; „und wenn man die große Bedeutung des Umstandes in Erwägung zieht, daß man von dort an auch Sattelpferde haben kann, so ist es ohne Frage des Versuches Wert ..." „Ich brauche nicht zu sagen," fährt er fort, „daß es ein Stück scharfe Arbeit sein und unser zwei in Anspruch nehmen wird; denn wir werden beide die ganze vorhergehende Nacht aufbleiben und die ganze folgende Nacht arbeiten müssen, um es rechtzeitig schicken zu können." Er fügt hinzu, daß sie nach London zurückkehren werden, sobald sie etwas Schlaf gehabt haben; wenn aber die Expressbeförderung gelingt, werden sie an verschiedenen Orten am Wege halten müssen, um die Kosten zu decken und ihre Zufriedenheit auszudrücken. Und so bleibt er, mit Empfehlungen von Beard, des Redakteurs ergebenster &c.

Eine andre Anekdote aus diesen Berichterstattertagen und dem was sich daran knüpfte können wir nach seiner eigenen angeblichen Erzählung mitteilen; doch kommen Ungenauigkeiten darin vor, die bei ihm befremdlich scheinen. Die Geschichte, wie sie erzählt wird, ist diese: daß Lord Derby, als er noch Mr. Stanley war, bei einer wichtigen Gelegenheit eine Rede gehalten, die sämtliche Berichterstatter sich genötigt gesehen, bedeutend abzukürzen; daß aber ihr wesentlicher Inhalt nichtsdestoweniger in dem *Chronicle* so gut wiedergegeben worden, daß Mr. Stanley, der sie für sich selbst im größeren Detail zu haben wünschte, den Berichterstatter habe bitten lassen, ihn in seiner Wohnung im *Carlton-House-Terrace* zu besuchen und die ganze Rede nieder zu schreiben; daß Dickens demgemäß kam und die Arbeit zu Mr. Stanley's großer Zufriedenheit ausführte und daß er, als er in spätern Jahren bei Gladstone speiste und die Erscheinung des Esszimmers merkwürdig bekannt fand, bei näherer Erkundigung entdeckte, daß er die Rede dort niedergeschrieben habe. Die Geschichte, wie sie wirklich vorfiel, ist mit dem kurzen Dasein des *Mirror of Parliament* verknüpft. Nicht auf einen besonders ausgedrückten Wunsch Mr. Stanley's, sondern für jenes Unternehmen, das durch einen von Dickens' Oheimen ins Leben gerufen worden und Hansard in wörtlichen Berichten über die Parlaments-Debatten noch übertreffen sollte, wurde jene berühmte Rede (sie war gegen O'Connell gerichtet) niedergeschrieben, wie wir erzählt haben. Der junge Berichterstatter begab sich in das Zimmer in *Carlton-House-Terrace*, weil die Arbeit für die Zeitschrift seines Oheims Barrow dort getan werden mußte, und wenn der große Autor in spätern Jahren als Gast des Premierministers in demselben Zimmer war, so kann dies nur einige Monate vor seinem Tode gewesen sein, als er Gladstone zum erstenmal besuchte und bei ihm frühstückte.

Die Darstellung seiner Laufbahn in der „Galerie" mag mit dieser Anekdote schließen. Ich will nur noch bemerken, daß seine dortigen Beobachtungen ihm keine hohe Meinung über das Unterhaus oder dessen Helden gegeben hatten und daß er sein ganzes Leben hindurch keine Gelegenheit vorübergehen ließ, seine Verachtung gegen den Pickwickschen Verstand[18] auszudrücken, der in unserer gesetzgebenden Versammlung den gesunden Menschenverstand so oft verdrängt.

Inzwischen hatte er seine andre Beschäftigung nicht aus den Augen verloren. In Beziehung hierauf müssen wir etwas zurückgreifen. Seitdem die erste Skizze in dem *Monthly Magazine* erschien, hatten schon neun andre die Seiten der spätern Nummern derselben Zeitschrift bereichert, die letzte im Februar 1835 und diejenige welche in dem vorhergehenden August erschien, hatte

---

[18] Anspielung auf die Vorgänge der im ersten Kapitel der Pichwick Papers geschilderten Sitzung des Pickwick-Clubs. – D. Übers.

zuerst die Unterschrift *Boz* getragen. Dies war der Spitzname seines von ihm sehr geliebten jüngsten Bruders Augustus, den er zu Ehren des Vicars von Wakefield Moses getauft hatte, was, scherzhaft durch die Nase gesprochen, zu Boses wurde, woraus dann die Abkürzung Boz entstand. „Boz war mir ein wohlbekannter Familienname, lange eh ich mich auf die Schriftstellerei legte, und so kam es, daß ich dies Pseudonym annahm." So hatte er seine Boz'schen Skizzen vollständig erfunden, noch ehe sie so genannt wurden, oder jemand ihnen viel Aufmerksamkeit schenkte und die nächste für ihn nötige Erfindung war eine Art von Bezahlung dafür. Eigentümer und Redakteur des *Monthly Magazine* war damals ein Mr. Holland, der aus Bolivars südamerikanischen Feldzügen mit dem Hauptmannsrange zurückgekommen war und gehofft hatte, das Magazin zu einem Mundstück seines feurigen Liberalismus zu machen. Aber sowohl diese Hoffnung als seine Gesundheit scheiterten und er sah sich mit Schmerz genötigt, die Aufnahme fernerer Skizzen abzulehnen, nachdem sie aufgehört hatten freiwillige Gaben zu sein. Ich glaube nicht, daß er und sein Magazin noch viele Wochen nach einem Abende lebten, den ich im Jahre 1837 mit ihm in Doughty Street zubrachte, wo er in rührender Weise von dem Misslingen dieser und andrer Unternehmungen seines Lebens und von dem Beistand, welchen Dickens ihm geleistet, redete.

Da das Magazin so keinen Ertrag brachte, war es nur natürlich, daß ihm auch keine Skizzen mehr angeboten wurden und noch ehe die erwähnte Februarnummer erschien, hatte sich auch bereits eine andre Aussicht für dieselben gefunden. Man hatte seit einiger Zeit die Herstellung eines *Evening Chronicle,* zur Ergänzung des *Morning Chronicle,* betrieben und eines Dienstagabends, 20. Januar 1835, teilte Dickens, von seiner Wohnung in Furnivals-Inn aus, einem Landsmanne des Redakteurs, der mit den nötigen Vorbereitungen beschäftigt war, Mr. George Hogarth, gewisse Hoffnungen und Phantasien mit, die ihn damals erfüllten. Dies war der Anfang seiner Bekanntschaft mit einem hochgebildeten und liebenswürdigen Manne, zu dessen Familie er bald in Beziehungen treten sollte, welche einen Einfluß auf seine ganze künftige Laufbahn ausübten. Hogarth hatte ihn gebeten, ihm zu Gefallen eine neue Skizze für die erste Nummer des Unternehmens zu schreiben und indem er auf diese Aufforderung erwiderte: er sei mit dem größten Vergnügen dazu bereit und werde sich bemühen sein Bestes zu leisten, erwähnte er, was seine Gedanken beschäftigte. Er hoffe, im Vertrauen auf Hogarth's Freundlichkeit, er werde ihn nicht über Gebühr beschweren, wenn er ihn bitte, an der geeigneten Stelle nachzufragen, ob, falls er eine regelmäßige Reihe von Artikeln unter einem anziehenden Titel für das *Evening Chronicle* beginne, die Redakteure der Ansicht sein würden, daß er Anspruch auf ein besondres Honorar (natürlich zu keinem hohen Betrage) dafür habe. Kurz, er möge den Eigentümern die Frage vorlegen – erstens, ob eine Fortsetzung von einigen Kapiteln im Stil seiner Straßen-Skizzen für die neue Zeitung wünschenswert scheine; und zweitens, wenn dies der Fall sei, ob man es nicht recht und billig finde, daß er, während er an dem gewöhnlichen Berichterstattergeschäft des *Chronicle* teilnehme, abgesehen von seinem gewöhnlichen Gehalt als Berichterstatter, auch für jene Artikel besonders honoriert werde? Die Forderung wurde als billig anerkannt, er begann seine Skizzen und sein Gehalt wurde von fünf auf sieben Guineen die Woche erhöht.

Die Skizzen wurden das ganze Jahr hindurch mit unvermindertem Geist und Leben fortgesetzt; aber so viel Aufsehen sie auch außerhalb wie innerhalb der Zeitungswelt erregten, so gewährte doch nichts dem Autor eine so lebhafte Befriedigung, als das aufrichtige Lob, welches sein eigner Redakteur denselben spendete. Black ist einer der Menschen, die eine Welt, der sie durch ihre Arbeiten viel genützt, ohne Anerkennung verlassen haben; aber niemand konnte beliebter sein bei allen die ihn kannten, ebensowohl wegen seines liebenswürdigen Humors, als wegen seiner ehrlichen weitherzigen Freude an dem, was vortrefflich war in andern. Dickens erinnerte sich bis ans Ende, daß es vor allem der kordiale Beistand dieses guten, alten, Heiterkeit liebenden Mannes gewesen, dem er einen frohen Beginn seiner literarischen Laufbahn verdanke. Es war John Black, der mir den Pantoffel nachwarf, pflegte er zu sagen. „Der liebe alte Black! Der erste, der mich von ganzem Herzen würdigte!" ist ein Ausdruck in einem seiner Briefe an mich während des Jahres, in dem er starb.

Fünftes Kapitel

Erstes Buch und Entstehung Pickwick's
1836

Der Beginn des Jahres 1836 fand ihn damit beschäftigt, die erste Reihe der „Skizzen von Boz", die er für ein bedingungsweises Honorar von, ich glaube, hundertfünfzig Pfund St. an einen ihm mehrere Wochen vorher durch Ainsworth bekannt gewordenen jungen Verleger namens Macrone verkauft hatte, in zwei Bänden zu sammeln.[19] Um dieselbe Zeit war es auch, wie wir aus einem bereits zitierten Briefe erfahren, als James Grant, in dessen Hände die Redaktion des *Monthly Magazine* übergegangen war und der Dickens durch den frühern Herausgeber fragen ließ, ob er wieder Beiträge liefern wolle, zwei Dinge hörte, erstens, daß er im Begriff stehe, sich zu verheiraten, und zwei-

---

[19] In diese Zeit fällt der Besuch des notorischen N.P. Willis, der ihn in Macrone's Begleitung in Furnivals-Inn aufsuchte, von ihm spricht als „einem jungen Paragraphenschreiber des *Morning Chronicle* und seine Wohnung und ihn selbst folgendermaßen schildert. „In dem belebtesten Teile von Holborn, einige Häuser von dem Bull-and-Mouth-Inn, hielten wir an dem Eingang eines zu Advokaten-Büros eingerichteten großen Gebäudes still. Wir stiegen eine Menge Treppen in ein oberes Stockwerk hinauf und wurden in ein teppichloses, öde aussehendes Zimmer gewiesen, dessen Inhalt aus einem Tisch von Tannenholz, einigen Stühlen und Büchern, einem kleinen Jungen und Dickens bestand. Zuerst fiel mir nur eins auf (und ich machte mir an demselben Abend eine Notiz darüber, als die stärkste Probe, die mir von englischer Unterwürfigkeit gegen Arbeitgeber vorgekommen war) – der Grad, in welchem der arme Autor von der Ehre des Besuchs seines Verlegers überwältigt war. Ich erinnere mich, daß ich zu mir selbst sagte, indem ich auf einem gebrechlichen Stuhle Platz nahm: „Mein guter Freund, wärst Du in Amerika mit Deinem schönen Gesicht und Deiner fertigen Feder, so würdest Du nicht nötig haben, Dich von einem Verleger patronisieren zu lassen." Dickens war ungefähr ebenso gekleidet, wie er seitdem Dick Swiveller beschrieben hat, minus das fashionable Aussehen. Sein Haar war kurz geschnitten, seine Kleidungsstücke dürftig, obschon von modischem Schnitt und nachdem er einen zerlumpten Arbeitsrock mit einem schäbigen blauen vertauscht, stand er an der Türe, ohne Hemdkragen und zugeknöpft, die wahre Personifikation, wie mir schien, eines dicht beim Winde segelnden Matrosen." – Ich erinnere mich, daß wir zu Lebzeiten meines Freundes herzlich über diese Beschreibung lachten, an der kaum ein wahres Wort ist, und setze sie hierher als keine üble Probe der Art von Unrat, welche auch seit seinem Tode, sowohl von seinen eignen als von mehreren andern Landsleuten von Willis, nur zu reichlich aufgetischt worden ist.

tens, daß er es unternommen, einen Roman in Monatsheften zu schreiben, weshalb seine Verpflichtungen ihm in Zukunft wenig freie Zeit lassen würden. Beide Nachrichten bestätigten sich bald. Die *Times* vom 26. März 1836 kündigte an, am 31. werde das erste Shillingheft der „Nachgelassenen Papiere des Pickwick Clubs, herausgegeben von Boz" veröffentlicht werden und dieselbe Zeitung meldete einige Tage später, daß am 2. April Charles Dickens sich verheiratet habe mit Katharine, der ältesten Tochter George Hogarth's, dem wir schon als seinem Mitarbeiter an dem *Morning Chronicle* begegnet sind. Die Flitterwochen verlebte er in der Gegend, zu der er in allen bedeutungsvollen Epochen seines Lebens mit einer seltsamen sich erneuernden Neigung zurückkehrte und während das junge Paar in dem ruhigen kleinen Dorf Chalk, an der Straße zwischen Gravesend und Rochester ist, will ich genau den Ursprung des ewig denkwürdigen Mr. Pickwick erzählen.

Eine junge Verlagshandlung hatte seit kurzem, neben andern mehr originellen als wichtigen Unternehmungen, eine Novellenbibliothek ins Leben gerufen. Unter den Schriftstellern, welche sie für dieselbe zu gewinnen wünschte, befand sich der Verfasser der Skizzen in dem *Monthly Magazine* und in Bezug auf *einen* Beitrag war ihnen dies während des verflossenen Jahres durch den von ihnen angestellten Redakteur, Charles Whitehead, einen sehr orginellen und sehr unglücklichen Mann, gelungen. „Ich wußte nicht," schrieb das ältere Mitglied der Firma[20] dreizehn Jahre später in einem Briefe an Dickens, worauf dieser sich in der Vorrede zu einer der späteren Ausgaben von Pickwick bezog[21], „daß Sie in das *Chronicle* schrieben, oder was ihr Name war; aber Whitehead, ein alter Mitarbeiter des *Monthly*

---

[20] Die bekannte Londoner Firma „Chapman und Hall", in deren Verlag die Mehrzahl von Dickens' Werken erschien. – D. Übers.

[21] Der Brief wurde weder damals noch später ausführlich zitiert, obgleich Dickens sich darauf bezog. Er wurde mir jedoch anvertraut, als Dickens 1867 nach Amerika ging, falls etwa eine Veranlassung entstehen sollte, davon Gebrauch zu machen. Der Brief ist datiert vom 7. Juli 1849 und war Mr. Chapman's Antwort auf die an ihn gerichtete Frage Dickens', ob der Bericht, den er in der Vorrede zu der billigen Ausgabe von 1847 über den Ursprung Pickwick's gegeben, nicht völlig richtig sei. „Er ist so richtig beschrieben", war Chapman's Erklärung, „daß ich nur wenig neues Licht darauf zu werfen vermag." – Was den Namen des Helden betrifft, so will ich hier bemerken, daß Dickens denselben einem berühmten Kutschenbesitzer in Bath entlehnte.

Magazine, besann sich darauf und veranlaßte Sie, „die Familie Tupps in Ramsgate"[22] zu schreiben.

Und nun erscheint eine andere Person auf dem Schauplatz. „Im November 1835," fährt Mr. Chapman fort, „veröffentlichten wir ein kleines Buch unter dem Titel *Squib Annual* (Satirisches Jahrbuch) mit Illustrationen von Seymour und während eines Besuchs, den ich diesem machte, um mich nach den Illustrationen umzusehen, bemerkte er, er möchte wohl eine Anzahl Bilder von Londoner Sportsmen ausführen, von einer höhern Sorte als diejenigen, die er schon veröffentlicht hatte. Ich billige diesen Plan, vorausgesetzt, daß die Bilder durch einen Text ergänzt und in monatlichen Heften ausgegeben würden und nachdem wir hierin übereingekommen, schrieben wir an den Verfasser der *Three Courses and a Desert* (Drei Gänge und ein Nachtisch) und machten ihm den Vorschlag; da wir aber keine Antwort erhielten, blieb die Sache einige Monate ruhen, bis Seymour sagte, er wünsche, wir möchten eine Entscheidung treffen, da er eine Anerbietung zu einer andern Arbeit habe, die seine Zeit ganz ausfüllen werde. Hierauf beschlossen wir, uns an Sie zu wenden. Da wir schon wegen unsrer Novellenbibliothek mit Ihnen in Verbindung getreten waren, war es nur natürlich, daß wir an Sie die Bitte richteten, den Pickwick zu schreiben; aber ich glaube nicht, daß wir unsre Absicht gegen Seymour auch nur erwähnten und ich bin ganz sicher, daß von Anfang bis zu Ende niemand als Sie etwas damit zu tun hatte. Unser Prospektus war zu Ende Februar erschienen und alles war vor diesem Datum verabredet."

Das Mitglied der Firma, welches ihn mit diesem Vorschlag in Furnivals-Inn aussuchte, war nicht der Schreiber dieses Briefes, sondern Mr. Hall, derselbe, der ihm zwei Jahre vorher, ohne zu wissen, daß er der Käufer sei, das Magazin verkauft hatte, worin sein erster Erguß abgedruckt war; und Dickens selbst hat beschrieben, was bei dieser Zusammenkunft vorging. „Was mir vorgeschlagen wurde, war, daß das monatliche Etwas gewissen von Seymour auszuführenden Kupferstichen zum Vehikel dienen solle und entweder dieser bewunderungswürdige humoristische Künstler selbst oder mein Besucher war der Meinung, daß ein Nimrod-Club, dessen Mitglieder auf die Jagd, den Fischfang und so fort gehen und durch ihren Mangel an Geschick in Verlegenheiten geraten, das beste Mittel zur Einführung derselben sein würde. Ich wendete bei näherer Überlegung dagegen ein, daß ich, obgleich auf dem Lande geboren und teilweise herange-

---

[22] Artikel, der später in dem Boz'schen Skizzenbuch eine Stelle fand. – D. Übers.

wachsen, doch, abgesehen von Umherbewegung jeder Art, kein großer Sportsmen sei, daß der Gedanke nicht neu und schon öfter benutzt worden, daß es unendlich viel besser sein werde, wenn nicht der Text aus den Bildern, sondern die Bilder aus dem Texte hervorgingen und daß ich die Darstellung eines weiteren Kreises englischer Szenerie und englischen Volkslebens vorziehe und schließlich, wie ich glaube, unter allen Umständen einen solchen wählen werde, was ich mir auch anfangs vornehmen möge. Nachdem man sich diesen Ansichten gefügt, dachte ich an Pickwick und schrieb die erste Nummer und nach den Korrekturbogen derselben entwarf Seymour seine Zeichnung des Clubs und das glückliche Portrait seines Gründers. Ich verknüpfte Mr. Pickwick mit einem Club wegen des ursprünglichen Vorschlags und ich brachte Mr. Winkle ausdrücklich für Seymour's Zwecke hinein."

Hall war tot als diese Erklärung in dem Vorwort zu der billigen Ausgabe von 1847 zuerst abgegeben wurde, aber Chapman besann sich genau auf den Bericht seines Compagnons über die erwähnte Zusammenkunft und bestätigte sie in seinem Briefe von 1849 in allen Einzelnheiten[23], mit einer Ausnahme. Indem er Seymour als den Erfinder der Gestalt anerkannte, in welcher die ganze bewohnte Erde

---

[23] Dickens wendete sich damals an ihn wegen gewisser törichter Erklärungen der Verwandten Seymour's, auf die Dickens selbst erwiderte, wie folgt. „Nur sehr ungern nehme ich Notiz von einigen unfaßbaren und unzusammenhängenden Behauptungen, die, angeblich im Interesse Seymour's, gemacht worden sind, des Inhalts, daß er einen Anteil an der Erfindung dieses Buchs oder an etwas in demselben Enthaltenen gehabt habe, was nicht wahrheitsgetreu in dem Vorstehenden erwähnt worden ist. Mit der Mäßigung, welche ebensowohl dem Andenken eines Kunstgenossen als meiner Selbstachtung gebührt, beschränke ich mich darauf, hier die folgenden Tatsachen festzustellen: daß Seymour nie ein Vorkommnis, einen Satz oder ein Wort in diesem Buche erfand oder vorschlug, daß Seymour starb, als erst 24 Seiten dieses Buchs erschienen und sicherlich keine 48 Seiten geschrieben waren, daß ich, soviel ich weiß, Seymour's Handschrift nie in meinem Leben gesehen habe, daß ich Seymour nur einmal sah und zwar den vorletzten Abend vor seinem Tode und daß er mir bei dieser Gelegenheit ganz gewiß keine Winke gab, daß ich ihn damals in Gegenwart zweier Personen sah, die beide noch am Leben und mit diesen Tatsachen genau bekannt sind, und deren geschriebenes Zeugnis darüber ich besitze, und endlich, daß Edward Chapman (der überlebende Teilhaber der ursprünglichen Firma Chapman und Hall) seine persönliche Kenntnis von dem Ursprung und dem Fortschritt dieses Buchs, von der Absurdität der in Frage stehenden grundlosen Behauptungen und sogar von der offenbaren Unmöglichkeit, daß sie (wenn man sie im Einzelnen prüft) wahr sind, zum Zwecke einer ähnlichen Aufbewahrung niedergeschrieben hat." Auch dies geschriebene Zeugnis wurde mir, zugleich mit dem bereits erwähnten Briefe Chapman's, im J. 1867 übergeben und befindet sich in meinem Besitz.

Mr. Pickwick kennt und die anfangs ohne Frage dazu half, ihn zu einer Realität zu machen, gestand er dem Künstler zu viel zu. Der Leser wird schwerlich so überrascht sein wie ich war, als ich an die Schlußzeile von Mr. Chapman's bestätigendem Briefe kam. „Da dieser Brief historisch sein soll, so kann ich wohl auch das Wenige, was in dieser Sache mir zukommt, in Anspruch nehmen und das ist die Gestalt Pickwick's. Seymour's erste Skizze stellte einen langen hagern Mann dar. Die gegenwärtige unsterbliche entwarf er nach einer Beschreibung, die ich ihm von einem meiner Freunde in Richmond gab, einem fetten alten Beau, der trotz der Einwendungen der Damen darauf bestand, helle knapp anliegende Beinkleider und schwarze Gamaschen zu tragen. Sein Name war John Foster."

Bei den unerwarteten Zwischenfällen, Ähnlichkeiten und Überraschungen des Lebens liebte Dickens ganz besonders zu verweilen und wenig andere Dinge wirkten so erheiternd auf seine Phantasie. Die Welt, sagte er oft, sei so viel kleiner als wir glaubten, wir seien alle, ohne es zu wissen, so eng durch das Schicksal verbunden, Leute, die weit getrennt zu sein meinten, stießen so beständig nahe zusammen und das Morgen gleiche nichts anderm so sehr als dem Gestern. Da seien die einzigen Hauptereignisse seines Lebens, ehe ich mit ihm bekannt geworden: seine Heirat und das erste Erscheinen Pickwick's und es stelle sich am Ende heraus, daß ich mit beiden einen schattenhaften Zusammenhang habe. Er habe sich an meinem Geburtstage verheiratet und das Original von Pickwick's Gestalt trage meinen Namen.[24]

Das erste Heft von Pickwick war noch nicht erschienen, als die „*Skizzen von Boz, Schilderungen alltäglichen Lebens und alltäglicher Leute*", in zwei Duodezbänden, mit einigen vortrefflichen Illustrationen von Cruikshank und mit einem Vorwort herauskamen, worin er von der Scheu sprach, mit der er allein vor dem Publikum würde erschienen sein, und von seiner Freude über den Beistand Cruikshank's, der häufig zu dem Erfolge ähnlicher Unternehmungen beigetragen, obgleich es bei seinem wohlverdienten Ruf unmöglich, daß er an dem Risiko derselben beteiligt sei. Es wurde sehr bald klar, daß hier kein Risiko vorhanden war. Die „Skizzen" erregten ein viel größeres Auf-

---

[24] Ob Chapman den Namen richtig schrieb, oder unbewußt seinen fetten Beau des Buchstabens „r" beraubte, kann ich nicht sagen, aber nach meiner Erfahrung zu urteilen, ist das Letztere wahrscheinlich. Ich habe mich mein ganzes Leben bemüht, meinem Namen bei den Leuten sein volles Recht zu verschaffen und es ist mir nur sehr unvollständig gelungen. (Bezieht sich auf den Umstand, daß man im Englischen Forster wie Foster ausspricht – D.Übers.)

sehen, als die ersten zwei oder drei Hefte von Pickwick und sie verdienten das ihnen gespendete Lob in reichem Maße und in weit höherem Grade, als Dickens selbst geneigt war, zuzugestehen. Er unterschätzte sie ganz entschieden. Er gab dem ganzen Inhalt seiner späteren Schriften eine so viel vollendetere Form und Fülle, daß ihm nicht daran lag, sich das Wunder, schon so frühe so viel geleistet zu haben, hoch anzurechnen. Aber der erste frische Erguß seines Genies ist unzweifelhaft hier. Bumble findet sich schon in den Gemeinde-Skizzen und Dawkins der Schlaukopf in den Szenen aus Old-Bailey. Man hat Gelächter und Scherz in Fülle, ohne daß sie je falsch angewandt werden, man hat die bis ins kleinste Detail anschaulich ausgeführten Charakterschilderungen, die später so berühmt wurden, man hat überall die vollkommenste Leichtigkeit und Geschicklichkeit der Behandlung. Die in dem ganzen Werke entfaltete Beobachtungsgabe grenzt an das Wunderbare. Die Dinge werden buchstäblich gezeichnet wie sie sind und was für ein Bild auch vorgeführt werden mag, sei es etwas Alltäglich-Gewöhnliches, etwas Schäbig-Gentiles oder etwas völlig Gemeines, immer geschieht es ohne die herablassende Art und Weise, die Affektation ist, wie ohne die zu familiäre, die Gaunersprache ist. Das ganze Buch ist eine vollständig natürliche, anspruchslose, ehrliche Leistung. Unter seiner männlichen, verständigen, gradsinnigen Rede-Ader fließt die Strömung eines Gefühls, das nie sentimental, eines Humors, der immer leicht und ungezwungen ist, und eines meist dramatischen oder pittoresken Pathos, in dem der Keim dessen lag, woran sein reiferes Genie später das größte Gefallen fand. Wie sich von selbst versteht, fehlt es nicht an Ungleichheiten und an Dingen, die besser weggeblieben wären; allein trotzdem ist es ein Buch, das sich, hätte es auch ganz allein gestanden, behauptet haben würde, wegen seiner ungewöhnlich wahrheitsgetreuen Darstellung einer Lebensweise zwischen den mittleren und den unteren Klassen, die, weil sie für literarische Beobachter wenig Anziehendes hatte, noch ein ganz unbearbeitetes Gebiet war. Es hatte außerdem das ganz besondere Verdienst in seinen Beschreibungen der alten Stadt, mit welcher der Verfasser so vertraut war, in keiner Hinsicht schulgemäß oder konventionell zu sein. Es gab ein Bild des alltäglichen Londons, mit seinen guten und schlimmen Eigenschaften, mit seinem Humor und seinen Freuden wie mit seinen Leiden und Sünden, überall durchdrungen nicht bloß von der absoluten Wirklichkeit der dargestellten Dinge, sondern auch von jenem feinen Sinn und jener Herrschaft über die Gefühle, welche den Sympathien des Lesers stets die rechte Richtung gibt und gerade für diejenigen Rücksicht, Zartheit und Teilnahme erweckt, die eines solchen Beistandes am meisten bedürfen.

In der Zeit zwischen dem Erscheinen des ersten und des zweiten Hefts von „Pickwick" starb der Künstler Seymour durch seine eigne Hand und das zweite Heft erschien mit drei statt mit vier Illustrationen. Dickens hatte den unglücklichen Mann nur einmal, achtundvierzig Stunden vor seinem Tode gesehen, als er mit einer Radierung zu der in diesem Hefte enthaltenen „Erzählung des Landläufers" nach Furnivals-Inn kam. Dickens schlug einige Veränderungen darin vor und Seymour war mit der Ausführung derselben beschäftigt bis zu einer späten Stunde der Nacht, in der er sich das Leben nahm. Eine dem Heft beigefügte Anzeige setzte das Publikum von dieser letzteren Tatsache in Kenntnis. Es kostete zuerst einige Mühe, ihn zu ersetzen und für ein Heft wurden die Illustrationen von Buß gemacht. Aber vor dem Erscheinen des vierten Heftes war eine Wahl getroffen, welche der Lauf der Zeit so vollständig rechtfertigte, daß diese Verbindung während des größten Teils seiner damals beginnenden wunderbaren Laufbahn aufrecht erhalten wurde und der Name Hablot Browne's mit den Meisterwerken des Dickens'schen Genies in nicht unwürdiger Weise verknüpft ist. Ein Vorfall, den ich bei einem der Festessen der Königlichen Kunstakademie von Thackeray erzählen hörte, gehört dieser Zeit an. „Ich erinnere mich," sagte er, „daß, als Dickens ein ganz junger Mann war und angefangen hatte, die Welt mit einigen reizenden humoristischen Werken zu entzücken, die einmal monatlich in hellgrünen Umschlägen ausgegeben wurden, dieser junge Mann einen Künstler zu Illustrationen seiner Werke gebrauchte und ich entsinne mich, daß ich ihn in seiner Wohnung in Furnivals-Inn mit einigen Zeichnungen in der Hand aufsuchte, die er seltsamer Weise nicht passend fand." Dickens selbst hat eine andre Veränderung beschrieben, die jetzt bei der Veröffentlichung stattfand. „Wir fingen an mit einem Heft von 24 Seiten und vier Illustrationen. Seymour's plötzlicher beklagenswerter Tod, ehe das zweite Heft erschienen war, brachte eine schnelle Entscheidung über einen schon angeregten Punkt; das Heft enthielt von nun an 32 Seiten mit nur zwei Illustrationen und so blieb es bis zum Schlusse."

Mit der Parlamentssession von 1836 endete seine Tätigkeit als Berichterstatter und einige Früchte seiner vermehrten Muße zeigten sich noch vor dem Schluß des Jahres. Die musikalischen Talente und Verbindungen seiner ältesten Schwester hatten ihn mit vielen Freunden und Professoren dieser Kunst bekannt gemacht; so kam es, daß er sich lebhaft für Braham's Unternehmen an dem St. James Theater interessierte[25] und zum Besten desselben eine auf eine seiner Skizzen gegründete Posse und das Buch für eine Oper schrieb, die sein Freund Hullah komponierte. Sowohl die Posse, welche unter dem Titel *Der fremde Herr* im September, als die *Die Dorfkoquetten* betitelte Oper, die im Dezember 1836 aufgeführt wurden, hatten einen guten Erfolg und die letztere ist denkwürdig für mich, weil sie mich zuerst in persönlichen Verkehr mit Dickens brachte.

---

[25] Braham war ein bekannter englischer Sänger und Komponist, der 1836 den Versuch machte, in dem St. James Theater in London eine englische Oper zu begründen. – D. Übers.

Sechstes Kapitel

Er schreibt die Pickwick Papers
1837

Den ersten Brief von ihm erhielt ich am Schlusse des Jahres 1836 aus Furnivals-Inn, als er mir das Buch seiner Oper „*Die Dorfkoquetten*" schickte, das bei Bentley erschienen war; und hierauf folgten, zwei Monate später, seine gesammelten „*Skizzen*", die erste und zweite Serie, die er mich anzunehmen bat, „als ein sehr kleines Zeichen der Achtung und Dankbarkeit des Gebers, sowie seines Wunsches, eine Freundschaft zu pflegen, die auf so angenehme Weise seinen Pfad gekreuzt habe ... Kurz, wenn Sie die Bücher um meinetwillen und nicht um Ihretwillen annehmen wollen, werden Sie mich sehr verbinden." Ich hatte ihn während der Zwischenzeit in dem Hause unseres gemeinsamen Freundes Harrison Ainsworth getroffen und erinnere mich lebhaft des Eindrucks, den er damals auf mich machte.

Sein Gesicht war in jenen Tagen sehr verschieden von demjenigen, welches die Photographie der gegenwärtigen Generation bekannt gemacht hat. Zuerst wurde man durch ein Aussehen von Jugendlichkeit angezogen und dann durch einen Freimut und eine Offenheit des Ausdrucks, die ein sichres Zeugnis für die innern Eigenschaften ablegten. Die Züge waren sehr edel. Er hatte eine prächtige Stirn, eine feste Nase mit vollen weiten Flügeln, Augen, die wunderbar glänzten von Geist und überströmten von Humor und Heiterkeit, und einen ziemlich hervortretenden, von lebhafter Erregbarkeit zeugenden Mund. Der ganze Kopf war gut geformt und symmetrisch und von äußerst kühner Miene und Haltung. Das in spätern Jahren so spärliche und ergraute Haar war damals von reichem Braun und üppigster Fülle und das bärtige Gesicht seiner zwei letzten Jahrzehnte zeigte kaum eine Spur von Haar oder Schnurrbart; aber es war etwas in dem Gesichte, wie ich mich desselben zuerst erinnre, das keine Zeit verändern konnte und was ihm bis zuletzt unveränderlich aufgeprägt blieb. Das war die Schnelligkeit, die Schärfe, die praktische Macht, der eifrige, ruhelose, energische Ausdruck aller Züge, der so wenig von einem Gelehrten oder Schreiber von Büchern und so viel von einem Manne des Handelns und der Welterfahrung kundtat. Licht und Bewegung glänzte aus allen Teilen desselben. *Es war wie aus Stahl gemacht*, bemerkte vier oder fünf Jahre nach der Zeit, von der ich rede, eine höchst selbstständige und feine Beobachterin, die verstorbene Mrs. Carlyle[26]. „Was für ein Gesicht in einem Gesellschaftszimmer!" schrieb mir Leigh Hunt, den Morgen, nachdem ich sie miteinander bekannt gemacht. „Es hat Leben und Seele für fünfzig menschliche Geschöpfe." In solchen Ausdrücken erkennt man nicht allein die ruhelose und unwiderstehliche Lebhaftigkeit und Kraft, von der ich gesprochen habe, sondern auch das, was von Beständigkeit und fester Ausdauer darunter lag.

Mehrere erfolglose Bemühungen wurden von uns beiden gemacht, den andern zu einem Besuche zu veranlassen, bis endlich die Türe des Einen sich öffnete. Am Dreikönigstage (6. Jan. 1837) wurde ihm ein Sohn geboren und vor dem Ende des Monats befand er sich mit seiner Frau in dem Hause in Chalk, das sie nach ihrer Verheiratung bewohnt hatten. Zu Anfang März entschuldigte er sich in einem Briefe an mich, daß er sein Versprechen, mich zu besuchen, nicht gehalten habe; „ein Haufe von Hausagenten und Advokaten", durch die er beinahe für die Fahrt nach Chalk zu spät gekommen und „außerdem mehr als halb wild gemacht sei", habe ihn daran verhindert. Dies war sein letzter Brief aus Furnivals-Inn. In demselben Monat zog er nach Nr. 48 Doughty Street, und in seinem ersten am Schluß des Monats von dort an mich gerichteten Briefe findet sich die folgende Stelle: „Wir besuchten Sie nur zum zweiten Mal, weil wir hofften, es würde uns gelingen, Sie zu bewegen, bei uns zu speisen, und bedauerten sehr, Sie nicht zu finden. Ich habe die Antwort auf Ihren Brief verzögert, weil ich Sie besuchen wollte. Die angenehme Beschäftigung des Ausziehens hat mich indes so in Anspruch genommen, daß ich keine Zeit dazu fand und ich muß nun endlich schreiben und Ihnen sagen, daß ich den Verlegern Pickwick's schon lange versprochen habe, bei einem Festmahl zu Ehren dieses Helden, das morgen stattfindet, zugegen zu sein. Ich kann daher Ihre freundliche Einladung nicht annehmen, obgleich ich offen gestehe, daß ich derselben weit lieber gefolgt wäre."

Jene Feier seines zwölften Heftes, des Jahrestags der Geburt Pickwick's, ging nur wenige Wochen einem persönlichen Kummer voraus, der ihn tief bewegte. Eine jüngere Schwester seiner Frau, Mary, die bei ihnen gewohnt und mehr noch durch ihre schöne Natur als durch ihre persönlichen Reize sich zum Ideal seines Lebens gemacht hatte, starb mit einer furchtbaren Plötzlichkeit, die ihn eine Zeitlang voll-

---

[26] Die Gemahlin Thomas Carlyle's, des Verfassers der Geschichte Friedrichs des Großen. – D.Übers.

ständig niederbeugte.[27] Sein Schmerz und seine Leiden waren tief und übten, wie man sehen wird, noch viele Jahre nachher ihre Wirkung auf ihn aus. Die Veröffentlichung Pickwick's wurde zwei Monate lang unterbrochen, weil die Anstrengung des Schreibens über seine Kräfte hinausging. Er ging, um sich zu zerstreuen, nach Hampstead[28] und hier besuchte ich ihn zu Ende Mai und wurde zuerst sein Gast. In diesem Augenblick mehr als gewöhnlich allen freundlichsten Eindrücken zugänglich, öffnete sein Herz sich dem meinen. Ich verließ ihn, so sehr sein Freund und so vollkommen sein Vertrauter, als hätte ich ihn Jahre lang gekannt. Auch vergingen nicht viele Wochen, ehe er von Doughty Street Worte an mich richtete, an deren buchstäbliche Erfüllung ich mit schmerzlichem Stolz denke. „Ich blicke mit ungetrübter Freude auf jedes Glied zurück, das jede folgende Woche der Kette unsrer Freundschaft hinzugefügt hat. Es muß schlimm gehen ehe irgendetwas außer dem Tode die Zähigkeit eines Bandes lockert, das jetzt so fest geschlungen ist." Es blieb ungeschwächt, bis der Tod kam.

Gewisse Umstände trugen dazu bei, sofort einen häufigen und intimen Verkehr zwischen uns zu befördern. Was die plötzliche Popularität seiner Schriften mit sich brachte, wußten Andre schon einige Zeit ehe er selbst es wußte und erst allmählich wurden ihm jetzt alle die Nachteile klar, welche ihm daraus erwuchsen. Er würde gelacht haben, wenn bei diesem Beginn jener wunderbaren literarischen Laufbahn, da sein Genius von allen ohne Rückhalt anerkannt wurde, da er jung, allgemein beliebt und glücklich war, jemand ihn mit dem unglücklichen Schriftsteller früherer Tage verglichen hätte, dessen gewöhnliches Schicksal es war, in eine Sklaverei verkauft zu werden, aus der er sich in seinem späteren Leben umsonst zu befreien bemühte. Das sollte nicht sein Schicksal sein, aber etwas davon zu erdulden, war ihm dennoch bestimmt. Er hatte sich, ohne es zu wissen, in eine Art Knechtschaft verkauft und mußte seine Freiheit nach beträchtlichen Leiden um einen schweren Preis zurückkaufen.

Erst nach dem vierten oder fünften Hefte von *Pickwick* (in dem letzteren war Sam Weller zuerst aufgetreten) fing „der Buchhandel" an, dessen Bedeutung zu würdigen und am Vorabend der Ausgabe des sechsten Heftes hatte er ein Übereinkommen mit Bentley abgeschlossen, die Redaktion einer Monatsschrift zu übernehmen, die im nächs-

---

[27] Ihre Grabschrift, von ihm geschrieben, ist auf einem Grabstein des Kirchhofs in Kensal-Green zu lesen. „Jung, schön und gut, zählte Gott sie in dem frühen Alter von siebenzehn Jahren seinen Engeln zu."
[28] Eine reizend gelegene, nordwestliche Garten-Vorstadt von London – D.Übers.

ten Januar erscheinen und für die er eine längere Erzählung liefern sollte; und bald darauf war er mit demselben Verleger übereingekommen, zwei andre Erzählungen zu schreiben, die erste bis zu einem näher bestimmten frühen Termine; und in beiden Fällen entsprach das festgesetzte Honorar jedenfalls nicht den Ansprüchen eines Schriftstellers von entschiedener Popularität. Nach diesen Verträgen mit Bentley schrieb er nun Monat auf Monat die erste Hälfte von „Oliver Twist" und nach den Verträgen mit Chapman und Hall die letzte Hälfte von „Pickwick", ohne daß er in beiden dem Drucker auch nur eine Woche voraus war, als ein Umstand ihm bekannt wurde, über den er folgendermaßen an mich schrieb.

„Ich hörte vor einer halben Stunde, aus einer Quelle, die keinen Zweifel zuläßt (nämlich von dem Einbinder *Pickwick's*), daß Macrone eine neue Auflage meiner *Skizzen* in Monatsheften von etwa derselben Größe und in ganz derselben Form wie die „Pickwick Papers" herausgeben will. Ich brauche Dir nicht zu sagen, daß dies mir sehr ernstlichen Schaden zufügen kann, noch daß ich eine sehr natürliche und entschiedene Abneigung dagegen habe, der Ansicht Raum zu geben, daß ich mir den Erfolg *Pickwick's* zu Nutze mache, um dem Publikum dieses alte Werk in seinem neuen Gewande aufzudrängen, bloß um Geld in meine eigne Tasche zu stecken. Ebensowenig brauche ich zu sagen, daß der Umstand, daß mein Name zu derselben Zeit in Verbindung mit drei Publikationen vor dem Publikum ist, meinem Rufe ernstlichen Schaden zufügen muß. Da Du mit den Verhältnissen bekannt bist, unter welchen das Verlagsrecht verkauft wurde und da ich weiß, daß ich mich auf Deinen freundlichen Beistand verlassen kann, möchte ich Dich bitten, zu Macrone zu gehen und ihm in der stärksten und nachdrücklichsten Weise meine Gefühle über diesen Punkt auszudrücken. Ich möchte, daß er an die Summen erinnert würde, die er für diese Bücher bezahlt hat, an die Zahl der Exemplare, die er verkauft hat, an den Umfang, worin er bereits davon Gebrauch gemacht hat, und an den großen Profit, den er schon daraus gezogen haben muß. Ich möchte ihn auch daran erinnert wissen, daß mir weder von ihm noch in seinem Namen aufs allerentfernteste die Absicht, sie in dieser Form zu veröffentlichen, kundgetan wurde, als er das Verlagsrecht erwarb. Und dann möchte ich, daß Du an sein Gefühl gewöhnlicher Redlichkeit und Billigkeit appelliertest, ob er nach dieser Mitteilung noch bei seiner Absicht beharren wolle." Was der Brief noch außerdem enthielt, braucht hier nicht erwähnt zu werden; aber es war mir ein starker Antrieb, mein Bestes zu tun.

Ich fand Macrone jedoch allen Überredungs-Gründen unzugänglich. Der Umstand, daß er das Buch zu einer Zeit wo die kleinste Summe für den Autor nicht unwichtig war, kurz vor seiner Verheiratung, für eine kleine Summe gekauft und daß er seitdem beträchtlichen Profit daraus gezogen hatte, erschütterte nicht im mindesten seine Behauptung, daß er ein Recht habe, mit seinem Eigentume zu machen was er könne, ohne Rücksicht darauf, wie es sein geworden. Es blieb weiter nichts übrig als die Front zu wechseln und mit dem Zugeständnis: es möge ein geringeres Übel für den unglücklichen Autor sein, das Verlagsrecht zurückzukaufen, als die Veröffentlichung in Monatsheften zuzugeben, die Frage zu stellen, was für einen weiteren Gewinn er noch von dem Buche erwarte; aber hierauf wurde ein so weiter Mund geöffnet, daß ich an dem kostspieligen Prozeß, denselben zu füllen, keinen Teil haben wollte. Ich erklärte dies an Dickens und riet ihm ernstlich, sich eine Weile ruhig zu halten.

Aber die Aufregung und der Verdruß waren, bei all der Arbeit, die er in der Hand hatte, zu groß für ihn und es überraschte mich kaum, am folgenden Tag den nachstehenden Brief von ihm zu erhalten, dem jedoch die Bemerkung vorausgeschickt werden muß, daß dem, der ihn schrieb, Ungewißheit irgendwelcher Art zu allen Zeiten unerträglich war. Den Zwischenraum zwischen der Ausführung einer Sache und ihrer ersten Anregung konnte Dickens nie ertragen und er war nur zu bereit, jedes Opfer zu bringen, wodurch er ihn abkürzen oder enden konnte. Dies gehörte nicht zu der starken Seite seines Charakters und man machte sich den Umstand häufig zu Nutze. „Ich habe," schrieb er, „grade nachfragen lassen, ob Du zu Hause wärest, da Chapman und Hall bei mir waren und ich wegen der Dringlichkeit der Sache gern Deinen ferneren Rat und Beistand gehabt hätte. Macrone und H– *(Arcades ambo)* machten ihnen diesen Morgen ihre Aufwartung und weigerten sich nach einer längeren Besprechung aufs hartnäckigste, auch nur einen Heller weniger als 2 000 Pfd. Sterling zu nehmen.[29] H– brachte noch einmal dieselben Zahlen vor, die er auch Dir gestern vorgelegt hatte und stellte an Hall die Frage, ob er, nach seiner Kenntnis dieser Dinge, sagen könne, daß die Veranschlagung des wahrscheinlichen Profits übertrieben sei. Hall, auf dessen Urteil in diesen Dingen man sich verlassen kann, konnte die Richtigkeit der Berechnung nicht bestreiten. Das war der Stand der Sache. In diesem Dilemma kamen sie (meine *Pickwick*-Leute) auf den Gedanken, ob,

---

[29] Das ursprünglich für das Verlagsrecht der Skizzen an Dickens gezahlte Honorar betrug nur 150 Pfd. Sterling.

wenn die *Skizzen* doch einmal in monatlichen Heften erscheinen sollten, es nicht besser wäre, daß sie zu ihrem und zu meinem gemeinschaftlichen Vorteil erschienen, als zu Macrone's alleinigem Nutzen; ob sie, die die ganze Pickwick-Maschinerie in voller Tätigkeit hatten, sie nicht in viel größerem Umfange absetzen könnten als Macrone und ob wir, trotz dieses hohen Preises von 2 000 Pfd., abgesehen von der Erwerbung des Verlagsrechts, nicht noch gegründete Hoffnung hätten auf einen angemessenen Ersatz für die Auslagen. Mit diesen Vorschlägen kamen sie (nachdem sie einen Aufschub von einigen Stunden erlangt hatten) direkt zu mir und schlugen vor, daß wir das Verlagsrecht der „Skizzen" gemeinschaftlich für die zweitausend Pfund an uns bringen und sie in Monatsheften herausgeben sollten. Ich brauche nicht zu sagen, daß keine andere Form der Veröffentlichung die Kosten decken würde und sie möchten, daß ich in einer Ansprache die Erklärung ablege, daß *sie*, die billigerweise als die Hauptbeteiligten genannt werden können, zu dieser Art der Veröffentlichung gezwungen worden seien, da andernfalls das Verlagsrecht verloren gegangen sein würde. Ich überlegte die Sache nach allen Seiten. Ich schickte nach Dir, aber Du warst aus. Ich dachte an … was jetzt nicht wiederholt zu werden braucht, da es alles vorbei ist … und willigte ein. Hatte ich Recht? Ich glaube, Du wirst Ja sagen." Ich konnte nicht Nein sagen, obgleich ich mich freute, daß ich meine Zustimmung zu einem so unmäßigen Preise nicht gegeben hatte, der jedoch der Person, welche ihn empfing, sehr wenig nützte. Macrone starb ungefähr zwei Jahre später und wenn Dickens die liberalste Behandlung von ihm erfahren hätte, so hätte er nicht großmütiger sorgen können für seine Witwe und seine Kinder.

Sein neuer Roman fing jetzt an, die öffentliche Aufmerksamkeit in hohem Grade mit den *Pickwick Papers* zu teilen und es war eine Freude zu sehen, wie wirklich alle seine Charaktere für ihn wurden. Was mir in der Tat vom ersten Beginn seiner Laufbahn an am meisten bei ihm auffiel, war seine Gleichgültigkeit gegen alles Lob seiner Leistungen in bloß literarischer Hinsicht, verglichen mit der höhern Anerkennung derselben als Stücke wirklichen Lebens, die ihrerseits mehr die Bedeutung und den Zweck und seinerseits mehr die Verantwortlichkeit von Realitäten hatten als von Geschöpfen der Phantasie. Die Ausnahme, die man aus Pickwick herleiten könnte, ist mehr scheinbar als wirklich. Ein erstes Buch hat seine besondern Rechte und der Unterschied dieses Werks von den andern erhellt aus dem, was über seinen Ursprung gesagt worden ist. Sein Zweck war einfach, zu belustigen. Launenhafte Skizzen des Griffels sollten durch unterhaltende Skizzen der Feder miteinander verknüpft werden und am Anfang wußte er ebensowenig als einer seiner Leser, wo und wie es enden sollte. Aber das Genie ist ebensowohl ein Herr als ein Diener, und als Gelächter und Scherz ihren Höhepunkt erreicht hatten, kam etwas Ernsteres zum Vorschein. Er hatte sich deshalb zu verteidigen und er sagte, daß, obgleich anfangs die bloße Seltsamkeit einer neuen Erscheinung geeignet sei, einen Eindruck hervorzubringen, die ernsteren Eigenschaften an's Licht träten, wenn man mit dem Menschen befreundet werde. In andern Worten hätte er sagen können, daß die Veränderung zu seiner eignen Genugtuung notwendig geworden sei. Das Buch selbst hatte, indem es ihn seine Kraft kennen lehrte, ihm ein höheres Bewußtsein dessen gegeben, was man von der Anwendung jener Kraft erwarten werde, und dies Bewußtsein verließ ihn seitdem nie. Bei allem was er später zu tun hatte, bei allem was er jetzt tat, da Pickwick noch beendigt werden mußte und „Oliver Twist" erst eben begann, war es ihm beständig nahe. Auch konnte es bei einer in sich so praktischen und ernsten Natur, für die alle jene phantasievollen Schöpfungen so wirklich waren, wohl kaum anders sein und in diesem Sinne hatte ich einen Brief richtig verstanden, der die Sendung dessen, was von *Oliver Twist* seit dem vorhergehenden Februar erschienen war, begleitete und den ich einen Tag nach meinem Besuche bei ihm empfing. Ich hatte etwas wie das eben Gesagte über den mir zugegangenen Teil des Romans öffentlich geäußert und sein unverzüglicher warmer Dankbrief, von dem ich mir erlaube, einige Zeilen anzuführen, bewies mir, wie vollkommen wir miteinander übereinstimmten. „Wie soll ich Dir danken? Kann ich es besser tun, als indem ich sage, daß das Gefühl von der Wirklichkeit des armen Oliver, das Du, wie ich weiß, von Anfang an gehabt hast, das höchste Lob für mich gewesen ist? Keins von allem, das mir so verschwenderisch zu Teil geworden, habe ich halb so sehr gefühlt als jene Würdigung meiner Absicht und meines Zwecks. Du weißt, daß dies immer so gewesen ist; denn es war Dein Gefühl für mich und mein Gefühl für Dich, das uns zuerst zusammenführte, und uns, wie ich hoffe, so erhalten wird, bis der Tod uns trennt. Deine Kritik macht mich dankbar, aber sehr stolz; sei daher vorsichtig damit."

Nach dieser Zeit schrieb er nichts, was ich nicht entweder im Manuskript oder in den Korrekturbögen sah, ehe die Welt es sah; und in Bezug auf die letzteren fing ich bald nachher an, ihm die Hülfe zu leisten, deren er zwanzig Jahre später öffentlich erwähnte, indem er mir seine gesammelten Werke widmete. Einer seiner Briefe erinnert mich, wann diese Korrekturen anfingen und sie dauerten fort fast bis an's Ende. Sie erleichterten ihm eine Arbeit, von der er sich um diese Zeit mehr als genug durch Andre auferlegt sah und für mich waren sie nie etwas andres als eine Freude. „Ich muß", schrieb er, „so viele Bögen des *Miscellany*[30] korrigieren, ehe ich „Oliver" beginnen kann, daß ich fürchte, ich werde das Haus heute Morgen nicht verlassen können. Ich schicke daher Deine Korrektur „Pickwick's" durch Fred, der damit zu dem Drucker unterwegs ist. Du wirst sehen, daß ich nur wenig verändert habe; aber daß es, wie ich glaube, Verbesserungen sind." Dies war das vierzehnte Heft der *Pickwick Papers*. Fred war einer seiner Brüder, der damals bei ihm wohnte.

Das nachfolgende Heft war das berühmte, worin der Held sich in dem Fleet-Gefängnis findet und einer von Dickens' Briefen zeigt, welche Befriedigung das Schreiben dieses Heftes ihm gewährt hatte. Ich hatte ihn fragen lassen, wo wir uns an diesem Tage für einen beabsichtigten Spazierritt treffen sollten. „Hier", war seine Antwort. „Ich bin in Pantoffeln und Jacke und kann, grade wie jener Staar, den man so selten zitiert, nicht hinauskommen. Ich komme, Gott sei Dank, vorwärts wie „ein brennendes Haus" und meine, daß der nächste *Pickwick* alle andern schlagen soll. Ich werde Dich unverzüglich erwarten und wir wollen zusammen in den Stall gehen. Wenn Du jemand in der Paulskirche kennst, so möchte ich, daß Du hinschicktest und bitten ließest, sie sollen die Glocke nicht so läuten lassen. Ich kann kaum meine eigenen Ideen hören, wenn sie mir in den Kopf kommen, und sagen was sie bedeuten."

Der frohlockende Ton des Vertrauens in diesen Worten war in der Tat vollkommen berechtigt. Er hatte, in der Vermischung von Humor und Tragödie, noch nichts so Bemerkenswertes geleistet als seine Darstellung dessen, was die arme Seite eines Schuldgefängnisses in den Tagen war, von denen, wie wir gesehen, er selbst bittere Erfahrungen gehabt hatte, und man braucht sich nur an den Inhalt dieses Teils eines Werkes zu erinnern, das nicht nur zu seinen frühsten, sondern (was den Plan betraf) zu den am wenigsten überlegten zählte, um zu verstehen, was ihm nicht allein einen so frühen Ruf errang, sondern in sich den Keim der Zukunft trug, die ihn erwartete. Jeder einzelne Zug war treffend und die Wahrheit des ganzen untrüglich. Die furchtbare, unbestimmte und doch unaufhörliche, unbefriedigende und schreckliche Ruhelosigkeit des Ortes wurde mit Defoe's eingehendem Realismus geschildert, während die Charakterschilderung in jenem größeren

---

[30] Bentley's Miscellany, die Monatsschrift, deren Redaktion er übernommen hatte. – D.Übers.

Stil ausgeführt wurde, welcher mit den reichsten Seltsamkeiten des Humors einen Einblick in Grundzüge des Charakters verbindet, die allgemein sind wie die Natur selbst. Als er beschloß, daß Sam Weller zusammen mit Pickwick ein Insasse des Fleet-Gefängnisses sein solle, dachte er vielleicht an seinen Liebling Smollett und wie, als Peregrine Pickle ein Insasse des Fleet-Gefängnisses war, Hatchway und Pipes sich weigerten, ihn zu verlassen; aber Fielding selbst hätte ihn um die Art beneiden können, wie er seinen Plan ausführte. Und kein andrer Teil seines Gemäldes ist weniger bewunderungswürdig als dieser. Die Komödie, die sich allmählich zur Tragödie vertieft, der Gegensatz zwischen den schäbigen Vagabunden, welche die Erzeugnisse der Schuldgefängnisse sind, und der armen einfältigen Geschöpfe, die ihre Opfer sind, Mivins und Smangle, neben dem Schuhflicker, der durch seine Erbschaft zu Grunde gerichtet ist und unter dem Tische schläft, um sich an den alten Thronhimmel über seinem Bette zu erinnern; Pickwick's erste Nacht in dem Zimmer des Marschalls, Sam Weller, der Stiggins in dem gemütlichen Winkel unterhält, Jingle in seinem Verfall, und der sterbende Kanzleigerichtsgefangene – in allen diesen Szenen zeigte sich ein Stil ersten Ranges, eine tiefe Charakterempfindung, jene zarte Form des Humors, die auch einen eigentümlich pathetischen Zug hat, Komödie von der vollsten und reichhaltigsten Art und die leichte Darstellung eines Meisters seiner Kunst. Wir stellen dies Gemälde denen der großen Humoristen unsrer Literatur an die Seite und es verliert nicht durch den Vergleich.

Hier ist auch der Ort, über die Aufnahme zu sprechen welche das Buch bis zu diesem Zeitpunkt gefunden, und über die Popularität, welche Dickens als sein Verfasser errungen hatte. In Hinsicht auf ihre Art, ihren Umfang und die völlige Abwesenheit des Unwirklichen oder Künstlichen in den Ursachen, welche dazu beitrugen, steht sie ohne Beispiel in der Literatur da. Man hatte hier eine Reihe von Skizzen, ohne Anspruch auf das Interesse, das einen gutangelegten Roman begleitet, in eine Form gekleidet, die anscheinend ebenso ephemer ist als ihr Zweck, der in nichts Höherem zu bestehen schien, als in der Vorführung einiger unter der Mithülfe eines Satirezeichners ausgeführten Sittenschilderungen von Londoner Stadtkindern, und nachdem vier oder fünf Hefte dieses Buchs erschienen waren, stieg es ohne Zeitungsannoncen oder Zeitungslob und ohne einem falschen oder unwürdigen Geschmack des Publikums zu dienen, zu einer Popularität empor, die jedes neue Heft nur höher steigerte, bis die Leute von nichts anderm mehr sprachen, Kaufleute ihre Waren empfahlen, indem sie seinen Namen gebrauchten und sein Verkauf, mit einem

Sprunge den der berühmtesten Bücher des Jahrhunderts überfliegend, eine beinahe fabelhafte Höhe erreichte. Von dem ersten Hefte wurden vierhundert Exemplare genäht und von dem fünfzehnten mehr als vierzig Tausend. Alle Klassen, die hohen wie die niedrigen, wurden dadurch angezogen. Der Reiz seiner Heiterkeit und seines Humors, seines unerschöpflichen Scherzes, seines schwelgerischen Überfließens von Lebenslust, seiner Klarheit und Schärfe der Beobachtung und vor allem das unvergleichliche Behagen der vielen verschiedenen Arten des Genusses welche es darbot, bezauberten alle Welt. Richter auf der Gerichtsbank und Jungen in der Straße, Ernst und Torheit, Jugend und Alter, die, welche ins Leben eintreten, und die, welche es verließen, fanden das Buch gleich unwiderstehlich. Ein Archidiakonus schrieb mir Carlyle später, „wiederholte mir neulich Abends mit seinen eignen ehrwürdigen Lippen eine seltsame profane Geschichte: von einem feierlichen Geistlichen, der einer kranken Person geistlichen Trost gespendet hatte und der, nachdem er, seiner Meinung nach, in befriedigender Weise damit zu Ende gekommen war und das Zimmer verließ, die kranke Person ausrufen hörte: „Nun, Gott sei Dank, Pickwick wird jedenfalls in zehn Tagen erscheinen!" – Das ist furchtbar."

Ich muß hinzufügen, daß etwas mehr in diesem allen war als die Befriedigung bloßen Scherzes und Gelächters, mehr sogar als das seltenere Vergnügen, welches dem Ausbruch aller Arten echten Humors zu Grunde liegt. Es war eine andre Saite angeschlagen worden. Über die lebendigen Sittenschilderungen hinaus, die zuerst so anziehend gewesen waren, war etwas da, was einen tieferen Eindruck hinterließ. Heitere und unwiderstehliche Freude, warme Innigkeit des Tons, schrankenlose Fülle der Heiterkeit sind ebenso flüchtige und vergängliche als erfreuende Eigenschaften; aber die Aufmerksamkeit welche durch ihren Zauber in *Pickwick* so lebhaft erregt wurde, fand sich durch etwas Dauerndes gefesselt. Wir waren uns, mitten in der uns vorgeführten Ausgelassenheit von Scherzen und Abenteuern, plötzlich bewußt geworden, daß wir es hier mit wirklichen Menschen zu tun hatten. Es redete nicht jemand auf humoristische Weise über sie, sondern sie waren selbst da. Daß eine Anzahl von Persönlichkeiten aus den mittleren und niederen Lebenskreisen (die Wardle, Winkle, Weller, Tupman, Bardle, Snubbins, Perker, Sawyer, Dodson, und Fogg) irgendwie seinen intimen Bekannten hinzugefügt seien, wußte der gewöhnliche Leser, ehe er ein Dutzend Hefte zu Ende gelesen hatte, und nicht viel mehr waren erforderlich, um es dem verständigen Leser klar zu machen, daß ein neues und selbstständiges Genie vom Schlage Smollett's und Fielding's in England erstanden sei.

Ich stelle aus später zu erwähnenden Gründen die *Pickwickier* nicht so hoch als Dickens' spätere Werke; allein, abgesehen von der neuen Ader des Humors, welche darin eröffnet wurde, von ihrer wunderbaren Frische und ihrem unerschöpflichen Frohsinn, enthalten sie zwei Charaktere, deren Popularität wahrscheinlich nie verbleichen wird. Ihr Haupttriumph ist natürlich Sam Weller, eine jener Persönlichkeiten die, obgleich niemand sie je gesehen, doch von jedermann als zugleich völlig natürlich und im höchsten Grade originell anerkannt werden und deshalb unter den erfolgreichsten Schöpfungen des Romans ihre Stelle einnehmen. Wann ist er je langweilig erschienen? Wer kennt ihn gut genug, um nicht doch noch etwas Neues in ihm zu finden? Wer ist so erstaunt über seine unerschöpflichen Hülfsquellen, oder so erheitert durch sein unauslöschliches Gelächter, um zu zweifeln, daß er trotzdem eine so gewöhnliche und vollständige Realität ist als irgendetwas anderes in den Londoner Straßen? In der Tat, wenn der Geschmack abgestumpft ist, der einen solchen Humor natürlich und schätzbar macht, und nicht bloß sein Mutterwitz, seine treffenden und sinnvollen Bemerkungen, sein unerschütterliches Selbstbewußtsein, sondern seine Hingabe an seinen Herrn, seine Ritterlichkeit und Bravheit in den Lebenskreisen, denen er angehört, nicht mehr entdeckt oder als daraus verschwunden betrachtet werden, so wird es schlimmer für uns alle sein als für den Ruhm seines Schöpfers. Ebenso wenig wird es der Fehler eines bloß kritischen Mißurteils sein, wenn der Glaube an jene mögliche Verbindung von Seltsamkeit und Wohlwollen, von Klugheit und Einfalt, von gesundem Menschenverstand und Torheit, von allem, was zum Lachen reizt und nichts, was Verachtung dagegen erweckt, verlorengeht, welche die ergötzliche Wunderlichkeit *Pickwick* ausmachen. Doch zu dieser Besorgnis ist wenig Grund vorhanden. Sam Weller und Pickwick sind der Sancho Pansa und Don Quichotte von London und es ist ebenso wenig wahrscheinlich, daß sie verschwinden werden, als die alte Stadt selbst.

Dickens ritt sehr gern in diesen frühen Jahren und keine andre Erholung gewährte ihm in den Zwischenräumen seiner härtesten Arbeit mehr Freude oder Nutzen. Ich war dabei öfter sein Gefährte als meine Zeit eigentlich erlaubte, denn die Entfernungen waren groß und man konnte später am Tage nichts weiter tun. Aber wenn in Zeiten, wo ich wußte, daß er von einem seiner Drucker arg gedrängt wurde, unerwartet ein Brief von ihm kam, in dem er erklärte, er habe so fest an der Arbeit gesessen, daß er Ruhe haben müsse und als Mittel dafür vorschlug, wir sollten an demselben Morgen um 11 Uhr „zu einem Spazierritt von fünfzehn Meilen hin und fünfzehn Meilen her und einem

Gabelfrühstück auf dem Wege" aufbrechen und abends um 6 Uhr mit einem Dîner in Doughty Street schließen, konnte ich der guten Kameradschaft nicht widerstehen. Seiner Ansicht, daß er von geistiger Anstrengung in ebenso schwerer, körperlicher Anstrengung Erholung suchen müsse, blieb er bis zuletzt treu; ja, in seinen späteren Jahren strengte er sich, wie mir immer schien, zu viel an, indem er ebenso viele Meilen zu Fuße ging, als er sonst ritt, und zwar zu häufig in der Nacht. Denn obgleich er immer leidenschaftlich gern zu Fuß umherwanderte, beobachtete er doch noch eine gewisse Mäßigung darin und nahm sogar meine Gesellschaft für sieben bis acht Meilen als ausreichend an. „Was für ein herrlicher Morgen für einen Spaziergang auf dem Lande!" schrieb er oft, ohne jeden weiteren Zusatz. Oder: „Ist es möglich, daß Du durch diesen prachtvollen Tag nicht in Versuchung geführt werden kannst, solltest, würdest, müßtest, wolltest!" Oder: „Ich breche pünktlich – merke Dir's – pünktlich halb zwei Uhr auf. Komm', komm', komm' und wandre mit mir in den grünen Gängen. Du wirst die ganze Woche umso besser arbeiten. Komm'! Ich werde Dich erwarten." Oder: „Du hast wohl keine Lust, Dich einzuwickeln und mit mir einen tüchtigen Spaziergang über die Hampsteader Heide zu machen. Ich weiß ein gutes Haus dort, wo wir ein glühend heißes Hammelrippchen und ein Glas guten Wein zu Mittag haben können;" – was zu unserm ersten Besuch in Jack Straw's Castle[31] führte, welches in kommenden Jahren durch viele frohe Zusammenkünfte denkwürdig wurde. Aber den Spazierritten wurde meist der Vorzug gegeben. So schrieb er zum Beispiel: „Richmond und Twickenham, durch den Park, bei Knightsbridge hinaus und über die Heide von Barnes, würden, glaube ich, einen herrlichen Ritt geben." Oder: „Weißt Du, daß ich gegen ein frühes Hammelsrippchen in einem Dorfwirtshaus nichts einzuwenden haben würde?" Oder: „Da ich nicht wußte, ob mir der Kopf auf den Schultern saß oder nicht (er war von Arbeit so leer geworden), bin ich auf die alte Straße hinaus spazieren geritten und würde mich wahrhaft freuen, Dir dort zu begegnen, oder von Dir eingeholt zu werden." Oder: „Wo soll es sein – o wo? – Hampstead, Greenwich, Windsor? Wo?????? So lange der Tag noch hell ist, nicht wenn er in Nichts dahingeschwunden ist. Denn wer kann an einem Tage wie diesem irgendetwas Vernünftiges tun, außer im Freien?" Oder es kam eine fragende Einladung zu „einem scharfen Trabe von drei Stunden?" oder eine ebenso lakonische Andeutung: „Zu erfragen

---

[31] Einem anmutig gelegenen Wirtshaus auf dem Hügel von Hampstead. – D.Übers.

in dem Aal-Pastetenhause in Twickenham." Ich will noch bemerken, daß der Wagen, den er zur Zeit unsrer ersten Bekanntschaft seiner Frau zur Verfügung gestellt hatte, eine kleine Chaise mit einem Paar noch kleinerer Ponys war, die, wegen ihrer Gewohnheit, am Tage plötzlich in Nebenstraßen hineinzurennen und nachts hartnäckig in Gräben still zu stehen, während des folgenden Jahres mit einer passenderen Equipage vertauscht wurden.

Dieser Schilderung seiner Gewohnheiten, um die Zeit als unsre Freundschaft begann, muß ich eine Ergänzung dessen hinzufügen, was bereits in Hinsicht auf seine *Skizzen* über das seine Arbeit begleitende unbehagliche Gefühl bemerkt wurde: daß dieselbe ihn selbst ungenügend lohne, während sie andre bereichere – ein wesentlicher Teil seiner Lebensgeschichte zu dieser Zeit. Indem er im Mittsommer 1837 einige Fragen von mir beantwortete und mir seinen Kontrakt mit Bentley schickte, demgemäß er *Oliver Twist* für das *Miscellany* schrieb, fuhr er fort: „Es ist eine höchst sonderbare Tatsache (ich vergaß dies am Sonntag), daß er mir nie eine Abschrift des Kontrakts über den Roman gegeben hat, den ich überhaupt nie gesehen, außer eines Morgens, als ich ihn vor langer Zeit unterzeichnete. Soll ich ihn um eine Abschrift bitten oder nicht? Ich habe einige Notizen, die ich mir damals machte, nachgesehen und ich fürchte, er hat meinen zweiten Roman auf dieselben Bedingungen, nach demselben Kontrakt. Das ist eine unangenehme Aussicht, aber wir müssen sie zu bessern suchen. Du wirst mir sagen, daß es Dich sehr überrascht, daß ich meine Geschäfte auf solche Weise handhabe. Mir geht es ebenso, denn in den meisten Dingen die sich auf Arbeit und Betriebsamkeit beziehen, bin ich die Pünktlichkeit selbst. Die Wahrheit ist (obgleich ich dies Dir, mein Lieber, nicht zu erklären brauche), daß, hätte ich mich durch diese Dinge quälen lassen, ich nie hätte tun können, was ich getan habe. Aber ich fürchte sehr, daß ich, mit dem Wunsch, gegenwärtigen Verdruß zu vermeiden, mir einen bittern Vorrat für die Zukunft gesammelt habe." Der zweite Roman, den er in vollständiger Form zu einem sehr frühen Termin versprochen und für den er Gegenstand und Titel schon gewählt hatte, erschien vier Jahre später als „Barnaby Rudge"; aber von dem dritten wußte er damals noch weiter nichts, als daß er ihn, wenn nicht in dem Magazin, so irgendwo sonst innerhalb einer festen Zeit anfangen sollte.

Der erste Schritt, den ich in Folge dieses Briefes tat, bezog sich auf die unmittelbare Dringlichkeit des Romans *Barnaby Rudge*; aber er führte auch zu der Berücksichtigung des großen Wechsels der Verhältnisse seit der Zeit, als diese verschiedenen Kontrakte übereilt von

Dickens unterzeichnet waren, der ganz verschiedenen Lage der Dinge, welche durch die außerordentliche Zunahme der Popularität seiner Schriften herbeigeführt worden, und der Vorteile, die eine billigere Feststellung ihrer gegenseitigen Beziehungen, sowohl für Bentley als für ihn, mit sich bringen werde. Einige Missverständnisse folgten, wurden aber durch einen Vergleich im September 1837 gehoben; in Gemäßheit, mit welchem der dritte Roman unter gewissen Bedingungen aufgegeben wurde und *Barnaby Rudge* im November 1838 beendet werden sollte. Dies bedingte die Vollendung des neuen Romans, während „Oliver Twist" noch in der Ausführung begriffen war, unabhängig von dem, was etwa auf den Schluß von *Pickwick* folgen mußte; und ich bezweifelte die Weisheit dieses Vergleichs. Allein vorläufig wurde derselbe angenommen.

Dickens war inzwischen mit seiner Frau auf einen zehntägigen Sommerausflug nach Flandern gegangen, in Begleitung Hablot Browne's, des scharfbeobachtenden jungen Künstlers, dessen vortreffliche Illustrationen zu „Pickwick" den Verlust Seymour's mehr als ersetzt hatten, und ich empfing einen Brief von ihm nach ihrer Landung in Calais, am 2. Juli.

„Wir haben einen Postwagen gemietet, der uns nach Gent; Brüssel, Antwerpen und hundert andern Orten bringen soll, auf deren Namen ich mich jetzt nicht besinne und die ich nicht richtig schreiben könnte, wenn ich mich darauf besänne. Wir fuhren heute Nachmittag nach einem Garten, wo die Leute tanzen und wo sie äußerst vergnügt umhersprangen – besonders die Frauen, die in ihren kurzen Unterröcken und hellen Mützen sehr nett aussehen. Ein Herr in blauem Überrock und seidener Weste begleitete uns vom Hotel und diente uns als Führer. Er walzte sogar mit einer sehr schmucken Dame (nur um uns herablassend zu zeigen, wie man es machen müsse) und zwar sehr elegant. Nach unserer Rückkehr klingelten wir für unsre Pantoffeln und es stellte sich heraus, daß dieser Herr der Stiefelwichser war."

Später ging er, wie in vielen nachfolgenden Jahren, zur Erholung in das kleine Seebad Broadstairs, das durch seine anziehende Schilderung berühmt geworden ist. Aus seinen während dieses ersten Besuchs von dort an mich geschriebenen Briefen will ich einige Zeilen über seine ersten Erlebnisse und Eindrücke mitteilen.

In einem Brief vom 3. September meldet er, daß er eben nach einem Krankheitsanfall das Bett verlassen hat. „Es geht mir jetzt weit besser und ich hoffe, morgen das achtzehnte Heft von „Pickwick" anzufangen. Du wirst Dir vorstellen können, wie schlecht ich mich befunden habe, wenn ich Dir sage, daß ich mich volle 24 Stunden des

Porters und aller andern Malzextrakte enthalten mußte!!! Ich habe es jedoch getan – wahrhaftig ... Ich habe entdeckt, daß der Wirt des Albionhotels köstlichen Wachholder-Branntwein hat (doch was ist das für Dich, der meine Gefühle nicht teilt), und daß ein Schuhflicker, der meinem Schlafzimmerfenster gegenüber wohnt, ein Katholik ist und jeden Morgen anderthalb Stunden hinter dem Ladentisch mit seinen Andachtsübungen beschäftigt ist. Während der Ebbe bin ich dem Strande entlang von hier nach Ramsgate gegangen und während der Flut habe ich auf eben diesem Strande gesessen, bis ich von der Kälte geschunden war. Ich habe Damen und Herren gesehen, die in Pantoffeln von gelbem Leder über die Erde dahin wandern und sich in vollständigen Anzügen desselben Stoffs im Meere einpökeln. Ich habe umfängliche Herren gesehen, die Stunden lang durch starke Fernröhre nach nichts ausschauten und die, wenn sie endlich eine Rauchwolke sahen, meinten, es sei ein Dampfboot dahinter und zufrieden und glücklich nach Hause gingen. Ich habe entdeckt, daß unser nächster Nachbar eine Frau und noch etwas mit seinen übrigen Möbeln unter demselben Dache hat – die Frau taub und blind und das noch etwas dem Trunke ergeben. Und wenn Du je an das Ende dieses Briefes kommst, so wirst Du entdecken, daß ich mich auf Papier wie auf allem andern (vielleicht eine Buße für seine Länge und Absurdität) zeichne." &c.

In seinem nächsten Briefe aus Broadstairs vom 7. September findet sich eine Anspielung auf eine der vielen an *Pickwick* begangenen Piraterien, die sich vor allen andern durch ein schmähendes Vorwort gegen den beraubten Autor auszeichnete. „Ich entsinne mich", schrieb Dickens, „daß dieses „Mitglied der Dramatistengesellschaft" einmal einen Prozeß gegen Chapman (der das City-Theater in Pachtung hatte) anhängig machte, wobei es sich herausstellte, daß besagtes Mit-glied einen speziellen Kontrakt eingegangen sei, für fünf Pfd. Sterling sieben Melodramen zu schreiben und daß er, um dies tun zu können, sich ein Zimmer in einer benachbarten Branntwein-Kneipe gemietet habe. Der Angeklagte plädierte, der Kläger sei fortwährend betrunken und habe seinen Kontrakt nicht erfüllt. Gut, wenn Pickwick die Veranlassung gewesen ist, ein Paar Schillinge in die von Ungeziefer zerfressenen Taschen eines so bejammernswerten Geschöpfs zu bringen und ihn vor dem Armenhause oder dem Gefängnis gerettet hat, so mag er immerhin sein kleines Gefäß mit Schmutz über mich ausleeren. Ich bin vollkommen damit zufrieden, daß ich ihm einige Erleichterung verschafft habe. Außerdem scheint er durch Kontrakte gelitten zu haben."

Seine eignen Drangsale in dieser Hinsicht waren, wie schon angedeutet, am Schlusse dieses Septembermonats vorläufig ausgeglichen und am Ende des folgenden Monats, nach der Vollendung Pickwick's und der Wiederaufnahme *Oliver Twist's*, welchen letzteren er während der jüngsten Streitigkeiten hatte liegen lassen, machte er seinen ersten Besuch in Brighton. Der Anfang eines am 3. November von dort an mich gerichteten Briefes ist voll Bedauern darüber, daß ich mich ihnen dort nicht hatte anschließen können. „Es ist ein schöner Tag und wir haben ihn uns zu Nutze gemacht, aber bis heute hat es so heftig geweht und gestürmt, daß Kate[32] kaum den Kopf aus der Tür stecken konnte. Am Mittwoch war es ein vollständiger Orkan, der Fenster zerbrach, Laden aus den Angeln hob, die Leute umwehte, die Feuer ausblies und allgemeine Bestürzung verursachte. Die Luft wurde mehrere Stunden verdunkelt von einem Schauer schwarzer Hüte (abgetragener), die, wie man meint, von den Köpfen unvorsichtiger Fußgänger in entfernten Teilen der Stadt abgewehrt und von den Fischern fleißig aufgelesen wurden. Charles Kean war als „Othello" angekündigt, „zum Benefiz von Mrs. Sefton, für welchen Zweck er die Güte gehabt habe, seine Abreise nach London diesen einen Tag aufzuschieben". Ich habe nicht gehört, ob er ins Theater gekommen ist, aber bin ganz gewiß, daß niemand sonst hinkam. Heute Abend spielt man *Die Flitterwochen*, bei welcher Veranlassung ich die Absicht habe, mich als Gönner des Theaters zu erweisen. Wir haben hier ein schönes Wohnzimmer, mit einem Bogenfenster und der Aussicht aufs Meer; aber B.'s Bruder, der mir die „Löwen" von Brighton zeigen sollte, hat sich nicht blicken lassen und meine Vorstellungen über den Ort sind daher etwas beschränkt, gehen in der Tat nicht über den Pavillon, die Kettenbrücke und das Meer hinaus. Das letztere ist völlig genügend für mich, und falls nicht noch ein männlicher Gefährte sich mir anschließt (denkst Du, daß das geschehen wird?), werde ich vermutlich keine andere Bekanntschaft machen. Es freut mich, daß Oliver Dir diesen Monat gefällt und ganz besonders, daß Du das erste Kapitel hervorhebst. Ich hoffe mit Nancy Großes auszurichten. Wenn es mir nur gelingt, die Vorstellung, die ich von ihr und der Frau habe, welche als Kontrast zu ihr dienen soll, zu verwirklichen, kann ich, wie ich glaube, Mr. – und allen seinen Werken Trotz bieten.[33] Es kostete mir gro-

---

[32] Dickens' Frau. – D. Übers.

[33] Die Anspielung bezog sich auf den vermeintlichen Verfasser einer Kritik in der Quarterly Review (Okt. 1837), die Dickens das höchste Lob spendete, an deren Schluß der Verfasser jedoch bemerkte. „Es fehlt nicht an Zeichen, daß die beson-

ße Mühe, mich an den Abenden nicht mit Fagin und den andern zu befassen; aber da ich des Ausruhns wegen hierher gekommen bin, habe ich der Versuchung widerstanden und mich standhaft der Arbeit des Nichtstuns befleißigt. Hast Du je (aber natürlich hast Du) Defoe's *Geschichte des Teufels* gelesen? Was für ein famoses Buch! Ich kaufte es gestern Morgen für ein paar Schillinge und bin seitdem ganz darin versunken. Wir müssen rappelköpfige Genies gewesen sein, daß wir M.'s Erwiderung nicht antizipirt haben. Grüße ihn bestens von mir. Ich werde H. jetzt gleich sehen. Ich muß bei der Probe der Oper zugegen sein. Sie wird besser werden, als irgendeine Komödie, die je gespielt wurde. Was übrigens Komödien angeht, so starrt mir noch immer das warnende *Keine Durchfahrt* entgegen, so oft ich diese Straße hinunterblicke. Ich habe für nächsten Dienstag Plätze genommen. Wir werden um 6 Uhr zu Hause sein und ich will hoffen, daß ich Dich wenigstens an diesem Abend sehen werde. Ich fürchte, Du wirst diesen Brief für acht Pence äußerst teuer finden; aber wenn die wärmsten Versicherungen der Freundschaft und Anhänglichkeit und die lebhafte Vorfreude auf das Vergnügen Deiner Gesellschaft etwas wert sind, so wirf sie in die Waagschale, zusammen mit hundert guten Wünschen und einer herzlichen Versicherung, daß ich bin &c. Charles Dickens. Kein Raum für den Namenszug – ich will ihn fertig machen, wenn ich wieder an Dich schreibe."

Der Namenszug, der seine Unterschrift begleitete, ist jedermann bekannt. Die Anspielung auf die Komödie bezieht sich auf einen Gedanken, der ihn damals lebhaft beschäftigte: ob es ihm nämlich gelingen könne, durch eine solche Leistung die edeln Bemühungen Macready's zu unterstützen, der am Coventgarden-Theater den Versuch machte, der Bühne ihren höhern Zusammenhang mit der Literatur und geistigen Genuß zurückzugeben. Sie verknüpft jetzt auf merkwürdige Weise jene unerfüllte Hoffnung mit dem Titel des einzigen Romans, an dessen Dramatisierung er sich je beteiligte und den Fechter in dem Adelphitheater drei Jahre vor seinem Tode zur Aufführung brachte.[34]

---

dere Ader des Humors, welche bis jetzt so viel anziehendes Metall geliefert hat, erschöpft ist ... Die Wahrheit ist, Dickens schreibt zu viel und zu schnell ... Wenn er länger auf dieser Bahn beharrt, so bedarf es keiner Prophetengabe, um sein Schicksal vorherzusagen – er ist aufgestiegen wie eine Rakete und wird herunterfallen wie ein Stock."

[34] Der Titel des Romans war „Keine Durchfahrt" (No Thorougfare), eine von Dickens und Wilkie Collins gemeinsam verfaßte Weihnachtsgeschichte, die auch

Siebentes Kapitel

Zwischen Pickwick und Nickleby
1837 und 1838

In keinem entfernten Zusammenhang mit der Bühne stand jedoch die Arbeit, an welcher ich ihn bei seiner Rückkehr von Brighton beschäftigt fand, ein Resultat seiner befriedigenderen Beziehungen zu Bentley, wodurch er zu dem Versprechen veranlaßt wurde, für diesen das Leben des berühmten Clowns Grimaldi herauszugeben. Das Manuskript war nach autobiographischen Notizen von einem gewissen Egerton Wilks abgefaßt und enthielt mehrere Geschichten, die so schlecht erzählt waren und eine bessere Erzählung so sehr verdienten, daß die Hoffnung, die Langeweile derselben auf Kosten von sehr wenig Arbeit zu beleben, eine Art Anziehung auf ihn ausübte. Mit Ausnahme des Vorworts schrieb er keine einzige Zeile dieser Biographie. Die Abänderungen und Zusätze welche gemacht wurden, diktierte er seinem Vater, den ich oft in dem höchsten Genusse des Amts seines Sekretärs antraf. Er dachte auch sehr gering über die Masse der Materialien, aus welchen das Buch zusammengesetzt war, die er als „Geschwätz" bezeichnete, und seine eigne bescheidne Schätzung des Buchs nach dessen Vollendung läßt sich aus der Zahl der Ausrufezeichen (nicht weniger als dreißig) abnehmen, welche seine Anzeige von dem Verkauf, den das Buch in der ersten Woche nach seinem Erscheinen gehabt, begleiteten. „Siebzehnhundert Grimaldis sind bereits verkauft und die Nachfrage nimmt täglich zu!!!!!!!!!!!!!!!!!!!!!!!!!!!!!!"

Dennoch sollte das Buch nicht ohne Widerspruch seinen Weg machen. Die Kritik entdeckte viele Fehler und ganz besonders wurde Dickens der Vorwurf gemacht, daß er einen solchen Gegenstand behandelt, ohne Grimaldi auch nur einmal gesehen zu haben. Dieser letzte Einwand veranlaßte ihn zu einer Erwiderung, die in Form eines Briefes „von dem Redakteur an den Unterredakteur" in dem *Miscellany* erscheinen sollte, schließlich aber zurückgehalten wurde, deren Anfang indes noch jetzt nicht uninteressant sein dürfte. „Ich höre, daß ein unbekannter Herr in dieser Stadt umherwandert und insgeheim sämtliche unzufriedene Damen und Herren benachrichtigt, daß er

---

von beiden Schriftstellern gemeinsam dramatisiert wurde und während der Saison von 1867–68 mehrere hundert Mal über die Londoner Bühne ging. – D.Übers.

durch Vergleichung der Daten und Kombinierung vieler kleiner Umstände, die sich seinem großen Scharfsinn aufdrängen, die wichtige Entdeckung gemacht hat, daß ich Grimaldi, dessen Leben ich herausgegeben, nie gesehen haben könne und daß das Buch deshalb notwendigerweise schlecht sein müsse. Obgleich ich nun in dem dunkeln Zeitalter von 1819 und 1820 aus entfernten Teilen des Landes nach London gebracht wurde, um den Glanz der Weihnachts-Pantomimen und den Humor Joseph's[35] zu schauen, zu dessen Ehre, wie man mir mitteilt, ich mit großer Frühreife in die Hände klappte und obgleich ich ihn sogar in den entfernten Zeiten von 1823 spielen gesehen, so will ich doch, da ich damals, obschon durch einen mitleidlosen Vater in mein erstes Paar Stiefel hineingezwängt, zu der Würde eines Fracks noch nicht aufgestiegen war, um jenem ehrenwerten Herrn fernere Zeit und Mühe zu sparen, zugeben, daß ich das Mannesalter nicht erreicht hatte als Grimaldi die Bühne verließ und daß zu meinem Leidwesen meine Erinnerungen an sein Spiel nur schattenhaft und unvollkommen sind. Dieses Bekenntnis lege ich jetzt öffentlich und ohne jeden geistigen Vorbehalt allen die es angeht ab. Aber den Schluß dieses angenehmen Herrn, daß deshalb das Buch über Grimaldi schlecht sein muß, erlaube ich mir zu bezweifeln. Ich glaube nicht, daß um die Lebensbeschreibung eines Menschen nach dessen eigenen Aufzeichnungen herauszugeben, es wesentlich ist, daß man ihn gekannt hat, und ich glaube nicht, daß Lord Braybrooke mehr als in der alleroberflächlichsten Weise mit Pepys bekannt war, dessen Memoiren er zwei Jahrhunderte nach seinem Tode herausgab."

Ungeheuer und ohne hörbaren Einwand von irgendeiner Seite war inzwischen der Erfolg des vollendeten „*Pickwick*" gewesen, den wir durch ein Festmahl feierten, wo Dickens selbst als Vorsitzender und Talfourd als Vize-Vorsitzender fungierte und jedermann in der allerbesten Laune war. Am 11. Dezember erhielt ich von ihm ein Exemplar Pickwick's in dem luxuriösesten Einband, mit einem Briefe, der wegen der Anspielung am Schlusse mitgeteilt zu werden verdient. Die Stelle, worauf er sich bezieht, war eine Bemerkung Leigh Hunts, in zartgewählten Worten, über die Inschrift auf dem Grabe in Kensal Green. „Chapman und Hall haben mir soeben, zusammen mit einer Abschrift unsres Kontrakts, drei „extrasuperfein" gebundene Exemplare von *Pickwick* geschickt, wovon Du eine Probe in der Beilage findest. Das erste schicke ich Dir, das zweite habe ich unserm guten Freunde Ainsworth geschenkt und das dritte hat Kate für sich behal-

---

[35] Joseph Grimaldi's – D. Übers.

ten. Empfange Dein Exemplar mit einem aufrichtigen und umfassenden Ausdruck meiner wärmsten Freundschaft und Achtung und einer herzlichen Erneuerung, wenn es einer Erneuerung bedarf, wo keine Unterbrechung stattgefunden hat, aller jener Versicherungen der wärmsten Neigung, welche unser inniger freundschaftlicher Verkehr seit langer Zeit jeden Tag bewährt hat … Die schöne Stelle, die Du so freundlich und teilnahmsvoll warst, mir zu schicken, hat mir das einzige der Befriedigung verwandte Gefühl gegeben (eine so schmerzliche Befriedigung es auch ist), das ich noch in Bezug auf den Verlust meiner teuren jungen Freundin und Gefährtin gehabt habe, für die meine Liebe und Anhänglichkeit sich nie vermindern werden und an deren Seite, wenn es Gott gefällt mich im Besitze der Fähigkeit zu lassen, meine Wünsche auszudrücken, meine Gebeine, wann und wo ich auch sterben mag, einst ruhen werden. Sage Leigh Hunt, wenn Du eine Gelegenheit findest, wie tief er mich gerührt hat, und wie tief ich ihm für das was er getan hat danke. Du kannst es nicht zu stark ausdrücken."

Der erwähnte Kontrakt war während des verflossenen Monats ausgeführt, um ihm ein Drittel des Eigentumsrechts an dem Buche zurückzuerstatten, welches bis dahin alle Beteiligten bereichert hatte, außer ihm selbst. Das ursprüngliche Übereinkommen darüber stellt Edward Chapman dar wie folgt: „Es war in Bezug auf „Pickwick" nur eine mündliche Verabredung getroffen worden. Jedes Heft sollte aus anderthalb Bogen bestehen, wofür wir fünfzehn Guineen bezahlen sollten und wir bezahlten ihn für die ersten beiden Hefte auf einmal, da er das Geld zu seiner Verheiratung nötig hatte. Wir sollten auch im Verhältnis zu dem Absatz des Buches mehr bezahlen und ich glaube, *Pickwick* kostete uns im Ganzen dreitausend Pfund." Eine Bezahlung im Verhältnis zu dem Absatz würde viermal so viel betragen haben und über die wirklich bezahlten Summen besitze ich keine Aufzeichnung, aber wenn ich mich recht erinnre, schlägt Chapman dieselben zu hoch an. Meiner Meinung nach wurden über die erste Summe hinaus, die für jedes der zwanzig Hefte bezahlt werden sollte (wobei keine Rücksicht darauf genommen wurde, daß die Hefte nach dem ersten zweiunddreißig Seiten betrugen) mit dem Fortschritt des ungeheuren Absatzes, den das Werk allmählich erreichte, eine Reihe von Zahlungen gemacht, die sich schließlich auf eine Gesamtsumme von 2 500 Pfd. St. beliefen. Ich hatte ihm jedoch die Wichtigkeit eines Anteils an dem Verlagsrecht immer so eindringlich vorgestellt, daß derselbe in dem erwähnten Kontrakt endlich zugestanden wurde, obgleich der Heimfall des Rechts erst nach fünf Jahren stattfinden sollte; doch wurde dies Zugeständnis nur gemacht in Verbindung mit einem an demselben Tage geschlossenen ferneren Übereinkommen, dem gemäß Dickens sich verpflichtete, „ein neues Werk zu schreiben, dessen Titel ihm überlassen bleiben sollte, von ähnlichem Charakter und von demselben Umfang, wie die nachgelassenen Papiere des Pickwick-Clubs", dessen erstes Heft am 15. März 1838 und die folgenden an demselben Tage jedes der folgenden neunzehn Monate abgeliefert werden sollten, an welchen Tagen auch Chapman und Hall ihm zwanzig Summen von je 150 Pfd. St. für ein fünfjähriges Verlagsrecht bezahlen sollten, worauf dann das ganze Eigentumsrecht an Dickens zurückfallen sollte. Der Titel dieses neuen Buches war, wie alle Welt weiß, *Leben und Abenteuer Nicholas Nickleby's* und zwischen dem April 1838 und dem Oktober 1839 wurde es demnach angefangen und vollendet.

Während aller dieser Anordnungen hatte er an „Oliver Twist" regelmäßig weiter gearbeitet. Viele Monate lang hatte dies Werk, das wir abschließen sehen werden bei dem Beginn von *„Nickleby"*, den Beginn seiner Laufbahn gleichzeitig mit dem Abschluß von „Pickwick" verfolgt, und die Erwartungen derjenigen, die am festesten auf den jungen Novellisten gebaut hatten, wurden mehr als bestätigt. Man fand hier das Interesse einer einfach aber geschickt angelegten Erzählung und Charaktere, die denselben Stempel der Wirklichkeit trugen, aber sorgfältiger und geschickter gezeichnet waren. Nichts konnte niedriger sein als der Gegenstand, der Lebenslauf eines Armenhausknaben, nichts weniger niedrig als dessen Behandlung. Indem ein Heft dem andern folgte, wurden seine Leser sich allmählich mehr und mehr der Tatsache bewußt, die, wie wir gesehen, sich schon inmitten der ausgelassenen Lustigkeit von Pickwick enthüllt hatte, daß nämlich der Zweck nicht bloß war, zu belustigen; und noch weit entscheidender als sein Vorgänger zeigte das neue Werk, welches die nicht am mindesten wirksamen Elemente der noch immer zunehmenden Popularität waren, die den Verfasser umgab. Seine Eigenschaften konnten in fast gleichem Maße von allen Klassen seiner verschiedenartigen Leser gewürdigt und empfunden werden. Tausende wurden durch ihn angezogen, weil er sie in die Mitte von Szenen und Charakteren versetzte, mit denen sie selbst schon bekannt waren, und Tausende lasen ihn mit nicht geringerer Begier, weil er sie in Natur- und Lebensverhältnisse einführte, von denen sie vorher nichts gewußt hatten, aber von deren Wahrheit ihre eignen Gewohnheiten und Erfahrungen sie hinlänglich überzeugten. Nur dem Genie werden so die Wahlverwandtschaften und Sympathien von Hoch und Niedrig hinsichtlich der Gewohnheiten und Gebräuche des Lebens enthüllt und nur ein Schriftsteller ersten Ranges kann die Anwendung eines solchen Probiersteins bestehen. Denn wir alle sind ebenso sehr durch das Band gemeinsamer Gewohnheiten als durch die Bande einer gemeinsamen Menschheit mit einander verknüpft und das Resultat ist so ziemlich dasselbe, wenn man über die Notwendigkeit von andrer Leute Meinungen abzuhängen erhaben oder wenn man derselben unterworfen ist. Hoch und Niedrig werden auf gleiche Weise durch das Bewußtsein dessen, was diese enge Annäherung mit sich bringt, überrascht; aber für den gemeinsamen Genuß, von dem ich hier rede, ist ein solches Bewußtsein nicht notwendig und vorläufig brauchen wir Fagin in seiner Schule praktischer Ethik mit dem Schlaukopf Charley Bates und andern viel versprechenden Schülern nicht zu stören.

Man kann sich kaum wundern, wenn er mit einer solchen Arbeit beschäftigt, wie er war, als die Zeit herankam „Nickleby" zu beginnen und im Gedanken an sein Versprechen für den November, „die Empfindung hatte, als laste etwas wie ein häßlicher Alp über ihm." Er fühlte, daß er sein Versprechen, den Roman „Barnaby Rudge" bis zum November des Jahres zu beenden, nicht erfüllen könne und daß die Verpflichtung, die er würde brechen müssen, ihn für Verpflichtungen untauglich machte, die er sonst erfüllt haben könnte. Er hatte unternommen, was in Wahrheit unmöglich war. Die Arbeit an der Redaktion des *Miscellany* und der Herstellung monatlicher Abschnitte von *Oliver Twist* für dasselbe nahm mehr als die volle Zeit in Anspruch, die ihm von andern absolut notwendigen Arbeiten übrig blieb. „Ich bringe mich kaum ins Trockne" schrieb er mir, „um *Oliver* mannhaft anzugreifen, so rauschen die Wogen der allmonatlichen Arbeiten gegen mich heran und treiben mich in ein Meer von Manuskript zurück." Es blieb weiter nichts übrig, als noch einmal an Bentley zu appellieren. „Ich habe", schrieb er ihm am 11. Februar 1838, „seit einiger Zeit viel an *Barnaby Rudge* gedacht. *Grimaldi* hat einen so großen Teil der kurzen Pause ausgefüllt, die ich zwischen der Vollendung *Pickwick's* und dem Beginn des neuen Werkes hatte, daß ich sehe, es wird ganz unmöglich für mich sein, es um die beabsichtigte Zeit mit Gerechtigkeit gegen mich selbst oder mit Nutzen für Sie zu Stande zu bringen. Ich bitte Sie daher zu erwägen, ob es nicht eben sowohl weit mehr in Ihrem Interesse sein als innerhalb der Grenzen meiner Fähigkeit liegen würde, wenn *Barnaby Rudge* unmittelbar nach dem Abschluß von *Oliver Twist* in dem *Miscellany* anfinge und während derselben Zeit darin fortgesetzt würde und dann in drei Bänden heraus käme? Ziehen Sie diese einfachen Tatsachen in Erwägung. Soll das *Miscellany* sich halten, so muß es eine fortlaufende Erzählung von mir bringen, wenn „Oliver" aufhört. Wenn ich „Barnaby Rudge" in die Hand nehme und etwas daran arbeite (und bei allen meinen andern Arbeiten würde es notwendigerweise sehr lange Zeit dauern, ehe ich es auf diese Art beenden könnte), so würde es offenbar unmöglich für mich sein, eine neue Reihe von Artikeln in dem *Miscellany* anzufangen. Die gleichzeitige Durchführung drei verschiedener Erzählungen und die allmonatliche Herstellung eines großen Teils von jeder würde selbst die Kräfte Scott's überstiegen haben. Wenn wir dagegen „Barnaby" für das *Miscellany* haben, könnten wir unverzüglich die Lücke füllen, welche das Aufhören *Olivers* hervorbringen muß, und Sie würden den ganzen Vorteil der durch dies Werk erweckten günstigen Meinung haben, was jedenfalls den Wert *Oliver Twist's* beträchtlich erhöhen würde. Ich bitte Sie, sich dies mit aller Muße zu überlegen. Es ist mein aufrichtiger Wunsch, sowohl für Sie als für mich das Beste zu tun und in diesem Falle muß der pekuniäre Vorteil ganz auf Ihrer Seite liegen." Nichtsdestoweniger führte dieser Brief, der auch um einen überfälligen Bericht über den Absatz des *Miscellany* gebeten hatte, zu Meinungsverschiedenheiten, die nur nach sechsmonatlichem Hader beigelegt wurden, und ich war an dem schließlichen Übereinkommen beteiligt, demzufolge „Barnaby" unter anderm auf den gewünschten Fuß gesetzt wurde und nach dem Abschluß „Olivers" beginnen sollte.

Über den Fortschritt *Olivers* und die Art von Dickens' schriftstellerischer Tätigkeit zu jener Zeit ist es wohl der Mühe Wert, aus seinen Briefen vom Jahre 1838 noch einige charakteristische Züge anzuführen. „Ich dachte gestern bis „zur Tischzeit über „Oliver" nach", schrieb er am 9. März,[36] „und grade als ich mich mit aller

---

[36] Ich finde noch eine frühere Anspielung in einem Briefe vom Januar, die ich hier hersetzen will, weil eine kleine Schrift darin erwähnt wird, die nicht in die Reihe der von ihm anerkannten Werke aufgenommen ist. „Es geht mir ebenso schlecht als Dir. Ich habe weder die „Young Gentlemen" fertig, noch das Vorwort zu „Grimaldi" geschrieben, noch an „Oliver Twist" gedacht, oder auch nur einen Gegenstand für den Kupferstich geliefert." Die „Young Gentlemen" war der Titel eines kleinen Skizzenbuchs, das er anonym, als Seitenstück zu einem ähnlichen (nicht von ihm geschriebenen) Buch „Young Ladies" für Chapman und Hall abfaßte. Später fügte er noch einen ähnlichen Band mit dem Titel Young Couples hinzu, gleichfalls ohne seinen Namen."

Gewalt über ihn hergemacht hatte, wurde ich hinaufgerufen, um Kate Gesellschaft zu leisten. Ich schrieb jedoch acht Seiten und hoffe es heute Morgen bis auf fünfzehn zu bringen." Drei Tage vorher war ihm ein kleines Mädchen geboren worden, die meine kleine Patin wurde, bei welcher Gelegenheit (er hatte seine Ankündigung mit der Nachschrift geschlossen: „Ich kann heute Morgen nichts tun. Wann willst Du ausreiten? Je eher, je besser, einen tüchtigen langen Ritt.") wir drei Meilen auf die große Straße nach Norden hinausritten und nachdem wir auf unserm Rückwege in dem roten Löwen in Barnet diniert hatten, den schon denkwürdigen Tag dadurch auszeichneten, daß wir beide Mietpferde totlahm nach Hause brachten.

Eine Woche später (Montag, 13. März) machte er, nachdem er sich selbst beschrieben als „geduldig zu Hause sitzend und „Oliver Twist" erwartend, der noch nicht gekommen sei" (eine euphemistische Form für die Tatsache, daß seine Phantasie an diesem Morgen in Trägheit verfallen war), einen nicht weniger erfreulichen Zusatz hinsichtlich einer jetzt vergessenen schmerzlichen Nachricht, die ich ihm übersandt hatte. „Ich habe die Zeitung noch nicht gesehen und Du versetzest mich in fieberhafte Aufregung. Mein Trost ist, daß alles Seltsame und Schreckliche an die Oberfläche dringt und daß das Gute und Angenehme so reichlich mit jedem Augenblick unsrer Existenz verwoben ist, daß wir uns kaum darum bekümmern." Am Ende des Monats war seine Frau wohl genug, ihn nach Richmond zu begleiten; denn die Zeit für die Veröffentlichung *Nickleby's* war jetzt herangekommen und da er nicht in London gewesen war, als das erste Heft von „Pickwick" erschien, wurde es eine Art Aberglaube bei ihm, sich auch bei allen künftigen ähnlichen Gelegenheiten aus der Stadt zu entfernen. Der Magazintag jenes Aprilmonats fiel, wie ich mich erinnre, auf einen Sonnabend, und der Abend vorher hatte mir die peremtorische Aufforderung gebracht: „Triff mich am Sonnabend Abend um acht in dem „Shakespeare-Kaffeehause"; bestelle Dein Pferd zu Mitternacht und reite mit mir zurück." Was demgemäß geschah. Die kleinste Stunde erscholl von der Paulskirche in die Nacht hinaus, ehe wir aufbrachen und die Nacht war keine der angenehmsten; aber wir brachten eine Nachricht, welche jeden Teil des Weges aufhellte, denn von *Nickleby* war an jenem Tage die erstaunliche Zahl von fast fünfzigtausend Exemplaren verkauft! Er arbeitete mit ungewöhnlicher Heiterkeit an *Oliver Twist*, als ich zwei Tage später das *Star-* und *Garter*-Hotel verließ, nachdem ich an dem vorhergehenden Abend mit beiden Freunden einen Jahrestag gefeiert, der uns alle anging (ihren zweiten und meinen sechsundzwanzigsten) und den wir seitdem zwanzig Jahre lang immer an demselben Orte feierten, ausgenommen wenn sie nicht in England waren. Es war sowohl ein Teil seiner Liebe für Regelmäßigkeit und Ordnung, als seiner gütigen Natur, freundschaftliche Zusammenkünfte wie diese den Regeln der Gewohnheit und der Fortdauer zu unterwerfen.

Achtes Kapitel

Oliver Twist
1838

Die ganze Zeit, welche *Nickleby* nicht in Anspruch nahm, wurde jetzt *Oliver* gewidmet und indem der Roman sich seinem Ende näherte, übte er eine außerordentliche Gewalt über ihn aus. Meines Wissens arbeitete er bei keiner andern Gelegenheit so häufig nach Tische, oder zu so späten Stunden (eine Gewohnheit, der er nachher völlig entsagte), wie während der letzten Monate dieser Arbeit, die er jetzt vor Oktober zu beendigen hoffte; obgleich sie in dem Magazin erst im folgenden März zum Abschluß zu kommen brauchte. „Ich arbeitete gestern Abend ganz gut," schrieb er mir mit Bezug darauf im Mai, „in der Tat sehr gut; aber obgleich ich vor halb eins elf enggeschriebene Seiten fertig hatte, fehlen doch noch vier an der Beendigung des Kapitels, und da ich diese törichter Weise für heute Morgen aufsparte, muß die Maschine erst von Neuem wieder in Bewegung gesetzt werden." Einen Monat später schreibt er: „Ich kam gestern Abend bis zur sechszehnten Seite und werde tun was ich kann, daß ich bis zur dreißigsten komme, eh' ich zu Bett gehe."[37] Dann, an einem Dienstagabend, zu Anfang August, schrieb er: „Noch immer fleißig an der Arbeit. Nancy ist dahin. Ich zeigte das was ich getan hatte, gestern Abend an Kate, die in einen unaussprechlichen *Zustand* geriet – woraus und aus meinem eignen Eindruck ich einen günstigen Schluß ziehe. Wenn ich Sikes zum Teufel geschickt habe, muß ich Deine Ansicht darüber hören." – „Nein, nein, " schrieb er während des folgenden Monats, „laß uns erst morgen reiten, da ich mit dem Juden noch nicht fertig bin, der ein solcher Ausbund ist, daß ich nicht weiß, was ich mit ihm anfangen soll." Keine geringe Schwierigkeit für einen

---

[37] Hier ist ein anderer Brief aus demselben Monat: „Den ganzen Tag habe ich an „Oliver" gearbeitet und hoffe, vor Schlafengehen das Kapitel zu beendigen. Es wäre mir lieb, von Dir zu erfahren, was Sir Francis Burdett in Birmingham über ihn gesagt hat. Burdett hat mir soeben den „Courier" geschickt, der sich auf seine Rede bezieht, aber die Rede selbst habe ich nicht gesehen."

Erfinder, wenn er findet, daß die Schöpfungen seines Genies ebenso wirklich sind als er selbst – doch auch dies wurde bewältigt und dann blieb weiter nichts mehr übrig, als in dem ruhigen Schlußkapitel von den Schicksalen derjenigen, die in der Geschichte aufgetreten waren, zu berichten. Hierzu beschied er mich in der ersten Septemberwoche zu sich, indem er meine Bitte, mich an jenem Tage zu besuchen, beantwortete: „Komm und besuche mich und laß uns ein Stück Unterredung haben, ehe wir ein Stück von sonst etwas haben. Meine Frau geht zu Tische aus und auch ich sollte hingehen, bin aber mit einer starken Erkältung behaftet. So komme jedenfalls und sitze hier und lies oder arbeite, oder thu' was Du willst, während ich das letzte Kapitel von *Oliver* schreibe, was nach einem Lammskotelette geschehen wird." Wie gut erinnere ich mich jenes Abends, und unsrer Unterhaltung darüber, was Charley Bates' Schicksal sein solle, für den Talfourd (wie auch für den Schlaukopf) ebenso ernst um eine Ermäßigung der Strafe plädiert hatte, wie je für einen wirklichen Klienten den er aufrichtig achtete.[38]

Die Veröffentlichung des ganzen Romans war für den Oktober angekündigt, aber die Illustrationen zum dritten Bande hielten sein Erscheinen etwas auf. Die Vollendung dieses letzten Bandes ging, wie wir sahen, dem Abdruck in dem Magazin voraus, und da aus diesem Grunde auch die von Cruickshank dafür gelieferten Zeichnungen in Bausch und Bogen ausgeführt werden mußten, wurden sie notwendigerweise etwas eilig gemacht. Die drei letzten Illustrationen waren: Sikes und sein Hund, Fagin in der Zelle und Rose Maylie und Oliver. Keine dieser Illustrationen hatte Dickens gesehen, ehe er sie am Vorabend der Veröffentlichung in dem Buche sah, und sein Widerspruch gegen eine derselben war so entschieden, daß sie ganz ausgelassen wurde. „Ich kehrte gestern Nachmittag plötzlich nach London zurück", schrieb er an Cruickshank, „um mir die letzten Seiten von „Oliver Twist"zu betrachten, ehe das Werk an die Buchhändler versandt wurde und sah bei dieser Gelegenheit die Mehrzahl der Radirungen im letzten Bande zum erstenmal. Ohne die Frage großer Eile, oder irgendeine andre Ursache, welche die Illustrationen zu dem gemacht haben was sie sind, hier zu erörtern, kann doch meiner Überzeugung nach in Bezug auf die letzte (Maylie und Oliver) hinsichtlich

---

[38] Sir Thomas Talfourd, ein Mann von vielseitigem Talent und intimer Freund Dickens', erwarb sich als Jurist, Parlamentsmitglied und dramatischer Dichter einen höchst geachteten Namen. Er starb 1854 in Stafford, auf einer seiner Berufsreisen, als Oberrichter an dem Court of Common Pleas. – D.Übers.

des Resultates wenig Meinungsunterschied zwischen uns bestehen. Darf ich Sie bitten, von diesem Blatte eine neue Zeichnung zu entwerfen und zwar sogleich, damit von dem gegenwärtigen so wenig Exemplare als möglich ins Publikum kommen? Ich bin fest überzeugt, daß Sie mich zu gut kennen, um sich durch diese Frage verletzt zu fühlen, und mit demselben Vertrauen auf Sie habe ich keine Zeit verloren, sie Ihnen vorzulegen." Dieser Brief, der hier nach einer glücklicherweise meinen Händen anvertrauten, von Dickens selbst herrührenden Kopie abgedruckt ist, beseitigt vollständig eine wunderbare Geschichte,[39] welche zuerst in Amerika vorgebracht wurde und zwar

---

[39] Wieder abgedruckt, ohne ein Wort des Widerspruchs oder Zweifels in einer bei Hotten (London 1870) erschienenen Lebensbeschreibung Dickens'. „Dr. Shelton Mackenzie erzählt in der amerikanischen Zeitschrift Round Table folgende Anekdote über Oliver Twist. In London war ich mit den Brüdern Cruikshank befreundet, Robert und George, aber ganz besonders mit dem letzteren. Als ich ihn eines Tages in seinem Hause in Myddleton Terrace besuchte, mußte ich warten, während er eine Radierung fertig machte, die ein Druckerjunge mit fortnehmen sollte. Um mir die Zeit zu vertreiben, folgte ich gern seinem Vorschlage, mir ein auf dem Sofa liegendes Portfolio zu betrachten, das mit Radierungen, Probebogen und Zeichnungen angefüllt war. Unter diesen, nachlässig in ein Stück braunes Papier eingewickelt, befand sich eine Reihe von 25-30 sorgfältig ausgeführten Zeichnungen, die der Mehrzahl nach die wohlbekannten Portraits von Fagin, Bill Sikes und seinem Hunde, Nancy, dem Schlaukopf, Master Charles Bates vorführten – sämtlich den Lesern Oliver Twist's wohl bekannt. Es war nicht zu verkennen und als Cruikshank, nach Vollendung seiner Arbeit, sich zu mir umwandte, bemerkte ich dies gegen ihn. Er sagte, er habe lange beabsichtigt, das Leben eines Londoner Diebes in einer von ihm selbst ausgeführten Reihe von Kupferstichen darzustellen, in der, ohne ein einziges erklärendes Wort, die Geschichte klar und schlagend erzählt werden sollte. ‚Dickens', fuhr er fort, ›kam eines Tages zu mir, grade wie Sie heute, und während er wartete, bis ich ihn sprechen konnte, nahm er jenes selbe Portfolio zur Hand und suchte sich dasselbe Bündel Zeichnungen heraus. Als er an das Blatt kam, das Fagin in der Mörderzelle darstellt, studierte er es eine halbe Stunde lang und sagte mir, er fühle sich versucht, die ganze Anlage seines Romans zu ändern, Oliver Twist nicht auf dem Lande Abenteuer bestehen zu lassen, sondern ihn nach London in eine Diebshöhle zu bringen, zu zeigen, welch ein Leben die Diebe führten und Oliver ohne Sünde oder Schande aus demselben hervorgehen zu lassen. Ich gab meine Einwilligung, daß er so viele von den Zeichnungen, als er wolle, zu diesem Zweck benutzen könne, und auf diese Weise entstanden Fagin, Sikes und Nancy. Sie wurden mehr durch meine Zeichnungen angeregt, als seine Erfindungsgabe zu meinen Zeichnungen anregte." Seit dies abgedruckt wurde, habe ich das in Amerika veröffentlichte Leben Dickens' von Dr. Shelton Mackenzie gesehen, in dem ich zu meinem Bedauern diese Geschichte wörtlich wiederholt finde. Die einzigen Unterschiede bestehen darin, daß das Jahr 1847 als das Datum des Besuchs genannt und erklärt wird, es seien, außer

mit einer eingehenden Gewissenhaftigkeit des Details, die den Ruf Sir Benjamin Backbite's selbst hätte erhöhen können.[40] Ob jedoch alle Lorbeern Sir Benjamin's dem ursprünglichen Erzähler der Geschichte gebühren, oder ob ein Teil derselben der angeblichen Autorität zukommt, von der er, wie er sagt, dieselbe empfing, ist unglücklicher Weise nicht ganz klar. Wäre die Fabel auf die andre Seite des Atlantischen Ozeans beschränkt geblieben, so hätte kaum ein Zweifel darüber bestehen können; aber sie hat auch auf dieser Seite eine weite Verbreitung gefunden und der ausgezeichnete Künstler, den sie verleumdet, indem sie ihm ihre Erfindung zuschreibt, ist, entweder weil er nichts davon wußte, oder weil ihm nicht daran lag, sich zu verteidigen, gegen diese Verleumdung unverteidigt geblieben. Der Umstand, daß ich Dickens' Brief anführen konnte, überhebt mich der Notwendigkeit, die Geschichte selbst durch das eine unhöfliche Wort (in vier Buchstaben) zu charakterisieren, welches allein auf dieselbe anwendbar gewesen sein würde.

Der vollständige „Oliver Twist" fand einen Kreis von Bewunderern, dessen Umfang nicht so weit war, als derjenige andrer seiner Bücher; aber der Charakter und das Ansehen dieser Bewunderer machten ihre ehrliche Liebe zu dem Buche und ihre standhafte Vertretung desselben von Bedeutung für seinen Ruhm und es hat seinen Platz in der ersten Reihe von Dickens' Werken behauptet. Es verdient diesen Platz. Die anerkannten Übertreibungen in *Pickwick* erklären sich aus dem abenteuerlichen Wesen des Clubs, von dem sie einen Teil bilden und lassen sich von der Wirklichkeit seines Witzes und Humors und seiner unvergleichlichen Frische leicht trennen; aber solche Zugeständnisse waren hier unnötig. So große Abzüge auch der überpeinliche Leser „Olivers" für die „Niedrigkeit" des Gegenstandes machen mochte, die Schärfe und unübertriebene Kraft der Darstellung konnten nicht bestritten werden. Die Kunst, nach der Natur zu zeichnen, wie sie wirklich in den gewöhnlichen Wegen des Lebens existiert, war von niemandem zu größerer Vollendung gebracht worden, oder hatte in Bezug auf Kombination bessere Erfolge erzielt. Seine Behandlung des Stückes von tatsächlichem, vorhandenem Alltagsleben, das er hier zur Grundlage seines Witzes und seines Zartgefühls

---

den erwähnten Portraits, noch viele andre da gewesen, die nicht in den Roman aufgenommen wurden.

[40] Sir Benjamin Backbite ist eine der sprüchwörtlich gewordenen Charakterfiguren aus Sheridan's School for Scandal. Seine Rolle ist die des hinterlistigen Ohrenbläsers und Verleumders. – D.Übers.

machte, war der Art, daß das Buch, welches viel dazu beitrug, die darin geschilderten gesellschaftlichen Übelstände aus der Welt zu verbannen, wahrscheinlich ihr Bild, wie sie damals waren, am längsten erhalten wird. Bis hierher hatte er in der Tat nichts geschrieben, was in höherem oder geringerem Grade an dieser glücklichen Eigenschaft nicht Teil hatte. Zu der Zeit, von welcher ich rede, waren die in *Pickwick* geschilderten Schuldgefängnisse, die in *Oliver* angeklagte Gemeindeverwaltung, und die in *Nickleby* bloßgestellten Schulen von Yorkshire, alles wirkliche Existenzen, die jetzt keine lebendigere Existenz besitzen, als in den Formen, welche er ihnen verlieh. Von weiseren Zwecken beseelt, setzte er das alte versteinernde Verfahren des Magiers in Tausend und eine Nacht bei Seite und verlieh den Gefängnis- und Gemeindemissbräuchen seines Vaterlandes, seinen Schulen der Verwahrlosung und des Verbrechens, auf immer ein handgreifliches Leben. Ein Teil der Wahrheit der Vergangenheit, des Wesens und sogar der Geschichte der moralischen Missbräuche seiner Zeit, wird so immer in seinen Schriften erhalten bleiben und man wird sich daran erinnern, daß er, ohne andre Mittel, als die leichten Waffen des Humors und des Gelächters und die milden des Pathos und der Trauer, Reinigung und Reform in jene Augias-Ställe einführte.

 Nicht, daß solche Absichten je von diesem am wenigsten didaktischen aller Schriftsteller aufgedrängt würden. Es sind die Tatsachen, welche lehren und nicht die daraus hergeleiteten moralischen Auseinandersetzungen. Oliver Twist ist die Geschichte eines Knaben, der in einem Armenhause geboren und von den Gemeindeaufsehern erzogen wird und nichts mit dem Plane nicht Übereinstimmendes wird hineingemischt. Eine Reihe von Gemälden aus der Tragikomödie des Lebens der niedern Klassen wird auf völlig natürliche Weise vor uns entfaltet, von der sterbenden Mutter und den hungerleidenden Armen des ersten Bandes, durch die Szenen und Abstufungen eines bald sorglosen, bald vorbedachten Verbrechens, die in dem letzten Bande eine schreckliche Vollendung erreichen, aber nie, trotz aller Entartung, die sie schildern, des menschlichen Hintergrundes und menschlicher Charakterzüge entbehren. Es ist in der Tat der Hauptzweck der Erzählung, zu zeigen, wie ihr kleiner Held, so arg er in dem kläglichen Gedränge umhergestoßen wird, doch überall durch eine ungemeine Zartheit des Naturgefühls, die ihm auch unter den ungünstigsten Verhältnissen nicht verloren geht, vor dem Laster ihrer Befleckung bewahrt bleibt. Es gibt keinen meisterhaften Charakterzug aus dem Gebiete des Romans (und durch solche Charakterzüge entwickelt diese schöne Dichtung sich konsequent bis ans Ende), als der Ausbruch von Oliver's kindlichem Schmerz bei seiner Entfernung aus dem Arbeitshause, der elenden Heimat, die nur mit Vorstellungen des Leidens und des Hungerns und mit keinem freundlichen Wort oder Blick für ihn verknüpft ist, aber doch seine kleinen Leidensgefährten birgt.

Über die Charaktere, mit welchen das Buch alle Welt vertraut gemacht hat, ist es nicht meine Absicht zu reden. Einige von ihnen zu nennen, wird genügen. Bumble und dessen Frau; Charley Bates und der Schlaukopf; der feige Armenschüler Noah Claypole, dessen „Solche Qual, verzeihen Sie" das ganze Schulleben in ein paar Worte zusammendrängt; der sogenannte lustige alte Jude, der geschmeidige und schwarzherzige Fagin und Bill Sikes, der kühner ausschauende, starkknochige Schurke, mit seinem weißen Hut und weißen ruppigen Hunde – wer kennt sie nicht alle, bis auf die geringsten Punkte ihrer Kleidung, ihres Aussehens, ihres Ganges und aller der kleinen Besonderheiten, die bedeutsame Charaktereigentümlichkeiten ausdrücken? Ich habe die arme bejammernswerte Nancy ausgelassen – und doch kann man von ihr sagen, mit so ehrlicher Wahrhaftigkeit sind ihre Stärke und ihre Schwäche in der Tugend, die in ihrer Natur so eng an das Laster grenzt, dargestellt, daß die Leute, welche ganz tugendhaft sein sollen, sich kläglich neben ihr ausnehmen. Aber obgleich Rose und ihr Liebhaber neben Bill und seiner Geliebten unbedeutend genug erscheinen und in Wahrheit die schwache Seite des Romans bilden, ist es das hervorragende Verdienst des Buches, daß das Laster darin nirgends anziehend gemacht ist. Das Verbrechen stellt sich ebenso tief widerwärtig dar, als es tief elend und unglücklich ist. Nicht nur wenn seine Enthüllung kommt, wenn die verborgenen Schlupfwinkel der Schuld aufgedeckt werden und alle Qualen der Reue zu Tage treten, nicht nur in den großen Szenen, sondern in den leichteren Stellen, wo kein solches Ziel die anscheinend nachlässige Hand gelenkt zu haben scheint, ist dies in emphatischer Weise der Fall. Sei es die Komödie oder die Tragödie des Verbrechens – Schrecken und Vergeltung folgen ihm auf den Fersen nach. Sie sind ebenso deutlich sichtbar, wenn Fagin zuerst in seiner Höhle erscheint, beschäftigt, sich in einem Topfe Kaffee zu kochen und immer wieder einhält, und horcht, ob unten das geringste Geräusch ist – denn das schurkische Vertrauen der Gewohnheit tilgt in ihm nie die ängstliche Wachsamkeit und das Lauschen des Verbrechens – wie, wenn wir ihn zuletzt in der Mörderzelle sehen, eine vergiftete menschliche Ratte in ihrem Loch.

Wir wollen ein Wort über die gegen den *Gegenstand* des Buches gerichteten Angriffe hinzufügen, auf welche Dickens in einer späteren Ausgabe erwiderte, indem er die Überzeugung aussprach, daß er versucht, der Gesellschaft einen Dienst zu leisten und ihr jedenfalls keinen Schaden zugefügt habe, indem er eine Bande solcher Gefährten des Verbrechens in ihrer ganzen Entartung und ihrem schmutzigen Elend durch ein klägliches Leben einem schmerzlichen und schmachvollen Tode zuschleichend schilderte. In der Tat kann der Gegenstand nie verwerflich sein, wenn es nicht die Behandlung ist, wie sich aus vielen seitdem veröffentlichten populären Schriften ergibt, wo tadellos hohe Gegenstände durch herabwürdigende Sinnlichkeit erniedrigt werden. Wenn es der Zweck des Schriftstellers ist, die Gemeinheit des Lasters und nicht seine Ansprüche auf Heroismus oder sein Verlangen nach Sympathie darzustellen, so darf er seinen Gegenstand mit den höchsten Gegenständen messen. Wir begegnen einer Reihe von Schwindlern und Dieben im *Gil Blas;* wir schütteln einem ganzen Kreise von Räubern und Hausbrechern die Hände in der *Beggars Opera*[41], wir mischen die Karten mit La Rüse oder stehlen mit Jonathan in Fielding's Mr. Wild the Great; wir folgen der Grausamkeit und dem Laster von ihren leisesten Anfängen zu ihrem gröbsten Ende in den Kupferstichen Hogarth's – aber unsre Moral erleidet dadurch keine Erschütterung. Wie der Geist des Franzosen reiner Lebensgenuß war, so lag die Stärke der Engländer in ihrer Weisheit und ihrer Satire. Das Niedrige wurde vorgeführt, um die falschen Ansprüche des Hohen zu zerstören. Und obgleich sie in Darstellung und Plan meist von diesen Dickens'schen Romanen abweichen, da sie weniger die Seele des Guten in dem Schlechten zu entdecken, als dem gewöhnlich für gut Gehaltenen den Stempel des Schlechten aufzudrücken streben, sind doch ihre Zwecke und Resultate wesentlich dieselben. Mit der niedrigsten Entartung des Lebens vertraut, benutzen sie wie er ihre Erkenntnis, um zu lehren, worin sein wesentlicher Adel besteht und grade an der Rohheit und Gemeinheit der behandelten Stoffe messen wir den Edelsinn und die Schönheit der vollendeten Arbeit. Der Quacksalber der Moral wird solche Werke immer unmoralisch nennen und die Betrüger werden sich immer über die Ungerechtigkeit beklagen, womit sie den Betrug behandeln; aber der übrigen Welt werden sie trotzdem durch das, was die Menschen sind, die unschätzbare Lehre kundtun, was sie sein sollten. Wir können diese Lehre nicht mehr als genug lernen. Wir können es nicht zu oft hören, daß, wie der Stolz und Pomp bloß äußerlicher Umstände die täuschendsten irdischen Dinge sind, so die Wahrheit der Tugend im Herzen das lieblichste und

---

[41] Ein berühmtes Melodrama des Humoristen John Gay (1688–1732), dessen Held ein Straßenräuber ist. – D.Übers.

dauerndste ist, und diese Lehre kann noch einmal auf den Seiten „Oliver Twist's" von allen empfangen werden, die sie dort suchen wollen.

Während aber *Oliver* eine große Bahn des Erfolges und der Popularität durchlief, fing der Schatten des Romans „Barnaby Rudge", den Dickens unter ähnlichen Bedingungen schreiben und in dem *Miscellany* beginnen sollte, nachdem jener zu Ende geführt war, alles um ihn her zu verdunkeln an. Wir hatten viele Erörterungen darüber und es kostete mir keine geringe Mühe, ihn zu verhindern, daß er das Übereinkommen vollständig über den Haufen warf; doch die wirkliche Schwierigkeit seiner Lage und die rücksichtsvolle Deutung, welche allen Bemühungen seinerseits, sich Verpflichtungen zu entziehen, die er in Unkenntnis der dadurch bedingten Opfer eingegangen war, zu Teil werden mußte, wird man am besten aus seiner eigenen offenen und ehrlichen Erklärung erkennen. Am 21. Januar 1839 schrieb er mir unter Einschluß eines Briefes, den er am folgenden Morgen an Bentley abschicken wollte, wie folgt: „Nach dem, was ich Dir schon gesagt, wirst Du wohl zu dem Schluß gekommen sein, daß ich eine solche Absicht hegte. Ich weiß, Du wirst mir nicht widerraten, den Brief zu schicken. Abgehn *muß* er. Es ist keine Unwahrheit, wenn ich sage, daß ich jetzt diesen Roman nicht schreiben *kann*. Der ungeheure Profit, welchen Oliver seinem Verleger gebracht hat und noch bringt, die jämmerliche, elende, klägliche Summe, die er mir eingetragen hat (nicht so viel, als jeden Tag für einen Roman bezahlt wird, von dem höchstens 1 500 Exemplare verkauft werden); die Erinnerung hieran und das Bewußtsein, daß ich mich noch der Sklaverei und Plackerei unterziehen muß, ein andres Werk für denselben Gesellenlohn zu schreiben; das Bewußtsein, daß meine Bücher sämtliche Beteiligten bereichern, außer mir selbst, und daß ich, trotz aller Popularität, die ich errungen, mich in alten Banden abmühe und meine Kräfte auf der Höhe meines Ruhms und in der Blüte meines Lebens vergeude, um andrer Leute Taschen zu füllen, während ich für die, welche mir am nächsten und teuersten sind, wenig mehr gewinnen kann als einen anständigen Unterhalt – alles dies macht mich mutlos und verzagt. Und ich kann mich, kann nicht und will mich nicht unter solchen Umständen, die mich mit eiserner Hand niederhalten, damit quälen, daß ich diesen Roman anfange, ehe ich Zeit gehabt habe, Atem zu schöpfen und ehe das Eintreten des Sommers und einige heitre Tage auf dem Lande mir eine frohere Stimmung und größere Seelenruhe zurückgegeben haben werden. Für sechs Monate bleibt also *Barnaby Rudge* liegen. Und wäre es nicht um Deinetwillen, würde er ganz liegen bleiben.

Denn ich erkläre aufs feierlichste, daß ich mich moralisch, vor Gott und Menschen, solcher harten Vergleiche für entbunden halte, nachdem ich so viel für die getan, die sie betrieben. Dieses Netz, das mich umgarnt hält, bringt mich so auf, erbittert und reizt meinen Geist so sehr, daß ich beständig den Drang fühle, es zu zerreißen, es koste was es wolle. Aber ich habe diesem Drange nicht nachgegeben. Ich erkläre nur, daß ich einen bei allen literarischen Kontrakten sehr gewöhnlichen Aufschub haben muß – sechs Monate, von der Beendigung „Olivers" in dem *Miscellany*. – Ich wasche mir die Hände vor jeder frischen Anhäufung von Arbeit und bin entschlossen, mit derjenigen, die bereits auf mir lastet, so heiter als möglich fortzufahren."[42]

Was hierauf folgte, braucht nicht ausführlich beschrieben zu werden. Die Mitteilung der Resultate wird genügen. Nachdem in den ersten Monaten des Jahres 1839 der letzte Teil von *Oliver Twist* in dem *Miscellany* erschienen war, übergab der Verfasser, seiner Verpflichtungen gegen das Magazin entledigt, in einem vertrauten Briefe eines Vaters an sein Kind, die Redaktion an Ainsworth und auch der noch bestehende Kontrakt in Bezug auf „Barnaby Rudge" wurde auf Veranlassung Bentley's selbst im Juni des folgenden Jahres (1840) aufgehoben, indem Dickens für das Verlagsrecht von *Oliver Twist* und den noch vorhandenen gedruckten Vorrat der frühern Ausgabe 2 500 Pfd. St. bezahlte. Andre Zwischenfälle dieser Verhandlungen sollen später erwähnt werden. Vorläufig wollen wir aus dem vertrauten väterlichen Briefe einige Worte anführen, die in Bezug darauf nicht unwichtig sind. Dieser Brief schildert das Kind als zwei Jahre und zwei Monate alt (so

---

[42] Nach Empfang seines Briefes erinnerte ich ihn auf zarte Weise daran, daß ich mich damals gegen das Übereinkommen erklärt hatte, bei dessen Misslingen er mich ermächtigte, den Vergleich abzuschließen, den er jetzt bei Seite setzen wollte. Ich kann seine Antwort nicht mitteilen, da es sich nicht schicken würde, die Wärme ihrer Ausdrücke gegen mich zu wiederholen, aber die ersten Reihen will ich, um einer möglichen zukünftigen Missdeutung vorzubeugen, anführen. „Wenn Du denkst, daß irgendetwas in meinem Briefe im allerentferntesten die geringste Unzufriedenheit gegen Dich kundgibt, so entschlage Dich um Gottes Willen eines solchen Gedankens. Nie wenn Du für mich unterhandelt hast, habe ich auch nur eine augenblickliche Annäherung an Zweifel oder Unzufriedenheit empfunden ... Ich könnte mehr sagen, aber Du würdest mich für töricht oder rhapsodisch halten und Gefühle wie die, welche ich für Dich hege, bleiben besser in der Brust bewahrt, als daß man ihnen in unvollkommenen und ungenügenden Worten Ausdruck gibt."

lange hatte er das Magazin überwacht), gibt verschiedene Ratschläge hinsichtlich seiner Zirkulation und der Wichtigkeit von Licht und angenehmen Nahrungsgegenständen für dasselbe und schließt, nach einigen allgemeinen moralischen Betrachtungen über die Veränderlichkeit dieser Welt, die eine so wundersame Wendung genommen, daß die Kondukteure der Postwagen kein Urteil mehr hätten über Pferdefleisch: „Mein Abschied von Dir bringt mir nicht den geringsten Gewinn, auch wird keine Übertragung Deines Besitzes erforderlich sein, denn in dieser Beziehung bist Du immer buchstäblich Bentley's Magazin gewesen und nie meines."

Neuntes Kapitel

Nicholas Nickleby
1838 und 1839

Ich erinnere mich noch sehr wohl des mit lebhafter Erwartung vermischten Zweifels, welchen die Ankündigung von Dickens' zweitem, in Monatsheften zu veröffentlichenden Roman erweckt hatte, ob der Erfolg ein so großes Interesse rechtfertigen werde und ob es in der Tat möglich sei, daß der junge Autor unter der Last der ihm auferlegten Popularität sicher fortschreiten könne. Das erste Heft zerstreute diese Wolke des Zweifels in einem Ausbruch von Sonnenschein und was von der Heiterkeit der Völker durch die freiwillige Verbannung des alten Pickwick nach Dulwich verloren gegangen war, wurde wieder hergestellt durch das frohe Selbstvertrauen, womit der junge Nicholas Nickleby in seine Fußstapfen trat. Alles, was dem ersten Werke seinen Reiz verliehen hatte, fand sich hier, nebst einer größeren Beachtung der wichtigen Erfordernisse eines Romans und mehr Reichtum sowohl als Wahrheit der Charaktere.

Wie sich dies in jedem folgenden Heft weiter ergoß, brauche ich kaum zu erzählen. Jetzt daran zu erinnern, heißt von Dingen reden, die sich so mit unsrer gewöhnlichen Rede und Denkweise verwoben haben, daß sie fast ein Teil unsres alltäglichen Lebens geworden sind. Es wurde bald nach seinem Tode sehr wahr von ihm bemerkt, daß, wie seine Schöpfungen für das lebende Geschlecht eine der Hauptquellen geistigen Genusses gewesen, so seine Sprache ein Teil der Sprache aller Klassen seiner Landsleute und seine Charaktere ein Teil unsrer Zeitgenossen geworden seien. „Es scheint kaum möglich", fuhr der übrigens nicht zu nachsichtige Kritiker fort, „zu glauben, daß es nie solche Personen wie Mr. Pickwick, Mrs. Nickleby und Mrs. Gamp gegeben hat. Sie sind für uns nicht nur Charakterformen des englischen Lebens, sondern wirklich bestehende Charakterformen. Sie enthüllten zugleich das Vorhandensein solcher Personen und machten sie völlig verständlich. Sie waren keine Studien über Personen, sondern Personen. Und doch waren sie auf eine Weise idealisiert, daß der Leser nicht glaubte, sie seien nach dem Leben gezeichnet. Sie waren lebendig; sie waren sie selbst." Der Kritiker hätte hinzufügen können, daß dies allen wahren Meistern der Dichtung eigentümlich ist, die in den höhern Regionen ihres Berufs arbeiten.

Nichts könnte sicherlich das besser ausdrücken, was das neue Buch um diese Zeit seinen Tausenden von Lesern klar machte: nicht bloß eine staunenswerte Mannigfaltigkeit von Charakterschöpfungen, sondern das, was diese Schöpfungen so wirklich machte; nicht bloß den genialen Reichtum des Verfassers, sondern das Geheimnis und die Form seiner Kunst. Niemand brauchte je weniger über seine Charaktere zu reden, weil es nie Charaktere gab, die sich sicherer selbst enthüllten, und so geschah es, daß ihre Wirklichkeit sofort fühlbar wurde. Sie sprachen so gut, daß, wie der eben zitierte Kritiker bemerkt hat, ein jeder gern wiederholte, was sie sagten und da ihre Redeweise einen Grundzug ihres Wesens ausmachte, so ging auch dieses letztere von selbst auf das Publikum über. Diese höchste Errungenschaft des Novellisten trug in einem engeren Lebenskreise die zu seltener Vollendung gereifte Kunst Miss Austen's davon; unter völlig verschiedenen Verhältnissen der Kunst wie der Arbeit fiel sie im höchsten Maße Dickens zu. Ich sagte ihm, als ich die erste Unterredung Mrs. Nickleby's und Miss Knag's las, er habe vor kurzem Miss Bates in „*Emma*"[43] gelesen, aber ich fand, daß er damals diese ausgezeichnete Schriftstellerin noch nicht kannte.

Wer, der sich des allmäligen Erscheinens der Hefte von *Nickleby* erinnert, kann vergessen haben, wie jedes neue Heft den allgemeinen Genuß steigerte? Alles, was *Pickwick* seine ungeheure Popularität verliehen, die überfließende Heiterkeit, die naturwüchsige Ausgelassenheit des Humors und das geniale Wohlwollen der Satire, hatte hier den Vorteil eines besser angelegten Planes, zusammenhängenderer Ereignisse und größerer Schärfe der Charakteristik. Jeder schien unverzüglich die Familie Nickleby ebenso gut zu kennen als seine eigene. Dotheboys, mit allem was es, wie ein Bild Hogarths, zugleich lächerlich und schrecklich machte, wurde ein Familienausdruck. Einander folgende Gruppen von Mantalinis, Kenwigs, Crummles stellten jede ihre kleine Welt der Wirklichkeit dar, überall aufgehellt von Wahrheit und Leben, von vortrefflichen Beobachtungen, von den seltsamsten Possen und grenzenlosem Scherz und Heiterkeit. Die Brüder Cheeryble brachten alle milden Stiftungen mit sich. In Smike erschien das erste jener pathetischen Bilder, welche die Welt mit Mitleid erfüllten für die Leiden, welche Grausamkeit, Unwissenheit, oder Verwahrlosung der Jugend zufügen können. Und Newman Noggs

---

[43] Einer der Romane Miss Austen's. – D. Übers.

führte diejenige Klasse der Schöpfungen seiner Phantasie ein, an denen er selbst wohl die meiste Freude hatte und die er umso mehr zu variieren und umso anziehender zu machen verstand, je öfter er sich mit ihnen befaßte. Gentlemen von Natur, so unerhört abgetragen auch ihre Hüte und so ungentil ihre Redeweise; Philosophen von bescheidener Ausdauer, in dürftigen aber äußerst respektablen Röcken; eine Art von demütigen Engeln der Sympathie und der Selbstverleugnung, obgleich ohne ein Titelchen von Glanz oder selbst schönem Äußern, außer dem, was Augen, die so tief dringen als ihre eigenen Gefühle, etwa entdecken. „Meine Freundinnen," schrieb Sydney Smith, indem er Dickens den dringenden Wunsch einiger Damen seiner Bekanntschaft, ihn bei Tische zu treffen, schilderte, „haben nicht den geringsten Einwand dagegen, in eins Ihrer Hefte zu kommen, würden vielmehr auf diese Auszeichnung stolz sein, und was Lady Charlotte angeht, so können Sie sie mit Newman Noggs verheiraten." Lady Charlotte war für Sydney Smith ebenso wenig eine wirkliche Person, als Newman Noggs, und alle die, welche durch Dickens Bücher angezogen wurden, konnten denselben Nutzen daraus ziehen, wie der Mann von Witz und Genie. Man hat jüngst bemerkt, daß die Menschheit nicht in ihren höchsten und edelsten Typen darin zum Vorschein kommt und es mag der Mühe wert sein, diese Behauptung später zu prüfen; allein gewiß ist es, daß sie Tausenden und Zehntausenden ihrer Leser die Menschheit in vertrauten und anziehenden Formen eingeprägt haben, deren Lehre wohl kaum verfehlt hat, eines jeden kleine Welt etwas besser zu machen, als sie war. Von Anfang bis zu Ende waren sie nie für einen Augenblick den Sympathien oder dem Verständnis irgendeiner Klasse fremd, und es gab damals Massen von Leuten, die nicht hätten sagen können, was die Phantasie ist und doch Monat auf Monat ihrem beschränkten Besitz den grenzenlosen Gewinn der Phantasie hinzufügten.

Eine andere wohlwollendste Schöpfung des Humors in *Nickleby*, die auch bei einer so kurzen Rückschau auf einige seiner ersten Eindrücke nicht übergangen werden darf, war die gute kleine Miniaturmalerin Miss La Creevy, die für sich allein wohnt, von einer Liebe überfließend, für die ihr ein Gegenstand fehlt, aber kraft ihres Fleißes und ihrer Gutherzigkeit immer vergnügt ist. Wenn sie durch den Charakter einer Frau, der sie einen Besuch gemacht hat, enttäuscht ist, so erleichtert sie ihr Gemüt, indem sie in einem Selbstgespräch eine sehr bittere Bemerkung über sie macht und erläutert dadurch einen der Vorzüge ihres langen Alleinlebens, daß sie nämlich immer sich selbst zu ihrer Vertrauten machte, für sich so sarkastisch als möglich war gegen Leute, die sie beleidigt hatten, sich selbst befriedigte und keinen andern verletzte. Das war eine von jenen den Lesern Dickens später durch unzählige ähnliche Phantasiegebilde vertraut gewordenen Konzeptionen, welche dem Autor zu ihrer Bewunderung auch ihre Liebe erwarben und sie in den Stand setzten, das Gefühl vorauszuempfinden, mit welchem die Nachwelt ihn als würdigen Gefährten der Goldsmith und Fielding betrachten wird. Nicht viele Seiten weiter befand sich auch ein Schriftstück, von dem Leigh Hunt, als er es las, erklärte, es übertreffe das Beste der Art, dessen er sich in Smollett erinnern könne. Es war der Brief von Miss Saucers an Ralph Nickleby, worin sie ihre Version gibt, von der dem Schulmeister durch Nicholas zugefügten Züchtigung. „Mein Papa bittet mich, Ihnen zu schreiben, da die Doktoren zweifeln, ob er je den Gebrauch seiner Beine wieder erlangen wird, was ihn hindert, eine Feder zu halten. Wir befinden uns in einem Gemütszustande, der über alles hinausgeht, und mein Papa ist eine Maske von blauen und grünen Striemen, gleichfalls sind zwei Bänke in sein Blut getaucht ... Ich und mein Bruder wurden dann die Opfer seiner Wut, seit woher wir viel gelitten haben, was uns zu dem quälerischen Glauben bringt, daß wir einen Schaden in unserm Innern empfangen haben, besonders da äußerlich keine Zeichen von Gewalttätigkeiten sichtbar sind. Ich schreie laut in einem fort, während ich dies schreibe und mein Bruder tut es auch, was meine Aufmerksamkeit etwas abzieht, und, wie ich hoffe, Versehen entschuldigen wird."

Es sind hier in aller Kürze einige der Elemente angedeutet, welche zu der plötzlichen und wunderbar weit verbreiteten Popularität dieser Bücher beitrugen. Ich schließe absichtlich von meinen gegenwärtigen Bemerkungen darüber, die mehr biographisch als kritisch sind, jede Entwicklung der Gründe aus, weshalb ich sie in Bezug auf Phantasie und Erfindungsgabe einigen seiner spätern Werke nicht gleichstelle; aber sie zeigten ein fortgesetztes und beständiges Wachstum in Bezug auf Humor, Beobachtung und Charakteristik, während die Frische und Originalität des Stils ihre Wirkung mächtig förderten. Es finden sich Fehler gelegentlicher Übertreibung in der Darstellung, aber keine, die nicht aus Lebensmut und guter Laune, oder, hie und da, aus einem verzeihlichen Übermaß des Ernstes entspringen, und sie hat immer, einerlei, ob sie heiter oder ernst ist, das seltene Verdienst, vollkommen verständlich und meist vollkommen natürlich zu sein, sich ohne Anstrengung, ebenso warm, lebendig und umfassend als die Sympathien, die sie ausdrücken soll, jedem Wechsel der Stimmung anzupassen. Auch der Ton ist vortrefflich. Wir werden nie durch Selbstsucht oder Eitelkeit abgestoßen und nie verdrießt uns schlecht angebrachter Spott. Wenn etwas Gutes geschieht, so dürfen wir darauf zählen, daß wir seine ganze Schönheit sehen, und wenn etwas Böses geschieht, so sind wir nie in Gefahr, es mit dem Guten zu verwechseln. Niemand kann wirkungsvoller malen durch ein angemessenes Beiwort, oder treffender erläutern durch eine glücklich gewählte Anspielung. Auch was er weiß oder fühlt, ist ihm immer geläufig und gegenwärtig, einerlei womit er beschäftigt sein mag. Was Rebecca zu Ivanhoe über die Kampfesweise des Schwarzen Ritters sagt, würde nicht unanwendbar sein auf Dickens' Darstellungsweise. „Es ist mehr als bloße Stärke darin, es scheint, als lege der Kämpfer seine ganze Seele und seinen ganzen Geist in jeden Schlag, den er führt." Wenn jemand seine Schläge mit einer Feder führt, ist das die Behandlungsweise, welche die ältesten Tatsachen mit neuem Leben erfüllt und den bekanntesten Gedanken eine nie zuvor gefühlte Erregung einhaucht. Es schien, als bleibe unsrer Kenntnis Londons nicht viel mehr hinzuzufügen, ehe seine Bücher uns überraschten; aber ein jedes überbot in seinen Wundern das andere. In „*Nickleby*" erscheint die alte Stadt wieder in allen möglichen Gestalten, und ob Licht und Wärme auf dem ruhen, was gut und heiter darin ist, oder der Schleier von ihren dunkleren Szenen gelüftet wird, es ist immer unser Vorzug, sie vollkommen so zu sehen und zu fühlen wie sie ist. Ihr inneres verborgenes Leben wird uns ebenso vertraut wie ihre gewöhnlichsten äußern Formen und wir entdecken, daß wir kaum etwas von den Orten wußten, die wir am besten zu kennen glaubten.

Wir wollen jetzt einige Stellen aus seinen Briefen anführen, welche über den Fortschritt *Nickleby's*, der ihn vom Februar 1838 bis zum Oktober 1839 beschäftigte, Bemerkungen enthalten. Bald nach der Unterzeichnung des Kontrakts, noch ehe das Weihnachtsfest von 1837 vorüber war, reiste er mit Hablot Browne nach Yorkshire, um sich die billigen Schulen dieser Grafschaft anzusehen, denen ein Rechtsfall des vorigen Jahres die öffentliche Aufmerksamkeit in peinlicher Weise zugewandt hatte, die schon vorher notorisch gewesen waren wegen der dort verübten Grausamkeiten, von denen er schon in seinen Kindertagen gehört hatte[44] und die er entschlossen war, wo möglich zu zerstören. Ich erfuhr bald das Resultat seiner Reise und der wesentli-

---

[44] „Ich kann mich nicht darauf besinnen, wie es kam, daß ich von den Schulen in Yorkshire hörte, als ich ein nicht sehr kräftiges Kind war und an einsamen Stellen bei Rochester-Castle saß, den Kopf voll von Partridge, Strap, Tom Pipes und Sancho Pansa, aber ich weiß, daß ich meine ersten Eindrücke davon damals empfing."

che Inhalt des damals geschriebenen Briefes, den ich ihm auf seinen Wunsch zurückschickte, findet sich in dem Vorwort, mit welchem er die Gesamtausgabe des Romans begleitete. Er kam in seiner Absicht gestärkt zurück und fing im Februar die Arbeit an dem ersten Kapitel an. An seinem Geburtstage schrieb er mir: „Ich habe angefangen. Ich schrieb gestern Abend vier Seiten; Du siehst daher, daß der Anfang gemacht ist. Und was mehr ist: ich kann fortfahren; so hoffe ich denn, daß das Buch endlich im Gange ist.",,Das erste Kapitel von *Nicholas* ist fertig", schrieb er zwei Tage später. „Es nahm Zeit, entspricht aber seinem Zwecke, wie ich glaube, so gut als möglich." Dann, nach einer Zwischenzeit von zwölf Tagen: „Ich schrieb gestern zwölf Seiten von Nicholas, worauf für heute Morgen nur noch vier zu tun bleiben (ich war überdies um 8 Uhr auf!) und jetzt habe ich mein Pferd bestellt." Ich schloß mich ihm, seinem Wunsche gemäß, an, und bei Tisch lasen wir an jenem Tage zusammen das erste Heft von *Nicholas Nickleby*.

Bei dem folgenden Hefte stellte sich eine Schwierigkeit ein, von der es nur zu verwundern war, daß sie ihm nicht öfter begegnete. „Ich konnte vor drei Uhr keine Zeile schreiben," sagte er, indem er den Abschluß des Heftes mitteilt, „und muß noch fünf Seiten fertig machen und weiß nicht, was ich hineinsetzen soll, denn ich habe den Punkt erreicht, wo ich abbrechen wollte." Er fand gleich anfangs für solche falsche Berechnungen ein bequemes Auskunftsmittel und dies war ebensowohl fast sein erstes als sein letztes derartiges Missgeschick; seine Verlegenheit bei *Pickwick* hatte, wie er mir einmal sagte, immer nicht darin bestanden, daß es ihm an Stoff gebrach, sondern daß er Überfluß an Stoff hatte, er hatte nicht die Peitsche, sondern den Hemmschuh nötig gehabt: *Sufflaminandus erat,* wie Ben Jonson von Shakespeare sagt. Und in künftigen Werken wußte er seinen Plan immer mit so bewundernswerter Genauigkeit innerhalb des verfügbaren Raums auszuführen, daß ich mich nur eines ähnlichen Falles erinnere. In dem dritten Heft wurde die Schule vorgeführt und „ich werde nicht eher zufrieden sein, als bis Du Heft drei gesehen hast, " war die Weise, wie er mir seine eigne Befriedigung mit jener ersten Behandlung von Dotheboys-Hall ankündigte. Auch entsprang nicht der geringste Teil meiner Bewunderung für sein Genie aus dem Umstande, daß er um diese Zeit nie schrieb, ohne daß der Drucker ihm auf den Fersen saß; daß er, während er bei seinen späteren Werken immer zwei oder drei Hefte voraus war, bei diesem Roman nie um ein einziges Heft voraus war, daß er, je dringender die an ihn gestellten Anforderungen waren, denselben umso leichter entsprach, und daß sein erstaunlicher Lebensmut ihn nie verließ. Noch am 20. November 1838 schrieb er mir: „Ich habe grade mein zweites Kapitel angefangen, kann heute Abend nicht ausgehen, muß fortfahren, glaube jetzt, daß am Ende dieses Monats ein Nickleby da sein wird (was ich vorher bezweifelte) und möchte eine Strecke Weges dahin zurücklegen, wenn ich irgend kann." Das war am Dienstag, und am Freitagmorgen in derselben Woche schrieb er mir in Bezug auf etwas, das am Tage vorher versprochen, aber unerfüllt geblieben war: „Ich schrieb ohne Aufhören, bis es Zeit war mich anzuziehen und weiß noch nichts von dem Inhalt meines letzten Kapitels, das heute Abend fertig werden muß."

Doch dies war nicht alles. Zwischen jenem Dienstag und Freitag hatte ein Bühnenbearbeiter namens Stirling sich tatsächlich an seinem Buche vergriffen, indem er ohne jede Erlaubnis sich des Stoffes bemächtigte, als erst der dritte Teil beendet war, den Dialog für zwei possenhafte Schauspieler zustutzte, selbst eine Intrige und ein Ende dazu erfand und sein Stück im Adelphitheater zur Aufführung brachte, wo der beleidigte Autor, hart bedrängt durch ein unbeendetes Heft, wie er war, es in der Zwischenzeit zwischen den beiden von mir angeführten Briefen gesehen hatte. In späteren Jahren würde er sich einer solchen Gefahr nicht ausgesetzt haben, aber damals schüttelte er selbst solche Beleidigungen seiner Kunst leicht ab; und obgleich ich einen Monat darauf mit ihm bei einer Darstellung seines *Oliver Twist* im Surrey-Theater war, wo er sich mitten in der ersten Szene in einer Ecke der Loge auf den Boden legte und erst wieder aufstand, als der Vorhang fiel, so hatte er es doch vermocht, die Aufführung *Nickleby's* durchzusitzen und ein gewisses Verdienst bei den Schauspielern anzuerkennen. Yates hauchte auch seinen wildesten Übertreibungen eine hinreichend humoristische Bedeutung ein, und O. Smith verstand es, seine wunderlichen eckigen Sonderbarkeiten mit genug trockenem Pathos zu erfüllen, um wenigsten Schatten Mantalini's und Newman Noggs' heraufzubeschwören; von Ralph Nickleby war allerdings nichts sichtbar, als eine Perücke, ein Spencer und ein Paar Stiefel; aber es war ein origineller Schauspieler namens Wilkinson da, der sich der Possenreißerei, obschon nicht der wilden Brutalität, von Squeers' gewachsen zeigte, und selbst Dickens konnte in dem Briefe, der mich zu meinem höchsten Erstaunen von seinem Besuch in dem Theater benachrichtigte, „die geschickte Behandlung und Kleidung der Jungen, die vorzügliche Darstellung und den Vortrag von Fanny Squeers, die dramatische Vorführung ihrer Kartengesellschaft in Squeers' Wohnzimmer, das sorgfältig gewählte Kostüm sämtlicher Personen, und die nach Hablot Browne's Skizzen gruppierten, ausnehmend guten Tableaux loben ... Mrs. Keeley's erstes Auftreten an dem Feuer und der ganze Smike war vorzüglich, abgesehen von verschiedenen gewählten Gefühlsausdrücken und Unsinn in Bezug auf die kleinen Rotkehlchen in den Feldern, die Mr. Stirling, der Bearbeiter, in des Jungen Mund gelegt hat." Seine Toleranz ließ sich kaum auf die Rotkehlchen ausdehnen und ihren Urheber strafte er in sehr passender Weise, indem er ihn bei Crummles' Abschiedsmahl einführte und verklagte.

Der Roman war in gutem Zuge bei dem nächsten hier anzuführenden Brief, denn ich beschränke mich auf diejenigen Briefe, welche charakteristische oder erläuternde Anspielungen enthalten. „Ich muß heute mit meinem Ruhme allein sein und sehen, was ich tun kann. Ich brachte gestern viel zu Stande und bin in der Tat jeden Tag seit Montag ein gutes Stück weiter gekommen; aber ich muß wieder in's Geschirr und mich bemühen, die Sache in Zug zu bringen. Sollte dies lange so fortgehen, so würde der Dampfkessel zerplatzen. Ich glaube, Mrs. Nickleby's Liebesszene wird einzig in ihrer Art werden." Der Dampf entwickelte sich ohne Frage zu einer gefährlichen Kraft, wenn eine solche Inspiration kam. Es war nur einige Hefte vor diesem, während jene exzentrische Dame der Miss Knag ihre vertraulichen Mitteilungen machte, daß Sydney Smith sich für besiegt bekannte durch einen Humor, gegen den sein eigner sich lange zu verteidigen bemüht gewesen war. „*Nickleby* ist sehr gut", schrieb er nach dem sechsten Hefte an Sir George Phillips. „Ich hielt gegen Dickens aus, so lange ich konnte, aber er hat mich überwunden."[45]

Der Schluß des Romans wurde in Broadstairs geschrieben, von wo er mir (er hatte ein Haus „zwei Türen von dem Albionhotel genommen, wo wir vor zwei Jahren den lustigen Abend verlebten") am 9. September 1839 schrieb: „Ich bin hart an der Arbeit, aber diese schließlichen Abwicklungen wickeln sich langsam ab und ich werde denken, daß ich Großes geleistet habe, wenn ich am 20. ganz fertig bin. Chapman und Hall kamen gestern mit Browne's Skizzen hierher und waren bei mir zu Tische. Sie teilten mir ihre Pläne hinsichtlich eines Nickleby'schen Festes mit, worüber Du herzlich lachen wirst – so spare ich sie auf, bis Du kommst. Es hat hier während der letzten drei Tage erschrecklich gestürmt und gestern Abend (ich wollte, Du hättest es sehen können) hatten wir eine mächtige See. Ich taumelte an den Pier hinunter, kroch unter die windsichre Seite eines Bootes, das

---

[45] Thomas Moore erzählt in seinem Tagebuche (April 1837), Sydney Smith habe Dickens bei einem Dîner in Paternoster Row heruntergemacht „und offenbar ohne seine Leistungen hinreichend zu kennen".

trocken am Ufer lag, und blickte von dort fast eine Stunde lang in die Brandung hinaus. Ich kam natürlich völlig durchnässt nach Hause." Am Montagnachmittag, den 18. September, schrieb er wieder: „Ich werde nicht vor Freitag fertig werden, und die letzten zwanzig Seiten mit der Nachtpost an den Drucker befördern. Ich habe, wie Du Dir denken kannst, tüchtig zu tun gehabt und mir viel Mühe gegeben. Die Entdeckung ist gemacht, Ralph ist tot, mit den Liebenden ist es in Richtigkeit, Tim Linkinwater hat seinen Antrag gemacht und ich brauche jetzt nur noch mit Dotheboys und mit dem ganzen Buche abzuschließen. Ich wünsche sehr, daß Du diesen Schluß siehst, ehe er aus meiner Hand geht, und sehe daher deutlich, daß ich am Sonnabend selbst in die Stadt kommen muß, wenn das Erscheinen des Heftes nicht gefährdet werden soll. Ich habe daher dem Drucker geschrieben, daß er am Sonnabend Abend, so bald als er kann, die Druckbogen in Deine Wohnung schickt, und wenn Du nichts dagegen hast, wollen wir zu irgendeiner Zeit nach fünf zusammen speisen und die Nacht einer sorgfältigen Durchsicht widmen. Ich habe nicht an Macready geschrieben, denn man hat mir das Titelblatt mit der Zueignung noch nicht geschickt; es steht bloß darauf: „Herrn W. C. Macready gewidmet, als ein kleines Zeichen der Bewunderung und der Hochachtung, von seinem Freunde, dem Verfasser." Willst Du ihn inzwischen benachrichtigen, daß ich das Nickleby-Festessen auf Sonnabend, den fünften Oktober, angesetzt habe? Ort: das Albionhotel in Aldersgate Street; Zeit: pünktlich zwischen sechs und halb sieben ... Es wird mich mehr freuen als ich Dir sagen kann, Dich wieder zu sehen, und ich sehe dem nächsten Sonnabend und den Abenden, die folgen werden, mit der frohsten Erwartung entgegen. Ich habe gute Gedanken für *Barnaby*", wovon später mehr."

Der Schatten der alten Zeit, die ungeschriebene Geschichte von *Barnaby*, drängt sich ihm, wie wir sehen, noch auf, aber nicht mehr wie früher, um anderen angenehmeren Erwartungen ihre Heiterkeit zu rauben. In der Tat war die Schwungkraft seines Geistes damals so groß, daß es ihm, im Vergleich mit den Leiden, die er später bei allen ähnlichen Gelegenheiten ausstand, wenig kostete, sich von den Personen zu trennen, welche zwanzig Monate lang ein Teil seiner selbst gewesen waren. Der wachsende Erfolg, den sie errungen, ließ für den Augenblick nur Raum für Freude und wohlerrungenen Stolz und um sie in der unsterblichen Familie des englischen Romans willkommen zu heißen und ihrem Autor freudig „frische Wälder und neue Weide zu eröffnen", versammelten wir uns so zu dem Festmahl. Doch es ist geringe Veranlassung vorhanden, jetzt von dem zu sprechen, was einem der wenigen Überlebenden nur den Schmerz der Erinnerung hinterlassen hat, daß alle, welche dies Mahl erheiterten und belebten, dahin sind. Talfourd war da, heiter und überfließend von freundlicher Rede, mit dem wir in beständigem und herzlichem Verkehr standen und dem Dickens, zum Dank für seine Bemühungen im Unterhause, ein Gesetz zum Schutze des literarischen Eigentums durchzuführen, *Pickwick* zugeeignet hatte; Maclise war da, unser beider teurer und vertrauter Freund, dessen vor Kurzem gemaltes Portrait von Dickens in dem Zimmer hing;[46] und Sir David Wilkie, der Maler des *Miethtermins*, war da und hielt eine Rede, die ebenso gut war als seine Bilder, von reicher Färbung und voll treffender Anspielungen über den Realismus von Dickens' Genie, und wie seit der Zeit, als Richardson seine Romane bändeweise veröffentlicht, nichts dieser heftweisen Veröffentlichung des Romans Ähnliches dagewesen, und wie die Leute in beiden Fällen von den Charakteren geredet, als seien sie unsre nächsten Nachbarn oder Freunde; und wie an den Verfasser *Nickleby's* ebenso viel Briefe geschrieben worden, die ihn anflehten, den armen Smike nicht sterben zu lassen, als die jungen Damen an den Verfasser der Clarissa gerichtet, „Lovelace's Seele zu retten". Diese und Andre sind dahin. Von den Überlebenden steigen nur drei vor meiner Erinnerung auf: Macready, der seiner Empfindung von der Ehre, welche ihm durch die Zueignung erwiesen worden, in Worten Ausdruck gab, die ebenso vortrefflich waren als sein Vortrag, Edward Chapman und Thomas Beard.

---

[46] Dieses Portrait wurde Dickens von seinen Verlegern geschenkt, die es, zum Zwecke eines nach demselben anzufertigenden Kupferstichs zu „Nickleby", hatten malen lassen. Der Kupferstich war jedoch mittelmäßig ausgeführt und in so kleinem Format, daß dem Original nicht die geringste Gerechtigkeit dadurch widerfuhr. Der Zuvorkommenheit seines gegenwärtigen Besitzers, des ehrwürdigen Sir Edwards Repps Joddrell, und der sorgsamen Kunst Robert Graves', Mitglieds der Königlichen Kunstakademie, verdanke ich das Portrait zu Anfang dieses Bandes, in welchem der Kopf zum erstenmal in würdiger Weise zur Darstellung gekommen ist. Von dem Originalbilde sagte Thackeray (und kein höheres Lob könnte demselben zu Teil werden). „Die Ähnlichkeit ist wahrhaft staunenerregend. Ein Spiegel könnte kein besseres Faksimile geben. Wir haben hier den wirklichen identischen Menschen Dickens, den innern sowohl als den äußern."

Zehntes Kapitel

Während und nach Nickleby
1838 und 1839

Der Name seines alten Gefährten in der Galerie der Berichterstatter mag mich von den Tagen, zu welchen der Schluß Nickleby's mich geführt hatte, zu denen zurückführen, in welchen er begann. „Dieser Schnee wird dem kalten Wetter ein Ende machen", schrieb er in dem schon angeführten Geburtstagsbriefe von 1838, „und dann auf nach Twickenham!" Hier wurde eine Villa gemietet, fast der ganze Sommer verbracht, und Beard war da ein oft und gern gesehener Besucher. Auch mit Talfourd und Thackeray und Jerrold verlebten wir dort schöne Tage und selten fehlte es an dem Zauber von Maclise's Gesellschaft. Nichts übte einen größeren Reiz auf Dickens aus, als der großartige Genuß des Müßiggangs, die bequeme Hingabe an den Luxus der Trägheit, worüber wir beide bei Maclise so lachten, während wir doch wußten, daß unter seinem leichten gleichgültigen Wesen, das bei den ärgerlichsten Vorkommnissen und Veranlassungen immer am belustigendsten war, ein ebenso eifriger Künstlergeist, eine ebenso unermüdliche Energie und eine fast ebenso durchdringende Beobachtung als bei Dickens selbst tätig war. Einen größern Genuß als die Gesellschaft Maclise's um diese Zeit konnte man sich in der Tat schwer vorstellen. Dickens sah kaum mehr als er und doch schien er nichts zu sehen und das geringe Verdienst, welches er selbst dieser seltenen Fähigkeit beimaß, ein eigentümliches Wesen, das sogar seinem Scharfsinn einen Anstrich von irischer Einfalt verlieh, seine unzweifelhafte Neigung für die Literatur und eine vielseitige Kenntnis derselben, die sich nicht immer mit einer so tiefen Liebe und einer so unermüdeten Ausübung einer besondern Kunst vereinigt findet – alles wirkte zusammen, ihn weit über das Gewöhnliche hinaus anziehend zu machen. Sein künstlerisches Genie und seine schöne Erscheinung, deren er selbst sich nie im allergeringsten bewußt schien, vollendeten den Zauber. Edwin Landseer, der allgemeine Liebling, und der treffliche Stanfield kamen einige Monate später, als Dickens seine Wohnung in Devonshire Terrace bezogen hatte; aber ein andrer Malerfreund war George Cattermole, der damals mehr als genug Witz und Phantasie besaß, um gewöhnliche Künstler und Humoristen dutzendweise damit zu versorgen und nur etwas mehr Ballast und Stetigkeit bedurfte, um alles zu haben, was gute Kameradschaft anziehend macht. Ein andrer damals auch besonders willkommener Freund war der Novellist Ainsworth, mit dem wir während der drei folgenden Jahre unaufhörlich in einem geselligen Verkehr standen, welcher in seinem Hause angefangen hatte; mit dem wir, während zweier dieser Jahre, Freunde der Kunst und Literatur in seiner Vaterstadt Manchester besuchten, unter denen Dickens seine Gebrüder Cheeryble fand und dessen Sympathien in Geschmack und Streben, dessen Bekanntschaft mit der Literatur, dessen offener edeler Haltung und herzlicher Gastfreiheit wir manche Freuden der späteren Jahre verdankten. Frederick Dickens, der bald nachher, auf Dickens' Verwendung, von dem während und vor diesen Manchester-Tagen ihm bekannten Lord Stanley of Alderley, eine Anstellung in dem Schatzamte erhielt, wohnte damals wieder bei seinem Vater, brachte aber einen großen Teil seiner Zeit in seines Bruders Hause zu. Ein andres wohlbekanntes Gesicht war dasjenige Thomas Mitton's, der Dickens gekannt hatte, als er selbst Advokatenschreiber in Lincoln's-Inn war und der die Verwandten eines Freundes und Compagnons namens Smithson bei ihm einführte, des aus Yorkshire stammenden Herrn, der in dem Vorwort zu Nickleby erwähnt wird und sehr befreundet in Dickens' Hause wurde. Diese, sein Vater und seine Mutter und deren zwei jüngere Söhne, nebst den Mitgliedern der Familie, seiner Frau und seine verheirateten Schwestern und deren Männer, Mr. und Mrs. Burnett und Mr. und Mrs. Austin, sind Gestalten, die in meiner Erinnerung mit den Tagen von Doughty Street und den Landhäusern von Twickenham und Petersham während der Sommer von 1838 und 1839 in hervorragender Weise verknüpft sind.

Während des ersten dieser Jahre waren die körperlichen Übungen natürlich von ruhigerer Art,[47] als in Petersham, wo ein großer Garten

---

[47] Wir hatten in Twickenham eine Luft-Ballon-Gesellschaft für die Kinder, zu deren Präsidenten ich, wie es scheint, erwählt wurde, unter der Bedingung, daß ich sämtliche Luftballons anschaffte, eine Bedingung, die ich so ungenügend erfüllt zu haben scheine, daß der nachstehende Beschluß gegen mich gefaßt wurde. *Snodgering Blee* und *Popem Jee* waren Dickens' kleiner Sohn und dessen Schwester, für die er, ebenso wie für ihre Nachfolger, solche überraschenden Beinamen erfand. „Gammon Lodge, Sonnabend Abend, 23. Juni 1838. Gechrter Herr. Erhaltenem Auftrage zufolge benachrichtige ich Sie, daß bei einer zahlreich besuchten Versammlung der Aeronautischen Unsinns-Gesellschaft für die Beför-

viele athletische Wettkämpfe zuließ, von deren schwierigeren Formen ich mich gewöhnlich bescheiden zurückzog, wo aber Dickens sich meistens auch gegen so ausgezeichnete Athleten wie Maclise und Beard behauptete. Stangenspringen, Kugelwerfen und nach der Scheibe werfen gehörten zu den am eifrigsten betriebenen Spielen und in ausdauernder Energie dabei ließ Dickens ohne Frage alle Mitspielenden weit hinter sich zurück. Auch die leichteren Erholungen des Rackett- und Bagatellspiels wurden mit unnachgiebiger Tätigkeit betrieben und bei Belustigungen wie die Wettrennen von Petersham, die in jenen Tagen einigermaßen berühmt waren, und die er, so lange sie dauerten, täglich besuchte, arbeitete er selbst viel härter als die wettrennenden Pferde.

Alles, woran seine Briefe aus diesen Jahren mich sonst noch erinnern und was jetzt noch von Interesse sein könnte, läßt sich in einem Dutzend Sätzen erzählen. Er schrieb für den Regisseur des Coventgarden-Theaters eine Posse, über welche die Schauspieler sich nicht verständigen konnten und die er nachher in eine Erzählung mit dem Titel *Der Lampenwärter* verwandelte. Er trug seinen Namen in der Innung der Studenten des Middle-Temple ein, obgleich er erst viele Jahre später dort zu Mittag aß.[48] Wir machten zusammen die Runde durch fast sämtliche Londoner Gefängnisse und wurden, als wir in Begleitung Macready's und Hablot Browne's in Newgate an den wieder vorgeforderten Gefangenen vorbeikamen, durch den plötzlichen tragischen Ausruf überrascht: „Mein Gott, da ist Wainewright!" In dem schäbig-gentilen Geschöpf, mit sandgelbem verworrenen Haar und schmutzigem Schnurrbart, das sich bei unserem Eintritt schnell mit trotzigem Staunen umgewandt hatte und zugleich gemein und wild und ganz der feigen Mordtaten, die er verübt hatte, fähig aussah, hatte Macready zu seinem Entsetzen einen Mann erkannt, mit dem er in

---

derung der Wissenschaft und die Konsumtion geistiger Getränke, bei der Thomas Beard Esquire, Mrs. Charles Dickens, Charles Dickens Esquire, Snodgering Blee, Popem Jee und andere hervorragende Persönlichkeiten zugegen waren und ihre Zustimmung zu erkennen gaben, das Tadelsvotum, von dem ich eine Abschrift beilege, einstimmig gegen Sie erlassen wurde, wegen gröblicher Nachlässigkeit in der Erfüllung Ihrer Pflichten und unverantwortlicher Nichtachtung der besten Interessen der Gesellschaft. Ich bin, geehrter Herr, Ihr gehorsamster Diener, Charles Dickens, Ehrensekretär. An John Forster Esquire."

[48] Diese Bemerkung bezieht sich auf die oft zu humoristischen Anspielungen benutzte Tatsache, daß es eine unumstößliche Bedingung der Aufnahme der juristischen Studenten in den Advokatenstand ist, eine gewisse Anzahl von Tagen in dem großen Saal der Innung gespeist zu haben. – D. Übers.

früheren Jahren befreundet gewesen und an dessen Tische er gespeist hatte. Zwischen der Vollendung von „Oliver Twist" und dessen Veröffentlichung machte Dickens eine kleine Reise nach Nord-Wales; ich schloß mich ihm in Liverpool an und wir machten die Rückreise zusammen. Bald nach seiner Ankunft in London trat er in angenehme Beziehungen zu Lockhart,[49] den er etwas später bei Cruickshank zu Tische traf und dies war das Vorspiel zu einer Besprechung *Oliver Twist's* in der *Quarterly Review*. Ford hatte dieselbe auf Lockhart's Bitte geschrieben, aber nicht mit dem Geist, den dieser dabei entwickelt haben würde, obgleich die frühern weniger günstigen Bemerkungen der Review dadurch gutgemacht wurden. Dickens hatte jedoch hierauf nicht gewartet, um öffentlich seine lebhafte Sympathie mit einigen Stellen in Lockhart's vortrefflichem *Life of Scott* auszudrücken, welche ihn dem Zorne der Ballantine's[50] ausgesetzt hatten. Er tat dies in dem *Examiner*, wo er, wie ich finde, auch ein Buch Thomas Hood's besprach: „ein ziemlich dürftiges Buch; aber ich habe das nicht gesagt, weil er es auch ist und krank außerdem." Im Laufe des Jahres ging er nach Devonshire, um dort für seinen Vater, der schon lange seinen Pflichten als Berichterstatter entsagt hatte und London verlassen wollte, eine neue Heimat zu wählen und er fand dieselbe in einem Landhause in Alphington bei Exeter, wo er den älteren Dickens nebst seiner Mutter und seinem jüngsten Bruder einrichtete. Dasselbe Jahr brachte Macready's Direktion des Coventgarden-Theaters zum Schluß und bei dem Festmahl, das dem abtretenden Direktor unter dem Vorsitz des Herzogs von Cambridge gegeben wurde, sprach Dickens mit jenem wunderbaren Instinkt, der ihn ebensowohl lehrte, was er nicht sagen, als was er sagen mußte und seine bei Festmahlen gehaltenen Reden einzig in ihrer Art machte. Auch dürfen wir nicht vergessen, die jetzt fleißig von ihm besuchte Shakespeare-Gesellschaft zu erwähnen, der Procter, Talfourd, Macready, Thackeray, Henry Davison, Blanchard, Charles Knight, John Bell, Douglas Jerrold, Maclise, Stanfield, George Cattermole, der gute Tom Landseer, Frank Stone und andere alte Freunde angehörten, und wo aus vielem Frohsinn und vielen Streitigkeiten[51] eine Menge Festreden von Dickens und uns

---

[49] John Gibson Lockhart, Schwiegersohn Sir Walter Scott's und damaliger Redakteur der Quarterly Review. – D.Übers.

[50] Sir Walter Scott's Verleger und Geschäftsteilhaber, deren Fallissement (Bankrott) ihm eine ungeheure Schuldenlast aufbürdete. – D. Übers.

[51] Eine dieser Streitigkeiten wird von Charles Knight in seiner Selbstbiographie erwähnt und ich finde in Dickens' Briefen die Erwähnung einer andern, bei der,

allen hervorgingen. Die letzten Monate dieses Jahres 1839 waren von besonderem Interesse für ihn. Zu Ende Oktober wurde ihm eine andre Tochter geboren, die den Namen unseres lieben gemeinschaftlichen Freundes Macready trägt, den er bei ihr zu Gevatter bat; und vor dem Schluß des Jahres war er aus Doughty Street nach Devonshire Terrace gezogen, in ein schönes Haus mit einem großen Garten, der von New-Road durch einen nach Regents-Park zu, bei York-Gate, gelegenen hohen Steinwall getrennt war. Diese Dinge und seine Versuche zu „Barnaby Rudge" nach dem Abschluß von „Nickleby" bilden den Hauptinhalt seiner Briefe zwischen Oktober und Dezember.

„Gott sei Dank, Alles geht vortrefflich. Ich habe den ganzen Tag an *Barnaby* gearbeitet und außerdem ein schönes (und nicht zu teures) Haus in Kent-Terrace gesehen, wo Macready einmal wohnte, aber größer als seines." Dann, nachdem es mit diesem Hause nichts geworden: „*Barnaby* hat so sehr durch die Häuserjagd gelitten, daß ich heute keine Worte wechseln kann." Dann in Bezug auf seinen Eintritt in den Middle-Temple: „Ich schicke das Formular zurück. Ich nehme an, daß es der rechte Temple ist.[52] *Barnaby* rückt fort, nicht mit der Geschwindigkeit eines Rennpferdes, aber doch (wie mir scheint) so schnell als sich bei diesen unentschiedenen Umständen erwarten läßt." Oder „Alles wohl. *Barnaby* hat seine zehnte Seite erreicht. Ich bin gerade faul geworden und habe mich zuerst zu *Christabel*, dann zu *Wallenstein* begeben[53] „Endlich wurde eine Wahl getroffen. „Ein großes Haus von großen Versprechungen (und einem großen Angeld), unleugbarer Lage und unmäßiger Pracht steht in Aussicht. Mitton verhandelt wegen desselben und ich befinde mich in einer ekstati-

---

wie es scheint, sein freundlicher Rat mich davon abhielt, eine Torheit zu begehen. „Es ist wohl nicht nötig, Dich der Aufrichtigkeit zu versichern, die mich drängt, Dir die Sache vorzustellen. Unsere innige Freundschaft erspart mir glücklicherweise diese Notwendigkeit. Doch ich will dies sagen, daß, wie ich eine tiefe Neigung für Dich empfinde, die keine Bande des Blutes oder anderer Verwandtschaft je erwecken könnten, und wie ich hoffe, bis ans Ende meines Lebens Dein vertrauter und auserwählter Freund zu bleiben, ich überzeugt bin, daß ich Dir jetzt rate, was Du in gleichem Falle mir raten würdest, und ich hoffe und baue darauf, daß Du Dich durch eine Ansicht bestimmen lassen wirst, die nicht falsch sein kann, wenn sie durch Gefühle, wie ich sie zu Dir hege, und so viele warme und dankbare Rücksichten beeinflußt wird."

[52] Anspielung auf die Trennung des Temple, eines der Hauptsitze der Londoner Advokaten-Innungen, in den Middle- und Inner-Tempel. – D.Übers.

[53] *Christabel*, das bekannte Gedicht von S.T. Coleridge, der auch Schiller's Wallenstein ins Englische übertrug. – D.Übers.

schen Unruhe. Kate will wissen, ob Du ihr einige Bücher schicken kannst; sei daher so gut, irgendwelchen literarischen Schund, den Du gerade zur Hand hast, hierher zu befördern." Diesen Notizen will ich nur noch einige Auszüge aus Briefen hinzufügen, die er mir von Exeter schrieb, als er das neue Haus seiner Eltern in Ordnung brachte. Dieselben sind sehr humoristisch und die Lebhaftigkeit, mit der alles, was er einmal gesehen, in seinem Geist und Gedächtnis photographiert wurde, tritt in angenehmer Weise darin hervor.

„Ich mietete heute Morgen (schreibt er am 5. März 1839 aus dem New-London-Inn) ein kleines Haus für sie und es wird mir eine große Enttäuschung sein, wenn es ihnen nicht gefällt. Grade eine halbe Stunde von der Stadt, auf dem Wege nach Plymouth, stehen zwei weiße Landhäuser, eins davon ist ihres und das andere das der Hausbesitzerin. Ich vergesse die genaue Zahl der Stuben, aber im untern Stock ist ein vortreffliches Wohnzimmer nebst zwei andern Stuben; über dem Wohnzimmer ist ein wirklich schönes kleines Zimmer, das ich zu einem Gesellschaftszimmer für sie einrichte, und dann ist ein prächtiger Garten da. Das ganze Haus ist neu angestrichen und tapeziert und macht einen frischen freundlichen Eindruck, rein ist es über alle Beschreibung und die Umgegend ist, glaube ich, die schönste in dieser schönsten der englischen Grafschaften. Die Hausbesitzerin, eine aus Devonshire gebürtige Witwe, mit der ich die Ehre hatte ein Gabelfrühstück einzunehmen, muß ich besonders erwähnen. Sie ist eine fette, gebrechliche, glänzend frisch aussehende Landdame, über die sechzige hinaus, erholt sich grade von einem „Nervenleiden" – ich hatte gedacht, die Nerven verließen nie die Pflastersteine, doch ich finde, daß sie mit den besten von uns die Landluft versuchen. Für den Fall, daß meine Mutter einmal krank würde, glaube ich wirklich, daß die Nähe dieser guten Dame, die ein Bild von Respektabilität und guter Laune ist, von der größten Annehmlichkeit für sie sein wird. Ihre Möbeln und häuslichen Einrichtungen sind ein famoses Bild, doch das spare ich mir auf bis zu unserm Wiedersehen, wo ich mir ein herzliches Lachen darüber verspreche. Sie steht in der höchsten Achtung bei den Banquiers und dem Geistlichen (welcher Letztere selbst einmal in meinem Hause wohnte) und ist ein herzensgutes würdiges vortreffliches Probestück dieser Art von Leben, oder ich habe kein Auge für das Wirkliche und kein Geschick es zu entdecken."

„Der Bruder dieser guten Dame bewohnt mit seiner Frau das dann zunächst liegende Haus und der Bruder besorgt die Geschäfte der guten Dame, da ihre Nerven nicht erlauben, daß sie dies selbst tut, obgleich sie in ihrem geschwächten Zustande noch immer schärfer bleibt als die feinste Lanzette. Weil nun der Bruder die ganze Nacht gehustet hatte, bis er sich in einen solchen Schweiß gehustet, daß man, nach der Behauptung von Augenzeugen, „sein Haar hätte ausringen können", wurde seine Frau geholt, um mit mir zu unterhandeln, und wenn Du mich hättest sehen können, wie ich mit den beiden alten Frauen in der Küche saß und mich bemühte, ihnen begreiflich zu machen, daß ich keine bösen Absichten oder geheime Pläne habe und daß ich den ganzen Weg von London hierher gekommen sei, um ein Landhaus zu nehmen und zufällig diese Straße hinunter gewandert sei und grade dies Haus gesehen habe, Du würdest es nie vergessen haben. Wie dann das Dienstmädchen zwischen uns und dem kranken Manne hin- und herlief, und wie, nachdem der kranke Mann einen von mir aufgesetzten Kontrakt unterzeichnet, den die alte Dame sofort in einen abgenutzten Teekasten verschloß, es neue Mühe und neue Botschaften kostete, um ihn zu bewegen, daß er einen zweiten Kontrakt (ein Duplikat) unterzeichnete, damit wir beide eine Abschrift hätten, war eins der köstlichsten Stücke echter Komik, das mir je vorgekommen ist. Wie wir, nachdem das Geschäft erledigt war, gesprächig wurden, wie ich scherzhaft war und zugleich tugendhaft und häuslich, wie ich in Bier Gesundheiten trank und auf Befragen erwiderte, ich sei ein verheirateter Mann und Vater zweier gesegneter Kinder, wie die Damen sich darüber wunderten, wie eine der Damen, die in London gewesen war, sich erkundigte, wo ich wohnte und als ich es ihr sagte, sich darauf besann, daß Doughty Street und das Findelhaus in Old Kent Road seien, wogegen ich keine Einwände erhob, alles dies und noch viel mehr muß uns heiter stimmen wenn ich zurückkomme, wie es mich jetzt heiter stimmt, nun ich daran denke. Auch von meinem spätern Besuch bei dem Tapezierer, den die Hausherrin mir empfohlen, von der Abwesenheit der Frau des Tapezierers und der Schüchternheit des Tapezierers, der sich fürchtete, in ihrer Abwesenheit zu handeln; von meinem Sitzen hinter einem hohen Pult in einem dunkeln kleinen Laden, wo ich die erforderlichen Gegenstände überlas und die Preise daneben setzte, während der Tapezierer die Sachen herbeibrachte und ausrief; von den vielen tugendhaften Liebenswürdigkeiten, die ich der Tochter des Tapezierers bezeigte, um die Firma günstig zu stimmen und die Rechnung zu ermäßigen; auch von allen diesen Dingen sage ich nichts, aus demselben Grunde wie dem eben erwähnten. Die Entdeckung des Hauses betrachte ich in allem Ernst als einen Segen (nicht in profanem Sinne gesprochen) für unsre Bemühungen in dieser Sache. Bei dem Banquier hatte ich von nichts gehört und ging, von einem seltsamen Impuls getrieben, gleich nach dem Frühstück gradesweges dorthin. Ich bin überzeugt, daß sie dort glücklich sein können, denn wäre ich älter und hätte meine Lebensarbeit ihr Ende erreicht, so bin ich gewiß, daß ich mit Gottes Segen viele Jahre dort glücklich sein könnte."

„Das Theater ist hier offen und Charles Kean soll heute Abend zum letztenmale spielen. Wäre es das „reguläre" Drama gewesen, so würde ich hingegangen sein, aber ich fürchtete, Sir Giles Overreach[54] möchte mich über den Haufen werfen und so blieb ich fort. Mein Logis ist vortrefflich und der Oberkellner solch ein Kellner! Knowles, (nicht Sheridan Knowles, sondern Knowles aus Geetham-Hill-Road[55]) ist ein Esel im Vergleich zu ihm. Dies klingt kühn, aber die Wahrheit ist seltsamer als die Dichtung. Nicht die am wenigsten komische Begebenheit, die sich zugetragen hat, war, beiläufig gesagt, der Besuch des Tapezierers (mit einigen ferneren Berechnungen), seit ich diesen Brief anfing. Ich glaube, sie hielten mich hier in dem Neu-London-Hotel für das wunderbare Wesen, das ich in der Tat bin; sie waren erstaunlich dienstfertig und erwarteten ohne Zweifel, daß der umwohnende Adel und Landadel mir Besuche abstatten würden. Mein erster und einziger Besucher kam heute Abend: ein rotbackiger Mann in abgetragenem schwarzen Anzuge, ganz von Auszügen eines Federbetts bedeckt, mit einem außerordentlich und ganz wunderbar schmutzigen Gesicht, einem dicken Stock und in seiner persönlichen Erscheinung vollkommen ein liebenswürdiger Gerichtsdiener in rüstigem Greisenalter. Ich habe den richtigen Kellner seitdem nicht gesehen und fürchte fast, daß ich mich von diesem Schlage nicht erholen werde. Er wurde (von dem Kellner) angemeldet als „eine Person". Ich erwarte jeden Augenblick meine Rechnung …

„Der Kellner lacht draußen mit einem andern Kellner – das ist die letzte Nachricht über meinen Zustand."

---

[54] Ein bekannter Charakter aus Massinger's A new way to pay old debts, dessen Wesen durch seinen Namen angedeutet wird. In der Liste der dramatis personae wird er als „ein grausamer Wucherer" bezeichnet. – D. Übers.
[55] Der Kellermeister Mr. Gilbert Winter's, eines der liebenswürdigen Freunde in Manchester, dessen Gastfreundschaft wir mit Ainsworth genossen hatten und dessen scharfsinniges, eigenthümliches Altes-Weltwesen mir auf angenehme Weise wieder in die Erinnerung kommt, indem ich seinen einst wohl bekannten und weitgeehrten Namen niederschreibe.

Elftes Kapitel

Neue literarische Pläne
1839

Es war jetzt Zeit für ihn geworden, sich ernstlich mit einem Nachfolger „Pickwick's" und „Nickleby's" zu beschäftigen, obgleich er nicht so lange gewartet hatte, sich die Sache zu überlegen. Der Erfolg „Nickleby's" hatte selbst die durch „Pickwick" erregten Erwartungen so weit übertroffen, daß seine Verleger ohne eine entsprechende Anerkennung dieser Tatsache kaum darauf rechnen konnten, daß er fernere Beziehungen zu ihnen unterhalten werde. Wir hatten dies oft besprochen und waren vollkommen darüber einverstanden. Aber abgesehen von der Frage, ob er überhaupt neue Verträge mit ihnen eingehen solle, war er zu der Überzeugung gekommen, daß es nicht geraten sein möge, dies in der alten Weise zu tun, weil er meinte, das Publikum würde der fortwährenden Wiederholung der zwanzig Monatshefte überdrüssig werden. Es gab noch einen andern und ausreichenderen Grund für die Veränderung, der ihn natürlich stark beeinflußte, nämlich die Hoffnung, daß die Entdeckung einer neuen Weise sowohl als einer neuen Art fortlaufender Publikation ihn in den Stand setzen möge, sich eine Zeitlang von dem Schreiben eines langen Romans und der damit verbundenen Anstrengung der Phantasie zu befreien, oder doch die Länge der von ihm selbst geschriebenen Romane zu unterbrechen und abzukürzen und vielleicht schließlich den ganzen Vorteil einer fortlaufenden Veröffentlichung zu genießen, ohne daß er notwendigerweise jede dafür geschriebene Zeile selbst beitrug. Diese Rücksichten waren noch sorgfältiger erörtert worden und seit mehreren Monaten hatte ein solcher Plan in seinem Geist Gestalt gewonnen.

Während er in Petersham war (Juli 1839) schrieb er mir Folgendes: „Ich habe über diese Sache nachgedacht; ja ich habe es zum großen Schaden für den Fortschritt *Nickleby's* und zu meiner eignen Last und Plage getan. Meiner Ansicht nach würde es uns sehr helfen, wenn Chapman und Hall Dich zum Vertrauten dessen machten, was sie beim Abschluß von *Nickleby* zu tun gedenken, ohne daß ich etwas damit zu tun habe. Du weißt, daß ich ihnen wohl will und daß, wenn sie sich nobel benehmen, oder vielleicht noch nobler als sie beabsichtigten, sie dies in ihrem Interesse finden und mich willfährig finden werden; Du weißt auch, daß mir von verantwortlichen Leuten bestimmte Anerbietungen gemacht sind, Alles was ich schreibe, für gewisse Prozente des Ertrags zu verlegen und das ganze Risiko zu übernehmen, daß ich aber Chapman und Hall ungern verlassen will und Dir erklärt habe, daß ich es unter keiner Bedingung tun will, wenn sie sich anständig gegen mich benehmen, obgleich ich in einem gewissen Sinne ganz sicher dadurch gewinnen würde. Wenn Du nun unter diesen Umständen ihnen unsern neuen Plan in seinem ganzen Glanze vorlegen und, indem Du sie daran erinnerst, daß ich nach der Veröffentlichung *Barnaby's* von allen Verbindlichkeiten frei bin, ihnen sagen wolltest, daß, falls sie unsre Verbindung zu einer sichern und dauernden zu machen wünschen, jetzt die Zeit für sie ist, wacker hervorzutreten mit Vorschlägen, welche dies Resultat bewerkstelligen können, so bin ich ganz gewiß, daß, wenn Du dies tust, wie nur Du es tun kannst, das Resultat für mich und die Meinigen von der höchsten Bedeutung sein und daß auf diese Weise sehr viel geschehen kann, Deinen Freund für den sehr geringen Gewinn, den er bis jetzt gehabt und die sehr große Arbeit, die er verrichtet hat, zu entschädigen. Ich werde Dich, hoffe ich, Dienstagabend sehen und wenn sie Dir am Mittwochabend ihre Aufwartung machen, werde ich bis Mittwochabend in der Stadt bleiben."

Sie kamen; und der ganze Ton der Zusammenkunft war so günstig, daß ich ihn bat, das, was wir von Zeit zu Zeit in Hinsicht auf den neuen Plan besprochen hatten, niederzuschreiben. Hieraus entstand der nachfolgende, höchst interessante Brief, der ebenfalls in demselben Monat von Petersham an mich gerichtet wurde. Ich erinnerte mich erst, als ich ihn vor kurzem wieder las, daß der Gedanke an einen möglichen Besuch in Amerika ihn so früh beschäftigt hatte.

„Ich bin bereit, am 31. März 1840 ein neues, ganz aus Originalarbeiten bestehendes Werk anzufangen, von dem jede Woche ein Heft zu dem Preise von drei Pence erscheinen und eine gewisse Anzahl von Heften einen in regelmäßigen Zwischenräumen zu veröffentlichenden Band bilden soll. Die beste allgemeine Vorstellung von dem Plane des Werkes kann vielleicht durch die Hinweisung auf den *Spectator*, den *Tatler* und Goldsmith's *Bee* gegeben werden; doch würde es sowohl in den Gegenständen, die es behandelt, als in der Art ihrer Behandlung viel volkstümlicher gehalten werden."

„Ich würde vorschlagen, anzufangen wie der *Spectator*, mit einer heitern Fiktion über den Ursprung des Werkes, eine kleine Gesellschaft oder einen Kreis von Personen vorzuführen und deren persönliche Geschichte und Erlebnisse in dem ganzen Werke zu entwickeln, fortwährend neue Charaktere vorzuführen, Pickwick und Sam Weller, von denen der Letztere mit großem Effekt gelegentliche Mitteilungen machen könnte, von neuem vorzuführen; unterhaltende Essays über die Schwächen des Tages zu schreiben, wie dieselben eben zum Vorschein kommen, alle laufenden Ereignisse auszubeuten und der Form der Mitteilungen Mannigfaltigkeit zu verleihen, indem man sie als Skizzen, Essays, Erzählungen, Abenteuer, Briefe von erdichteten Korrespondenten und so fort vorführt, so daß der Inhalt so viel Abwechselung darbietet als möglich."

„Dieser allgemeinen Schilderung des Inhalts will ich hinzufügen, daß ich mich bemühen würde, unter besondern Überschriften gewisse Charakterzüge hervortreten zu lassen, die sich als ebenso viele Adern des Interesses und der Unterhaltung durch das ganze Werk hindurchziehen würden. So könnten die Kapitel über Kammern, an die ich lange gedacht und von denen ich oft gesprochen habe, eine Stelle darin finden und eine Anzahl von Artikeln liegt mir im Kopfe mit Geschichten und Beschreibungen von London, wie es vor vielen Jahren war, wie es jetzt ist und wie es nach dem Verlaufe vieler Jahre sein wird; ich würde denselben z. B. den Titel geben: „Erholungen Gog's und Magog's", sie in Abschnitte einteilen, wie Tausend und eine Nacht, und annehmen, daß Gog und Magog sich die ganze Nacht mit solchen Erzählungen in der Guildhall unterhalten und jeden Morgen bei Tagesanbruch abbrechen. Ein beinahe unerschöpfliches Gebiet des Humors, des Spottes und des Interesses würde durch die Ausführung dieses Gedankens eröffnet werden."

„Ich würde auch eine Reihe satirischer Artikel anfangen und von Zeit zu Zeit fortsetzen, die angeblich aus Chroniken wilder Völker übersetzt sein und die Justizverwaltung in einem Lande, das nie existiert hat, beschreiben und über die Handlungen seiner weisen Männer berichten sollen. Der Zweck dieser Artikel (die, wenn ich sie mit Etwas vergleichen darf, ein Mittelding sein würden zwischen *Gulliver's Reisen* und dem *Weltbürger*) würde darin bestehen, die Magistrate in Stadt und Land ganz besonders in Obacht zu nehmen und diese Würdigen nie in Ruhe zu lassen."

„Wie viel von jedem Hefte von mir selbst geschrieben werden müßte, würde durch besonderes Übereinkommen festgestellt werden. In Bezug hierauf würde ich mich natürlich für streng verpflichtet halten. Niemand außer mir selbst würde je diese Ideen ausführen, aber ich muß selbstverständlicherweise Beistand haben und es darf nicht an einem Inhalt andrer Art fehlen. Derselbe könnte im allgemeinen im Voraus festgestellt werden, doch würde ich mir ausbedingen, daß dieser Beistand einzig und allein von mir gewählt und daß der Inhalt eines jeden Heftes ebenso sehr unter meiner Kontrolle und ebenso wenig fremder Einmischung unterworfen ist, als der eines Heftes von *Pickwick* oder *Nickleby*."

„Um diesem Unternehmen Neuheit und Interesse zu verleihen, würde ich mich bereit erklären, zu irgendeiner festgesetzten Zeit (etwa im Sommer oder Herbst des Jahres, nachdem eine genügende Menge Material im Voraus zusammengestellt wäre, oder auch früher, sollte dies passend erscheinen) entweder nach Irland oder nach Amerika zu gehen und von dort eine Anzahl Artikel zu schreiben über die Orte und die Leute die ich sehe, mit Hineinziehung lokaler Erzählungen, Traditionen und Legenden, nach der Weise von Washington Irving's *Alhambra*. Ich würde wünschen, daß die Wiederveröffentlichung dieser Artikel in einer besondern Form, mit Hinzufügung andrer, zur Vervollständigung des Gegenstandes (falls wir dies für ratsam halten), einen Teil der für das Werk zu treffenden Verabredung ausmachte und ich möchte dieselbe Bedingung für die Wiederveröffentlichung der Gog- und Magog-Serie, sowie für alle andern von mir unternommenen Serien festgestellt wissen."

„Dies ist ein sehr grober und unvollständiger Umriß des Planes, den ich im Auge habe. Ich bin bereit, die Sache zu besprechen, weitere Erklärungen zu geben, Vorschläge in Erwägung zu ziehen, oder sofort auf die Einzelheiten des Gegenstandes überzugehen. Ich sage nichts von der Neuheit einer solchen Veröffentlichung heutzutage, oder von ihren Aussichten auf Erfolg. Ich halte sie natürlich für sehr groß, außerordentlich, fast über jede Berechnung hinaus groß, oder ich würde mich nicht durch einen so umfassenden Plan zu binden suchen."

„Die Hauptbedingungen, unter welchen ich mich auf dies Unternehmen einlassen würde, würden sein: daß ich Eigentümer des Werkes und Teilhaber an dem Ertrage werde; daß, wenn ich mich verpflichte, einen gewissen Teil jedes Heftes zu schreiben, mir für diese Mitarbeit an jedem Hefte eine bestimmte Summe zugesichert wird; daß diejenigen, welche mir helfen und den Rest jedes Heftes beitragen, sofort nach dem Erscheinen desselben in Gemäßheit mit einem zu berechnenden und zu vereinbarenden Satze bezahlt werden, wenn sie meine Anweisung auf die Summe, zu der sie berechtigt sind, präsentieren; oder, falls die Verleger dies vorziehen, daß sie sich bereit erklären, mir eine bestimmte Summe für jedes ganze Heft zu bezahlen und es mir überlassen, für den Teil, den ich nicht schreibe, diejenigen Anordnungen zu treffen, die mir am besten scheinen. Ich würde natürlich die Bedingung stellen, daß ich für diese Zahlungen, oder für irgendwelche andern mit dem Werke verknüpften Auslagen in keiner Weise als verantwortlich angesehen würde und daß kein Teil derselben als eine mir von dem Ertrage zugefallene Summe betrachtet würde. Ich brauche nicht hinzuzufügen, daß, wenn ich meine Reisen unternehme, eine Vereinbarung in Bezug auf die Reisekosten getroffen werden müßte."

„Ich möchte nun, daß unsre Freunde, die Verleger, diese Dinge in Erwägung ziehen und wenn sie die Sache reiflich erwogen haben, mir die Ansichten und Vorschläge mitteilen, zu denen sie geneigt sind."

Das Resultat ihrer Erwägung war im Ganzen befriedigend. Eine Zuschlagssumme von 1 500 Pfund St. sollte am Schlusse von *Nickleby* gezahlt, das neue Werk sollte unternommen werden und Cattermole sollte dasselbe in Gemeinschaft mit Browne illustrieren. Auch wurde an dem Plan des Werkes nicht viel verändert, ehe die Ausführung begann, obgleich wir alle der Meinung waren, daß wenigstens in den ersten Heften Dickens der alleinige Mitarbeiter sein müsse und daß, so große Anziehungskraft es auch sonst besitzen, oder so groß der Erfolg der von ihm vorgeschlagenen abgesonderten Artikel auch sein möge, eine Unterstützung derselben mittelst einer von ihm verfaßten und in angemessenen, wenn nicht regelmäßigen Zwischenräumen fortgesetzten Geschichte, doch absolut notwendig sein würde. Ohne eine solche planmäßig angelegte Geschichte fing jedoch das Werk an, obgleich sein späterer Verlauf durch Umstände bestimmt wurde, die mächtiger waren als irgendeine vorhergefaßte Absicht. Der Kontrakt, der im Hinblick auf eine bloße Sammlung einzelner Artikel oder Essays aufgesetzt war, und in dem eine längere Geschichte gar nicht erwähnt wurde, wurde zu Ende März unterzeichnet, und die Bedingungen waren der Art, daß ihm dadurch seine einzige angemessene und rechtmäßige Stellung in Bezug auf alle solche Kontrakte angewiesen wurde, nämlich die, daß er in jedem Falle notwendigerweise gewann und im Falle des Erfolges mehr gewann als alle andern an dem Unternehmen Beteiligten. Das ganze Risiko sollte von den Verlegern übernommen werden und als Teil der von denselben zu tragenden Kosten eines jeden Wochenheftes sollte er fünfzig Pfd. St. empfangen. Was auch der Erfolg oder das Misslingen sein mochte, diese fünfzig Pfd. St. sollten immer bezahlt werden. Die Hefte sollten dann besonders berechnet werden und die eine Hälfte des Reinertrages an ihn, die andere an die Verleger fallen; jedes Heft sollte streng für sich selbst verantwortlich sein und der Verlust daran (falls ein solcher da sei) nicht bei der allgemeinen Rechnung in Anschlag kommen. Das Werk sollte auf alle Fälle zwölf Monate lang fortgesetzt werden; dann sollte es den Verlegern freistehen, es abzuschließen; wenn sie es aber vorzögen, weiter damit fortzufahren, sollte er seinerseits fünf Jahre an das Unternehmen gebunden sein und sowohl das schließliche Verlagsrecht als der Ertrag gleich geteilt werden.

Sechs Wochen vor der Unterzeichnung dieses Kontrakts, während der Titel noch unentschieden war, empfing ich den nachstehenden Brief von ihm. „Ich will mit Dir dinieren. Ich beabsichtigte, den Abend in strengem Nachdenken zuzubringen (wie ich gestern getan hatte), aber es ist vielleicht besser, wenn ich ausgehe, damit „bloß Arbeit und kein Spiel nicht etwa einen dummen Jungen aus mir macht".[56] Ich habe auch eine lange Liste von Titeln, aber ich bin in Bezug auf den schließlichen Titel entschieden – oder doch beinahe entschieden. Mein Plan ist, daß der alte Feiler in dem sonderbaren Hause das Buch mit einem Bericht über sich selbst eröffnet und unter andern Eigentümlichkeiten seine Zuneigung zu einer alten sonderbaren Uhr in einem seltsamen Gehäuse erwähnt, zeigt, wie er, wenn sie an den langen Abenden allein zusammengesessen haben, sich an die Stimme derselben gewöhnt und sie endlich als die Stimme eines Freundes betrachtet hat, wie ihr Schlagen in der Nacht ihm wie eine Versicherung erschienen, daß noch ein Wächter an seiner Türe sei und wie sogar ihr Gesicht in seinen staubigen Zügen eine Art Willkommen für ihn gehabt und seinen finstern Ausdruck verloren habe, wenn er sie eine Weile aus seiner Kaminecke betrachtet. Dann will ich erzählen, wie er sonderbare Manuskripte in der alten, tiefen, dunkeln, schweigenden Kammer bewahrt hat, wo die Gewichte liegen und sie dort herausgenommen hat, um sie zu lesen (wobei er eine Vorstellung von seiner Wanduhr mit seinem Genuß in Zusammenhang bringt) und wie, als der Club sich bildete, derselbe wegen seiner Pünktlichkeit und seiner Neigung für seinen stummen Diener, sich nach ihr benannte. Und so werde ich das Buch entweder *Des alten Humphrey Wanduhr* oder *Master Humphrey's Wanduhr* nennen. Ein Holzschnitt von dem alten Humphrey und seiner Uhr und eine Erklärung des Warum und Weshalb soll den Anfang machen. Alle von Humphrey selbst beigetragenen Artikel werden dann „Von meiner Wanduhr" datiert werden

---

[56] All work and no play make Jack a dull Boy ist eine sprichwörtlich gewordene, oft angeführte englische Erziehungsmaxime. – D. Übers.

und ich habe verschiedene Gedanken darüber, wie die andern eingeführt werden sollen. Ich dachte gestern den ganzen Tag und die ganze Nacht, bis ich zu Bette ging, über dies alles nach. Ich bin überzeugt, daß ich aus dieser Einleitung etwas Gutes machen kann und bin daher aufs lebendigste davon bewegt."

Einige Tage später schrieb er: „Ich neige mehr zu *Master Humphrey's Wanduhr* als *Des alten Humphrey* – falls nämlich keine Gefahr vorhanden ist, daß die nachdenklichen Leute den Master mit einem Jungen verwechseln."[57] Wieder zwei Tage später: „Ich habe gestern den ganzen Tag nachgedacht und habe heute Master Humphrey angefangen." Dann eine Woche später: „Ich habe das erste Heft beendet, aber in dem dafür bestimmten Umfang nicht mehr tun können, als die Ankunft der Riesen herbeiführen, die grade auf der Bühne sind."

---

[57] Master bedeutet zugleich „Meister" und, dem Vor- oder Familiennamen vorausgehend, „Junge" oder „junger Herr". – D. Übers.

Zwölftes Kapitel

Der Raritätenladen
1840 und 1841

Einige Tage nach dem Datum des zuletzt angeführten Briefes besuchten Dickens und seine Frau, mit Maclise und mir, Landor in Bath und es war während drei glücklicher Tage, die wir dort zubrachten, daß die Idee, welche bald darauf die Gestalt der kleinen Nell annehmen sollte, zuerst in dem Geist ihres Schöpfers erwachte.[58] Aber vorläufig nur mit dem Gedanken, eine Geschichte von ein paar Kapiteln daraus zu machen. Am 1. März kehrten wir von Bath zurück und am 4. empfing ich den folgenden Brief. „Wenn Du es möglich machen kannst, mich im

---

[58] Ich habe diesen Umstand in meinem „Leben Landor's" erwähnt und zu der betreffenden Stelle füge ich hier die Bemerkungen hinzu, welche Dickens machte, als er sie las. „Es war bei einer Feier seines Geburtstages, in der ersten seiner Wohnungen in Bath, 35 St. James' Square, daß die Idee, welche die Gestalt der kleinen Nell in dem Raritätenladen annahm, zuerst in dem Geist ihres Schöpfers dämmerte. Kein andrer Roman-Charakter war ein größerer Liebling Landor's. Er meinte, Julia hätte ihren Blick einen Augenblick von Romeo ihr zuwenden und Desdemona hätte von ihren gefahrvollen Abenteuern gerührt werden können, so anziehend und pathetisch schien sie ihm, und als man ihn vor einigen Jahren an den von mir erwähnten Umstand erinnerte, wurde er von einem jener grillenhaften Ausbrüche komischer Ausgelassenheit befallen, aus welchen die Idee Boythorn's entstand. Mit gewaltiger Emphase bekräftigte er den Umstand und fügte hinzu, nie in seinem Leben habe er etwas so sehr bedauert, als daß er einen in Beziehung darauf gefaßten Plan unausgeführt gelassen, denn es sei seine Absicht gewesen, das Haus 35 St. James' Square zu kaufen und es an Ort und Stelle niederzubrennen, damit nie etwas Gemeineres die Geburtsstätte der kleinen Nell entweihe. Dann hielt er wohl einen Augenblick inne, wurde sich unsrer Empfindung seiner Absurdität bewußt und brach in ein donnerndes Gelächter aus." Dickens hatte selbst beabsichtigt, diese Geschichte als einen Beitrag zu der Biographie unsres gemeinsamen Freundes zu erzählen, aber seine Abreise nach Amerika verhinderte ihn daran. „Ich sehe", schrieb er mir, sobald das Buch ihn nach seiner Veröffentlichung erreichte, „daß Du mit (wie unser Freund gesagt haben würde) wunderbarer Genauigkeit die kleine Geschichte von St. James' Square erzählt hast, die ein gewisser treuloser Wicht hätte erzählen sollen."

Laufe des Tages oder des Abends zu besuchen, so möchte ich gern, daß Du es tätest. Ich überlege nur ernsthaft, wie ich die Verbesserung, von der wir gestern Abend sprachen, am besten machen kann; denn machen will ich sie unter allen Umständen, und ich möchte, daß Du sie sähest, ehe ich sie schließlich an den Drucker befördere. Ich habe beschlossen, die Hexengeschichte nicht in das dritte Heft zu bringen, denn ich bin über die Wirkung ihres Kontrastes zu Humphrey durchaus nicht gewiß. Ich denke daran, Humphrey zu verlängern, die Beschreibung der Gesellschaft zu beenden und mit der kleinen Kindergeschichte zu schließen, die jedenfalls einen Eindruck machen wird, besonders nach der ruhigen Art und Weise des alten Mannes." Dann kam unmittelbar darauf: „Was denkst Du von dem folgenden doppelten Titel für den Anfang jener kleinen Geschichte? *„Persönliche Abenteuer Master Humphrey's: Der Raritätenladen"*. Ich habe an *Master Humphrey's Erzählung, Master Humphrey"s Geschichte, Ein Bruchstück aus Master Humphrey's Leben* gedacht; aber ich glaube nicht, daß irgendetwas andres so gut ist als dies. Ich habe auch an *Der Raritätenhändler und das Kind* statt *Der Raritätenladen* gedacht. Überlege Dir's. Topping[59] wartet." – Und so gewann allmählich, mit weniger unmittelbarem Bewußtsein eines Planes seinerseits, als ich mich in irgendeinem andern Falle seiner ganzen Laufbahn erinnern kann, eine Geschichte Gestalt, die seine Popularität in hohem Grade vermehren, mehr als irgendein andres seiner Werke ein Band persönlicher Neigung zwischen ihm und seinen Lesern knüpfen und die Vorstellung von seinem Genie als pathetischer wie als humoristischer Schriftsteller in beträchtlichem Maße steigern sollte.

Er hatte nicht mehr als zwei oder drei Kapitel geschrieben, als die Fähigkeit des Gegenstandes zu einer umfangreicheren Behandlung als derjenigen, die er zuerst beabsichtigt, sich ihm aufdrängte und er beschloß, alles andere bei Seite zu werfen und sich nur dieser einen Geschichte zu widmen. Es waren noch andere dringende Gründe dafür da. Von dem ersten Heft der *Wanduhr* wurden fast 70 000 Exemplare verkauft; aber mit der Entdeckung, daß sie keine fortlaufende Erzählung bieten werde, nahmen die Bestellungen sofort ab und es hätte eine Änderung getroffen werden müssen, auch wenn das Material und die Mittel nicht schon zur Hand gewesen wären. Zwischen dem ersten und dem zweiten Kapitel hatte ein Zwischenraum von drei Heften gelegen, den die Gesellschaft Pickwick's und der beiden Weller angenehm genug ausfüllte; aber nach dem Auftreten Dick Swiveller's ka-

---

[59] Reitknecht. – D. Übers.

men drei auf einander folgende Kapitel und in dem weiteren Fortgang der Erzählung, bis zu ihrem Abschluß, fanden nur noch zwei Unterbrechungen statt, eine zwischen dem vierten und fünften Kapitel und eine zwischen dem achten und neunten – jetzt verzeihlich und erfreulich um Sams und seines Vaters willen. Das Wiedererscheinen dieser Lieblinge bildete, wie wir sahen, einen Teil des ursprünglichen Planes, über dessen Aufgeben hier Dickens' eigne Worte aus seiner Vorrede zu der Gesammtausgabe angeführt werden mögen. „Das erste Kapitel dieser Erzählung erschien in dem vierten Heft von „Master Humphrey's Wanduhr", als der fragmentarische Charakter dieses Werkes mich bereits unbehaglich gemacht hatte und als, wie ich glaube, meine Leser diese Empfindung vollständig teilten. Der Anfang einer längeren Geschichte war eine große Befriedigung für mich und ich hatte Grund zu glauben, daß von meinen Lesern auch diese Empfindung geteilt wurde. Da ich nun zu einigen Unterbrechungen und einer Durchführung des ursprünglichen Planes verpflichtet war, so ging ich frisch ans Werk, mich so schnell als möglich von diesen Hindernissen zu befreien, und von der Zeit an, als dies geschehen war, bis zu seiner Vollendung wurde der *Raritätenladen* von Woche zu Woche in wöchentlichen Heften geschrieben und veröffentlicht."

Er fühlte sich selbst sehr bald stark dadurch angezogen. „Es freut mich sehr," schrieb er mir nach den ersten sechs Kapiteln, „daß Du so günstig über den *Raritätenladen* denkst, und besonders daß Du siehst, was sich aus Dick machen läßt. Ich beabsichtige viel aus ihm zu machen! Ich fühle mich selbst außerordentlich von der Geschichte ergriffen, was ich für ein gutes Zeichen halte, und empfinde schon ein warmes Interesse dafür. Ich werde sie jetzt ohne Unterbrechung in vier ganzen Heften fortsetzen, um ihr den gehörigen Spielraum zu lassen." Jeder Schritt erleichterte den Weg, da die Geschichte mit jedem neuen darin erscheinenden Charakter immer wirklicher wurde, und ich erinnere mich noch der Freude, mit der er mir erzählte, was er nicht bloß mit Dick Swiveller, sondern mit Septimus Braß, aus dem später Sampson Braß wurde, tun wolle. Ohne Frage jedoch war Dick sein Liebling. „Dick's Benehmen in Bezug auf Miss Wackles wird Dich, wie ich hoffe, zufrieden stellen", bemerkt er in einem andern Briefe. „Ich kann noch nicht entdecken, daß seine Tante den geringsten Glauben an ihn hat, oder im mindesten geneigt ist, ihm Geld zu schicken, so daß er vermutlich ein Spielball des Schicksals bleiben wird." Was ihm Schwierigkeit verursachte, waren die schnell wiederkehrenden Termine der Veröffentlichung, der beschränkte Raum eines jeden Heftes, das doch seine individuelle Wirkung hervorbringen sollte und (wegen der Plötzlichkeit, womit er angefangen hatte) die Unmöglichkeit, einen Vorsprung zu gewinnen. „Ich sah mich genötigt, etwas, was ich für eine hübsche Idee hielt, in dem letzten Kapitel entsetzlich zusammenzupressen. Ich hatte keinen Platz, mich umzudrehen." Diese und ähnliche Klagen kehren häufig wieder, und von den erwähnten Verdrießlichkeiten war dies bei weitem die schlimmste. Allein er hielt standhaft gegen alle aus und errang in der kleinen Geschichte einen großen Triumph.

Um seine Arbeit zu fördern, ging er zweimal nach Broadstairs, im Juni und im September. Von dort schrieb er mir (17. Juni): „Es ist jetzt vier Uhr und ich bin an der Arbeit gewesen seit halb neun. Ich habe mich wirklich bis zu einem Grade ausgetrocknet, daß niemand es mir verargen könnte, spränge ich, den Kopf voran, von der Klippe hinunter – aber ich muß noch reicher werden, ehe ich mir diesen höchsten Luxus gestatte. Von dem 15ten Heft, das ich heute anfing, verspreche ich mir große Dinge. Es ist eine Beschreibung darin, wie man allmählich aus London herauswandert und durch Lokalitäten von ganz verschiedenem und eigentümlichem Charakter kommt, die mich, hätte ich sie als Werk eines andern Schriftstellers gelesen, sehr interessiert haben würde. Das Kind und der alte Mann sind natürlich auf ihrer Wanderung, und der Gegenstand ist ein äußerst anziehender." Zwischen diesen beiden Besuchen in Broadstairs schrieb er mir: „Ich wollte Dich heute Morgen auf meinem Rückwege von Bevis Marks[60] besuchen, wohin ich gegangen war, um mich nach einem Hause für Sampson Braß umzusehen. Aber ich wurde in eine Art gesellschaftlichen Teig mit den Juden von Houndsditch vermengt und schweifte unter ihnen umher, bis ich ganz unerwartet in Moorfields herauskam. So setzte ich mich denn in ein Cab und kam, sehr ermüdet, durch City Road nach Hause." Zu Anfang September war er wieder in Broadstairs. Die Wohnung, die er dort am liebsten hatte, Fort-House, lag weithin sichtbar auf dem Gipfel eines luftigen Hügels, an der Straße nach Kingsgate, mit einem Kornfeld zwischen ihr und der See. Hier wohnte er immer in vielen späteren Jahren. Aber damals mußte er sich noch mit Lawn-House, einer kleinen Villa, zwischen dem Hügel und dem Kornfeld, begnügen, von wo er mir nun über seine Bemühungen um Sally Braß, Sampson Braß's Schwester, schrieb. „Ich bin natürlich an der Arbeit gewesen (2. Sept.) und habe soeben ein Heft beendet. Ich habe eine Reform durchgeführt, kraft deren wir dreiviertel auf acht frühstücken, so daß ich um halb neun an die Arbeit komme, und ge-

---

[60] Eine Straße in der City von London. – D. Übers.

wöhnlich um ein Uhr herum frei bin, was ein großes Glück ist. Dick ist jetzt Sampson's Schreiber, und ich habe Miss Braß in dem 25sten Heft obenhin, aber, wie ich hoffe, wirksam geschildert."

An diesem Punkte wurde es nötig, den ersten Band der *Wanduhr* zu schließen, der demnach mit einer Widmung an Rogers und einem später noch zu erwähnenden Vorwort ausgegeben wurde. „Ich habe", schrieb er mir 9. September, „den zweiten Band mit Kit eröffnet, und ich sah heute morgen, indem ich aufs Meer hinausblickte, wie wenn ein Schleier gelüftet wurde, eine rührende Sache, die ich später mit ihm vornehmen kann. *Nous verrons.*" „Es freut mich, daß das Kit-Heft Dir gefällt", schrieb er zwölf Tage später; „ich erwartete es. Das über den Opernbesuch habe ich geändert. Ich dachte natürlich nicht daran, dem vielköpfigen Wesen eine falsche Vorstellung über die Opernabende beizubringen, sondern bloß eine gewisse Klasse von Gesetzgebern zu schildern. Ich hätte es jedoch nicht zu tun brauchen, denn, beim Himmel, sie sind sich alle so ziemlich gleich." Dies bezog sich auf einen Einwand, den ich gegen eine Bemerkung über „die an Mittwochabenden in die Oper gehenden Gesetzgeber" gemacht hatte; und über eine andere Änderung, die er einem andern von mir gemachten Einwand gemäß vorgenommen hatte, schrieb er am 4. Oktober: „Du wirst hiermit den Druckbogen erhalten. Ich habe es geändert, Du mußt es jetzt stehen lassen. Ich glaube wirklich, daß die „tote Menschheit, Millionen Faden tief", das Beste in dem Satze ist. Ich kann mir das furchtbare Schweigen dort unten vorstellen, und wie die Sterne auf ihre ertrunkenen Augen niederscheinen – die Frucht, ich will es Dir gestehen, eines einsamen Spazierganges bei Sternenlicht auf den Klippen. In Bezug auf das Kinderbild habe ich mir eine Note behufs der Abänderung gemacht. In dem 30sten Hefte werden allerlei Abkürzungen nötig sein, glaube ich. Ich weiß jedoch etwas am Anfange, was sich leicht fortnehmen läßt. Du wirst eine Beschreibung des Weges erkennen, auf dem wir zwischen Birmingham und Wolverhampton zusammen reisten, aber ich hatte ihn mir so gut in Gedanken vorgestellt, daß die Ausführung mir nicht ganz so gut gefällt als ich erwartet hatte. Ich bin neugierig zu hören, was Du von der Idee des Mannes und seines Ofenfeuers denkst. Mir ist es seitdem vorgekommen, als würde das einen guten Anfang für eine neue Geschichte abgegeben haben."

Mitte Oktober kehrte er nach London zurück, und zu Ende des Monats war er so weit vorgeschritten, daß der Abschluß des Romans nicht mehr weit entfernt zu sein schien. „Sage mir," hatte er unmittelbar vor seiner Rückkehr an mich geschrieben, „was Du von 36 und 37 denkst. Der Weg steht jetzt für Kit und für einen großen Effekt am Schluß mit der Marquise offen." Die letzte Anspielung konnte ich durchaus nicht verstehen, bis ich in den mir eben übersandten Heften die vortrefflichen 57sten und 58sten Kapitel des Romans fand, in denen Dick Swiveller seine Drohung gegen Miss Whackles wahr macht, das kleine Geschöpf entdeckt, welches das Schicksal ganz besonders für ihn aufspart, sie zur Marquise ernennt und ihr die Freuden von heißem Wermutbier und Cribbage[61] lehrt. Dies ist Komik von der reinsten Sorte; ihr großer Reiz liegt in der Freundlichkeit des gutherzigen Menschen gegen das arme verwahrloste Kind, die sich unter der Hülle dessen, was nichts als Lustigkeit und Scherz scheint, verbirgt. Alles in allem und vielmehr wegen als trotz seiner Schwächen, ist Dick eine einnehmende Persönlichkeit. Sein Frohsinn und seine gute Laune überleben eine solche Anhäufung von Widerwärtigkeiten, er macht so rosige Entdeckungen in den allerunbedeutendsten Getränken und wird selbst durch seine dichterischen Tröstungen ein so „beständiger großartiger Apollo", daß man ihm alle seine Fehler vergibt und Herzen, die gegen Opfer des Schicksals im Allgemeinen standhaft geschlossen bleiben, sich Dick Swiveller willig öffnen.

Zu Anfang November scheint Maclise den Wunsch gehabt zu haben, sich an einer Illustration für den Roman zu versuchen, aber ich erinnere mich nicht, daß derselbe eine andre Frucht trug, als einen sehr angenehmen Tag in Jack Straw's Castle, wo Dickens uns eins der späteren Hefte vorlas. „Maclise und ich (allein im Wagen)", schrieb er, „werden Punkt zwei Uhr bei Dir sein. Unser Plan ist, nach Hampstead hinauszufahren und dort umherzuwandern, wenn es nicht mit Eimern herunterregnet. Ich werde dem Drucker das Manuskript des nächsten Heftes nicht eher schicken als morgen, denn es enthält schon eine Andeutung des dann folgenden und ich möchte es Mac vorlesen, da, wenn ihm der Gegenstand gefällt, derselbe, wie ich glaube, ihm einen liefern wird. Du kannst Dir nicht vorstellen (ich schreibe und rede im Ernst), wie erschöpft ich heute von der gestrigen Arbeit bin. Ich ging gestern vollständig mutlos und abgemattet zu Bett. Die ganze Nacht hat das Kind mich verfolgt; und heute Morgen bin ich unerfrischt und elend. Ich weiß nicht, was ich mit mir anfangen soll ... Ich glaube, der Schluß des Romans wird groß sein." In Verbindung mit jenem Wunsch Maclise's fand eine zweite Vorlesung statt, diesmal in meinem Hause und zwar von dem Hefte, dessen Inhalt durch das in Hampstead Gelesene angedeutet war. „Ich will das Manuskript brin-

---

[61] Ein bei den niederen Mittelklassen in England beliebtes Kartenspiel. – D.Übers.

gen", schreibt er am 12. November, „und, falls es nötig sein sollte Mac zu informieren, auch das vorhergehende Heft. Ich habe erst in diesem Augenblick die letzte Hand daran gelegt. Die Schwierigkeit ist ungeheuer, die Angst unsäglich gewesen. Ich sagte nicht sechs. Speise daher um halb sechs, wie ein guter Christ. Ich werde Mac um jene Zeit bringen."

Er hatte mir kurz vorher die Kapitel geschickt, in denen die Marquise Dick in seinem Fieber pflegt und seine Lieblingsphilosophie auf die harte Probe stellt, ihn zu fragen, ob er jemals Stücke Orangeschalen in kaltes Wasser getan habe und zu dem Glauben gekommen sei, es wäre Wein. „Wenn Du es ordentlich glaubst, so ist es sehr gut, wenn Du es aber nicht ordentlich glaubst, dann, weißt Du, hat es nicht viel Geschmack", so stand es ursprünglich und gegen das letzte Wort in dem Mund des kleinen Geschöpfes scheine ich einen Einwand erhoben zu haben. In seiner Antwort (16. Dezember) schreibt er: „Wenn Du es ordentlich glaubst, so ist es sehr gut; wenn Du es aber nicht ordentlich glaubst, dann, weißt Du, scheint es, als ob es allerdings etwas mehr Würze vertragen könnte." Ich glaube, das ist besser. Geschmack ist ein gewöhnliches Wort in der Kochkunst und bei den Köchen und so gebrauchte ich es. Den Teil, den Du in dem andern Hefte, das mir heute morgen geschickt wurde, ausgeschnitten hast, hatte ich im Hinblick auf Quilp's letztes Auftreten, welches seinen Schatten auf meinen Geist wirft, hineingesetzt; aber es wird auch ohne eine solche Vorbereitung seine Wirkung tun; ich habe daher nichts verändert. Ich beabsichtige, bei Sir Robert Inglis zu schwänzen und heute Abend zu arbeiten. Ich habe diesen ganzen Morgen den Gesamtverlauf der Erzählung feierlich überlegt. Das 45ste Heft wird jedenfalls den Schluß bilden. Vielleicht wäre es gut, wenn das 41ste, woran ich jetzt arbeite, die Ankündigung „Barnaby's" enthielte. Es freute mich, daß Dick und die Marquise Dir in jenem 64sten Kapitel gefallen. Ich dachte mir's."

Schnell, wie das Leben der kleinen Nell sich nun abkürzte, hätte das sterbende Jahr sein Ende sehen können, aber bei keinem andern Werke kostete es Dickens eine so schmerzliche Überwindung zum Schlusse zu kommen, als bei diesem. Er bediente sich aller möglichen Entschuldigungen, seine Hand davon abzuhalten und dehnte die Zeit, innerhalb deren es vollendet werden mußte, bis an die äußerste Grenze aus. Auch das Weihnachtsfest brachte seine Verzögerungen, so daß der Dreikönigstag gekommen und gegangen war, als ich ihm schrieb, in dem Glauben, daß er beinah fertig sei. „Fertig!" antwortete er mir am Freitag, 7. Januar. „Fertig!!! Was denkst Du? Ich werde nicht vor

Mittwochabend fertig sein. Ich fing erst gestern an und, glaube mir, über diesen Teil der Geschichte kann man nicht rasch hinwegeilen. Ich glaube, es wird herrlich werden – aber ich bin der Elendeste der Elenden. Es wirft den furchtbarsten Schatten über mich und das Höchste, was ich tun kann, ist, mich nur überhaupt fortzubewegen. Ich bebe viel mehr, mich dem Orte zu nähern, als Kit, viel mehr als Mr. Garland, viel mehr als der einzelnstehende Herr. Ich werde mich lange nicht davon erholen. Niemand wird sie entbehren, wie ich sie entbehren werde. Es ist so tief schmerzlich für mich, daß ich meinen Kummer nicht auszudrücken vermag. Alte Wunden bluten von Neuem, wenn ich nur daran denke, wie ich es tun soll; was das wirkliche Tun sein wird, weiß Gott. Ich kann mir nicht den Trost des Schulmeisters vorpredigen, ob ich es auch versuche. Meine teure Mary starb erst gestern, wenn ich an diese traurige Geschichte denke. Ich weiß nicht, was ich über das Dîner morgen sagen soll – vielleicht läßt Du Dir morgen früh Nachricht darüber holen? Das wird das Beste sein. Ich habe für diese und die nächste Woche mehrere Einladungen ausgeschlagen, da ich mich entschlossen hatte, nirgendwohin zu gehen, ehe ich fertig wäre. Ich fürchte den Gemütszustand zu stören, in den ich mich eingelebt habe und mich dann noch einmal wieder hineinleben zu müssen." An dem oben erwähnten Dienstag hatte er mit Ausnahme des letzten Kapitels alles beendet; das war am 12. Januar; und am folgenden Abend las er mir die zwei Kapitel über Nell's Tod vor, das 71ste und 72ste mit dem Resultat, welches ein am folgenden Montag, 17. Januar 1841, an mich gerichteter Brief schildert.

„Ich kann nicht unterlassen, Dir zu sagen, welche Freude Dein gestriger Brief mir gemacht hat. Ich war überzeugt, daß die Kapitel Dir gefielen, als wir sie am Donnerstag Abend lasen, aber es war eine große Befriedigung für mich, meinen Eindruck so entschieden und so von Herzen bestätigt zu sehen. Du weißt, wie wenig Wert ich dem, was ich getan habe, beimessen würde, wenn alle Welt ausriefe, es wäre gut, und die, deren gute Meinung und Billigung ich am höchsten schätze, schwiegen. Die Versicherung, daß dieser kleine Schluß der Szene Dich rührt und so tief von Dir empfunden wird, ist mir mehr wert, als tausend noch so süße Stimmen von außen her. Als ich, auf Deine freundschaftliche Veranlassung, zuerst anfing meine Gedanken auf diesen Schluß zu richten, beschloß ich den Versuch zu machen, etwas zu schreiben, was von Leuten, denen der Tod nahe getreten, mit besänftigtem Gefühle und mit Trost gelesen werden könnte … Nachdem Du gestern Abend fortgegangen warst, trug ich mein Schreibpult hinauf, setzte mich zum Schreiben und beendete die alte Geschichte heute morgen um vier Uhr. Es macht mich tieftraurig, zu denken, daß alle diese Leute mir nun auf immer verloren sind und mir ist, als könnte ich nie wieder in einem andern Kreise von Charakteren heimisch werden." Die in gesperrter Schrift gedruckten von ihm selbst unterstrichenen Worte geben mir meinen Anteil an der Erzählung, die ihm so nahe an's Herz gegangen war. Ich war für ihr tragisches Ende verantwortlich. Er hatte nicht daran gedacht, sie zu töten, als ich ihn, nachdem er etwa die Hälfte geschrieben, zu bedenken bat, ob es nicht notwendigerweise auch seiner eigenen Auffassung angemessen sei, nachdem er solch ein bloßes Kind eine solche Tragödie des Kummers habe durchleben lassen, sie auch über den Gemeinplatz eines gewöhnlichen glücklichen Ausgangs zu erheben, so daß die anmutige, reine, kleine Gestalt sich nie für die Vorstellung verändere. Er begriff sofort, was ich meinte und wich seitdem keinen Augenblick mehr davon ab.

Das Erscheinen des Buches hatte einen außerordentlichen Erfolg und vermehrte, ganz besonders in Amerika, in hohem Maße die Popularität des Verfassers. Die pathetische Ader, die es eröffnet hatte, war wohl hauptsächlich die Ursache davon; aber in England hielt man sich doch an die alten Charakterzüge: die Frische des Humors, von dem das Pathos nur eine andre Form und Schöpfung war, die realistische Kraft, mit welcher die Charaktere wieder erfaßt waren, die Erkenntnis des Guten in seinen am wenigsten anziehenden Erscheinungen, und die des Bösen in seinen fesselndsten Hüllen, die erwärmende Weisheit und das gesunde Herz, der üppige und doch in den gebührenden Schranken gehaltene Lebensmut und Scherz. Hierin fand man kein Nachlassen und ich zweifle, ob unter allen seinen Charakteren ein andrer in so weiten Kreisen Freunde gefunden hat, wie Dick Swiveller und die Marquise. In der Tat tragen die Charaktere im Allgemeinen ihren Anteil zu dem Gang der Geschichte bei, die Extravaganzen einiger helfen ihre Bedeutung verstärken und die Reden und Handlungen der Schlechtesten wie der Besten haben ihre Anwendbarkeit und ihren Zweck. Mancher überargwöhnischen Person wird es zum Nutzen gereichen, wenn sie sich daran erinnert, wohin eine zu freigebige Anwendung von Foxey's Grundsatz, jedermann zu beargwöhnen, Sampson Braß führte und mancher übereilten Beurteilung der armen menschlichen Natur wird unbewußt Einhalt getan werden, wenn man sich erinnert, daß Christopher Nubbles am Ende doch zurückkam, um jenen Schilling abzuverdienen.

Aber für die Meisten bilden die Hauptidee und die Hauptgestalt des Werkes sein Interesse, wodurch es in eine Reihe tritt mit den anziehendsten Schöpfungen des englischen Romans. Ich kenne keine Erzählung in unsrer Sprache, die geeigneter wäre, das im Herzen zu stärken, was der Hülfe und der Aufmunterung am meisten bedarf, edle und reine Triebe zu nähren und überall die schlafenden Keime des Guten zu erwecken. Sie schließt notwendigerweise viel Schmerz, viel ununterbrochene Traurigkeit ein und doch überragen die Heiterkeit und der Sonnenschein das Dunkel. Der Humor ist so wohlwollend, die Ansicht über Irrtümer, die keine Entartung des Herzens offenbaren, ist so milde; der ruhige Mut im Unglück, die Reinheit, welche durch nichts Unreines befleckt werden kann, sind so voll zarter Lehren. Auch ihre Wirkung als ein Kunstwerk halte ich im Hinblick auf die Umstände, unter denen sie, wie ich gezeigt habe, geschrieben wurde, für sehr merkwürdig. Sie fing an mit einem Plane für nicht mehr als ein halbes Dutzend Kapitel, sie entfaltete sich zu einem vollwüchsigen Roman unter der Wärme des Gefühls, mit der sie ihren Verfasser erfüllte; ihre Ereignisse selbst schufen eine vorher nicht erkannte Notwendigkeit und sie wurde zu einem Schluß geführt, der erst ins Auge gefaßt wurde, nachdem sie halb fertig war. Dennoch scheint von Anfang der Erzählung an bis zu jenem unbeabsichtigten Ende, von dem Bilde der kleinen Nell, die inmitten der seltsamen grotesken Gestalten des Raritätenladens schläft, bis zu jenem andern letzten Schlaf, zu dem sie sich unter den düstern Formen und dem Schnitzwerk des Chorgangs in der alten Kirche niederlegt, der Hauptgedanke immer gegenwärtig zu sein. Die Charaktere und Begebenheiten, die ihm zuerst am fernsten zu liegen schienen, werden in ihrem engen Zusammenhange mit demselben offenbar. Der häßliche Plunder und die Fäulnis, welche das Kind in dem Hause ihres Großvaters umgeben, nehmen in Quilp und seiner schmutzigen Bande von neuem Gestalt an. In dem ersten stillen Bilde von Nell's Unschuld inmitten der seltsamen und fremdartigen Umgebung, haben wir eine Vorahnung ihrer spätern Wanderungen, ihres geduldigen Elends, der traurigen Reife ihrer Erfahrung vor ihrer Zeit. Ohne die Komödiantengesellschaft und deren Mischung von Dichtung und Wahrheit, ihre Wachsfiguren, ihre Zwerge, Riesen und dressierten Hunde, würde dem Bilde ein Teil seiner Bedeutsamkeit gefehlt haben. Und der Genius Hogarth's selbst hätte ihm keinen höhern Ausdruck verleihen können, als in den Szenen an der Bauernhütte, bei dem Ofenfeuer und auf dem Begräbnisplatz der alten Kirche, über deren Gräbern und Grabsteinen die Drahtpuppen des Punch-Theaters hängen, während die Mitglieder der Gesellschaft sie ausbessern. Und wenn Nell endlich in der stillen alten Kirche sitzt, wo alle ihre Wanderungen enden, und jene schweigenden Monumente der Krieger betrachtet, um welche her Helme, Schwerter und Panzerhandschuhe verwesen, scheinen die Bilder, unter denen ihr Leben anfing, sich noch einmal auf den Schauplatz zu drängen, um bei seinem Schlusse gegenwärtig zu sein – aber ihrer Fremdartigkeit beraubt, durch die Leiden, die sie ertragen hat, zu feierlichen Gestalten vertieft, jede Empfindung eines vergangenen Lebens sanft auflösend in die hoffende und vertrauende Vorahnung eines kommenden Lebens und sie schon, ohne Gram oder Schmerz, emportragend von der Erde, die sie liebt, deren rauhere Pfade aber ihre leichten Tritte nur berührten, um durch sie hindurch den Weg zum Himmel zu zeigen. Das ist echte Kunst, eine Kunst, welche jeder anerkennen muß, der das Buch in wahrer Sympathie mit dem dasselbe durchdringenden Gedanken liest. Auch bin ich, so groß die Unbequemlichkeit, das Buch in kurzen wöchentlichen Stückchen zu lesen, war, nicht ganz sicher, daß die Unbequemlichkeit, es so zu schreiben, nichts als Nachteile mit sich brachte. Bei einer für jeden Teil festgesetzten Aufgabe und bei der Kürze der Zeit, worin dieselbe beendet werden mußte, waren die Gelegenheiten zu bloßer Selbstgenüge notwendigerweise selten.

Unter den unzähligen Tributen der Anerkennung, welche dieser Roman erhalten hat (und zahlreichere und verschiedenartigere sind keinem andern Werke Dickens' dargebracht worden), ist einer, der letzte von allen, der mich sehr gerührt hat. Nicht viele Monate vor dem Tode meines Freundes hatte er mir zwei Hefte der amerikanischen Zeitschrift *Overland Monthly* geschickt, welche zwei Skizzen eines jungen im fernen Westen von Kalifornien lebenden amerikanischen Autors enthielten, *The Luck of Roaring Camp* und *The Outcasts of Poker Flat*, in denen er eine genialere Kraft der Darstellung entdeckt hatte als irgendwo sonst während der jüngsten Jahre. Die Art und Weise glich seiner eigenen, aber der Inhalt war von einer ihn überraschenden Neuheit; die Malerei in allen Stücken meisterhaft und der wilde rohe Gegenstand mit einer wahrhaft wunderbaren Realität dargestellt. Ich habe ihn selten aufrichtiger gerührt gesehen. Einige Monate gingen dahin; die Telegraphendrähte blitzten es über die ganze Welt hin, daß er am 9. Juni geschieden sei und der junge Schriftsteller, über den er mir geschrieben, legte, jenes Lobes völlig unbewußt, seinen Tribut der Dankbarkeit und des Schmerzes in einem „*Dickens im Lager*" betitelten Gedichte[62] nieder. Dasselbe verkörpert ein ähnliches Vorkommnis, wie dasjenige, welches den Meister selbst in den erwähnten Skizzen so gerührt hatte; es offenbart die sanfteren

---

[62] Poems by Bret Harte. (Boston, Osgood & Co.. 1871) S. 32–35.

Mächte, die, auch in jener kalifornischen Wildnis, außer dem Gesetze stehende „brüllende Lager" zu Schweigen und Menschlichkeit zurückführen können; und es gibt kaum eine Form des posthumen Tributs, von der ich mir denken kann, daß sie sein Verlangen nach Ruhm in höherem Maße zufriedengestellt haben würde als dieser, der mit dem Hauptliebling unter allen seinen Heldinnen den zügelnden Einfluß und die Gewalt verknüpft, welche sein Genie über die rohesten und wenigst zivilisierten Mitbewerber in jenem fernen grimmen Rennen nach Reichtum ausübte.[63]

Der Mond trieb langsam übers Haupt der Fichten,
    Der Fluß hielt singend Wacht:
Die Sierren, jenseits, reckten ihre lichten
    Schneezacken in die Nacht.

Das Lagerfeu'r, rauh spottend, ließ entbrennen,
    Ließ rosig färben sich
Manch hager Antlitz, das, im grimmen Rennen
    Nach Reichtum, längst erblich;

Bis einer aufstand, und aus seinem Ballen
    Ein Buch nahm; – da in's Gras
Aus müß'ger Hand ließ man die Karten fallen,
    Zu hören was er las.

Und nun – die Schatten dunkelnd rings wie Geister,
    Das Feuer minder grell –
Laut las er vor das Buch, darin der Meister
    Schrieb von der kleinen Nell.

War's Knabentraum? der las, war rings im Reigen
    Der jüngste sicherlich –
Doch als er las, schien es als senkt' ein Schweigen
    Von Tann' und Zeder sich.

Wie lauschten sie, die himmelhohen Riesen!
    Kein Zweiglein, das nicht Ohr!

---

[63] Ich freue mich, dies Gedicht in der vortrefflichen Übersetzung Ferdinand Freiligrat's mitteilen zu können, der durch diese und andre gleich vorzügliche Übersetzungen der Gedichte Bret Harte's schon soviel getan hat, den kalifornischen Dichter in Deutschland einzubürgern. – D.Übers.

Derweil die Schar mit „Nell" auf Englands Wiesen
    Irrt' und den Weg verlor.

So in den Öden, wie von einem Banne
    Göttlicher Art bewegt,
Warf ihre Brust die Sorg' ab, wie die Tanne
    Die Nadeln, sturmdurchfegt.

Auf brach das Lager! hin sein Funkenstieben!
    Und der die Nacht geweiht?
Ah, stolze Tann' und schlanker Kirchturm drüben
    In Kent – ihr tragt Ein Leid.

Auf brach das Lager! doch von seinen Klüften
    Die duft'ge Kunde soll
Sich mischen mit des Hopfens weichen Düften
    Durch Kent zieh'nd wonnevoll.

Und auf der Gruft, drauf Englands Hulst und Eiche
    Bei Lorbeern ruhn als Preis,
O nennt zu kühn und töricht nicht dies weiche
    Westliche Tannenreis!

Dreizehntes Kapitel

Devonshire Terrace und Broadstairs
1840

Es war ein vortrefflicher Ausspruch des ersten Lords Shaftesbury, daß, da jeder Mensch von irgendwelcher Fähigkeit zwei Menschen in sich enthalte, einen weisen und einen törichten, jedem derselben nach einander freier Spielraum gewährt werden solle; und es war eins der Geheimnisse des Zaubers von Dickens' Gesellschaft, daß er, in genauem Einklang mit diesem Ausspruch, jedem seiner Bestandteile Spielraum gewähren konnte: es vermochte, dem was ernst in ihm war, völlige Ruhe und Erholung zu schenken und wenn die Zeit dazu kam seine Sprünge zu machen, sich ganz dem Genuß dieser Zeit hingeben und recht eigentlich der Genius und die Verkörperung einer seiner launenhaftesten Phantasieschöpfungen werden konnte.

Indem ich mich von dem Bericht über sein letztes schriftstellerisches Werk der Erinnerung an einige der Vorfälle des Jahres zuwende, während dessen er dasselbe schrieb, finde ich ihn beim Anfange desselben in einer jener humoristischen Stimmungen und einen andern Freund, nebst mir selbst, unter deren Einfluß gebannt. „Was in aller Welt bedeutet dies alles", schrieb mir der arme, irre gemachte Landor, indem er mir einen am 11. Februar, den Tag nach der Königlichen Vermählung jenes Jahres, geschriebenen Brief von Dickens schickte. Dickens hatte unserm alten Freunde in diesem Briefe von einer wundersamen Halluzination erzählt, welche aus jenem Ereignis hervorging und damals ganz von ihm Besitz genommen hatte. „Die Gesellschaft ist hier," so lautete der Brief, „durch die Vermählung Ihrer Majestät aus den Fugen gegangen und ich bedaure hinzufügen zu müssen, daß ich mich hoffnungslos in die Königin verliebt habe und auf und nieder wandre mit dem unbestimmten unheilvollen Gedanken, eine Ehrendame, die durch eine Verschwörung zu diesem Zweck verstrickt werden soll, nach irgendeiner unbewohnten Insel zu entführen. Können Sie eine in dieser Eigenschaft dienende junge Dame vorschlagen, die für mich passen würde? Es ist vielleicht zu viel, wenn ich Sie bitte, sich der Schar edler Jünglinge (Forster ist dabei und Maclise) anzuschließen, die mir bei diesem großen Unternehmen helfen sollen, aber ein Mann von Ihrer Energie würde unschätzbar sein. Ich habe meine Augen auf Lady ... gerichtet, hauptsächlich, weil sie sehr schön ist und keine starken Brüder hat. Hierüber, und über andere Punkte des Vorhabens, wollen wir uns jedoch ausführlicher beraten, wenn wir zusammenkommen und inzwischen verbrennen Sie dies Dokument, damit kein Verdacht entstehe und kein Gerücht ins Publikum komme."

Die Ehrendame und die unbewohnte Insel waren Phantasieflüge, aber die andre kühne Täuschung wurde eine Zeit lang nicht bloß von ihm selbst, sondern (unter seinem Einfluß) auch von den zwei genannten Freunden in einem so grillenhaften Umfang befördert, daß sie die wildesten Formen humoristischer Ausgelassenheit annahm; und von den häufig gewechselten vertraulichen Mitteilungen, sowie von dem Stil der Unterhaltung, in dem unsere scherzhafte Hypothese verzweifelnder Untauglichkeit für jeden ferneren Nutzen oder Genuß des Lebens unermüdlich aufrechterhalten wurde, zum Staunen der Beistehenden, die nicht wußten, was es bedeutete und meinten, wir wären halb von Sinnen, erlaube ich mir, aus seinen Briefen noch eine Probe zu geben. „Ich bin völlig in Elend versunken", schreibt er mir am 12. Februar, „und kann nichts tun. Ich habe „Oliver", „Pickwick" und „Nickleby" gelesen, um meine Gedanken für den neuen Aufschwung zu sammeln, aber alles umsonst:

Mein Herz ist in Windsor,
Mein Herz ist nicht hier;
Mein Herz ist in Windsor,
Schmachtend nach Ihr.

Ich sah die Verantwortlichkeiten heute Morgen und brach in Tränen aus. Die Gegenwart meiner Frau ist mir lästig. Mir ekelt vor meinen Eltern. Ich verabscheue mein Haus. Ich fange an, Gedanken zu haben an den Serpentine[64], an den Regents-Kanal, an die Rasiermesser oben, an den Apotheker unten in der Straße, Gedanken, mich an Mrs. -'s Tisch zu vergiften, mich an dem Birnbaum im Garten aufzuhängen, mich der Nahrung zu enthalten und mich zu Tode zu hungern, mir wegen meiner Erkältung zur Ader zu lassen und den Verband abzureißen, unter die Füße der Droschkenpferde in New-Road zu fallen, Chapman und Hall zu ermorden und groß zu werden in der Geschichte (Sie muß dann etwas von mir hören – vielleicht das Todesurteil unterzeichnen: oder ist das eine Fabel?), Chartist zu werden, einen blutigen

---

[64] Name des Sees im Hyde-Park. – D.Übers.

Angriff auf das Schloß zu führen und Sie durch meine Hand zu retten – alles zu sein, ausgenommen das, was ich gewesen bin, und alles zu tun, ausgenommen das, was ich getan habe. Dein wahnsinniger Freund C. D." Die wilde Verwirrung von Sternchen jeder Gestalt und Art, womit diese unzusammenhängende Epistel schloß, kann hier nicht wiedergegeben werden.

Einige aus einer früheren Periode seines Lebens herrührenden Leiden machten sich, wie ich mich erinnere, im Frühling dieses Jahres bemerkbar und häufige Spazierritte wurden ihm dringend anempfohlen. „Ich finde, es wird absolut notwendig sein, wenigstens fünf Tage in der Woche spazieren zu reiten," schrieb er mir im März, und ich wünsche daher, daß kein Verzug in dem Ankauf eines Pferdes stattfindet." Wir waren demnach, wenn er sich nicht am Meere aufhielt, viel zu Pferde, in den Gassen und Straßen der Vorstädte, und auch der geräumige Garten bei seinem neuen Hause wurde, sogar während der geschäftigsten Arbeitszeit, zu gesunden Übungen benutzt. Dies war auch die Zeit, als der erste seiner Raben dort seinen Wohnort nahm, sowie der Anfang von Streitigkeiten mit zweien seiner Nachbarn, in Bezug auf das Rauchen des Stallschornsteins, Streitigkeiten, welche sein Stallknecht Topping, ein äußerst absurder kleiner Mensch mit flammend roten Haaren, durch geheime Bemühungen seinerseits, die jeden Kläger abwechselnd versöhnen sollten und die Wirkung hatten, beide zu erzürnen, so verwickelte, daß ein Prozeß nur mit Mühe vermieden wurde. „Ich will Dir," schreibt er, „meinen letzten Bericht über den Schornstein in Form einer Anrede Topping's geben, die er neulich abends auf unserm Rückweg von dem kleinen Hall in Norwood an mich richtete, wo er und Chapman und ich den ganzen Tag umhergewandert waren, während Topping Kate, Mrs. Hall und deren Schwestern nach Dulwich fuhr. Man hatte Topping im Hause traktiert und er war gerade betrunken genug, um mitteilsam zu sein. „Mit Verlaub, Sir, aber der Herr im anstoßenden Hause, Sir, scheint ganz beruhigt und vergnügt über den Schornstein" – „Ich glaube das nicht, Topping." – „Ja, Sir, ich glaube es wirklich. Heute Morgen kommt er in den Hof hinaus und sagt, *Kutscher*, sagt er (stelle Dir das Bild eines großen fetten Mannes vor, das durch dies Wort heraufbeschworen wird), *ist das Euer Rabe*, sagt er, *oder ist es Mr. Dickens' Rabe?* sagt er. Meines Herrn Rabe, sage ich. *Gut, sagt er, es ist ein schöner Vogel. Ich denke, es wird jetzt mit dem Schornstein so gehen, Kutscher – nun die Fuge von der Röhre abgenommen ist*, sagt er. Ich hoffe es, Sir, sage ich; mein Herr ist ein Herr, der keinem Herrn Unannehmlichkeiten verursacht, wenn er es vermeiden kann, und meine Madame fürchtet sich so davor, ein bißchen Feuer zu haben, daß an den Sonntagen unser bißchen Kalbfleisch, oder was es sonst ist, immer besonders nach dem Bäcker geschickt wird. *Der verfluchte Schornstein, Kutscher, sagt er, jetzt raucht er wieder.* – Er raucht nicht nach Ihrer Seite hin, Sir, sage ich. *Das ist wahr, Kutscher, sagt er, und so lange er nach irgendeiner andern Seite raucht, ist alles in Ordnung und bin ich's zufrieden."* Natürlich wird nun der Mann auf der andern Seite über mich herfallen und zwar höchst wahrscheinlich mit einem Prozeß, in dem er sich beschwert, daß der Schornstein in sein Gewächshaus hineinraucht."

Ein ernsterer Vorfall, der auch zu seinen frühesten Erfahrungen als Mietwohner in Devonshire Terrace gehörte, liefert einen zu schlagenden Beweis von der stets praktischen Richtung seiner Güte und Menschlichkeit, als daß wir ihn hier übergehen dürften. Er hat ihn selbst in einer seiner kleineren Schriften beschrieben, wo er sich über das einzige Gute, das seines Wissens je einem Gemeinde-Pedell zu danken gewesen, ausließ. „Nachdem ich," sagt er, „vor kurzem in einem gewissen berühmten hauptstädtischen Kirchspiel ein Haus genommen hatte, das mir damals als eine Familienwohnung erschrecklich ersten Ranges vorkam, die furchtbare Verantwortlichkeiten mit sich brachte, wurde ich die Beute jenes großen Gemeindebeamten." – In andern Worten: er wurde vorgeladen und mußte als Geschworener bei einer Totenschau über die Leiche eines kleinen Kindes sitzen, das angeblich von seiner Mutter ermordet war; aber das Resultat war, daß durch seine ausdauernden Bemühungen und den humanen Beistand, welcher denselben seitens des Totenbeschauers zu Teil wurde, sein Ausspruch und der seiner Mitgeschworenen sie nur der Verheimlichung der Geburt anklagte. „Das arme trostlose Geschöpf fiel unter Beteuerungen, daß wir Recht hätten, vor uns auf die Knie (die rührendsten Beteuerungen, die ich je in meinem Leben gehört habe) und wurde besinnungslos hinausgetragen. Ich veranlaßte es, daß man sich ihrer im Gefängnis besonders annahm und beauftragte einen Advokaten mit ihrer Verteidigung, als sie in Old Bailey vor das Gericht kam; und ihre Bestrafung war milde und ihre Geschichte und ihr Betragen bewiesen, daß ich Recht hatte." Wie tief er diesen Vorfall zu der Zeit, als er wirklich stattfand, fühlte, kann man aus einigen Zeilen sehen, die er mir am folgenden Morgen schrieb. „War es das arme Kind, oder seine arme Mutter, oder der Sarg, oder meine Mitgeschworenen, oder was sonst, ich weiß es nicht; aber ich hatte gestern Abend einen heftigen Anfall von Übelkeit und Unverdaulichkeit, der mich nicht bloß am Schlafen, sondern auch am Liegen verhinderte. Kate und ich saßen daher die öden Stunden hindurch aus."

Inzwischen war der Tag des ersten Erscheinens von „Master Humphrey" (Sonnabend, 4. April) herangekommen und in Gemäßheit mit der bei seinen beiden andern großen Unternehmungen beobachteten Regel verließ er mit seiner Frau London am Freitage, 3. April. Den Abend vorher hatten wir mit Maclise in Richmond zugebracht und am folgenden Tage reiste ich ihm nach Birmingham nach, mit der Kunde vom Verkauf sämtlicher 60 000 Exemplare, auf welche die erste Auflage beschränkt gewesen war und von bereits eingegangenen Bestellungen für 10 000 mehr! Die Aufregung des Erfolges verlängerte unsern Ausflug etwas und nachdem wir Shakespeare's Haus in Stratford und Johnson's Haus in Lichfield besucht hatten, gerieten wir auf der Rückreise mit unsern Geldmitteln so ins Gedränge, daß wir in Birmingham Dickens' jüngeren Bruder Alfred, der sich uns von Tamworth aus, wo er das Ingenieurfach studierte, angeschlossen hatte, in's Leihhaus schicken und unsre goldnen Uhren versetzen mußten.

Zu Ende des folgenden Monats ging Dickens nach Broadstairs, und einige Tage vorher (20. Mai) eröffnete ein in Bentley's Auftrage geschriebener Brief Mr. Jordan's die schon früher berührten Unterhandlungen, welche den Kontrakt für „Barnaby Rudge" an Chapman und Hall übertrugen. Ich war selbst abwesend als er fortging und in einem seine Abreise meldenden Briefe hatte er geschrieben: „Ich weiß nicht die mindeste Neuigkeit aus London, aber nächste Woche wird sich viel zutragen, denn ich gehe fort und hoffe, Du wirst mir darüber Bericht erstatten. Ich weiß nicht, ob es ein Mord, eine Feuersbrunst, ein großer Diebstahl, oder das Entrinnen Gould's sein wird, aber daß es etwas Merkwürdiges sein wird, ist unzweifelhaft. Ich tadle mich beinahe für den Tod des armen Mädchens, das von der Feuersäule hintersprang, als ich voriges Jahr die Stadt verließ. Sie würde es nicht getan haben, wäre ich geblieben und ebensowenig würden die beiden Männer das Skelett in der Kloake gefunden haben." Seine Prophezeiung war ganz richtig, denn nicht viele Tage nachher mußte ich ihm von dem Kellner erzählen, der auf die Königin geschossen hatte. „Es ist sehr schade", antwortete er mit Recht, „daß man diesen Jungen, Master Oxford, nicht ersticken und die Sache mit Stillschweigen übergehen konnte. Das ruhige Liegen zwischen zwei Federbetten würde seinen heroischen Reden Einhalt getan und den Klang seines Ruhmes bedeutend abgestumpft haben. Wie die Dinge sind, wird sie vor manchen Narren und Verrückten Spießruten laufen müssen, von denen einige vielleicht bessere Schützen sind und andere bessere Feuerwaffen gebrauchen." Wie viel hiervon sich wirklich ereignete, ist dem Leser bekannt.

Aus den während seines damaligen Aufenthaltes in Broadstairs geschriebenen Briefen ist wenig über den Fortschritt seines Romans hinzuzufügen; aber ein Paar Zeilen will ich noch anführen, wegen des charakteristischen Ausdruckes, den sie einer unveränderlichen Gewohnheit von ihm geben, wenn er eine neue Wohnung bezog, einerlei, ob er Tage oder Jahre darin wohnte. Eines Montagabends kam er an und am Dienstag (2. Juni) schrieb er mir: „Ehe ich gestern Abend einen Bissen oder Tropfen kostete, richtete ich meinen Schreibtisch mit ausnehmendem Geschmack und Zierlichkeit ein und verbesserte die Anordnung der Möbeln im Allgemeinen." Er blieb bis Ende Juni, zu welcher Zeit Maclise und ich uns ihm anschlossen, um das Vergnügen zu haben, mit ihm und seiner Frau über sein geliebtes Chatham, Rochester und Cobham zurückzufahren, wo wir zwei angenehme Tage mit dem Wiederbesuchen wohlerinnerter Orte zubrachten. Ich hatte inzwischen den Vertrag für den Rückkauf *Oliver's* und die Übergabe *Barnaby's* unter Bedingungen zum Abschluß gebracht, die in einem am 2. Juli, dem Tage nach unserer Rückkehr, von ihm an Chapman und Hall gerichteten Briefe genau angegeben sind.

„Die Bedingungen, unter welchen Sie mir heute das Geld für den Ankauf des Verlagsrechts und des Vorrats von *Oliver* vorstrecken, sind unserm gegenseitigen Einverständnis gemäß die folgenden. Daß diese 2 250 Pfd. St. abgezogen werden von dem Ankaufsgeld eines meiner Werke, betitelt *Barnaby Rudge*, von welchem jetzt zwei Kapitel in Ihren Händen sind und das innerhalb einer zwischen uns zu verabredenden Zeit vollendet werden soll. Sollte es jedoch innerhalb fünf Jahren nicht geschrieben sein, (was Gott verhüte!) so erhalten Sie einen Anspruch zu diesem Betrage auf mein jetzt in Ihren Händen befindliches Eigentum, nämlich auf meinen Anteil an dem Vorrat und dem Verlagsrecht der *Skizzen von Boz*, der *Pickwickier*, *Nicholas Nickleby's*, *Oliver Twist's* und *Master Humphrey's Wanduhr*, wobei jedoch der Anteil an dem laufenden Ertrag des letztgenannten Werkes ausgeschlossen bleibt, den es mir freistehen soll zu den in unserm Kontrakt festgesetzten Zeiten einzufordern. Ihr Ankauf von „Barnaby Rudge" geschieht unter den folgenden Bedingungen. Das Werk soll von hinreichendem Inhalt für zehn Monatshefte von dem Umfang *Pickwick's* und *Nickleby's* sein; es soll Ihnen jedoch, wenn Sie wollen, freistehen, dieselben zu Teilen und in fünfzehn kleineren Heften zu veröffentlichen. Die Bedingungen für den Ankauf dieser Ausgabe in Heften und für das Verlagsrecht des ganzen Buches auf sechs Monate nach dem Erscheinen des letzten Heftes sind 3 000 Pfd. St. Nach dem Ablauf der sechs Monate fällt das ganze Verlagsrecht an mich zurück." Die Folge war, wie alle Welt weiß, daß „Barnaby" der Nachfolger der kleinen Nell wurde. Das Geld wurde aus dem Ertrage der „*Wanduhr*" zurückgezahlt. Aber ich muß auch die edlere Folge erwähnen, welche meine eigene kleine Dienstleistung hatte, indem ich, nicht viele Tage nachher, einen antiken mit Silber eingefaßten Weinkrug von großer Schönheit der Form und der Arbeit von ihm empfing, der aber einen weit über die Ziselierungen des Juweliers und die Zeichnung des Künstlers hinausgehenden Wert besaß in den ihn begleitenden geschriebenen Worten.[65] Ich nahm dieselben an, nicht als Denkzeichen der geleisteten Dienste, die sie viel mehr als bezahlt haben würden, sondern als Denkzeichen der Freude über seine eigene Befreiung von dem letzten der Kontrakte, welche den Anfang seiner Laufbahn gehemmt hatten, und der besseren Zukunft, welche jetzt vor ihm lag.

Zu Anfang August war er mit seiner Frau einige Tage in Devonshire, bei seinem Vater, aber er mußte seine Arbeit mitnehmen und hatte, wie er mir schrieb, nur einen wirklichen Feiertag, an dem sie Dawlish, Teignmouth, Babbikombe und Torcquay einen Besuch abstatteten und Abends nach Exeter zurückkehrten. Zu Anfang September war er wieder in Broadstairs.

„Ich wollte gerade an die Arbeit gehen," schrieb er am neunten, „als ich diesen Brief erhielt, und die Geschichte des Mannes, der zu Chapman und Hall ging, schlug mich vollständig zu Boden. Ich schrieb bis jetzt (Dreiviertel auf Eins) gegen meine Neigung und habe es schließlich für einen Tag aufgegeben. Wahrhaftig, es ist unerträg-

---

[65] „Empfange von mir (8. Juli 1840) als ein kleines Zeichen des Andenkens Deines treuen Gefährten das arme Geschenk, welches diese Zeilen begleitet. Mein Herz ist nicht beredt über die Dinge, die es am tiefsten bewegen, aber denke, daß dieser Weinkrug die Urne ist, in der es ruht, und glaube, daß sein wärmstes und wahrstes Blut Dir gehört. Dies war der Gegenstand meines fruchtlosen Suchens und Deiner Neugier am Freitage. Zuerst wußte ich kaum, was für eine Kleinigkeit (Du wirst sie, ich weiß es, wert halten um des Gebers willen) ich Dir schicken sollte, aber ich dachte, es würde erfreulich sein, sie mit unsern heitern Augenblicken zu verknüpfen und sie dem Weine, den wir zusammen daraus trinken werden, einen Duft verleihen zu lassen, den der auserlesenste Wein ihm nie verleihen könnte. Nimm denn diesen Krug aus meiner Hand – gefüllt bis zum Rande und überfließend von Wahrheit und Ernst. Ich habe eben noch einen Scheideblick darauf geworfen und er scheint mir das eleganteste Ding in der Welt, denn ich verliere das Gebilde aus den Augen in dem Gedränge froher Gedanken, die es umwinden und bekränzen."

lich. Ich habe meine Zähne den ganzen Morgen gefletscht. Ich glaube, ich könnte in zwei Linien mit Anstand etwas über den Bericht im Allgemeinen sagen. Ich will sie zu dem Korrekturbogen hinzufügen" (die Vorrede zu dem ersten Bande der Wanduhr wurde damals vorbereitet), „gebe Dir aber Vollmacht, sie auszustreichen, wenn Du anders darüber denkst, als ich und Chapman und Hall, die in solchen Dingen für Richter gelten dürfen." Er bezieht sich hier auf ein damals ziemlich weit verbreitetes Gerücht, das von verschiedenen Seiten seinen Verlegern zu Ohren gekommen war, daß er nämlich den Verstand verloren habe und sich in einem Irrenhause befinde.[66] Ich hatte ihm die Erwähnung dieses Gerüchts als eine Absurdität, die bald verhallen mußte, vorenthalten wollen; aber gegen meinen Wunsch war es ihm mitgeteilt worden und ich hatte Mühe, seinen ausnehmenden und sehr natürlichen Zorn in den gehörigen Schranken zu halten.

Einige Tage später (15.) schrieb er: „Zu meiner nicht geringen Überraschung habe ich seit kurzem Anfragen von katholischen Geistlichen empfangen, die mich (etwas hirtenmäßig und mit einer Art ernster Autorität) um Beistand, literarische Beschäftigung und so fort ersuchten. Endlich fiel es mir ein, daß ich von irgendeiner Seite als der katholischen Kirche angehörig hätte dargestellt sein müssen. Würdest Du es glauben, daß Lamert in einem aus Cork an meine Mutter gerichteten Briefe, den ich gestern Abend sah, sagt: „was wollen die Zeitungen damit sagen, daß Charles verrückt ist und *daß er katholisch geworden ist?*"" Von den Bettelbriefschreibern, auf die er hier hindeutet, hätte ich schon früher etwas sagen sollen. In einem seiner kleineren Essays hat er ohne die geringste Übertreibung geschildert, in welchem Umfange er von dieser Schwindlerklasse heimgesucht und welch' außerordentliche Kunstgriffe gegen ihn angewandt wurden; aber er hat nicht gestanden, was er hätte gestehen können, daß er für viele dieser

---

[66] Er war schon einmal der Gegenstand ähnlicher Gerüchte gewesen bei Gelegenheit des schmerzlichen Todesfalls in seiner Familie, der ihn gezwungen hatte, die Veröffentlichung „Pickwick's" auf zwei Monate einzustellen. Damals bemerkte er in einer kurzen Ansprache, als er die Arbeit wieder aufnahm (30. Juni 1837). Von einer Klasse intimer Bekannten, besonders der wohlunterrichteten, sei er geradezu für tot erklärt worden, von einer andern für verrückt, von einer dritten ins Schuldgefängnis geworfen, von einer vierten per Dampfboot nach den Vereinigten Staaten befördert, von einer fünften als auf immer jeder geistigen Anstrengung unfähig, kurz, alle hätten ihn dargestellt als mit etwas ganz anderm beschäftigt als damit, daß er in der Zurückgezogenheit einiger Wochen die Wiederherstellung der Heiterkeit und des Friedens gesucht, deren ein schmerzlicher Verlust ihn zeitweilig beraubt habe.

Leiden selbst verantwortlich war, weil er, wie er zuerst Tat, fast jedem, der sich an ihn wandte, so reichlich gab. Was ihn in dieser Beziehung endlich zu Verstande brachte, war, glaube ich, die Forderung eines Abenteurers, der alle andern Auskunftsmittel erschöpft hatte, und schließlich, nachdem er sich als zu der Lage eines armen Hausierers herabgesunken dargestellt, den Wunsch ausspracht, man möge ihm für den folgenden Tag einen Esel heraussetzen, den er pünktlich abholen werde. Ich erinnere mich dieses Umstandes genau und fürchte sehr, daß der Applikant der oben erwähnte Daniel Tobin war.

Er schrieb mir um diese Zeit noch viele andre Briefe von Broadstairs, voll von heiterm launenhaftem Geschwätz und humoristischen Schilderungen, besonders in Beziehung auf einen exzentrischen Freund, der sich bei ihm aufhielt und den er in einer seiner Schriften als Mr. Kindheart darstellte, aber dies alles ist zu privater Natur, um hier mitgeteilt zu werden. Er kehrte Mitte Oktober zurück und wir nahmen dann unsere fast täglichen Spazierritte, Zusammenkünfte mit Maclise in Hampstead und den geselligen Verkehr mit Macready, Talfourd, Procter, Stanfield, Fonblanque, Elliotson, Tennent, D'Orsay, Harneß, Wilkie, Edwin Landseer, Rogers, Sydney Smith und Bulwer wieder auf. Für das Genie des Verfassers von „Pelham" und „Eugen Aram" hegte er früh und spät die höchste Bewunderung und während dieses Jahres nahm er Veranlassung, derselben in einer neuen Vorrede zu „Oliver Twist" Ausdruck zu geben. Andere vertraute Freundschaften wurden in spätern Jahren angeknüpft; aber so abgeneigt er war, den Einladungen zu Tische zu folgen, die ihn von allen Seiten erreichten, so willkommen waren ihm immer alle solche Zusammenkünfte mit den von mir genannten Personen und ganz besonders das freundschaftliche Entgegenkommen von Miss Coutts, das mit dem Anfang seiner Laufbahn begann.

Von dem Vergnügen, welches seine Gesellschaft gewährte, wird es passender sein, später zu reden. Er besaß in dieser Beziehung im höchsten Grade die Eigenschaft, welche fast alle originellen Menschen auszeichnet. Sein Platz konnte durch keinen andern ausgefüllt werden. Dem unbedeutendsten Gespräch verlieh er die Anziehungskraft seines eigenen Charakters. Es mochte nur eine kleine Sache sein – etwas, das er während des Tages gelesen oder beobachtet hatte, ein sonderbarer Einfall aus einem Buche, ein lebendiges kleines Bild von draußen, die lachende Bloßstellung einer Betrügerei, oder ein Ausbruch bloß scherzhafter Heiterkeit, immer war es in seiner Art etwas Einziges, weil es ein echter Teil seiner selbst war. Dies und seine unermüdliche Lebenslust machten ihn zu dem angenehmsten

Gesellschafter; kein Anspruch auf gute Kameradschaft blieb bei ihm je unberücksichtigt und niemand erinnerte seine Freunde so beständig an Johnsons Beschreibung Garrick's, als des lebensfrohesten Mannes seiner Zeit.

Von den literarischen Arbeiten, die ihn in den Herbst- und Wintermonaten des Jahres beschäftigten, habe ich schon gesprochen und abgesehen von dem, was über seine Arbeit an den Schlußkapiteln des *Raritätenladens* gesagt wurde, erfordert weiter nichts besondere Erwähnung; außer daß er während seiner städtischen Wanderungen im November, angeregt durch Proben, die er jüngst auf seinen ländlichen Wanderungen zwischen Broadstairs und Ramsgate entdeckt hatte, die Balladenliteratur von Seven-Dials vollständig durchforschte und mit einem Effekt, der den Ruhm seines komischen Singens in seiner Kindheit rechtfertigte, selbst nicht wenige dieser wunderbaren Produkte zu singen anfing. Sein letztes erfolgreiches Werk dieses Jahres war die Aussöhnung zweier Freunde; und ebensowohl seinen Beweggrund, als das Prinzip, welches ihn dabei leitete, halte ich, in der Form, wie sie von ihm selbst dargestellt wurden, der Aufbewahrung würdig. Über den ersteren sagte er: „Bei dem Tode dieses Kindes wurde ich, über den etwas von der Bitterkeit des Todes (und wohl nicht leicht) dahingezogen ist, an viele alte Freundlichkeiten erinnert und trauerte in meinem Herzen, daß Menschen, die sich wirklich liebten, ihr Leben in solcher Nähe vergeudeten." Über das letztere: „Ich habe es mir in meinem Urteil über die Menschen zur Regel gemacht, genau zu beobachten, ob einige (über die man geneigt ist, übel zu denken) nicht alle ihre Fehler auf der Oberfläche tragen; und andre (über die man geneigt ist, gut zu denken) weit mehr darunter haben. Ich bin schon längst zu der Überzeugung gelangt, daß unser Freund zu der ersten Klasse gehört und wenn ich alle Schwächen eines Menschen ohne große Mühe kennen lerne, so fange ich an zu denken, daß er der Zuneigung würdig ist." Sein letzter vom nächsten Tage datierter Brief aus diesem Jahre schloß mit der Hoffnung, daß wir, er und ich, noch „wenigstens fünfzig Weihnachten in dieser Welt zusammen verleben möchten und ewige Sommer in einer andern." Ach!

Vierzehntes Kapitel

**Barnaby Rudge
1841**

Die Briefe von 1841 gewähren ähnliche Einblicke in sein Tun und Reden und wir wollen sie auf ähnliche Weise in Bezug auf die literarische Arbeit, mit der er beschäftigt war, zu Rate ziehen.

Er hatte den Vorteil, „Barnaby Rudge" mit einer ziemlichen Menge schon fertigen Manuskripts anzufangen, das er nur, durch gelegentliche neue Anordnung der Kapitel, der Veröffentlichung in Wochenheften anzupassen brauchte; und hiermit war er Ende Januar beschäftigt. „Ich bin gegenwärtig (22. Januar 1841) in einer Art von unmöglichem Zustand, wie Leigh Hunt sagen würde – ich denke nach, was in aller Welt Master Humphrey auf vier langen Seiten denken kann. Ich machte gestern zu dem letzten Kapitel des „Raritätenladen" hier und da Zusätze und es bleiben mir nur noch vier Seiten zu schreiben übrig." (Sie wurden ausgefüllt durch einen einleitenden Artikel Humphrey's zu der neuen Geschichte, worin sich ein merkwürdiges Bild Londons von Mitternacht bis zum Tagesanbruch findet.) „Ich machte auch das zweite Heft „Barnaby's" fertig und schrieb die nötigen Einschaltungen dazu – so daß ich wieder etwas in die Arbeit hineinkam." Aber doch nicht ganz; denn nach vier Tagen schreibt er, während er unterdessen nichts getan hatte: „Ich habe (es ist jetzt drei Uhr) mit einem Anschein von außerordentlichem Interesse und Eifer seit halb elf Uhr *ein Blatt* der *Curiosities of Literature* betrachtet – ich habe nicht den Mut, es umzuschlagen." Dann, am Freitag den 29., kamen bessere Nachrichten. „Ich ging gestern nicht aus, sondern saß und dachte den ganzen Tag, ohne eine Zeile, oder einen Strich durch ein t oder einen Punkt über ein i zu schreiben. Ich ersann ein gutes Teil von *Barnaby*, indem ich meine Gedanken fest auf ihn richtete und freue mich, Dir sagen zu können, daß ich heute Morgen mit frischem Mut, starker Hoffnung und heiterm Sinn an die Arbeit gegangen bin. Gestern Abend war ich unsäglich, und Du kannst Dir keinen Begriff davon machen, wie elend ... Beiläufig gesagt, binde Dich nirgendwo, außer bei mir, für Sonntag über acht Tage, weil es mein Geburtstag ist. Ich zweifle nicht, daß bis dahin unsre Sorgen hier überstanden sind und ich beabsichtige ein vertrautes Mahl in meinem Arbeitszimmer zu haben." Wir hatten das Mahl zusammen, obgleich die Sorgen noch nicht überstanden waren; aber den Tag darauf (8. Februar) wurde ihm ein zweiter Sohn geboren. „Gott sei Dank," schrieb er am 9., „Alles wohl. Ich denke scharf nach und habe eben an Browne[67] geschrieben und ihn gefragt, wann er kommen und sich mit mir wegen des Raben beraten will." Er hatte damals beschlossen, diesen Vogel, dessen Talente sich während der letzten zwölf Monate zu unser aller Vergnügen und Heiterkeit täglich zu größerer Reife entfaltet hatten, zu einer hervorragenden Gestalt in „Barnaby" zu machen und die Einladung an den Künstler galt einer Beratung darüber, wie man ihn am besten bildlich einführen könne.

Der nächste *Barnaby* erwähnende Brief war aus Brighton (25. Februar), wohin er auf eine ruhige Arbeitswoche hinausgeeilt war. „Ich habe (es ist vier Uhr) heute Morgen ein ganz hübsches Stück Arbeit getan. Ich habe sehr eifrig dabei gesessen und außerdem das Glück gehabt, eine klare Vorstellung von dem Ende des Bandes zu bekommen. Da der Inhalt eines Heftes gewöhnlich mindestens einen Tag Nachdenken erfordert, und oft mehr, so versetzt mich dies in eine frohe Stimmung. Ich glaube – das heißt, ich hoffe – die Erzählung tut an diesem Punkte einen großen Schritt vorwärts und tut ihn gut vorwärts. *Nous verrons.* Grip wird seine Wirkung tun und ich baue sehr auf die Familie Varden."

Bei seiner Rückkehr hatte er einen häuslichen Unglücksfall zu beklagen, der wegen seines Zusammenhangs mit jener berühmten Charaktergestalt in „Barnaby" hier erwähnt werden muß. Der Rabe war einige Tage unwohl gewesen und Topping hatte von ihm berichtet, wie Shakespeare von Hamlet, daß er seine Heiterkeit verloren und sich aller gewohnten Übungen enthalte: aber Dickens achtete nicht viel darauf, da er sich seiner Genesung von einer Krankheit erinnerte, die er sich im vorigen Sommer durch das Verschlingen von etwas weißer Farbe zugezogen; so daß die ernstere Meldung, die ihn veranlaßte, nach dem Arzt zu schicken, ihn unvorbereitet traf. Das Resultat kann nur seine eigene Sprache würdig beschreiben. Bei seiner erregten Stimmung unfähig, zwei Briefe zu schreiben, schickte er die Erzählung unter einem ungeheuren schwarzen Siegel an Maclise, der sie mir übersenden sollte, und so geschah es, daß dieser glückliche Vogel einen doppelten Paß zum Nachruhm erlangte, da ein so großer Humorist sein Scheiden für die gegenwärtige und ein so großer Maler sein Willkommen in einer andern Welt verherrlichte.

---

[67] Hablot Browne, der Illustrator seiner Werke. – D. Übers.

„Es wird Dich schmerzlich überraschen (der Brief ist Freitagabend, 12. März 1841 datiert) zu hören, daß der Rabe tot ist. Er starb heute, einige Minuten nach zwölf Uhr Mittags. Er war einige Tage unwohl gewesen, aber wir erwarteten keinen ernsten Ausgang. Wir glaubten, ein Teil der weißen Farbe, die er vorigen Sommer verschluckte, möchte noch in seinen Eingeweiden zurückgeblieben sein, ohne eine ernste Wirkung auf seine Gesundheit auszuüben. Gestern Nachmittag wurde es so viel schlimmer mit ihm, daß ich einen Eilboten an den Arzt (Mr. Herring) schickte, der sich pünktlich einstellte und ihm eine starke Dose Rizinusöl eingab. Unter dem Einfluß dieser Arzenei erholte er sich so weit, um um 8 Uhr abends Topping beißen zu können. Seine Nacht war ruhig. Heute Morgen bei Tagesanbruch schien er besser; erhielt (in Gemäßheit mit der Verordnung des Doktors) eine zweite Dose Rizinusöl und verzehrte eine ziemliche Menge warmen Haferschleims, dessen Geschmack ihm zu behagen schien. Gegen 11 Uhr wurde es so viel schlimmer, daß man es für nötig fand, den Klopfer an der Stalltüre einzuwickeln. Um halb 12 oder so hörte man ihn mit sich selbst über das Pferd und über Topping's Familie reden und einige unzusammenhängende Ausdrücke hinzufügen, von denen man meint, daß sie entweder eine Vorahnung seiner herannahenden Auflösung waren, oder Wünsche betreffs der Verfügung über sein kleines Vermögen, das besonders aus Halbpfennigstücken bestand, die er in verschiedenen Teilen des Gartens verscharrt hatte. Als die Uhr zwölf schlug, schien er etwas unruhig, erholte sich aber bald wieder, spazierte zwei- oder dreimal den Stall entlang, stand still um zu krähen, taumelte, rief aus: *Holla, altes Mädchen!* (sein Lieblingsausruf) und starb."

„Er benahm sich bis zuletzt mit einer anständigen Tapferkeit, Gemütsruhe und Selbstbeherrschung, die man nicht zu sehr bewundern kann. Ich bedaure tief, daß ich bei der Unkenntnis der Gefahr, worin er sich befand, seine letzten Verordnungen nicht in Empfang nehmen konnte. Ein sonderbarer Ausdruck in seinen Augen veranlaßte Topping, um 12 Uhr nach dem Doktor zu laufen. Als sie zusammen zurückkamen, war unser Freund dahin. Es war der Arzt, der mich von seinem Tode benachrichtigte. Er tat dies mit großer Vorsicht und Schonung, indem er mich durch die Bemerkung: „es sei eine sonderbare plötzliche Änderung eingetreten", vorbereitete; aber die Erschütterung war trotzdem sehr groß. Ich kann mich nicht ganz des Verdachtes von Gift entschlagen. Man hat einen boshaften Metzger sagen hören, er werde ihm den Garaus machen: sein Grund dafür war, daß er, wenn er in der Stallstraße Bestellungen in Empfang nehme, von keinem Vogel mit einem Schwanz belästigt werden wolle. Man hat auch andre Personen drohen hören, z. B. Charles Knight, der grade angefangen hat, eine Wochenschrift zu dem Preise von vier Pence herauszugeben, während „Barnaby", wie Du weißt, drei Pence kostet. Ich habe eine Sektion angeordnet und die Leiche ist zu diesem Zwecke nach Herring's anatomischer Schule hinübergebracht worden."

„Wenn es Dir keine Ungelegenheit verursacht, möchte ich, daß Du diesen Brief, sofort nachdem Du ihn gelesen, an Forster schickst. Ich kann die peinliche Pflicht, das Geschehene zu melden, nicht mehr als einmal erfüllen. Waren es Raben, die gewissen Leuten in der Wüste Manna brachten? Zuweilen hoffe ich es und dann wieder fürchte ich, daß es keine Raben waren, oder sie würden das Manna ganz gewiß unterwegs gestohlen haben. In tiefem Kummer bleibe ich Dein betrübter Freund C. D. Kate ist so wohl, als sich unter den Umständen erwarten läßt, aber furchtbar niedergeschlagen, wie Du Dir denken kannst. Die Kinder scheinen sich mehr darüber zu freuen. Er biß sie in die Füße. Doch das war Spiel."

Maclise's begleitender Brief an mich war eine Apotheose, die sich nur als Faksimile mitteilen läßt.

Apotheose Grip's, des Raben von Maclise

Auf welche Weise der Verlust ersetzt wurde, damit die Früchte des fortgesetzten Studiums der Vogelfamilie, welche Grip so schön vertreten hatte, dem „Barnaby" zu Gute kämen, hat Dickens in der Vorrede zu dem Roman erzählt. Ein andrer, älterer und größerer Grip wurde in dem Stalle installiert, fast noch ehe die ausgestopften Überreste seines verehrten Vorgängers in einem Glaskasten, zur Ausschmückung der Studierstube seines Herrn, zurückgeschickt waren.

Ich nehme nun unsren Briefwechsel über seine literarische Arbeit wieder auf. „Ich sehe, " schrieb er 25. März, „daß noch für einige Zeilen Raum da ist und Du hast ganz Recht, wenn Du wünschest, ich solle das, was ich ausgestrichen, wieder einfügen. Ich beabsichtigte nicht, daß Joe sich über Dolly so kurz äußern sollte und schrieb seine Bemerkungen über diese junge Dame mit wirklicher Sorgfalt – wie natürliche Dinge, die eine Bedeutung haben. Chigwell, lieber Freund, ist der herrlichste Ort in der Welt. Bestimme einen Tag, wo Du hin willst. Ein so famoses altes Wirtshaus dem Kirchhof gegenüber – ein so angenehmer Ritt – so schöne Waldszenerie – ein so abgelegener ländlicher Ort – ein solcher Küster! Noch einmal, bestimme einen Tag!" Der Tag wurde sofort festgesetzt und der weißeste Denkstein bezeichnet ihn in einer jetzt schmerzlichen Erinnerung. Unser Genuß übertraf sein Versprechen, und seine Freude über das doppelte Erkennen seiner selbst und *Barnaby's* durch den Wirt des hübschen alten Wirtshauses ging weit hinaus über jeden Stolz, den er über das, was die Welt für die höchste Ehre hält, empfunden haben würde.

„Ich habe mich heute (26. März) ganz in mein Innerstes zurückgezogen und will versuchen tüchtig mit der „*Wanduhr*" vorwärts zu kommen. Kate ist aus und das Haus friedlich trübselig. Ich besinne mich nicht darauf, daß ich den besondern Teil, gegen den Du Einwände machst, geändert habe, aber wenn etwas darin ist, was Dir nicht gefällt, so streiche es mitleidlos aus." „Unterlasse nicht" (5. April), „alles was Dir zu stark vorkommt, anzustreichen. Es ist für mich schwer, zu urteilen, was zu kräftig wirkt und was nicht. Ich versuche diesem unvermeidlichen Heft ein sehr ruhiges gegenüber zu setzen. Ich hoffe, es wird gut werden, aber ich fühle mich gar nicht zur Arbeit aufgelegt. Es freut mich, daß Du dies für gelungen hältst. Was ich hineingesetzt habe, ist mehr zum Ausruhen von dem Raben." Zwei Tage später: „Ich bin mit diesem Hefte fertig und will mich jetzt an das nächste machen. Es ist meine Absicht, wenn es dem Himmel gefällt, das erste Kapitel bis Freitagabend zu beenden. Heute Abend denke ich bei Dir vorzusprechen und wir wollen dann wegen der Trinksprüche für Sonnabend die nötige Verabredung treffen. Ich leide noch an der Galle, aber das Heft ist, wie ich hoffe, trotzdem gut. Jeffrey ist in die Stadt gekommen und war gestern bei mir." Die zu verabredenden Trinksprüche sollten am 10., bei einem zur Feier des zweiten Bandes von *Master Humphrey* angesetzten Festmahle, ausgebracht werden. Talfourd führte dabei den Vorsitz, die heiterste Laune herrschte und nach den an jenem Sonnabend Abend gemachten, jetzt vor mir liegenden Aufzeichnungen zu schließen, verherrlichten wir in der allerbesten Stimmung einer den andern: Talfourd hielt eine Rede auf die *Wanduhr*, Macready auf Mrs. Dickens, Dickens auf die Verleger und ich selbst auf die Künstler; Macready ließ Talfourd leben, Talfourd Macready, Dickens mich, ich den Schauspieler Harley, dessen humoristische Lieder nicht am wenigsten zu der Heiterkeit des Abends beigetragen hatten.

Fünf Tage später schreibt er: „Ich beendete das Heft gestern und habe, obgleich ich bei Jeffrey speiste und nachher zu Lord Denman mußte (so daß ich spät nach Hause kam), heute Morgen acht Seiten von dem *Lampenwärter* für Mrs. Macrone geschrieben. Wenn ich das von der Seele habe, werde ich versuchen, stetig vorzurücken und die *Wanduhr* nebenher nachzuholen." Der *Lampenwärter* war seine alte Posse, die er jetzt in eine komische Erzählung verwandelte und dies, nebst andern von Freunden gelieferten Beiträgen, die er zusammen als *Pic Nic Papers* herausgab, setzte ihn in den Stand, der Witwe seines alten Verlegers in ihrer bedrängten Lage durch ein Geschenk von 300 Pfd. St. beizustehen. Er hatte sein menschenfreundliches Werk beendet, ehe er mir wieder über *Barnaby Rudge* schrieb, aber er rückte langsam vom Flecke. „Ich komme", schrieb er 29. April, „sehr langsam weiter. Ich will an der Geschichte festhalten und die Furcht, zu viel zu sagen, macht dies, bei der Unmöglichkeit, eine Silbe zurückzunehmen oder zu ändern, viel schwerer als es scheint. Es war sehr schlecht von mir, daß ich Dir die Mühe machte, das Heft zu beschneiden, aber ich wußte so gut, daß Du es an den rechten Stellen tun würdest. Für das, was Harley die „Vorwärtsarbeit" nennen würde, glaube ich wirklich einige vortreffliche Gedanken zu haben." Ein Monat verfloß zwischen dieser und der nächsten Anspielung. „Es war meine Absicht, " (3. Juni) „daß Salomon's Ausdruck einer von jenen starken Ausdrücken sein sollte, die starke Umstände in den gewöhnlichsten Geistern erzeugen. Mach' damit was Du willst ... Du magst von Gordon sagen was Du willst" (ich hatte gegen einige Punkte seiner, wie mir schien, viel zu günstigen Auffassung dieses Tollhäuslers Einwände erhoben), „er muß von Herzen ein guter Mensch gewesen sein, der die Verachteten und Unterdrückten nach seiner Weise liebte. Er lebte von einem kleinen Einkommen und kam immer damit aus, erleichterte, wie bekannt, die Not Vieler, stellte an seinem Platze die korrupten Versuche eines Ministers, ihn aus dem Parlament herauszukaufen, bloß und erwies in Newgate große Wohltaten. Er sprach immer auf der Seite des Volkes und versuchte, trotz seines verworrenen Gehirns, die Ausschweifungen beider Parteien bloßzustellen. Er erlangte durch seine Tollheit nie etwas und suchte auch nie etwas dadurch zu erlangen. Die wildesten und wütendsten Angriffe seiner Zeitgenossen geben diese Verdienste zu und es würde schwer auf meinem Gewissen lasten, wollte ich sie ihm nicht in ihrem vollen Umfang zuerkennen, wenn ich bedenke, in was für einer (politisch) gottlosen Zeit er lebte. Die Schmähschrift, wegen deren er ins Gefängnis geworfen wurde, als er starb, war gegen die Königin von Frankreich gerichtet und die französische Regierung verwendete sich mit Wärme für seine Freilassung, die sie auch, wie ich glaube, hätte erlangen können, wäre nicht Lord Granville dagegen gewesen." Erfolgreicher war ich mit meinem Rate gegen einen Einfall, den er in diesem Teile der Erzählung hatte. Er wollte nämlich bei den Gordon'schen Unruhen drei prächtige Kerle als handelnde Personen auftreten lassen, die der Volksmenge in dieser wahnwitzigen Zeit Befehle erteilen, sie leiten, im Zaume halten und als natürliche Führer von ihr anerkannt werden und wenn alles vorüber wäre, als Flüchtlinge aus Bedlam erkannt werden sollten. Aber obgleich er die Unhaltbarkeit dieser Idee einsah, konnte er, in Gordon's Falle, nicht so leicht die Gefahr begreifen, die darin lag, daß er sein Talent aufbot, um Handlungen eines bloßen Wahnsinns vernünftige Beweggründe zuzuschreiben. Die schwächsten Teile des Buches sind diejenigen, in welchen Lord George Gordon und sein Sekretär auftreten.

Nach der Mitte des Juni ging er nach Schottland, nahm aber etwas zu arbeiten mit. „Du wirst Dir denken können," schrieb er am 30. aus Edinburgh, „daß ich nicht viel gearbeitet habe; aber mit der Freitag-Abendpost hoffe ich von hier das erste lange Kapitel eines Heftes und die beiden Illustrationen schicken zu können; von Loch-earn, am Dienstagabend, das Schlußkapitel jenes Heftes; aus demselben Orte, am Donnerstagabend, das erste lange Kapitel eines neuen, nebst den beiden Illustrationen, und aus einem Orte, den noch niemand buchstabiert hat, der aber wie Ballyhoolisch klingt, am Sonnabend, das Schlußkapitel jenes Heftes, was genügen wird, bis wir nach London zurückkehren." Neun Tage später schrieb er aus Ballechelisch: „Ich habe in Bezug auf „*Barnaby*" alles getan, was ich tun kann und zu tun brauche, ehe ich nach Hause zurückkomme und die Geschichte schreitet (ich hoffe, auch Du wirst dieser Ansicht sein) mit kräftigem Interesse vorwärts. Ich habe sie an einer aufregenden Stelle, bei dem klaren Aufdämmern der Unruhen, abgebrochen. Ich vergesse, ob in dem ersten der beiden Hefte, die ich seit meiner Abreise geschrieben, der blinde Mann, wo er mit Barnaby über den Reichtum spricht, diesem sagt, daß derselbe in Haufen zu finden sei. Wenn ich dies Wort nicht wirklich gebraucht habe, willst Du es einfügen? Das Durchlesen des Korrekturbogens des folgenden Heftes (70) wird Dir zeigen, wie und warum." „Hast Du, " schrieb er bald nach seiner Rückkehr (20. Juli), „Nr. 71 gesehen? Ich glaubte, es wäre eine gute Ausschau auf einen Haufen, aus einem Fenster, darin – eh?" Er war jetzt ganz von dem Interesse seiner Schlußkapitel durchdrungen und fühlte mehr als je den Zwang, welchen die Form der Veröffentlichung ihm auferlegte. *Barnaby* (schrieb er am 5. August von Broadstairs) „tritt mir jetzt recht lebendig nahe. O! könnte ich ihn nur von jetzt bis ans Ende in Monatsheften erscheinen lassen! *N'importe.* Ich hoffe, das Interesse wird ziemlich stark sein und in jedem Hefte stärker werden " Sechs Tage später, aus demselben Ort: „Ich war immer überzeugt, daß ich etwas Gutes aus „Barnaby" machen könnte und ich glaube Du wirst finden, daß er bedeutend bleibt bis zum letzten Worte. Ich habe ein neues Heft, bis auf zwei Seiten, fertig. Um den jungen Chester sei unbesorgt. Die Zeit ist noch nicht gekommen – da, siehst Du, sind wir wieder mit den wöchentlichen Verzögerungen. Ich bin in sehr gehobener Stimmung in Bezug auf diese Erzählung und bei der Aussicht, daß ich Zeit haben werde nachzudenken, ehe ich etwas Neues anfange." Ein Zwischenraum von einem Monat folgte und was denselben ausfüllte, soll kurz beschrieben werden. Am 11. September schrieb er: „Ich habe gerade in Newgate hineingebrannt und werde im nächsten Hefte die Gefangenen an den Haaren herausreißen. Das Heft, das bis ins Gefängnis hineingeht, sollst Du am Dienstag in Korrektur haben." Hierauf eine Woche später: „Ich habe sämtliche Gefangene aus Newgate befreit, Lord Mansfield's Haus verbrannt und ganz den Teufel gespielt. Ein anderes Heft wird mit dem Feuer fertig werden und uns weiter zum Ende forthelfen. Es kommt mir ganz räucherig vor, wenn ich bei der Arbeit bin. Es fehlt mir schrecklich an dem gehörigen Raum." Zu diesen Mühen gesellten sich andere ernsterer Art bei seiner Rückkehr, darunter eine ernstliche persönliche Krankheit; aber er kämpfte wacker dagegen an und ich hatte nie eine bessere Gelegenheit zu beobachten, wie ruhig er Schmerzen ertrug, wie wenig er an sich selbst dachte, wo die Empfindung des Selbst gewöhnlich vorherrscht und mit wie männlichem Pflichtgefühl er alles tat, was er, krank wie er war, für notwendig hielt. Er war noch in seinem Krankenzimmer (22. Oktober), als er schrieb: „Ich hoffe, ich werde jetzt nicht wieder aufhören, ehe „Barnaby" beendet ist." Drei Tage nachher war er wieder eifrig für Andre beschäftigt; und am 2. November empfingen die Drucker den Schluß von *Barnaby Rudge*.

Diese Erzählung war Dickens' erster Versuch außerhalb der Kreise des täglichen Lebens und der faktischen Zustände desselben. Angefangen während des Fortschritts von „*Oliver Twist*", war sie eine Zeit lang bei Seite gelegt worden; die Form, welche sie schließlich annahm, hatte nur teilweise in dem ursprünglichen Plane gelegen, und in ihrer vollendeten Gestalt brachte sie entschieden einen besondern Zweck zur Anschauung, eine Eigentümlichkeit, welche allen seinen Schriften, mit Ausnahme der frühesten, gemeinsam war. Der Roman spielt in einer Zeit, wo die unaufhörlichen Hinrichtungen von verhältnismäßig unschuldigen Männern und Frauen das Land entehrten und Tausende, die sie ebenfalls für das Schaffot vorbereiteten, entwürdigten. In jenen Tagen wurde das Stehlen einiger Lumpen von der Bleiche, die Entwendung einer Rolle Band von dem Ladentisch, mit der Blutstrafe heimgesucht und solche Gesetze brutalisierten ebensosehr ihre Diener als ihre Opfer. Es war auch die Zeit, als ein falscher religiöser Parteiruf entsetzliche Schuld und Leiden mit sich brachte. Solche Laster lassen größere Wirkungen zurück als die Formen, worunter sie zuerst erscheinen und schärfen Lehren ein, die notwendig genug sind, um ihre Darstellung durch den Schriftsteller zu rechtfertigen. Und noch andre Lehren wurden mit ihnen verbunden. An Barnaby selbst sollte gezeigt werden, welche Quellen des Trostes dem geduldigen und heitern Herzen auch in den schlimmsten aller menschlichen Leiden fließen; und in dem ruhelosen Leben des verworfenen Vaters, dessen Verbrechen nicht dies Leiden allein, sondern andres, weit furchtbareres Elend nach sich gezogen hatte, haben wir ein Bild der unvermeidlichen und unergründlichen Folgen der Sünde, das an Kraft keinem in seinen Werken nachsteht. Aber indem die Erzählung weiter fortschritt, lag es in der Natur dieser Pläne, daß das, was in seinem Vorgänger an Einfachheit der Wirkung, Einheit der Idee und Harmonie der Behandlung erreicht worden war, hier nicht erreicht werden konnte und andre Mängel kamen bei der Durchführung des Planes hinzu. Das Interesse, womit die Geschichte anfängt, hat vor ihrem Schluß aufgehört, ihr Interesse zu sein und was die Phantasie des Lesers im Eingange besonders beschäftigt hat, verschwindet fast vollständig in der Kraft und Leidenschaft, womit in den späteren Kapiteln die großen Unruhen geschildert werden. Diese Schilderung ist aber so bewunderungswürdig, daß es schwer fallen würde, sie auch für eine weit vollkommenere Anlage der Fabel aufzugeben.

Seine Werke enthalten wenig meisterhaftere Leistungen als diese. Von dem ersten leisen Murren des Sturmes bis zu seiner letzten schrecklichen Erschütterung wird dieser rasende Ausbruch der Unwissenheit und Wut des Volkes mit unverminderter Kraft beschrieben. Die Zwecklosigkeit müßigen Unheils, wodurch die Reihen der Aufrührer im Beginn anschwellen; die Sorglosigkeit, welche durch die den frühen Exzessen gewährte schmachvolle Straflosigkeit hervorgerufen wird; die plötzliche Ausbreitung dieser trunkenen Schuld in alle Höhlen der Armut, der Unwissenheit und des Übels in der gottlosen alten Stadt, wo die reichen Stoffe des Verbrechens schwärend daliegen; die wilde Wirkung ihres Giftes auf alle, die, ohne Zweck und Plan, in ihr Bereich kommen; die Schrecken, welche eben wegen dieser vollständigen Abwesenheit eines Zweckes noch verwirrender sind; und wenn alles vorüber ist, die Entdeckung des selbstzugefügten Elends in jeder Spalte und Ecke von London, als wäre eine Pest durch die Straßen hingezogen, – das sind Charakterzüge in dem Gemälde einer wirklichen Begebenheit, denen die Behandlungsweise außerordentliche Kraft und Bedeutung verleiht. Auch wird in der Folge nichts mit wirkungsvollerer Lebendigkeit geschildert, als die unterschiedlose Grausamkeit des Gesetzes am Ende, im Gegensatz zu seiner feigen Gleichgültigkeit am Anfang, während unter den genialen Gedanken, welche die Szene mit den jeden Teil derselben erleuchtenden Blitzen der Wirklichkeit aufhellen, die Entdeckung erwähnt werden mag, daß an dem Orte, woher die lautesten Hülfeschreie ertönen, als man meint, daß eine Feuersbrunst in Newgate ausgebrochen sei, sich vier Männer befinden, die jedenfalls am Tage darauf ihr Leben auf dem Galgen verloren haben würden.

Obgleich dieser Roman mit ungewöhnlicher Sorgfalt geschrieben und von einer männlich kräftigen Denkweise durchdrungen ist, ist er nicht so reich an berühmten von jedermann anerkannten Charaktergestalten wie seine Vorgänger; nichtsdestoweniger enthält er eine hinreichende Anzahl von Charakteren, die eine feste Gestalt im Geiste annehmen und im Gedächtnisse haften bleiben. Zu diesen gehören ganz besonders Gabriel Varden und sein Haushalt, an den des Schriftstellers ganze Neigung und nicht wenig von seinem schärfsten Humor verschwendet werden. Der ehrliche Schmied mit seinem jovialen Trinkkrug und dem Tink-tink-tink seiner heitern Natur, die aus Stahl und Eisen frohe Musik macht; die muntre Frau, mit ihrer plaghaften Zunge, die jeden unglücklich macht, den ihre gute Absicht glücklich machen möchte; die gutherzige runde kleine Dolly, kokettes, loses Geschöpf von einer Tochter, mit allem, was sie durch ihr launenhaftes gewinnendes Wesen und ihre kleinen selbstbewundernden Eitelkeiten leidet und zufügt; und Miggs, die bösartige und schlüpfrige, bittre, verliebte und von unbequemer Gestalt, Aussäerin von Familienstreit und Unfrieden, die aber zugleich schwört, sie möchte sich nicht damit abgeben und hineinmischen, nicht für eine jährliche Goldmine und Versorgung mit Tee und Zucker – es gibt nicht viel Gesellschaftsmalerei mit einer bessern häuslichen Moral als diese und eine feine Angemessenheit des Gefühls und des Gedankens regelt diese Satire durchweg. Niemand weiß genauer, wie weit er mit dieser furchtbaren Waffe gehen darf, oder versteht es besser, daß das, was alles satirisiert, in Wahrheit nichts satirisiert.

Eine andere vortreffliche Gruppe ist die, mit welcher der Roman anfängt, in der pittoresken, alten Küche des Maypole; John Willet und seine Freunde, sämtlich echt komische Schöpfungen. Dann haben wir Barnaby und seinen Raben: den fröhlichen Idioten, der sich keiner Schuld und keiner Leiden bewußt und glücklich ist ohne jedes Gefühl, ausgenommen sein Naturgefühl, und der ernste schlaue Vogel, mit hinreichendem Verstand, sich so unglücklich zu machen, als schurkische Gewohnheiten das menschliche Tier machen können. Da ist auch der arme rohe Hugh, der müßig vor der Tür des Maypole faulenzt, während ein Sturm von Leidenschaften in ihm dem Losbruch zutobt; schon die vertrocknete Frucht des Schaffots, wie er bestimmt ist, dessen reifes Opfer zu werden und obgleich von allen schlimmsten Instinkten des Wilden erfüllt, doch auch nicht ohne einige seiner besten. Noch weiter außerhalb des mitleidigen Einflusses der gütigen Natur lauert der schlimmste Bösewicht der Szene, mit dem einzigen Anspruch auf Nachsicht, daß er durch die beständige Berührung mit dem schmutzigsten Werkzeuge des Gesetzes und des Staates die Masse von moralischem Schmutz geworden ist, die er ist. Dennis, der Henker, ist ein Porträt, das Hogarth mit derselben gesunden Strenge der Satire gemalt haben würde, welche in *Barnaby Rudge* darauf verwandt worden ist.

Fünfzehntes Kapitel

Öffentliches Festmahl in Edinburgh
1841

Unter den Vorgängen des Jahres wurde, abgesehen von seiner Arbeit an dem Roman, die Geburt seines vierten Kindes und zweiten Sohnes kurz erwähnt. „Ich beabsichtige, den Jungen Edgar zu nennen," schrieb er einen Tag nach seiner Geburt (9. Februar), „ein guter ehrlicher sächsischer Name, glaube ich." Einige Tage später jedoch besann er sich anders, indem er beschloß, Landor zu Gevatter zu bitten. Er kündigte diese Absicht unmittelbar darauf unserm trefflichen alten Freunde an, mit der Bemerkung, daß es dem Kinde zum Ruhme gereichen werde, Walter Landor zu heißen und daß es seinem eignen Herzen wohltun werde, es so zu nennen. Denn so viel wirkliche Bedeutung die Zeremonie der Taufe auch eingebüßt haben möge, für ihn habe sie doch immer noch die Bedeutung bewahrt, daß er dadurch in den Stand gesetzt werde, mit den Freunden, die er am meisten liebe, in nähere Beziehung zu treten, und was den Knaben angehe, so halte er dafür, daß man ihm mit einem Namen, worauf er stolz sein könne, auch einen neuen Grund gebe, nichts Unwürdiges oder Unwahres zu tun, wenn er ein Mann geworden sei. Walter lebte leider nur bis zum Beginn des Mannesalters. Er erlangte durch die Freundlichkeit von Miss Coutts eine Ernennung als Kadett in der Armee und starb in Kalkutta, am letzten Tage des Jahres 1863, in seinem 23. Jahre.

Das Interesse, welches diese ausgezeichnete Dame an ihm und den Seinigen nahm, hatte, wie ich bereits bemerkte, schon vor dieser Zeit angefangen und ich erinnre mich, während er an „Oliver Twist" arbeitete, seiner Freude darüber, daß ihr Vater ihn in einer in Birmingham gehaltenen Rede wegen seiner Vertretung der Sache der Armen rühmend erwähnt hatte. Ich kann nicht mit Bestimmtheit sagen, ob Sir Francis Burdett[68] dem neuen Armengesetz ebenso entschieden abgeneigt war wie Dickens und viele andre vortreffliche Männer, die in ihrer Entrüstung über die nutzlose und grausame Härte, mit der es zuerst wirkte, die Barbarei des Systems vergaßen, an dessen Stelle es trat. Aber gewiß ist, daß Dickens entschieden an dieser Ansicht fest-

---

[68] Der eben erwähnte Vater der Miss Coutts und hervorragender radikaler Politiker. – D.Übers.

hielt und sich über nichts mehr freute, als über das Mißgeschick, welches die Whigs im Zusammenhange damit betraf. „Wie oft pflegten Black und ich", schrieb er mir im April, „über die Wirkung des Armengesetzes zu streiten! Walter kommt unter diesem Parteiruf in die Welt. Wir werden sehen, ob die Whigs dadurch aus dem Amte kommen." Es war in Folge seines lebhaften Wunsches, über diesen Punkt selbst im Parlament gehört zu werden, daß er nicht sofort einen ihm damals von mehreren Magnaten von Reading privatim gemachten Vorschlag, sich für diesen Ort wählen zu lassen, ablehnte; aber er entschlug sich dieses Gedankens bald, wie er auch bei dem spätern wiederholten Auftauchen desselben immer weise genug war zu tun. Übrigens hatte er, wie sich gleich herausstellen wird, damals äußerst radikale Ansichten und Peel's Majorität von einer Stimme war durchaus nicht nach seinem Geschmack, als sie bald nachher kam und die Whigs aus dem Amte trieb. Grade um diese Zeit machte ihm auch eine ruhige Abfertigung Thomas Moore's, der sich an Sir Francis Burdett's Tische in ultra-torystischem Sinne äußerte, durch Samuel Rogers, großes Vergnügen. So entartet sei das Unterhaus durch Reform, sagte Moore, daß ein Burke, auch wenn man ihn fände, gar nicht angehört werden würde. „Unsinn, Tommy", sagte Rogers, „finde Dich selbst nur und man würde sogar Dich anhören."

Es war nicht viele Tage später, als er mir zuerst ein Vorhaben andeutete, das bald in denkwürdiger Weise zur Ausführung kommen sollte. „Ich habe heute nichts getan" (18. März; wir hatten den Tag vorher bei einer Auktion zusammen Bücher gekauft), „als den *„Swift"* aufschneiden, – wobei ich mit entzückender Faulenzerei an allen möglichen schönen Stellen hineinsah – und die Bücher bei Seite bringen. Ich bekam heute Morgen einen Brief aus Edinburgh, woraus ich erfuhr, daß Jeffrey's[69] Besuch in London in der Woche nach der nächsten stattfinden wird, daß er in Edinburgh herumfährt und erklärt, „seit Cordelia sei nichts so gutes dagewesen wie Nell", was er auch allen möglichen Leuten schreibt und, daß man in jener romantischen Stadt den Wunsch hegt, mir Gruß und Willkommen zu bieten. Aus diesen und aus andern Gründen bin ich geneigt, im Juni lieber nach Schottland zu gehen als nach Irland. Überlege Dir's inzwischen (Du hast zehn gute Wochen Zeit), ob Du nicht, mittelst einer des Besitzers des gigantischen Helms würdigen Anstrengung, uns begleiten könntest. Denke an zwei Wochen wie diese: York, Carlisle, Berwick, Dein ei-

---

[69] Francis Jeffrey, der berühmte Kritiker und Mitbegründer der Edinburgh Review, später Lord-Advokat und einer der Oberrichter von Schottland. – D.Übers.

genes Grenzland, Edinburgh, Rob Roy's Land, Eisenbahnen, Kathedralen, Landwirtshäuser, Arthurs-Seat, Seen, Täler und über's Meer nach Hause. Bitte, überlege Dir's ernsthaft, mit Muße." Es war sehr verlockend, sollte aber nicht sein.

Jeffrey kam zu Anfang April, bewillkommnet durch viele Feste und Unterhaltungen, an denen er sich nur mäßig beteiligte und ehe er abreiste, war der Besuch in Schottland in aller Form festgestellt. Derselbe sollte eingeleitet werden durch das glänzende Willkommen eines öffentlichen Festessens in Edinburgh, unter dem Vorsitz Lord Jeffrey's selbst. Der Maler Allan war inzwischen nach London gekommen, mit neuen Nachrichten über die gemachten Vorbereitungen und während wir alle Wilkie's Abwesenheit im Auslande bedauerten und Dickens mit berechtigtem Stolze sagte, wie gewiß der große Maler an diesem Festessen teilgenommen haben würde, kam die Erschütterung seines plötzlichen Todes[70] und es blieb nur die traurige Genugtuung, sein Andenken zu ehren. Noch eine Änderung fand vor dem festgesetzten Tage statt. „Ich hörte heute Morgen aus Edinburgh", schrieb er am 15. Juni, „Jeffrey sei nicht wohl genug, um den Vorsitz zu führen, so tut Wilson es. Mir scheint das unter allen Umständen der Politik, der Bekanntschaft, der *Edinburgh Review* viel besser – Dir nicht auch?"

Sein erster Brief aus Edinburgh, wo er und seine Frau bei ihrer Ankunft am Abend vorher in dem Royal-Hotel ihre Wohnung aufgeschlagen hatten, ist vom 23. Juni datiert. „Ich bin heute Morgen nach dem Parlamentshause gewesen und bin jetzt, wie ich hoffe, jedermann in Edinburgh vorgestellt. Das Hotel wird förmlich belagert und ich habe in einem abgelegenen Zimmer am Ende eines langen Ganges Zuflucht nehmen müssen, wo ich diesen Brief schreibe. Man spricht von 300 Personen bei dem Festessen. In Bezug auf Zimmer sind wir sehr gut versehen. Wir haben nämlich ein schönes Gesellschaftszimmer, ein andres daneben zum Arbeiten für mich, ein geräumiges Schlafzimmer und ein daran stoßendes großes Ankleidezimmer. Man sieht von den Fenstern grade auf das Schloß und die Aussicht ist herrlich. Wir hatten gestern Abend ein Souper, das sich überall als Dîner hätte präsentieren können." Dies war seine erste praktische Erfahrung von den Ehrenbezeigungen, welche sein Ruhm ihm eintrug, und sie fand ihn ebenso begierig zu empfangen, als alle begierig waren zu geben. Sehr interessant sind auch noch die Persönlichkeiten, die einen

---

[70] Dickens wollte es zuerst nicht glauben. „Mein Herz versichert mich, daß Wilkie lebt," schrieb er. „Er ist ganz der Mann, erst in sehr hohem Alter zu sterben" – und allerdings hätte man dies denken sollen.

hervorragenden Anteil an der Feier nahmen, und in seinen angenehmen Skizzen über sie finden sich mehrere einst berühmte und wohlbekannte Gestalten, welche dem gegenwärtigen Geschlecht nicht so gut bekannt sind. Wir heben hier unter den ersten Wilson und Robertson hervor.

„Der berühmte Peter Robertson[71] ist ein großer stattlicher Mann mit vollem Gesicht, vergnügten Augen und einer sonderbaren Art und Weise, unter der Brille hervorzusehen, die charakteristisch und angenehm ist. Er scheint auch ein sehr warmherziger ernster Mann und ich fühlte mich sofort bei ihm ganz zu Hause."

„Auf und nieder in der Gerichtshalle (die von Advokaten, Schreibern und Müßiggängern angefüllt war) wanderte ein großer, starker, schöner Mann von achtundfünfzig, mit einem Gange, wie dem O'Connell's, den blausten Augen die Du Dir denken kannst und langem – länger als meines – in wilder Weise unter dem breiten Rande seines Hutes niederfallendem Haar. Er hatte einen Überrock an, ein blaues gestreiftes Hemd mit aufstehendem Kragen, den ein Wisch von einem schwarzen Halstuch zusammenhielt, keine Weste und ein großes Taschentuch in seiner Brust, die ganz offen stand. Auf den Fersen folgte ihm ein sehniger, scharfäugiger, ruppiger Teufel von einem Dachshund, der auf Schritt und Tritt hinter ihm herlief, während er auf und ab strich, bald mit einem Menschen an seiner Seite, bald mit einem andern und dann wieder ganz allein, aber immer mit schnellem rollenden Schritt, den Kopf in der Luft und die Augen so weit geöffnet, als er sie öffnen konnte. Ich dachte, es wäre Wilson und er war es. Ein heller, gesund aussehender, bergartiger Mensch, scheint er erst eben von den Hochlanden herabgestiegen zu sein und die Feder nie in der Hand gehabt zu haben. Aber er hat noch in diesem Monat einen Anfall von Lähmung in seinem rechten Arm gehabt. Er wand sich, als ich ihm die Hand schüttelte und glitt, während wir auf und ab wanderten, mehrmals aus, als hätte er auf ein Stück Orangeschale getreten. Er ist ein großer Mensch, zum Ansehen und zur Unterhaltung und ganz die Gestalt, die man an Scott's Stelle setzen würde, könnte man sich der Erinnerung an den wirklichen Scott entschlagen."[72]

---

[71] Berühmt als Advokat, Humorist und Geschichtenerzähler. Bald nachher durch Sir Robert Peel zum Oberrichter in Schottland ernannt, wurde er Lord Robertson. – D.Übers.
[72] Die hier beschriebene Persönlichkeit ist der Essayist, Novellist und Dichter John Wilson, Verfasser der Noctes Ambrosianae, Herausgeber von Blackwood's Magazine und Professor der Moralphilosophie an der Universität Edinburgh. Als

Und auch die gewöhnlichsten Zwischenfälle des Besuchs entbehren jetzt nicht des Interesses für uns, insofern sie Dickens' eigenes Bild vervollständigen helfen. „Allan hat mich den ganzen Morgen umhergeführt. Er und Fletcher sind jetzt bei einer Versammlung des Festkomitees und ich benutze diese Gelegenheit, Dir zu schreiben. Sie speisen heute Abend bei uns, nach dem Essen werden wir ins Theater gehen. Mac Jan spielt dort. Ich beabsichtige, ihm noch vorher meine Aufwartung zu machen. Wir sind schon für jeden Tag unsres Aufenthalts engagiert; aber die Leute, die ich gesehen habe, begegnen mir so herzlich und warm, daß viel von dem Schrecken des Löwentums dabei verschwindet. Es freut mich zu hören; daß sie mir am Freitag das Andenken Wilkie's als Trinkspruch übertragen wollen. Hätte ich die Wahl gehabt, so würde mir dies vor allen andern zugesagt haben. Teile dies alles an Maclise mit. Ich wollte, Ihr wärt beide hier. Ihr müßt am Freitag zusammen in Gray's-Inn dinieren und an mich denken. Wenn ich nicht mein erstes Glas Wein auf Euer Wohl trinke, so mögen mir meine Pistolen versagen und meine Stute sich die Schulter verrenken. Alle möglichen Empfehlungen von Kate. Sie ist mit Miss Allan hingegangen, ihr Geburtshaus zu sehen. Schreibe mir bald und lang."

Sein nächster Brief wurde am Morgen nach dem Festessen, am Sonnabend den 26. Juni, geschrieben. „Die große Begebenheit ist vorüber und da sie vorüber ist, bin ich wieder ein Mensch. Es war das Glänzendste, was Du Dir denken kannst, ein großer Erfolg, von Anfang bis zu Ende. Der Saal war gedrängt voll und mehr als siebzig Applikationen um Billette mußten gestern abgewiesen werden. Wilson war krank, raffte sich aber auf wie ein Löwe und sprach vortrefflich."[73]

„Unser Freund hat sich auf den gewöhnlichen Bahnen des Lebens umgetan, er hat sich mit den niedern Klassen der Gesellschaft bekannt

---

Autor bediente er sich des Pseudonyms Christopher North, unter dem er allgemein bekannt wurde. – D.Übers.

[73] Die Reden waren im Allgemeinen gut, aber die von Dickens selbst im Text gegebene Beschreibung wird hier als genügend erachtet werden. Einige Sätze aus Wilson's Rede müssen wir jedoch mitteilen, um den Ton seines Lobes zu zeigen und ich will nur die Bemerkung vorausschicken, daß Dickens Erwiderung sowie der Tribut, den er Wilkie darbrachte, in sehr glücklich gewählten Ausdrücken vorgetragen wurde und daß Peter Robertson die Gesellschaft in einen Lachkrampf versetzt zu haben scheint durch seine Nachahmung von Dominic Sampson's „Außer-ord-ent-lich", bei einer erdichteten Zusammenkunft zwischen diesem würdigen Schulmeister und Mr. Squeers von Dotheboys. Ich zitiere jetzt aus Professor Wilson's Rede:

gemacht. Er hat sich nicht abschrecken lassen durch den Anblick des Lasters und der Gottlosigkeit und des Elends und der Schuld, einen Geist des Guten zu suchen in dem Bösen, sondern hat sich durch die Macht seines Genius bestrebt, was gemein war umzuwandeln in Etwas, das kostbar ist wie geschlagenes Gold ... Aber wenn ich noch lange so fortfahre – was sich für mich nicht passen würde – werde ich zu einer kritischen Darstellung des Genies unsres berühmten Gastes verleitet werden. Eine solche will ich nicht versuchen; allein ich kann nicht umhin, in einigen schwachen Worten die Freude auszudrücken, welche jede menschliche Brust über den liebevollen Geist empfindet, der alle seine Schöpfungen durchdringt. Was für ein gütiger und guter Mensch er ist, brauche ich nicht zu sagen, ebensowenig als was für eine Kraft des Genies er erworben hat durch jene tiefe Sympathie mit seinen Mitgeschöpfen, einerlei, ob sie im Wohlstand und Glück leben oder von Unglück überwältigt sind, die aber doch nicht unter ihrem Elend erliegen, sondern auf die Stärke ihrer Ausdauer, auf jenen Grundsatz der Wahrheit und der Ehre und der Rechtschaffenheit vertrauen, der ungebildeten Geistern nicht fremd ist und in den niedrigsten Hütten ebenso lebendig gefunden wird wie in den Hallen des Adels und den Palästen der Könige. Dickens ist auch ein Satiriker. Er satirisiert das menschliche Leben, aber er satirisiert es nicht, um es zu entwürdigen. Er will nicht das Hohe zu dem Niedrigen herabreißen. Er sucht nicht, alle Tugend als ein hohles Ding darzustellen, auf das man nicht bauen könne. Er satirisiert nur die Hartherzigen und die Selbstsüchtigen und die Grausamen. Unser berühmter Gast mag uns noch keine volle und vollständige Schilderung des weiblichen Charakters gegeben haben. Aber eins hat er getan: er hat sich bemüht, die Frauen als nicht bloß durch die Künste der höhern Bildung, so elegant und Anmutig dieselben auch sein mögen, reizend darzustellen. Er hat diese Künste der höhern Bildung nicht als ihr wahres Wesen geschildert, sondern vielmehr von ihnen gesprochen als beseelt von Liebe zur Häuslichkeit, von Treue, von Reinheit, von Unschuld, von Liebe und von Hoffnung, durch welche sie in den Stand gesetzt werden, unter den schwierigsten Umständen ihre Pflichten zu erfüllen und die über ihren Pfad in dieser Welt Lichtblicke vom Himmel fallen lassen. Dickens mag versichert sein, daß in ganz Schottland ein Gefühl des Wohlwollens, der Zuneigung, der Bewunderung und der Liebe für ihn herrscht und ich bin fest überzeugt, daß das Bewußtsein dieser Gefühle ihn glücklich machen muß."

Ich schicke Dir anbei eine Zeitung, aber der Bericht ist höchst trübselig. Man sagt, ein besserer wird nachfolgen – ich weiß nicht wo und wann. Falls er erscheint, werde ich ihn Dir schicken. Ich glaube (ahem!), daß ich ganz gut gesprochen habe. Der Saal war vortrefflich und aus den beiden Gegenständen (Wilson und die schottische Literatur und das Andenken Wilkie's) ließ sich etwas machen. Es waren fast zweihundert Damen zugegen. Die Anordnungen waren so getroffen, daß der Quertisch außerordentlich hoch über die Köpfe der unten sitzenden Leute hervorragte und als ich zuerst hineinkam, war die Wirkung (ich meine auf mich) ungeheuer. Allein ich war vollkommen gefaßt und trotz des gewaltigen Enthusiasmus kühl wie eine Gurke. Ich wollte, Du wärest dagewesen, da es für den „berühmten Gast" unmöglich ist, die Szene zu beschreiben. Nichts in der Welt läßt sich damit vergleichen."

Der Brief schloß folgendermaßen: „Ich habe jeden Tag erwartet von Dir zu hören und beabsichtige, da ich nicht von Dir gehört habe, diesen Brief so kurz zu fassen als möglich. Wir werden nächsten Sonntag, d. h. morgen über acht Tage, aufbrechen. Heute gehen wir zu Jeffrey hinaus (er ist sehr unwohl) und kehren morgen Abend hierher zurück. Wenn ich bei meiner Rückkehr keinen Brief von Dir finde, so erwarte Du auch keine Lichter und Schatten des schottischen Lebens von Deinem erzürnten Korrespondenten. Theaterdirektor Murray sprach auf sehr vortreffliche, geschmackvolle und zarte Weise über Macready, über den Wilson während des Festessens verschiedene Fragen an mich gerichtet hatte." „Tausend Dank für Deinen Brief", schreibt er vier Tage später. „Ich las ihn diesen Morgen mit der größten Befriedigung und Freude und beantworte ihn mit ditto ditto. Wo soll ich anfangen? – bei meinen kleinen Lieblingen? Ich bin entzückt über Charley's Frühreife. Er schlägt nach seinem Vater, fürwahr. Gott segne sie! Du kannst Dir nicht vorstellen (Du! wie könntest Du!), wie ich mich danach sehne, sie zu sehen. Es macht mich ganz traurig, an sie zu denken ... Gestern, Sir, votierten mir der Lord Provost, der Stadtrat und die Magistrate durch Akklamation das Bürgerrecht der Stadt, zum Beweise (ich zitiere den eben empfangenen Brief von „James Forest, Lord Provost") „der hohen Achtung, welche sie vor Ihren ausgezeichneten Talenten als Schriftsteller hegen". Ich dankte heute Morgen in angemessenen Ausdrücken für die Ehre, die sie mir und durch mich dem Berufe, dem ich mich gewidmet, erwiesen hatten. Du mußt selbst sagen, daß das hübsch ist."

Die Pergamentrolle mit dem Bürgerrecht, worauf die Gründe verzeichnet standen, weshalb es ihm zuerkannt wurde, hing bis zuletzt eingerahmt in seinem Studierzimmer und war eins seiner hochgehaltenen Besitztümer. Als Antwort auf eine meiner Fragen erzählte er mir noch mehr von den Rednern und gab einige belustigende Einblicke in den Parteigeist, der damals in der Hauptstadt des Nordens noch sehr hoch ging.

„Die Leute, die bei dem Festessen sprachen, waren sämtlich die hervorragendsten Männer hier, meistens Advokaten. Sie waren alle abwechselnd Whigs und Tories, nebst einigen wenigen Radikalen, wie Gordon, der einen Trinkspruch auf das Andenken von Burns ausbrachte. Er ist Wilson's Schwiegersohn und der Neffe des Lord-Advokaten, ein wirklich meisterhafter Redner, der ein ausgezeichneter Mann werden sollte. Neaves, der einen Trinkspruch auf die andern Dichter ausbrachte (etwas zu advokatenartig für meinen Geschmack), ist eine Koryphäe in den Gerichtshöfen. Mr. Primrose ist Lord Rosebery's Sohn. Adam Black, den Verleger, kennst Du. Dr. Alison, ein sehr volkstümlicher Freund der Armen. Robertson kennst Du. Allan kennst Du. Colquhoun ist ein Advokat. Alle diese Männer wurden für die Trinksprüche ausgewählt, weil sie vortreffliche Redner, bekannte Leute und in politischer Beziehung einander sehr entgegengesetzt waren. Aus diesem Grunde hielten die Professoren und so fort, die um mich her auf der Platform saßen, keine Reden und wurden nicht zum Reden aufgefordert. Es kam mir sehr merkwürdig vor, eine solche Anzahl grauköpfiger Männer um meine braun herabwallenden Locken versammelt zu sehen und es brachte auf die meisten Anwesenden einen starken Eindruck hervor. Die Richter, der Ober-Staatsanwalt, der Lord-Advokat und so fort besuchten uns alle hier, den Tag nach unsrer Ankunft. Die Richter gehen in Schottland nie zu öffentlichen Festessen. Nur Lord Meadowbank hat sich an diese Sitte nicht gekehrt und keiner seiner Nachfolger hat ihn nachgeahmt. Es wird Dir eine gute Vorstellung von dem hier herrschenden Parteigeist geben, wenn ich Dir sage, daß der Oberstaatsanwalt und der Lord-Advokat, obgleich sie schon zugesagt hatten, sich weigerten zu kommen, wenn der Croupier oder der Vorsitzende nicht ein Whig wäre. Beide (Wilson und Robertson) waren Tories, und zwar einfach deshalb, weil, mit Ausnahme Jeffries, kein Whig zu finden war, der für das Amt paßte. Der Oberstaatsanwalt schärfte es Napier dringend ein, nicht zu gehen, wenn kein Whig den Vorsitz führte. Kein Whig führte den Vorsitz und er blieb weg. Das ist herrlich, besonders wenn man bedenkt, daß sämtliche alte Whigs von Edinburgh sich bei dem Festessen die Kehle heiser schrien. Sie erklären, sie seien krank gewesen und der Staatsanwalt lag faktisch den ganzen Nachmittag im Bette; aber der eigentliche Grund war der eben erwähnte und einer der Richter teilte mir dies mit großer Heiterkeit mit. Es scheint, daß sie, ihrer Meinung nach, sich nicht ganz auf Wilson und Robertson verlassen konnten und eine Tory-Demonstration fürchteten. Nichts Derartiges fand statt; und seitdem haben eben diese Leute am lautesten das Lob der ganzen Geschichte gesungen."

Der Schluß seines Briefes berichtet über alle an ihn ergangene Einladungen und vervollständigt sein erfreuliches Gemälde von dem ihm zu Teil gewordenen herzlichen schottischen Willkommen. Es finden sich auch einige persönliche Züge darin, die der Aufbewahrung wert scheinen. „Gestern Abend erreichte mich (es scheint, als ob sie in ihren Zeitungen einige Zeit daran gehämmert haben) die Drohung eines Festessens in Glasgow. Da ich aber falsche Gerüchte über meine ferneren Pläne in Umlauf gesetzt habe, hoffe ich, fortzukommen, ehe sie mir die Einladung schicken und dort nur auf meinem Rückwege anzuhalten, um die Pferde zu wechseln und nach dem Postamt zu schicken ... Es wird Dir angenehm sein zu hören, wie wir gelebt haben. Hier ist eine Liste unserer vergangenen und künftigen Engagements. Am Mittwoch dinierten wir zu Hause und gingen abends inkognito ins Theater, in Murray's Loge: die Stücke wurden vortrefflich aufgeführt und Mc Jan war in den *Two Drovers* ganz wunderbar und sehr ergreifend. Am Donnerstag zu Lord Murray, Dîner und Abendgesellschaft. Freitag, das Festessen. Sonnabend zu Jeffrey, der etwa eine Stunde von hier ein schönes Haus bewohnt (Craig-crook, das ich auf Lord Jeffrey's Einladung später noch einmal mit ihm besuchte), blieben die Nacht dort, dinierten mit ihm am Sonntage und kehrten um 11 Uhr nach Hause zurück. Am Montag Dîner bei Dr. Allison, vier Meilen von hier. Am Dienstag, Dîner und Abendgesellschaft bei Allan. Am Mittwoch, Frühstück bei Napier, Dîner bei Blackwood, sieben Meilen von hier, Abendgesellschaft bei dem Schatzmeister des Stadtrats, Abendessen mit sämtlichen Künstlern. (!!) Donnerstag, Gabelfrühstück bei dem Ober-Staatsanwalt, Dîner bei Lord Gillies, Abendgesellschaft bei Joseph Gordon, einem der frühesten Anhänger Lord Brougham's. Freitag, Dîner und Abendgesellschaft bei Robertson. Sonnabend, wieder Dîner bei Jeffries; zurück ins Theater, Schlag halb neun, um vor dem Publikum zu erscheinen[74]; alle Plätze gefüllt &c.

---

[74] Bei dieser Gelegenheit schlug, wie er mir später erzählte, das Orchester zu seinem eignen und dem Erstaunen seiner Freunde, zwei Fliegen mit einer Klappe, indem es bei seinem Eintritt, unter rauschenden Beifallsrufen, Charley is my Darling improvisierte. – (Charley is my Darling ist der Titel und Refrain eines noch jetzt in Schottland volkstümlichen Liedes zu Ehren des Prätendenten Karl Stuart. – D.Übers.)

Sonntag um 7 Uhr morgens nach Stirling und dann nach Callender, eine Station weiter. Tags darauf nach Loch-earn, wo wir auf drei Tage einkehren, um auszuruhen und zu arbeiten. Die Moral von diesem allen ist, daß es keinen Ort gibt, der sich mit dem eignen Hause vergleichen ließe und daß ich Gott von Herzen danke, daß er mir ein ruhiges Gemüt gegeben hat und ein Herz, das nicht viele Leute halten will. Ich seufze nach Devonshire Terrace und Broadstairs, nach Rackett und Federball; ich möchte in einem Kittel mit Dir und Mac speisen und ich empfinde Topping's Verdienste tiefer als je zuvor in meinem ganzen Leben. Am Sonntagabend, den 17. Juli, werde ich hoffentlich meine Hausgötter wieder sehen. Ich wollte, der Tag wäre da. Um alles in der Welt, erwarte mich! Ich möchte, daß Du und Mac mit Fred an diesem Tage in Devonshire Terrace dinierten. Er hat den Schlüssel zu dem Keller. Bitte, tut es! Wir werden am Dienstag über acht Tage in Inverary in den Hochlanden sein, wohin wir durch den Paß von Glencoe gehen, von dem Du wohl gehört hast. Am Donnerstag darauf werden wir in Glasgow sein, wo ich Deinen letzten Brief vor unserm Wiedersehn zu erhalten hoffe. Auch in Inverary werde ich fest darauf rechnen, wenigstens einen auf dem Postamt zu finden. Der kleine Allan bemüht sich nach Kräften um die Anstellung als Hofmaler, die durch Wilkie's Tod vakant geworden ist. Jedermann ist für ihn, mit Ausnahme von **, der für einen andern arbeitet. Wenn Du ihn anstellen willst, will ich meinen Posten als Premier-Minister aufgeben. – Wie ich heute in dem Hause, wo Scott siebenundzwanzig Jahre wohnte, frühstückte; wie ich feierliche Gelübde getan habe, einen Artikel über vermisste Kinder für die *Edinburgh Review* zu schreiben und mein Bestes tun werde, sie zu halten; wie ich abgelehnt habe, ohne jede Kosten und obendrein mit der nötigen Vermögens-Qualifikation, mich für eine schottische Grafschaft, die um einen Abgeordneten bettelt, ins Parlament wählen zu lassen, damit man nicht etwa meint, ich habe am Freitag unter falschen Vorwänden an dem Festessen teilgenommen – diese und andere Wunder sollen Dir später offenbar werden ... Ich muß hier rasch abbrechen, weil ich mich ankleiden und für den Ausflug zu dem anderthalb Meilen entfernten Dîner fertig machen muß. Kate grüßt herzlich. Meine besten Grüße an Mac und Grim." Grim war ein andrer großer Künstler, dessen Namen auf dieselbe Art anfing und dessen tragische Studien Dickens veranlaßt hatten, ihm einen Beinamen zu geben, der auf seine persönlichen Eigenschaften ganz unanwendbar war.[75]

---

[75] Macready, der schon öfter erwähnte berühmte Schauspieler. Das englische

Die Erzählung des Ausflugs in die Hochlande muß ein Kapitel für sich und seine abenteuerlichen und komischen Vorfälle haben. Die letzteren waren hauptsächlich dem Führer zuzuschreiben, der ihn begleitete, selbst einem Quasi-Hochländer, den wir schon oben als Mr. Kindheart nannten, dessen wirklicher Name Angus Fletcher war und den ich kaum weiter zu erwähnen brauche, außer in den künftigen Bemerkungen über ihn, welche die Briefe meines Freundes enthalten. Er besaß eine launenhafte Art von Talent, das er nie auf ein festes Ziel zu konzentrieren vermochte, und obgleich er um die Zeit, als wir zuerst mit ihm bekannt wurden, den Beruf eines Bildhauers ergriffen hatte, gab er denselben doch bald nachher auf. Seine Mutter, eine durch viele bemerkenswerte Eigenschaften ausgezeichnete Dame, wohnte damals in dem englischen See-Distrikt und es war nicht ihre Schuld, daß diese Heimat nicht mehr ihres Sohnes Heimat war. Was sie ihm aber besonders verschlossen hatte, war unzweifelhaft das Geheimnis der Neigung, welche Dickens für ihn empfand. Fletcher's Exzentrizitäten und Torheiten, die oft nur durch die dünnste Scheidewand von der tollsten Ausschweifung getrennt, aber gelegentlich geistreich und immer der echte, obschon grillenhafte Auswuchs des Lebens waren, das er führte, hatten einen eigentümlichen Reiz für Dickens. Er freute sich an der Sonderbarkeit und dem Humor, ertrug alles andre und öffnete während der nächsten Jahre, in Italien wie in England, niemandem sein Haus mit größerer Gastfreiheit als Mr. Kindheart. Das Lebensende des armen Menschen war leider in nur zu genauer Übereinstimmung mit seinem ganzen früheren Lebenslauf; doch hierüber später mehr. Jetzt wartet er darauf, Dickens in die Hochlande einzuführen.

Grim entspricht dem deutschen grimmig, schrecklich. – D.Übers.

Sechzehntes Kapitel

Abenteuer in den Hochlanden
1841

Von Loch-earn-head schrieb Dickens am Montag, 5.Juli, nachdem er es an demselben Nachmittage „völlig durchnäßt" erreicht hatte: „Nachdem wir am Sonnabend Abend im Theater, das gedrängt voll war, sehr beschäftigt gewesen waren, verließen wir Edinburgh gestern Morgen um halb acht und reisten, unter Fletcher's Führung, nach einem Orte namens Stewart's-Hotel, zwei Meilen weiter als Callender. Wir hatten es versäumt, Zimmer zu bestellen und fanden uns genötigt, aus unserem Schlafzimmer ein Wohnzimmer zu machen, wobei mein Genie für die Anordnung von Möbeln mir sehr zu statten kam. Fletcher schlief in einem Loch mit drei Glasscheiben, die zu einem Fenster gehörten, dessen drei andre Scheiben einem Manne gehörten, der auf der andern Seite der Scheidewand schlief. Er erzählte mir heute Morgen, er habe die ganze Nacht an Alpdrücken gelitten und wisse, daß er furchtbar geschrien habe.[76] Der Fremde, wie Du Dir denken

---

[76] Der gute arme Fletcher hatte, neben seinen andern Eigentümlichkeiten, die Gewohnheit, seinen Gemütsbewegungen in einem wilden Schrei Luft zu machen, der selbst über das beschreibende Talent von Dickens hinausging, welcher sich in seinen Briefen aus Broadstairs häufig darauf bezog. Hier ist eine Probe (20. September 1840). „Mrs. M., die neulich in dem nächsten Badekarren war, hörte ihn heulen wie einen Wolf (wie er zu tun pflegt), als er zuerst das kalte Wasser berührte. Es freut mich meine frühere Geschichte nach dieser Seite bestätigt zu finden. Es gibt auf der Erde keinen gleichen Ton. In den infernalischen Regionen mag es ihn geben, aber anderswo gibt es keine irgendwie zusammengesetzte Schar wilder Bestien, die einen solchen Gesamtton hervorbringen könnte. Die Beschreibung der Wölfe in ‚Robinson Crusoe' nähert sich ihm am meisten; aber sie ist schwach – sehr schwach – im Vergleich." Von der im Allgemeinen liebenswürdigen Seite aller seiner Exzentrizitäten fühle ich mich versucht, eine Schilderung desselben Briefes anzuführen. „Neulich kam mir ein beunruhigendes Gerücht zu, daß er unter freiem Himmel predige. Als ich den Ort erreichte, fand ich, daß er vor dem Hause in der Straße einer an der Terrasse wohnenden Familie aus Wordsworth vorlas. Die ganze Stadt war draußen. Nachdem er ihnen eine Probe von Wordsworth gegeben, ließ er Mrs. Norton's Buch von Hause holen und unterhielt sie mit gewählten Stellen aus diesem. Er schloß mit einer Nachahmung von Mrs. Hemans, wie sie ihre eigenen Gedichte vorliest, wobei er, zur Nachahmung ihres Schleiers, ein Taschentuch über seinen Kopf hing – alles öffentlich, vor dem versammelten Publikum."

kannst, mietete einen Wagen und fuhr beim ersten Tagesgrauen in vollem Galopp ab. Da wir sehr müde waren (denn wir hatten die Nacht vorher nicht mehr als drei Stunden geschlafen), lagen wir heute Morgen bis 10 Uhr im Bette und gingen um halb 12 durch die Trossachs nach Loch Kathrine, wohin ich schon gestern Abend nach dem Tee von dem Hotel aus spazieren gegangen war. Es ist unmöglich, zu beschreiben, was für ein herrlicher Anblick es war. Es regnete, wie es nur hier regnen kann. Wir führten Kate einen Felsenpaß hinauf, von wo sie die Insel der *Lady of the Lake* sehen sollte, aber sie gab es nach den ersten fünf Minuten auf und wir ließen sie, sehr malerisch und unbehaglich, unter dem Schutze Tom's (des Dieners, den sie von Devonshire Terrace mitgenommen hatten), der einen Regenschirm über ihrem Kopfe hielt, während wir weiter hinaufstiegen. Als wir zurückkamen, hatte sie sich in den Wagen verfügt. Wir waren bis auf die Haut durchnäßt und fuhren in diesem Zustande sechstehalb Meilen weiter. Fletcher ist sehr gutmütig und außerordentlich nützlich in diesen ausländischen Gegenden. Seine in Broadstairs in Verlegenheit setzende Gewohnheit, in Küchen und Schenken zu gehen, ist uns hier von großem Dienst. Da man uns erst um sechs Uhr erwartete, brannte unser Feuer noch nicht als wir ankamen und hättest Du ihn (auf dem die Verantwortlichkeit für diese Unterlassung ruhte) sehen können, wie er mit einem großen Paar Blasebalge in dem Wohnzimmer und den zwei Schlafstuben aus- und einlief und in seiner Aufregung ein Feuer nach dem andern ausblies, Du würdest vor Lachen gestorben sein. Er trug auf dem Kopfe eine große hochländische Mütze, auf dem Rücken einen weißen Rock und machte eine Figur, die selbst der Unnachahmliche nicht beschreiben kann ..."

„Die Gasthöfe sind von innen und außen die sonderbarsten Gebäude, die man sich vorstellen kann! Von der Straße gesehen sieht dieser hier in Loch-earn-head aus wie eine weiße Wand, in der aus Versehen Fenster angebracht sind. Wir haben jedoch ein gutes Wohnzimmer im ersten Stock, ebenso groß, obgleich nicht so hoch als mein Studierzimmer. Die Schlafzimmer sind von einer Größe, daß es unmöglich ist, sich darin zu bewegen, nachdem man die Stiefel ausgezogen hat, ohne sich Stücke aus den Beinen zu stoßen. Es gibt kein Waschbecken in den Hochlanden, in das mein Gesicht hineingeht, keine Schieblade, die sich aufziehen läßt, nachdem man seine Kleider hineingelegt hat, keine Wasserflasche, die Wasser genug hält, um die Zahnbürste damit anzufeuchten. Die Hütten sind kläglich und elend über jede Beschreibung hinaus. Die Lebensmittel, für die die dafür bezahlen können, „nicht schlecht", wie M. sagen würde: Haferkuchen, Hammelfleisch,

Hotch-Potch,[77] Forellen aus dem See, schwaches auf Flaschen gezogenes Bier, Marmelade und Whiskey. Von dem letztgenannten Artikel habe ich heute ungefähr eine halbe Flasche zu mir genommen. Das Wetter ist was man „weich" nennt – was bedeutet, daß der Himmel eine große Wasserhose ist, die nie aufhört sich zu entleeren; und geistige Getränke bringen keine größere Wirkung hervor als Wasser. ... Ich beabsichtige morgen zu arbeiten und hoffe Dir noch einmal zu schreiben, ehe ich von hier fortgehe. Die Parlamentswahlen sind kläglich ausgefallen. Daß man Sibthorp wählt und Bulwer verwirft, ist bei Gott eine nationale Schande. ... Es wundert mich nicht, daß der Teufel über Lincoln hinwegflog. Die Leute dort hatten viel zu leere Köpfe, sogar für ihn. ... Ich will Dich nicht mit Beschreibungen von allen möglichen Bens und Lochs langweilen, aber es ist ein wunderbares Land. Die Art, wie die Nebel heute umherzogen und die Wolken sich über die Berge legten; die tiefen Täler, die hohen Felsen, die rauschenden Wasserfälle, und die in tiefen Klüften donnernden Ströme, waren alle staunenerregend. Dieses Haus liegt zwischen hohen Bergen eingekeilt, die sich in den Wolken verlieren und das drittehalb Meilen lange Loch erstreckt sich nach der Länge vor den Fenstern hin. In meinem nächsten Briefe werde ich mich vielleicht zur Erhabenheit aufschwingen, in diesem gegenwärtigen Schreiben beschränke ich mich auf das Lächerliche. Aber ich bleibe stets &c."

Sein nächster Brief war datiert „Ballechelish, Freitag, 9. Juli 1841, halb 10 Uhr Abends" und beschrieb, was wir uns oft gesehnt hatten zusammen zu sehen: den Paß von Glencoe. „Ich kann nicht zu Bette gehen, ohne Dir von hier zu schreiben, obgleich die Post diesen Ort nicht verlassen wird, ehe wir ihn verlassen haben und an einem andern angekommen sind. Indem ich die Route überblickte, die Lord Murray mir vorgezeichnet hat, fand ich, daß er nächsten Donnerstag für Abbotsford und Dryburgh-Abbey angesetzt hat und eine Fahrt von sechzehn Meilen obendrein! Aus diesem Grunde und weil ich glücklich genug war, mich selbst in Loch-earn-head um einen Tag überholen zu können und in zwei Tagen zu beendigen, was ich auf drei Tage angesetzt hatte, werden wir von hier schon morgen früh fortgehen und indem wir so einen Tag früher, als wir beabsichtigt, in allen Orten zwischen hier und Melrose (das wir Dienstagabend zu erreichen denken) eintreffen, werden wir für Scott's Haus und Grab einen ganzen Tag gewinnen und doch am Sonnabend Abend in York und, so Gott will, am Sonntag zu Hause sein. ... Wir verließen Loch-earn-head

---

[77] Ein schottisches Ragout. – D.Übers.

gestern Abend und fuhren nach einem zwei Meilen davon entfernten Ort, namens Killin, wo wir schliefen. Nachdem wir dort angekommen waren, machte ich mit Fletcher noch einen Spaziergang von mehr als einer Meile, um einen Wasserfall zu sehen und es war in der Tat ein prachtvoller Anblick, wie er drei große Stufen zerklüfteter Felsen hinunterschäumte und toste, über die erste soweit hinabsprang als das Auge reichte und mit betäubendem Donner in eine wirbelnde Lache niederstürzte. Heute hatten wir eine Fahrt von 12–15 Meilen durch den wildesten und ödesten Teil von Schottland, wo die Berggipfel noch stellenweise mit Schnee bedeckt sind und die Straße sich über steile Pässe und an dem Rand tiefer Bäche und Abgründe hinwindet. Den ganzen Tag über war es empfindlich kalt und regnete oft sehr heftig. Es war völlig unmöglich, sich warm zu halten; selbst dem Wiskey mißlang es, der Wind war selbst für ihn zu schneidend. Die Zurücklegung einer Station von zwei Meilen, durch eine Black-Mount genannte Gegend, erforderte dritthalb Stunden und als wir an eine einsame Schenke namens King's-House am Eingang von Glencoe anlangten (dies war ungefähr um drei Uhr), waren wir dem Erfrieren nahe. Wir bekamen sofort ein Feuer und nach zwanzig Minuten setzte man uns ein Stück famosen geräucherten Lachs vor, gebraten; ein gebratenes Huhn, heiße Hammelskeule und gebackene Eier, Pfannkuchen, Haferkuchen, Weizenbrot, Butter, auf Flaschen gezogenen Porter, heißes Wasser, weißen Zucker und Whiskey, wovon wir ein höchst erfrischendes Mahl einnahmen. Den ganzen Weg über hatte die Straße zwischen Mooren und Bergen mit gewaltigen Felsenmassen gelegen, die Gott weiß wo abgefallen waren, den Boden nach allen Seiten bedeckten und ihm das Aussehen einer Begräbnisstätte eines Geschlechtes von Riesen verliehen. Dann und wann kamen wir an einigen Hütten vorbei, die weder Fenster noch Schornstein hatten und aus deren Türen der Rauch des Torffeuers hervorqualmte. Aber auf einem Wege von drittehalb Meilen fanden sich nicht sechs dieser Wohnungen und etwas Öderes und Wilderes und in seiner Einsamkeit Größeres wie dies ganze Land, kann man sich nicht vorstellen. Glencoe selbst ist wahrhaft schrecklich. Der Paß selbst ist eine furchtbare Stelle. Er ist auf beiden Seiten von ungeheuern Felsen eingeschlossen, von denen große Bergströme nach allen Richtungen hinunterschäumen. Zwischen diesen Felsen, auf einer Seite des Passes (der linken, wie wir kamen), erstrecken sich weit hinaus zahlreiche Täler, Höhlen, wie man sie in der Glut eines Fieberwahnsinns durchwandert. Sie werden Jahre lang, ich wollte sagen mein ganzes Leben lang, in meinen Träumen leben – und ich glaube dies in allem Ernst. Die bloße

Erinnerung daran macht mich schaudern. ... Ich will Dich mit meinen Eindrücken von diesen gewaltigen Einöden nicht langweilen, aber sie sind wirklich furchtbar in ihrer Großartigkeit und wunderbaren Einsamkeit. Wales ist im Vergleich damit ein bloßes Spielzeug."

Die weitere Erwähnung des grillenhaften Treibens seines Führers mag hier folgen, denn sie kann jetzt in keiner Weise mehr Schmerz oder Unannehmlichkeiten, oder irgendetwas andres als ein sehr unschuldiges Gelächter, veranlassen.

„Wir befinden uns jetzt in einem kahlen weißen Hause an den Ufern von Loch Leven, aber in einem behaglich möblierten Zimmer, oben im Hause – das heißt im ersten Stock – während der Regen gegen das Fenster schlägt, als wäre es Dezember, der Wind dumpf heult, ein kalter feuchter Nebel Alles draußen bedeckt, innen ein großes Feuer den halben Schornstein hinauflodert und ein infernalischer Dudelsackpfeifer sich unter dem Fenster zu einem Wettpfeifen, das in kurzem stattfinden soll, einübt. ... Der Vorrat von Anekdoten über Fletcher, mit dem wir heimkehren werden, wird eine lange Zeit vorhalten. Es scheint, daß die Fletchers einen großen Clan bilden und daß sein Vater ein Bergschotte war. Wohin er daher auch geht, entdeckt er immer einen Häusler oder kleinen Pächter, der sein Vetter ist. Ich wollte, Du könntest ihn sehen, wie er sich über die geronnene Milch und die Sahne und die Milchkammern seiner Vettern überhaupt hermacht. Gestern Morgen zwischen acht und neun saß ich am offenen Fenster und schrieb, als der Postbote in das Gasthaus kam (welches in Loch-earn-head das Postamt ist), um die Briefe abzuholen. Er geht gerade fort, als Fletcher, der irgendwo unten geschrieben hat, hinausstürzt und ausruft: „Holla, heda! ist das die Post?" Ja, antwortet jemand. „Ruft ihn zurück! ' sagt Fletcher. „Sei so gut und bleib hier sitzen bis ich fertig bin und geh' nicht fort bis ich Dir's sage." Denke nur! die Hauptpost mit den Briefen von vierzig Dörfern in einem ledernen Beutel! ... Morgen in Oban, Sonntag in Inverary, Montag in Tarbet, Dienstag in Glasgow (und an demselben Abend in Hamilton), Mittwoch in Melrose, Donnerstag in ditto, Freitag ich weiß nicht wo, Sonnabend in York, Sonntag – wie werde ich mich freuen, Dir die Hand zu drücken! Herzliche Grüße an Mac. Ich dachte, er würde einmal geschrieben haben. Ditto an Macready. Ich hatte einen sehr netten und willkommenen Brief von ihm und einen äußerst herzlichen von Elliotson ... P. S. Ich schlafe halb. Entschuldige daher die Schläfrigkeit des Inhalts und des Stils. Es wird mir die größte Freude machen, noch einen Brief von Dir vorzufinden! P. P. S. Man spricht hier gaelisch und viele von den gemeinen Leuten verstehen sehr wenig englisch. Seit ich diesen Brief schrieb, habe ich das Mädchen heraufgeklingelt und sehr ausführliche Anweisungen (Du kennst meine Art) gegeben, wie man mit einer halben Flasche Sherry Negus[78] kochen soll, wobei ich sämtliche Ingredienzien erwähnte, eins nach dem andern, und ganz besonders die Muskatnuß. Als ich ganz zu Ende gekommen war und ihre offenbare Verwirrung bemerkte, sagte ich mit großem Ernst: „Nun, wissen Sie, was Sie bestellen sollen?" O ja, gewiß; „was?" – eine Pause – Nun – eine andre Pause – Nun, recht viel *Nußberge!*"[79]

Von dem Eindruck, den der Paß von Glencoe auf ihn hervorbrachte, hatte Dickens in seinem Briefe keine übertriebene Darstellung gegeben. Jener Eindruck blieb unverändert derselbe und selbst wo er die Natur in ihrer wildesten Größe, in der wüsten Einöde einer amerikanischen Prärie, zu finden erwartete, kehrte, wie wir später sehen werden, seine Phantasie mit größerer Befriedigung nach Glencoe zurück. Aber seine Erlebnisse in Beziehung darauf sind noch nicht vollständig mitgeteilt worden. Die Fortsetzung fand sich in einem zwei Tage später aus Dalmally, Sonntag, 11. Juli 1841, datierten Briefe.

„Da kein Ort dieses namens auf unsrer Route lag, wirst Du Dich wundern, ihn an der Spitze dieses Schreibens zu sehen. Aber unser Hiersein ist ein Teil so erschütternder Begebenheiten auf Flut und Feld, daß Du darüber in Staunen geraten wirst. Solltest Du zufällig Deinen Hut aufhaben, so nimm ihn ab, damit das Haar Dir ohne jede Unterbrechung zu Berge stehen kann. Um von Ballihoolisch (denn so muß ich es schreiben, wenn Fletcher nicht da ist; und er ist eben draußen) nach Oban zu kommen, ist es notwendig, über zwei Fähren zu setzen, deren eine ein Meeresarm von zwei bis dritthalb Meilen Breite ist. Passagiere, Wagen, Pferde und alles begibt sich in die Fähre und kommt irgendwie hinüber, wenn das Wetter einigermaßen schön ist. Gestern Morgen jedoch wehte ein so starker Wind, daß der Wirt des Gasthauses, wo wir für die Pferde den ganzen Weg nach Oban (sechs Meilen) bezahlt hatten, ehrlicherweise gerade in dem Augenblick, als wir aufbrechen wollten, mit dem Gelde in der Hand zu uns heraufkam und uns erklärte, es werde unmöglich sein, überzusetzen. So blieb denn nichts übrig, als den ganzen Weg von acht Meilen durch Glencoe und Inverouran nach einem Orte namens Tyndrum zurückzukehren, von wo eine dritthalb Meilen lange Straße nach Dalmally führt, wel-

---

[78] Ein in England beliebtes warmes Getränk aus Wein, Wasser, Zucker, Zitrone und Muskat gemischt. – D.Übers.
[79] Nutbergs im Englischen – eine Verdrehung von nutmeg, Muskatnuß – D.Übers.

ches etwas mehr als drei Meilen von Inverary entfernt ist. Wir kehrten demnach um und suchten in einem gewaltigen Sturmwind und Regen von neuem die öde Straße zurückzufahren, auf der wir am Tage vorher gekommen waren. ... Es missfiel mir durchaus nicht, noch einmal durch das furchtbare Glencoe kommen zu müssen. Wenn es am Tage vorher ungeheuer gewesen war, so war es gestern völlig grauenhaft. Es hatte die ganze Nacht geregnet und regnete noch, wie es nur in diesem Lande regnen kann. Durch das ganze zwei Meilen lange Tal hin kochten und schäumten die Bergströme und spritzten ihren Schaum wie den Rauch großer Feuersbrünste nach allen Seiten. Jeden Hügel und jede Bergwand rauschten sie nieder, stürmten wie Teufel über den Pfad hin und in die Felsentiefen hinab. Einige Berge sahen aus, als wären sie voll von Silber und an hundert Stellen geborsten. Andre als wären sie von Furcht ergriffen und in Todesschweiß ausgebrochen. Bei andern gab es keine Vereinigung oder Teilung der Ströme, sondern ein großer Strom schoß mit betäubendem Getöse, einem schreckenerregenden Rauschen der Gewässer brüllend hernieder. Kurz, eine solche Szene ist seit vielen Jahren nicht gesehen worden und Anblick und Töne gingen über jede Beschreibung hinaus. Dem Postillon war durchaus nicht leicht zu Mute und die Pferde wurden (wie sie wohl mochten) scheu über das beständige Wüten und Tosen; eines von ihnen bäumte sich, indem wir eine steile Stelle hinunterkamen und es fehlte nur so viel (–) daran, daß wir einen Abgrund hinabstürzten; gerade in diesem Augenblicke brach auch der Hemmschuh und wir mußten ohne denselben weiter fahren, so gut es eben ging, wobei wir häufig ausstiegen und uns hinten an den Wagen hingen, um zu verhindern, daß er zu schnell abwärts rollte und der Himmel weiß wohin ging. Unter diesen erfreulichen Umständen kamen wir wieder nach King's-House, nachdem wir vier Stunden gebraucht hatten, die viertehalb Meilen zurückzulegen. Der Hinterbock, wo Tom saß, war inzwischen so mit Wasser angefüllt, daß er sich einen Bohrer leihen und Löcher in das Fußbrett bohren mußte, um es zum Abfließen zu bringen. Die Pferde, die uns weiter fahren sollten, waren draußen auf den Bergen, irgendwo in einem Umkreise von zwei Meilen, und drei oder vier nacktbeinige Kerle gingen hinaus, sie zu suchen, indes wir am Feuer saßen und bemüht waren uns zu trocknen. Endlich kamen wir wieder von der Stelle (ohne Hemmschuh und mit einer zerbrochenen Springfeder, denn in einem Umkreise von zwei Meilen gab es keinen Schmied) und hinkten so weiter nach Inverouran zu. Während der ersten halben Meile kamen wir in einen Graben und wieder heraus und verloren ein Hufeisen. Diese ganze Zeit über hörte es nicht auf zu regnen und war sehr windig, sehr kalt, sehr nebelig und auf's äußerste trübselig. So fuhren wir über den Black-Mount und kamen an eine Stelle, die wir den Tag vorher passiert hatten, wo ein reißender Fluß durch ein mit zertrümmerten Felsen gefülltes Bett fließt. Dieser Fluß nun, Sir, hatte vorigen Winter eine Brücke, aber die Brücke brach als der Tau kam und wurde seitdem nicht wieder hergestellt; die Reisenden gehen deshalb auf einer kleinen aus rohen Tannenbalken gemachten Platte hinüber, die von Felsen zu Felsen reicht und Wagen und Pferde überschreiten das Wasser an einem gewissen Punkt. Da die Platte das gerade Gegenteil von fest ist (wir hatten dies an dem vorhergehenden Tage erfahren), da sie sehr schlüpfrig ist und da man nicht im mindesten angenehm darauf steht, indem nur ein schwankes kleines Geländer sich an einer Seite befindet und an der andern nichts als der schäumende Strom, so beschloß Kate in dem Wagen zu bleiben und sich lieber den Rädern anzuvertrauen als ihren Füßen. Fletcher und ich waren ausgestiegen und der Wagen fuhr ab, als ich ihr noch einmal, wie ich schon mehreremal vorher getan, riet, mit uns zu kommen, denn ich sah, daß das Wasser sehr hoch ging, weil der Strom beträchtlich durch den Regen angeschwollen war, und daß der Postillon ihn während der letzten halben Stunde mit sehr betroffenen Augen betrachtet hatte. Dies bestimmte sie auszusteigen und Fletcher, sie, Tom und ich fingen an hinüberzugehen, indes der Wagen etwa fünf Minuten stromabwärts fuhr, um eine Furt zu suchen. Die Platte schwankte so stark, daß jedesmal nur zwei hinüberkommen konnten und dann war es ein Gefühl, als wäre sie an Springfedern aufgehangen. Was den Wind und den Regen betrifft! ... nun, dränge allen Wind und Regen, den Du je gesehen und gehört hast, in einen Sturm zusammen und Du wirst eine leise Vorstellung davon haben. Nachdem wir sicher an das gegenüberliegende Ufer gekommen waren, kam ein wilder in einen großen Plaid gehüllter Bergschotte herangeritten, in dem wir den Wirt des Gasthauses erkannten und der, ohne sich im Geringsten um uns zu kümmern, mit im Winde flatternden Plaid weiter galoppierte – und dem Postillon am gegenüberliegenden Ufer in gaelischer Sprache zuschrie und die wütendsten Zeichen machte, wobei ein andrer wilder Mann zu Fuß, der auf einem Richteweg, knietief in Kot und Wasser, herübergekommen war, ihn unterstützte. Da wir anfingen zu sehen, was dies bedeutete, eilten wir, d. h. Fletcher und ich, ihnen nach, während der Postillon, Pferde und Wagen so tief in das Wasser tauchten, daß nur die Köpfe der Pferde und der Oberkörper des Postillons sichtbar blieben. Um die Zeit als wir sie erreichten, waren der Mann zu Pferde und der Mann zu Fuß vollständig toll vor pantomimischen Bewegungen; denn das Getöse des Wassers war so groß, daß sie ebenso gut hätten stumm sein als sich durch ihr Geschrei dem Postillon verständlich machen können. Der Gedanke daran, wie mir zu Mute gewesen sein würde, wäre Kate in dem Wagen gewesen, machte mich ganz krank. Der Wagen ging um und um wie ein großer Stein, der Postillon war blaß wie der Tod, die Pferde kämpften und platschten und schnaubten wie Seetiere und wir alle brüllten dem Kutscher zu, sich herabzuwerfen und sie und die Kutsche zum Teufel fahren zu lassen, als es plötzlich gut ging (weil sie in flaches Wasser gekommen waren) und alle, stolpernd und triefend und von Seite zu Seite rüttelnd, ans trockene Land hinaufklommen. Ich versichere Dir, wir sahen etwas sonderbar aus, als wir uns die Gesichter abtrockneten und einander in der kleinen herumstehenden Gruppe anstarrten. Es ergab sich, daß der Mann zu Pferde uns durch ein Fernrohr beobachtet hatte, als wir an das Wasser kamen und da er wußte, daß die Stelle sehr gefährlich war und sah, daß wir mit dem Wagen hindurchwollten, in raschem Galopp herbeigeeilt war, um dem Kutscher die einzige Stelle zu zeigen, wo er übersetzen konnte. Als er herankam, war der Mann schon an einer falschen Stelle ins Wasser gegangen und kam (mit Wagen, Pferden und Gepäck) dem Ertrinken so nahe, als je ein Mensch. War das nicht ein gutes Abenteuer?"

„Wir alle eilten dem Gasthause zu – der wilde Mann galoppierte uns voran, um ein Feuer anstecken zu lassen – und dort verzehrten wir Eier und Speck, Haferkuchen und Whiskey und wechselten die Kleider und trockneten uns. Der Ort war nichts als ein Haufen von kleinen Wirtschaftsgebäuden und in einem derselben waren fünfzig Bergschotten, sämtlich betrunken. ... Einige waren Viehtreiber, andere Pfeifer und noch andere Arbeiter, die in der Nähe mit dem Bau eines Jagdschlosses für Lord Breadalbane beschäftigt und durch das schlechte Wetter dorthin getrieben waren. Einer war ein Tapezierer. Er war vor drei Tagen hergekommen, um das beste Zimmer des Gasthauses zu tapezieren, ein Gemach, das ungefähr groß genug ist, um einen Neufundländer Hund darin zu halten, und war von der ersten halben Stunde nach seiner Ankunft bis auf diesen Augenblick hoffnungslos und unrettbar betrunken gewesen. Sie lagen nach allen Richtungen herum, auf Bänken, auf der Erde, auf einem Bodenraum darüber, um das Torffeuer in Plaids eingewickelt, auf den Tischen und unter den Tischen. Wir bezahlten unsere Rechnung, dankten unserm Wirt recht herzlich, gaben seinen Kindern etwas Geld und fuhren, nachdem wir eine Stunde ausgeruht, weiter. Um 10 Uhr abends erreichten wir diesen Ort und unsre Freude war groß, als wir ein ganz englisches Gasthaus mit guten Betten (die, worin wir bis jetzt geschlafen haben, waren immer von Stroh) und aller möglichen Bequemlichkeit vorfanden. Wir frühstückten heute Morgen um halb elf und brechen um 3 Uhr nach Inverary auf, wo wir dinieren werden. Der unbequemste Teil der Reise ist, wie mir scheint, vorbei und ich bin sehr froh darüber. Ich hoffe morgen einen Brief von Dir in Inverary zu finden, wenn die Post dort ankommt. Ich schrieb gestern nach Oban und bat den dortigen Postmeister, alle Briefe, die er für uns hat, nach Inverary zu befördern. Herzliche Grüße an Mac."

Noch ein kurzer, aber in jedem Worte von Dickens edeler Natur überströmender Brief soll die schöne Reihe seiner aus Schottland geschriebenen Briefe schließen. Er war den Tag nach jenem aufregenden Abenteuer aus Inverary datiert, versprach mir noch einen Brief aus Melrose (der unglücklicherweise verloren gegangen ist) und legte die Einladung zu einem öffentlichen Festessen in Glasgow bei. „Ich habe geantwortet, daß ich wegen dringender mit meinen wöchentlichen Publikationen verknüpfter Geschäfte nach Hause zurückkehren muß und nicht bleiben kann. Aber ich habe mich erboten, an irgendeinem Tage im September oder Oktober wieder zu kommen und dann die Ehre anzunehmen. Ich werde dann mit dem Postzuge hinfahren und zurückkehren und wenn das ihnen genehm ist, mußt Du ein feierliches Gelübde bei mir eingehen, daß Du mich begleiten willst. Tu es. Du mußt. Ich bin überzeugt Du wirst. ... Bis zu meinem nächsten Brief und auf alle Zeiten sei gesegnet! Ich empfing Deinen willkommenen Brief heute Morgen und habe ihn hundertmal gelesen. Welch eine Freude ist das! Herzliche Grüße von Kate. Ich schmachte nach Sonntag und würde jetzt nicht um zwanzig Festessen von je zwanzigtausend Personen hier bleiben."

„Wird Lord John dem Parlament begegnen, oder vorher seine Entlassung einreichen?" Ich versprach, ihn nach Glasgow zu begleiten, allein das Festessen wurde durch Krankheit verhindert.

Faksimile von Dickens' Unterschrift „Boz"

Siebzehntes Kapitel

Wieder in Broadstairs
1841

Bald nach seiner Rückkehr, zu Anfang August, ging er nach Broadstairs und während seiner dortigen Ferienmuße wendeten sich seine Gedanken zuerst nach der Richtung, in der sie, jener Frage am Ende seines letzten Briefes zufolge, damals vorzugsweise beschäftigt waren. Er schickte mir mehrere Satiren in Versen, als seine anonymen Beiträge zu dem Kampfe, den die Liberalen in jener Zeit gegen die Politik führten, welche durch die Rückkehr der Tories ins Amt bevorzustehen schien; denn wir wußten noch nicht, wie viel weiser als seine Partei der Staatsmann war, der damals an ihrer Spitze stand und wie entschieden eben das, was wir alle am meisten wünschten, durch den Erfolg befördert werden sollte, der so entmutigend gewesen war.[80] Es kann jetzt keinen Schaden tun, wenn wir eins dieser Gedichte mitteilen. Dasselbe gibt eine gute Vorstellung von dem Tone aller andern und von dem aufrichtigen Behagen, womit sie geschrieben wurden. Ich zweifle in der Tat, ob ihm je etwas größere Freude machte als die Fähigkeit, gelegentlich so, ohne Wissen der Außenstehenden, an dem scharfen Kampfe teilzunehmen, in dem die Presse damals begriffen war. „Beim Himmel, wie ich radikal werde!" schrieb er mir am 13. August. „Ich werde von Tag zu Tag fester in den wahren Grundsätzen. Ich weiß nicht, ob das Meer es tut oder nicht, aber es ist so." Gelegentlich, in Augenblicken plötzlichen Unwillens über die politischen

---

[80] Diese Bemerkungen beziehen sich auf den Kampf um die Kornzölle, deren Abschaffung die Whigs begünstigten, während die Tories für ihre Erhaltung stritten. Im Mai 1841 erlitt das liberale Ministerium Melbourne-Russell in dieser Sache eine Niederlage, blieb aber nichtsdestoweniger im Amte. Im Juni beantragte Sir Robert Peel, der Führer der Tories, ein Misstrauensvotum gegen die Regierung, das mit der im vorigen Kapitel erwähnten berühmten „melancholischen" Majorität von einer Stimme angenommen wurde. Hierauf löste die Regierung das Parlament auf und verordnete (Juli 1841) allgemeine Neuwahlen, ging jedoch mit einer Minorität aus denselben hervor und mußte (Ende August) den Tories weichen. Sir Robert Peel wurde nun mit der Bildung eines neuen, zur Erhaltung der Kornzölle und des Protektivsystems verpflichteten Ministeriums beauftragt. Bekanntlich war es aber gerade er, der fünf Jahre später der hergebrachten Politik seiner Partei entsagte und die Kornzölle abschaffte. – D.Übers.

Aussichten, redete er sogar davon, daß er sich und seine Hausgötter, wie Coriolan, in eine andere Welt flüchten wolle! „Gott sei Dank, es gibt ein Van Diemensland. Das ist mein Trost. Ich möchte wissen, ob ich einen guten Ansiedler abgeben würde. Ich möchte wissen, ob ich, wenn ich mit meinem Kopf, meinen Händen und Beinen und meiner Gesundheit in eine neue Kolonie ginge, mich oben auf den gesellschaftlichen Milchtopf hinaufarbeiten und von der Sahne leben würde! Was meinst Du? Auf mein Wort; ich glaube, ich würde es."

Seine politischen Satiren aus der Zeit des Tory-Interregnums enthielten einige vortreffliche Gegenstände für Bilder nach der Art Peter Pindars,[81] aber das hier mitgeteilte Gedicht enthält keinen Zug persönlicher Satire und aus diesem Grunde würde er selbst den geringsten Einwand gegen seine Wiederholung erhoben haben. Folgendes war seine Version von dem Liede: „Der schöne altenglische Gentleman, was bei allen konservativen Festessen gesungen werden soll."

Ein neues Lied nun sing' ich euch, ein Lied, dem keines gleich, von den Zeiten jenes alten Herrn, mit jenem Gute reich,
Als des Volkes Geld verschwendet ward, in frohem Saus und Braus,
An Maitressen, Kuppler und Lumpen, in jedes Edlen Haus,
    In der schönen altenglischen Toryzeit,
    O käme sie bald zurück!

Die guten alten Gesetze, wie waren sie so schön
Mit Galgen, Ketten und schönen altenglischen Strafen verseh'n,
Mit Rebellenköpfen und Meeren von rotem Rebellenblut;
Denn alles dies war nötig, zu wahren in treuer Hut
    Die schöne altenglische Toryzeit,
    O käme sie bald zurück!

Das gute alte Gesetzbuch sah argusäugig umher,
Und jeder englische Bauer hatt' einen englischen Späh'r,
Zu reizen den hungernden Unmut mit altenglischen Lügen frei
Und dann die Miliz zu rufen, zu strafen sein mürrisch Geschrei –
    In der schönen altenglischen Toryzeit,
    O käme sie bald zurück!

---

[81] Peter Pindar war der Autorname John Wolcot's, eines bekannten englischen Satirikers des vorigen Jahrhunderts (1738–1819), dessen Satiren besonders durch ihren stark persönlichen Charakter Aufsehen erregten. – D.Übers.

Die Zeit, da man abschnitt die Kehlen, die schrien in ihrer Not,
Die Zeit, da man hetzte, die glaubten an ihrer Väter Gott,
Die schöne Zeit, da William Pitt (so nahm man gläubig an),
Direkt aus dem Paradies erschien, schneller als mit Eisenbahn –
    O die schöne altenglische Toryzeit
    Wann wird sie kommen zurück?

Nur selten in jener seltnen Zeit die Presse knurrt' und bellt',
Sie sang von den Mächtigen so süß wie Lerchen auf dem Feld,
Auch ernste Richter sahen der Mächt'gen Frevel nicht,
Von Hunderten kaum Einer konnt' scheinen lassen sein Licht.
    O die schöne altenglische Toryzeit,
    O käme sie bald zurück!

Doch Duldung, ob sie langsam fliegt, ist dennoch starkbeschwingt,
Und klar ward's, daß auf jene Zeit die Nacht herniedersinkt;
Der reine alte Geist sich sträubt, doch fruchtlos war sein Kampf,
Des Volkes Kraft hat ihn gepackt, er starb im Todeskrampf,
    Mit der schönen altenglischen Toryzeit,
    Mit der ganzen alten Zeit!

Jetzt graut noch einmal der alte Tag, der Ruf geht hin durchs Land:
In England geb' es – teures Brot! in Irland – Schwert und Brand! Und
Armut und Unwissenheit stärk' die Reichen und Großen im Land,
So sammelt euch denn um die Herrscher mit der weichen Eisenhand,
    Aus der schönen altenglischen Toryzeit,
    Heil, Heil! der kommenden Zeit!

Von Dingen, für die er sich ganz besonders interessierte, ehe er London verließ, mag es angemessen sein, zwei oder drei hier zu erwähnen. Er hatte immer für Dr. Elliotson's mesmerische Untersuchungen eine starke Sympathie empfunden und da diese Untersuchungen während des laufenden Jahres eine neue Stütze erhielten durch die Kundgebungen eines jungen Belgiers, den Chauncey Hare Townshend, einer von Dickens' Freunden, nach England gebracht hatte, so forschte er diesem Gegenstande, der bis zuletzt eine Anziehung auf ihn ausübte, mit beträchtlichem Eifer weiter nach. Eine andre Frage, die ihn eifrig beschäftigte, waren die während der letzten Jahre in den Londoner Gefängnissen eingeführten Verbesserungen und er nahm oft Veranlassung, zu erwähnen, was sogar seit der Zeit als seine Skizzen geschrieben wurden, in dieser Hinsicht von zweien der tätigsten Beamten in den Gefängnissen von Clerkenwell und Tothill-fields, Mr.

Chesterton und Lieutenant Tracey, getan worden war, die der Gang dieser Untersuchungen zu seinen Freunden machte. Sein letzter Brief an mich, ehe er London verließ, erklärt sich selbst hinreichend. „Langsam bricht der durch Armut gedrückte Wert sich Bahn", war ein Gedanke, der ihm durch alle Phasen seiner Laufbahn gegenwärtig blieb und er vergaß keinen Augenblick die ihm dadurch auferlegten Pflichten. „Ich habe auf einige Exemplare dieses kleinen Buchs subskribiert (31. Juli). Ich wußte von dem Verfasser nichts, aber er schrieb mir vor einigen Wochen einen sehr bescheidenen Brief von zwei Reihen. Die kleine Biographie am Anfang hat mich tief gerührt, und ich dachte, Du würdest die dadurch hervorgerufene Bewegung teilen mögen. Ich wollte, wir wären alle wieder in Eden – um dieser sich mühenden Geschöpfe willen."

Mitte August meldete er mir, daß er zu einem besonderen Zweck nach London kommen werde. „Ich setze mich zum Schreiben, ohne daß ich die geringste Neuigkeit mitzuteilen habe. Ja, doch, ich habe eine – die Dich, der Du in dem dunkeln und trübseligen Lincoln's-innfields eingepfercht bist, überraschen wird. Es ist der heiterste Tag, den es je gab. Die Sonne wirft ein so blendendes Licht auf das Wasser, daß ich es kaum aushalten kann, hinzusehen. Es ist Flutzeit und die Fischerboote tanzen wie toll umher. Auf den grünen Klippenhöhen ist das Korn gemäht und in Garben aufgestellt und tausende von Schmetterlingen tanzen umher, halten die hellen kleinen roten Flaggen oben in den Masten für Blumen und atmen demnach vor Freude hoch auf. [Hier bricht der Unnachahmliche, unfähig, dem Glanze draußen zu widerstehen, ab, eilt nach den Badekarren und stürzt sich in die See. Nach seiner Rückkehr fährt er fort:] Jeffrey befindet sich gerade so wie damals, als er den Brief schrieb, den ich Dir geschickt habe, nicht besser und nicht schlechter. Am Sonnabend hatte ich einen Brief von Napier, der mir die Frage der Kinder-Arbeit ans Herz legt. Da ich aber höre, daß der offizielle Bericht darüber erst im Druck erscheinen kann, nachdem das neue Parlament mindestens sechs Wochen gesessen hat, wird es unmöglich sein, ihn vor dem Januarheft zu besprechen. Ich werde Sonnabendmorgen in London sein und geradeswegs zu Dir kommen. Der kleine Hall hat mir geschrieben und mich gebeten, wenn ich nach London komme, dort zu dinieren, da sie wegen des neuen Romans mit mir zu sprechen wünschen. Ich habe geantwortet, daß ich es am Sonnabend tun will und wir wollen zusammen hingehen, aber ich werde kein guter Gesellschafter sein. ... Ich habe beinahe Lust, selbst einen Verlagshandel anzulegen. Ich könnte es – und zwar, wie

Du weißt, mit gutem Kapital, in Bereitschaft, dasselbe auszugeben. G. Varden, hüte Dich!"

Es waren aus der „*Wanduhr*" kleine, bei dem Verhältnis, worin er zu dem Unternehmen stand, unvermeidliche Unannehmlichkeiten entstanden. Die Sache mußte aufgegeben werden, weil ohne jene Hülfe von anderen, die, wie die Erfahrung gelehrt hatte, untunlich war, die Anstrengung für ihn zu groß war; aber meiner Ansicht nach war er der Schwierigkeit nicht weise begegnet, indem er, wie bereits geschehen, es unternommen hatte, schon im folgenden März einen neuen Roman anzufangen. Bei seiner Ankunft verabredeten wir daher einen andern Plan, mit dem bewaffnet wir an jenem Sonnabendnachmittag zu seinen Verlegern gingen und dessen Erfolg am besten von ihm selbst erzählt werden wird. Er war am nächsten Morgen nach Broadstairs zurückgekehrt und schrieb mir am Tage darauf (Montag, 23. August) in höchst begeisterten Ausdrücken über den Anteil, den ich an dem gehabt, was er „die Entwickelung vom Sonnabendnachmittag nennt, bei welcher Gelegenheit Chapman mir sehr männlich und verständig, Hall moralisch und physisch schwach, obschon von den besten Absichten erfüllt und sowohl die Darlegung als die Aufnahme des Plans als ein großer Triumph erschien. War das nicht auch Deine Ansicht?" Zwei Wochen später, am Dienstag, 7. September, wurde der Kontrakt in meiner Wohnung unterzeichnet und seine Hauptbestimmungen waren die folgenden. Die *Wanduhr* sollte mit dem Abschluß von „Barnaby Rudge" aufhören, während die respektiven Eigentumsrechte daran wie früher fortdauerten; und das neue Werk, in zwanzig Heften wie die von *Pickwick* und „Nickleby", sollte erst nach einem Zwischenraum von zwölf Monaten, im November 1842, beginnen. Während der Veröffentlichung desselben sollte Dickens monatlich 200 Pfd. St. erhalten, die als ein Teil der Kosten berechnet werden sollten, für welche, sowie für das ganze damit zusammenhängende Risiko, die Verleger sich unter denselben Bedingungen verantwortlich erklärten, wie in dem Kontrakte über die Wanduhr, außer daß sie von dem Ertrage jedes Heftes nur ein Viertel haben sollten, während ihm drei Viertel zufielen; und dieser Vergleich sollte in Kraft bestehen bis zu dem Ablauf von sechs Monaten nach der Vollendung des ganzen Buchs, worauf, nachdem sie ihm ein Viertel von dem Werte des ganzen vorhandenen Vorrats gezahlt hätten, die Hälfte des künftigen Ertrages ihnen zufallen sollte. Während des Zwischenraums von zwölf Monaten vor dem Anfang des Buchs sollten ihm 150 Pfd. St. monatlich ausgezahlt werden; dies sollte jedoch von seinen Dreivierteln des Ertrages abgezogen werden und die monatliche Zahlung von 200 Pfd.

St. während der Veröffentlichung des Buches in keiner Weise beeinflussen.[82] Das war der Plan, mit alleiniger Ausnahme einer später zu erwähnenden Klausel, hinsichtlich des unwahrscheinlichen Falles, daß der Ertrag für die Rückzahlung nicht ausreichen sollte, und die einzige Verminderung meiner Befriedigung über meinen eignen Anteil daran entsprang aus meiner Furcht in Bezug auf den Gebrauch, den Dickens wahrscheinlich von der ihm gewährten Muße machen werde.

Daß diese Furcht nicht ungegründet war, erhellte aus dem Schluß des nächsten Briefes, den ich von ihm empfing. „Nichts Neues", schrieb er am 13. September, „seit meinem letzten Briefe. Wir werden heute mit Rogers speisen und mit Lady Essex, die auch hier ist. Rogers ist sehr zufrieden mit Lord Ashley, dem von Peel ein Posten in der Regierung angeboten wurde, der sich aber entschieden weigerte, ein Amt zu übernehmen, wenn Peel sich nicht zu Reformen in dem Faktoreisystem verpflichtete. Peel „war darüber noch zu keinem Entschlusse gelangt" und Lord Ashley blieb taub gegen alle andern Vorstellungen, obgleich sie sehr lockend gewesen sein müssen. Ich ehre ihn dafür sehr. Ich befinde mich in einem köstlichen Zustande des Müßiggangs, bade, gehe spazieren, lese, liege in der Sonne, kurz, tue alles außer arbeiten. Diese Stimmung ist mit herbeigeführt durch die Aussicht auf Ruhe und die vielversprechenden Anordnungen, die ich Dir verdanke. Visionen von Amerika spuken noch bei mir, Nacht und Tag. Es würde traurig sein, sollte diese Gelegenheit unbenutzt vorübergehen. Kate gebärdet sich aufs trübseligste, wenn ich die Sache erwähne. Aber mit Gottes Hülfe muß es irgendwie eingerichtet werden!"

---

[82] „M. war gestern ganz außer sich über den glänzenden Kontrakt mit Chapman und Hall, was vielleicht bemerkenswert ist."

Achtzehntes Kapitel

Vorabend der Reise nach Amerika
1841

Der Gedanke an Amerika beschäftigte ihn, wie wir sahen, als er zuerst den Plan zu der *Wanduhr* faßte, und ein sehr herzlicher Brief Washington Irving's über die kleine Nell und den „Raritätenladen", welcher der Freude an seinen Schriften und der Sehnsucht nach ihm selbst Ausdruck gab, nebst Briefen ähnlichen Inhalts, die ihm schon seit einiger Zeit aus sämtlichen Teilen der Vereinigten Staaten zugeströmt waren, frischten denselben von Neuem lebhaft an. Er antwortete Irving mit mehr als dessen eigener Wärme, unfähig, ihm hinreichend für sein herzliches und edles Lob zu danken oder zu sagen, welch dauernde Befriedigung dasselbe ihm gewährt habe. „Ich wollte", fügte er hinzu, „ich könnte in Ihrem so willkommenen Briefe eine Andeutung finden, daß Sie England zu besuchen beabsichtigen. Es würde die größte Freude für mich sein, mit Ihnen nach Little-Britain und Eastcheap und Green-arbour-Court und der Westminsterabtei zu gehen, wohin ich schon Gott weiß wie oft gegangen bin. ... Es würde mein Herz erheitern, mich mit Ihnen über all' die prächtigen Orte und Leute auszusprechen, die ich zu besuchen und von denen ich am hellen Tage zu träumen pflegte, als ich ein sehr kleiner und nicht mit übermäßiger Liebe behandelter Knabe war." Nach dem Austausch dieser Briefe wurde die Sache häufig von neuem in Anregung gebracht. Nach seiner Rückkehr von Schottland fing sie an, als etwas, das früher oder später irgendwie zur Ausführung kommen mußte, Gestalt zu gewinnen, und endlich ging mir, am Ende eines mit vielen unbedeutenden Dingen angefüllten Briefes, die Ankündigung doppelt unterstrichen zu.

Nachdem der Entschluß einmal gefaßt war, befand er sich in seinem gewöhnlichen Fieber, bis die der Ausführung entgegenstehenden Schwierigkeiten beseitigt waren. Die Einwände gegen die Trennung von den Kindern führte anfangs zu dem Gedanken, sie mitzunehmen, doch dies wurde schnell aufgegeben, und was noch zu überwinden war, wurde leicht erledigt durch das freundliche Entgegenkommen Macready's, dessen Anerbietung, die Kleinen während Dickens' Abwesenheit in seinem Hause aufzunehmen, freilich nicht in vollem Umfang angenommen wurde, aber doch die Sicherheit gab, welche nötig war, um natürliche Besorgnisse zu beruhigen. Dies alles, mit Einschluß einer Übereinkunft betreffs der Veröffentlichung seiner Reise-Erlebnisse, erforderte nur wenige Tage und ich las eben in meiner Wohnung einen Brief, den er an dem Tage vorher von Broadstairs geschrieben hatte, als ein an demselben Morgen von ihm in London geschriebenes Billet mich erreichte, worin er mir meldete, er befinde sich auf dem Wege zu mir und er wolle mit mir frühstücken. Er war, nachdem er seinen ersten Brief auf die Post gegeben, zu Land über Canterbury herübergekommen, hatte den Abend vorher Macready gesehen und einen Teil der Anordnungen erledigt. Diese rasche Verfahrungsweise war für ihn in allen ähnlichen Zeiten charakteristisch und wird in den folgenden Auszügen aus seinen Briefen hervortreten.

„Jetzt", schrieb er 19. September, „werde ich Dich in Erstaunen setzen. Nachdem ich die Sache nach allen Seiten erwägt, betrachtet und überlegt habe, *habe ich mich entschlossen, (so Gott will) nach Amerika zu gehen und so früh nach Weihnachten aufzubrechen, als dies ohne Gefahr geschehen kann.*" Fernere Nachrichten wurden in Aussicht gestellt und eine Bitte, die im Zusammenhang mit dem Plan zu einer so weiten Reise nicht charakteristischer hätte sein können, folgte: daß wir nämlich die Schauplätze seiner Kindheit noch einmal zusammen besuchen möchten. „Am 9. Oktober gehen wir von hier fort. Es ist ein Sonnabend. Sollte es einigermaßen schönes trocknes Wetter sein, willst Du uns dann in Rochester treffen und zwei oder drei Tage dort bleiben, damit wir alle Merkwürdigkeiten der Umgegend sehen? Bedenke Dir's. ... Wenn Du es einrichten kannst, zu kommen, so will ich den Wagen und Topping hierher kommen lassen, und vorausgesetzt, daß Nachrichten von Glasgow uns nicht stören (was sie hoffentlich nicht tun werden), so will ich dafür sorgen, daß es uns nicht an Genuß fehlt."

Drei Tage nach der Ankündigung seines Entschlusses wurde der Gegenstand von neuem aufgenommen. „Ich habe an Chapman und Hall geschrieben und sie um ihre Ansicht darüber gefragt und bemerkt, daß ich ein Tagebuch zu führen und dasselbe bei meiner Rückkehr für eine halbe Guinee oder so herauszugeben beabsichtige. Sie erwiderten sofort aufs wärmste und sagten, sie hätten angenommen, daß ich gehen würde und noch den Tag vorher davon gesprochen. Ich habe sie gebeten, Erkundigungen über die Fahrpreise, die Kajüten und die Zeit der Abfahrt einzuziehen, und ich werde tun was in meinen Kräften steht, Kate und die Kinder mitzunehmen. In diesem Falle werde ich mein Haus auf sechs Monate (denn so lange werde ich in Amerika bleiben) zu vermieten suchen, und wenn mir dies gelingt, wird das Mietgeld die Kosten der Hin- und Rückreise beinahe decken. Ich habe von Familienkajüten zu 100 Pfd. St. gehört und denke, eine solche wird groß genug sein, uns alle zu halten. Der Fahrpreis für eine einzelne Person ist, glaube ich, vierzig Guineen. Ich fürchte, ich könnte nicht glücklich sein, läge der Atlantische Ozean zwischen ihnen und mir; sie aber in New-York zu lassen, während ich einige hundert Meilen oder so weiter reise, würde eine ganz andere Sache sein. Wenn ich mit allen meinen Plänen zum Abschluß kommen kann, ehe die Ansprache in der „*Wanduhr*" veröffentlicht wird, werde ich dort erwähnen, daß ich gehe, was keine unwichtige Erwägung sein wird, weil sie den bestmöglichen Grund für einen langen Aufschub gewährt. Wie ich sieben oder acht Monate ohne Dich fertig werden soll, kann ich nicht fassen. Ich fürchte mich, daran zu denken, daß alle unsere alten schönen Gewohnheiten auf so lange Zeit unterbrochen werden sollen. Die Vorteile der Reise scheinen jedoch bei genauer Erwägung so groß, daß ich dahin gekommen bin, mich zu überreden, daß sie absolut notwendig ist. Kate weint, so oft davon die Rede ist. Washington Irving hat ein häßliches schleichendes Fieber. Ich hatte vor einigen Tagen Nachricht von ihm."

Sein nächster Brief war jene unerwartete Botschaft aus Devonshire Terrace, während ich ihn noch an der See wähnte. „Dies ist zur Nachricht, daß ich heute Morgen auf meinem Wege nach Broadstairs zum Frühstück zu Dir kommen werde. Ich wiederhole es, Sir, auf meinem Wege nach Broadstairs. Denn gleich, nachdem ich gestern Macready's Brief empfangen hatte, ging ich nach Canterbury und fuhr mit der Kutsche zu dem besonderen Zweck hierher, mit ihm zu sprechen, was ich zwischen 11 und 12 Uhr gestern Abend in Clarence-Terrace getan habe. Die amerikanischen Präliminarien sind notwendigerweise außerordentlicher Art und zerstören bei einem Menschen von meinem Temperament Ruhe, Schlaf, Appetit und Arbeit, bis sie endgültig geordnet sind. Macready hat mich in Bezug auf Zeit und so fort vollständig entschieden. Sowie ich Kate eine widerstrebende Einwilligung abgerungen habe, werde ich Plätze für uns in dem Packetschiff zum nächsten Januar bestellen. Ich habe meine Freunde nie mehr geliebt als jetzt." Wir alle hatten seinen ersten Gedanken, die Kinder mitzunehmen, gemissbilligt und in Bezug hierauf und auf andere Punkte war die Erfahrung unsers Freundes, der die Vereinigten Staaten selbst bereist hatte, sehr wertvoll. Sein nächster zwei Tage später geschriebener Brief aus Broadstairs benachrichtigt mich von dem Resultat der Konferenz mit Macready. „Nur ein Wort. Kate ist ganz ausgesöhnt. Anne (ihre Kammerjungfer) geht mit und freut sich ungeheuer darauf.

Und ich denke jetzt, daß es für mich eine größere Prüfung ist, als für irgendjemand sonst. Der 4. Januar ist der Tag. Macready's Brief an Kate wurde auf die beste Weise aufgenommen und beantwortet. Sie spricht ganz vergnügt darüber und ist es zufrieden, daß niemand im Hause bleibt als Fred, den sie, wie Du weißt, alle gern haben. Er hat seine Beförderung erhalten und man gibt ihm seinen höheren Gehalt von dem Tage, an dem der Ministerialbefehl unterzeichnet wurde. Ich fühle mich so liebenswürdig, so sanft, so menschenfreundlich, so voll von Dankbarkeit und Vertrauen, daß mir zu Mute ist wie einem kranken Manne. Und ich zähle schon die Tage, die von jetzt an bis zu meiner Heimkehr verfließen werden."

Er sollte leider bald das sein, womit er sich verglich. Ich traf ihn verabredetermaßen zu Ende September in Rochester, wir brachten dort einen Tag und eine Nacht zu, einen Tag und eine Nacht in Cobham und dessen Umgegend, wo wir in der „Ledernen Flasche" schliefen und einen Tag und eine Nacht in Gravesend. Aber wir waren kaum nach London zurückgekehrt, als einige leichte Symptome körperlicher Beschwerden eine ernstere Form annahmen und eine Krankheit folgte, die eine wundärztliche Operation notwendig machte. Diese Umstände, auf die bereits oben hingedeutet wurde, schoben notwendigerweise das Festessen in Glasgow auf und kaum hatte er das Krankenzimmer verlassen, als ihn ein Schmerz traf, der ihn bis in die Tiefe des größten Kummers seines Lebens bewegte; und was noch von seiner eignen Krankheit übrig blieb, schien vor der Notwendigkeit, sich für andre zu bemühen, dahin zu schwinden.

Der jüngere Bruder seiner Frau starb mit derselben unerwarteten Plötzlichkeit wie früher ihre jüngere Schwester, und dies Ereignis war fast unmittelbar auf den Tod der Mutter Mrs. Hogarths, während eines Besuches bei ihrer Tochter und Mr. Hogarth, gefolgt. „Da keine Schritte hinsichtlich des Begräbnisses getan waren", schrieb er am 25. Oktober, als Antwort auf meine Anerbietung von Diensten, die ich etwa leisten könnte, „hielt ich es für das Beste, die Sache sofort in die Hand zu nehmen, und selbst Du hättest mir den Gang nach dem Kirchhofe nicht ersparen können. Es ist ein großer Schmerz für mich, Mary's Grab herzugeben, größer als ich es auszudrücken vermag. Ich dachte daran, sie nach den Katakomben bringen zu lassen und nichts davon zu sagen, dann aber erinnerte ich mich, daß die arme alte Dame auf ihren eignen Wunsch neben ihr begraben wird und konnte nicht das Herz fassen, sowie sie in die Erde versenkt ist, ihre Enkelin von ihr zu entfernen. Das Verlangen, bei ihr begraben zu werden, ist bei mir noch ebenso stark, als vor fünf Jahren, und ich weiß (denn ich glaube nicht, daß es je eine Liebe gab wie die, welche ich zu ihr fühle), daß es nie abnehmen wird. Ich fürchte, ich kann nichts tun. Glaubst Du daß es möglich ist? Sie würden sie am Mittwoch entfernen, wenn ich mich entschließen sollte, es tun zu lassen. Ich kann den Gedanken, von ihrem Staube ausgeschlossen zu sein, nicht ertragen, und doch fühle ich, daß ihre Geschwister und ihre Mutter ein besseres Recht haben, an ihrer Seite zu ruhen, als ich. Es ist nur ein Gedanke. Ich denke weder noch hoffe ich (was Gott verhüte), daß unsere Geister sich je dort vereinigen werden. Ich sollte Herr darüber werden, aber es ist sehr schwer. Ich habe dies nie bedacht und nun es so plötzlich, und nachdem ich krank gewesen, kommt, regt es mich tiefer auf als es sollte! Es ist, als verlöre ich sie zum zweitenmale." ... „Nein", schrieb er am Morgen darauf, „ich habe das versucht. Nein, es ist auf beiden Seiten keine Stelle frei. Ich muß es aufgeben. Ich will am Donnerstagmorgen hinfahren, ehe sie dort ankommen und ihren Sarg sehen."

Er litt mehr als er merken ließ und mußte wieder mehrere Tage das Zimmer hüten. Am 2. November meldete er, er sei besser und werde auf ärztlichen Rat nach Richmond gehen, das er etwa eine Woche später mit dem „Weißen Hirsch" in Windsor vertauschte, wo ich einige Tage mit ihm, seiner Frau und deren jüngerer Schwester Georgina zubrachte. Aber erst gegen das Ende des Monats konnte er von sich sagen, daß er wieder ganz fest auf den Füßen stehe, in dem gewöhnlichen Zustand, dessen er sich zu rühmen pflegte: kerzengerade, fest in den Knien, ein tiefer Schläfer, ein tüchtiger Esser, ein guter Lacher und in keiner Weise abgefallen, „mit Ausnahme einer gelegentlichen kleinen Schwäche und nervösen Aufregung".

Am Ende des Jahres verlebten wir mehrere sehr genußreiche Tage. Landor kam zu der Taufe seines Paten von Bath herüber, und die „Britannia", die uns die Reisenden im Januar entführen sollte, brachte ihnen im Dezember alle möglichen Herzlichkeiten, Hoffnungen und Entgegenstrecken von Händen, zum Zeichen des sie erwartenden Willkommens. Am Sylvester-Abend speisten sie bei mir und am Neujahrstage ich bei ihnen; dann (sein Haus war für die Zeit seiner Abwesenheit an den General Sir John Wilson vermietet) versiegelten wir seinen Weinkeller, nachdem wir zu Ehren der Zeremonie einige Flaschen mussierenden Moselweins darin geöffnet und denselben an Ort und Stelle auf seine glückliche Heimkehr getrunken hatten. Am folgenden Morgen (es war ein Sonntag) begleitete ich sie nach Liverpool; Maclise konnte wegen des plötzlichen Todes seiner Mutter nicht mit. Der dazwischen liegende Tag ist in seinem amerikanischen Buche humoristisch beschrieben und am 4ten segelten sie ab. „Wie wenig dachte ich" (so lauteten die letzten Zeilen seines ersten Briefes aus Amerika), „als Du den formlosen Rock zum erstenmal anzogst, daß ich zu seinem Rücken in so traurige Beziehung treten sollte, wie damals, als ich ihn bei dem Räderkasten des kleinen Dampfboots sah."

Neunzehntes Kapitel

Erste amerikanische Eindrücke
1842

Die ersten Zeilen jenes Briefes wurden geschrieben, sobald er wieder der Erde ansichtig wurde, von den Ufern Neufundlands, am Montag, 17. Januar, dem vierzehnten Tage nach ihrer Abreise, aber doch noch in so weiter Entfernung von Halifax, daß sie nicht erwarten konnten, es vor Mittwochabend anzulaufen, oder vor Sonnabend oder Sonntag Boston zu erreichen. Sie hatten mit der Überfahrt kein Glück gehabt. Während der ganzen Reise war das Wetter unerhört schlecht gewesen, der Wind ihnen meistens grade entgegen, die Nässe unerträglich, die See schauderhaft unruhig, die Tage dunkel und die Nächte furchtbar. Am Montag vorher hatte ein Orkan gewütet, der um fünf Uhr nachmittags anfing und die ganze Nacht durchtobte. Seine Beschreibung des Sturmes ist veröffentlicht und das eigentümliche Verhalten eines Dampfschiffs unter solchen Umständen ist abkonterfeit, als wäre er sein ganzes Leben lang ein Seemann gewesen. Jeder andre als dieser außerordentliche Beobachter würde ein Dampfschiff in einem Sturm geradeso beschrieben haben wie ein Segelschiff in einem Sturm. Aber jede Beschreibung des letzteren würde ebensowenig auf meines Freundes Beschreibung des ersteren anwendbar sein, als das Benehmen eines Esels auf das eines wütenden Ochsen. In dem Briefe, dem sie entnommen wurde, befanden sich jedoch mehrere Bemerkungen, die nur an mich gerichtet waren. „Zwei oder drei Stunden lang hielten wir uns für verloren und erwarteten, unter vielen Gedanken an Dich und die Kinder und die andern, die uns am teuersten sind, ruhig das Schlimmste. Ich erwartete nicht, den Tag je wieder zu sehen und ergab mich in Gottes Willen, so gut ich konnte. Es war ein großer Trost, an die ersten und ergebenen Freunde zu denken, die wir verlassen hatten und daß es unsern lieben Kleinen an nichts fehlen würde."

Dies waren nicht die übertriebenen Besorgnisse eines seeunkundigen Mannes. Der Hauptingenieur, der auf einem oder dem andern der Cunardschiffe gedient hatte, seit sie zuerst zu fahren anfingen, hatte nie ein so stürmisches Wetter gesehen und ich hörte den Kapitän selbst später sagen, daß nur ein Dampfschiff und zwar eines von solcher Stärke, seinen Lauf hätte einhalten und sein Ziel erreichen können. Ein Segelschiff hätte dem Sturm weichen und sich treiben lassen müssen, wohin es eben ging, während sie hier durch das Toben des Sturmes hindurch tatsächlich elf Meilen gradeaus vorwärts kamen, ohne ihre Bahn im mindesten zu ändern.

Gegen die Seekrankheit hielt er nur während des Tages aus, welcher dem der Abfahrt folgte. Die drei folgenden Tage lag er zu Bette, elend genug, und erst am achten Tage der Reise, sechs Tage vor dem Datum seines Briefes, war er im Stande gewesen, am Eßtisch zu erscheinen. Die Beobachtungen, welche er dann über seine Reisegefährten machte und was er über ihr Leben an Bord des Schiffes zu erzählen hatte, ist in seinem amerikanischen Skizzenbuch mit köstlichem Humor dargestellt; aber in seiner ersten Frische hörte ich es in dem nachstehenden Briefe und es wird jetzt keinen Schaden tun, wenn mehrere launenhafte Stellen, die damals unterdrückt wurden, hier mitgeteilt werden.

„Wir haben 86 Passagiere und eine so seltsame Sammlung von Bestien ist wohl seit den Tagen der Arche nie aus dem Meere zusammengekommen. Seit dem ersten Tage bin ich nie in dem Salon gewesen; denn Lärm, Geruch und eingeschlossene Luft waren völlig unerträglich. Ich bin nur einmal auf dem Verdeck gewesen! – und bei dieser Gelegenheit war ich überrascht und enttäuscht durch die Kleinheit des Panoramas. Das Auf- und Abwogen der See, wie wir es gehabt haben und noch haben, ist sehr staunenerregend und würde ohne Zweifel großartig sein, wenn man es aus der Luft oder von einer großen Höhe sähe. Aber von dem nassen und rollenden Verdeck gesehen, in diesem Wetter und unter diesen Umständen, macht es einen schwindelerregenden und peinlichen Eindruck. Ich war sehr froh, mich abzuwenden und wieder hinunterzukommen."

„Ich habe mich von Anfang an in der Damenkajüte eingerichtet – Du besinnst Dich darauf? Ich will Dir die andern Insassen derselben und die Art wie wir unsere Zeit hinbringen, beschreiben."

„Zunächst die Insassen. Kate und ich und Anne – wenn sie außer Bett ist, was nicht oft stattfindet. Ein wunderliches kleines schottisches Wesen, eine Mrs. M. ...[83], deren Mann Silberschmied in New-York ist. Er heiratete sie vor drei Jahren in Glasgow und machte sich den Tag nach der Hochzeit aus dem Staube, weil er (was er ihr nicht gesagt hatte) tief in Schulden steckte. Seitdem hat sie bei ihrer Mutter

---

[83] Die hier gebrauchten Anfangsbuchstaben sind in keinem Falle diejenigen wirklicher Namen, sondern ohne Ausnahme gewählt, um die Namen zu verstecken. Diese Bemerkung ist auf sämtliche Anfangsbuchstaben anwendbar, welche in den in diesem Werke gedruckten Briefen vorkommen.

gewohnt und jetzt geht sie unter dem Schutze eines Vetters zu ihrem Manne, um es ein Jahr mit ihm zu versuchen. Sollte sie am Ende dieser Zeit mit ihrer Lage nicht zufrieden sein, so beabsichtigt sie wieder nach Schottland zurückzukehren. Eine Mrs. B. .... ungefähr zwanzig Jahre alt, deren Mann mit ihr an Bord ist. Er ist ein junger in New-York ansässiger Engländer und (so weit ich sehen kann) seines Geschäfts ein Tuchhändler. Sie sind vierzehn Tage miteinander verheiratet. Ein Mr. und Mrs. C. ..., die sich außerordentlich lieben, vollenden die Liste. Mrs. C., das ist meine Ansicht, ist die Tochter eines Bierwirts und Mr. C. läuft mit ihr, mit dem Geldkasten, mit der Uhr vom Gesims der Wirtsstube, mit der goldenen Uhr der Mutter aus der Tasche am Kopfende des Bettes und anderm vermischten Eigentum fort. Die Frauen sind alle hübsch, ungewöhnlich hübsch; ich sah nie so viel hübsche Gesichter beisammen."

Ihre Art die Zeit hinzubringen findet man in dem amerikanischen Tagebuch, ungefähr ebenso wie es mir beschrieben wurde, ausgenommen einen mit dem Kartenspielen verknüpften Umstand, von dem er fürchtete, derselbe möge über die Leichtgläubigkeit seiner Leser hinausgehen, der aber, wie er versicherte, mehrmals vorgekommen war. „In Bezug auf das Rollen des Schiffs habe ich vergessen zu erwähnen, daß wir beim Whist die Tricks in die Tasche stecken mußten, um zu verhindern, daß sie nicht ganz verschwanden und daß wir fünf- oder sechsmal während eines jeden Rubbers alle von unsern Sitzen geschleudert werden, zu verschiedenen Türen hinausrollen und weiterrollen, bis die Kellner uns aufheben. Dies ist so selbstverständlich geworden, daß wir es durchmachen, ohne uns in unserm Ernst stören zu lassen, und wenn wir wieder auf unsern Sofas liegen, unsere Unterhaltung oder unser Spiel an dem Punkte aufnehmen, wo sie unterbrochen wurden." Auch die Neuigkeiten, die sie von Tage zu Tage aufregten, und von denen wenig mehr als eine Andeutung in dem amerikanischen Tagebuch erscheint, verdienen in ihrer ursprünglichen Fassung mitgeteilt zu werden.

„Was Neuigkeiten angeht, so haben wir deren mehr, als Du denken magst. Ein Mann verlor gestern beim *vingt-un* im Salon 14 Pfd. St., ein andrer war betrunken ehe das Dîner vorüber war, ein andrer wurde geblendet durch eine Hummer-Sauce, die der Kellner über ihn ausgoß, ein andrer fiel auf dem Verdeck und wurde ohnmächtig, gestern Morgen war der Schiffskoch betrunken (er war an einigen durch Salzwasser beschädigten Whiskey gekommen) und der Kapitän befahl dem Hochbootsmann, mit dem Schlauch der Löschmaschine auf ihn loszuspielen, bis er um Gnade brüllte – die ihm nicht zu Teil wurde; denn er wurde verurteilt, vier Nächte hintereinander vier Stunden ohne Unterbrechung und ohne Überrock Wache zu halten und keinen Grog zu bekommen. Vier Dutzend Teller wurden beim Dîner zerbrochen. Ein Kellner fiel mit einem Rinderbraten die Kajütentreppe hinunter und beschädigte sich ernstlich am Fuße. Ein andrer Kellner fiel nach ihm hinunter und erhielt eine Wunde am Auge. Der Bäcker ist krank, ebenso der Konditor. Ein neuer Mann, der auf den Tod krank ist, hat die Stelle des letztern Beamten ausfüllen müssen und ist aus seinem Bett herausgeschleppt und in einem kleinen Hause auf dem Verdeck zwischen zwei Fässern sicher gemacht und man hat ihm Befehl gegeben (der Kapitän stand dabei neben ihm) Pastetenteig zu machen und zu rollen, während er mit Tränen in den Augen beteuerte, daß es in seinem galligten Zustande Tod für ihn sein würde, denselben anzusehen. Zwölf Dutzend Flaschen Porter sind auf dem Verdeck losgekommen und die Flaschen rollen uns zu Häupten wild umher. Lord Mulgrave (beiläufig ein schöner Mensch und ein guter Gesellschafter) wettete gestern Abend mit fünfundzwanzig andern Leuten, deren Schlafstellen sich ebenso wie seine eigne in der Vorderkajüte befinden, die nur erreicht werden kann, indem man über das Verdeck läuft, daß er seine Koje zuerst erreichen würde. Es wurden Wächter von dem Kapitän aufgestellt und sie sprangen hinaus, in Überröcke und Sturmkappen eingehüllt. Die See stürzte mit solcher Gewalt über das Schiff, daß sie sich fünfundzwanzig Minuten lang an dem eisernen Geländer des Steuerbord-Räderkastens festhielten, von jeder Welle bis auf die Haut durchnäßt und weder wagten vorwärts zu gehen noch zurück zu kommen, aus Furcht, sie möchten über Bord gespült werden. Neuigkeiten! Ein Dutzend Mordtaten in London würden uns nicht halb so sehr interessieren."

Dennoch waren ihre aufregenden Erlebnisse noch nicht vorbei. Ganz am Ende der Reise ereignete sich ein Zwischenfall, der in dem amerikanischen Tagebuche nur kurz erwähnt wird, aber in einem Briefe an mich vom 21. Januar ausführlicher berichtet wurde. „Wir liefen Mittwochabend mit wenig Wind und bei hellem Mondschein in den Hafen von Halifax ein, waren bis an den Leuchtturm an dem äußern Eingang gekommen und hatten das Schiff der Leitung des Piloten übergeben, spielten unsern Rubber und waren alle in bester Stimmung (denn es war mehrere Tage verhältnismäßig ruhig gewesen, mit leidlich trockenem Verdeck und sonstigen ungewöhnlichen Annehmlichkeiten), als das Schiff auf den Grund stieß. Ein Rennen auf das Verdeck folgte natürlicherweise. Die Männer (ich meine die Mannschaft! denke Dir das) zogen ihre Schuhe aus und warfen ihre Jacken ab, um nötigenfalls ans Land zu schwimmen; der Pilot war außer sich; die Passagiere in Verzweiflung und alles in der unerträglichsten Verwirrung und Eile. Die Brandung brauste vor uns, das Land war nur einige hundert Schritte entfernt und das Schiff trieb auf die Brandung zu, obgleich seine Räder rückwärts in Bewegung gesetzt und alles getan wurde, es aufzuhalten. Es ist, wie es scheint, bei Dampfschiffen nicht üblich, einen Anker zur Hand zu haben. Indem wir den unsern über die Seite warfen, ereignete sich ein Unfall und eine halbe Stunde lang ließen wir Raketen steigen, blaue Lichter brennen und feuerten Notschüsse ab, die sämtlich unbeantwortet blieben, obgleich wir das Wehen der Zweige auf den Bäumen wahrnehmen konnten. Diese ganze Zeit hindurch, indem wir uns vor dem Winde drehten, warf ein Mann alle zwei Minuten das Senkblei aus; die Tiefe des Wassers nahm beständig ab und niemand bewahrte seine Selbstbeherrschung, außer dem Kapitän. Endlich ließ man den Anker fallen, brachte ein Boot hinaus und schickte dasselbe mit dem vierten Offizier, dem Piloten und vier Matrosen ans Ufer, um Kundschaft einzuziehen, wo wir uns befänden. Der Pilot wußte nichts davon, aber der Kapitän legte seinen kleinen Finger an eine gewisse Stelle der Karte und war über den genauen Ort so gewiß (obgleich er nie in seinem Leben da gewesen war), als hätte er von Kindheit auf dort gewohnt. Als das Boot eine Stunde später zurückkehrte, stellte sich's heraus, daß er ganz recht hatte. Wir waren in einem plötzlichen Nebel und durch den Unverstand des Piloten an eine als Ost-Passage bekannte Stelle geraten. Wir waren auf eine Schlammbank gefahren und in einen vollständigen kleinen Teich getrieben, der von Bänken und Felsen und Untiefen aller Art umgeben war – den einzigen sichern Punkt an dieser Stelle. Durch diese Meldung und durch die Versicherung, daß die Flut über die Ebbe hinaus sei, beruhigt, gingen wir um drei Uhr morgens zu Bette und blieben die ganze Nacht dort liegen."

Die Landung in Halifax, am Tage darauf, und die Ablieferung der Post sind in dem amerikanischen Tagebuch beschrieben, aber nicht sein persönlicher Anteil an dem was folgte. „Dann, Sir, kommt ein atemloser Mann daher, der schon auf dem Schiff und wieder hinaus gewesen ist und, indem er dahinstürmt, meinen Namen ruft. Ich stehe, Arm in Arm mit dem kleinen Doktor, mit dem ich ans Ufer gegangen war, um Austern zu essen, still. Der atemlose Mann stellt sich mir als der Sprecher des Abgeordnetenhauses vor, will mich nach seinem Hause schleppen und will seinen Wagen und seine Frau schicken, Kate abzuholen, die mit einem häßlich geschwollenen Gesicht zu Bette liegt. Dann schleppt er mich nach dem Hause des Gouverneurs

(Lord Falkland ist Gouverneur) und dann der Himmel weiß, wohin. Den Schluß macht er mit beiden Parlamentshäusern, die gerade an diesem Tage zur Session zusammentreten und mit einer Scheinrede vom Thron durch Lord Falkland, den ein Sohn Lord Grey's als Adjutant begleitet und der von einem großen Haufen Offiziere umgeben ist, eröffnet werden. Ich wollte, Du hättest die Volkshaufen sehen können, die dem Unnachahmlichen[84] in den Straßen Beifall zuriefen. Ich wollte, Du hättest sehen können, wie der Unnachahmliche zu einem großen neben dem Throne des Sprechers stehenden Lehnstuhl geführt wurde und allein mitten im Unterhause dasaß, der Beobachtete aller Beobachter, mit exemplarischem Ernst den sonderbarsten Reden zuhörte und wider Willen in ein Lächeln ausbrach, indem er an diesen Anfang der Tausend und Eine Geschichten dachte, die er für die Heimat und Lincolns-inn-Fields und Jack Straw's Castle aufbewahren wird. – Ach, Forster! wenn ich erst wieder zurückkomme! –"

Er nahm seinen Brief wieder auf in Tremont-House, am Sonnabend, 28. Januar, nachdem er Boston um fünf Uhr Nachmittags desselben Tages erreicht hatte und da seine ersten amerikanischen Erfahrungen in dem Tagebuch nur kurz berührt werden, wird eine ausführlichere Beschreibung vielleicht willkommen sein. „Da die Cunardschiffe eine eigene Werfte an dem Zollhause haben, und zwar eine enge, dauerte es lange (mindestens eine Stunde) bis wir hineingelangten. Ich stand neben dem Kapitän und blickte umher, als plötzlich, lange ehe wir an der Werfte angelegt hatten, ein Dutzend Leute mit Lebensgefahr an Bord sprangen, mit großen Bündeln Zeitungen unter dem Arm, wollne Shawls (sehr abgetragen) um den Hals – und so fort. „Aha!" sage ich, „das ist wie unser London-Bridge", natürlich in dem Glauben, diese Besucher seien Zeitungsjungen. Aber was denkst Du davon, daß sie Redakteure waren? Und was denkst Du davon, daß sie leidenschaftlich auf mich zustürzten und anfingen, mir wie Verrückte die Hand zu schütteln? O! hättest Du sehen können, wie ich ihnen die Handgelenke drehte! Und könntest Du nur wissen, wie ich einen Menschen in sehr schmutzigen Gamaschen und sehr vorstehenden Vorderzähnen haßte, der zu allen nach ihm Kommenden sagte: „Sie sind also unserm Freunde Dickens vorgestellt – eh?" Einer war jedoch darunter, der sich wirklich nützlich machte, ein Dr. S., Redakteur der –. Er lief hierher (mindestens dreiviertel Stunden) und bestellte Zimmer und ein Dîner. Und im Laufe der Zeit setzten Kate und ich und Lord Mulgrave

---

[84] Dies Wort, das von seinem alten Lehrer Mr. Giles auf ihn angewandt wurde, war lange Zeit ein Beiname, mit dem wir ihn nannten.

(der am Montag zu seinem Regiment nach Montreal zurückging und mit uns übereingekommen war, inzwischen bei uns zu wohnen) uns in einem geräumigen und schönen Zimmer zu einem vortrefflichen Dîner (einige Eigentümlichkeiten beim Auftragen ausgenommen) und hatten das Schiff vollständig vergessen. Ein Mr. Alexander, dem ich von England aus geschrieben und versprochen hatte, für ein Porträt zu sitzen, erschien an Bord, sobald wir das Land berührten und brachte uns in seinem Wagen hierher. Dann, nachdem er uns mit den schönsten Blumen beschenkt hatte, ließ er uns allein und wir dankten ihm dafür."

Was er sonst noch über die Erlebnisse jener Woche zu sagen hatte, findet hier seinen ersten öffentlichen Ausdruck. „Wie kann ich Dir erzählen", fährt er fort, „was sich seit jenem ersten Tag ereignet hat? Wie kann ich Dir die leiseste Vorstellung von meinem Empfange hier geben; von den Menschenhaufen, die den ganzen Tag herein- und hinausströmen; von den Leuten, die die Straßen füllen, wenn ich ausgehe; von dem Beifallsrufen, als ich ins Theater ging; von den Gedichten, Beglückwünschungsschreiben, Bewillkommnungen aller Art, Bällen, Dîners, Gesellschaften ohne Ende? Nächsten Dienstag soll mir hier in Boston ein öffentliches Festessen gegeben werden und der hohe Preis der Billete (drei Pfd. St.) hat bei vielen großes Missfallen erregt. Nächsten Montag über acht Tage soll ein Ball in New-York sein und 150 Namen erscheinen auf der Liste des Komités. Ein Dîner soll an demselben Orte in derselben Woche stattfinden, zu dem mir eine Einladung mit Unterschriften sämtlicher in Amerika bekannten Namen zugegangen ist. Aber was kann ich Dir über irgendeins dieser Dinge sagen, was Dir die leiseste Vorstellung geben könnte von der enthusiastischen Begrüßung, die mir zu Teil wird, oder von dem Rufe, der das ganze Land durchdringt. Ich habe Deputationen aus dem fernen Westen gehabt, die mehr als dreihundert Meilen hierher gereist sind: von den Seen, den Flüssen, den Hinterwäldern, den Blockhäusern, den Städten, den Fabriken und den Dörfern. Autoritätspersonen haben mir aus fast sämtlichen Staaten geschrieben. Ich habe Briefe von den Universitäten, dem Kongreß, dem Senat und öffentlichen und privaten Körperschaften jeder Art erhalten. „Es ist kein Unsinn und kein gewöhnliches Gefühl", schrieb Dr. Channing gestern. „Es kommt aus dem Herzen. Es gab nie einen solchen Triumph und wird ihn nie wieder geben." Und es ist schön, nicht wahr? zu finden, daß die Geistesschöpfungen, die Dir und mir die größte Befriedigung gewährt haben, dem allen zu Grunde liegen? Es macht mein Herz ruhiger und mich selbst zurückhaltender, ernster, stiller, wenn ich die Wirkung jener Gedanken in all' diesem Lärm und Treiben beobachte, als da ich mich, die Feder in der Hand, hinsetzte, sie zum erstenmal niederzuschreiben. Ich fühle in den besten Eigentümlichkeiten dieses Willkommens etwas von der Gegenwart und dem Einfluß des Geistes, der mein Leben lenkt und durch einen tiefen Schmerz seit mehr als vier Jahren mit unwandelbarem Finger aufwärts gewiesen hat. Und wenn ich mein Herz kenne, so würde nicht zwanzigmal mehr Lob mich zu einer törichten Handlung bewegen…"

Es fehlten nur noch zwei Tage an der Zeit, wo die Post nach England abging und der Schluß dieses Teils seines Briefes gab einen Überblick über die Verbindlichkeiten, die ihn nach seiner Abreise von Boston erwarteten. „Wir werden am nächsten Sonnabend von hier fortgehen. Wir gehen nach einem Orte namens Worcester, vierzehn Meilen von hier, nach dem Hause des Gouverneurs dieser Stadt, und werden den ganzen Sonntag bei ihm zubringen. Am Montag gehen wir mit der Eisenbahn etwa elf Meilen weiter, nach einem Orte namens Springfield, wo ein „Empfangs-Komitee" von Hartford, vier Meilen weiter, mir aufwarten und die Menge mich weiter führen wird: ich habe keine Ahnung davon wie, es sollte mich aber gar nicht wundern, wenn sie mit einem Triumphwagen erscheinen. Am Dienstag habe ich dort ein öffentliches Festessen. Am Freitag werde ich mich wieder dem Publikum zeigen müssen, an einem Orte namens Newhaven, etwa sieben Meilen weiter. Am Sonnabend Abend hoffe ich in New-York zu sein und dort werde ich 10–14 Tage bleiben. Du wirst denken, daß ich genug zu tun habe. Ich sitze für ein Porträt und eine Büste. Ich habe die Korrespondenz eines Staats-Sekretärs und die Verbindlichkeiten eines fashionabeln Arztes. Ich habe einen Sekretär, den ich mit mir nehme. Es ist ein junger Mann namens O.; wurde mir sehr empfohlen, ist sehr bescheiden, gefällig, schweigsam und willig und tut seine Arbeit gut. Er lebt auf meine Kosten wenn wir reisen und sein Gehalt ist zehn Dollars monatlich – ungefähr zwei Pfund und fünf Shillinge unsres englischen Geldes. Es werden Dîners und Bälle in Washington, Philadelphia, Baltimore und ich glaube überall stattfinden. In Kanada habe ich versprochen, mit den Offizieren für einen wohltätigen Zweck auf dem Theater zu spielen. Wir sind zuweilen schon unbeschreiblich müde und ich beende diesen Brief durch einen frommen Betrug. Wir waren zu einer Gesellschaft eingeladen und haben sagen lassen, daß wir beide verzweifelt krank sind..." „Nun aber," so höre ich Dich fragen, „was sind denn seine Eindrücke über Boston und die Amerikaner?" – Von den Letzteren will ich nichts sagen, ehe ich mehr von ihnen gesehen habe und ins Innere gegangen bin. Ich will jetzt nur sagen, daß wir noch nie genötigt gewesen sind, an einer Table d'hôte zu essen; daß bis jetzt unsre Zimmer ebensosehr uns gehören, wie sie es in dem Clarendon-Hotel in London würden, und daß ich, abgesehen von gelegentlichen sonderbaren Ausdrücken – wie ein *Bissen kaltes Wetter*, ein *zungiger Mensch*, statt ein geschwätziger Mensch; *Möglich?* als ein einsames Fragewort und *Ja?* für wirklich – bis jetzt durchaus keinen Unterschied bemerkt haben würde zwischen den Menschen hier und denen, die ich verlassen habe. Die Frauen sind sehr schön, verblühen aber bald; die allgemeine Haltung ist weder steif noch zudringlich, die Gutmütigkeit allgemein. Wenn Du den Weg nach einem Orte fragst – bei einem gewöhnlichen Strandläufer, der nicht das geringste von Dir weiß – so kehrt er um und geht mit Dir. Den Damen wird allgemeine Achtung bewiesen und sie gehen zu allen Zeiten ohne jeden Schutz umher. ... Dies Hotel ist ein wenig kleiner als Finsbury Square und wird mittelst eines Glühofens, von dem aus Röhren durch alle Gänge laufen, so infernalisch heiß gemacht (ich gebrauche diesen Ausdruck absichtlich), daß wir es kaum aushalten können. An den Betten und den Fenstern der Schlafzimmer sind keine Gardinen. Man sagt mir, daß es so fast überall in ganz Amerika ist. Überhaupt sind die Schlafzimmer sehr spärlich möbliert. Das unsrige ist fast so groß als Dein großes Zimmer und es steht eine Garderobe von gemaltem Holz darin, die nicht größer ist (ich berufe mich auf Kate) als ein englischer Uhrkasten. Ich schlief zwei Nächte in diesem Zimmer, in dem festen Glauben, es wäre ein Schauerbad."

Der letzte Zusatz zu diesem Briefe, dem manche der lebhaftesten Stellen des *Tagebuchs* (darunter die glänzende malerische Schilderung der Straßen von Boston) mit geringen Abänderungen entnommen wurden, war vom 29. Januar datiert. „Ich weiß kaum, was ich dieser langen und unzusammenhängenden Geschichte noch hinzufügen soll. Dana, der Verfasser des *Two Years before the Mast* (ein Buch, das ich als Defoe ähnlich gegen ihn gerühmt hatte) ist wirklich ein sehr netter Mensch und in seiner äußern Erscheinung gar nicht so, wie man erwarten würde. Er ist klein, hat einen sanften Ausdruck und ein sorgenvolles Gesicht. Sein Vater ist grade wie George Cruikshank nach einer durchzechten Nacht – nur kleiner. Die Professoren an der Universität Cambridge, Longfellow, Felton, Jared Sparks, sind herrliche Menschen. Ebenso Kenyon's Freund, Ticknor. Bancroft ist ein famoser Mensch, eine offne, männliche, ernste Seele und er spricht viel von Dir, was ein großer Trost ist. Von Dr. Channing will ich Dir mehr erzählen, nachdem ich nächsten Mittwoch bei ihm gefrühstückt habe. ... Sumner ist mir von großem Nutzen. ... Der Präsident des Senats präsidiert hier am Dienstag bei dem mir gegebenen Festessen. Lord Mulgrave blieb bis vorigen Dienstag bei uns (wir hatten am Montag unsern kleinen Kapitän zum Dîner hier) und reiste dann nach Kanada weiter. Kate ist ganz wohl, ebenso Anne, deren Munterkeit ganz erstaunlich ist. Sie sehnen sich nach Hause und ich tue es auch."

„Du wirst natürlich in den Zeitungen keinen wahren Bericht über unsre Seereise finden; denn man schweigt über die Gefahren der Überfahrt, wenn es deren gibt, sehr still. Ich bemerkte so viele den Dampfschiffen eigentümliche Gefahren, daß ich noch unentschieden bin, ob ich nicht mit einem Segelschiff von New-York zurückkehren werde. In der Nacht des Sturmes legte ich mir die Frage vor, was aus uns werden würde, wenn der Schornstein über Bord geweht werden sollte, in welchem Falle sich ohne große Beobachtungsgabe erkennen ließ, daß das Schiff sofort vom Schnabel bis zum Steuer in Feuer stehen müsse. Als ich am nächsten Tage auf das Verdeck ging, sah ich, daß der Schornstein durch einen vollständigen Wald von Ketten und Seilen, die während der Nacht daran befestigt waren, aufrecht gehalten wurde. Der Kapitän sagte mir (als wir das Ufer erreicht hatten, nicht eher), daß sie während der ganzen Dauer des Sturmes Leute daran festgebunden und umherschwingen gehabt hätten, um diese Stützen daran zu befestigen. Das ist nicht angenehm – nicht wahr?"

„Ich möchte wissen, ob Du daran denkst, daß nächsten Dienstag mein Geburtstag ist! Dieser Brief wird an jenem Morgen von hier abgehen."

„Indem ich diese Blätter wieder durchsehe, bin ich überrascht zu finden, wie wenig ich Dir erzählt habe und wie viel mir selbst jetzt noch zu erzählen bleibt, was Du mündlich von mir hören sollst. Die amerikanischen Armen, die amerikanischen Fabriken, die Institute aller Art – ich habe schon ein Buch darüber. Es gibt keinen Menschen in diesem Staate Neu-Englands, der nicht an jedem Tage seines Lebens ein loderndes Feuer und Fleisch zu essen hat. Ein flammendes Schwert in der Luft würde nicht so viel Aufmerksamkeit erregen als ein Bettler in den Straßen. Es gibt hier keine Wohltätigkeits-Uniformen, keine ermüdende Wiederholung derselben tristen häßlichen Kleidung in jener Blindenschule.[85] Alle sind nach ihrem eigenen Geschmack gekleidet und die Individualität jedes Knaben und jedes Mädchens bleibt so entschieden und unvermindert gewahrt, als wenn sie in ihren eignen Häusern wären. In den Theatern sitzen alle Damen

---

[85] Seine Beschreibung dieser Schule und der Geschichte Laura Bridgeman's wird man in den „American notes" finden, sie sind daher hier natürlich ausgelassen.

in den vordersten Reihen der Logen. Die Galerie ist so ruhig wie der erste Rang in dem teuern Drury-Lane. Ein Mensch mit sieben Köpfen würde keine Sehenswürdigkeit sein, verglichen mit einem, der nicht lesen und schreiben könnte.

„Ich will nicht von den lieben teuern Kindern sprechen (ich sage „sprechen!" ich wollte, ich könnte es), weil ich weiß, wie viel wir über sie hören werden, wenn wir die Briefe von Hause erhalten, nach denen wir uns so glühend sehnen."

*

Aus diesem frühesten seiner Briefe geht unmissverstehbar der ganz frische und unvermischte Eindruck hervor, den er zuerst bei diesem denkwürdigen Besuche empfing und es gebührt sowohl ihm selbst als dem großen Lande, das ihn bewillkommte, daß derselbe unabhängig von den Veränderungen betrachtet wird, die er später erfuhr. Über die Wärme und die Allgemeinheit des Willkommens konnte in der Tat kein Zweifel bestehen und ebensowenig darüber, daß dasselbe aus Gefühlen entsprang, welche gleich ehrenvoll waren für Geber und Empfänger. Die Quellen von Dickens' Popularität in England wurden in Wahrheit in Amerika auf mannigfache Weise vervielfältigt. Die heitre, sympathische und humane Seite seines Genies hatte die Amerikaner in ebenso hohem Maße bezaubert; aber es war noch etwas mehr als das. Die heitre Sinnesweise, welche den gewöhnlichsten Formen des Lebens neue Schönheit verliehen, der übersprudelnde Humor, der alle unschuldigen Freuden erhöht hatte, die ehrenvolle und in jenen Tagen seltene Auszeichnung Amerika's, kein Haus in der Union solchen Vorzügen unzugänglich zu lassen, hatte Dickens überall zum Gegenstande dankbarer Bewunderung und in den meisten Fällen persönlicher Zuneigung gemacht. Doch selbst dies war nicht alles. Ich sage es weder um den Wert des Tributes zu vermehren, noch um ihn zu vermindern, sondern einfach um auszudrücken, was er war; und es ist unzweifelhaft, daß der junge englische Autor, den sie wegen seiner Sprache fast auf gleiche Weise für sich in Anspruch nahmen, von den Amerikanern fast allgemein als eine Art verkörperter Protest betrachtet wurde gegen das, was sie für das Schlechteste an den englischen Einrichtungen, für in gesellschaftlicher Hinsicht niederdrückend und verdunkelnd und den rein geistigen Einflüssen feindselig, hielten. In allen Zeitungen jeglichen Ranges in der Union, von denen viele mir damals zugeschickt wurden, tritt das Gefühl des Triumphes über das Mutterland in diesem Punkte hervor. Ihr verehrt Titel, sagten sie, und Kriegshelden und Millionäre und wir von der neuen Welt wollen euch zeigen, indem wir dieselbe Huldigung, welche die alte Welt für Könige und Eroberer aufbewahrt, einem jungen Manne darbringen, der durch nichts ausgezeichnet ist, als durch sein Herz und sein Genie, was wir in diesem Weltteile des Ruhmes für würdiger halten als Geburt, oder Reichtum, oder einen Titel, oder ein Schwert. Und auch hierin lag mehr als eine bloße Überhebung über das Mutterland. Die Amerikaner hatten in allen Ehren mehr als einen gewöhnlichen Anteil an den Triumphen eines Genies, das in mehr als einem Sinne die Wüsten und Wildnisse des Lebens wie Rosen hatte blühen lassen. Sie waren berechtigt, für ein so emphatisches Willkommen als sie wollten den Schriftsteller auszuwählen, der vor allen andern in seiner Generation sich bemüht hatte, in menschlichen Geschöpfen die Funken der Tugend zu entdecken und zu retten, welche Elend und Laster nicht auszulöschen vermocht hatten; das was schön und wohlanständig ist, in dem zu finden, was gewöhnlich für abstoßend und missgestaltet gilt; selbst der Verzweiflung Glück und Hoffnung abzugewinnen und vor allem seinen Landsleuten die Not und die Leiden der Armen, der Unwissenden und der Verwahrlosten so zu erschließen, daß man sie seitdem nicht länger in absoluter Verwahrlosung lassen konnte. „Es ist ihm ein Triumph bereitet worden," schrieb Ticknor an unsern Freund Kenyon, „an dem das ganze Land teilnehmen wird. Er wird einen Umzug durch die Staaten halten, dem kein andrer seit Lafayette's Zeit zu vergleichen ist." Daniel Webster sagte den Amerikanern, Dickens habe schon mehr getan, die Lage der englischen Armen zu verbessern, als sämtliche Staatsmänner des englischen Parlaments. Seine Sympathien sind derart, rief Dr. Channing aus, daß sie ihn uns auf ganz besondere Weise empfehlen. Er sucht vor allem derjenigen Klasse zu helfen, mit welcher die amerikanischen Einrichtungen und Gesetze am meisten sympathisieren und in den Leidenschaften, den Leiden und den Tugenden der Masse hat er seine tiefergreifendsten Gegenstände gefunden. „Er zeigt, daß das Leben in seiner rohesten Form eine tragische Größe haben kann, daß inmitten von Gelächter oder Zorn hervorrufenden Torheiten und Ausschweifungen die moralischen Gefühle nicht ganz ersterben und daß die Höhlen des schwärzesten Verbrechens zuweilen durch die Gegenwart und den Einfluß der edelsten Seelen aufgehellt werden. Seine Darstellungen haben eine Tendenz, Mitgefühle für unsre Mitmenschen zu erwecken und die gefühllose Gleichgültigkeit, welche gegen die unterdrückte Masse geherrscht hat, in eine traurige und zornige Mitempfindung ihrer Not und ihres Wehes zu verwandeln."

Was für eine Wendung wir auch, auf Grund gegenseitiger Unzufriedenheit, in dem Willkommen werden eintreten sehen, so ist es doch gut, so eine Einsicht in das zu gewinnen, was in seinen ersten Äußerungen ehrenvoll war für beide Teile. Dickens hatte seine Enttäuschungen und die Amerikaner hatten die ihrigen; aber was wirklich echt war in dem ursprünglichen Enthusiasmus, blieb auf beiden Seiten ohne ernste Beimischung, und die Briefe, wie ich sie weiter mitteilen werde, werden das Missverständnis auf so natürliche Weise erklären und erläutern, daß kaum noch eine weitere Bemerkung darüber erforderlich ist. Es freut mich, hier die Einladungen zu öffentlichen Festlichkeiten in New-York mitteilen zu können, die ihn erreichten, ehe er Boston verließ und deren Unterschriften genügend bewiesen, wie allgemein das Willkommen dieser großen Stadt der Union war.

New-York, 24. Januar 1842

An Charles Dickens, Esq.

Hochgeehrter Herr!

Die Unterzeichneten wünschen in ihrem eigenen Namen und im Namen eines großen Kreises ihrer Mitbürger, Ihnen zu Ihrer sichern Ankunft Glück zu wünschen und Ihnen ein aufrichtiges und herzliches Willkommen zuzurufen.

Obgleich uns persönlich unbekannt, können wir Ihnen doch versichern, daß Sie sich nicht als Fremden unter uns finden werden. – Das Genie, mit dem Sie in so hohem Grade begabt worden sind und das Ihre Feder mit so vollendeter Kunst in der Schilderung jeder Leidenschaft und Sympathie und Eigentümlichkeit des menschlichen Geistes gelenkt hat, hat Ihnen alle Herzen geöffnet, während Ihre glücklichen Ideen und treffenden Bilder, die überall eine praktische und fruchtbare Moral einschärfen, Ihren Namen wie ein Familienwort bei uns eingebürgert haben.

Als Zeugnis unsrer Hochachtung und als einen kleinen aber dankbaren Tribut an Ihr Genie, bitten wir Sie, einen so frühen Tag als es Ihnen genehm ist, zu bestimmen, an dem Sie uns in dieser Stadt bei einem öffentlichen Festmahl beehren wollen, wo, wie anderswo, es unser Stolz und unsre Freude sein wird, Ihnen unsre Dankbarkeit auszudrücken für die vielen geistigen Festmahle, welche Sie so oft vor uns ausgebreitet haben.

Wir sind Ihre aufrichtig ergebenen Freunde &c.

(Folgen 41 Unterschriften, darunter Washington Irving, W. C. Bryant, W. Kent, Astor, Hamilton Fish und andre der angesehensten Namen in den Vereinigten Staaten.)

New-York, 26. Januar 1842

An Charles Dickens, Esq.

Geehrter Herr!

Nachdem die Bürger von New-York die erfreuliche Nachricht von Ihrer Ankunft in den Vereinigten Staaten erhalten haben, ist es in Anerkennung des Wertes Ihrer Arbeiten im Dienste der Menschheit und Ihrer so hohen Erfolge in der Ausübung Ihrer literarischen Talente, ihr Ehrgeiz, unter den ersten zu sein, die Ihnen und Ihrer Gemahlin das herzliche Willkommen zurufen, welches, wie sie überzeugt sind, Sie in allen Teilen unseres Vaterlandes erwartet. Zu diesem Zwecke sind wir von einer großen, besonders dazu berufenen Versammlung von Herren als Komitee ernannt und beauftragt worden, Sie um Ihre Gegenwart bei einem in dieser Stadt zu veranstaltenden öffentlichen Balle zu bitten.

Mr. Colden, ein Mitglied unsres Komitee's, wird die Ehre haben, Ihnen diese Einladung zu überreichen und ist mit der angenehmen Pflicht beauftragt, Ihnen unsre Glückwünsche zu Ihrer Ankunft darzubringen. Wir werden die Nachricht Ihrer freundlichen Annahme dieser Einladung und Ihrer Bestimmung des Tages, an welchem es Ihnen genehm sein wird, derselben zu folgen, von ihm erwarten.

Wir sind, geehrter Herr,
mit der größten Hochachtung
Ihre gehorsamen Diener &c.

(Folgen 36 Unterschriften.)

Zwanzigstes Kapitel

Spätere amerikanische Eindrücke
1842

Sein zweiter Brief, strahlend von derselben freundlichen Wärme, die seinem Genius immer so hohen Reiz verlieh, war vom 14. Februar aus dem Carlton-Hotel in New-York datiert, aber die einzige darin enthaltene Anspielung von öffentlichem Interesse war der Beginn seiner Agitation zu Gunsten eines internationalen Vertrags zum Schutze des literarischen Eigentums. Er ging mit keiner ausdrücklichen Absicht nach Amerika, diese Frage irgendwie anzuregen, und ganz gewiß nicht mit dem Glauben, daß Bemerkungen, wie sie ein Mann in seiner Lage allein darüber machen konnte, von irgendeiner Klasse des amerikanischen Volkes übel aufgenommen werden würden. Aber er blieb über diesen Punkt nicht lange in Zweifel. Er hatte zweimal öffentlich darüber gesprochen, „zum großen Unwillen einiger der hiesigen Zeitungsredakteure, die mich dafür auf allen Seiten angreifen." Dagegen hatten alle angesehensten Männer ihm versichert, daß, wenn nur in England die Agitation fortgesetzt würde, der gegen das bestehende Gesetz geführte Schlag eine Änderung hervorbringen könne und der angenehmen Hoffnung nachgebend, daß die besten Männer den schlechtesten gewachsen seien, drang er in mich, so viele Kräfte für seine Seite anzuwerben als möglich, und besonders, da er Scott's Ansprüche zu seinem Schlachtruf gemacht hatte, Lockhart[86] ins Feld zu bringen. Ich konnte nicht viel tun, tat aber was ich konnte.

Drei Tage später fing er einen andern Brief an, und da dieser dem Leser ganz neu sein wird, lasse ich ihn so folgen, wie er mich erreichte, mit Ausnahme einiger auf mich selbst bezüglichen Stellen, die ich, obschon widerstrebend, es für meine Pflicht halte, in allen diesen Auszügen zu unterdrücken. Weder die persönlichen noch die auf den internationalen Vertrag zum Schutze des literarischen Eigentums bezüglichen Details dieses Briefes ließen sich für die „Noten" gebrauchen. Sie wurden von denselben ausgeschlossen durch die beiden Regeln, die er in diesem Buche beobachtete: einmal, über die Diskus-

---

[86] Lockhart war der Schwiegersohn Sir Walter Scott's und sein Biograph. Außerdem hatte er um jene Zeit bedeutenden Einfluß als Herausgeber der Quarterly Review. – D.Übers.

sion des internationalen Vertrags ganz zu schweigen, und sodann sich jeder Erwähnung von Personen zu enthalten. Aber die Verletzung dieser beiden Regeln kann jetzt keinen Schaden mehr tun; denn, wie Sydney Smith mit seiner humoristischen Traurigkeit sagte: „Wir sind jetzt alle tot."

„Carlton-House, New-York, Donnerstag, 17. Februar 1842. ... Da morgen ein Segelschiff von hier nach England abgeht, das (von den Eigentümern) für einen wunderbar schnellen Segler erklärt wird, und da es höchst wahrscheinlich die Heimat (ich schreibe das Wort mit Pein) vor dem Cunard-Dampfer vom nächsten Monat erreichen wird, setze ich mich zum Schreiben hin. Und falls dieser Brief Dich vor einem andern Brief erreichen sollte, den ich am vorigen Monat von hier abschickte, laß mich Dir zunächst sagen, daß ich an jenem Tage eine kurze Epistel an Dich abgeschickt habe, samt einer Zeitung und einer Broschüre über den Boz-Ball, und daß ich auf dem Postamt in Boston eine andre Zeitung für Dich abgegeben habe, mit einem Bericht über das Festessen, das, wie Du Dich erinnern wirst, grade stattfinden sollte, als ich Dir aus jener Stadt schrieb."

„Es ging äußerst prächtig dabei her und die Reden waren bewunderungswürdig. In der Tat gehört das allgemeine Talent für öffentliches Reden hier zu den auffallendsten Dingen, die sich der Beachtung eines Engländers aufdrängen. Da ein jeder ein Kongreßmitglied zu werden hofft, so bereitet ein jeder sich darauf vor; und das Resultat ist höchst überraschend. Du wirst eine sonderbare Gewohnheit bemerken: die Trinksprüche auf Gefühlsausdrücke. Bei uns ist dies ganz erloschen, aber hier wird es als etwas ganz Selbstverständliches erwartet, daß jedermann mit einem Epigramm bei der Hand ist."

„Wir verließen Boston am 5ten, zusammen mit dem Gouverneur der Stadt, bei dem wir bis Montag in seinem Hause in Worcester wohnten. Er ist mit einer Schwester Bancroft's verheiratet und eine andre Schwester Bancroft's begleitete uns. Das Dorf Worcester ist eins der hübschesten in Neu-England. Montagmorgen um 9 Uhr fuhren wir mit der Eisenbahn weiter nach Springfield, wo eine aus zwei Personen bestehende Deputation uns erwartete und alles, was die äußerste Aufmerksamkeit tun konnte, in Bereitschaft war. Wegen der Milde des Wetters war der Connecticut-Fluß „offen", nämlich nicht gefroren und man hatte ein Dampfboot bereit, uns weiter nach Hartford zu bringen, wodurch uns eine Landreise von nur fünf Meilen erspart wurde, aber auf Straßen, auf denen sie um diese Jahreszeit fast zwölf Stunden dauern würde. Das Boot war sehr klein, der Fluß voll von schwimmenden Eisblöcken, und die Tiefe, in der wir fuhren (um das Eis und die Strömung zu vermeiden) nicht größer als einige Zoll. Nach drittehalb Stunden dieses seltsamen Reisens kamen wir nach Hartford. Dort fanden wir ein ganz englisches Gasthaus (mit Ausnahme der Schlafzimmer, die immer ungemütlich sind) und das beste Verwaltungskomitee, das uns bis jetzt vorgekommen ist. Sie ließen uns mehr Ruhe und waren rücksichtsvoller und aufmerksamer, sogar bis auf ihre eigne Ausschließung, als irgendein andres Komitee, mit dem ich bis jetzt zu tun gehabt habe. Da Kate furchtbar an Gesichtsschmerzen litt, beschloß ich, ihr hier Ruhe zu geben und schrieb aus diesem Grunde nach Newhaven, um mich meines dortigen Engagements zu entledigen. Wir blieben in dieser Stadt bis zum 11ten und hielten jeden Tag zwei Stunden ein förmliches Levée und empfingen bei jedem 2–300 Leute. Um 5 Uhr am Nachmittag des 11ten fuhren wir (wieder mit der Eisenbahn) nach Newhaven, das wir um 8 Uhr erreichten. Sowie wir Tee gehabt hatten, wurden wir gezwungen, noch ein Levée für die Professoren und Studenten der Universität (der größten in den Vereinigten Staaten) und für das Stadtvolk zu eröffnen. Ich glaube wir schüttelten, ehe wir zu Bett gingen, viel mehr als 500 Leuten die Hände und ich stand natürlich während der ganzen Zeit..."

„Nun hatte die Deputation von zwei Personen uns von Hartford hierher begleitet und in Newhaven war ein andres Komitee, und die ungeheure Ermüdung und Abhetzung durch dies alles können keine Worte übertreiben. Am Morgen hatten wir Gefängnisse und Anstalten für Blinde und Taubstumme besichtigt, hatten unterwegs an einem andern Orte namens Wallingford angehalten, wo eine ganze Stadt herausgekommen war, um mich zu sehen und wo der Zug besonders anhielt, um deren Neugier zu befriedigen, hatten am Donnerstag (dies war Freitag) einen sehr aufregenden und anstrengenden Tag verlebt und waren unsäglich abgemattet. Und als wir endlich zu Bette gingen und grade einschlafen wollten, erschienen die Chorknaben des Collegs in Massen unter unsern Fenstern und brachten uns eine Serenade. Wir hatten beiläufig gesagt auch in Hartford eine Serenade gehabt von einem Mr. Adams (einem Neffen von John Quincey Adams) und einem deutschen Freunde. Das waren prächtige Sänger, und als sie in der tiefen Stille der Nacht, in einem langen, musikalischen, wiederhallenden Gange vor unserer Kammertür zu singen anfingen, mit leiser Stimme, zu Gitarrenbegleitung, von der Heimat und abwesenden Freunden und andern Dingen, die, wie sie wußten, unsere Teilnahme erregen würden, waren wir tiefer bewegt als ich sagen kann. Mitten in meiner Sentimentalität kam mir jedoch ein Gedanke, der mich so unmäßig lachen machte, daß ich mir das Gesicht mit den Betttüchern bedecken mußte. „Guter Gott!" sagte ich zu Kate, „was für einen entsetzlich lächerlichen und alltäglichen Anblick müssen meine Stiefel vor der Türe darbieten!" Ich war nie in meinem ganzen Leben so von einem Gefühl der Absurdität von Stiefeln durchdrungen gewesen."

„Die Serenade in Newhaven war nicht so gut, obgleich sehr viele Stimmen da waren und ein reguläres Orchester. Sie hatte nicht das Herz der andern. Ehe es 6 Uhr war, kleideten wir uns nach Leibeskräften an und machten uns zur Abreise fertig, denn man fährt zwanzig Minuten bis ans Dampfboot und die Stunde der Abfahrt war 9 Uhr. Nach einem eiligen Frühstück brachen wir auf und nach einem neuen Levée auf dem Verdeck (tatsächlich auf dem Verdeck) und „dreimal drei Cheers für Dickens", segelten wir nach New-York ab."

„Ich freute mich sehr, einen Mr. Felton an Bord zu finden, den ich in Boston gekannt hatte. Er ist Professor des Griechischen in Cambridge und befand sich auf dem Wege nach dem Ball und dem Festessen. Wie die meisten Männer seiner Klasse, die ich gesehen habe, ist er ein prächtiger Mensch – einfach, herzlich, lebendig und heiter, ganz ein Engländer der besten Art. Wir tranken sämtlichen an Bord befindlichen Porter, aßen allen kalten Schweinebraten und Käse und waren sehr vergnügt. Ich hätte Dir an der passenden Stelle erzählen sollen, daß sowohl in Hartford als in Newhaven von den Komitee's eine förmliche Bank unterzeichnet wurde, für alle meine Ausgaben. Es war unmöglich, die Rechnung an der Barre zu bekommen und alles war schon bezahlt. Aber da ich dies unter keinen Umständen zulassen wollte, weigerte ich mich fest und entschieden, einen Zoll vom Flecke zu weichen, ehe Mr. O. die Rechnungen aus des Wirtes eigner Hand empfangen und bis auf den letzten Heller bezahlt haben würde. Da man fand, daß es unmöglich sei, mich fortzubringen, ließ man mich endlich sehr ungern meinen Willen haben."

„Um halb drei kamen wir hier an. Eine halbe Stunde später erreichten wir dies Hotel, wo eine höchst glänzende Reihe von Zimmern für uns bereit war und wo alles sehr komfortabel und ohne Zweifel (wie in Boston) ungeheuer teuer ist. Grade als wir uns zum Essen hinsetzten, erschien David Colden, und als er fort war und wir unsern Wein tranken, kam Washington Irving ganz allein und mit offenen Armen herein. Und hier blieb er bis 10 Uhr abends. Nachdem ich so weit gekommen bin, will ich meine Erzählung in vier Abschnitte einteilen. Erstens der Ball. Zweitens einige kleine Proben einer gewissen Phase des amerikanischen Charakters. Drittens der internationale Vertrag zum Schutze des literarischen Eigentums. Viertens mein Leben hier und meine Pläne für die Zeit meines Hierseins."

„Erstens der Ball. Er fand vorigen Montag statt (*vide* die Broschüre). Pünktlich um ein viertel auf 10 (ich zitiere das gedruckte Programm) „machten David Colden, Esq., und General George Morris uns ihre Aufwartung"; gekleidet, der erstere in volles Ballkostüm, der letztere in die Gala-Uniform der Himmel weiß was für eines Miliz-Regiments. Der General führte Kate, Colden reichte mir den Arm und wir begaben uns die Treppe hinunter in einen an der Türe haltenden Wagen, der uns an die Bühnentür des Theaters brachte, zur großen Enttäuschung einer ungeheuren Volksmenge, welche die Haupttür belagerte und einen furchtbaren Lärm machte. Das Schauspiel bei unserm Eintritt war sehr merkwürdig. Es waren dreitausend Leute in voller Toilette zugegen, vom Dach bis zum Fußboden war das Theater prachtvoll dekoriert und das Licht, das Glitzern, der Glanz, das Gepränge, der Lärm und das Beifallsrufen machen mein beschreibendes Talent zu Schanden. Man führte hinein uns durch die Mitte der mittleren Hauptloge, deren Fronte zu diesem Zwecke abgenommen war; von dort hinter die Bühne, wo der Mayor und andre Würdenträger uns empfingen, und dann paradierte man uns um den ganzen gewaltigen Ballsaal herum, zweimal, zur Befriedigung der vielköpfigen Menge. Nachdem dies vorüber war, fingen wir zu tanzen an – der Himmel weiß, wie wir es machten, denn es war kein Raum da. Und wir fuhren fort zu tanzen, bis wir, unfähig uns länger auf den Füßen zu halten, ruhig hinaus schlüpften und nach unserm Hotel zurückkamen. Alle mit diesem außerordentlichen (hier ganz beispiellosen) Feste verknüpften Dokumente haben wir aufbewahrt; Du wirst Dir daher vorstellen können, daß wir in Bezug hierauf allein Dir genug werden zu zeigen haben, wenn wir nach Hause kommen. Die Speiseliste für das Souper ist an Masse und Umfang eine wahre Kuriosität."

„Was nun die Phase des amerikanischen Charakters angeht, die mich am meisten belustigt, so wurde dieselbe mir in ihrer belustigendsten Gestalt durch die diese Angelegenheit begleitenden Umstände vorgeführt. Ich hatte sie schon vorher und habe sie seitdem beobachtet, aber ich kann sie nicht besser erläutern, als mit Beziehung auf dies Thema. Ich kann natürlich nichts tun, was nicht in einer oder der andern Form in die Zeitungen kommt. Alle möglichen Lügen kommen da hinein und zuweilen eine Wahrheit, so verdreht und entstellt, daß sie ebensoviel Ähnlichkeit mit der wirklichen Tatsache hat als Quilp's Bein mit Taglioni's. Aber da dieser Ball bevorstand, waren die Zeitungen wo möglich noch mehr als gewöhnlich geschwätzig, und in ihren Berichten über mich und was ich am Sonnabend Abend und Sonntag vorher gesehen, gesagt und getan, beschreiben sie meine Manieren, meine Redeweise, meine Kleidung und so fort. Indem sie dies tun, berichten sie, daß ich ein allerliebster Mensch bin (natürlich) und stellen sich auf äußerst vertraulichen Fuß mit mir, „was", sagen sie, „zuerst einige Modehelden amüsierte", ihnen aber bald ungeheuer gefiel. Eine andre, nach dem Ball erschienene Zeitung verweilt bei seiner Pracht und seinem Glanz, tut sich und ihren Lesern für alles, was Dickens gesehen, etwas zu Gute und schließt, indem sie im Ernst ihre Überzeugung ausdrückt, daß Dickens in England nie in solcher Gesellschaft gewesen sei, wie er sie in New-York gesehen und daß ihr hoher und ausgezeichneter Ton nicht ermangeln kann, einen unauslöschlichen Eindruck auf sein Gemüt hervorzubringen! Aus demselben Grunde werde ich, so oft ich vor dem Publikum erscheine, als „sehr blaß" geschildert, „anscheinend vom Donner gerührt" und von Grund aus verwirrt durch alles was ich sehe. ... Du erkennst die wunderliche Eitelkeit, die diesem allen zu Grunde liegt? Ich habe eine Menge darauf bezüglicher Geschichten, mit denen ich Dich erheitern werde, wenn ich zurückkehre."

24. Februar

„Es ist unnötig zu sagen, daß dieser Brief nicht mit dem Segelboot abgegangen ist und mit dem Cunardschiff abgehen wird. Nach dem Ball hatte ich eine sehr schlimme Halsentzündung, die mich vier volle Tage an's Haus fesselte, und da ich außer Stande war zu schreiben, oder in der Tat irgendetwas zu tun als hinzuträumen und Limonade zu trinken, versäumte ich das Schiff. ... Ich habe noch eine schreckliche Erkältung, ebenso wie Kate, aber übrigens geht es uns wohl. Ich wende mich nun zu meiner dritten Abteilung: dem internationalen Vertrage zum Schutz des literarischen Eigentums."

„Ich glaube, es existiert kein Land auf der Erde, wo weniger Meinungsfreiheit in Bezug auf Gegenstände herrscht, über die eine bedeutende Meinungsverschiedenheit besteht, als in diesem. Ich schreibe diese Worte mit Widerstreben, Enttäuschung und Schmerz, aber ich glaube daran vom Grund meiner Seele. Ich redete, wie Du weißt, über den internationalen Schutz des literarischen Eigentums in Boston und ich redete wieder davon in Hartford. Meine Freunde waren wie vom Schlage gerührt, vor Staunen über ein so kühnes Wagnis. Der Gedanke, daß ich, allein für mich in Amerika, es wagte, den Amerikanern anzudeuten, daß es einen Punkt gebe, worin sie weder gegen ihre eignen Landsleute noch gegen uns gerecht seien, machte die Kühnsten stumm. Washington Irving, Prescott, Hoffmann, Bryant, Halleck, Dana, Washington Allston – alle Schriftsteller Amerikas sind der Sache ergeben und nicht ein einziger wagt, seine Stimme zu erheben und sich über den schauderhaften Zustand des Gesetzes zu beklagen. Es ist nichts, daß ich von allen lebenden Menschen am meisten dabei verliere. Es ist nichts, daß ich einen Anspruch darauf habe, zu sprechen und gehört zu werden. Das Wunder ist, daß sich ein lebendiger Mensch findet, der Vermessenheit genug besitzt, den Amerikanern vorzustellen, daß sie im Unrechte sind. Ich möchte, Du hättest die Gesichter sehen können, die ich zu beiden Seiten des Tisches in Hartford sah, als ich über Scott zu sprechen anfing. Ich wollte, Du hättest hören können, wie ich damit herauskam. Mein Blut kochte so in dem Gedanken an die monströse Ungerechtigkeit, daß mir war, als wäre ich zwölf Fuß hoch, als ich es ihnen die Kehlen hinunterstopfte."

„Ich hatte kaum jene zweite Rede gehalten, als ein Geschrei anfing (um mich abzuschrecken, in dieser Stadt dasselbe zu tun), wovon ein Engländer sich keine Vorstellung machen kann. Anonyme Briefe, mündliche Abratungen, Angriffe in den Zeitungen, die Colt (einen Mörder, der hier große Aufmerksamkeit erregt) im Vergleich zu mir als einen Engel erscheinen lassen, Behauptungen, ich sei kein Gentleman, sondern nichts als ein feiler Schurke, verbunden mit den unerhörtesten Missdeutungen über die Absicht und den Zweck meines Besuchs in den Vereinigten Staaten, strömten tagtäglich auf mich ein. Das Festessen-Komitee (das, wie Du Dich erinnern mußt, aus den ersten Männern Amerikas besteht), wurde dadurch so in Schrecken gesetzt, daß sie mich anflehten, die Sache nicht weiter zu verfolgen, obgleich sie ohne Ausnahme mit mir übereinstimmten. Ich antwortete, ich würde sie weiterführen; nichts würde mich davon abschrecken ... die Schmach sei die ihre, nicht die meine und daß, da ich sie nicht schonen würde, wenn ich in meine Heimat zurückkehrte, ich mich auch hier nicht zum Schweigen würde bringen lassen. Als daher der Abend herankam, machte ich mein Recht geltend, mit allen Mitteln die mir zu Gebote standen, um ihm in Ausdruck, Haltung und Worten Würde zu verleihen und ich glaube, hättest Du mich sehen und hören können, so würdest Du mich darum mehr geliebt haben als je zuvor."

„Der *New York Herald*, den Du zugleich mit diesem Briefe erhalten wirst, ist der *Satirist* von Amerika; aber da er eine sehr große Verbreitung hat (wegen seiner Handelsnachrichten und weil er alle Neuigkeiten früh bringt), kann er sich die besten Berichterstatter halten. ... Meine Rede ist im Ganzen mit bemerkenswerter Genauigkeit wiedergegeben. Es sind viele Druckfehler darin und durch die Auslassung einiger Worte, oder die Substituierung eines Wortes für das andere, wird sie oft wesentlich geschwächt. So sagte ich nicht, daß ich mein Recht „beanspruchte", sondern daß ich es „behauptete", und ich sagte nicht, daß ich „einen Anspruch", sondern „einen höchst gerechten Anspruch" hätte, zu sprechen. Aber im Ganzen ist es sehr korrekt."

*

Washington Irving führte bei diesem Festessen den Vorsitz und wie er von Anfang an gefürchtet hatte, daß er in seiner Rede stecken bleiben würde, so geschah es. Neben ihm saß der Professor aus Cambridge, der mit Dickens zu Schiff von Newhaven gekommen war, mit dem er bereits eine warme Freundschaft geschlossen hatte, welche fürs Leben dauerte und der den Vorgang angenehm beschrieben hat. Mr. Felton sah Irving beständig in der Zwischenzeit der Vorbereitung und konnte nicht umhin, bei seiner täglich wiederholten Vorahnung des *ich werde jedenfalls stecken bleiben*, zu verzagen, obgleich außer der wirklichen Furcht ein geheimer Humor mit unterlief, der den grillenhaften Schrecken derselben durch unwiderstehliche Komik erhöhte. Aber der Professor faßte ein wenig Hoffnung als der Abend herankam und als er sah, daß Irving das Manuskript seiner Rede unter seinen Teller gelegt hatte. Dennoch hörte man während des Essens wieder sein altes vorahnendes Wort und endlich war der Moment gekommen; Irving erhob sich und der betäubende und lang fortgesetzte Beifall minderte seine Befürchtungen nicht. Er fing in seiner angenehmen Stimme an, kam ziemlich leicht durch zwei oder drei Sätze, aber bei dem nächsten zögerte er und nach einigen Versuchen fortzufahren, gab er es auf, mit einer hübschen Anspielung auf das Turnier und die Scharen der Ritter, die alle bewaffnet dem Kampfe entgegenharrten und endete mit dem Toast: *Charles Dickens, der Gast des Volkes*. Da! sagte er, indem er seinen Platz wieder einnahm, unter ebenso großem Beifall als demjenigen, welcher ihn beim Aufstehn begrüßt hatte, *da! ich sagte Ihnen, ich würde stecken bleiben und ich bin stecken geblieben*. Einige Monate später war er in London, auf dem Wege nach Spanien und ich hörte Thomas Moore an Rogers' Tisch erzählen, wie viel Mühe es wegen jenes Steckenbleibens gekostet habe, ihn zu überreden, daß er an dem Festessen des *Royal Literary Fund*, bei dem Prinz Albert den Vorsitz führte, teilnahm. „Ich sagte ihm jedoch", bemerkte Moore, „er möge nur einige Worte versuchen, und schlug ihm vor, welcher Art sie sein sollten und er sagte, etwas so Leichtes sei ihm nie in den Sinn gekommen, und er ging hin und machte es vortrefflich." Ich wußte sehr gut, indem ich Moore zuhörte, daß dies nicht der Fall gewesen war; aber da der berühmte Amerikaner sich diesmal nicht unter den Rednern von New-York, sondern unter Männern befunden hatte, die ebenso wenig öffentlich reden konnten, als er selbst, und gleich befähigt waren, etwas besseres zu tun,[87] war er ohne Zweifel mehr mit seinem Mangel an Erfolg ausgesöhnt. Was mich zu dieser Abschweifung veranlaßt hat, ist Dickens' Schweigen über den Misserfolg seines Freundes. Er hatte eine so große Liebe zu Irving, daß es ihm schmerzlich war, irgendwie in nachteiliger Weise von ihm zu reden, und über das Festessen in New-York schrieb er nur im Zusammenhang mit seinen eigenen Reden über den Vertrag zum Schutze des literarischen Eigentums.

*

„Die Wirkung dieser ganzen Agitation für den Schutz des literarischen Eigentums ist wenigstens die gewesen, daß eine große Bewegung auf beiden Seiten des Gegenstandes hervorgerufen ist, und daß die respektabeln Zeitungen und Zeitschriften ebenso entschieden zu meinen Gunsten Partei ergriffen haben, als die andern gegen mich. Einige der Vagabunden rechnen es sich sehr zum Verdienste an, (gib uns Geduld!) daß sie mich populär gemacht haben, indem sie meine Bücher in den Zeitungen veröffentlichen: als gäbe es kein England, kein Schottland, kein Deutschland, kein Land außer Amerika in der ganzen Welt. Eine köstliche Satire auf diese Art von Gewäsch hat soeben stattgefunden. Ein Mann kam gestern hierher und forderte, bat nicht, sondern forderte, Geldhülfe und machte Mr. O. eine förmliche Szene darüber. Als ich nach Hause kam, diktierte ich einen Brief des Inhalts: daß solche Gesuche mich tagtäglich in großer Zahl erreichten, daß ich, auch wenn ich ein Mann von Vermögen wäre, nicht allen Beistand gewähren könne, die mich darum angingen und daß ich, da ich hinsichtlich des Beistandes, den ich zu gewähren vermöge, von meinen eignen Anstrengungen abhänge, ihm zu meinem Bedauern keinen solchen könne zu Teil werden lassen. Hierauf setzt mein Herr sich hin und schreibt mir, daß er ein hausierender Buchhändler sei, daß er der

---

[87] Das Festessen fand am 10. Mai statt und am folgenden Morgen erhielt ich von Blanchard einen Brief darüber, der die folgenden Worte enthielt: Washington Irving konnte vor Zittern kein Wort hervorbringen und Moore war so klein wie gewöhnlich. Aber der arme Thomas Campbell, großer Gott, welch ein Schauspiel! Unter schallendem Gelächter fing er dreimal einen Satz an über etwas, das Dugald Steward oder Lord Bacon gesagt hatten, und kam nie über diese Worte hinaus. Der Prinz war vortrefflich, obgleich verteufelt bange. Er scheint ebenso einfach und liebenswürdig, als gescheit.

Erste gewesen, der meine Bücher in New-York verkauft habe, daß er Not leide in der Stadt, wo ich in Wohlleben schwelge, daß es ihm seltsam vorkomme, daß der Mann, der „*Nickleby*" geschrieben, ohne jedes Gefühl sei und „daß ich mich hüten soll, daß ich es nicht einmal bereue". Was denkst Du davon? – wie Mac sagen würde. Ich hielt es für einen so guten Kommentar, daß ich den Brief an den Redakteur der einzigen hier erscheinenden englischen Zeitung geschickt und ihm gesagt habe, daß er ihn drucken kann, wenn er will."

„Ich will Dir sagen was ich möchte, mein lieber Freund, immer vorausgesetzt, daß Dein Urteil mit meinem übereinstimmt, und daß Du Dir die Mühe machen wolltest, ein solches Dokument zu beschaffen. Ich möchte, daß die englischen Schriftsteller, welche die Petition um einen internationalen Vertrag zum Schutze des literarischen Eigentums unterzeichnet haben, einen kurzen Brief an mich richteten, worin sie ihre Meinung ausdrückten, daß ich in dieser Sache meine Pflicht getan habe. Ich glaube, ich verdiene es, aber ich wünsche es nicht aus diesem Grunde. Ich wünsche es, weil die Veröffentlichung eines solchen Briefes in den besten hiesigen Journalen ohne Frage eine gute Wirkung hervorbringen würde. Da der Handschuh einmal hingeworfen ist, laß uns damit vorangehen. Clay hat express einen Herrn von Washington (wo ich am 6ten oder 7ten nächsten Monats sein werde) an mich abgesandt, um sein lebhaftes Interesse an der Sache, seine aufrichtige Billigung des „mannhaften" Verfahrens, das ich in Hinsicht darauf verfolgt, und seinen Wunsch, sich wo möglich daran zu beteiligen, kundzutun. Ich habe ein solches Feuer angeschürt, daß ein Meeting der angesehensten Vertreter der Gegenpartei (in Bezug auf mich persönlich, wie ich zugeben muß, sehr respektvoll und angemessen) neulich abends in dieser Stadt abgehalten wurde. Und es wäre jammerschade, wenn wir nicht so hart zuschlagen als wir können, jetzt da das Eisen heiß ist."

„Ich bin endlich, und es ist ganz Zeit dazu, bei meinem hiesigen Leben und bei meinen Plänen für die Zukunft angelangt. Ich kann nichts tun, was ich tun möchte, nirgends hingehen, wohin ich gehen möchte, und nichts sehen, was ich sehen möchte. Wenn ich in die Straße hinausgehe, folgt mir die Menge. Wenn ich zu Hause bleibe, machen die Besucher das Haus zu einem Markt. Wenn ich mit meinem einzigen Freunde ein öffentliches Institut besuche, kommt eine unmäßige Zahl von Direktoren, verlegt mir im Hofe den Weg und richtet an mich eine lange Rede. Ich gehe abends in eine Gesellschaft und werde, wo ich auch stehen mag, so von Leuten eingeschlossen und bedrängt, daß ich aus Mangel an Luft erschöpft bin. Ich diniere außer Hause und muß mit jedermann über alles reden. Ich gehe, um Ruhe zu finden, in die Kirche, und in der Nähe des Stuhls, wo ich sitze, findet ein heftiges Gedränge statt und der Geistliche predigt mich an. Ich nehme meinen Sitz in einem Eisenbahnwagen und selbst der Zugführer läßt mich nicht in Ruhe. Ich steige an einer Station aus und kann kein Glas Wasser trinken, ohne daß hundert Leute mir in die Kehle hinuntersehen, wenn ich den Mund zum Schlucken öffne. Stelle Dir vor, was das alles ist. Dann kommen mit jeder Post Briefe über Briefe an, alle über nichts und alle mit der Forderung einer umgehenden Antwort. Dieser Mann ist beleidigt, weil ich nicht in seinem Hause wohnen will, und jener ist völlig angeekelt, weil ich nicht mehr als viermal an einem Abend ausgehen will. Ich habe keine Ruhe und keinen Frieden und befinde mich in einer beständigen Plackerei."

Unter diesen fieberischen Zuständen, welche das hiesige Klima ganz besonders befördert, bin ich zu dem Entschluß gekommen, daß ich (soweit mein Wille bei der Sache beteiligt ist) während meines Aufenthalts in den Vereinigten Staaten keine öffentlichen Unterhaltungen oder öffentlichen Anerkennungen irgendwelcher Art mehr annehmen will, und in Folge dieses Entschlusses habe ich Einladungen aus Philadelphia, Baltimore, Washington, Virginien, Albany und Providence abgelehnt. Der Himmel weiß, ob dies zweckdienlich sein wird, aber ich werde es bald sehen, denn am Montagmorgen, den 28sten, reisen wir nach Philadelphia ab. Dort werde ich nur drei Tage bleiben. Von dort gehen wir nach Baltimore und auch dort werde ich nur drei Tage bleiben. Von dort nach Washington, wo wir vielleicht zehn Tage bleiben werden, vielleicht nicht so lange. Von dort nach Virginien, wo wir uns für einen Tag aufhalten mögen, und von dort nach Charleston, wo wir vielleicht eine Woche bleiben und wo wir sehr wahrscheinlich bleiben werden, bis Deine Märzbriefe uns durch David Colden erreichen. Ich hatte einen Plan, von Charleston nach Columbia in Süd-Carolina zu gehen und dort eine Kutsche, einen Gepäckwagen und einen Negerjungen zur Aufsicht darüber und für mich selbst ein Sattelpferd zu mieten, mit welcher Karavane ich gerade fort, wie man hier sagt, nach dem Westen ziehen wollte, durch die Wildnisse von Kentucky und Tennessee, über die Alleghany-Gebirge und so weiter, bis wir an die Seen kämen und in Kanada anlangten. Man hat mir jedoch vorgestellt, daß dies eine Route ist, welche nur die reisenden Kaufleute kennen, daß die Straßen schlecht sind, das Land eine große Einöde, die Gasthöfe Blockhäuser und die Reise der Art, daß Kate aufs schlimmste dadurch würde mitgenommen werden. Ich bin schwankend geworden, aber nicht abgeschreckt. Wenn ich finde, daß es sich in der festgesetzten Zeit ausführen läßt, bin ich entschlossen es zu tun; denn ich bin überzeugt, daß ich ohne einen solchen Geniestreich nie mein eigner Herr sein oder irgendetwas der Rede wertes sehen kann."

„Wir beabsichtigen mit einem Packetschiff, nicht mit einem Dampfschiff, in die Heimat zurückzukehren. Sein Name ist George Washington, und es wird am 7. Juni von hier nach Liverpool abgehen. Um diese Jahreszeit ist man selten länger als drei Wochen unterwegs und ich möchte mich dem weiten Meere nie wieder in einem Dampfschiff anvertrauen. Wenn ich Dir alles erzähle, was ich an Bord der Britannia beobachtete, wirst Du erstaunen. Inzwischen bedenke zwei Gefahren von Dampfschiffen. Erstens, daß, wenn der Schornstein über Bord geweht wird, das Schiff unverzüglich vom Schnabel bis zum Steuerbord in Feuer stehen muß; um diese Folge zu begreifen, brauchst Du nur zu wissen, daß der Schornstein mehr als 40 Fuß hoch ist und daß in der Nacht das Feuer zwei oder drei Fuß über die Öffnung hinausschlägt. Denke Dir, daß dies Feuer durch einen starken Wind niedergefegt wird und Du wirst Dir die Flammenmasse auf dem Verdeck vorstellen können. Und daß ein starker Wind den Schornstein umwerfen könnte, kann man an den Vorsichtsmaßregeln erkennen, die getroffen werden, ihn in einem Sturme aufrecht zu erhalten, was das erste ist, woran man denkt. Zweitens, jedes dieser Schiffe verbraucht zwischen London und Halifax 700 Tonnen Kohlen und aus diesem ungeheuren Unterschiede des Gewichts bei einem Schiffe von nicht mehr als 1 200 Tonnen Gehalt ergibt sich ziemlich klar, daß es entweder zu schwer sein muß, wenn es den Hafen verläßt, oder zu leicht, wenn es einläuft. Der tägliche Unterschied in dem Rollen des Schiffs, indem es seinen Kohlenvorrat verzehrt, ist absolut furchtbar. Füge zu diesen Dingen hinzu, daß es bei Tag und Nacht voll von Feuer und von Menschen ist, daß es keine Boote hat und daß das Kämpfen dieser ungeheuern Maschinerie in einer stürmischen See den Eindruck macht, als ob das Schiff in Stücke gerissen werden sollte – und Du wirst eine ziemlich beträchtliche verflucht gute Sorte von einer schwachen Vorstellung haben, daß es damit nicht in Ordnung ist, und daß es nicht geeignet ist, Dich übermäßig munter zu machen, und daß Du Dich nicht besonders heiter und keineswegs in allerbester Stimmung fühlst und gar nicht „zungig" (oder zur Unterhaltung aufgelegt), und daß es, so ausgelassen Du auch von Natur sein magst, Deine ganze Kraft verzehrt, und das ist unzweifelhaft; und es erschüttert Dich beträchtlich und bringt Dich in Versuchung, die Maschine zu verfluchen! – alle welche Ausdrücke, wie ich hinzufügen muß, reine Amerikanismen' vom ersten Wasser sind."

„Wenn wir Baltimore erreichen, sind wir in den Regionen der Sklaverei. Sie besteht dort in ihrer wenigst abschreckenden und mildesten Form; aber da ist sie. Man flüstert sich hier zu (man wagt nur zu flüstern, weißt Du, und zwar im leisesten Tone), daß über jenem Orte und über dem ganzen Süden eine schwere dunkle Wolke ruht, auf welcher das Wort des Verhängnisses geschrieben steht. Ich werde an einem dieser Tage sagen können, daß ich an keinem Orte, wo die Sklaverei bestand, einen öffentlichen Beweis der Achtung angenommen habe – und das ist immerhin etwas."

„Die amerikanischen Damen sind entschieden und ohne Frage schön. Ihre Hautfarbe ist nicht so gut als die der Engländerinnen, ihre Schönheit dauert nicht so lange und ihre Gestalten sind untergeordneter Art. Aber sie sind sehr schön. Mein Urteil über den Nationalcharakter halte ich noch zurück – ich sage nur ganz leise, daß ich für einen hieher kommenden Radikalen zittere, wenn er nicht aus Grundsatz, aus Vernunft und Nachdenken und aus Rechtsgefühl radikal ist. Wäre er irgendetwas andres, so fürchte ich, er würde als Tory heimkehren. ... Ich werde von jetzt an innerhalb zweier Monate nichts weiter über diesen Punkt sagen, als dieses: daß ich fürchte, daß der schwerste je gegen die Freiheit geführte Schlag von diesem Lande geführt werden wird, durch das Fehlschlagen seines Beispiels für die Erde. Die Szenen, welche jetzt im Kongreß vorfallen, sämtlich mit der Tendenz zu einer Trennung der Staaten, füllen mich mit so tiefem Widerwillen, daß ich gegen den bloßen Namen Washington (den Ort, nicht den Mann) eine Abneigung fühle und durch den bloßen Gedanken, mich ihm zu nähern, abgestoßen werde."

27. Februar, Sonntag

„Man fängt hier an für das Cunardschiff, das (wie wir annehmen) Liverpool am 4. verließ, sehr besorgt zu werden. Es ist noch nicht angekommen. Wir wissen kaum, was wir in unserer höchsten Sehnsucht nach Nachrichten von Hause mit uns machen sollen. Ich habe wirklich im Ernst daran gedacht, allein nach Boston zurückzugehen, um den Nachrichten näher zu sein. Wir haben beschlossen, bis Dienstagnachmittag hier zu bleiben, wenn das Schiff nicht eher ankommen sollte, und Mr. O. und das Gepäck morgen früh nach Philadelphia voranzuschicken. Gott gebe, daß das Schiff nicht untergegangen ist;

aber alle hier ankommenden Schiffe bringen Kunde von einem furchtbaren Sturm (der in der Tat auch hier auf dem Lande gefühlt wurde) in der Nacht des 14. und die Seekapitäne schwören (natürlich nicht ohne Vorurteil), daß kein Dampfschiff ihn hätte durchleben können, falls es seiner vollen Wut begegnet sei. Da kein Dampf-Packetschiff für die Fahrt nach England hier ist, falls die Caledonia nicht ankommt, sind wir genötigt, unsre Briefe mit dem Schiff Garrick zu schicken, das morgen früh absegelt. Ich muß dies Schreiben daher geschwind zu Ende bringen und in aller Eile nach dem Postamt schicken. Ich habe Dir so viel mitzuteilen, daß ich ein ganzes Buch Papier damit anfüllen könnte, was dies plötzliche Abbrechen umso ärgerlicher macht."

„Ich habe in meinem Koffer eine Petition um ein Gesetz für den internationalen Schutz des literarischen Eigentums, mit den Unterschriften der besten amerikanischen Schriftsteller, Washington Irving an der Spitze. Sie haben mich gebeten, dieselbe an Clay zu überreichen, damit er sie dem Kongreß vorlegt, und bei dieser Gelegenheit zur Motivierung dieses Schrittes zu sagen, was mir passend scheint. So denn „Hurrah für das Prinzip, wie der Geldverleiher sagte, als er den Wechsel nicht erneuern wollte"."[88]

„Gott segne Dich ... Du weißt, was ich über die Heimat und unsre lieben Kleinen sagen möchte. Tausend Segenswünsche für Dich ... Man fürchtet auch für Lord Ashburton. Es sind keine Nachrichten von ihm da."

Ein kurzer Brief, der mir am folgenden Tage mit dem Postsack des Gesandten geschickt wurde, war in der Tat eine Nachschrift zu dem vorstehenden und gab auf noch stärkere Art den Zweifeln und Befürchtungen Ausdruck, die seine Hinreise in ihm erweckt hatte und die, wenn er auch später Grund fand, seine übeln Vorahnungen bedeutend zu modifizieren, damals nicht so befremdend waren, als sie uns jetzt erscheinen.

„Carlton-House, New-York, 28. Februar 1842 ... Die Caledonia ist zu meinem größten Bedauern noch nicht angekommen. Wenn sie England zu der festgesetzten Zeit verlassen hat, ist sie jetzt 24 Tage zur See gewesen. Nachrichten von ihr sind nicht da und in den Nächten vom 14. und 18. wütete ein furchtbarer Sturm, der fast den schlimmsten Verdacht rechtfertigt. Was mich angeht, so hoffe ich kaum noch auf sie, denn bei unsrer Herreise habe ich genug gesehen, um mich zu überzeugen, daß die Fahrt eines Dampfschiffs über den Ozean in stürmischem Wetter noch ein äußerst gefahrvolles Experiment ist."

---

[88] Eine der Originalbemerkungen Sam Weller's in ‚Pickwick'. – D.Übers.

„Da man meinte, daß in diesem Monat überhaupt kein Dampfschiff nach England abgehen würde (weil nach dem gewöhnlichen Lauf der Dinge die Caledonia am 2. März mit der Post zurückgekehrt sein würde), machte ich gestern die Briefe in Eile fertig und schickte sie mit dem Garrick, der vielleicht drei Wochen unterwegs sein mag, aber sehr wahrscheinlich nicht länger. Aber die Cunard-Compagnie hat ein Schiff namens Unicorn, das im Sommer den St. Lawrence befährt und Passagiere von Kanada, zum Anschluß an die Britisch- und Nordamerikanischen Dampfschiffe in Halifax, befördert. Während des Winters liegt es an dem letztgenannten Orte, woher heute Morgen Nachricht eingelaufen ist, daß man es für die Post nach Boston geschickt hat und es, um der etwaigen Unterbrechung des Postverkehrs vorzubeugen, statt der armen Caledonia nach England schicken will. Das ist, beiläufig gesagt, an sich ein kühnes Unternehmen; denn das Schiff wurde ursprünglich gebaut für die Fahrt zwischen Liverpool und Glasgow und ist ebensowenig für den Atlantischen Ozean angelegt, als das Packetschiff zwischen Dover und Calais, obgleich es einmal während des Sommers hinübergefahren ist."

„Du kannst daher urteilen, was die Eigentümer über die Wahrscheinlichkeit der Ankunft der Caledonia denken. Welch eine geringe Abänderung unsrer Pläne würde uns zu Passagieren auf ihr gemacht haben!"

„Es würde schwer sein, Dir, lieber Freund, zu sagen, was für einen Eindruck dies auf uns hervorgebracht hat und mit welch ängstlicher Erwartung wir Deine Briefe aus der Heimat erwarten. Wir hätten heute nach Süden abfahren sollen, zögern hier aber noch bis morgen Nachmittag (nachdem wir den Sekretär und das Gepäck vorausgeschickt haben), um womöglich noch Nachricht zu erhalten. Die besten Grüße an unsern lieben Macready und an unsern lieben Mac und an alle, die wir lieben. Es nutzt nichts von den lieben Kindern zu reden. Es scheint jetzt, als sollten wir nie wieder von ihnen hören."

„P.S. Washington Irving ist ein großer Mensch. Wir haben aufs herzlichste zusammen gelacht. Er ist ganz was er sein sollte. Das ist auch Dr. Channing, mit dem ich einen interessanten Briefwechsel gehabt habe, seit ich ihn zuletzt in Boston sah. Halleck ist ein lustiger kleiner Mann; Bryant ein melancholischer und sehr zurückhaltend. Washington Allston (der Verfasser *Monaldi's*), ist ein schönes Exemplar eines glorreichen alten Genies. Longfellow, dessen Band Gedichte ich für Dich habe, ist ein ebenso freimütiger hochgebildeter Mensch als ein eleganter Schriftsteller und wird nächsten Herbst in London sein. Sage Macready, es scheine mir, daß die Preise seit seiner

Zeit sich hier etwas verändert haben müssen. Ich bezahlte gestern Abend unsre Rechnung für vierzehn Tage. Wir haben jeden Tag außer dem Hause diniert (ausgenommen als ich an der Halsentzündung zu Bette lag) und im Ganzen nur vier Flaschen Wein gehabt. Die Rechnung betrug 70 Pfd. St. englisch!!!"

„Du wirst aus meinem andern Briefe sehen, wie man mich fetirt[89] und bewirtet hat und wie Krieg bis aufs Messer besteht wegen des internationalen Vertrag zum Schutz des literarischen Eigentums und wie ich darüber sprechen will und mich weigere, unterdrückt zu werden."

„O, wären Nachrichten von Hause da! Ich stelle mir vor, daß Deine Briefe, so voll von Herz und Freundschaft und vielleicht ein kleines Gekritzel von Charley oder Mamey dabei, auf dem tiefen Grunde des Meeres liegen und mir ist so schmerzlich zu Mute, als wären sie einmal lebendige Geschöpfe gewesen. – Nun, sie können noch kommen."

*

Sie erreichten ihn, aber nicht mit der Caledonia. Seine Befürchtungen in Bezug auf dies Schiff waren nur zu wohl begründet. An demselben Tage als sie in Boston hätte eintreffen sollen (18. Februar), erfuhr man in London, daß ihr ein Unfall zugestoßen sei, daß sie, nachdem ihr Verdeck gesäubert und ihr Steuerruder fortgerissen worden, glücklicherweise ohne Verlust an Menschenleben, in seeuntüchtigem Zustand nach Cork zurückgekehrt sei und daß die Acadia, nachdem sie die Passagiere und die Post an Bord genommen, am nächsten Tage von Liverpool mit ihnen abfahren solle.

Über den Hauptgegenstand jenes an dem vorhergehenden Tage geschriebenen Briefes, über den ganz unvorherbedachten Impuls, woraus seine Vertretung von Ansprüchen hervorging, die er in seiner Person vertreten fühlte, über die Ungerechtigkeit der Wirte gegen ihren Gast, indem sie diese Vertretung seiner Selbstsucht zuschrieben und über das ernstlichere Unrecht, das sie ihren eigenen höchsten Interessen, ja sogar ihren gewöhnlichsten und gemeinsten Interessen zufügten, indem sie fortfuhren, diese Ansprüche zu verwerfen, will ich jetzt nichts zu dem hinzufügen, was ich vor so vielen Jahren bemüht war, vielen Lesern darzutun. Es wird genügen, wenn ich hier von den Briefen der Schriftsteller, die ich ihm, seinem Wunsche gemäß, mit der nächstfolgenden Post zugehen ließ, den nachstehenden eines sehr lieben Freundes von ihm und mir mitteile. Ich hatte glücklicherweise eine Abschrift davon genommen, ehe ich ihn auf die Post gab, da

---

[89] Jemanden durch ein Fest ehren.

Carlyle in ziemlicher Eile aus „Templand, 26. März 1842" geschrieben hatte, ohne eine Abschrift zu nehmen.

„Wir hören aus den Zeitungen, daß Sie allerorten in Amerika die Frage eines internationalen Vertrags zum Schutze des literarischen Eigentums anregen und dadurch eine gewaltige Dissonanz erwecken, wo sonst alles triumphierende Harmonie für Sie war. Man hat mich gebeten, meine Meinung über diese Sache zu sagen und dieselbe in Worten niederzuschreiben."

„Vor mehreren Jahren war ich, wenn mein Gedächtnis mich nicht täuscht, schon einer von vielen englischen Schriftstellern, die, unter den Auspizien Miss Martineau's, eine Petition an den Kongreß unterzeichneten zu Gunsten eines Vertrages zum Schutze des literarischen Eigentums zwischen den zwei Nationen – die im Grunde nicht zwei Nationen sind, sondern eine; unteilbar durch Parlament, Kongreß oder irgendein menschliches Gesetz oder Diplomatie, denn sie sind schon vereinigt durch die Parlamentsakte des Himmels und das ewige Gesetz der Natur und der Tatsachen. Dieser Meinung hänge ich noch an und werde ihr vermutlich immer anhängen."

„Bei der Erörterung der Angelegenheit vor einem Kongreß oder Parlament werden notwendigerweise mannigfache Erwägungen und Beweisführungen zum Vorschein kommen, die für mich kein Interesse haben und auch keinen wesentlichen Einfluß aus meine Ansichten ausüben können. Sie beziehen sich auf die Zeit und die Art, wie die Sache ins Werk gesetzt werden sollte, durchaus nicht, ob die Sache sein sollte oder nicht. In einem alten, wie ich hoffe, auf beiden Seiten des Ozeans verehrten Buche wurde vor Jahrtausenden aufs entschiedenste und ausdrücklichste geschrieben: *Du sollst nicht stehlen!* Daß Du zu einer verschiedenen „Nation" gehörst und stehlen kannst, ohne ganz gewiß dafür gehängt zu werden, gibt Dir keine Erlaubnis zu stehlen! Du sollst überhaupt auf keine Weise stehlen. So steht es für Nationen und für Individuen in dem Gesetzbuche des Schöpfers dieser Welt geschrieben. Ja, der arme Jeremy Bentham und andre treten hier auf und wollen uns beweisen, daß es tatsächlich zu unserm wahren Vorteil und Nutzen ist, nicht zu stehlen, was ich meinerseits, in großen wie in kleinen Verhältnissen und in allen denkbaren Verhältnissen und Gestalten, auch gewiß für wahr halte. Wenn z. B. die Nationen sich des Stehlens enthielten, wozu wären dann die Kriege nötig – mit ihren Schlächtereien und Verwüstungen, entschieden das kostspieligste Ding in der Welt? Wie viel mehr zwei Nationen, die, wie ich sagte, nur eine Nation sind, auf tausendfältige Weise zusammengeknüpft durch die Natur und den praktischen Verkehr, unteilbare brüderliche

Elemente desselben großen Sachsentums, dem auf jede ehrenvolle Art langes Leben beschieden sein möge!"

„Als Robert Roy Macgregor vor zweihundert Jahren in dem Distrikt von Menteith an der Grenze der schottischen Hochlande wohnte, fand er es seinerseits bequemer, sich mit Rindfleisch zu versehen, indem er es lebendig aus den anliegenden Tälern stahl, als indem er es tot auf dem Fleischmarkt in Stirling kaufte. Das war in jenen Tagen Roy's die Methode, sich mit Rindfleisch zu versehen: es zu stehlen. In manchem kleinen „Kongreß" in dem Distrikt von Menteith gab es ohne Frage Debatten und weitläufige Argumentationen auf beiden Seiten, ehe man ausfindig machte, daß das Kaufen wirklich und wahrlich das beste Mittel sei, Rindfleisch zu bekommen; allein im Laufe der Zeit kam man endlich allgemein überein, daß dies unbestreitbar der Fall sei und demgemäß hält man noch bis auf den heutigen Tag daran fest."

Dieser brave Brief war ein wichtiger Dienst, geleistet in einer kritischen Zeit, und Dickens war sehr dankbar dafür. Aber in spätern Jahren gab es für ihn andre und höhere Ursachen der Dankbarkeit gegen den Schreiber desselben. Die Bewunderung Carlyle's nahm bei ihm mit der Zeit zu und in seinem spätern Leben schätzte er niemand so hoch und empfand vor niemandem eine höhere Achtung, als vor Carlyle.

Einundzwanzigstes Kapitel

Philadelphia, Washington und der Süden
1842

Dickens' nächster Brief wurde in dem „United-States Hotel, Philadelphia" angefangen und war datiert„Sonntag, 6. März 1842". Er handelte von manchen Dingen, die später in den „*Noten*" ausführlicher dargestellt wurden, aber die Frische und Lebhaftigkeit der darin niedergelegten Eindrücke haben mich überrascht. Ich teile hier jedoch keine Stellen mit, die nicht ganz unabhängig von dem Inhalte des Buches ein selbständiges Interesse haben. Als Regel wird es mir auch hier, wie bei den schon gegebenen Auszügen, dienen, daß ich nichts mitteile, was schon vorher gedruckt war, oder was nur eine entfernte Ähnlichkeit mit den Beschreibungen hat, die sich in den „*Noten*" finden.

„Da dies wahrscheinlich der einzige ruhige Tag ist, den ich auf eine lange Zeit haben werde, widme ich ihn dem Schreiben an Dich. Wir haben noch nichts von Dir gehört[90] und unser einziger Trost ist der Gedanke, daß die Columbia sich jetzt auf dem Wege hierher befindet. Von der Caledonia war gestern Nachmittag, als wir New-York verließen, keine Nachricht eingelaufen. Wir hätten New-York vorigen Dienstag verlassen sollen, wurden aber eine ganze Woche dort aufgehalten, weil Kate eine so schlimme Halsentzündung hatte, daß sie das Bett hüten mußte. Wir reisten gestern Nachmittag um fünf Uhr ab und kamen hier gestern Abend um 11 Uhr an. Beiläufig will ich bemerken, daß das Klima äußerst beschwerlich ist."

„Ich habe oft Amerikaner in London gefragt, welche Eisenbahnen besser seien – unsre oder ihre? Sie haben sich Zeit zum Nachdenken genommen und gewöhnlich nach reiflicher Überlegung erklärt, daß den unsern der Vorzug gebühre, in Hinsicht auf die Pünktlichkeit, mit der wir an unsern Stationen ankämen und auf die Sanftheit unsres Fahrens. Ich wollte, Du könntest sehen, was eine amerikanische Eisenbahn ist, in einigen Gegenden, wo ich sie jetzt gesehen habe. Ich will nicht sagen, ich wünsche Du könntest fühlen, was sie ist, weil das ein unchristlicher und barbarischer Wunsch sein würde. Sie ist nie eingehegt oder umzäunt. Man geht die Hauptstraße einer großen Stadt

---

[90] Oben auf dem Briefbogen, über der Adresse und dem Datum, stehen die Worte: „Lies weiter. Wir haben Deine lieben Briefe, aber Du wirst zuerst denken, daß wir sie noch nicht haben. C.D."

hinunter und bautz! über Hals und Kopf, durcheinander, die Mitte der Straße hinunter, indes Schweine darin umherwühlen und Jungen ihre Drachen fliegen lassen und mit Knipperkugeln spielen und Männer rauchen und Frauen reden und Kinder ganz dicht an den Schienen umherkriechen, kommt eine tolle Lokomotive mit ihrem Wagenzuge dahergefegt, streut einen glühendroten Schauer von Funken (von ihrem Holzfeuer) nach allen Seiten, schreit, zischt, gellt und keucht und niemand kümmert sich einen Deut mehr darum, als wäre sie hundert Meilen entfernt. Man überschreitet eine Chaussee und nichts, kein Tor, kein Polizeimann, kein Signal hält den Wandrer oder den ruhigen Reisenden aus dem Wege, als ein hölzerner Bogen, worauf in großen Buchstaben geschrieben steht: „Man schaue nach der Lokomotive aus". Und wenn ein Mann, eine Frau oder ein Kind nicht danach ausschaut, nun, so ist es ihr eigner Fehler und damit hat die Sache ihr Ende."

„Die Waggons gleichen sehr schäbigen Omnibussen – nur sind sie größer, denn sie fassen 60–70 Leute. Die Sitze sind nicht der Länge nach, sondern kreuzweise angebracht, mit dem Rücken nach der Vorderseite. Ein jeder Sitz faßt zwei Personen. Eine lange Reihe derselben befindet sich auf jeder Seite des Waggons und ein enger Gang in der Mitte. Die Fenster sind gewöhnlich alle geschlossen und sehr oft ist außerdem ein heißer, enger, unerträglicher, in roter Hitze glühender Kohlofen da. Die Hitze und die Beklommenheit sind völlig unaushaltbar. Aber das ist für alle amerikanischen Häuser, alle öffentlichen Institute, Kapellen, Theater und Gefängnisse charakteristisch. Durch den beständigen Gebrauch der harten Anthrazitkohle in diesen bestialischen Öfen entsteht eine ganz neue Klasse von Krankheiten im Lande. Ihre Wirkung auf einen Engländer läßt sich kurz beschreiben. Er fühlt sich fast immer übel und ohnmächtig und hat ein unerträgliches Kopfweh, morgens, mittags und nachts."

„In dem Damenwaggon ist das Tabakrauchen verboten. Alle Herren, die Damen bei sich haben, reisen in diesem Waggon und er ist gewöhnlich sehr voll. Vor ihm ist der Herrenwaggon, der etwas enger ist. Da ich gestern dicht an einem Fenster saß, welches diesen Herrenwaggon beherrschte, sah ich notgedrungenerweise ziemlich oft hinein. Die Speichelstrahlen fuhren auf dem ganzen Wege so beständig und unaufhörlich aus den Fenstern, daß es aussah, als ob man drinnen Federbetten offen schnitte und den Wind mit den Federn spielen ließe. Aber dies Spucken ist allgemein. In den Gerichtshöfen hat der Richter seinen Spucknapf auf der Bank, die Advokaten haben die ihrigen, der Zeuge hat den seinigen, der Gefangene hat den seinigen und der Ausrufer hat den seinigen. Die Geschworenen werden je drei

Mann mit einem Spucknapf (oder Spuckkasten, wie man es hier nennt) versehen und die Zuschauer in der Galerie werden versorgt wie Leute, die im Laufe der Natur ohne Aufhören expektorieren. Es sind Spuckkasten in jedem Dampfboot, jedem Gastzimmer, öffentlichen Speisesaal, Büro und allen öffentlichen Lokalen, welcher Art sie auch sein mögen. In den Hospitälern werden die Studenten durch Anschlagzettel ersucht, die für sie bestimmten Kasten zu gebrauchen und nicht auf die Treppen zu spucken. Ich habe in Abendgesellschaften in New York zweimal Herren gesehen, die sich, wenn sie nicht in Unterhaltung begriffen waren, abwendeten und auf den Teppich des Salons spuckten. Und in jedem Gastzimmer und jedem Hotel-Corridor sieht der steinerne Fußboden aus als wäre er mit offenen Austern gepflastert – wegen der Menge dieser Art von Niederschlag, die ihn in seiner ganzen Ausdehnung würfelt. ..."

„Die öffentlichen Institute in Boston und Hartford sind bewundernswürdig. Es würde sehr schwer halten, sie zu verbessern. Aber dies ist nicht der Fall in New-York, wo sich ein schlecht verwaltetes Irrenhaus, ein schlechtes Gefängnis, ein trübseliges Armenhaus und ein völlig unerträgliches Polizeigefängnis befinden. Man findet einen Menschen betrunken in der Straße und wirft ihn in eine Zelle unter der Oberfläche der Erde, vollkommen finster, so voll von schädlichen Dünsten, daß, wenn man mit einem Lichte hineintritt, sich ein Ring um dasselbe bildet, wie der Ring, der den Mond in feuchtem und nebligem Wetter umgibt und so widerwärtig und ekelhaft in seinen schmutzigen Gerüchen, daß der Gestank unerträglich ist. Er wird hinter einer eisernen Türe in einer Reihe gewölbter Gänge eingeschlossen, wo niemand sich aufhält, hat keinen Tropfen Wasser, keinen Lichtstrahl, oder Besucher, oder Beistand irgendwelcher Art; und da bleibt er bis zur Ankunft der Obrigkeit. Wenn er stirbt (wie ein Mann vor nicht langer Zeit tat), wird er binnen einer Stunde halb von den Ratten aufgefressen (wie bei diesem Manne der Fall war). Ich drückte, als ich diese Orte neulich abends sah, den Ekel aus, den ich empfand und den es unmöglich sein würde zu unterdrücken. „Nun, ich weiß nicht," sagte der Nachtconstabler – das ist, beiläufig bemerkt, eine nationale Antwort – „Nun, ich weiß nicht. Ich habe hier sechsundzwanzig junge Frauen zusammen eingesperrt gehabt, und schöne auch, und das ist wahr." Die Zelle war sicherlich nicht größer als der Weinkeller in Devonshire-Terrace, wenigstens drei Fuß niedriger und stank wie eine Kloake. Es war eine Frauensperson darin. Der Polizeirichter fängt seine Untersuchungen um fünf Uhr Morgens an; die Wache wird um sieben Uhr abends aufgestellt; wenn die Gefangenen durch einen Polizeibeamten in Anklage versetzt sind, werden sie nicht vor neun oder zehn herausgeholt und während der Zwischenzeit bleiben sie an diesen Orten, wo man im Falle einer Ohnmacht oder eines Krankheitsanfalls ihr Hülferufen ebensowenig würde hören können, als man eines Menschen Stimme hört, wenn er in seinem Grabe eingesargt ist."

„In eben dieser Stadt und zwar in demselben Gebäude befindet sich ein Gefängnis, wo die wegen schwerer Verbrechen angeklagten Gefangenen ihren Prozeß erwarten und wohin sie zurückgebracht werden, wenn sie ein neues Verhör zu bestehen haben. Zuweilen kommt es vor, daß ein Mann oder eine Frau hier zwölf Monate bleiben, wenn sie den Erfolg von Anträgen auf einen neuen Prozeß, oder auf Verzögerung des Urteils und auf was sonst nicht warten. Ich ging neulich hinein, ohne jede Anzeige oder Vorbereitung; da ich es sonst schwer finde, sie in ihrem werktäglichen Zustande anzutreffen. Ich stand in einem langen, hohen, engen Gebäude, das aus vier übereinanderliegenden Galerien bestand, über deren jede eine Brücke führte, auf der ein Schließer saß, schlafend oder lesend, wie es grade kam. Von dem Dache flatterten ein Paar Windsegel nieder, schlaff und nutzlos, denn das Gewölbfenster war fest geschlossen und jene nur zum Sommergebrauch bestimmt. In der Mitte des Gebäudes stand der ewige Ofen und an beiden Seiten jeder Galerie entlang war eine lange Reihe eiserner Türen – die wie Ofentüren aussahen, sehr klein, aber schwarz und kalt, als wäre das Feuer drinnen ausgegangen."

„Ein Mann mit Schlüsseln erscheint, um uns das Ganze zu zeigen. Ein gut aussehender Mensch und in seiner Weise höflich und gefällig." (Ich lasse hier eine Unterredung aus, die der Hauptsache nach gedruckt ist und teile nur das mit, was hier zum erstenmal erscheint.)

„Gesetzt, daß jemand zwölf Monate hier ist. Ist es wahr, daß er dann nie aus jener kleinen eisernen Tür herauskommt?"

„Er *kann* vielleicht zuweilen herauskommen – aber nicht viel."

„Wollen Sie mir einige von den Gefangenen zeigen?"

„Ah! Alle, wenn Sie wollen."

„Er öffnete eine Türe und ich sah hinein. Ein alter Mann saß auf seinem Bett und las. Das Licht fiel durch eine kleine Spalte, hoch in der Mauer, herein. Durch das Zimmer führte eine dicke eiserne Röhre zur Entfernung des Schmutzes; diese war für die Aufnahme von etwas einem großen Trichter Ähnlichen gebohrt und über dem Trichter befand sich ein Wasserhahn. Das war zugleich sein Waschapparat und sein Abtritt. Es war nicht wohlriechend, aber auch nicht sehr anstößig. Er blickte zu mir auf, schüttelte sich auf eine seltsame verdrießliche

Weise und heftete die Augen wieder auf das Buch. Ich trat hinaus und die Türe wurde geschlossen und verriegelt. Er war einen Monat dort gewesen und hatte noch einen Monat auf seinen Prozeß zu warten. „Ist der nun zum Beispiel je herausgekommen?" „Nein." ...

„In England haben selbst die Gefangenen, die zum Tode verurteilt sind, einen Hof, wo sie zu gewissen Zeiten spazieren gehen können."

„Ist es möglich?"

„Nachdem er nur in einer kühlen Weise, die völlig unübersetzbar und unbeschreiblich, aber für das Land charakteristisch ist, diese Antwort gegeben hatte, führte er mich nach der Seite, wo die Frauen waren und erzählte mir unterwegs alles über diesen Mann, der, wie es scheint, seine Frau ermordet hat und ganz gewiß gehängt werden wird. In den Türen der Frauen befindet sich eine kleine viereckige Öffnung. Ich blickte durch eine hindurch und sah einen hübschen Jungen von zehn oder zwölf Jahren, der äußerst einsam und elend schien, wie er wohl mochte. „Was hat der getan?" sage ich. „Nichts", sagt mein Freund. „Nichts?" sage ich. „Nein", sagt er. „Er ist hier um in sicherm Gewahrsam zu sein. Er sah seinen Vater seine Mutter ermorden und wird hier gefangen gehalten, um gegen ihn zu zeugen – das war sein Vater, den Sie eben gesehen haben." „Das ist aber eine etwas harte Behandlung für einen Zeugen, ist es nicht?" „Nun, ich weiß nicht. Es ist kein sehr schlechtes Leben und das ist wahr." So führte mein Freund, der in seiner Weise ein vortrefflicher Mensch und sehr gefällig und überdies ein hübscher junger Mann war, mich denn weiter, um mir noch einige Kuriositäten zu zeigen und ich war ihm sehr dankbar dafür, denn der Ort war so heiß und ich so schwindelig, daß ich kaum stehen konnte. ..."

„Wenn jemand in New-York gehängt wird, so führt man ihn aus einer dieser Zellen, ohne jede religiöse Formalität grade in den engen Gefängnishof, der ungefähr die Weite von Cranbourne-Alley[91] haben mag. Dort ist ein Galgen von sonderbarer Bauart aufgestellt. Denn der Schuldige steht auf der Erde mit dem Strick um den Hals, der über einen oben am „Baume" (siehe den *Kalender von Newgatepassim*) angebrachten Flaschenzug geht und an einem Gewichte befestigt ist, das etwas schwerer ist als der Mann. Wenn man dies Gewicht plötzlich fallen läßt, so zieht es den Strick mit hinunter und läßt den Verbrecher vierzehn Fuß hoch in die Luft fliegen, während der Richter und die Geschworenen und fünfundzwanzig Bürger (deren Anwesenheit durch das Gesetz geboten ist) dabei stehen, damit sie die Tatsache

---

[91] Ein enger Durchgang bei Leicester-Square in London. – D.Übers.

nachher bezeugen können. Dieser Hof ist ein höchst trübseliger Ort und als ich ihn mir betrachtete, schien mir das hiesige Verfahren dem unsrigen unendlich überlegen, viel feierlicher und viel weniger entehrend und unanständig."

„Noch ein andres Gefängnis, ein Zuchthaus, ist in der Nähe von New-York. Die Sträflinge arbeiten in nahe dabei gelegenen Steinbrüchen, aber das Gefängnis hat keine bedeckten Höfe oder Läden, so daß, wenn das Wetter naß ist (wie zu der Zeit als ich dort war), jeder Mann den lieben langen Tag in seiner Zelle eingeschlossen ist. Die Zellen sind in allen Zuchthäusern, die ich gesehen habe, nach demselben Plane eingerichtet – so:

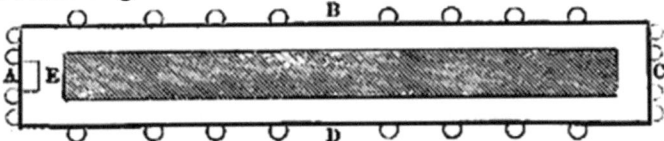

„A, B, C und D sind die Mauern des Gebäudes, mit hoch oben in der Mauer angebrachten Fenstern. Der schwarz linierte Platz in der Mitte stellt vier Reihen von Zellen dar, eine über der andern, mit eisernen Gittertüren und einer hellen vergitterten Galerie für jede Reihe. Vier Reihen liegen nach B und vier nach D zu, so daß man auf diese Weise, indem man umhergeht, gewissermaßen acht Reihen sieht. In dem dazwischen liegenden weißen Raume geht man umher und blickt nach diesen Galerien hinauf, so daß man, wenn man bei der Türe E hereinkommt, und entweder rechts oder links geht, bis man an die Tür zurückgelangt, alle Zellen unter einem Dach und in einem hohen Raume sieht. Stelle Dir vor, daß im Ganzen 400 Zellen da sind und daß in jeder ein Mann eingeschlossen ist, dieser mit seinen Händen durch die Eisenstangen seines Gitters greifend, jener im Bette (mitten am Tage, bedenke das) und ein andrer auf dem Fußboden ausgestreckt, mit dem Kopfe gegen die Eisenstangen, wie ein wildes Tier. Laß den Regen draußen in Strömen niedergießen. Setze den ewigen Ofen in die Mitte, heiß, erstickend und Dünste verbreitend, wie ein Hexenkessel. Füge einen Geruch hinzu wie von tausend alten, schimmligen, völlig durchnäßten Regenschirmen und tausend schmutzigen, muffigen, feuchten und übelriechenden Kleidersäcken und Du wirst eine Vorstellung haben – eine sehr schwache, mein lieber Freund, auf mein Wort – wie dieser Ort gestern vor acht Tagen war. Du weißt natürlich, daß wir unsre Verbesserungen in der Gefängnisdisziplin nach dem amerikanischen Muster vorgenommen haben, aber ich bin überzeugt, daß die Schriftsteller, welche die amerikanischen Gefängnisse am lustigsten loben, Chesterton's oder Tracey's Gebiet nie gesehen haben. Diese unsre beiden Gefängnisse lassen sich ebensowenig mit den Gefängnissen vergleichen, die ich hier bis jetzt gesehen, als ein Vergleich zwischen den hiesigen Gefängniswärtern und jenen beiden Herren möglich ist. Abgesehen von der Schwierigkeit, in England für die Gefangenen nützliche Beschäftigung zu finden (die natürlich aus dem Umstand entspringt, daß wir ein älteres Volk sind und sehr viele unbeschäftigte Arbeiter haben), ist unser System in jeder Hinsicht vollständiger, eindringlicher und befriedigender. Es ist sehr möglich, daß ich noch nicht in das beste Gefängnis gekommen bin, da ich Mount Auburn nicht gesehen habe. Ich werde Dich's wissen lassen, wenn dies der Fall ist. Und auch wenn ich in jene von Miss Martineau etwas unbestimmt erwähnten Gasthöfe komme, wo man literarischen Leuten wegen der Neigung, welche die Wirte für sie empfinden, kleine Rechnungen macht. Ich bin bis jetzt nur mit Hotels bekannt geworden, wo man (vielleicht aus demselben Grunde) einem Manne, dessen Stellung ihm keine Einwendungen erlaubt, ungeheuerlich große Rechnungen ansetzt."

Washington, Sonntag, 13. März 1842

„In Bezug auf den letzten Satz, mein lieber Freund, muß ich Dir eine kleine Erfahrung mitteilen, die ich in Philadelphia machte. Meine Zimmer waren auf eine Woche bestellt, aber wegen Kate's Krankheit waren nur Mr. O. und das Gepäck abgegangen. Mr. O. speist immer an der Table d'Hôte, so daß unsre Zimmer während unsres Aufenthalts in New-York leer standen. Der Wirt berechnete mir nicht nur die Hälfte der vollen Miete für die Zeit, während deren die Zimmer für uns reserviert wurden (was ganz in der Ordnung war), sondern auch für denselben Zeitraum neun Dollars per Tag Tischgeld für mich, Kate und Anne, während wir faktisch auf dieselben Kosten in New-York lebten!!! Ich machte hiergegen Einwendungen, wurde jedoch ganz kühl benachrichtigt, es sei so die Sitte (was, wie mir seitdem versichert wurde, eine Lüge war) und mir blieb weiter nichts übrig, als die Summe zu bezahlen. Was ließ sich sonst tun? Ich wollte um fünf Uhr morgens mit dem Dampfschiff abfahren und der Wirt wußte sehr wohl, daß ich, wenn ich ein Item seiner Rechnung bestritte, den heiligen Zorn der Zeitungen auf mich herabziehen würde, die ohne Ausnahme in großen Buchstaben gefragt haben würden, ob das die Dankbarkeit des Mannes sei, den Amerika empfangen habe, wie es nie einen andern Mann empfangen, außer La Fayette?"

„Ich ging vorigen Dienstag nach dem *Eastern Penitentiary*, bei Philadelphia, dem einzigen Gefängnis in den Vereinigten Staaten und, wie ich glaube, in der Welt, wo der Grundsatz hoffnungsloser, strenger und ungemilderter Einzelhaft, während der ganzen Dauer der Strafe, zur Ausführung gebracht wird. Es wird in wunderbarer Ordnung gehalten, ist aber ein schrecklicher, furchtbarer Ort. Die Inspektoren luden mich unmittelbar nach meiner Ankunft in Philadelphia ein, den Tag in dem Gefängnis zuzubringen und, nachdem ich mit meiner Besichtigung zu Ende gekommen, bei ihnen zu speisen, damit sie meine Ansicht über das System hören könnten. Ich brachte demnach den ganzen Tag damit hin, daß ich von Zelle zu Zelle ging und mich mit den Gefangenen unterhielt. Man machte mir die Sache so bequem als möglich und legte der freien Rede keines Gefangenen den mindesten Zwang auf. Wenn ich Dir einen Brief von zwanzig Bogen schriebe, könnte ich die Arbeit dieses einen Tages nicht beschreiben; ich will es daher aufsparen bis zu der glücklichen Zeit, wenn wir wieder um den Tisch in Jack Straw's Castle sitzen – Du und ich und Mac – und mein Tagebuch durchgehen. Die Eindrücke jenes Tages werden nie in meinem Geiste erlöschen. Notizen darüber aufzuzeichnen, wie ich getan habe, ist eine Torheit, denn sie sind über jede Macht der Zerstörung hinaus meinem Gedächtnisse eingeprägt. Ich sah Männer, die fünf Jahre, sechs Jahre, elf Jahre, zwei Jahre, zwei Monate, zwei Tage dort gewesen waren; einige, deren Zeit fast vorüber war und andre, deren Zeit erst eben begonnen hatte ... Auch Frauen, unter derselben Mannigfaltigkeit der Umstände. Jeder Gefangene, der in das Gefängnis kommt, kommt in der Nacht, wird gebadet und in die Gefängnistracht gekleidet und dann wird ihm eine schwarze Kaputze über Gesicht und Kopf gezogen und er wird in die Zelle geführt, aus der er nie wieder herauskommt, ehe der ganze Termin seiner Haft erloschen ist. Ich sah einige mit demselben Grauen an, mit dem ich Menschen ansehen würde, die lebendig begraben und wieder aus der Erde ausgegraben wären."

„Wir speisten in dem Gefängnis; und nach dem Essen sagte ich ihnen, wie der Anblick mich ergriffen hätte und was für eine furchtbare Strafe es wäre. Ich verweilte hierbei; denn obgleich die Inspektoren äußerst freundliche und wohlwollende Männer sind, so zweifle ich doch, ob sie den menschlichen Geist hinreichend kennen, um zu wissen, was sie tun. Ja, ich bin gewiß, sie wissen es nicht. Ich legte, wie jeder, der das Institut gesehen hat, tun muß, Zeugnis ab für seine vorzügliche Verwaltung, fügte aber hinzu, daß nichts eine solche Strafe rechtfertigen könne, außer, daß sie bei den Gefangenen eine Besserung bewirke. Daß sie für kurze Termine – mit etwa zwei Jahren als Maximum – meiner Ansicht nach, besonders nach dem, was sie mir über die gute Wirkung in gewissen Fällen erzählt hatten, vielleicht sehr wohltätig sein möge; daß ich jedoch ihre Ausdehnung auf eine so lange Zeit für grausam und für nicht zu rechtfertigen halte, und daß ferner ihre Strafen für kleine Vergehen sehr strenge, um nicht zu sagen, barbarisch seien. Sie nahmen dies alles auf wie Männer, denen es wirklich darum zu tun ist, freie Meinungsäußerungen zu hören und das Rechte zu tun. Und wir gefielen uns gegenseitig sehr und nahmen auf die freundschaftlichste Weise von einander Abschied."

„Sie schickten mich nach Philadelphia zurück in einem Wagen, in dem sie mich am Morgen hatten abholen lassen; und dann mußte ich mich eilig in meinen Abendanzug werfen und Kate zu Cary, dem Buchhändler, folgen, wo eine Gesellschaft war. Cary ist mit einer Schwester Leslie's verheiratet.[92] Es sind drei Misses Leslie hier, sehr fein gebildete Damen und eine von ihnen hat alle Hauptbilder ihres Bruders kopiert. Diese Kopien hängen im Zimmer. Wir entfernten uns, sobald wir konnten und mußten am nächsten Morgen um fünf Uhr hinaus. Am Morgen hatte ich fünfhundert Leute empfangen und ihnen die Hände geschüttelt, so kannst Du Dir denken, daß ich ziemlich müde war. In der Tat muß ich mich sehr in Acht nehmen, das Rauchen und Trinken vermeiden, früh zu Bett gehen und besonders vorsichtig sein mit dem, was ich esse. ... Du glaubst nicht, wie galleerregend und beschwerlich das Klima ist. An einem Tage ist es heißer Sommer, ohne einen Hauch von Luft, den nächsten zwanzig Grad unter dem Gefrierpunkt, mit einem Winde, der einem die Haut wie Stahl durchschneidet. Dieser Wechsel hat hier seit vorigem Mittwochabend mehreremal stattgefunden."

„Ich habe meine Reiseroute abgeändert und denke nicht nach Charleston zu gehen. Das Land ist, die ganze Strecke von hier, nichts als ein öder Sumpf; man hat eine schlimme Nacht-Küstenfahrt auf der Reise, die Aequinoctialstürme toben und Clay (beiläufig gesagt, ein allerliebster Mensch), den ich um Rat fragte, rät mir entschieden ab. Das Wetter ist dort drückend heiß; das Frühlingsfieber kommt heran und am Ende gibt es sehr wenig zu sehen. Wir gehen daher nächsten

---

[92] Charles Robert Leslie, von amerikanischen Eltern in London geboren, in Philadelphia erzogen, aber später den größten Teil seines Lebens in England ansässig. Er war einer der ausgezeichnetsten Vertreter des höhern Genre in der neueren englischen Malerschule, Königl. Akademiker, Professor der Malerei und starb 1859. – D.Übers.

Mittwochabend nach Richmond, das wir am Donnerstag erreichen werden. Dort werden wir drei Tage bleiben; mein Zweck dabei ist, einige Tabaks-Plantagen zu sehen. Dann werden wir auf dem Jamesfluß zurückfahren nach Baltimore, wo wir bereits durchgekommen sind und wo wir zwei Tage bleiben werden. Hierauf werden wir sofort nach Westen aufbrechen, grade durch den riesenhaftesten Teil dieses Kontinents, über das Alleghanygebirge und durch eine Prärie."

„Noch in Washington, 15. März 1842. ... Es ist unmöglich, mein lieber Freund, Dir zu schildern, was wir fühlten, als Mr. O. (der ein furchtbar sentimentales Genie ist, aber aufrichtig interessiert für alles, was uns angeht) hinkam wo wir am vorigen Sonntag dinierten und ein Billet hereinschickte, mit der Meldung, die Caledonia sei angekommen.[93] Nachdem wir wirklich ihrer Rettung versichert waren, war uns zu Mute, als sei die Entfernung zwischen uns und der Heimat wenigstens um die Hälfte vermindert. Es herrschte hier überall große Freude, denn man hatte sie vollständig aufgegeben, aber unsre Freude war unbeschreiblich. Diese Nachricht kam durch Express. Gestern Abend erreichten uns Deine Briefe. Ich dinierte mit einem Club (denn ein Dîner dieser Art ist von Zeit zu Zeit unvermeidlich) und Kate schickte mir um neun Uhr ein Billet, worin sie mir anzeigte, die Briefe seien da. Aber sie öffnete sie nicht – was ich für heroisch halte – ehe ich nach Hause kam. Das war ungefähr um halb elf und wir lasen sie dann bis zwei Uhr morgens."

„Ich will kein Wort über Deine Briefe sagen, außer daß Kate und ich zu einem Schluß gekommen sind, der mich bis in die Schuhe erbeben macht; denn wir entscheiden, daß die humoristische Erzählung Deine starke Seite ist und nicht die Staatsmänner der Republik.[94] Ich will kein Wort über Deine Nachrichten sagen; denn wie könnte ich in diesem Falle, während Du zu hören wünschest, was wir anfangen, der Versuchung widerstehen, ganze Seiten auf die lieben Kinder zu verwenden. ..."

„Ich besitze das Privileg des Zutritts zu den Sitzungssälen beider Häuser hier und gehe täglich hin. Sie sind sehr schön und bequem. Es kommt sehr viel schlechtes Reden vor, aber es sind auch sehr viele ausgezeichnete Männer in der gesetzgebenden Versammlung, wie John Quincey Adams, Clay, Preston, Calhoun und Andre, zu denen ich, wie ich kaum hinzuzufügen brauche, in die freundschaftlichsten

---

[93] Es war die Acadia, mit der Post der Caledonia.
[94] Eins der Hauptwerke Forsters führt den Titel: Statesmen of the Commonwealth (5 Bde.). – D.Übers.

Beziehungen getreten bin. Adams ist ein prächtiger alter Mann, fünfundsiebzig Jahre alt, aber noch immer von erstaunlicher Kraft, Gedächtnis, Gewandtheit und Mut. Clay ist vollständig bezaubernd, ein unwiderstehlicher Mensch. Auch aus dem Westen sind einige sehr edle Charaktergestalten da. Herrliche Menschen zum Ansehen, schwer zu täuschen, schnell bereit zum Handeln, Löwen an Energie, Crichtons an Reichtum der Fähigkeiten, Indianer an Schnelligkeit des Auges und der Gebärde, Amerikaner in warmem und edlem Streben. Es würde schwer halten, den Adel einiger dieser herrlichen Menschen zu hoch zu preisen."

„Wenn Clay sich zurückzieht, wie in diesem Monat geschieht, wird Preston der Führer der Whigpartei werden. Er versichert mir auf so feierliche Weise, daß der internationale Vertrag zum Schutze des literarischen Eigentums angenommen werden soll und wird, daß ich beinahe anfange es zu hoffen, und ich werde, wenn dem so ist, das Recht haben zu sagen, daß ich ihn herbeigeführt habe. Du kannst Dir nicht vorstellen, wie allgemein die Erörterung der Vorteile und Nachteile eines solchen Vertrags geworden ist und ein welch lebhaftes Verlangen danach ich bei einem Teile des Volkes erweckt habe."

„Du erinnerst Dich, was in England war. Könntest Du ihn nur hier sehen! Hättest Du ihn nur sehen können, als er uns neulich einen Besuch abstattete, wie er, unter dem furchtbaren Druck der Staatsangelegenheiten, zerstreut zu sein vorgab, wie er sich die Stirne rieb wie einer, der der Welt müde ist und eine erhabne Karrikatur Lord Burleigh's darstellte. Er ist der einzige von Grund aus unwirkliche Mensch, den ich auf dieser Seite des Meeres gesehen habe. Der Himmel stehe dem Präsidenten bei. Alle Parteien sind gegen ihn und er scheint wahrhaft unglücklich. Wir gehen heute Abend zu einem Levée zu ihm. Er hat mich für Freitag zum Dîner eingeladen; ich muß aber ablehnen, da wir morgen Abend mit dem Dampfschiff abfahren."

„Ich sagte, ich wollte nichts mehr über das amerikanische Volk schreiben, bis zwei Monate vorüber seien. Nachgedanken sind die besten. Ich werde nicht andrer Meinung werden und kann mich daher schon jetzt aussprechen – gegen Dich. Sie sind freundschaftlich, ernst, gastfrei, gütig, offen, sehr oft hochgebildet, weit weniger vorurteilsvoll als man denkt, warmherzig, glühend und enthusiastisch. Sie sind ritterlich in ihrer allgemeinen Höflichkeit gegen die Frauen, zuvorkommend, gefällig, selbstlos; und wenn sie eine wirkliche Neigung zu einem Menschen fassen (wie, ich darf dies wohl sagen, zu mir), ihm völlig ergeben. Ich habe Tausende von Leuten aus allen Ständen und Klassen empfangen und keiner hat je eine beleidigende oder unhöfliche Frage an mich gerichtet – ausgenommen Engländer, die, wenn sie einige Jahre hier ansässig gewesen sind, schlimmer sind als der Teufel in seinen schwärzesten Farben. Der Staat ist ein Vater für sein Volk, wacht mit väterlicher Sorge über alle arme Kinder, Schwangere, Kranke und Gefangene. Die gemeinen Leute leisten einem Beistand in den Straßen und würden sich gegen die Anerbietung eines Geldstückes empören. Der Wunsch, gefällig zu sein, ist allgemein und ich bin nie in einem öffentlichen Fuhrwerk gereist, ohne mit einer edel gesinnten Person bekannt zu werden, von der es mir leid tat, scheiden zu müssen und die in manchen Fällen viele Meilen weit herkam, um uns noch einmal zu sehen. Aber das Land gefällt mir nicht. Ich halte es für einen Engländer unmöglich, völlig unmöglich, hier zu leben und glücklich zu sein. Ich glaube, ich muß Recht damit haben, denn, Gott weiß, ich habe alles, was mich zu dem entgegengesetztesten Schluß führen könnte und ich kann doch nicht umhin, zu diesem zu kommen. Was die Ursachen angeht, so sind deren zu viele, als daß ich hier darauf eingehen könnte. …"

„Eine von zwei Petitionen um einen internationalen Vertrag zum Schutze des literarischen Eigentums, mit Unterschriften amerikanischer Schriftsteller, Irving an der Spitze, die ich hierher brachte, ist dem Hause der Repräsentanten vorgelegt worden. Clay behält die andre, um sie dem Senat vorzulegen, nachdem ich Washington verlassen habe. Die bereits vorgelegte ist einem Komitee überwiesen worden. Der Sprecher hat zum Vorsitzer desselben Mr. Kennedy, Abgeordneten für Baltimore, ernannt, der selbst Autor und einem solchen Gesetze, wie allgemein bekannt, günstig ist und ich werde ihm bei seinem Berichte helfen."

Richmond, in Virginien, Donnerstagnacht, 17. März

„Irving war gestern in Washington bei mir und weinte herzlich beim Abschied. Er ist ein prächtiger Mensch, wenn man ihn gut kennt, und Du, mein lieber Freund, würdest ihn vor allen andern leiden mögen. Wir lachten zusammen über einige Absurditäten, denen wir in Gesellschaft begegnet sind, ganz in meinem lärmenden Devonshire-Terrace-Styl. Die amerikanische Regierung hat ihn, wie er sagt, in jeder Beziehung äußerst liberal und anständig behandelt.[95] Er beabsichtigt, am 7. April nach Liverpool abzusegeln, eine kurze Zeit in London zu

---

[95] Irving ging damals als Gesandter nach Spanien. – D. Übers.

bleiben und dann nach Paris zu gehen. Vielleicht wirst Du ihm begegnen. Sollte dies der Fall sein, so wird er wissen, daß Du mein liebster Freund bist und wird Dir sofort sein ganzes Herz öffnen. Sein Gesandtschaftssekretär, Mr. Coggleswell, ist ein Mensch von sehr bedeutenden Kenntnissen, ein großer Reisender, ein guter Sprecher und ein Gelehrter."

„Ich will Dir unsre Fahrt von Washington hierher beschreiben, da sie neun Meilen einer „virginischen Straße" einschließt. Wenn das geschehen ist, muß ich mich kurz fassen, guter Bruder ..."

Der Leser der „Amerikanischen Noten" wird sich der vortrefflichen und höchst humoristischen Beschreibung des Nacht-Dampfschiffs auf dem Potomac und des schwarzen Kutschers auf der virginischen Straße erinnern. Beide standen in diesem Briefe, den er nach drei Tagen wieder aufnahm „In Washington, Montag, 21. März."

„Wir hatten von Richmond über einen Ort namens Norfolk nach Baltimore gehen wollen, aber da eines der Schiffe grade ausgebessert wird, fand ich, daß wir in diesem Norfolk zwei Tage aufgehalten werden würden. Wir kamen deshalb gestern auf demselben Wege hierher zurück, den wir vorher gereist waren, blieben die Nacht hier und gehen heute Nachmittag vier Uhr nach Baltimore weiter. Es ist eine Fahrt von nur drittehalb Stunden. Richmond ist eine sehr hübsch gelegene Stadt, hat aber, wie andre Städte in den Sklavenstaaten (wie die Pflanzer selbst zugeben), ein Aussehen von Düsterkeit und Verfall, das für ein nicht daran gewohntes Auge höchst peinlich ist. In dem schwarzen Waggon (denn man läßt die Neger nicht zusammen mit den Weißen sitzen) auf der Eisenbahn, als wir hinfuhren, war eine Mutter nebst Familie, die das Dampfboot zum Verkauf abführen sollte, während der Mann (d. h. der Gatte und Vater) auf seiner Plantage blieb. Die Kinder weinten den ganzen Weg. Gestern, am Bord des Dampfschiffs, waren ein Sklavenhalter und zwei Constabler unsre Mit-Passagiere. Sie kamen hierher, um nach zwei Negern zu suchen, die den Tag vorher weggelaufen waren. Auf der Brücke in Richmond steht eine Warnungstafel gegen schnelles Hinüberfahren, weil sie verrottet und gebrechlich ist: Strafe – für Weiße fünf Dollars; für Sklaven fünfzehn Peitschenhiebe. Mein Herz ist erleichtert, als wäre ihm eine große Last abgenommen, wenn ich denke, daß wir diesem fluchwürdigen und verabscheuungswerten System den Rücken kehren. Ich glaube wahrhaftig nicht, daß ich es länger hätte ertragen können. Es ist sehr schön zu sagen: „Schweige über diesen Gegenstand!" Man will Dich nicht schweigen lassen. Man besteht darauf, Dich zu fragen, was Du davon denkst und läßt sich selbstgefällig über die

Sklaverei aus, als wäre sie eine der größten Segnungen der Menschheit. „Es ist nicht", sagte ein hart und schlecht aussehender Mensch neulich zu mir, „es ist nicht im Interesse eines Mannes, seine Sklaven schlecht zu behandeln. Was ihr in England darüber hört, ist verfluchter Unsinn." – Ich erwiderte ihm ruhig, daß es nicht im Interesse eines Menschen sei, sich zu betrinken, oder zu stehlen, oder zu spielen, oder sich irgendeinem andern Laster hinzugeben, aber daß er es nichtsdestowemiger tue; daß Grausamkeit und der Missbrauch unverantwortlicher Macht zwei der schlechten Leidenschaften der menschlichen Natur seien, mit deren Befriedigung Rücksichten des Interesses oder des Verderbens nichts zu tun hätten und daß, während jeder aufrichtige Mensch zugeben müsse, daß selbst ein Sklave unter einem guten Herrn glücklich genug sein könne, alle menschlichen Wesen wüßten, daß schlechte Herren, grausame Herren und Herren, welche eine Schande für die Menschheit seien, Gegenstände der Erfahrung und der Geschichte seien, deren Dasein ebenso unbestreitbar sei als das der Sklaven selbst. Diese Antwort überraschte ihn einigermaßen und er fragte mich, ob ich an die Bibel glaube. Ja, sagte ich, aber wenn jemand mir beweisen könne, daß sie die Sklaverei gutheiße, werde ich ihr keinen Glauben mehr beimessen. „Nun denn," sagte er, „bei Gott, Sir, die Neger müssen niedergehalten werden und die Weißen haben die Farbigen überall niedergehalten, wo sie ihnen begegnet sind." „Das ist die ganze Frage", sagte ich. „Ja und bei Gott," sagt er, „die Engländer sollten lieber nicht auf diesem Punkte bestehen, wenn Lord Ashburton herüberkommt,[96] denn ich bin nie so kriegerisch gestimmt gewesen als jetzt – und das ist wahr." Ich mußte ein öffentliches Banquet in Richmond annehmen und ich sah dort klar genug, daß der Haß, welchen diese Südstaaten gegen uns als Nation hegen, durch die Kreolenfrage von neuem angefacht ist und kaum in übertriebener Weise geschildert werden kann. …"

„Wir waren herzlich müde von Richmond, da wir sehr viele Orte besuchten und sehr viele Besucher empfingen. Zu diesem letzteren Zweck setzen wir gewöhnlich zwei Stunden täglich fest und haben um diese Zeit unsre Zimmer so voll, daß man sich kaum rühren oder atmen kann. Ehe wir Richmond verließen, sagte mir ein Herr, als ich so erschöpft war, daß ich kaum stehen konnte, „drei sehr fashionable

---

[96] Lord Ashburton wurde damals als Spezialkommissar nach Amerika geschickt, um Streitigkeiten wegen des Gebietes von Maine zu regeln, die einen Krieg zwischen England und Amerika herbeizuführen drohten. Seine Mission endete friedlich mit dem nach ihm genannten Vertrage. – D.Übers.

Personen" seien außerordentlich beleidigt, daß man ihnen, als sie mich gestern Abend hätten besuchen wollen, gesagt habe, ich sei müde und nicht sichtbar, würde aber am nächsten Tage von zwölf bis zwei zu Hause sein. Ein andrer Herr (ohne Zweifel auch ein sehr fashionabler) schickte mir, zwei Stunden nachdem ich, um mich für das Aufstehen um vier Uhr am folgenden Morgen vorzubereiten, zu Bette gegangen war, einen Brief mit Befehlen an den Sklaven, der ihn überbrachte, mich aufzuwecken und auf eine Antwort zu warten!"

„Ich werde meinem Entschluß, keine öffentlichen Unterhaltungen mehr anzunehmen, zu Gunsten der Urheber des umstehenden gedruckten Dokumentes untreu werden. Sie wohnen an den Grenzen des Indianergebiets, zwei tausend Meilen oder mehr westlich von New-York. Stelle Dir vor, daß man mir dort ein Festessen geben will. Und doch wird, so Gott will, diese Festlichkeit stattfinden, – etwa am 12. oder 15. des nächsten Monats."

Das gedruckte Dokument bestand aus einer Reihe von Beschlüssen, gefaßt in einer von den vornehmsten Bürgern, Richtern, Professoren und Doktoren von St. Louis gehaltenen öffentlichen Versammlung, die den berühmten Schriftsteller, jetzt den Gast Amerika's, dringend in jene Stadt des fernen Westens einluden, sein Genie priesen und ihm ihre wärmste Gastfreiheit darboten. Er war in Baltimore als er seinen Brief schloß.

Baltimore, Dienstag, 22. März

„Ich erkläre mich mit großem Misstrauen gegen eine Vorstellung, die ein Mann von Maclise's Genius nach reiflicher Erwägung über irgendeinen Gegenstand gefaßt hat." (Er bezog sich, wie es scheint, auf eine Bemerkung von mir über das in jenem Jahre ausgestellte Bild der Theaterszene in *Hamlet*.) Aber ich stimme hinsichtlich des Königs im *Hamlet* ganz mit Dir überein. Da ich von Hamlet spreche, muß ich Dir auch sagen, daß ich den *Shakespeare*, den Du in Liverpool für mich kauftest, beständig in der Tasche meines Überrocks mit mir führe. Welch eine unsägliche Quelle des Genusses ist dies Buch für mich!"

„Dein Ontario-Brief erreichte mich hier heute Abend; er wurde mir zugeschickt von dem wachsamen und treuen Colden, der alles, was uns oder unsre Angelegenheiten betrifft, zu einer Arbeit der herzlichsten Liebe macht. Wir verschlangen gierig seinen Inhalt. Großer Gott, mein lieber Mensch, wie ich Dich vermisse! und wie ich die Zeit von jetzt bis zu meiner Heimkehr zähle! Werde ich je den Tag unsres Abschieds in Liverpool vergessen, als sogar * vergnügt und strahlend wurde in seinem Mitgefühl für unsre Trennung! Nie, nie werde ich die Zeit vergessen. Ach, wie ernst dachte ich damals und wie ernst habe ich seitdem viele, viele Male an die schreckliche Torheit gedacht, sich je mit einem wahren Freunde wegen nichtsnutziger Kleinigkeiten zu überwerfen. Jedes unbedachte kleine Wort, das je zwischen uns vorgekommen ist, stieg wie ein strafender Geist vor mir auf. In dieser großen Entfernung blicke ich auf jede elende kleine Unterbrechung unsres warmen freundschaftlichen Verkehrs, wenn sie auch nie den Moment überdauerte, mit einer Art Mitleiden gegen mich selbst hin, als wäre ich ein anderes Geschöpf!"

„Ich habe noch ein Akkordion gekauft. Der Schiffsproviantmeister lieh mir eins auf der Herfahrt und ich traktierte die Damenkajüte mit meinem Spiel. Du kannst Dir nicht vorstellen, mit welchem Gefühl ich jeden Abend *Home, Sweet Home* spiele, oder in welch sanfte Trauer es uns versetzt. ... Und so segne Dich Gott. ... Ich lasse Raum für eine kurze Nachschrift, ehe ich dies zusiegle, aber sie wird wahrscheinlich nichts enthalten. Die lieben, lieben Kinder! Welch ein Glück ist es, sie in solchen Händen zu wissen!"

„P.S. 23. März 1842. Nichts Neues; und alles wohl. Ich habe noch nicht gehört, daß die Columbia herein ist, aber sie wird stündlich erwartet. Washington Irving ist hierher gekommen um noch einmal Abschied zu nehmen[97] und speist heute bei mir. Wir brechen um halb

---

[97] Als Dickens bei seinem zweiten Besuch in Amerika im Februar 1868 in Washington war, beschrieb er, in seiner Antwort auf einen Brief, worin Irving erwähnt wurde, die oben angedeutete letzte Zusammenkunft und seinen Abschied von ihm auf folgende Weise: „Die Anspielung auf meinen lieben Freund, Washington Irving, hat die lebhaften Eindrücke, welche neulich in Baltimore in meinem Geiste erweckt wurden, erneuert. Ich sah sein schönes Gesicht in jener Stadt zum letztenmale. Er kam von New-York herüber, um noch einige Tage mit mir zu verleben, ehe ich nach Westen fuhr, und seine entzückende Phantasie und sein genialer Humor gesellten diese Tage den denkwürdigsten meines Lebens zu. Ein unbekannter Bewunderer seiner und meiner Bücher schickte eine ungeheure blumenumwundene Bowle Krausemünze-Kühltrank (Mint-Julep) in das Hotel. Wir saßen mit großer Feierlichkeit zu beiden Seiten derselben (sie füllte einen respektablen runden Tisch an), aber die Feierlichkeit war von kurzer Dauer. Es war ein ganz verzauberter Kühltrank, der uns zu unzähligen Leuten und Orten trug, die wir beide kannten. Der Kühltrank reichte bis tief in die Nacht aus und ich sah in meinem Gedächtnis Irving später nie anders, als wie er sich mit seinem Strohhalm, mit einem angenommenen Ausdruck von Ernst (nach irgendeiner Anekdote, die wunderbar drollige und zarte Charakterbeobachtungen enthielt)

neun morgen früh nach Westen auf. Ich schicke Dir eine Zeitung, die respektabelste in den Vereinigten Staaten, mit einem sehr guten Artikel über den Vertrag zum Schutze des literarischen Eigentums."

---

darüber hinbeugte und dann, wenn sein Auge dem meinen beggnete, in jenes bezaubernde Lachen überging, das hellste und beste, das ich je gehört habe."

Zweiundzwanzigstes Kapitel

Kanalbootfahrten: auf dem Weg nach dem fernen Westen 1842

Es würde nicht möglich sein, eine lebhaftere oder richtigere Vorstellung von dem Genie und dem Charakter des Autors zu geben als diejenige, welche diese Briefe gewähren. Der ganze Mann erscheint hier in der höchsten Stunde seines Lebens und in dem vollen Genuß seiner höchsten Empfindung desselben. Unaussprechlich traurig war für mich die Aufgabe, sie wieder durchzugehen, aber meine Überraschung kam meiner Trauer gleich. Ich hatte vergessen, was darin war. Daß sie in ihrer ersten Lebhaftigkeit alle hervorragendsten Schilderungen seines Buches über Amerika enthielten, wußte ich. Aber die Wiederholung irgendeines Teils derselben war hier nicht zulässig und in der Meinung, daß ihr wesentlicher Inhalt fast ganz in den *Amerikanischen Noten* verkörpert sei, zu deren Abfassung sie benutzt wurden, nahm ich sie mit sehr geringen Erwartungen, etwas für meine gegenwärtigen Zwecke Passendes darin zu finden, zur Hand. Doch die Schwierigkeit war nicht zu finden, sondern auszuscheiden, und wo die Ausscheidung am unvermeidlichsten war, war sie nicht immer am leichtesten. Auch wo die in dem gedruckten Buche behandelten Gegenstände wiederkehren, ist in den Briefen eine Frische der ersten Eindrücke, die es zu keiner kleinen Prüfung macht, streng an der in diesen Auszügen beobachteten Regel festzuhalten. In den *Noten* finden sich natürlich manche meisterhafte Beobachtungen und Schilderungen, von denen anderswo keine Spur ist; aber die nach den Briefen weiter ausgeführten Stellen sind nicht verbessert und die männliche Kraft und Unmittelbarkeit einiger ihrer Ansichten und Reflexionen, die mit einer malerischen Vollständigkeit vorgeführt werden, welche keine Ausarbeitung verleihen könnte, ist hier und da durch rhetorische Zusätze in dem gedruckten Buch nicht verstärkt worden. Überdies haben die Briefe einen Reiz, welchen der bei dem Buche befolgte Plan notwendigerweise davon ausschloß. Dasselbe wird natürlich immer seinen Wert behalten als der wohlbedachte Ausdruck der aus den amerikanischen Erfahrungen gesammelten Resultate; aber die *persönliche Erzählung* dieses berühmten Besuchs in Amerika findet sich in den Briefen allein. Die Art wie seine Erfahrungen entstanden, der anfängliche Wunsch, nichts zu sehen, das nicht vorteilhaft war, die Langsamkeit, mit der entgegengesetzte Eindrücke sich bildeten, und die eifrige Anerkennung jeder wahren und edeln Eigenschaft, die ihm vorkam und sich über dem Tadel erhielt, treten nur in den Briefen hervor.

Es ist aus ihnen bereits offenbar, daß die vorerwähnten Enttäuschungen sowohl des Gastes über seine Wirte, als der Wirte über ihren Gast, ihren Ursprung in den Meinungsverschiedenheiten hinsichtlich des Schutzes des literarischen Eigentums hatten; aber es ist nicht minder klar, daß die soziale Unzufriedenheit seinerseits sich aus noch früherer Zeit herschrieb, und mit dem Lande sicherlich nichts zu tun hatte. Es wurde ihm, wie ich mich entsinne, vorgeworfen, daß er, durch die ungünstigen Bemerkungen über manche Punkte, welche sein Buch enthielt, die demokratischen Einrichtungen angreife, die den Charakter der Nation gebildet hätten; aber die Antwort liegt auf der Hand, daß, da demokratische Einrichtungen in Amerika allgemein sind, sie ebenso sehr berechtigt waren, an dem Guten Teil zu haben als an dem Schlechten; und man muß zugeben, daß er in seinem Lobe, von dem hier reichliche Zeugnisse vorliegen, jene Einrichtungen ebensowohl erhoben hat, als man ihm vorwerfen konnte, sie durch seinen Tadel herabgesetzt zu haben. Er spricht nie richtend über das ganze Volk ab. Nach allem, was die Briefe uns über die Art zeigen, wie er seine später veröffentlichten Ansichten bildete, zieht er keine Schlüsse, so lange seine Beobachtungen nicht zum Abschluß gediehen sind, und ohne Ausnahme enthält er sich der Nachahmung des Beispiels, das ihm, in den Ausdrücken des von den Schriftstellern Amerika's ihm dargebrachten Willkommens, zu eindringlich gegeben wurde, eine Nation der andern ins Gesicht zu werfen. Er läßt jede auf ihrem eignen Boden. Sein Hauptaugenmerk in dem veröffentlichten Buche, wie in den hier mitgeteilten ersten Eindrücken, ist auf die Darstellung der wirkenden sozialen Mächte gerichtet, wie er sie selbst sah, und es würde sicherlich von allen schlechten Komplimenten das schlechteste gewesen sein, wenn er, als er beschloß, in dem Tone und mit den Absichten eines Freundes kund zu tun, was er in Amerika beobachtet, vorausgesetzt hätte, daß ein solches Land die Wahrheit übel nehmen würde.

An einen Umstand muß man sich jedoch sowohl beim Lesen der Briefe als bei der Beurteilung des auf dieselben gegründeten Buches ganz besonders erinnern. Es ist ein Punkt, auf den, wie ich glaube, Emerson die Aufmerksamkeit seiner Landsleute hinlenkte. Alles Anstößige, einerlei ob der Verfasser es so wollte oder nicht, tritt bei weitem deutlicher und schärfer hervor als sein Gegenteil. Die soziale

Sünde ist ein greifbareres Ding als die soziale Tugend. Hartnäckig auf der Menschlichkeit und Anmut des Lebens bestehen, heißt deren ruhiges und anspruchsloses Wesen beschimpfen; aber wir setzen uns der Gefahr aus, die Gemeinheiten und Unanständigkeiten zu vermehren, wenn wir sie aufrecht zu halten scheinen, indem wir es unterlassen, sie bloßzustellen. Und wenn man dies beim Lesen des hier Mitgeteilten nur im Auge behält, wird man finden, daß das Maß des Tadels die gerechte Bewunderung und das unübertriebene Lob nicht überwiegt.

Abgesehen von diesen Rücksichten, muß man auch sagen, daß die Briefe, die hier grade so abgedruckt werden, wie sie geschrieben wurden, als bloß literarische Erzeugnisse ein ungewöhnliches Verdienst besitzen. Unvergleichliche Schnelligkeit der Beobachtung, die seltene Gabe, aus einer Menge von Dingen grade dasjenige hervorzuheben, was wesentlich ist, das unwiderstehliche Spiel des Humors, ein Pathos, wie nur Humoristen von so hohem Range es besitzen und die unermüdliche ungezwungene Lebhaftigkeit eines immer frischen, leichten, schwunghaften Lebensmuts, fanden nie einen natürlicheren, mannigfaltig bequemeren, oder malerischeren Ausdruck. Obgleich sie unter der in ihnen geschilderten Zerstreuung, Anstrengung und Ermüdung, unter dem misstönigen Lärm der Hotels und der Straßen, an Bord von Dampfschiffen und Kanalböten und in Blockhäusern geschrieben wurden, ist kein Wort darin verändert oder ausgestrichen. Nicht bloß äußere Gegenstände, sondern Gefühle, Reflexionen und Gedanken sind mit derselben unvergleichlichen Leichtigkeit in sichtbaren Gestalten photographiert. Sie borgen keinen Beistand von den Gegenständen, über welche sie handeln. Sie würden den dargestellten Gegenständen eine alte Bekanntschaft und ein überwältigendes Interesse verliehen haben, hätten sie sich mit einem Volk im Monde beschäftigt. Über den zugleich abgebildeten persönlichen Charakter werden andre, deren Gefühle weniger lebhaft dadurch ergriffen werden, ruhiger und klarer urteilen als ich. Und doch kann nur ich wissen, wie gering die Freundschaftsdienste waren, welche hinreichten, alle Empfindungen dieser schönen und edeln Natur aufzuregen. Während unsres ganzen lebenslangen Verkehrs war es dasselbe. Die Schärfe seines Urteils verließ ihn nie, außer wenn sie, wie hier, in dem grenzenlosen Umfang seiner Würdigung aller ihm erwiesenen Freundlichkeiten verloren ging, und nie empfing er etwas, was mit der Absicht gegeben wurde, ihm zu nützen, ohne daß er bemüht war, es hundertfältig zu erwidern. Ein wahrhaft edler gesinnter Mensch hat nie gelebt.

Sein nächster Brief wurde angefangen „an Bord des Kanalboots. Auf dem Wege nach Pittsburg. Montag, 28.März 1842", und nirgends empfand ich die Schwierigkeiten der Auslassung, von denen eben die Rede war, mehr als hier. Es finden sich darin mehrere der beschreibenden Meisterstücke des Buches, mit Zügen von so ursprünglicher Frische, daß eine Wiederholung in ihrer ersten Form wohl dadurch hätte gerechtfertigt werden können. Dahin gehören die Harrisburger Post-Kutsche, auf ihrem Wege durch das Susquehannah-Tal, die Eisenbahn über das Gebirge, der braune Förster vom Mississippi, der wissbegierige Mann in dem buntgestreiften Anzug und die rührende Szene mit den Auswanderern, die an's Ufer gesetzt werden, als das Dampfschiff den Ohio hinauffährt. Aber alles, was ich hier von demjenigen mitteilen kann, was an das in den *Noten* Erzählte erinnert, ist die einleitende Skizze des kleinen Geschöpfs oben auf dem Dache der sonderbaren Postkutsche, dem die gedruckte Version keine hinreichende Gerechtigkeit widerfahren läßt; und ein Erlebnis, welches insofern von Interesse ist, als dadurch der Gedanke zu der Ansiedlung von Eden in „*Martin Chuzzlewit*" angeregt wurde. ... „Wir verließen Baltimore am vorigen Donnerstag, den 24sten, um halb 9 Uhr morgens mit der Eisenbahn und kamen um zwölf nach einem Ort namens York. Dort speisten wir und nahmen Plätze in der Postkutsche nach Harrisburg, fünf Meilen weiter. Diese Postkutsche glich nichts anderem so sehr als einer der Schaukeln, die man auf Jahrmärkten sieht, auf vier Räder gesetzt, mit einem Dach versehen, und an den Seiten mit gemalter Leinwand bedeckt. Es saßen zwölf Personen im Innern! Ich, Dank meinen Sternen, war auf dem Bocke. Das Gepäck lag auf dem Dach; darunter ein ziemlich großer Eßtisch und ein mächtiger Schaukelstuhl. Wir nahmen auch einen betrunkenen Herrn herauf, der während einer Fahrt von zwei Meilen zwischen mir und dem Kutscher saß, und einen andern betrunkenen Herrn, der hinten aufstieg, aber nach einer Meile oder so hinunterfiel, ohne sich zu beschädigen, und den wir in der fernen Perspective nach der Grogbude zurücktaumeln sahen, wo wir ihn gefunden hatten. Vier Pferde zogen natürlich diese Landarche, aber wir gelangten erst abends halb 7 Uhr an's Ende unsrer Fahrt. ... Die erste Hälfte der Reise war zahm genug, aber die zweite ging durch das Tal des Susquehannah (ich glaube, ich schreibe es recht, aber ich habe keine amerikanische Geographie zur Hand), welches sehr schön ist. ...."

„Ich glaube, ich machte schon früher einmal eine gelegentliche Bemerkung gegen Dich über die Frühreife der Jugend dieses Landes. Als wir auf dieser Fahrt die Pferde wechselten, stieg ich ab, um meine Beine zu recken, mich mit einem Glase Whisky und Wasser zu erfrischen und die Nässe von meinem Überrock abzuschütteln – denn es regnete sehr stark und fuhr die ganze Nacht fort zu regnen. Indem ich wieder auf meinen Sitz hinaufstieg, sah ich etwas auf dem Dach der Kutsche liegen, was ich für eine ziemlich große Violine in einem braunen Sacke hielt. Während einer Fahrt von zwei Meilen oder so entdeckte ich aber, daß es ein Paar schmutzige Schuhe am einen Ende hatte und eine glasierte Mütze am andern, und weitere Beobachtungen ergaben, daß es ein kleiner Junge in einem schnupftabak-braunen Rock war, dessen Arme durch tiefes Hineinstecken in die Taschen ganz an seine Seiten festgebunden schienen. Es war vermutlich ein Verwandter oder Freund des Kutschers, da er oben auf dem Gepäck lag, sein Gesicht dem Regen zugekehrt; und außer, wenn eine Veränderung seiner Lage seine Schuhe mit meinem Hut in Berührung brachte, schien er zu schlafen. Als wir anhielten, um die Pferde zu tränken, etwa eine halbe Meile von Harrisburg, richtete dies Ding sich langsam zu einer Höhe von drei Fuß acht Zoll auf und sagte, seine Augen mit einem gemischten Ausdruck von Selbstgefälligkeit, Gönnermiene, nationaler Unabhängigkeit und Sympathie für alle äußern Barbaren und Fremden auf mich heftend, in schrillem pfeifenden Ton: „Nun Fremder, ich vermute, dies kommt euch beinah wie ein englischer Nachmittag vor, – nicht wahr?" Ich brauche nicht hinzuzufügen, daß ich nach seinem Blute dürstete."

„Wir hatten den ganzen nächsten Morgen für Harrisburg, da das Kanalboot erst um drei Uhr nachmittags abfahren sollte. Die städtischen Behörden warteten mir auf, ehe ich noch mit meinem Frühstück fertig war, und da die Stadt der Sitz der pennsylvanischen gesetzgebenden Versammlung ist, ging ich nach dem Kapitol hinauf. Es interessierte mich sehr, eine Anzahl von Verträgen mit den armen Indianern zu betrachten. Ihre Unterschriften bestanden aus rohen Zeichnungen der Geschöpfe oder der Waffen, nach denen sie genannt werden, und die außerordentliche Zeichnung dieser Sinnbilder, in der die seltsame, ungewohnte, zitternde Art und Weise, auf welche jeder Mann seine Feder gehalten, erkenntlich war, brachte einen eigentümlichen Eindruck auf mich hervor."

„Du kennst meine geringe Achtung vor unserm Unterhause. Diese lokalen gesetzgebenden Versammlungen äffen einer großartigen Gesetzgebung auf zu unerträgliche Art nach, um ohne Galle gesehen zu werden, aus welchem Grunde, und weil ein großer Haufen Senatoren und Damen sich in beiden Häusern versammelt hatte, um den Unnachahmlichen zu sehen, und schon in dem Privatzimmer des Sekretärs angefangen hatte, zu ihm hereinzuströmen, ich in aller Eile nach dem Hotel zurück ging. Die Mitglieder beider Häuser folgten mir jedoch dorthin; wir mußten daher das gewöhnliche Levée vor unserm Dîner um halb zwei Uhr abhalten. Wir empfingen eine große Menge. So ziemlich jedermann spuckte auf den Teppich, wie gewöhnlich, und einer schneuzte sich mit den Fingern, – ebenfalls auf den Teppich, der sehr hübsch war, da man uns das Privatwohnzimmer der Frau des Wirtes überlassen hatte. Dies ist indes seitdem etwas so Gewöhnliches geworden, daß es kaum der Erwähnung wert scheint. Ich bitte Dich, zu bemerken, daß der fragliche Herr ein Mitglied des Senats war, der (wie man mir oft sagt) unserm Oberhause entspricht."

„Der Gastwirt war der aufmerksamste, höflichste und gefälligste Mensch, der mir je vorgekommen ist. Als ich ihn um die Rechnung bat, sagte er, es sei keine Rechnung da: die Ehre und das Vergnügen &c. seien mehr als ausreichend. Ich gab dies natürlich nicht zu und bat Mr. O., ihm zu erklären, daß, da ich zu Vieren reise, ich es unter keinen Umständen annehmen könne."

„Und nun komme ich zu dem Kanalboot. Was gäbe ich nicht darum, mein lieber Mensch, – könntest Du uns nur an Bord des Kanalboots sehen! Ich muß mich einen Augenblick besinnen, zu welcher Zeit des Tages und der Nacht Du uns wohl am besten sähest. Am Morgen? Soll ich zwischen fünf und sechs Uhr morgens sagen? Gut! Du würdest mich gern sehen mögen, wie ich auf dem Verdeck stehe und mit einem zinnernen Kochlöffel, der an einer langen Kette an dem Boot befestigt ist, das schmutzige Wasser aus dem Kanal schöpfe, dasselbe in ein, ebenfalls auf gleiche Weise angekettetes zinnernes Becken gieße, und mir das Gesicht mit dem allgemeinen Handtuch scheuere. Soll ich sagen, des Nachts? Ich bin nicht gewiß, ob Du des Nachts in die Kajüte blicken möchtest, nur um mich auf einem zeitweilig aufgeschlagenen Brett liegen zu sehen, genau von der Breite dieses Papierbogens, wenn er aufgeschlagen ist (ich maß es heute Morgen), mit einem Mann über und einem andern unter mir, und alles in allem achtundzwanzig Personen in einer niedrigen Kajüte, in der man mit dem Hut auf dem Kopfe nicht aufrecht stehen kann. Auch beim Frühstück, glaube ich, würdest Du nicht hereinsehen mögen, denn dann hat man nur gerade jene Bretter herabgenommen und bei Seite gebracht, und die Atmosphäre ist, wie Du Dir vorstellen kannst, keineswegs frisch – obgleich auf dem Tische Tee und Kaffee und Lachs und Mayfisch und Leber und Steak und Kartoffeln und Pickles und Schinken und Pudding und Würste stehen, und dreiunddreißig Leute essend und trinkend herumsitzen und wohlriechende Flaschen Gin und Whiskey und Brandy und Rum auf dem nahen Schenktisch stehen und siebenundzwanzig von den achtundzwanzig Personen schmutzige Hemden tragen und gelbe Ströme halbgekauten Tabaks ihnen am Kinn heruntertröpfeln. Die beste Zeit zum Hereinsehen für Dich würde vielleicht die gegenwärtige sein: elf Uhr Vormittags, wenn der Barbier beim Rasieren ist und die Herren am Ofen herumlungern und warten, bis an sie die Reihe kommt, und nicht mehr als siebzehn zusammen spucken, und zwei oder drei über unsern Köpfen auf dem Verdeck umherspazieren (sie werfen sich aufs Gepäck, jedesmal wenn der Mann am Steuerruder ausruft: Brücke!) und ich dies in der Damenkajüte schreibe, die einen Teil der Herrenkajüte ausmacht und nur durch einen roten Vorhang davon getrennt ist. In der Tat gleicht sie ganz genau dem Privatzimmer des Zwerges in einer Karavane bei einem Jahrmarkt, und die Herren stellen im Allgemeinen die Zuschauer; einen Penny per Kopf, dar. Der Ort ist grade so rein und grade so groß als jene Karavane, die Du und ich bei dem letzten Jahrmarkt in Greenwich besuchten. Von außen ist es grade wie ein Kanalboot, das man bei Regents Park oder anderswo sieht."

„Von dem Räuspern und Spucken die ganze Nacht durch kannst Du Dir keine Vorstellung machen. Die letzte Nacht war die schlimmste. Ich versichere Dir auf mein Ehrenwort, daß ich heute Morgen meinen Pelzrock auf das Verdeck legen und die halb vertrockneten Spuckflocken mit meinem Taschentuch davon abwischen mußte – und man schien nur überrascht, daß ich es für nötig hielt, dies zu tun. Als ich mich gestern Abend hinlegte, legte ich den Rock auf einen Schemel neben mir, und dort lag er unter einem Kreuzfeuer von fünf Menschen, dreien auf der gegenüberliegenden Seite, einem über und einem unter mir. Ich beklage mich nicht und zeige keinen Ekel. Man hält mich abends für sehr lustig, denn ich mache Späße mit allen in meiner Nähe, bis wir einschlafen. Morgens gelte ich für sehr abgehärtet, denn ich renne um halb sechs Uhr mit bloßem Hals hinauf und tauche den Kopf in das halbgefrorne Wasser. Man achtet mich wegen meiner Behendigkeit, denn ich springe aus dem Boote auf den Leinpfad und gehe vor dem Frühstück eine bis anderthalb Meilen und halte die ganze Zeit mit den Pferden Schritt. Kurz, sie sind ganz erstaunt, zu finden, daß ein seßhafter Engländer sich so gut durchschlägt und sich so viel Bewegung macht und richten darüber viele Fragen an mich. Die meisten von diesen Männern sitzen lieber den ganzen Tag um den Ofen und frieren, als daß sie einen Fuß vor den andern setzen. Daß man ein Fenster öffnen sollte, daran ist nicht zu denken."

„Wir denken heute Abend zwischen acht und neun Uhr Pittsburg zu erreichen und dort hoffen wir glühend, Deine Märzbriefe vorzufinden. Wir haben, Freitagnachmittag ausgenommen, köstliches, aber kaltes

Wetter gehabt. Klare Stern- und Mondnächte. Der Kanal lief bis jetzt meistens an den Flüssen Susquehannah und Iwanata entlang und ist durch gewaltige Hindernisse hindurchgeführt. Gestern fuhren wir über den Berg. Dies geschieht mit der Eisenbahn. ... Man speist in einem Wirtshause auf dem Berge und braucht, mit Einschluß der für das Essen gestatteten halben Stunde, etwas mehr als fünf Stunden, um diesen seltsamen Teil der Reise zurückzulegen. Die Leute im Norden und „hinten im Osten" haben schreckliche Geschichten über seine Gefährlichkeit; aber man scheint ausnehmend vorsichtig zu sein und geht durchaus nicht wild zu Werke. Allerdings sind einige kuriose Abgründe ganz nahe an den Schienen, aber mir scheint, daß alle Vorsichtsmaßregeln getroffen sind, welche ein so schwieriges und großes Unternehmen zuläßt."

„Die Szenerie, ehe man die Berge erreicht und wenn man darauf ist und nachdem man sie verlassen hat, ist großartig und schön, und der Kanal windet seinen Weg durch einige tiefe, düstere Schluchten, die, bei Mondlicht gesehen, einen tiefen Eindruck hervorbringen, obgleich sie unendlich tief unter Glencoe stehen, zu dessen Furchtbarkeit ich nicht die geringste Annäherung gesehen habe. Wir sind in den Bergen und anderswo an einer großen Zahl neuer Ansiedlungen und abgelegener Blockhäuser vorbeigekommen. Ihr völlig verlornes und klägliches Aussehen geht über jede Beschreibung hinaus. Ich habe nicht sechs Hütten unter sechshundert gesehen, wo die Fenster heil waren. Alte Hüte, alte Kleider, alte Bretter, alte Stücke von Decken und Papier werden in die zerbrochenen Scheiben hineingesteckt, und ihr Aussehen ist das Elend und die Trostlosigkeit selbst. Es tut dem Auge weh, in jedem Weizenfelde die Stümpfe großer Bäume dick verstreut zu sehen und nie den ewigen Sumpf und den öden Morast zu verlieren, in dessen ungesundes Wasser hunderte verrotteter Ulmen und Fichten und Sykomoren und Farbholzstämme eingetaucht sind, wo die Frösche des Nachts so quaken, daß nach dem Dunkelwerden ein unaufhörliches Klingen erschallt, als führen Millionen von gespenstischen Gespannen mit Glocken in einer ungeheueren Entfernung durch die obere Luft. Es ist auch eine niederdrückende Erfahrung, wenn man an große Lichtungen kommt, wo die Ansiedler die Bäume niedergebrannt haben und wo die verwundeten Körper derselben wie die Leichen ermordeter Geschöpfe umherliegen, während hie und da ein verkohlter und geschwärzter Riese zwei nackte Arme in die Höhe hebt und seine Feinde zu verfluchen scheint. Der hübscheste Anblick, den ich noch gehabt habe, war gestern, als wir – auf den Höhen des Gebirges und in einem scharfen Winde – hinabschauten in ein Tal voll Licht und Wärme, wo verstreute Hütten dem Auge begegneten, Kinder nach den Türen liefen, Hunde in Gebell ausbrachen, Schweine wie ebenso viel verlorne Söhne heimrannten, Familien draußen in ihren Gärten saßen, Kühe mit dummer Gleichgültigkeit aufwärts blickten, Männer in Hemdsärmeln nach ihren unfertigen Häusern sahen und die Arbeit des kommenden Tages überlegten – während der Zug hoch oben über ihnen wie ein Sturm dahin fuhr. Aber ich weiß, dies ist schön, sehr – sehr schön!"

„Ich möchte wissen, ob Du und Mac nach dem Greenwicher Jahrmarkt gehen werdet. Vielleicht diniert Ihr heute in der „Krone und Szepter", denn s' ist Ostermontag – wer weiß? Ich wollte, Ihr tränkt Punsch, lieber Forster. Es ist schmählich, daß ich mir Dich nicht mit jenem kühlen grünen Glase vorstellen kann. ..."

„Ich erzählte Dir schon von der vielfältigen Anwendung des Wortes „befestigen". Ich frage Mr. O. an Bord des Dampfschiffs, ob das Frühstück bald fertig ist und er antwortet mir, er glaubt, es muß bald fertig sein, denn als er zuletzt unten gewesen, habe der Kellner „die Tische befestigt" – in andern Worten, das Tischtuch gelegt. Wenn wir geschrieben haben und ich ihn bitte, (erinnerst Du Dich, nach so langer Zeit, noch meiner Ordnungsliebe?) unsre Papiere zusammen zu legen, antwortet er, daß er sie „sogleich befestigen will". So auch, wenn jemand sich anzieht, „befestigt" er sich, und wenn Du Dich unter die Behandlung eines Arztes stellst, „befestigt" er Dich in kürzester Zeit. Neulich abends, ehe wir hier an Bord gingen, hatte ich eine Flasche Glühwein bestellt, auf den ich ziemlich lange warten mußte; als er endlich auf den Tisch kam, geschah es mit einer Entschuldigung seitens des Wirtes (eines Oberst-Lieutenants), er fürchte, „der Wein sei nicht gehörig befestigt". Und hier, am Sonnabendmorgen, fragte ein Mann aus dem Westen, indem er Mr. O. beim Frühstück die Kartoffeln reichte, ob er nicht einige dieser „Befestigungen" zu seinem Fleisch nehmen wolle.[98] Ich blieb so ernst wie ein Richter. Ich ertappe die Leute zuweilen, wenn sie mich ansehen und habe das Gefühl, daß sie denken, ich bekümmre mich um nichts. Die Politik geht hier in hohen Wellen – sie ist furchtbar energisch, Plakate, De-

---

[98] Die hier angewandten amerikanischen Ausdrücke sind fix und fixings. Es ist unmöglich, in der Übersetzung die verschiedenen Schattierungen des hineingelegten Sinnes wiederzugeben, ohne die Worte zu wechseln. Ich habe daher zu Gunsten des Wortspiels dasselbe Wort beibehalten, aus dem sich auch der Sinn einigermaßen ermessen oder doch raten läßt. – D. Übers.

nunziationen, Invektiven, Drohungen und Zänkereien. – Die Frage ist, wer der nächste Präsident sein soll. Die Wahl wird in viertehalb Jahren stattfinden."

Er setzte seinen Brief fort „an Bord des Dampfschiffs von Pittsburg nach Cincinnati, 1. April 1842. Ein sehr schüttelndes Dampfschiff, das meine Hand zittern macht. Heute Morgen, mein lieber Freund, grade heute Morgen, der uns, wenn er keine Nachrichten aus England gebracht hätte, mit traurigen Herzen und niedergeschlagenen Gesichtern und der Aussicht, wenigstens drei Wochen länger ohne jede Kunde von denen zu bleiben, die uns so unaussprechlich teuer sind, auf unserm Wege nach St. Louis (via Cincinnati und Louisville) gesehen haben würde, – grade heute Morgen, ein heller und glücklicher Morgen wie es war, wurde uns ein großes Packet an die Tür unsres Schlafzimmers gebracht, aus der Heimat. Wie ich Deinen liebevollen, herzlichen, interessanten, spaßhaften, ernsten, entzückenden und durch und durch Forster'schen Brief gelesen und wieder gelesen habe, will ich nicht versuchen, Dir zu sagen, noch wie ich mich freute, daß mein erster Brief Dir gefallen hat, noch wie ich fürchte, daß mein zweiter nicht in so guter Stimmung geschrieben war, wie er hätte sein sollen, noch wie ich mich freue, zu denken, daß mein dritter es war, oder, wie ich hoffe, daß Du einige Belustigung haben wirst durch meinen vierten: dieses gegenwärtige Sendschreiben. Alles dies und wärmere und ernstere Worte, als das Postamt um irgendwelchen Preis befördern würde, obgleich sie keine scharfen Ecken haben, woran der Stempelbeamte sich weh tun könnte, wirst Du, ich weiß es, ohne Ausdruck und ohne einen Versuch, sie auszudrücken, verstehen. Nachdem ich daher die erste Aufregung einer so großen Freude überwunden habe und auf dem Verdeck umhergegangen bin, und mich jetzt in der Kajüte befinde, wo eine Gesellschaft Schach spielt und eine andre schläft und eine andre sich um den Ofen herum unterhält und alle spucken, und ein beharrlicher Schwätzer von einem entsetzlichen Neu-Engländer mit einer summenden Stimme, wie eine riesenhafte Biene, darauf besteht, neben mir zu sitzen, obgleich ich schreibe, und in mein Ohr hinein unaufhörlich mit Kate zu sprechen – fahre ich nun weiter in meiner Erzählung fort."

„Laß mich sehen! Ich sollte Dir zuerst sagen, daß wir zwischen acht und neun Uhr am Abend des Tages, an dem ich oben an diesem Bogen aufhörte, nach Pittsburg kamen und dort von einem kleinen Manne (einem sehr kleinen Manne), den ich vor Jahren in London kannte, empfangen wurden. Er erfreut sich des Namens D. G., und war, als ich mit ihm bekannt war, Teilhaber in dem Geschäft seines Vaters an der

Aktienbörse und lebte herrlich und in Freuden in Dalston. Bald nachher machten sie Bankrott und dann fing dieser kleine Mann an, sich das, was ihm früher zur Unterhaltung gedient hatte, zu Nutze zu machen, indem er kleine Sachen für Kunstläden malte. So verlor ich ihn vor fast zehn Jahren aus den Augen, und hier tauchte er neulich als Porträtmaler in Pittsburg wieder auf! Er hatte mir vorher einen Brief geschrieben, der mich durch eine Art ruhiger Unabhängigkeit und Zufriedenheit, welche darin atmete, und doch zugleich eine Empfindung des Alleinseins in so weiter Ferne von der Heimat, sehr rührte. Ich erhielt ihn in Philadelphia und beantwortete ihn. Er speiste bei uns jeden Tag unsres Aufenthalts in Pittsburg (es waren im Ganzen nur drei) und war wahrhaft befriedigt und erfreut, mich unverändert zu finden – mehr als ich Dir sagen kann. Ich freue mich sehr, wenn ich heute Abend daran denke, wie viel Freude wir glücklicherweise im Stande waren, ihm zu bereiten."

„Pittsburg ist gerade wie Birmingham – wenigstens sagen das die Einwohner, und ich widersprach ihnen nicht. In einer Beziehung ist es so. Es ist sehr viel Rauch darin. Ich beleidigte bei unserm gestrigen Levée einen Mann vollständig, der meinte, ich „wäre nun ganz zu Hause", indem ich ihm sagte, die Ansicht, London sei ein so dunkler Ort, sei ein volkstümliches Missverständnis. Ich versichre Dir, wir haben bei unsern Rezeptionen höchst seltsame Kunden gehabt. Darunter nicht am mindesten einen Herrn, dessen „Unaussprechliche" unvollständig zugeknöpft waren und dessen Gürtelband auf seinen Schenkeln ruhte, der hinter der halbgeöffneten Türe stand und durch keine Lockung oder Vorstellung bewegt werden konnte, hervorzukommen. Es war auch ein andrer Mann da, mit einem Auge und einer eingesetzten Stachelbeere, der in einer Ecke stand, bewegungslos wie eine Uhr, die acht Tage geht, und mich anglotzte, während ich die Pittsburger zuvorkommend empfing. Es waren auch zwei rotköpfige Brüder da – Jungen – oder vielmehr junge Drachen, – die Kate umkreisten und nicht fort wollten. So kamen sie, drei Tage hindurch, eine große Menge und eine höchst seltsame."

Noch in demselben Boot. 2. April 1842

„Viele, viele Glückwünsche zu diesem Tage. Es ist jetzt erst acht Uhr morgens, aber wir wollen Deine Gesundheit nach dem Mittagsessen in einem vollen Becher trinken und auf zahllose Festmahle für uns in

Richmond.[99] Wir haben Wein (ein von unserm Pittsburger Wirte an Bord geschicktes Geschenk) in unsrer Kajüte und wir wollen ihn zu einem guten Zweck anzapfen, indem wir Dir alles Glück wünschen und uns ein langes Leben, damit wir daran teilnehmen können. Wir haben uns schon hundertmal gefragt, ob Du und Mac zu Ehren des Tages irgendwo dinieren werdet. Ich sage ja, aber Kate sagt nein. Sie sagt voraus, daß Du Mac einladen wirst und daß er nicht kommen wird. Ich habe noch nicht von ihm gehört."

„Wir haben hier eine bessere Kajüte, als wir an Bord der Britannia hatten, die Betten sind viel breiter und das Zimmer hat zwei Türen, von denen die eine sich nach der Damenkajüte zu öffnet und die andre auf eine kleine Galerie am Steuerbord des Schiffes. Wir denken, daß wir am Montagmorgen in Cincinnati ankommen werden, und haben ungefähr fünfzig Passagiere an Bord. Die für die Mahlzeiten bestimmte Kajüte geht durch das ganze Schiff hindurch, vom Schnabel bis zum Steuerbord, und ist sehr lang, nur ein kleiner Teil ist durch eine Scheidewand von Holz und Glas für die Damen abgetrennt. Wir frühstücken um halb acht, dinieren um eins und soupieren um sechs. Niemand setzt sich zu irgendeiner dieser Mahlzeiten nieder, wenn auch die Schüsseln rauchend auf dem Tische stehen, bis die Damen erschienen sind und ihre Stühle eingenommen haben. Es war ebenso in dem Kanalboot."

„Das Waschdepartement ist etwas zivilisierter als auf dem Kanale, aber doch noch schlecht genug. Die Amerikaner sind in der Tat, wie Miss Martineau geneigt scheint zuzugeben, auf der Reise sehr nachlässig, um nicht zu sagen schmutzig. So weit ich es habe beobachten können, sind die Damen meist damit zufrieden, wenn sie sich Hände und Gesichter in einer sehr geringen Wassermenge beschmieren. Ebenso ist es mit den Männern, die zu dieser Abwaschungsmethode einen hastigen Gebrauch von Bürste und Kamm hinzufügen. Es ist auch allgemein die Sitte, nur ein baumwollenes Hemd wöchentlich zu tragen und drei oder vier feine Leinwand-Fronten. Anne berichtet, daß dies Mr. O's Verfahren ist, und mein Freund, der Porträtmaler, erzählte mir, es sei dasselbe mit beinahe allen, die ihm saßen, so daß als er vor nicht langer Zeit ein Stück Zeug kaufte und der Näherin austrug, es alles zu Hemden, nicht zu Fronten zu verarbeiten, diese ihn für verrückt hielt."

---

[99] Der 2. April war Forster's Geburtstag und Dickens' Hochzeitstag. – D.Übers.

„Mein Freund, der Neu-Engländer, von dem ich gestern Abend schrieb, ist wohl der unerträglichste, zudringlichste Schwätzer dieses großen Weltteils. Er summt und schnüffelt und schreibt Gedichte und redet schwachsinnige Philosophie und Metaphysik und will nie, unter keinen Umständen, schweigen. Er ist auf dem Wege zu einer großen Zusammenkunft der Mäßigkeitsgesellschaften in Cincinnati, in Gesellschaft eines Doktors, den ich in Pittsburg etwas kennen lernte. Der Doktor ist, außer allem was der Neu-Engländer ist, noch ein Phrenologe. Ich suche ihnen so viel als möglich auszuweichen. So oft ich auf dem Verdeck erscheine, sehe ich sie auf mich loskommen – und fliehe. Der Neu-Engländer drückte gestern Abend den dringenden Wunsch aus, daß er und ich eine „magnetische Kette bilden" und den Doktor zum Besten aller ungläubigen Passagiere magnetisieren sollten; ich lehnte dies jedoch unter dem Vorwande, daß ich durch Briefschreiben ungeheuer in Anspruch genommen sei, ab."

„Und da ich einmal vom Magnetismus rede, so will ich Dir sagen, daß neulich abends in Pittsburg, als niemand außer Mr. O. und dem Porträtmaler zugegen war, Kate sich lachend hinsetzte, damit ich meine Hand an ihr probierte. Ich hatte in ziemlich lichtvoller Weise über die Sache gesprochen und erklärt, ich glaube, ich könne diesen Einfluß ausüben, habe es aber nie versucht. In sechs Minuten magnetisierte ich sie in hysterische Anfälle und dann in den magnetischen Schlaf. Ich versuchte es den folgenden Abend wieder und sie fiel in wenig mehr als zwei Minuten in den Schlaf. ... Ich kann sie mit der größten Leichtigkeit aufwecken, aber ich gestehe, daß ich (unvorbereitet auf etwas so Plötzliches und Vollständiges, wie ich war) bei der ersten Gelegenheit etwas in Schrecken geriet. ... Da die westlichen Gegenden mitunter gefährlich sind, habe ich meine ganze kleine Gesellschaft mit ledernen Schwimmjacken versehen, die ich, jedesmal wenn wir an Bord eines Schiffes kommen, mit großer Feierlichkeit aufblase, und wie Mrs. Cluppins ihren Regenschirm in dem Gerichtshof, zu augenblicklichem Gebrauch bereit halte."

Er nahm seinen Brief wieder auf am „Sonntag, 3. April", mit einer Anspielung auf einen General, der ihm in Washington mit zwei literarischen Damen seine Aufwartung gemacht und den folgenden Tag schriftlich um eine sofortige Zusammenkunft gebeten hatte, da die beiden Damen lebhaft nach der Ehre einer persönlichen Vorstellung verlangten. „Außer dem Doktor und dem furchtbaren Neu-Engländer haben wir jenen tapferen General an Bord, der mir über „die beiden DD." schrieb. Er ist ein alter, alter Mann, mit einem Luftröhrengesicht und den Resten einer Taubenbrust in seinem militärischen Überrock.

Er benimmt sich aufs strengste wie ein Gentleman und ein Offizier. Die Brust ist so eingefallen und das Gesicht ist so scharf markiert, daß er wie eine Taubenpastete nur die Füße des Vogels nach außen zu zeigen und den Rest für sich zu behalten scheint. Er ist wohl der furchtbarste Schwätzer in diesem Lande. Und ich rede ganz im Ernst, wenn ich sage, daß ich nicht glaube, daß es auf der ganzen übrigen Erde so viele intensiv zudringliche Schwätzer gibt als in diesen Vereinigten Staaten. Niemand kann von dem wahren Sinn dieses Wortes eine hinreichende Vorstellung gewinnen, ohne hierher zu kommen. Mit diesen drei Ausnahmen sind keine auffallenden Charaktergestalten an Bord. In der Tat sehe ich die Passagiere, außer bei den Mahlzeiten, selten, da ich in unsrer eigenen kleinen Kajüte schreibe. ... Ich habe zwei Stühle in unser Zimmerchen hineingeschmuggelt und schreibe dies auf einem Buch auf meinem Knie. Alles ist natürlich in der saubersten Ordnung, und mein Rasiergerät, Toilettenkasten, Bürsten, Bücher und Papiere sind mit ebenso großer Sorgfalt aufgestellt, als wollten wir einen Monat hier bleiben. Gott sei Dank, werden wir das nicht."

„Die durchschnittliche Breite des Flusses ist etwas größer, als die der Themse bei Greenwich. Stellenweise ist er viel breiter und dann ist gewöhnlich eine grüne baumbewachsene Insel da, die ihn in zwei Ströme teilt. Gelegentlich halten wir einige Minuten an einer kleinen Stadt oder einem Dorfe an (ich sollte Stadt sagen, denn alles ist hier Stadt), aber die Ufer sind größtenteils tiefe Einsamkeiten, mit Bäumen überwachsen, die in diesen westlichen Breiten schon belaubt und sehr grün sind. ..."

„Ich sehe dies alles, indem ich schreibe, durch die nach der Steuerbord-Galerie führende Tür, von der ich eben sprach. Es kommt nicht sechs mal des Tages vor, daß ein andrer Passagier ihr nahe kommt, und da das Wetter jetzt warm genug ist, daß wir bei der offnen Tür sitzen können, bleiben wir hier von morgens bis abends, lesend, schreibend, sprechend. Was der Gegenstand unsrer Unterhaltung ist, brauche ich Dir nicht zu sagen. Keine Schönheit oder Abwechselung vermindert unsre Sehnsucht nach der Heimat. Wir zählen die Tage und sagen: „Wenn der Mai kommt und wir sagen können, nächsten Monat, wird die Zeit fast dahin gegangen scheinen". Wir werden es nie müde, uns vorzustellen, womit Ihr alle beschäftigt seid. Ich stelle keine Berechnungen an über den Unterschied der Zeit, sondern halte mich an die entsprechende Minute in London. So ist es am einfachsten und besten. ...Gestern tranken wir Deine Gesundheit – in Wein nach dem Mittagessen, in einer kleinen Milchkanne mit Gin-Punsch am

Abend. Und als ich aus einem der Schubfächer meines Toilettenkastens, um den kleinen Leuchter darauf zu stellen, einen temporären Tisch machte, den ich schlauer Weise zwischen die Matratzen meiner Koje einfügte und mit einem Gewicht beschwerte, das ihn an Ort und Stelle halten sollte, so daß er eine ganz vorzügliche Unterlage bildete, kamen wir überein, daß dies, so Gott will, am 2. April 1843 im „Stern- und Hosenbandorden" ein Spaß werden solle. Wenn Deine Leere übertroffen werden kann, so glaube mir, die unsre geht darüber hinaus. Mein Herz wird zuweilen wund nach der Heimat."

„In Pittsburg sah ich noch ein Zellengefängnis, denn Pittsburg ist auch in Pennsylvanien. Als ich mich an jenem Abend an alles, was ich gesehen hatte, erinnerte, kam mir ein schrecklicher Gedanke. *Wie wenn Gespenster eins der Schrecknisse dieser Gefängnisse wären?* Ich habe seitdem oft darüber gegrübelt. Die vollständige Einsamkeit bei Tage und bei Nacht, die vielen Stunden der Finsternis, das Schweigen des Todes, das beständige Brüten des Geistes über traurigen Gegenständen, der Mangel an jeder Erholung, mitunter die Geschäftigkeit eines bösen Gewissens – kann man sich da nicht vorstellen, wie ein Gefangner den Kopf in die Betttücher verhüllt und von Zeit zu Zeit heraussieht, mit gespenstischer Furcht vor einer unerklärlichen schweigenden Gestalt, die immer auf seinem Bette sitzt, oder in derselben Ecke seiner Zelle steht (wenn man sagen kann, daß etwas steht, was nie geht wie die Menschen gehen). Je mehr ich daran denke, umso gewisser wird es mir, daß nicht wenige dieser Menschen (wenigstens während eines Teils ihrer Haft) nächtlich von Gespenstern heimgesucht werden. Ich fragte einen Mann in diesem letzten Gefängnisse, ob er viel träumte. Er sah mich mit einem höchst seltsamen Blick an und sagte mit verhaltenem Atem und flüsterndem Tone – „Nein." …"

Cincinnati, 4. April 1842

„Wir sind hier heute Morgen angekommen, um drei Uhr, wie ich glaube, aber ich schlief fest in meiner Koje. Ich stand bald nach sechs Uhr auf, kleidete mich an und frühstückte an Bord. Gegen halb neun Uhr gingen wir an's Land und fuhren nach dem Hotel, wo wir von Pittsburg aus Zimmer bestellt hatten und das in kurzer Entfernung von dem Landungsplatze liegt. Ehe ich eine offizielle Anzeige erlassen hatte, daß wir „nicht zu Hause" seien, machten zwei Richter uns im Namen der Einwohner ihre Aufwartung, um zu erfahren, wann wir die

Stadtbewohner empfangen wollten. Wir setzten morgen früh von halb zwölf bis eins fest, verabredeten mit diesen beiden Herren um 1 Uhr auszugehen, um die Stadt in Augenschein zu nehmen, und sagten unsre Gegenwart morgen Abend bei einer Abendgesellschaft in dem Hause eines derselben zu. Am Mittwochmorgen gehen wir mit dem Postschiff nach Louisville, eine Fahrt von vierzehn Stunden, und begeben uns von dort in dem nächsten guten Schiffe auf die Reise nach St. Louis, was eine Fahrt von vier Tagen ist. Da ich durch meine richterlichen Freunde (wohlunterrichtete und sehr angenehme Herren) heute Morgen hörte, daß die Präriefahrt nach Chicago äußerst anstrengend ist und daß die Seen um diese Jahreszeit stürmisch, seekränklich und nicht sehr sicher sind, schrieb ich durch unsern Kapitän nach St. Louis (denn das Schiff, das uns hierher gebracht hat, geht dorthin weiter), daß ich nicht den Weg über die Seen einschlagen, sondern hierher zurückkommen und die Prärie, die dreißig Meilen von St. Louis ist, unmittelbar nach meiner Ankunft dort besuchen werde. ..."

Ich bin an's Fenster gegangen, seit ich diese Seite umschlug, um zu sehen, wie die Stadt aussieht. Wir wohnen in einer breiten Straße, die auf dem Fahrwege mit kleinen weißen Steinen, und auf dem Fußwege mit kleinen roten Ziegeln gepflastert ist. Die Häuser sind meistens ein Stock hoch; einige sind von Holz, andere von zierlichen weißen Ziegelsteinen. Fast alle haben vor jedem Fenster grüne Rouleaux. Die Hauptläden an der gegenüberliegenden Seite der Straße sind den darüberstehenden Inschriften zufolge eine große Brotbäckerei, eine Buchbinderei, eine Kurzwarenhandlung und ein Wagenrepositorium; das letztgenannte Etablissement ist aber einem äußerst kleinen Kohlenverschlag sehr ähnlich. Auf dem Pflaster unter unserm Fenster spaltet ein Neger Holz und ein andrer Neger spricht (vertraulich) mit einem Schweine. Der öffentliche Tisch in diesem Hotel und in dem gegenüberliegenden Hotel ist grade mit dem Mittagessen fertig. Die Gäste sammeln sich auf dem Pflaster zu beiden Seiten des Weges, stochern sich die Zähne und unterhalten sich. Da der Tag warm ist, haben Einige Stühle in die Straße gebracht. Einige befinden sich auf drei Stühlen, Einige auf zweien, und Einige sitzen allen bekannten Gesetzen der Schwere zum Trotz ganz bequem auf einem mit drei Stuhlbeinen und ihren eignen beiden hoch in der Luft. Die Müßiggänger unter unserm Fenster sprechen von einer großen Zusammenkunft der Mäßigkeitsvereine, welche morgen hier stattfinden soll. Andre über mich, Andre über England. Sir Robert Peel ist hier bei jedermann populär. ..."

Dreiundzwanzigstes Kapitel

Der ferne Westen: nach dem Niagarafall
1842

Der nächste Brief schilderte seine Erfahrungen im fernen Westen, seinen Aufenthalt in St. Louis, seinen Ausflug in die Prärie, die Rückkehr nach Cincinnati und, nach einer Kutschenfahrt von dieser Stadt nach Columbus, die Reise von dort nach Sandusky und dann, über den Eriesee, nach dem Niagarafalle. Alle diese Fahrten kommen in den *Noten* vor, aber in den Auszügen, die ich jetzt mitteilen will, wird nichts dort Gedrucktes wiederholt werden. Unter den Schlußpassagen seiner Reise, als er von Columbus aus nach der Richtung der Heimat umkehrte, ist die hier zum erstenmal erzählte Geschichte in seiner charakteristischsten Weise dargestellt. Der hier gegebene Bericht über die Prärie wird wahrscheinlich dem in den *Noten* gegebenen vorgezogen werden. Die Skizzen aus Cincinnati lesen sich sehr angenehm und selbst eine Beschreibung, wie die des Niagarafalls, woraus in dem Buche so viel gemacht wird, hat hier eine selbstständige Neuheit und Frische. Der erste lebhafte Eindruck ist in seinem Briefe. Die Natürlichkeit, mit der kein Bild und keine Empfindung als die der Ruhe mit einer so mächtigen und unwiderstehlichen Größe in Verbindung gebracht wird, stellt sich in ihrer Unmittelbarkeit am besten dar und in wenigen Worten haben wir sowohl die sinnliche als die moralische Schönheit eines Schauspiels, das in seiner Art auf der Erde nicht seinesgleichen hat. Der augenblickliche Eindruck scheint uns von höherem Wert, als die beredte Erinnerung.

Der Kapitän des Schiffes, das sie nach Cincinnati gebracht hatte und nach St. Louis weiter gegangen war, war an dem letzteren Orte geblieben, bis sie wieder mit ihm zurückfahren konnten. Dieser Brief ist demnach datiert: „Wieder an Bord des Messenger. Auf dem Rückwege von St. Louis nach Cincinnati. Freitag, 15. April 1842" und sein erster Absatz enthält eine kurze Angabe der Fahrten, die er später ausführlich beschrieb. „Wir blieben in Cincinnati einen vollen Tag nach dem Datum meines letzten Briefes und verließen es am Mittwochmorgen, den sechsten. Wir erreichten Louisville bald nach Mitternacht desselben Tages und schliefen dort. Am nächsten Tage um 1 Uhr begaben wir uns an Bord eines andern Dampfschiffs und reisten weiter bis zum vorigen Sonntagabend, den 10., wo wir St. Louis etwa um 9 Uhr erreichten. Den nächsten Tag benutzten wir, die Stadt zu sehen. Den Tag darauf brach ich mit einer Gesellschaft von Männern (es waren unser im Ganzen vierzehn) auf, um eine Prärie zu sehen, kehrte am Mittag des 13. nach St. Louis zurück, war bei einer Soirée und einem Ball – keinem Dîner – zugegen, die an diesem Abend mir zu Ehren veranstaltet wurden und gestern Abend wendeten wir unser Gesicht der Heimat zu. Dem Himmel sei Dank!"

„Cincinnati ist erst fünfzig Jahre alt, aber eine sehr schöne Stadt, der hübscheste Ort, wie mir scheint, den ich hier gesehen habe, mit Ausnahme von Boston. Es ist wie eine Stadt in Tausend und Eine Nacht aus dem Walde emporgestiegen, ist gut angelegt, in den Vorstädten mit hübschen Landhäusern geschmückt und hat vor allem, denn das ist ein sehr seltener Umstand in Amerika, glatte Rasenflächen und gut gepflegte Gärten. Es fand gerade ein großes Fest der Mäßigkeitsvereine dort statt und die Prozession sammelte sich früh morgens unter unsern Fenstern und zog daran vorbei. Ich glaube, es nahmen im Ganzen mindestens 20 000 Personen daran teil. Einige von den Fahnen waren seltsam und wunderlich genug. Die Schiffsbauleute z. B. entfalteten auf einer Seite ihrer Flagge das gute Schiff Mäßigkeit mit vollen Segeln, auf der andern das Dampfschiff Alkohol, wie es hoch in die Luft aufliegt. Daß die Irländer ein Porträt Vater Matthews' hatten, brauche ich kaum zu sagen. Und Washington's breiter Unterkiefer (Washington hatte, beiläufig gesagt, kein angenehmes Gesicht) erschien überall in den Reihen. Auf einer Art öffentlichem Platze am einen Ende der Stadt trennten sie sich in zwei Haufen und wurden von verschiedenen Rednern harangiert.[100] Trockneres Sprechen habe ich nie gehört. Ich gestehe, daß es mich ganz unbehaglich machte, zu denken, daß sie den Geschmack davon mit nichts Besserem als Wasser aus dem Munde spülen konnten."

„Am Abend gingen wir in eine Gesellschaft beim Richter Walker und wurden mindestens hundertfünfzig zudringlichen Schwätzern ersten Ranges vorgestellt, einem jeden einzeln und besonders. Die meisten von ihnen nötigten mich, mich hinzusetzen und mit ihnen zu reden.[101] In der Nacht brachte man uns eine Serenade (wie gewöhnlich

---

[100] Jemanden mit einer Rede oder Unterhaltung langweilen.
[101] Der Bericht einer jungen Dame über diese Gesellschaft, der am folgenden Morgen geschrieben wurde und in einer der amerikanischen Lebensbeschreibungen von Dickens angeführt wird, setzt uns in den Stand, seine Leiden von dem Gesichtspunkt derjenigen zu betrachten, von denen sie ihm zugefügt wurden. ‚Ich ging gestern in eine dem Helden des Tages gegebene Gesellschaft bei dem Richter

an jedem Orte geschieht, wohin wir kommen) und ich kann Dir versichern, eine sehr gute. Aber wir waren auf's höchste abgemattet. Ich glaube wirklich, mein Gesicht hat einen flehenden Ausdruck von Traurigkeit angenommen durch das beständige und ungemilderte Gelangweiltwerden, das ich ertrage. Die DD. haben mir meine ganze Heiterkeit genommen. In meinem Kinn (auf der rechten Seite der Unterlippe) befindet sich eine Linie, die dort durch den Neu-Engländer, von dem ich Dir in meinem letzten Briefe erzählte, unzer-

---

Walker. Als wir das Haus erreichten, hatte Dickens die überfüllten Zimmer verlassen und befand sich mit seiner Frau in der Vorhalle und war grade im Begriff fortzugehen, als wir eintraten. Wir wurden ihm in unsern Überwürfen vorgestellt und in der Aufregung und Verwirrung dieses Begegnens ließ einer von der Gesellschaft ein Packet mit Schuhen, Handschuhen fallen. Dickens bückte sich, nahm es auf und gab es mit einer lachenden Bemerkung zurück und wir stürzten die Treppe hinauf, um unsre Sachen abzunehmen. Indem wir wieder hinunter eilten, fanden wir ihn mit seiner Frau auf einem Sofa sitzen, von einer Gruppe Damen umgeben, da Richter Walker ihn gebeten hatte, sein Fortgehen um einiger spät angekommenen Freunde willen, zu denen auch wir gehörten, einige Augenblicke zu verzögern. Er hatte es abgelehnt, noch einmal in die Zimmer zurückzukehren, wo er schon von den Gästen Abschied genommen hatte und sich in der Vorhalle hingesetzt. Er ist jung und schön, hat ein sanftes schönes Auge, eine hohe Stirn und üppiges Haar. Sein Mund ist groß und sein Lächeln so hell, daß es rings um ihn her Licht und Glück zu verbreiten schien. Sein Benehmen ist leicht, nachlässig, aber nicht elegant. Sein Anzug war geckenhaft, in der Tat, er war zu sehr geputzt, aber dennoch trug er seine Kleider so bequem, als wären sie ein notwendiger Teil von ihm;(!) Er hatte einen dunkeln Rock mit helleren Hosen an, eine schwarze mit farbigen Blumen gestickte Weste und um den Hals, die weiße Hemdfronte bedeckend, ein schwarzes, ebenfalls farbig gesticktes Halstuch, in das zwei große, durch eine Kette verbundene Diamantnadeln gesteckt waren. Eine goldne Uhrkette und eine große rote Rose in seinem Knopfloch vollendeten seinen Anzug. Er schien etwas müde, beantwortete jedoch die an ihn gerichteten Bemerkungen – denn er selbst machte keine – auf angenehme Art. Beard's Porträt von Fagin war so in dem Zimmer aufgehängt, daß wir es von der Stelle, wo wir um ihn herstanden, sehen konnten. Eine der Damen fragte ihn, ob es seiner Idee von dem Juden entspräche. Er erwiderte. „So ziemlich." Eine andere bat ihn lachend, ihr die Rose, die er trug, zum Andenken zu geben. Er schüttelte den Kopf und sagte. „Das ginge nicht, er könne sie nicht einer geben, die andern würden eifersüchtig werden." Ein halbes Dutzend bestand dann darauf, sie zu haben, worauf er vorschlug, die Blätter unter sie zu verteilen. Indem er die Rose aus seinem Rock nahm, lösten sich, absichtlich oder zufällig, die Blätter und unter beträchtlichem Gelächter bückten die Damen sich und sammelten sie auf. Er blieb etwa zwanzig Minuten in der Vorhalle und verabschiedete sich dann. Ich muß bekennen, daß die persönliche Erscheinung meines Idols mich sehr enttäuscht hat. Ich fühlte, daß sein Thron erschüttert war, obgleich er nie zerstört werden konnte.' Dies erschreckende Bild ergänzt und erklärt hinreichend die traurige Stelle im Text.

störbar eingegraben ist. Ich habe das Mal eines Krähenfußes außen an meinem linken Auge, was ich den literarischen Persönlichkeiten kleiner Städte zuschreibe. Ein Grübchen ist auf meiner Wange verschwunden, dessen ich mich, zur Zeit seines Verschwindens, durch einen weisen Gesetzgeber beraubt fühlte. Aber andrerseits bin ich wirklich P... E... literarischem Kritiker von Philadelphia und alleinigem Eigentümer der englischen Sprache in ihrer grammatikalischen und volkstümlichen Reinheit, für ein herzhaftes Grinsen zu Danke verpflichtet – P... E... mit dem glänzenden straffen Haar und niedergeschlagenen Hemdkragen, der in seinen Artikeln alle unsere englischen Schriftsteller unerbittlich heruntermacht, aber bei alledem zu mir sagte, ich habe „eine neue Ära in seinem Geiste erweckt. ..."

„Die letzten 45 Meilen der Fahrt von Cincinnati nach St. Louis sind auf dem Mississippi, denn man fährt den Ohio bis zu seiner Mündung hinunter. Es ist ein Glück für die Gesellschaft, daß dieser Mississippi, der berühmte Vater der Ströme, keine Kinder hat, die ihm ähnlich sind. Es ist der ekelhafteste Fluß in der Welt. ..." (Seine Schilderung findet sich in den *Noten*.)

„Stelle Dir das Vergnügen vor, diesen Fluß bei Nacht hinunterzueilen (wie wir vorige Nacht taten) mit einer Geschwindigkeit von viertehalb Meilen die Stunde, jeden Augenblick gegen die umherschwimmenden Holzblöcke zu stoßen und bei jedem Zusammenstoß einen infernalischen Schlag zu erwarten. Der Steuermann steht auf diesen Schiffen in einem kleinen Glashaus auf dem Dache. Auf dem Mississippi steht ein anderer Mann ganz vorn am Kopfende des Schiffes, aufmerksam horchend und wachend – horchend, weil man in dunkeln Nächten an dem Geräusch erkennen kann, wenn ein großes Hindernis in der Nähe ist. Dieser Mann hält den Strang einer großen Glocke, die dicht an dem Räderhaus hängt und wenn er denselben zieht, muß die Maschine sofort still stehen und sich nicht rühren, bis er wieder läutet. Während der vorigen Nacht läutete diese Glocke wenigstens alle fünf Minuten einmal und bei jedem Alarm gab es eine Erschütterung, die einen beinah aus dem Bette warf. ... Während ich diesen Bericht schrieb, sind wir aus jenem häßlichen Fluß herausgeschossen, Gott sei Dank, um ihn, wie ich hoffe, nie wieder zu sehen, außer in bösen Träumen. Wir befinden uns jetzt auf dem glatten Ohio und der Wechsel ist wie ein Übergang von Schmerz zu völliger Ruhe."

„Wir hatten in St. Louis ein sehr gedrängtes Levée. Die Zeitungen brachten natürlich einen Bericht darüber. Wenn ich in der Straße einen Brief fallen ließe, würde er am folgenden Tage in den Zeitungen abgedruckt sein und niemand würde die Veröffentlichung für eine

Schande halten. Der Redakteur erhob Einwände gegen mein Haar, weil es sich nicht genug kräusele. Das Vorhandensein eines Auges gab er zu, erhob aber wieder Einwände gegen meine Kleidung, als etwas geckenhaft und „in der Tat vielleicht etwas gaunermäßig". –„Aber das," fügt er wohlwollend hinzu, „ist der Unterschied zwischen dem amerikanischen und englischen Geschmack – der vielleicht noch mehr in die Augen fällt, weil alle andern anwesenden Herren in Schwarz gekleidet waren." O, hättest Du die andern Herren sehen können!"

„Eine Dame von St. Louis machte Kate Komplimente über ihre Stimme und ihre Art zu sprechen und versicherte ihr, sie würde nie gedacht haben, sie sei eine Schottin, oder selbst eine Engländerin. Sie war so freundlich, hinzuzufügen, daß sie sie überall für eine Amerikanerin gehalten haben würde, was, wie sie (Kate) wohl wissen werde, ein sehr großes Kompliment sei, da allgemein zugegeben werde, daß die Amerikaner die englische Sprache in hohem Maße verfeinert hätten! Ich brauche Dir nicht zu sagen, daß außerhalb Boston's und New-York's ein nasales Dehnen der Worte allgemein ist, aber es mag nicht überflüssig sein, daran zu erinnern, daß die vorherrschende Grammatik auch mehr als zweifelhaft ist, daß die wunderlichsten Vulgarismen als Idiome angenommen werden, daß sämtliche in den Sklavenstaaten herangewachsenen Frauen mehr oder weniger wie Neger sprechen, weil sie in ihrer Kindheit beständig bei schwarzen Dienstmädchen sind und daß die fashionabelsten und aristokratischsten (das sind zwei vielgebrauchte Worte), statt Dich zu fragen, wo Du geboren bist, fragen „woher Du rufst?!!"[102]

„Lord Ashburton ist endlich nach einer stürmischen Fahrt von einigen vierzig Tagen in Annapolis angekommen. Sofort erklären die Zeitungen auf die Autorität eines Korrespondenten, „der um das Schiff herumruderte" (ich überlasse es Dir, Dir den Zustand des letzteren vorzustellen), daß Amerika in Hinsicht auf seine hölzernen Mauern keine Überlegenheit von England zu fürchten braucht. Derselbe Korrespondent ist „ganz angenehm berührt" durch das offne Benehmen der englischen Offiziere und versichert mit Gönnermiene, daß sie für John Bulls ganz zivilisiert seien. Mein Gesicht kehrt sich wie das Hadji Baba's von oben nach unten und meine Leber verwandelt sich in Wasser, wenn ich auf solche Dinge stoße und denke, wer sie schreibt und wer sie liest. ..."

---

[102] „Hail from", ein Ausdruck, der in England nur von den niedern Volksklassen gebraucht wird. – D. Übers.

Man läßt mich in Bezug auf die Sklaverei nicht in Ruhe. Ein gewisser Richter in St. Louis ging gestern so weit, daß ich über ihn herfiel (zu dem unbeschreiblichen Schrecken des Mannes, der ihn herbrachte) und ihm meine Meinung sagte. Ich bemerkte, ich fühle eine große Abneigung, hier über die Sache zu sprechen und enthalte mich dessen, wo möglich, immer, aber wenn er unsre nationale Unwissenheit in Bezug auf die Wahrheiten der Sklaverei bemitleide, so müsse ich ihn daran erinnern, daß wir uns an unbestreitbare Urkunden hielten, die auf vieljährige sorgfältige Untersuchungen gegründet und durch jede mögliche Selbstaufopferung erlangt seien und daß wir, meiner Meinung nach, bei weitem befähigter seien, über die Grausamkeit und Schrecklichkeit der Sklaverei zu urteilen als er, der inmitten derselben groß geworden sei. Ich sagte ihm, ich könne mit Menschen sympathisieren, die zugäben, daß sie ein furchtbares Übel sei, aber offen ihre Unfähigkeit eingeständen, ein Mittel zu entdecken, wodurch man sich ihrer entledigen könne; daß aber Menschen, die von ihr sprächen als von einem Segen, als von etwas Selbstverständlichem, als von einem wünschenswerten Zustande, sich außerhalb des Bereichs der Vernunft befänden und daß ihr Gerede von Unwissenheit oder Vorurteil eine zu lächerliche Absurdität sei, als daß man sich auf ihre Bekämpfung einlassen könne. ..."

Es ist noch nicht sechs Jahre her, seit ein Sklave in diesem selben St. Louis, ich weiß nicht aus welchem Grunde, verhaftet wurde und, da er wußte, daß er keine Aussicht auf billige Behandlung habe, einerlei was sein Vergehen war, sein Bowiemesser hervorzog und dem Polizeimann damit den Leib aufriß. Es entstand ein Handgemenge und der verzweifelte Neger stieß zwei andere mit derselben Waffe. Der Haufen, der sich umher sammelte (darunter Männer von Ansehen, Reichtum und Einfluß an dem Orte), überwältigte ihn, schleppte ihn nach einem offnen Platz außerhalb der Stadt und verbrannte ihn bei lebendigem Leibe. Dies, wie ich sagte, geschah vor sechs Jahren am hellen Tage in einer Stadt mit Gerichtshöfen, Advokaten, Gerichtsdienern, Richtern, Kerkern und Henkern, und kein Haar auf dem Kopfe dieser Menschen ist bis auf den heutigen Tag verletzt worden. Und glaube mir, es ist die klägliche, elende Unabhängigkeit in kleinen Dingen, der kleinliche Republikanismus, der sich gegen ehrliche, einem ehrlichen Manne geleistete Dienste empört, aber vor keinem Kniff, Kunstgriff und Spitzbüberei im Geschäfte zurückschreckt, welche diese Sklaven notwendig machen und notwendig machen werden, bis der Unwille andrer Länder sie in Freiheit setzt."

„Man sagt, die Sklaven lieben ihre Herren. Sieh Dir diese hübsche Vignette an[103] (ein Teil der Handelsgegenstände einer Zeitung) und denke, wie Dir zu Mute sein würde, wenn Menschen Dir in's Gesicht sehen und solche Geschichten erzählen, während die Zeitung auf dem Tische liegt. In allen Sklavendistrikten sind Anzeigen über flüchtige Sklaven ebenso selbstverständlich, als die Theater-Anzeige für den Abend bei uns. Die armen Geschöpfe selbst beten die Engländer beinahe an, sie würden alles für sie tun. Sie wissen alles, was in Bezug auf Emanzipation geschieht und ihre Neigung für uns entsteht natürlich aus ihrer tiefen Ergebenheit gegen ihre Herren. Ich schneide die beiliegende Illustration aus einer Zeitung heraus, die einen Leitartikel hatte über *die verabscheuungswürdige und höllische, jedem Gesetze Gottes und der Natur widersprechende Lehre von der Abschaffung der Sklaverei.*"

„Ich kenne", sagte ein Dr. Bartlett (ein sehr gebildeter Mann), einer unsrer früheren Mitpassagiere, „ich kenne ihre Liebe zu ihren Herren. Ich wohne in Kentucky und ich kann auf meine Ehre versichern, daß es für einen wieder eingefangenen flüchtigen Sklaven bei uns etwas ebenso Gewöhnliches ist, sein Bowiemesser zu ziehen und seinem Herrn den Leib damit aufzuschlitzen, als es bei Euch in London ist, eine trunkene Rauferei zu sehen"."

In demselben Schiff, Sonnabend, 16. April 1842

„Laß mich Dir, mein lieber Forster, ehe ich's vergesse, von einer hübschen kleinen Szene erzählen, die wir an Bord des Schiffes zwischen Louisville und St. Louis mit ansahen, als wir uns auf dem Wege nach dem letzteren Orte befanden. Es ist nicht viel daran zu erzählen, aber es war sehr erfreulich und interessant, dabei zugegen zu sein."

Was folgt, ist in den *Noten* gedruckt und sollte, in Gemäßheit mit der von mir festgestellten Regel, nicht hier wiederholt werden. Aber so schön die gedruckte Beschreibung ist, so hat sie doch durch die Änderung einiger Züge und die Auslassung andrer, die sich in der ersten frischen Darstellung finden, nicht gewonnen. Dies ist der

---

[103] „Ein flüchtiger Neger im Gefängnis war die Überschrift der beigefügten Annonce, in deren Ecke sich ein Holzschnitt von einem Herrn und einem Sklaven befand und die ankündete, daß Wilford Garner, Sheriff und Kerkermeister des Distrikts von Chicot in Arkansas, den Eigentümer auffordere zu kommen und sein Eigentumsrecht zu beweisen – oder –.

Grund, weshalb ich sie hier aufbewahre, – eins der reizendsten, tief empfundensten Charakter- und Gefühlsgemälde, welche das Herz je in Wahrheit oder Dichtung erwärmt haben. Es war, glaube ich, Jeffrey's Lieblingsstelle in sämtlichen Dickens'schen Schriften, und wenn man das Geheimnis ihrer Popularität kennen lernen will, so steht es allerdings in der Beobachtung und der Beschreibung dieses kleinen Vorfalls zu lesen.

„Es war eine kleine Mutter an Bord, mit einem kleinen Kinde, und sowohl die kleine Frau als das kleine Kind waren sehr heiter, hübsch, helläugig und gefällig anzusehen. Die kleine Frau hatte eine lange Zeit bei einer kranken Mutter in New-York zugebracht und hatte ihre Heimat in St. Louis in dem Zustande verlassen, in welchem Frauen, die ihre Männer wahrhaft lieben, zu sein wünschen. Das Kind war in dem Hause ihrer Mutter geboren und sie hatte ihren Mann (zu dem sie jetzt zuückkehrte) in zwölf Monaten nicht gesehen, nachdem sie ihn einige Monate nach ihrer Verheiratung verlassen. Und sicherlich gab es nie eine kleine Frau, die so voll Hoffnung und Zärtlichkeit und Liebe und Besorgnis war, wie diese kleine Frau; und da war sie den lieben langen Tag begierig zu wissen, ob „er" an dem Landungsplatze sein werde und ob „er" ihren Brief erhalten habe und ob, wenn sie das Kind durch eine andre Person an's Land schickte, „er" es kennen würde, wenn er ihm in der Straße begegnete, was, da er es nie in seinem Leben gesehen, an sich nicht sehr wahrscheinlich war, aber der jungen Mutter wahrscheinlich genug schien. Sie war ein so argloses kleines Geschöpf und in so sonniger, strahlender, hoffnungsreicher Stimmung, und teilte alle diese ihr Herz so nahe berührenden Dinge so offen mit, daß alle andern weiblichen Passagiere ebenso aufrichtig darauf eingingen, als sie selbst. Und der Kapitän (der alles von seiner Frau gehört hatte) war, ich versichre Dir, wunderbar verschlagen: fragte jedesmal, wenn wir bei Tische zusammenkamen, ob sie erwartete, jemanden in St. Louis zu treffen, und meinte, sie würde an dem Abend, wenn wir es erreichten, nicht an's Land gehen mögen und riss manche andere trockne Witze, die bei allen seinen Zuhörern und besonders bei den Damen ein krampfhaftes Lachen hervorriefen. Es befand sich eine kleine verwitterte alte getrocknete Apfel-Frau unter ihnen, die Veranlassung nahm, die Treue der Ehemänner unter solchen Umständen der Trennung zu bezweifeln, und es war eine andre Dame da (mit einem Schoßhund), alt genug, um über die Flüchtigkeit menschlicher Neigungen moralische Betrachtungen anzustellen, und doch nicht so alt, als daß sie sich hätte enthalten können, das Kind dann und wann zu warten, oder mit den andern zu lachen, wenn die kleine Frau es bei des Vaters Namen nannte, und in der Freude ihres Herzens alle möglichen phantastischen Fragen über ihn tat. Es war ein kleiner Schlag für die kleine Frau, daß, als wir etwa vier Meilen von unserm Bestimmungsorte waren, es offenbar notwendig wurde, das Kind zu Bett zu bringen; aber sie überwand dies mit derselben guten Laune, band ein kleines Tuch über ihren kleinen Kopf und kam mit den andern hinaus auf die Galerie. Und was für ein Orakel sie dann wurde in Bezug auf die Örtlichkeiten! und was für eine scherzhafte Heiterkeit unter den verheirateten Frauen entstand! und welche Sympathie von den unverheirateten bewiesen wurde! und das lautschallende Gelächter, womit die kleine Frau (die ebenso gern hätte weinen mögen) jeden Scherz begrüßte! Endlich erschienen die Lichter von St. Louis – und hier war der Landungsplatz – und dort waren die Stufen – und die kleine Frau bedeckte ihr Gesicht mit den Händen und lief, mehr als je lachend oder scheinbar lachend, in ihre eigne Koje hinunter und schloß sich fest darin ein. Ich zweifle nicht, daß sie mit der reizenden Inkonsequenz einer solchen Erregung sich die Ohren zuhielt, damit sie „ihn" nicht etwa nach ihr fragen hörte, aber gesehen habe ich es nicht. Dann stürzte eine große Menschenmenge auf das Verdeck, obgleich das Schiff noch nicht befestigt war, und taumelte unter den andern Booten umher, um einen Landungsplatz zu finden, und ein jeder sah nach dem Ehemann und niemand sah ihn, als ganz plötzlich, recht in ihrer Mitte, – Gott weiß, wie sie dahin kam, – die kleine Frau mit beiden Armen an dem Halse eines großen hübschen stämmigen Mannes hing! Und einen Augenblick nachher war sie wieder da und zog ihn durch die kleine Tür ihrer kleinen Koje hinter sich her, um das Kind zu sehen, wie es schlafend da lag! – Wie wohltuend ist es, zu wissen, daß viele unter uns ganz niedergeschlagen und traurig gewesen sein würden, hätte dieser Ehemann ermangelt zu kommen."

Er setzt dann seine Erzählung fort, aber in dem was folgt, wird nichts wiederholt, was sich in seiner gedruckten Beschreibung des Ausflugs nach der Prärie findet.

„Was aber die Prärie angeht, so ist sie, ich muß es gestehen, in ihrer Art nicht so gut wie dies; doch ich will Dir auch hierüber alles erzählen und es Dir überlassen, selbst zu urteilen. Dienstag der 12te war der festgesetzte Tag, und wir sollten Punkt fünf Uhr aufbrechen. Ich stand um 4 Uhr auf, rasierte mich und kleidete mich an, ließ mir Brot und Milch bringen, öffnete das Fenster und sah in die Straße hinaus. Nicht das mindeste war von einer Kutsche zu sehen, und auch im Hause schien sich niemand zu rühren. Ich wartete bis halb sechs; da aber auch dann keine Vorbereitungen sichtbar wurden, überließ ich es Mr.

O., aufzupassen, und legte mich wieder zu Bette. Dort schlief ich bis fast sieben – als man mich rief. ... Abgesehen von O. und mir selbst, nahmen zwölf Mitglieder meines Komitees an der Partie teil, sämtlich Advokaten, einen Einzigen ausgenommen. Dies war ein einsichtsvoller, milder, wohlunterrichteter Herr von meinem Alter – der unitarische Prediger des Ortes. Mit ihm und zwei andern Gefährten stieg ich in die erste Kutsche. ..."

„Wir machten in Libanon in einem so guten Wirtshause Halt, daß wir beschlossen, womöglich am Abend dorthin zurückzukehren. Man würde kaum ein besseres Dorfbierhaus von der gemütlichen Sorte in England finden. Während unsres Aufenthalts ging ich in das Dorf und begegnete einem Wohnhause, das, von zwanzig Ochsen gezogen, in einem tüchtigen Trab den Hügel hinunter kam. Wir setzten unsre Reise so bald als möglich fort und kamen bei Sonnenuntergang auf der Spiegelglas-Prärie an. Wir machten bei einem einsamen Blockhause wegen seines Wassers Halt, packten die Körbe aus, bildeten mit den Wagen ein Lager und dinierten."

„Es ist unzweifelhaft der Mühe wert, eine Prärie zu sehen, aber mehr deshalb, damit man sagen kann, daß man sie gesehen hat, als wegen irgendwelcher Erhabenheit, die sie an sich besitzt. Wie von den meisten großen und kleinen Dingen in diesem Lande hört man davon mit beträchtlichen Übertreibungen. Basil Hall hatte wirklich ganz Recht, wenn er den allgemeinen Charakter der Landschaft herabwürdigte; der weit gerühmte ferne Westen läßt sich selbst mit den zahmsten Partien von Schottland und Wales nicht vergleichen. Man steht auf der Prärie und sieht ringsum den ungebrochenen Horizont. Man befindet sich auf einer großen Ebene, die wie eine See ohne Wasser ist. Ich liebe wilde und einsame Landschaften außerordentlich und glaube, daß ich eine ebenso große Fähigkeit besitze, ihre Eindrücke in mich aufzunehmen, als irgendein lebender Mensch. Aber die Prärie blieb weit hinter meinen Erwartungen zurück. Ich fühlte keine solche Erregung wie wenn ich die Ebene von Salisbury überschreite. Die ausnehmende Flachheit der Landschaft macht sie öde, aber prosaisch. Großartigkeit ist ganz gewiß nicht ihr Charakterzug. Ich zog mich von der übrigen Gesellschaft zurück, um meine eignen Gefühle besser zu verstehen, und blickte wieder und wieder in der ganzen Runde umher. Es war schön. Es war die Fahrt wert. Die Sonne ging sehr rot und hell unter und der Anblick glich jener frischen Skizze von Catlin, die unsre Aufmerksamkeit erregte, (besinnst Du Dich noch darauf?) ausgenommen, daß nicht so viel Bodenfläche, als er darstellt, zwischen dem Beschauer und dem Horizont war. Aber zu sagen (wie hier die Mode ist), daß der Anblick eine Epoche in unserer Existenz bildet und ganz neue Empfindungen erweckt, ist reiner Unsinn. Ich würde jedem, der eine Prärie nicht sehen kann, sagen: Gehe nach der Ebene von Salisbury, nach den Dünen von Marlborough, oder nach irgendeinem der breiten, hohen, offenen Landstriche in der Nähe des Meeres. Viele derselben sind ebenso ergreifend, und die Ebene von Salisbury ist es entschieden mehr."

„Wir hatten gebratene Hühner, Büffelzunge, Schinken, Brot, Käse, Butter, Biscuits, Sherry, Champagner, Zitronen und Zucker zum Punsch und eine Menge Eis mitgebracht! Es war ein köstliches Mahl; und da man sehr wünschte, es möge mir gefallen, erwärmte ich mich zu einem Zustand außerordentlicher Heiterkeit, brachte von dem Kutschenbock (welcher der Präsidentenstuhl war) Trinksprüche aus, aß und trank nach Herzenslust und war, wie ich glaube, ein vortrefflicher Genosse in einer sehr freundschaftlichen geselligen Gesellschaft. Nach ungefähr einer Stunde packten wir auf und fuhren nach dem Wirtshaus in Libanon zurück. Während das Abendessen bereitet wurde, machte ich mit meinem unitarischen Freunde einen angenehmen Spaziergang, und nachdem es vorüber war (wir tranken dabei nichts als Tee und Kaffee), gingen wir zu Bette. Der Geistliche und ich hatten eine ausgesucht reine kleine Kammer für uns; die übrige Gesellschaft war über uns einquartiert. ..."

„Wir kamen bald nach zwölf Uhr Mittags nach St. Louis zurück und ich ruhte mich während des Nachmittags aus. Die Soirée fand abends in einem sehr guten Ballsaal in unserm Gasthofe, dem Planters-House, statt. Sämtliche Gäste wurden uns einzeln vorgestellt! Wir waren, wie Du gern glauben wirst, froh, um Mitternacht fort zu kommen und sehr müde. Gestern trug ich eine Blouse, heute einen Pelzrock. Lästige Wetterwechsel!"

In demselben Schiff, Sonntag, 16. April 1842

„Die Gasthöfe in diesen fernen Erdwinkeln würden Dich durch ihre Güte in Erstaunen setzen. Planters-House ist so groß als das Middlesex-Hospital in London und so ziemlich nach dem Plan unsrer Hospitäler gebaut, mit langen reichlich ventilierten Räumen und einfach geweißten Mauern. Man hatte die herrliche Gewohnheit, morgens zum Frühstück große Gläser frischer Milch mit kristallhellen Eisstücken darin herauf zu schicken. Unser Tisch war bei jeder Mahlzeit sehr reichlich versehen. Eines Tages, als Kate und ich allein in unserm eigenen Zimmer dinierten, zählten wir zu einer Zeit sechzehn Schüsseln auf dem Tische."

„Die Gesellschaft ist ziemlich rauh und unerträglich eingebildet. Sämtliche Einwohner sind jung. Ich habe in St. Louis nicht einen einzigen Graukopf gesehen. In der Nähe liegt eine Insel, die den Namen „blutige Insel" führt. Sie ist der Duellierplatz von St. Louis und heißt so nach dem letzten unglücklichen Duell, welches dort geliefert wurde. Es war ein Pistolenduell, Brust an Brust, beide Duellanten fielen zugleich tot nieder. Einer von unsrer Präriegesellschaft (ein junger Mann) war bei verschiedenen Duellen dort als Sekundant zugegen gewesen. Das letzte Mal war es ein Duell mit Büchsen, auf vierzig Schritt Entfernung, und als er nach Hause kam, erzählte er uns, er habe seinem Manne einen Rock von grüner Leinwand dazu gekauft, weil bei wollenen Röcken die Büchsenwunden gewöhnlich tödlich seien. Man nennt die Prärie (vermutlich nach dem Verfeinerungsprincip) bald Pararer, bald Parearer und bald Paroarer. Ich fürchte, mein lieber Freund, es wird Dir keine geringe Mühe verursachen, alles Vorstehende zu lesen. Ich habe es äußerst mühsam auf meinem Knie geschrieben, und die Maschine zuckt und stößt, als säße ein Teufel im Schiff."

Sandusky, Sonntag, 24. April 1842

„Wir stiegen heute Abend vor einer Woche in St. Louis an's Land, wo ich oben abbrach und schliefen in demselben Hotel, in dem wir vorher eingekehrt waren. Da der *Messenger* abscheulich langsam fuhr, holten wir unser Gepäck am folgenden Morgen heraus und fuhren um elf Uhr in dem Postschiff „Benjamin Franklin" weiter, einem prächtigen Schiff mit einer Kajüte von mehr als zweihundert Fuß Länge und kleinen Schlafgemächern, die entsprechende Bequemlichkeit gewähren. Es kam am nächsten Morgen um ein Uhr in Cincinnati an; wir landeten während es noch dunkel war und gingen nach unserm alten Hotel zurück. Indem wir unsern Weg zu Fuß über das zerbrochene Pflaster machten, fiel Anne der Länge nach nieder, verletzte sich jedoch nicht. Ich sage nichts von Kate's Beschwerden – aber Du besinnst Dich wohl auf ihre Neigung. Sie fällt in oder aus jeder Kutsche und jedem Schiff, das wir betreten, schabt sich die Haut von den Beinen, zieht sich große Wunden oder Geschwülste an den Füßen zu, stößt sich große Stücke aus den Fußknöcheln und macht sich blau durch Quetschungen. Seit wir jedoch die erste Probe, uns in so neuen und ermüdenden Verhältnissen zu finden, überstanden haben, hat sie sich in jeder Hinsicht als eine ganz vortreffliche Reisegefährtin bewährt. Sie hat auch unter Umständen, die sie selbst in meinen Augen vollkommen dazu berechtigt haben würden, nie geschrien oder Besorgnisse geäußert, hat nie der Mutlosigkeit oder Ermüdung nachgegeben, obgleich wir jetzt mehr als einen Monat lang unaufhörlich durch ein sehr rauhes Land gereist sind, und mitunter, wie Du gern glauben wirst, aufs äußerste ermüdet waren, hat sich immer leicht und heiter zu allem bequemt und mir sehr gefallen und sich vollkommen tüchtig gezeigt."

„Wir blieben den ganzen Dienstag, den 19ten, und jene ganze Nacht in Cincinnati. Um acht Uhr am Mittwochmorgen, den 20sten, fuhren wir in der Postkutsche nach Columbus ab: Anne, Kate und Mr. O. im Wagen, ich auf dem Bock. Die Entfernung beträgt 26 Meilen, die Straße ist makadamisiert und für eine amerikanische Straße sehr gut. Wir gebrauchten für die Fahrt dreiundzwanzig Stunden, erreichten Columbus um sieben Uhr morgens, frühstückten, und gingen bis um die Zeit des Mittagessens zu Bette. Abends hatten wir ein Levée von einer halben Stunde, und die Leute strömten herein wie sie immer tun, jeder Herr mit einer Dame an jedem Arm, grade wie der Chorus zu *God save the Queen*. Ich wollte, Du könntest sie sehen, damit Du es wüßtest, was für ein herrlicher Vergleich dies ist. Sie tragen ihre Kleider genau so wie die Choristen und stehen – angenommen, daß Kate und ich uns in dem Mittelpunkt der Bühne befinden, mit dem Rücken gegen die Lichter des Proszeniums – grade wie die Gesellschaft an dem ersten Abend der Saison es tun würde. Sie schütteln uns die Hände genau so wie die Gäste bei einem Ball in dem Adelphi- oder Haymarket-Theater, nehmen jede scherzhafte Bemerkung meinerseits auf, als wäre der Bühnenbefehl: „Alle lachen", und finden es etwas schwerer fortzukommen, als bei den letzten Herren in weißen Hosen und lackierten Stiefeln unter den bedrängtesten Umständen gewöhnlich der Fall ist."

„Am nächsten Morgen, d. h. Freitag den 22sten, Punkt sieben Uhr, setzten wir unsre Reise fort. Da die Post von Columbus hierher nur dreimal wöchentlich geht, und an diesem Tage nicht ging, nahm ich eine „exklusive Extrapost" mit vier Pferden, wofür ich vierzig Dollar oder acht Pfund St. bezahlte, und dieselben Relais hatte wie die reguläre Post. Um unser Fortkommen gehörig zu sichern, schickten die Postbesitzer einen Agenten auf dem Bocke mit und in keiner andern Gesellschaft als der seinigen und mit einem Korbe voll Eß- und Trinkwaren machten wir uns auf den Weg. Es ist unmöglich, Dir eine angemessene Vorstellung von der Art Straße zu geben, auf der wir reisten. Ich kann nur sagen, daß sie im besten Falle eine Bahn durch den wilden Wald und zwischen den Sümpfen, Lachen und Morästen verwitterter Gesträuppe war. Ein großer Teil dieser Bahn war, was man einen Knüppeldamm nennt, den man dadurch anfertigt, daß man runde Holzblöcke oder ganze Bäume in den Sumpf wirft und es ihnen überläßt, sich dort nieder zu lassen. Könntest Du nur einen der geringsten Stöße fühlen, mit denen die Kutsche von Block zu Block fällt. Es ist ganz wie wenn ein Omnibus eine steile Treppe hinaufführe. Bald warf die Kutsche uns in einem Haufen zu Boden, bald stieß sie uns mit den Köpfen gegen das Dach. Bald steckte die eine Seite tief im Kot und wir hielten uns an der andern fest, bald lag sie auf den Schwänzen der Pferde und dann wieder auf dem Rücken. Aber nie befand sie sich in einer Lage, Stellung oder irgendeiner Art von Bewegung, an die wir in Kutschen gewöhnt waren, oder machte die geringste Annäherung an unsre Bekanntschaft mit dem Verhalten irgendeines Fuhrwerks, das auf Rädern geht. Doch der Tag war schön, die Luft köstlich und wir waren allein, ohne durch Tabaksspeichel oder die ewige trockene Unterhaltung über Dollars und Politik (die einzigen beiden Gegenstände, worüber sie sich unterhalten, oder unterhalten können) gelangweilt zu werden. Es war ein wahrhafter Genuß für uns; wir scherzten darüber, daß wir so herumgeworfen wurden und waren ganz vergnügt. Um zwei Uhr machten wir in dem Walde Halt, um unsern Korb auszupacken und zu Mittag zu essen, und wir tranken die Gesundheit unsrer lieben Kleinen und aller Freunde in der Heimat. Dann brachen wir wieder auf und setzten unsre Fahrt fort bis zehn Uhr abends, als wir einen Ort namens Lower Sandusky, vierzehn Meilen von unserm Abfahrtspunkte, erreichten. Die letzten drei Stunden der Reise waren nicht sehr angenehm, denn es blitzte furchtbar, jeder Blitzstrahl sehr lebhaft, sehr blau und sehr lang, und da der Wald so dicht war daß die Zweige auf beiden Seiten des Weges gegen die Kutsche rasselten und brachen, war es für ein Gewitter eine etwas gefährliche Gegend."

„Der Gasthof, wo wir Halt machten, war ein roh gezimmertes Blockhaus. Die Leute waren schon sämtlich im Bette und wir mußten sie herausklopfen. Wir hatten das wunderlichste Schlafzimmer, mit zwei einander gegenüber liegenden Türen, die sich beide nach dem wilden schwarzen Lande zu öffneten, und von denen keine weder Schloß noch Riegel hatte. Die Wirkung dieser zwei einander gegenüber liegenden Türen war, daß die eine die andere beständig offen wehte, eine Genialität der Baukunst, der ich mich nicht erinnre, vorher begegnet zu sein. Du hättest mich sehen sollen, wie ich sie, im Hemde, mit Kisten und Kasten blockierte und verzweifelte Anstrengungen machte, das Zimmer in einen ordentlichen Zustand zu setzen. Aber das Blockieren war wirklich notwendig, denn ich habe in meinem Toilettenkasten etwa zweihundertfünfzig Pfund St. in Gold, und es gibt nicht wenige Leute im Westen, die für den Betrag der mittleren Zahl in diesem seltenen Metall ihre Väter ermorden würden. In Bezug auf diesen Goldvorrat überlege Dir in Muße die sonderbaren Zustände dieses Landes. Es hat kein Geld, wirklich kein Geld. Die Banknoten werden nicht angenommen, die Zeitungen sind voller Anzeigen von Kaufleuten, die Tauschhandel treiben, und amerikanisches Gold ist weder zu haben, noch zu kaufen. Ich kaufte zuerst Sovereigns, englische Sovereigns, aber da ich in Cincinnati keine bekommen konnte, habe ich französisches Gold kaufen müssen, Zwanzig-Frankenstücke, mit denen ich nun reise, als wäre ich in Paris."

„Doch kehren wir nach Lower Sandusky zurück. Mr. O. ging irgendwo unter dem Dach des Blockhauses zu Bette, wurde aber so von Wanzen geplagt, daß er nach einer Stunde aufstand und sich in die Kutsche legte, wo er bis zur Frühstückszeit aushalten mußte. Wir frühstückten, der Kutscher und alle, in einem gemeinsamen Zimmer. Es war mit Zeitungen tapeziert, und so uneben als möglich. Um halb acht brachen wir wieder auf und erreichten Sandusky gestern Nachmittag um sechs. Es liegt am Eriesee, vierundzwanzig Stunden Dampfschiffahrt von Buffalo. Wir fanden kein Dampfschiff hier, und auch seitdem ist keins gekommen. Wir warten, alle unsre Sachen sind für einen Aufbruch in kürzester Frist gepackt, und wir sehen mit Verlangen dem Erscheinen des Rauches in der Ferne entgegen."

„Es war ein alter Herr in dem Block-Wirtshause in Lower Sandusky, der seitens der amerikanischen Regierung mit den Indianern unterhandelt und an jenem Orte soeben einen Vertrag mit den Wyandot-Indianern abgeschlossen hat, demzufolge sie im nächsten Jahre nach gewissen ihnen überwiesenen Landesstrichen im Westen des Mississippi, nicht weit von St. Louis, abziehen werden. Er beschrieb mir seine Unterhandlung und ihr Widerstreben, zu gehen, sehr gut. Sie sind ein schönes Volk, aber entartet und gebrochen. Könntest Du einige von ihren Männern und Frauen auf einer Rennbahn in England sehen, Du würdest sie nicht von den Zigeunern unterscheiden."

„Wir wohnen hier in einem kleinen, aber sehr gemütlichen Hause und die Leute sind äußerst zuvorkommend. Ihr Benehmen in diesen ländlichen Gegenden ist ohne Ausnahme mürrisch, verdrießlich, tölpelhaft und abstoßend. Ich möchte glauben, daß es auf der ganzen Erde kein Volk gibt, dem es so vollständig an Humor, Lebhaftigkeit oder der Fähigkeit zum Lebensgenuß fehlt. Es ist sehr merkwürdig. Ich spreche im Ernst, wenn ich sage, daß ich während dieser sechs Wochen nie ein herzliches Lachen gehört habe, außer meinem eigenen, oder daß ich ein vergnügtes Gesicht gesehen habe, außer auf den Schultern eines Schwarzen. Verdrossen umherlungern, in den Schenken faulenzen, rauchen, spucken und vor den Ladentüren auf dem Pflaster in Schaukelstühlen räkeln, sind die einzigen Erholungen. Ich glaube nicht, daß die nationale Schlauheit sich über die Yankee's, das heißt die Leute des Ostens, hinaus erstreckt. Die andern sind schwerfällig, stumpfsinnig und unwissend. Unser hiesiger Wirt stammt aus dem Osten. Er ist ein schöner, zuvorkommender, höflicher Mensch. Er kommt in das Zimmer mit dem Hut auf dem Kopfe, spuckt während er spricht in den Kamin, setzt sich, den Hut auf dem Kopfe, aufs Sofa, zieht seine Zeitung heraus und liest; aber an das alles bin ich gewöhnt. Er wünscht sich gefällig zu zeigen und das ist genug."

„Wir verlangen sehr nach einem Schiffe, denn wir hoffen, unsre Briefe in Buffalo zu finden. Es ist halb zwei, und da kein Schiff in Sicht ist, sind wir (sehr gegen unsern Willen) gezwungen, ein frühes Mittagsessen zu bestellen."

Dienstag, 26. April 1842

Niagarafall!!! (Auf der *englischen*[104] Seite.)

„Ich weiß nicht, wie lang mein Brief aus Sandusky noch hätte werden können, mein geliebter Freund, wäre nicht grade ein Dampfschiff in Sicht gekommen, als ich den letzten unverständlichen Bogen beendete, (o, über die Tinte in diesen Gegenden!) worauf ich meine sieben Sachen einpacken, eine hastige Entschuldigung für ein Mittagsessen verschlucken und mit aller möglichen Eile meine Gesellschaft an Bord befördern mußte. Es war ein schönes Dampfschiff, von vierhundert Tonnen Gehalt, „Die Konstitution" geheißen, hatte wenige Passagiere an Bord und reichliche und schöne Bequemlichkeiten. Es ist ganz hübsch, vom Eriesee zu sprechen, aber für Leute, die der Seekrankheit unterworfen sind, ist er nicht zu empfehlen. Wir waren alle krank. Er ist in dieser Beziehung beinahe so schlecht wie der atlantische Ozean. Die Wellen sind sehr kurz und furchtbar beständig. Wir erreichten Buffalo heute Morgen um sechs Uhr, gingen an's Land um zu frühstü-

---

[104] Dies Wort zehnmal unterstrichen.

cken, schickten sofort auf's Postamt und empfingen – o, wer oder was kann sagen, mit wie viel Vergnügen und mit welch unaussprechlicher Freude – unsre englischen Briefe!"

„Wir hielten die ganze Sonntagnacht an einer Stadt (und zwar einer schönen Stadt), namens Cleveland, am Eriesee. Die Leute strömten haufenweise an Bord, um sechs Uhr morgens, um mich zu sehen, und eine Anzahl von „Herren" pflanzte sich tatsächlich vor unsre kleine Kajüte und starrte zur Tür und zu den Fenstern herein, während ich mich wusch und Kate im Bette lag. Ich war so ergrimmt hierüber und über eine in dieser Stadt erscheinende Zeitung, die ich zufällig in Sandusky gesehen hatte (man befürwortete darin Krieg mit England bis zum Tode, erklärte, Britannien müsse einmal wieder gezüchtigt werden und versprach allen wahren Amerikanern, daß sie innerhalb zweier Jahre den *Yankee-doodle* in Hydepark und *Hail Columbia* in den Höfen von Westminster singen würden), daß ich, als der Mayor an Bord kam, um sich mir der Sitte gemäß vorzustellen, seinen Besuch nicht annahm und Mr. O. bat, ihm zu sagen, warum und weshalb. Se. Gnaden nahm die Sache sehr kühl und zog sich mit einem großen Stock und einem Schnitzmesser oben auf den Landungsplatz zurück, wo er (indes die ganze Zeit über die geschlossene Tür unserer Kajüte anstarrend) so eifrig schnitzte, daß, lange ehe das Schiff abfuhr, der große Stock nicht mehr größer war als ein kleiner Pflock."

„Nie in meinem Leben bin ich in einem solchen Zustand von Aufregung gewesen, wie heute Morgen, als ich von Buffalo hierher kam. Man fährt mit der Eisenbahn und ist fast zwei Stunden unterwegs. Ich blickte hinaus nach dem Schaume und horchte nach dem Tosen so weit jenseits der Grenzen der Möglichkeit, als wollte ich bei meiner Landung in Liverpool nach der Musik Deiner angenehmen Stimme in Lincolns-inn-fields horchen. Endlich, als der Zug anhielt, sah ich zwei große weiße Wolken aus den Tiefen der Erde aufsteigen – nichts weiter. Sie stiegen langsam, sanft, majestätisch in die Luft empor. Ich zog Kate einen steilen und schlüpferigen Pfad hinab, der nach der Fähre führte, schalt Anne, daß sie uns nicht schnell genug folgte, perspirierte[105] durch alle Poren und empfand, es ist unmöglich zu sagen, was, als der Klang lauter und lauter in meinen Ohren dröhnte und doch wegen des Nebels nichts zu sehen war."

„Es waren zwei englische Offiziere bei uns (ah! was für Gentlemen, was für Edelleute der Natur schienen sie!) und diese eilten mit mir weiter, indeß wir Kate und Anne auf einer Eisklippe ließen, und klet-

---

[105] Perspiration ist die Hautatmung.

terten mir über die Felsen an den Fuß des kleinen Falles nach, während der Fährmann sein Schiff in Bereitschaft setzte. Ich war nicht enttäuscht – aber ich konnte nichts erkennen. In einem Augenblick war ich von dem Schaum geblendet und bis auf die Haut durchnäßt. Ich sah wie das Wasser von einer gewaltigen Höhe wütend hinunterschoß, konnte aber von Gestalt, oder Lage, oder irgendetwas außer vager Unermeßlichkeit keine Vorstellung gewinnen. Als wir aber in dem Boote saßen und dicht am Fuße des Wasserfalls vorbeifuhren – begann ich zu fühlen, was es war. Sobald ich meine Kleidung gewechselt hatte, ging ich in Begleitung Kate's wieder hinaus und eilte nach dem Hufeisen-Fall. Ich ging allein hinunter, ganz bis in das Becken hinab. Es würde einem Menschen schwer sein, Gott näher zu stehen als dort. Ein heller Regenbogen wölbte sich zu meinen Füßen, und von ihm blickte ich empor – großer Himmel! zu was für einem Fall hellen grünen Wassers! Der breite, tiefe, mächtige Strom scheint in seinem Falle zu sterben, und aus seinem unergründlichen Grabe erhebt sich jenes furchtbare Gespenst von Schaum und Nebel, das nie zur Ruhe kommt und diesen Ort mit derselben furchtbaren Feierlichkeit umschwebt hat – vielleicht von der Schöpfung der Welt an."

„Wir beabsichtigen, eine Woche hier zu bleiben. In meinem nächsten Briefe will ich versuchen, Dir eine Vorstellung von meinen Eindrücken zu geben und Dir zu sagen, wie sie von Tage zu Tage wechseln. Gegenwärtig ist dies unmöglich. Ich kann nur sagen, daß die erste Wirkung, welche dies gewaltige Schauspiel auf mich ausübte, Seelenfrieden – Stille – große Gedanken ewiger Ruhe und Glückseligkeit waren – kein Schrecken. Ich kann schaudern bei der Erinnerung an Glencoe (lieber Freund, wenn es möglich ist, müssen wir Glencoe zusammen sehen), aber so oft ich an Niagara denke, werde ich an seine Schönheit denken."

„Könntest Du das Tosen hören, das in meinen Ohren klingt, während ich dies schreibe! Beide Fälle sind vor unsern Fenstern. Aus unserm Wohnzimmer und Schlafzimmer sehen wir gerade auf sie hinab. Niemand außer uns ist in dem Hause. Was gäbe ich nicht, könntest Du und Mac hier sein und die Empfindungen dieser Zeit mit mir teilen! Ich wollte hinzufügen: was gäbe ich nicht, hätte das liebe Mädchen, dessen Asche in Kensal-Green ruht, so weit mit uns gehen können – aber ich zweifle nicht, daß sie viele Male hier gewesen ist, seit ihr süßes Antlitz meinem sterblichen Auge entschwand."

„Nur noch ein Wort über Deine teueren Briefe, ehe ich schließe. Du hast Recht, mein lieber Junge, in Bezug auf die Zeitungen, und Du hast Recht (ich sage es mit Schmerz), in Bezug auf das Volk. *Habe ich Recht?* fragte der Zauberer. Ja! aus der Galerie, dem Parterre und den Logen. Ich ließ mich über jene Dinge zuerst gegen meinen Willen aus, aber wenn ich Dir alles erzähle – nun – warte nur – warte nur – bis Ende Juli. Ich sage nicht mehr."

„Ich begreife, daß die Pflicht in Bezug auf die Abfassung von Reisebeschreibungen in verwirrender Weise geteilt ist. O, die Quintessenz der Komik, die ich aus den mir zu Gebote stehenden Materialien destillieren könnte! ... Du bist ein Teil, und ein wesentlicher Teil unsrer Heimat, lieber Freund, und ich erschöpfe meine Einbildungskraft, um mir die Umstände vorzustellen, unter denen ich Dich überraschen werde, indem ich in Nr. 58 Lincolns-inn-fields eintrete. Wir sind Gott von Herzen dankbar für die Gesundheit und das Glück unserer unaussprechlich geliebten Kinder und aller unsrer Freunde. Nur noch ein Brief – noch einer ... Mir ist, als wäre ich nicht halb zärtlich genug gewesen, aber Du weißt, es gibt Gedanken, die zu tief sind für Worte."

Vierundzwanzigstes Kapitel

Niagara und Montreal
1842

Mein Freund war besser als sein Wort, und noch zwei Briefe erreichten mich vor seiner Rückkehr. Der Anfang des ersten wurde am 3. Mai in Niagara geschrieben und sein Schluß am 12. in Montreal, aus welcher Stadt auch am 26. dieses Monats der letzte von allen geschrieben wurde.

Ein großer Teil des ersten dieser Briefe hatte Bezug auf die Agitation für einen internationalen Vertrag zum Schutz des literarischen Eigentums und gab dem lebhaften Unwillen Ausdruck, der in ihm (und auch in den besten Männern Amerikas) erregt worden war durch die Annahme einer Denkschrift bei einem öffentlichen Meeting in Boston selbst, gegen eine Abänderung des bestehenden Gesetzes, in deren Verlauf unter anderm bemerkt wurde, daß, wenn die englischen Autoren mit einer Kontrolle über die Wiederveröffentlichung ihrer Bücher bekleidet würden, es für die amerikanischen Herausgeber nicht mehr möglich sein würde, dieselben dem amerikanischen Geschmack anzupassen. Diese offne Erklärung trug jedoch, so rückhaltslos Dickens' Zorn dagegen sich auch äußerte, den Sieg über ihn davon. Er erkannte, daß jede fernere Bemühung, die gewünschte Änderung herbeizuführen, für den Augenblick hoffnungslos sei und er beschloß, nicht bloß jede Anspielung darauf in dem von ihm beabsichtigten Buche zu vermeiden, sondern zu versuchen, was sich nach seiner Rückkehr nach England erreichen lasse durch einen Bund englischer Schriftsteller, jeden ferneren Verkehr mit amerikanischen Verlegern abzubrechen, so lange das Gesetz bleibe, was es war. Er veröffentlichte demgemäß nach seiner Rückkehr eine entsprechende Aufforderung, worin er seine eigne Absicht erklärte, in Zukunft allen Vorteilen zu entsagen, welche die autorisierte Übersendung von Korrekturbögen nach Amerika ihm bringen könne, allein auch in dieser Beziehung sollten seine Hoffnungen enttäuscht werden. Ich verlasse diesen Gegenstand nun und führe aus seinem Briefe nur die allgemeinen Bemerkungen an, womit er selbst davon Abschied nimmt.

Niagarafall, Dienstag, 3. Mai 1842

„Ich will Dir sagen, was die zwei Hindernisse gegen den Abschluß eines Vertrags mit England zum Schutze des literarischen Eigentums sind: erstens die nationale Neigung, jedermann in allen geschäftlichen Angelegenheiten zu übervorteilen; zweitens die nationale Eitelkeit. Diese beiden Charaktereigenschaften herrschen in einem Maße, von dem kein Fremder sich einen hinreichenden Begriff machen kann."

„In Bezug auf die erste glaube ich in allem Ernst, daß ein wesentlicher Bestandteil des Vergnügens, womit man hier ein englisches Buch liest, in dem Umstande liegt, daß der Verfasser nichts dafür bekommt. Es ist so verflucht schlau, so pfiffig von Jonathan, sich seine Lektüre unter diesen Bedingungen zu verschaffen. Er hat einen so entschiedenen Vorteil über den Engländer, daß sein Auge von Schlauheit, List und Freude blinzt und er kichert über den Humor eines Buches mit einem würdigenden Verständnis, das mit dem ehrlichen Kauf desselben nichts zu tun hat. Der Rabe empfindet keine größere Freude, wenn er ein Stück gestohlenes Fleisch ißt, als der Amerikaner, wenn er ein englisches Buch liest, das er für nichts bekommt."

„Was den zweiten Punkt betrifft, so versöhnt derselbe die bessere und höhere Klasse, welche über dieser Art von Befriedigung steht, mit erstaunlicher Leichtigkeit. Der Mann wird in Amerika gelesen! Die Amerikaner haben ihn gern! Sie freuen sich ihn zu sehen, wenn er hierher kommt! Sie drängen sich um ihn und sagen ihm, daß sie ihm dankbar sind für Trost in der Krankheit, für viele frohe Stunden in der Gesundheit, für hunderte phantasievoller Ideen, die beständig zwischen ihnen und ihren Frauen und Kindern zu Hause ausgetauscht werden. Es ist nichts, daß alles dies auch in Ländern stattfindet, wo er bezahlt wird, es ist nichts, daß er sich anderswo Ruhm und Vorteil obendrein errungen hat. Die Amerikaner lesen ihn, die freien, aufgeklärten, unabhängigen Amerikaner – und was will er mehr? Das ist Lohn genug für einen jeden Mann. Die nationale Eitelkeit verschluckt alle andern Länder auf der Erdoberfläche und läßt nur dies eine über dem Meere stehen. Nun bedenke, was der wirkliche Wert dieses amerikanischen Lesens ist. Finde mir in dem ganzen Bereich der Literatur ein einziges englisches Buch, das hier populär wird, ehe es bei uns die Feuerprobe bestanden hat, populär geworden ist und sich dadurch ihrer Aufmerksamkeit empfiehlt – und ich will es zufrieden sein, daß das Gesetz auf immer und einen Tag bleibt wie es ist. Ich muß eine Ausnahme machen. Es gibt einige geschmacklose Romane aus dem fashionabeln Leben, vor welchen die Leute niederfallen, als wären es vergoldete Kälber, die bei uns von dem Datum ihrer Veröffentlichung an wohlverwahrt in Leihbibliotheken verschlossen geblieben sind."

„Wenn man ihnen sagt, daß sie keine eigne Literatur haben werden, ist (außerhalb Boston's) die allgemeine Antwort: „Wir brauchen keine. Warum sollten wir für eine bezahlen, wenn wir sie umsonst bekommen können? Unser Volk denkt nicht an Poesie, Sir. Dollars, Banken und Baumwolle sind unsre Bücher, Sir". Und sie sind es allerdings in gewissem Sinne; denn ein niedrigeres Durchschnittsmaß allgemeiner Kenntnisse über alle sonstigen Gegenstände, als in diesem Lande besteht, möchte es sehr schwer halten, irgendwo zu finden. Soviel für diesmal von dem internationalen Schutz des literarischen Eigentums."

Derselbe Brief hielt das in seinem Vorgänger gegebene Versprechen, daß er noch einige Charakterbilder schicken wolle. „Eine der amüsantesten in dem ganzen Lande gebräuchlichen Phrasen ist, wegen ihrer beständigen Wiederholung und Anpassung an jedes Vorkommnis, das „Ja, Sir". Ich will Dir eine Probe geben." (Die Probe war die in den *Noten* mitgeteilte Unterhaltung des Strohhuts und des braunen Huts, während der Kutschenfahrt nach Sandusky.) „Ich spaße nicht, auf mein Wort. Dies ist ganz genau die Unterhaltung. Da mir augenblicklich nichts andres einfällt, will ich Dir das Porträt meines Sekretärs geben. Soll ich?"

„Er ist von sentimentaler, stark sentimentaler Sinnesart und sagt zu Anne, da der Juni herankommt, er hoffe, „wir würden zuweilen in unsrer Heimat seiner gedenken". Er trägt einen Mantel, wie Hamlet, und einen sehr hohen, großen, schlanken, staubigen, schwarzen Hut, den er auf langen Fahrten mit einer harlekinartigen Mütze vertauscht. ... Er singt, und in einigen unsrer Quartiere, wo sein Schlafzimmer nahe bei unserm war, haben wir ihn durch das Schlüsselloch seiner Türe Baßtöne grunzen hören, um unsre Aufmerksamkeit zu erregen. Sein Wunsch, daß ich ihn förmlich auffordern möchte zu singen und seine Bemühungen, mich dazu zu veranlassen, sind unwiderstehlich absurd. In unserm Zimmer in Hartford (Du besinnst Dich, daß wir zu Anfang Februar dort waren) befand sich ein Pianoforte – und er fragte mich eines Abends, als wir allein waren, ob „Mrs. D." spielte. „Ja, Mr. O." – „O wirklich Sir!" „Ich singe: sollten Sie daher einmal eine kleine Linderung nötig haben?" – Du kannst Dir vorstellen, wie eilig ich das Zimmer unter irgendeinem Vorwande verließ, um nicht mehr zu hören.

„Er malt. ... Ein ungeheurer Kasten mit Ölfarben macht einen Hauptteil seines Gepäckes aus und stundenlang macht er sich in seinem Zimmer damit zu schaffen. Anne bekam einige dickköpfige, dickbäuchige Skizzen in die Hände, die er von Passagieren auf dem

Kanalboot (mich selbst in meinem Pelzrock mit eingeschlossen) gemacht hatte, deren Erinnerung mir noch jetzt Tränen in die Augen bringt. Er malte die Wasserfälle des Niagara ganz vorzüglich und soll jetzt mit einer lebensgroßen Darstellung meiner selbst beschäftigt sein: denn die Kellner haben berichtet, daß Kammerjungfern gesagt haben, daß sich ein Bild in seinem Zimmer befindet, das sehr viel Haar hat. Eine Jungfer war der Meinung, „es sei der Anfang des königlichen Wappens"; aber ich bin ziemlich sicher, daß ich selbst der Löwe bin."

„Zuweilen, aber nicht oft, fängt er eine Unterhaltung an. Das geschieht gewöhnlich, wenn wir nach dem Einbruch der Dunkelheit auf dem Verdeck umherwandern, oder wenn wir in einer Kutsche allein sind. Es ist seine Gewohnheit, bei solchen Gelegenheiten die bekanntesten und patriarchalischsten Geschichten zu erzählen, als etwas, das sich in seiner eignen Familie zugetragen hat. Wenn wir zu Wagen reisen, liebt er es besonders, Kühe und Schweine nachzuahmen und forderte einen Mitreisenden, der durch die Entfaltung dieses Talents gerührt war, beinahe heraus, ihm zu erklären, er sei „ein vollkommenes Kalb". Er hält es für einen unerläßlichen Akt der Höflichkeit und Aufmerksamkeit, uns fortwährend zu fragen, ob wir nicht schläfrig sind, oder, um seine eignen Worte zu gebrauchen, ob wir nicht „wegen Schlaf leiden". Wenn wir nach einer langen Fahrt einen langen Schlaf von vierzehn Stunden oder so gehabt haben, kann ich sicher darauf rechnen, daß er mir, wenn ich aufstehe, an der Tür des Schlafzimmers mit dieser Frage entgegenkommt. Aber abgesehen von dem Amüsement, das er uns macht, hätte ich niemanden finden können, der meinen Wünschen so vollkommen entspricht, wie er. Ich habe seine zehn Dollar monatlich auf zwanzig erhöht und habe die Absicht, ihn für sechs Monate zu bezahlen."

Der Schluß dieses Briefes war datiert von „Montreal, Donnerstag, 12. Mai", und enthielt wenig mehr als seine lebhafte Sehnsucht nach der Heimat. „Dies wird ein sehr kurzer und dummer Brief werden, mein lieber Freund, denn die Post geht hier viel eher ab, als ich erwartete und alle meine großartigen Pläne zu einem ungewöhnlich glänzenden Schreiben fallen zu Boden. Ich werde Dir mit dem nächsten Cunard-Schiff eine Zeile schreiben und alles andre für unser frohes, langgehofftes Wiedersehen aufsparen."

„Wir sind nach Toronto und nach Kingston gewesen und wurden an jedem dieser Orte mit einer Zuvorkommenheit empfangen, die es mir schwer sein würde zu beschreiben. Der wilde und wütige Toryismus von Toronto ist, ich sage es im Ernst, schreckenerregend. Die englische Freundlichkeit ist sehr verschieden von der amerikanischen. Die

Leute schicken ihre Pferde und Wagen zu Deinem Gebrauch, aber sie fordern nicht als Bezahlung das Recht, Dir immer unter der Nase zu stehen. Wir hatten in Kingston zu derselben Zeit nicht weniger als *fünf* Wagen zu unsrer Verfügung, nicht zu reden von der Barke und der Mannschaft des Kommodors und einem schönen Regierungsdampfschiff. Vorigen Sonntag speisten wir bei Sir Charles Bagot. Lord Mulgrave hätte uns gestern in Lachine treffen sollen; aber da er mit seiner Yacht den Wind gegen sich hatte und nicht hereinkommen konnte, schickte Sir Richard Jackson seinen offnen vierspännigen Wagen mit zwei jungen Herren, die ebenfalls seine Adjutanten sind, und so fuhren wir großartig ein."

„Die theatralischen Aufführungen (ich glaube, ich sagte Dir, daß man mich eingeladen, mit den Offizieren der Coldstream-Garde hier zu spielen) umfassen die Stücke *A Roland for an Oliver; Two o'clock in the morning* und entweder *The Young Widow* oder *Deaf as a Post.* Damen (keine Schauspielerinnen von Profession) sollen zum erstenmal spielen. Ich schrieb an Mitchel nach New-York, wegen einer Perrücke für Mr. Snobbington, die angekommen und glänzend ist. Hätte man, wie zuerst vorgeschlagen wurde, *Love, Law and Physick* gespielt, so wäre ich mit der Rolle Flexible's schon in Ordnung gewesen, da ich sie früher, vor meinen Schriftstellertagen, gespielt habe; sollte ich aber Splasch in der *Young Widow* spielen, so wirst Du so freundlich sein müssen, Dir mich in einem schmucken Livreerock, glänzendem schwarzen Hut mit Kokarde, weißen Knielitzen, weißen Stulpenstiefeln, blauer Halsbinde, kleiner Peitsche, roten Backen und dunkeln Augenbrauen vorzustellen. Denke Dir Topping's Gemütsbewegung, wenn ich dieses Kostüm mit nach Hause bringe und unerwarteterweise anziehe! ... Die besten Wünsche für Dich, lieber Freund! Ich kann nichts über den siebenten sagen, den Tag, an dem wir absegeln. Es ist unmöglich. Worte können nicht ausdrücken, was wir fühlen, nun die Zeit so nahe ist. ..."

Sein letzter Brief, datiert „Peasco's Hotel, Montreal, „Kanada, 26. Mai", beschrieb die theatralischen Aufführungen und enthielt einen Theaterzettel für mich.

„Dieser Brief wird wie der vorhergehende dumm werden, weil sowohl Kate als ich durch das Herannahen des 7. Juni in solche Aufregung versetzt sind, daß wir nichts tun und an nichts denken können."

Die Aufführungen fanden gestern Abend statt. Die Zuhörer (zwischen fünf- und sechshundert) waren wie zu einer Gesellschaft dazu eingeladen und in der Vorhalle und dem Salon waren Tische mit Erfrischungen gedeckt. Wir hatten das Musikchor des dreiundzwanzigsten Regiments (eins der schönsten in der Armee) im Orchester, das Theater war mit Gas erleuchtet, die Dekorationen waren vortrefflich und die Requisiten waren sämtlich aus Privathäusern herbeigeschafft. Sir Charles Bagot, Sir Richard Jackson waren mit ihrem Gefolge zugegen und da der militärische Teil der Zuhörerschaft sich in voller Uniform befand, war es wirklich eine glänzende Szene."

„Wir machten uns ebenfalls glänzend, obgleich bei der Darstellung keine sehr bemerkenswerten Schauspieltalente zum Vorschein kamen. Als Sir Mark Chase hatten wir einen echt wunderlichen Fisch, voller Humor; aber unser Tristram Sappy entsprach nicht ganz dem Rufe, den er sich hier irgendwie errungen hat. Man hat mich übrigens, mußt Du wissen, nicht um nichts als Bühnendirektor angekündigt. Einem jeden wurde bedeutet, daß er sich dem eisernsten Despotismus werde unterwerfen müssen; und herrschte ich nicht über sie wie ein Macready? O nein. Keineswegs. Gewiß nicht. Die Mühe, die ich mir mit ihnen gemacht und der Schweiß, den ich während der letzten zehn Tage vergossen habe, sind größer, als Du Dir vorstellen kannst. Ich hatte förmliche Grundrisse der Dekorationen machen und Listen der Requisiten anfertigen und dieselben in dem Souffleurkasten aufhängen lassen. Jeder Brief, der abgegeben werden sollte, wurde geschrieben, jedes Stück Geld, das gegeben werden sollte, herbeigeschafft und nichts wurde übersehen. Ich soufflierte selbst, wenn ich nicht auf der Bühne war; wenn ich darauf war, ernannte ich den amtlichen Souffleur des Theaters zu meinem Stellvertreter und ich habe nie etwas so vollkommen ineinander greifen und von statten gehen sehen, als die beiden ersten Stücke. Die Schlafzimmerszene in dem Zwischenspiel war ebenso gut möbliert, als Vestris sie hatte, mit einem nutzbaren Kamin, in dem das Feuer hoch auflodert und alles in entsprechendem Zusammenhang. Ich glaube wirklich, daß ich sehr spaßhaft war, wenigstens weiß ich, daß ich selbst herzlich über mich lachte und die Rolle zu einem Charakter machte, wie ich und Du ihn sehr gut kennen: eine Mischung von T–, Harley, Yates, Keeley und Jerry Sneak. Ich spielte das ganze Stück unter lautem Gelächter und indem ich diesen Brief schließe, sagt man mir, ich habe meiner Charakterfigur so gut entsprochen, daß Sir Charles Bagot, der in der Proszeniumsloge saß, keine Ahnung hatte, wer Mr. Snobbington spielte, ehe das Stück aus war."

„Was sagst Du aber dazu, daß Kate spielte und zwar verteufelt gut, wie ich Dir versichern kann. Alle Damen spielten vortrefflich und hatten keinen Augenblick unnötig zu warten. Du wirst dies begreifen, wenn ich Dir sage, daß wir um 8 Uhr anfingen und daß der Vorhang um 11 fiel. Es ist hier die Sitte, um Missvergnügen in einer sehr missvergnügten Stadt zu verhüten, daß man jedesmal, wenn private Vorstellungen stattgefunden haben, dieselben vor dem Publikum wiederholt. Am Sonnabend werden wir daher (natürlich mit Substituierung wirklicher Schauspielerinnen für die Damen) die beiden ersten Stücke vor einer bezahlenden Zuhörerschaft zum Besten des Theaterdirektors wiederholen. Ich schicke Dir einen Theaterzettel, den ich mit den Namen der Mitspieler versehen habe.

Private Theatricals.

COMMITTEE.

Mrs. TORRENS.　　　　　Mrs. PERRY.
W. C. ERMATINGER, Esq.　Captain TORRENS.
THE EARL OF MULGRAVE.

STAGE MANAGER—MR. CHARLES DICKENS.

QUEEN'S THEATRE, MONTREAL.

ON WEDNESDAY EVENING, MAY 25TH, 1842,
WILL BE PERFORMED,

A ROLAND FOR AN OLIVER.

MRS. SELBORNE. —————— *Mrs Torrens*
MARIA DARLINGTON. ——— *Miss Griffin*
MRS. FIXTURE. ————— *Miss Ermatinger*
MR. SELBORNE. ————— *Lord Mulgrave*
ALFRED HIGHFLYER. ——— *Mr Charles Dickens*
SIR MARK CHASE. ——— *Honorable Mr Methuen*
FIXTURE. ————————— *Captain Willoughby*
GAMEKEEPER. ————— *Captain Granville*

AFTER WHICH, AN INTERLUDE IN ONE SCENE, (FROM THE FRENCH,) CALLED

Past Two o'Clock in the Morning.

THE STRANGER. ——— *Captain Granville*
MR. SNOBBINGTON. ——— *Mr Charles Dickens*

TO CONCLUDE WITH THE FARCE, IN ONE ACT, ENTITLED

DEAF AS A POST.

MRS. PLUMPLEY. — *Mrs Torrens*
AMY TEMPLETON. — *Mrs Charles Dickens !!!!!!!*
SOPHY WALTON. — *Mrs Perry*
SALLY MAGGS. — *Miss Griffin*
CAPTAIN TEMPLETON. — *Captain Torrens*
MR. WALTON. — *Captain Willoughby*
TRISTRAM SAPPY. — *Doctor Griffin*
CRUPPER. — *Lord Mulgrave*
GALLOP. — *Mr Charles Dickens*

MONTREAL, May 24, 1842.　　　　　GAZETTE OFFICE.

„Ich habe Dir nicht halb genug erzählt. Aber ich verspreche Dir, daß Du Dir die Seiten vor Lachen halten sollst, wenn ich von dieser Aufführung erzähle. War es nicht Crummles' würdig, daß, als Lord Mulgrave und ich aus der Tür hinausgingen, um den General-Gouverneur zu empfangen, der amtliche Souffleur uns voll Seelenqual mit vier großen Leuchtern mit Wachskerzen folgte und uns mit blutendem Herzen beschwor, daß wir, der hergebrachten Sitte gemäß, je zwei trügen? ..."

„Ich habe noch kaum von unsern Briefen gesprochen, die uns gestern erreichten, kurz ehe das Schauspiel anfing. Hunderttausend Dank für Dein herzerfreuendes Fahrsegel zu dem wackren Packetboot. Ich las es immer wieder und ging es heute Morgen zur Frühstückszeit noch einmal wieder ganz durch. Ich hörte auch mit demselben Schiffe von Talfourd, Miss Coutts, Brougham, Rogers und andern. Auch ein köstlicher Brief von Mac, ebenso gut als seine Bilder, ich schwöre Dir's. Grüße ihn aufs Herzlichste von mir ... Gottes Segen mit Dir, mein lieber Freund. Indem die Zeit näher kommt, ergreift uns ein fieberisches Verlangen nach der Heimat ... Küsse unsre lieben Kleinen für uns. Wir werden uns bald wiedersehen, so Gott will, und froher sein, als wir je in unserm Leben waren ... O die Heimat – die Heimat – die Heimat – die Heimat – die Heimat – die Heimat – *die Heimat!!!!!*"

Kapitel

Kindheit 5
Harte Erfahrungen im Knabenalter 23
Schultage und Eintritt ins Leben 40
Die Galerie der Berichterstatter und die Zeitungsliteratur 55
Erstes Buch und Entstehung Pickwick's 63
Er schreibt die Pickwick Papers 71
Zwischen Pickwick und Nickleby 88
Oliver Twist 96
Nicholas Nickleby 106
Während und nach Nickleby 116
Neue literarische Pläne 124
Der Raritätenladen 131
Devonshire Terrace und Broadstairs 144
Barnaby Rudge 154
Öffentliches Festmahl in Edinburgh 165
Abenteuer in den Hochlanden 176
Wieder in Broadstairs 186
Vorabend der Reise nach Amerika 192
Erste amerikanische Eindrücke 198
Spätere amerikanische Eindrücke 212
Philadelphia, Washington und der Süden 230
Kanalbootfahrten: auf dem Weg nach dem fernen Westen 247
Der ferne Westen: nach dem Niagarafall 263
Niagara und Montreal 282